ULLSTEIN

Das Buch

Als der Direktor der CIA den Report des brasilianischen Leichenschauhauses erhält, steht er vor einem Rätsel: Der Mann, der zwei Tage zuvor in einem Missionsdorf am Rande des Dschungels aufgetaucht und dort seinen Verletzungen und schwerem Fieber erlegen war, konnte zweifelsfrei als Agent Gerald Clark identifiziert werden – Mitglied einer vor vier Jahren verschollenen Expedition zur Erforschung unbekannter Heilmittel. Clark war infolge einer Kriegsverletzung einarmig, das Foto jedoch zeigt eindeutig eine Leiche mit zwei Armen. Was war damals im Regenwald passiert? Worauf waren die Forscher gestoßen? Und was hat es mit den geheimnisvollen Tätowierungen auf sich, mit denen der Körper des Toten bedeckt ist?

Ein zweites Expeditionsteam – Biologen, Mediziner und Spezialisten für die Eingeborenenstämme, begleitet von Elitekämpfern des Militärs – wird auf die Spur der Verschollenen gesetzt. Doch die *Operation Amazonas* bleibt nicht lange geheim ...

Der Autor

James Rollins wurde 1961 in Chicago geboren. Er ist promovierter Veterinärmediziner und hat eine Tierarztpraxis in Sacramento, Kalifornien. Dort geht er auch seinen beiden neben dem Schreiben wichtigsten Leidenschaften nach: Höhlenforschung und Tauchen.

Von James Rollins sind in unserem Hause bereits erschienen

Das Blut des Teufels
Im Dreieck des Drachen
Sub Terra

James Rollins

Operation Amazonas

Roman

Aus dem Englischen
von Norbert Stöbe

Ullstein

Besuchen Sie uns im Internet:
www.ullstein-taschenbuch.de

Umwelthinweis:
Dieses Buch wurde auf
chlor- und säurefreiem Papier gedruckt.

Ullstein Verlag
Ullstein ist ein Verlag der Ullstein Buchverlage GmbH.
Deutsche Erstausgabe
1. Auflage Februar 2004

Titel der amerikanischen Originalausgabe: *Amazonia*
(HarperCollins, New York)
Übersetzung: Norbert Stöbe
Redaktion: Lothar Strüh
Umschlaggestaltung: Thomas Jarzina, Köln
Titelabbildung: Mauritius, Mittenwald
Gesetzt aus der Sabon
Satz: hanseatenSatz-bremen, Bremen
Druck und Bindearbeiten: Ebner & Spiegel, Ulm
Printed in Germany
ISBN 3-548-25802-6

Für John Petty und Rick Hourigan,
meine Freunde und Mitverschwörer

Dank

Mein besonderer Dank gilt all denen, die mir bei den Recherchen zu diesem Buch geholfen haben, vor allem aber Leslie Taylor von der Raintree Nutrition Inc. für die Überlassung der wundervollen Pflanzenzeichnungen, die in diesem Buch abgebildet sind, und ihre wertvollen Kenntnisse hinsichtlich der medizinischen Verwendung von Pflanzen aus dem Regenwald. Außerdem möchte ich nicht versäumen, zwei weitere ergiebige Informationsquellen zu nennen: Redmond O'Hanlons *In Trouble Again: A Journey Between the Orinoco and the Amazon* und das Buch, das mich zum vorliegenden Roman angeregt hat, nämlich Dr. Mark Plotkins *Tales of a Shaman's Apprentice.* Für speziellere Unterstützung bedanke ich mich herzlich bei meiner Familie und meinen Freunden, die mir geholfen haben, das Manuskript in die vorliegende Form zu bringen: Chris Crowe, Michael Gallowglas, Lee Garrett, Dennis Grayson, Susan Tunis, Penny Hill, Debbie Nelson, Dave Meek, Jane O'Riva, Chris ›The Little‹ Smith, Judy und Steve Prey sowie Caroline Williams. Für ihre Hilfe beim Französischen danke ich meiner kanadischen Freundin Dianne Daigle; für Rat in Internetfragen Steve Winter und für ihre verlässliche moralische Unterstützung Carolyn McCray. Für die verwendeten Karten möchte ich die Quelle angeben: *The CIA World Factbook 2000.* Schließlich möchte ich noch den drei Menschen danken, die nach wie vor meine besten Kritiker sind und mich am loyalsten unterstützen: meiner Lektorin Lyssa Keusch, meinem Agenten Russ Galen und meinem Werbeagenten Jim Davis. Zu guter Letzt möchte ich noch betonen, dass sämtliche Irrtümer und Fehler zu meinen Lasten gehen.

São Gabriel
Macapá
AMAZON
Manaus
Santarém
BASIN
Rio Branco
Pôrto Velho
BRAZIL
North Atlantic Ocean
SOUTH AMERICA
Caracas
Port-of-Spain
VENEZUELA
Georgetown
Paramaribo
Cayenne
GUYANA
Bogotá
COLOMBIA
AMAZON
BASIN
BRAZIL
PERU
Lima
BRAZILIAN
HIGHLANDS
MATO GROSSO PLATEAU
La Paz
BOLIVIA
Brasília
Salvador
Fortaleza
PARAGUAY
Asunción
Rio de Janeiro
São Paulo
CHILE
Pôrto Alegre
URUGUAY
Santiago
Buenos Aires
Montevideo
ARGENTINA
South Atlantic Ocean

Prolog

25. Juli, 6.24 Uhr
In einem Missionsdorf
Amazonasgebiet, Brasilien

Padre Garcia Luiz Batista mühte sich gerade mit seiner Hacke ab, um den Missionsgarten vom Unkraut zu befreien, als der Fremde aus dem Dschungel hervorgetaumelt kam. Der Mann war lediglich mit einer zerrissenen schwarzen Jeans bekleidet. Barbrüstig und unbeschuht fiel er inmitten der sprießenden Kassavesträucher auf die Knie nieder. Seine zu einem tiefen Mokkaton verbrannte Haut war mit blauen und scharlachroten Tätowierungen bedeckt.

Padre Batista, der den Burschen irrtümlich für einen Yanomami-Indianer hielt, schob den breitkrempigen Strohhut zurück und begrüßte den Mann in der Sprache der Indianer. »*Eou, shori*«, sagte er. »Willkommen, Freund, in der Mission Wauwai.«

Als der Fremde das Gesicht hob, bemerkte Garcia seinen Irrtum. Die Augen des Mannes waren tiefblau, eine Farbe, die bei den Eingeborenenstämmen nicht vorkam. Außerdem hatte er einen dunklen Stoppelbart.

Offenbar hatte er keinen Indianer, sondern einen Weißen vor sich.

»*Bemvindo*«, sagte er auf Portugiesisch, in der Annahme, dies sei einer der allgegenwärtigen Bauern aus einer der Küstenstädte, die in den Regenwald hinauszogen, sich dort einen Claim absteckten und ihr Glück zu machen suchten. »Sei willkommen, mein Freund.«

Der arme Kerl hatte offenbar eine ganze Weile im

Dschungel verbracht. Die Haut spannte sich über den Knochen, jede einzelne Rippe trat hervor. Das schwarze Haar war verfilzt, am ganzen Leib hatte er Schrammen und nässende Wunden. Fliegenschwärme umschwirrten ihn und nährten sich von den Wunden.

Als der Fremde zu sprechen versuchte, rissen seine ausgetrockneten Lippen, und Blut tropfte ihm aufs Kinn. Er kroch auf Garcia zu und reckte flehentlich den Arm. Aus seinem Mund kamen jedoch nur tierhafte, unverständliche Laute.

Garcia wäre beinahe vor ihm zurückgeschreckt, doch das ließ seine Berufung nicht zu. Der barmherzige Samariter verweigerte sich nicht dem verirrten Wanderer. Er bückte sich und half dem Mann auf die Beine. Der Fremde war völlig ausgehungert, sein Gewicht kaum zu spüren. Durch sein Hemd hindurch spürte der Padre die Fieberhitze, die von ihm ausging.

»Komm, lass uns in den Schatten gehen.« Garcia geleitete den Mann zur Missionskirche, deren weiß getünchter Kirchturm in den blauen Himmel ragte. Hinter dem Gebäude waren auf dem gerodeten Dschungelgelände palmgedeckte Hütten und einige aus Holz erbaute Gebäude verteilt.

Die Mission Wauwai war erst vor fünf Jahren gegründet worden, doch mittlerweile zählte das Dorf fast achtzig Bewohner, die verschiedenen Eingeborenenstämmen angehörten. Einige der Behausungen standen auf Stelzen, was typisch war für die Apalai-Indianer, während in den Hütten, die allein aus Palmwedeln errichtet waren, Wauwai und Tiriós wohnten. Die meisten Bewohner der Mission aber waren Yanomami, zu erkennen an dem großen, gemeinschaftlich genutzten Rundhaus.

Garcia winkte mit dem freien Arm einen der Yanomami-Indianer vom Garten heran, einen Burschen namens Henaowe. Der kleine Indianer, der Gehilfe des Padres, trug Shorts und ein geknöpftes langärmliges Hemd. Er kam herbeigeeilt.

»Hilf mir, den Mann ins Haus zu bringen.«

Henaowe nickte eifrig. Mit dem fiebernden Fremden in der Mitte traten sie durchs Gartentor, gingen um die Kirche herum und näherten sich dem mit Schindeln verkleideten Gebäude, das aus der Südfassade der Kirche vorsprang. Das Haus des Missionars war als Einziges mit einem Gasgenerator ausgestattet. Der Generator lieferte Strom für die Kirchenbeleuchtung, einen Kühlschrank und die einzige Klimaanlage des Dorfes. Bisweilen fragte sich Garcia, ob er den Erfolg seiner Mission nicht eher dem Wunder der kühlen Kirche zu verdanken hatte als dem aufrichtigen Glauben an die Erlösung durch Jesus Christus.

Am Haus angelangt, beugte Henaowe sich vor und riss die Hintertür auf. Sie bugsierten den Fremden durchs Esszimmer in ein Hinterzimmer. Hier wohnte einer der Novizen, doch im Moment hielt sich niemand darin auf. Vor zwei Tagen waren die jüngeren Missionare alle zu einem Nachbardorf abgereist, um dort zu predigen. Der kleine Raum war kaum mehr als eine düstere Zelle, aber immerhin kühl und vor der Sonne geschützt.

Garcia bedeutete Henaowe mit einem Kopfnicken, die Laterne anzuzünden. Sie hatten darauf verzichtet, die kleineren Räume mit Elektrizität auszustatten. Kakerlaken und Spinnen flüchteten aus der Helligkeit.

Mit vereinten Kräften legten sie den Mann aufs schmale Bett. »Hilf mir, ihn auszuziehen. Ich muss seine Wunden säubern und verbinden.«

Henaowe nickte und machte Anstalten, dem Mann die Hose aufzuknöpfen, da erstarrte er. Mit einem gedämpften Ausruf des Erschreckens wich der Indianer so ungestüm zurück, als sei er von einem Skorpion gebissen worden.

»Weti kete?«, fragte Garcia. »Was hast du?«

Henaowes Augen waren vor Entsetzen geweitet. Er zeigte auf die nackte Brust des Fremden und sagte etwas in der Eingeborenensprache.

Garcia legte die Stirn in Falten. »Was ist mit der Tätowierung?« Sie bestand überwiegend aus blauen und roten geometrischen Formen; aus roten Kreisen, schwungvollen Schnörkeln und spitzen Dreiecken. Von der Mitte ging eine rote Spirale aus, wie Blut, das kreiselnd in einem Abfluss verschwand. Im Zentrum der Spirale, unmittelbar über dem Nabel, prangte ein einzelner blauer Handabdruck.

»Shawara!«, rief Henaowe aus und wich zur Tür zurück. Böse Geister.

Garcia blickte seinen Gehilfen an. Eigentlich hatte er geglaubt, der Indianer habe den Aberglauben überwunden. »Es reicht«, sagte er barsch. »Das ist doch bloß Farbe und kein Teufelswerk. Und jetzt hilf mir.«

Henaowe schüttelte sich und wollte nicht näher kommen.

Als der Mann aufstöhnte, wandte sich Garcia wieder seinem Patienten zu. Dessen Augen waren glasig vom Fieber. Er zerrte kraftlos am Laken. Garcia legte ihm die Hand auf die Stirn. Sie glühte. Er wandte sich zu Henaowe um. »Dann hol wenigstens den Verbandskasten und das Penicillin aus dem Kühlschrank.«

Erleichtert rannte der Indianer hinaus.

Garcia seufzte. Da er bereits seit zehn Jahren im Regenwald des Amazonas lebte, hatte er sich notgedrungen gewisse medizinische Fertigkeiten angeeignet; Knochenbrüche schienen, Wunden säubern und mit Heilsalben behandeln, Fieber senken. Er konnte sogar einfache Operationen durchführen, Wunden vernähen und bei schwierigen Geburten helfen. Als Padre der Mission war er nicht nur für das Seelenheil seiner Schäfchen verantwortlich, sondern war auch ihr Ratgeber, Häuptling und Arzt.

Garcia zog dem Mann die verschmutzte Kleidung aus und legte sie beiseite. Als der Fremde nackt vor ihm lag, sah er, wie übel ihm der unerbittliche Dschungel mitgespielt hatte. In den tiefen Wunden wanden sich Maden. Schuppender Pilzbefall hatte die Zehennägel weggefressen, und die Narbe an der Ferse stammte offenbar von einem Schlangenbiss.

Während er die Wunden versorgte, fragte sich der Padre, wer der Mann wohl war. Was hatte er erlebt? Doch auf alle Versuche, mit dem Mann zu reden, antwortete dieser nur mit unverständlichem Gebrabbel.

Viele Bauern, die im Dschungel ihr Auskommen zu finden suchten, fielen Indianern, Räubern, Drogenhändlern oder schlicht Raubtieren zum Opfer. Die häufigste Todesursache unter den Siedlern aber waren Krankheiten. In der abgelegenen Wildnis des Regenwaldes war der nächste Arzt oft erst nach wochenlanger Reise zu erreichen. Da konnte eine simple Grippe schon tödlich sein.

Das Scharren von Füßen auf dem Holzboden lenkte Garcias Aufmerksamkeit wieder zur Tür. Henaowe war mit dem Verbandskasten und einem Eimer mit sauberem Wasser zurückgekehrt. Doch er war nicht allein. Kamala war bei ihm, ein kleiner, weißhaariger *Shapori,* der Schamane des Stammes. Henaowe hatte den alten Medizinmann offenbar zu Hilfe geholt.

»*Haya*«, begrüßte ihn Garcia. »Großvater.« Dies war die typische Begrüßung für einen Stammesältesten der Yanomami.

Kamala schwieg. Er schritt einfach ins Zimmer und trat ans Bett. Mit zusammengekniffenen Augen musterte er den Fremden. Er wandte sich Henaowe zu und bedeutete dem Indianer, den Eimer und den Verbandskasten abzusetzen.

Dann streckte der Schamane die Arme über dem Kranken aus und begann zu singen. Obwohl Garcia zahlreiche Eingeborenendialekte beherrschte, verstand er kein einziges Wort.

Als er fertig war, wandte Kamala sich an den Padre und sagte in fließendem Portugiesisch: »Der *Nabe* wurde von den *Shawara* berührt, den gefährlichen Geistern des Urwalds. Er wird noch heute Nacht sterben. Sein Leichnam muss vor Sonnenaufgang verbrannt werden.« Damit wandte Kamala sich zum Gehen.

»Warte! Sag mir, was die Symbole bedeuten.«

Kamala drehte sich widerwillig um und sagte: »Das ist das Zeichen des Ban-ali-Stammes. Blutjaguare. Er ist einer der ihren. Einem *Ban-yi,* einem Diener des Jaguars, darf niemand helfen, sonst muss er sterben.« Der Schamane pustete sich zur Abwehr böser Geister auf die Fingerspitzen, dann ging er mit Henaowe hinaus.

Als Garcia in dem düsteren Raum mit dem Fremden allein war, verspürte er einen kühlen Luftzug, der nicht von der Klimaanlage kam. Er vernahm das Gewisper der Ban-ali, eines der sagenumwobenen Geisterstämme des Regenwaldes. Ein Furcht erregendes Volk, das sich angeblich mit Jaguaren paarte und über unaussprechliche Gaben verfügte.

Garcia küsste das Kruzifix und schob die abergläubischen Gedanken beiseite. Er tauchte einen Schwamm ins lauwarme Wasser und drückte ihn dem Kranken an die Lippen.

»Trink«, flüsterte er. Im Urwald entschied vor allem Wasserentzug über Leben und Tod. Er drückte den Schwamm aus und ließ das Wasser auf die geplatzten Lippen des Mannes tropfen.

Der Fremde reagierte wie ein Säugling, der an der Mutterbrust saugt. Er schlurfte das Getröpfel auf und hätte sich dabei beinahe verschluckt. Garcia hob seinen Kopf an, damit er leichter trinken konnte. Nach einer Weile wurden die Augen des Mannes ein wenig klarer. Er tastete nach dem Schwamm, plötzlich gierig auf das Leben spendende Wasser, doch Garcia entzog ihm seine Hand. Bei schwerem Wasserentzug musste man mit dem Trinken vorsichtig sein.

»Ruhen Sie sich aus, Señor«, sagte er in eindringlichem Ton. »Lassen Sie mich die Wunden säubern, dann gebe ich Ihnen ein Antibiotikum.«

Der Mann machte nicht den Eindruck, als habe er ihn verstanden. Er versuchte sich aufzusetzen, streckte die Hand nach dem Schwamm aus und stieß ein unheimliches Geheul aus. Als Garcia ihn aufs Kissen niederdrückte, schnappte er nach Luft, und jetzt auf einmal begriff der Padre, weshalb der Mann nicht sprechen konnte.

Er hatte keine Zunge mehr. Man hatte sie herausgeschnitten.

Mit verkniffener Miene zog Garcia Ampillicin auf eine Spritze und betete im Stillen für die Seelen der Monster, die imstande waren, einem Menschen so etwas anzutun. Das Verfallsdatum des Medikaments war längst abgelaufen, doch daran war nichts zu ändern. Er injizierte dem Mann das Antibiotikum in die linke Hinterbacke, dann machte er sich mit Schwamm und Salbe über die Wunden her.

Der Fremde versank immer wieder im Delirium. Jedes Mal, wenn er bei Bewusstsein war, streckte er unbewusst die Hände nach seinen auf einem Haufen liegenden Kleidern aus, als wollte er sich wieder anziehen und seinen Dschungeltreck fortsetzen. Garcia drückte ihn jedes Mal aufs Bett zurück und deckte ihn wieder zu.

Als die Sonne unterging und die Nacht über den Dschungel hereinbrach, setzte sich Garcia mit der Bibel in der Hand neben das Bett und betete für den Fremden. Insgeheim aber wusste der Padre, dass seine Gebete unerhört bleiben würden. Kamala, der Schamane, hatte die Lage richtig eingeschätzt. Der Mann würde die Nacht nicht überleben.

Für den Fall, dass der Mann Christ war, hatte er ihm vor einer Stunde die letzte Ölung gespendet. Der Mann hatte sich bewegt, als er ihm das Kreuz auf die Stirn gemalt hatte, war jedoch nicht aufgewacht. Seine Stirn war glühend heiß. Das Antibiotikum hatte gegen die Blutvergiftung nichts ausrichten können.

Überzeugt davon, dass der Mann sterben würde, setzte Garcia seine Nachtwache fort. Dies war das Letzte, was er für den armen Kerl tun konnte. Als es jedoch auf Mitternacht zuging und die Heuschrecken und Myriaden von Fröschen ihre Gesänge anstimmten, schlief Garcia im Sessel ein, die Bibel auf dem Schoß.

Stunden später erwachte er von einem erstickten Schrei. Da er glaubte, sein Patient täte seinen letzten Seufzer, richtete sich Garcia benommen auf, wobei die Bibel auf den Boden fiel. Als er sie hochheben wollte, bemerkte er, dass der Mann ihn anstarrte. Seine Augen waren glasig, doch zumindest war er bei Bewusstsein. Der Fremde deutete mit zitternder Hand auf seine Kleidungsstücke.

»Sie können nicht fort«, sagte Garcia.

Der Mann schloss einen Moment die Augen und schüttelte den Kopf, dann deutete er mit flehentlichem Blick erneut auf seine Hose.

Schließlich ließ Garcia sich erweichen. Wie konnte er ihm seinen letzten Wunsch abschlagen? Er trat ans Fußende des Bettes und reichte dem Sterbenden die zerknitterte Hose.

Der Fremde nahm sie entgegen und tastete an der Innennaht des einen Hosenbeins entlang. Schließlich hielt er inne und fingerte an einer bestimmten Stelle herum.

Mit zitternden Armen streckte er Garcia die Jeans entgegen.

Der Padre meinte, der Fremde werde wieder das Bewusstsein verlieren. Tatsächlich ging sein Atem abgehackter und rauer als zuvor. Garcia aber störte sich nicht an seinem unsinnigen Verhalten. Er nahm die Hose entgegen und befühlte die Stelle, auf die der Mann ihn hingewiesen hatte.

Zu seiner Überraschung spürte er, dass unter dem Baumwollstoff etwas Festeres verborgen war. Eine Geheimtasche.

Neugierig geworden, nahm der Padre eine Schere aus dem Verbandskasten. Der Mann sank seufzend aufs Kissen nieder, offenbar zufrieden damit, dass seine Botschaft verstanden worden war.

Garcia trennte den Faden der Naht durch und öffnete die Geheimtasche. Er zog eine kleine Bronzeplakette hervor und hielt sie in den Lampenschein. Auf der Plakette war ein Name eingraviert.

»Gerald Wallace Clark«, las er laut vor. War das der Name des Fremden? »Sind Sie das, Señor?«

Er sah zum Bett.

»O mein Gott«, murmelte der Padre.

Der Mann auf der Pritsche starrte mit leerem Blick an die Decke, den Mund hatte er geöffnet, die Brust bewegte sich nicht mehr. Der Mann, der kein namenloser Fremder mehr war, hatte sein Leben ausgehaucht.

»Ruhen Sie in Frieden, Señor Clark.«

Padre Garcia hob die Bronzeplakette erneut in den Laternenschein und drehte sie um. Als er die auf der Rückseite eingravierten Worte las, bekam er vor Schreck einen trockenen Mund.

Spezialeinsatzkräfte der U. S. Army

1. August, 10.45 Uhr
CIA Hauptquartier
Langley, Virginia

Der Anruf hatte George Fielding überrascht. Als stellvertretender CIA-Direktor war er schon häufig von verschiedenen Abteilungsleitern zu dringenden Sitzungen gerufen worden, doch ein Dringlichkeitsanruf von Marshall O'Brien, dem Leiter des Directorate Environmental Center, war ungewöhnlich. Das DEC war 1997 gegründet worden und befasste sich mit Umweltangelegenheiten. Während seiner bisherigen Laufbahn hatte das DEC noch nie einen Dringlichkeitsanruf getätigt, denn die waren Angelegenheiten vorbehalten, die unmittelbar die nationale Sicherheit betrafen. Was hatte den Alten Vogel – so lautete Marshall O'Briens Spitzname – wohl veranlasst, Alarm zu schlagen?

Fielding schritt eilig über den Flur, der das alte Hauptquartier mit dem neuen Trakt verband. Das neue Gebäude war Ende der achtziger Jahre erbaut worden. Es beherbergte viele der florierenden Abteilungen des Geheimdienstes, darunter auch das DEC.

Im Gehen betrachtete er die gerahmten Gemälde an der Flurwand, eine Ahnengalerie ehemaliger CIA-Direktoren, die bis zu Major General Donovan zurückreichte, der das Office of Strategic Services geleitet hatte, das CIA-Gegenstück aus dem Zweiten Weltkrieg. Auch Fieldings eigener Boss würde irgendwann an dieser Wand hängen, und wenn George seine Karten klug ausspielte, würde vielleicht sogar er es zum Direktor bringen.

Mit diesem Gedanken beschäftigt betrat er das Gebäude des neuen Hauptquartiers und wandte sich zu den Büros des DEC. Kaum war er durch die Tür getreten, wurde er auch schon von einer Sekretärin begrüßt.

Bei seinem Eintreten erhob sie sich. »Deputy Director, Mr. O'Brien erwartet Sie in seinem Büro.« Die Sekretärin geleitete ihn zu einer Flügeltür aus Mahagoni, klopfte flüchtig, öffnete die Tür und hielt sie ihm auf.

»Danke.«

Eine tiefe, kollernde Stimme begrüßte ihn. »Deputy Director Fielding, ich freue mich, dass Sie sich persönlich herbemüht haben.« Marshall O'Brien erhob sich. Er war ein großer Mann mit silbergrauem Haar. Der massige Chefschreibtisch wirkte klein neben ihm. »Bitte nehmen Sie Platz. Ich weiß, Ihre Zeit ist kostbar, und ich werde sie nicht übermäßig in Anspruch nehmen.«

Wie immer kommt er gleich zur Sache, dachte Fielding. Vor vier Jahren hatte man gemunkelt, Marshall O'Brien könne CIA-Direktor werden. Tatsächlich war er schon länger Deputy Director als Fielding, hatte sich jedoch wegen seiner rigiden Haltung mit zahlreichen Senatoren angelegt und mit seinem ausgeprägten Gerechtigkeitssinn noch mehr Brücken hinter sich verbrannt. Auf die Art kam man in Washington nicht weiter. Folglich war O'Brien zur nominellen Gallionsfigur des Umweltzentrums herabgestuft worden. Der Dringlichkeitsanruf stellte vielleicht den Versuch des alten Mannes dar, die Bedeutung seiner Stellung zu betonen und im Spiel zu bleiben.

»Worum geht's?«, fragte Fielding, als er sich setzte.

O'Brien nahm seinerseits Platz und schlug einen grauen Aktenordner auf.

Ein Dossier, dachte Fielding.

Der alte Mann räusperte sich. »Vor zwei Tagen wurde dem Konsulat in Manaus, Brasilien, eine Leiche gemeldet. Der Verstorbene wurde anhand einer Plakette der Spezialeinsatzkräfte identifiziert, denen er früher einmal angehörte.«

Fielding runzelte die Stirn. Die Plaketten waren bei vielen militärischen Einheiten gebräuchlich. Eigentlich dienten sie eher der Traditionspflege als der Identifizierung. Ein Angehöriger dieser Einheiten, ob im aktiven Dienst oder bereits ausgeschieden, musste seinen Kameraden eine Runde spendieren, wenn er ohne die Plakette erwischt wurde. »Was geht uns das an?«

»Der Mann hat nicht nur den Spezialeinsatzkräften angehört. Agent Gerald Clark hat für mich gearbeitet.«

Fielding blinzelte überrascht.

O'Brien fuhr fort. »Agent Clark hatte zusammen mit einer Forschungsgruppe den Auftrag, Beschwerden über von Goldminen verursachte Umweltschäden nachzugehen und incognito Informationen über die Verschickung bolivianischen und kolumbianischen Kokains im Amazonasbecken zu sammeln.«

Fielding straffte sich. »Und er wurde ermordet? Geht es darum?«

»Nein. Vor sechs Tagen tauchte Agent Clark in einem Missionsdorf im tiefen Dschungel auf, verletzt und mit hohem Fieber. Der Missionsleiter bemühte sich um ihn, dennoch verstarb er nach wenigen Stunden.«

»Eine Tragödie, aber weshalb sollte das die nationale Sicherheit tangieren?«

»Weil Agent Clark bereits seit vier Jahren vermisst wurde.« O'Brien reichte Fielding einen gefaxten Zeitungsartikel.

Fielding nahm das Blatt verwirrt entgegen. »Seit vier Jahren, sagten Sie?«

EXPEDITION IM AMAZONASGEBIET VERSCHOLLEN
Associated Press

MANAUS, BRASILIEN, 20. MÄRZ – Die intensive Suche nach dem millionenschweren Industriellen Dr. Carl Rand und seinem internationalen Team von 30 Wissenschaftlern und Führern wurde nach drei Monaten eingestellt. Die Expedition, ein Gemeinschaftsunternehmen

des nationalen Krebsforschungsinstituts der USA und der brasilianischen Indianerstiftung, verschwand im Regenwald, ohne irgendwelche Spuren zu hinterlassen.
Die Expedition verfolgte das Ziel, die wahre Zahl der im Amazonasgebiet heimischen Indianer zu bestimmen. Drei Monate nach dem Aufbruch aus der Dschungelstadt Manaus verstummten jedoch die täglichen Funkmeldungen. Alle Versuche, wieder Kontakt mit dem Team aufzunehmen, scheiterten. Rettungshubschrauber und Suchtrupps wurden zu dem Ort ausgesandt, an dem es sich zuletzt befunden hatte, doch es wurde niemand gefunden. Zwei Wochen später wurde eine letzte Nachricht aufgefangen: »Schickt Hilfe ... halten nicht mehr lange durch. O Gott, sie sind überall.« Dann wurde das Team vom riesigen Dschungel verschluckt.
Nach dreimonatiger Suche unter reger Anteilnahme der Öffentlichkeit erklärte Commander Ferdinand Gonzales, der Leiter des internationalen Suchteams, die Expeditionsteilnehmer für »vermisst und wahrscheinlich tot«. Daraufhin wurden sämtliche Suchmaßnahmen eingestellt.
Die Zuständigen stimmen darin überein, dass die Expedition entweder von einem kriegerischen Stamm überwältigt wurde oder auf einen geheimen Stützpunkt von Drogenhändlern gestoßen ist. Wie dem auch sei; mit dem heutigen Tag, da die Suchtrupps zurückbeordert werden, sterben alle Hoffnungen, die Gesuchten doch noch zu finden. Zuletzt sei angemerkt, dass im Regenwald des Amazonas jedes Jahr zahlreiche Forschungsreisende, Wissenschaftler und Missionare spurlos verschwinden.

»Mein Gott.«

O'Brien nahm dem verdatterten Fielding den Zeitungsartikel aus der Hand und fuhr fort: »Nach dem Verschwinden der Expedition kam kein Kontakt mehr mit dem Forschungsteam oder unserem Agenten zustande. Agent Clark wurde als verstorben geführt.«

»Können wir davon ausgehen, dass es sich wirklich um den selben Mann handelt?«

O'Brien nickte. »Gebissmerkmale und Fingerabdrücke stimmen mit denen in den Akten überein.«

Fielding schüttelte den Kopf; seine anfängliche Bestürzung verflüchtigte sich allmählich. »So tragisch der Vorfall und so lästig der dadurch entstehende Papierkram, begreife ich doch noch immer nicht, weshalb dies die nationale Sicherheit betreffen sollte.«

»Normalerweise würde ich Ihnen zustimmen, wenn da nicht noch eine Merkwürdigkeit wäre.« O'Brien blätterte im Dossier und zog zwei Fotos aus dem Stapel. Das erste reichte er Fielding. »Das wurde einige Tage vor dem Aufbruch der Expedition aufgenommen.«

Auf dem grobkörnigen Foto sah man einen Mann mit Levi's Jeans, Hawaiihemd und Safarihut. Der Mann grinste breit und hielt ein Glas mit einem tropischen Cocktail in der Hand. »Agent Clark?«

»Ja, das Foto wurde von einem der Wissenschaftler bei einer Abschiedsparty aufgenommen.« O'Brien reichte ihm das zweite Foto. »Und das wurde im Leichenschauhaus von Manaus aufgenommen, wo der Leichnam derzeit verwahrt wird.«

Fielding nahm das Hochglanzfoto mit einem gewissen Unbehagen entgegen. Bilder von Toten sah er sich nur ungern an, doch er hatte keine andere Wahl. Der Leichnam auf dem Foto war nackt und lag auf einem Tisch aus rostfreiem Stahl, nichts als Haut und Knochen. Der Körper war mit eigenartigen Tätowierungen bedeckt. Gleichwohl erkannte Fielding den Mann wieder. Das war tatsächlich Agent Clark – jedoch mit einem signifikanten Unterschied. Er verglich die beiden Fotos.

O'Brien hatte bemerkt, dass Fielding bleich geworden war, und ergriff das Wort. »Zwei Jahre vor seinem Verschwinden wurde Agent Clark bei einer bewaffneten Aufklärungsmission im Irak von einem Scharfschützen in den linken Arm getroffen. Bevor er den nächsten US-Stützpunkt hätte erreichen können, hatte der Wundbrand eingesetzt. Der Arm musste an der Schulter amputiert werden, womit seine Karriere bei den Spezialeinsatzkräften beendet war.«

»Aber der Leichnam hat noch beide Arme.«

»So ist es. Die Fingerabdrücke vom Arm des Leichnams entsprechen denen, die vor der Verletzung registriert wurden. Agent Clark ist offenbar einarmig in den Amazonasdschungel gezogen und mit beiden Armen zurückgekehrt.«

»Aber das ist unmöglich. Was zum Teufel ist da passiert?«

Marshall O'Brien musterte Fielding mit seinem Falkenblick; jetzt sah man, dass er den Spitznamen Alter Vogel zu Recht trug. Der alte Mann senkte die Stimme. »Genau das will ich herausfinden.«

Erster Akt

DIE MISSION

Kurare

FAMILIE: *Menispermaceae*

GATTUNG: *Chondrodendron*

ART: *Tomentosum*

VOLKSNAME: *Kurare*

GENUTZTE TEILE: *Blatt, Wurzel*

EIGENSCHAFTEN/VERWENDUNG: *Diuretikum, Fiebermittel, Gift, Muskelrelaxans*

1

Schlangengrube

6. August, 10.11 Uhr
Amazonas-Dschungel, Brasilien

Die Anakonda hielt das kleine Indianermädchen fest umklammert und zerrte es auf den Fluss zu.

Nathan Rand hatte am frühen Morgen Heilpflanzen gesucht und war gerade auf dem Rückweg zum Yanomami-Dorf, als er die Schreie hörte. Er ließ den Sammelbeutel fallen und eilte dem Mädchen zu Hilfe. Im Laufen nahm er die kurzläufige Flinte von der Schulter. Wer sich allein in den Dschungel begab, hatte stets eine Waffe dabei.

Er zwängte sich durch dichtes Laubwerk und auf einmal sah er die Schlange und das Mädchen. Die Anakonda, eines der größten Exemplare, die er je gesehen hatte, war mindestens fünfzehn Meter lang und lag zur Hälfte im Wasser, zur Hälfte auf dem morastigen Ufer. Die schwarzen Schuppen schimmerten feucht. Offenbar hatte sie dicht unter der Wasseroberfläche gelauert, als das Mädchen Wasser holen gekommen war. Es war nicht ungewöhnlich, dass die Riesenschlangen Wild auflauerten, das am Flussufer trinken wollte: Pekaris, Wasserschweinen, Rotwild aus dem Dschungel. Allerdings griffen die Schlangen nur selten Menschen an.

Während seiner zehnjährigen Tätigkeit als Ethnobotaniker im Amazonasdschungel hatte er jedoch eines gelernt: Wenn ein Tier nur hungrig genug war, galten keine Regeln mehr. Im endlosen grünen Urwald hieß es fressen oder gefressen werden.

Nathan blickte mit zusammengekniffenem Auge durch

den Gewehrsucher. Er kannte das Mädchen. »Mein Gott, Tama!« Sie war die neunjährige Nichte des Häuptlings, ein stets lächelndes, freundliches Kind, das ihm bei seiner Ankunft im Dorf vor einem Monat einen Strauß Dschungelblumen überreicht hatte. Später hatte sie ihn immer wieder an den Armhärchen gezupft, die bei den glatthäutigen Yanomami eine Seltenheit waren, und ihm den Spitznamen *Jako Basho* gegeben, was »Bruder Affe« bedeutete.

Er biss sich vor Konzentration auf die Unterlippe und zielte. Da die Schlange das Kind mit ihrem muskulösen Leib mehrfach umschlungen hatte, konnte er keinen Schuss anbringen.

»Verdammt!« Er warf die Flinte weg, zog die Machete aus der Scheide und sprang vor – während die Schlange unvermittelt weiterkroch und das Mädchen ins schwarze Flusswasser hinabzog. Tamas Geschrei verstummte, Luftblasen verrieten, wo sie sich befand.

Ohne lange zu überlegen sprang Nathan ihr nach.

Von allen Bereichen des Amazonasgebiets war keiner gefährlicher als die Wasserläufe. Unter der friedlichen Wasseroberfläche waren zahllose Gefahren verborgen. Gierige Piranhaschwärme jagten in der Tiefe, Stachelrochen versteckten sich im Schlamm und im Wurzelwerk lauerten Zitteraale. Am schlimmsten aber waren die eigentlichen Menschenfresser des Flusses, die riesigen schwarzen Kaimane, die zur Familie der Alligatoren gehörten. Daher hielten sich die indianischen Ureinwohner nach Möglichkeit von unbekannten Gewässern fern.

Nathan Rand aber war kein Indianer.

Mit angehaltenem Atem suchte er im trüben Wasser und machte schließlich die Windungen der Schlange aus. Ein heller Arm winkte. Er stieß sich mit den Beinen ab und ergriff die kleine Hand. Die Fingerchen schlossen sich verzweifelt um seine Pranke.

Tama war immer noch bei Bewusstsein!

An ihrem Arm zog er sich näher an die Schlange heran. Mit der anderen Hand holte er mit der Machete aus. Er trat mit den Beinen, um nicht abzutreiben, und drückte Tamas Hand.

Dann auf einmal wirbelte das Wasser durcheinander und er blickte in die roten Augen der Riesenschlange. Sie spürte, dass man ihr die Beute streitig machte. Das schwarze Maul öffnete sich und ruckte vor.

Nate wich seitlich aus, wobei er sich bemühte, das Mädchen nicht loszulassen.

Die Kiefer der Anakonda packten seinen Arm wie ein Schraubstock. Das Tier war zwar ungiftig, jedoch so kräftig, dass Nates Handgelenk zu brechen drohte. Ohne den Schmerz und seine wachsende Panik zu beachten, schwenkte er den anderen Arm vor und zielte mit der Machete auf die Augen des Tieres.

Im letzten Moment wälzte sich die Anakonda herum und schleuderte Nate auf den schlammigen Flussboden. Die Luft wurde Nate aus den Lungen gepresst, als ihn zweihundert Kilo geschuppte Muskeln niederdrückten. Er wand sich und scharrte mit den Beinen, fand im Flussschlamm jedoch keinen Halt.

Dann entglitten die Finger des Mädchens seinem Griff.

Nein ... Tama!

Er ließ die Machete los und drückte mit beiden Händen gegen den mächtigen Schlangenleib. Seine Schultern sanken in den weichen Schlamm ein, doch er ließ nicht locker. Für jede Windung, die er beiseite schob, tauchte eine weitere auf. Seine Armmuskeln erlahmten und seine Lunge schrie nach Luft.

In diesem Moment wurde Nathan Rand klar, dass er verloren war – was ihn nicht sonderlich wunderte. Er hatte gewusst, dass es eines Tages geschehen würde. Das war seine

Bestimmung, de[illegible]n, der auf seiner Familie lastete. Seine Eltern waren beide im Regenwald des Amazonas umgekommen. Während seines elften Lebensjahres war seine Mutter an einem unbekannten Dschungelfieber erkrankt und in einem kleinen Missionshospital gestorben. Vor vier Jahren war dann sein Vater einfach im Regenwald verschwunden.

Als Nate an den Schmerz dachte, den der Verlust seines Vaters bei ihm ausgelöst hatte, flammte Wut in ihm auf. Familienfluch hin oder her, er weigerte sich, in die Fußstapfen seines Vaters zu treten. Er würde nicht zulassen, dass der Dschungel ihn verschluckte. Vor allem aber wollte er Tama nicht verlieren!

Das letzte bisschen Luft hinausschreiend, schob Nathan den gewundenen Leib der Anakonda von seinen Beinen hinunter. Von der Last befreit, schwenkte er die Beine nach unten, sank bis zu den Knöcheln im Schlamm ein und richtete sich auf.

Als sein Kopf aus dem Wasser hervorstieß, füllte er die Lunge mit Luft, doch sofort wurde er am Arm ins dunkle Wasser zurückgerissen.

Diesmal versuchte er gar nicht erst, sich der Schlange zu erwehren. Das Handgelenk, das die Anakonda umklammert hielt, an die Brust gedrückt, wand er sich innerhalb der Windungen des Schlangenleibs, bis er den Hals der Schlange mit dem anderen Arm umfassen konnte. Als er das Tier fest im Griff hatte, drückte er ihm den linken Daumen ins Auge.

Die Schlange wand sich, schleuderte Nate für einen Moment aus dem Wasser, dann tauchte sie ihn wieder unter. Er ließ nicht locker.

Na los, du Biest, lass los!

Obwohl die Schlange seinen Oberkörper umklammert hielt, gelang es ihm, sich so weit zu krümmen, dass er ihr den zweiten Daumen ins andere Auge drücken konnte. Er drückte mit beiden Daumen fest zu, in der Hoffnung, dass sich seine rudimentären Kenntnisse der Reptilienphysiologie als wahr erweisen würden. Demnach löste Druck auf ein Schlangenauge über den Sehnerv einen Würgereflex aus.

Er drückte fester, während ihm der Herzschlag in den Ohren dröhnte.

Auf einmal ließ der Druck auf sein Handgelenk nach, und Nathan wurde mit solcher Gewalt fortgeschleudert, dass er halb aus dem Wasser flog und mit der Schulter aufs Ufer prallte. Als er sich herumwälzte, sah er in der Flussmitte dicht an der Wasserfläche eine helle Gestalt mit dem Gesicht nach unten im Wasser treiben.

Tama!

Wie erhofft hatte die Schlange beide Opfer reflexartig losgelassen. Nathan watete ins Wasser, packte das Kind beim Arm und zog es zu sich her. Er legte sich die leblose Tama über die Schulter und kletterte eilig ans Ufer.

Er setzte ihren nassen Körper auf dem Boden ab. Sie atmete nicht mehr, ihre Lippen waren blau angelaufen. Er fühlte ihr den Puls. Er war noch spürbar, aber ziemlich schwach.

Unwillkürlich blickte Nathan sich nach Hilfe um. Da außer ihm niemand da war, musste er das Mädchen allein wiederbeleben. Vor Beginn seiner Dschungelexpedition hatte er eine Ausbildung in erster Hilfe und Reanimation absolviert, doch er war kein Arzt. Er kniete sich hin, wälzte Tama auf den Bauch und drückte rhythmisch auf ihren Rücken. Etwas Wasser schoss aus Nase und Mund.

Zufrieden wälzte er das Mädchen wieder herum und machte sich an die Mund-zu-Mund-Beatmung.

In diesem Moment trat eine Yanomami in mittleren Jahren aus dem Dschungel. Wie alle Indianer war sie klein, zirka einsfünfzig. Ihr schwarzes Haar war kreisförmig geschoren, die Ohrläppchen waren mit Federn und Bambusstöckchen durchbohrt. Ihre dunklen Augen weiteten sich, als sie den über das kleine Kind gebeugten Weißen sah.

Nathan wusste sehr gut, wie er auf sie wirken musste. Er richtete sich aus der Hocke auf, als Tama unvermittelt wieder zu Bewusstsein kam, einen Schwall Flusswasser aushustete, um sich schlug und zu schreien begann. Das verängstigte Kind drosch mit seinen kleinen Fäusten auf ihn ein, noch immer im Alptraum der Schlangenattacke gefangen.

»Ruhig, du bist in Sicherheit«, sagte er in der Yanomami-Sprache und versuchte ihre Hände zu packen. Er wandte den Kopf zur Frau um und wollte ihr alles erklären, doch die kleine Indianerin ließ den Korb fallen und verschwand im Dickicht am Flussufer, wobei sie einen Alarmruf ausstieß. Nathan kannte den Ruf. Er ertönte immer dann, wenn ein Dorfbewohner in Gefahr war.

»Na großartig.« Nathan schloss die Augen und seufzte.

Als er vor vier Wochen in der Absicht, die medizinischen Kenntnisse des alten Stammesschamanen aufzuzeichnen, in das Dorf gekommen war, hatte ihn der Häuptling gebeten, sich von den Frauen fern zu halten. In der Vergangenheit war es mehrfach vorgekommen, dass Fremde Indianerfrauen missbraucht hatten. Nathan war der Bitte nachgekommen, obwohl einige Frauen liebend gern zu ihm in die Hängematte geklettert wären. Einen Mann von einsachtzig, mit blauen Augen und sandfarbenem Haar, hatten die Frauen dieses abgeschiedenen Stammes noch nicht gesehen.

In der Ferne wurde der Hilferuf der flüchtenden Frau von anderen, von vielen anderen Stimmen beantwortet. Der Name *Yanomami* bedeutete in etwa »das wilde Volk«. Die Yanomami-Stämme standen in dem Ruf, grausame Krieger zu sein. Die *Huyas*, die jungen Männer des Dorfes, fanden stets eine Ehrverletzung, einen Besitzanspruch oder einen Fluch als Vorwand, um mit einem Nachbarstamm oder einem Angehörigen des eigenen Stammes Streit anzufangen. Sie waren dafür berüchtigt, ganze Dörfer auszulöschen, bloß weil man sie beschimpft hatte.

Nathan blickte dem jungen Mädchen ins Gesicht. Was würden die *Huyas* wohl davon halten? Von einem Weißen, der über eines ihrer Kinder herfiel, noch dazu die Nichte des Häuptlings?

Tama hatte ihren Anfall erst einmal überwunden und abermals das Bewusstsein verloren. Sie atmete wieder regelmäßig, doch als er ihre Stirn berührte, spürte er, dass sie fieberte. Außerdem machte er an ihrer rechten Seite eine sich allmählich blau färbende Quetschung aus. Er tastete sie ab – in der Umarmung der Anakonda hatte sie sich zwei Rippen gebrochen. Er hockte sich auf die Fersen, biss sich auf die Lippen. Sie musste sofort ärztlich versorgt werden, sonst war ihr Leben in Gefahr.

Er bückte sich und hob sie behutsam hoch. Das nächste Hospital lag zehn Meilen flussabwärts in dem kleinen Städchen São Gabriel. Er musste sie schnellstens dorthin schaffen.

Doch gab es ein Problem – die Yanomami. Zusammen mit dem Mädchen würde er es nicht schaffen, vor ihnen zu flüchten. Dies war Indianergebiet, und obwohl er sich recht gut auskannte, war er doch kein Eingeborener. Im Amazonasgebiet gab es ein Sprichwort: *Na boesi, ingi sabe ala sani*. Im Dschungel weiß der Indianer alles. Die Yanomami waren hervorragende Jäger, geschickt im Umgang mit Bogen, Blasrohr, Speer und Knüppel.

Es gab keinen Ausweg.

Er hob die Flinte auf, die er zuvor weggeworfen hatte, und legte sich den Riemen um die Schulter. Mit dem Mädchen auf den Armen wandte er sich zum Dorf. Um seiner selbst und um Tamas willen musste er die Indianer dazu bringen, ihn anzuhören.

Im Dorf, das er seit einem Monat sein Zuhause nannte, herrschte Totenstille. Nathan zuckte im Gehen zusammen. Selbst das ständige Vogelgezwitscher und das Jagdgeschrei der Affen waren verstummt.

Mit angehaltenem Atem bog er um eine Biegung und sah sich unvermittelt einer Reihe von Indianern gegenüber, die ihm mit angelegten Pfeilen und erhobenen Speeren den Weg verstellten. Hinter seinem Rücken spürte er eine Bewegung. Als er sich umsah, bemerkte er weitere Indianer mit rot bemalten Gesichtern, die hinter ihm Aufstellung genommen hatten.

Wenn Nate dem Mädchen und sich selbst das Leben retten wollte, musste er etwas tun, das ihm zuwider war, doch er hatte keine andere Wahl.

»*Nabrushi yi yi!*«, rief er mit lauter Stimme. »Ich bestehe auf einem Zweikampf!«

6. August, 11.38 Uhr
außerhalb von São Gabriel da Cochoeria

Manuel Azevedo wusste, dass er gejagt wurde. Während er den Pfad entlangrannte, vernahm er vom Waldrand her das abgehackte Grollen eines Jaguars. Erschöpft und schweißnass stolperte er den abschüssigen Weg entlang, der vom Berg des »Heiligen Pfades« hinunterführte. Vor ihm öffnete sich durch eine Lücke im Laubwerk der Blick auf São Gabriel. Das Städtchen lag in einer Biegung des Rio Negro, dem nördlichen Nebenfluss des gewaltigen Amazonas.

So nah ... vielleicht schon zu nah ...

Manny kam rutschend zum Stehen und blickte sich um.

Er lauschte angestrengt auf irgendwelche Hinweise auf den Jaguar: das Knacken eines brechenden Zweiges, das Rascheln von Blättern. Doch keines der typischen Geräusche verriet ihm den Standort der Dschungelkatze. Sogar das Jagdgebell war verstummt. Der Jaguar wusste, dass seine Beute erschöpft war. Jetzt schlich er sich an, um sie zu töten.

Manny legte den Kopf schief. Das Zirpen der Heuschrecken und das ferne Vogelgezwitscher waren die einzigen Laute. Ein Schweißrinnsal lief ihm den Hals hinunter. Instinktiv griff er nach dem Messer, das in einer Gürtelscheide steckte. Die andere Hand legte er auf den Griff seiner kurzen Peitsche.

Manny musterte den sonnengesprenkelten Urwaldboden. Der Pfad war gesäumt von Lianen und Büschen. Aus welcher Richtung würde der Jaguar kommen?

Die Schatten bewegten sich.

Geduckt fuhr er herum und spähte angestrengt ins dichte Laubwerk. *Nichts.*

Ein Stück weiter den Pfad entlang sprang ihm ein Schatten ins Auge, geflecktes Fell, Schwarz auf Orange. Er hatte ganze drei Meter entfernt am Boden gelegen, mit untergeschlagenen Beinen. Die Raubkatze war ein großes, zweijähriges Männchen.

Als sie spürte, dass sie entdeckt worden war, schlug sie heftig mit dem Schwanz. Im Laub raschelte es.

Manny duckte sich, wappnete sich für den Angriff.

Mit einem tiefen Knurren und gebleckten Fangzähnen sprang die Raubkatze auf ihn zu.

Manny schrie auf, als der Jaguar wie ein Stein gegen seine Schulter prallte. Beide fielen auf den Urwaldpfad und wälzten sich über den Boden. Manny wurde die Luft aus der Lunge gepresst. Die Welt löste sich auf in grüne Blitze, Sonnensprenkel, verschwommenes Fell und aufblitzende Zähne.

Die Krallen bohrten sich in seine Khakihose, als die Raubkatze Manny umklammerte. Eine Tasche riss ab. Die Zähne umklammerten seine Schulter. Obwohl der Jaguar das Landtier mit dem zweitkräftigsten Gebiss war, ritzten seine Zähne jedoch nicht einmal die Haut.

Schließlich kamen beide ein paar Meter weiter zur Ruhe, dort, wo der Weg wieder eben wurde. Manny lag auf dem Jaguar und hielt das große Tier umarmt. Er blickte in die funkelnden Augen seines Gegners, der knurrend an seinem Hemd nagte.

»Bist du fertig, Tor-tor?« Er sog scharf die Luft ein. Er hatte die Raubkatze nach der Bezeichnung der Arawak-Indianer für *Geist* benannt. Jetzt aber, da der Jaguar an seiner Brust lag, kam ihm der Name nicht mehr ganz so passend vor.

Als er die Stimme seines Herrn vernahm, ließ der Jaguar das Hemd los und erwiderte seinen Blick. Dann leckte er Manny mit heißer, rauer Zunge den Schweiß von der Stirn.

»Ich liebe dich auch. Und jetzt beweg deinen pelzigen Arsch von mir runter.«

Die Krallen wurden eingezogen, und Manny setzte sich auf. Seufzend besah er sich die Schäden an seiner Kleidung. Die Jagdausbildung des jungen Jaguars brachte einen hohen Verschleiß mit sich.

Manny stand ächzend auf und hielt sich den Rücken. Mit zweiunddreißig wurde er allmählich zu alt für derlei Spiele.

Die Raubkatze wälzte sich auf die Pfoten und streckte sich. Dann auf einmal witterte sie mit peitschendem Schwanz.

Lachend stupste Manny den Jaguar gegen den Kopf. »Für heute haben wir genug gejagt. Es wird allmählich spät. Außerdem wartet im Büro ein Rudel Reporter auf mich.«

Tor-tor knurrte missmutig, folgte ihm jedoch.

Vor zwei Jahren hatte Manny dem wenige Tage alten verwaisten Jaguarjungen das Leben gerettet. Die Mutter war von Wilderern getötet worden; ein Jaguarfell brachte auf dem Schwarzmarkt nach wie vor ein hübsches Sümmchen ein. Die aktuelle Schätzung für den Bestand an Jaguaren belief sich auf fünfzehntausend Exemplare, die sich im riesigen Dschungel des Amazonasbeckens verteilten. Die Bemühungen zum Schutz der Wildtiere vermochten gegen die Bauern, die sich mit der Jagd ein Zubrot verdienten, kaum etwas auszurichten. Ein leerer Bauch machte einen unempfänglich für die Argumente des Tierschutzes.

Manny war sich dessen sehr wohl bewusst. Zur Hälfte ein Indianer, hatte er sich als Waise auf den Straßen von Barcellos am Ufer des Amazonas durchgeschlagen. Er hatte von der Hand in den Mund gelebt, vorbeikommende Touristenboote um ein paar Münzen angebettelt und gestohlen, wenn man ihm nichts gab. Schließlich war er von einer Salesianermission aufgenommen worden und hatte sich bis zu einem Abschluss in Biologie an der Universität von São Paulo hochgearbeitet; das Studium hatte ihm die brasilianische Indianerstiftung FUNAI finanziert. Als Gegenleistung für das Stipendium arbeitete er anschließend für die Indianer: Er setzte sich für ihre Belange ein, schützte ihre Lebensweise, half ihnen, den Anspruch auf ihr Land juristisch durchzusetzen. Und mit dreißig landete er hier in São Gabriel, wo er die Leitung des FUNAI-Büros übernahm.

Bei seinen Nachforschungen nach Wilderern, die auf Yanomami-Land vordrangen, entdeckte Manny Tor-tor, eine Waise wie er. Das rechte Hinterbein war gebrochen, da einer der Wilderer ihn getreten hatte. Manny brachte es nicht über sich, die kleine Raubkatze ihrem Schicksal zu überlassen. Daher hatte er das miauende, fauchende Junge in eine Decke gewickelt und anschließend hochgepäppelt.

Manny beobachtete den vor ihm gehenden Tor-tor. Von

der alten Verletzung hatte er ein ganz leichtes Schlenkern zurückbehalten. In weniger als einem Jahr würde Tor-tor geschlechtsreif werden. Dann würde sich sein Raubtierwesen bemerkbar machen, und es wäre an der Zeit, ihn im Dschungel freizulassen. Bis dahin aber wollte Manny Tor-tor beibringen, sich zu verteidigen. Der Dschungel war kein Platz für die Wehrlosen.

Der Weg schlängelte sich die letzten bewaldeten Hänge des Bergs des »Heiligen Pfades« hinunter. Vor ihm lag São Gabriel ausgebreitet, eine Mischung aus Hütten und zweckmäßigen Betonbauten, die sich am Ufer des Rio Negro drängten. Ein paar neue Hotels und andere Gebäude waren in der Landschaft verstreut, erbaut im Laufe der letzten fünf Jahre, um den wachsenden Touristenstrom aufzunehmen. Und in der Ferne lag der neue kommerzielle Flughafen. Die geteerte Startbahn war eine schwarze Narbe im Grün des Dschungels. Anscheinend war der Fortschritt nicht einmal in der abgelegenen Wildnis aufzuhalten.

Manny wischte sich den Schweiß von der Stirn, dann stieß er gegen Tor-tor, der unvermittelt stehen geblieben war. Ein Grollen stieg aus seiner Kehle, eine Warnung.

»Was hast du denn?« Dann hörte er es ebenfalls.

Über der dichten Urwalddecke war ein tiefes Knattern zu vernehmen, das allmählich lauter wurde. Es schien von allen Seiten zu kommen. Manny kniff die Augen zusammen. Er kannte das Geräusch, wenngleich es in dieser Gegend eher selten war. Ein Hubschrauber. Die meisten Touristen kamen mit dem Boot oder mit kleinen Propellermaschinen nach São Gabriel. Für Helikopter waren die Entfernungen im Allgemeinen zu groß. Selbst der brasilianische Armeestützpunkt verfügte nur über einen einzigen Hubschrauber, der bei Rettungs- und Bergungsmissionen eingesetzt wurde.

Das Geräusch wurde immer lauter. Manny wurde klar, dass es sich um mehr als einen Hubschrauber handeln musste.

Er suchte den Himmel ab, konnte aber nichts entdecken.

Auf einmal spannte Tor-tor sich an und sprang ins Gebüsch.

Drei Helikopter jagten am Berg des »Heiligen Pfades« entlang und schwenkten wie ein Wespenschwarm zu dem kleinen Städtchen ab. Wespen mit *Tarnbemalung*.

Die massigen Helikopter – vom Typ UH-1 Huey – gehörten eindeutig dem Militär.

Manny verrenkte sich den Hals und beobachtete den Vorbeiflug eines vierten Hubschraubers. Im Unterschied zu den anderen Maschinen war er jedoch schwarz lackiert. Er schwirrte über den Dschungel hinweg. Aufgrund seines kurzen Militärdienstes kannte Manny dessen charakteristische Form mit dem verkleideten Heckrotor. Es war ein RAH-66 Comanche, ein Aufklärungs- und Kampfhelikopter.

Die schlanke Maschine flog so dicht über Manny hinweg, dass er die amerikanische Flagge an der Seite erkennen konnte. Das Laubwerk erbebte vom Windschwall. Affen flüchteten laut kreischend, und ein Schwarm scharlachroter Keilschwanzsittiche schoss wie ein Feuerstrahl über den blauen Himmel.

Dann war auch dieser Helikopter vorbei. Er schloss sich den anderen drei Hubschraubern an und senkte sich auf das Fußballfeld des brasilianischen Armeestützpunkts hinab.

Nachdenklich pfiff Manny nach Tor-tor. Die große Raubkatze kam aus ihrem Versteck hervor und blickte sich suchend um.

»Alles in Ordnung«, versicherte er dem Jaguar.

Das Knattern verstummte, als die Helikopter landeten.

Er legte Tor-tor die Hand auf die bebende Schulter. Die Unruhe des Jaguars griff auf ihn über.

Manny setzte den Abstieg fort, die Hand auf dem knaufartigen Griff des Ochsenziemers, der an seinem Gürtel hing. »Was zum Teufel hat das amerikanische Militär hier in São Gabriel zu suchen?«

Nackt bis auf die Boxershorts stand Nathan mitten auf dem Dorfplatz. Um ihn herum erstreckte sich das *Shabano,* ein Rundhaus von der Breite eines halben Fußballplatzes, das in der Mitte nach oben hin offen war. Die Frauen und älteren Männer lagen in Hängematten unter dem Dach aus Bananenblättern, während die jüngeren Männer, die *Huyas,* mit Speeren und Bogen dafür sorgten, dass Nathan nicht floh.

Als man ihn mit vorgehaltenem Speer ins Dorf geleitete, hatte er versucht, den Vorfall zu erklären, und zum Beweis die Bisswunde an seinem Handgelenk vorgezeigt. Doch es wollte niemand auf ihn hören. Sogar der Häuptling, der ihm das Kind abnahm, hatte bloß abgewinkt, als wollte er ihn beleidigen.

Nathan wusste, dass er sich erst dann Gehör würde verschaffen können, wenn der Zweikampf vorüber war. So hielten es die Yanomami. Nur der, dem die Götter zum Sieg verhalfen, fand Gehör.

Nathan stand barfuß da. Ein Stück weiter debattierte eine Gruppe *Huyas* darüber, wer seine Herausforderung annehmen und welche Waffen er auswählen sollte. Üblicherweise wurden bei den Zweikämpfen *Nabrush* verwendet, schlanke, fast zweieinhalb Meter lange Holzknüppel, mit denen die Gegner aufeinander eindroschen. Bei ernsthafteren Auseinandersetzungen kamen Macheten oder Speere zum Einsatz.

Auf der anderen Seite des Platzes teilte sich die Menge.

Ein Indianer trat vor. Er war fast so groß wie Nathan und hatte eine drahtige, muskulöse Figur. Dies war Takaho, Tamas Vater und der Bruder des Häuptlings. Bekleidet war er lediglich mit einer Perlenschnur um die Hüfte, unter der die Penisvorhaut festgeklemmt war. Die Brust war mit Aschestrichen bemalt, das Gesicht unter dem Affenschwanz-Stirnband war leuchtend rot. Die Unterlippe war vorgewölbt, da er sich einen großen Tabakklumpen dahinter geklemmt hatte, was ihm ein ausgesprochen kriegerisches Aussehen verlieh.

Er streckte die Hand aus, worauf einer der *Huyas* herbeigeeilt kam und ihm eine lange Axt reichte. Der Schaft bestand aus mit Schnitzereien verziertem, purpurfarbenem Schlangenholz und lief in einen pfeifenförmigen stählleren Kopf aus. Das Gerät sah Furcht einflößend aus und war im Zweikampf eine der gefährlichsten Waffen.

Nate bekam eine ähnliche Axt in die Hand gedrückt.

Er beobachtete, wie ein anderer *Huya* seinem Gegner einen Tontopf mit einer öligen Flüssigkeit reichte. Takaho tauchte den Axtkopf hinein.

Nate wusste, worum es sich handelte. Er hatte dem Schamanen bei der Zubereitung der *Woorari*-Mixtur geholfen. Dies war Kurare, ein tödliches Nervengift, das aus einer Liane aus der Familie der Mondsamengewächse gewonnen wurde. Die Droge wurde zur Affenjagd verwendet, diente heute aber einem finstereren Zweck.

Nathan blickte sich um. Ihm bot man keinen Tontopf an. Offenbar war der Kampf nicht ganz ausgeglichen.

Der Häuptling reckte den Bogen über den Kopf und erklärte den Zweikampf für eröffnet.

Takaho näherte sich über den Platz und schwenkte mit geübter Hand die Axt.

Nathan hob seinerseits die Axt. Wie sollte er den Kampf gewinnen? Schon ein kleiner Kratzer bedeutete den Tod.

Und falls er wider Erwarten siegte, was wäre damit gewonnen? Er wollte nichts weiter, als Tama das Leben retten, doch vorher musste er ihren Vater töten.

Er wappnete sich und drückte die Axt quer an seine Brust. Er erwiderte den zornigen Blick seines Gegners. »Ich habe deiner Tochter nichts getan!«, rief er laut.

Takaho kniff die Augen zusammen. Er hatte Nate gehört, doch in seinem Blick lag Misstrauen. Takaho blickte zu Tama hinüber, um die sich der Dorfschamane kümmerte. Der hagere Dorfälteste neigte sich über das Mädchen und schwenkte singend ein qualmendes Bündel. Ein bitterer Geruch stieg Nathan in die Nase; ein beißendes Riechsalz, das aus Kletterhanf gewonnen wurde. Das Mädchen regte sich nicht.

Takaho wandte sich wieder Nate zu. Brüllend sprang der Indianer vor und holte mit der Axt nach Nates Kopf aus.

Da er in seiner Jugend Ringer gewesen war, wusste Nate, wie man sich bewegte. Er ließ sich fallen und wälzte sich beiseite, holte mit der eigenen Waffe aus und schlug dem Angreifer gegen die Beine.

Takaho stürzte auf den festgetrampelten Boden, prallte mit der Schulter auf und verlor dabei sein Stirnband. Verwundet war er jedoch nicht. Nate hatte mit der stumpfen Seite der Axt zugeschlagen, denn er wollte den Mann nicht verletzen.

Als der Indianer am Boden lag, sprang Nate auf ihn zu. *Wenn ich ihn nur bewegungsunfähig machen könnte ...*

Takaho aber wälzte sich mit der Geschmeidigkeit einer Katze beiseite, dann schwang er abermals die Axt.

Nate wich dem tödlichen Hieb aus. Die giftige Klinge zischte an seiner Nasenspitze vorbei und grub sich zwischen seinen Händen in den Boden. Nate war erst einmal so erleichtert, dass er dem auf seinen Kopf gezielten Fußtritt einen Moment zu spät auswich. Mit klingelnden

Ohren taumelte er über den Boden. Die Axt rutschte ihm aus der gelähmten Hand und schlitterte auf die Zuschauer zu.

Blut spuckend richtete Nathan sich rasch auf.

Takaho war bereits wieder auf den Beinen.

Als der Indianer die Axt aus dem Boden zog, blickte Nathan sich zu dem Schamanen um. Der Älteste blies Tama Rauch auf die Lippen, um böse Geister zu vertreiben.

Die anderen *Huyas* forderten lautstark seinen Tod.

Takaho hob grunzend die Axt und wandte sich Nate zu. Das Gesicht des Indianers war eine rote Maske der Wut. Er stürmte Nate entgegen, die Axt ein wirbelnder Schemen.

Der unbewaffnete Nate wich zurück. *So also sieht mein Tod aus ...*

Nate stieß mit dem Rücken gegen eine Mauer von Speeren. Es gab kein Entrinnen. Takaho wurde langsamer, hob die Axt hoch über den Kopf und setzte zum tödlichen Hieb an.

Als Nathan instinktiv auswich, spürte er, wie sich die Speerklingen in seinen nackten Rücken drückten.

Takaho riss die Axt mit beiden Händen nach unten.

»*Yulo!*« Der scharfe Ruf übertönte das Geschrei der *Huyas*. »Hör auf!«

Nathan schreckte vor einem Hieb zurück, der erstaunlicherweise ausblieb. Er schaute hoch. Die Axt zitterte einen Zentimeter vor seinem Gesicht. Ein Gifttropfen fiel ihm auf die Wange.

Der Schamane, der den Ruf ausgestoßen hatte, drängte sich zwischen den Zuschauern hindurch auf den Platz. »Deine Tochter kommt zu sich!« Er zeigte auf Nate. »Sie spricht von einer Riesenschlange und der Rettung durch den weißen Mann.«

Alle Gesichter wandten sich Tama zu, die kraftlos an einem Kürbisgefäß mit Wasser nippte, das eine Indianerin ihr an den Mund hielt.

Nathan blickte Takaho in die Augen. Dessen verhärtete Miene entspannte sich allmählich. Er senkte die Waffe, dann ließ er sie auf den Boden fallen. Er legte Nate die leere Hand auf die Schulter und zog ihn an die Brust. »*Jako*«, sagte er, ihn fest umarmend. »Bruder.«

Und damit war es vorüber.

Der Häuptling drängte sich schnaufend vor. »Du hast die große *Susuri* besiegt, die Anakonda, und unsere Tochter aus ihrem Bauch hervorgeholt.« Er zog eine lange Feder hinter seinem Ohr hervor und steckte sie Nate ins Haar. Dies war eine Schwanzfeder der Harpye, die als besonders kostbar galt. »Du bist kein *Nabe,* kein Fremder mehr. Du bist *Jako,* Bruder meines Bruders. Jetzt bist du ein Yanomami.«

Im *Shabano* erhob sich lauter Jubel.

Nathan wusste die besondere Ehre zu schätzen, doch im Moment hatte er eine dringlichere Sorge. »Meine Schwester«, sagte er und zeigte auf Tama. Bei den Yanomami war es tabu, jemanden mit Namen anzusprechen. Stattdessen benutzte man tatsächliche oder symbolische Verwandtschaftsbezeichnungen. Tama stöhnte leise. »Meine Schwester ist noch immer krank. Sie hat Verletzungen davongetragen, welche die Medizinmänner in São Gabriel heilen können. Ich bitte dich um die Erlaubnis, sie ins Stadthospital bringen zu dürfen.«

Der Dorfschamane trat vor. Nathan fürchtete schon, er werde darauf bestehen, das Mädchen mit seiner eigenen Medizin zu behandeln. Stattdessen legte er Nate die Hand auf die Schulter. »Unsere kleine Schwester wurde von unserem neuen *Jako* vor der *Susuri* gerettet. Wir sollten auf die Götter hören, die ihn zu ihrem Erretter bestimmt haben. Ich kann nichts mehr für sie tun.«

Nathan wischte sich das Gift von der Wange, wobei er darauf achtete, damit nicht an offene Schnittwunden zu kommen, dann dankte er dem Dorfältesten. Der Schamane hatte bereits mehr als genug getan. Hätte er das Mädchen nicht mit seiner Naturmedizin im letzten Moment aus der Bewusstlosigkeit aufgeweckt, wäre er jetzt tot. Als Nächstes wandte Nathan sich an Takaho. »Ich möchte dich bitten, mir für die Reise dein Kanu zu borgen.«

»Was mir gehört, gehört auch dir«, antwortete Takaho. »Ich werde dich nach São Gabriel begleiten.«

Nathan nickte. »Wir müssen uns beeilen.«

Tama wurde auf eine Trage aus Bambusstäben und Palmwedeln gebettet und ins Kanu gelegt. Takaho, mittlerweile mit Trägertop und Nike-Shorts bekleidet, bedeutete Nathan, sich in den Bug des Einbaums zu setzen, dann stieß er sich mit dem Ruder ab und steuerte das Kanu in die Mitte des Rio Negro. Die Strömung würde sie geradewegs nach São Gabriel bringen.

Die zehn Meilen legten sie schweigend zurück. Nathan sah hin und wieder nach Tama, aufmerksam beobachtet von deren besorgtem Vater. Das Mädchen hatte wieder das Bewusstsein verloren und stöhnte hin und wieder leise auf. Nathan hüllte das Kind in eine Decke.

Takaho steuerte das kleine Kanu geschickt durch die Stromschnellen und um umgestürzte Baumstämme herum. Mit geradezu unheimlich anmutendem Gespür fand er stets die rascheste Strömung.

Während das Kanu flussabwärts getragen wurde, kamen sie an einer Gruppe von Indianern eines Nachbardorfes vorbei, die mit Speeren Fische jagten. Nate beobachtete, wie ein Stück weiter flussaufwärts eine Frau in einem Kanu ein dunkles Pulver ins Wasser streute. Er wusste, was sie da tat. Es handelte sich um gemahlene Ayaeya-Liane. Das im Wasser gelöste Pulver betäubte die Fische. Sie würden an die Oberfläche steigen und von den Männer aufgespießt und eingesammelt werden. Diese Methode des Fischfangs war im ganzen Amazonasgebiet gebräuchlich.

Wie lange aber würden sich diese Traditionen noch halten? Eine Generation oder zwei? Dann wäre diese Kunst auf ewig verloren.

Nathan lehnte sich zurück, wohl wissend, dass er nicht alle Schlachten gewinnen konnte. Ob zum Guten oder zum Schlechten, die Zivilisation würde ihren Vormarsch fortsetzen.

Während sie so dahinglitten, musterte Nate die dichten Laubwände, welche beide Ufer säumten. Ringsumher summte, zirpte, kreischte, trompetete und knurrte das Leben.

An beiden Ufern kreischten Rudel roter Brüllaffen und sprangen auf den Ästen drohend auf und ab. An den flachen Stellen spießten weiß gefiederte Rohrdommeln mit ihren orangefarbenen Schnäbeln Fische auf, während die flachen Schnauzen der Kaimane die Stellen anzeigten, wo die Amazonaskrokodile Nester angelegt hatten. Und die Luft war erfüllt von Mückenschwärmen und Stechfliegen, die über jede unbedeckte Hautstelle herfielen.

Hier herrschte der Dschungel in all seinen Erscheinungsformen. Er schien endlos, undurchdringlich, voller Geheimnisse. Er zählte zu den letzten Flecken auf diesem Planeten, die noch nicht gänzlich erforscht waren. Noch immer gab es hier riesige Gebiete, die nie ein Mensch betreten hatte. Diese Aura des Geheimnisvollen hatte Nathans Eltern bewogen, ihr Leben im Dschungel zu verbringen, und dabei hatten sie ihren Sohn mit ihrer Liebe zum großen Wald schließlich angesteckt.

Als Nathan die ersten Zivilisationsspuren bemerkte, wusste er, dass sie sich São Gabriel näherten. Am Flussufer tauchten die ersten von Bauern gerodeten kleinen

Lichtungen auf. Kinder wirkten und riefen, während sie mit dem Kanu an ihnen vorbeifuhren. Sogar die Geräusche des Urwalds schienen hier gedämpft, vertrieben vom Getöse der modernen Welt: dem Brummen der Traktoren auf den Feldern, dem Surren der vorbeirasenden Motorboote, der blechernen Radiomusik, die aus einer Hütte schallte.

Als sie um eine Flussbiegung bogen, endete der Dschungel übergangslos. Das kleine Städtchen São Gabriel ähnelte einem Krebsgeschwür, das den Bauch des Waldes zerfressen hatte. In Flussnähe überwogen Holzhütten und Verwaltungsgebäude aus Beton. An den Hängen sah man große und kleine Häuser. An den Kais und Molen drängten sich Touristenboote und Lastkähne, deren Farbe abblätterte.

Nathan dirigierte Takaho zu einem Stück unbebauten Flussufers. Er bemerkte, dass der Indianer die Stadt voller Entsetzen musterte, das Ruder fest an die Brust gedrückt.

»Das frisst die Welt auf«, murmelte er.

Nathan blickte sich zu dem Städtchen um. Sein letzter Besuch in São Gabriel lag zwei Wochen zurück, der Lärm und die Geschäftigkeit entsetzten ihn jedes Mal aufs Neue. Wie musste es da erst für jemanden sein, der noch nie aus dem Urwald herausgekommen war?

Nathan deutete auf eine geeignete Anlegestelle. »Hier gibt es nichts, was ein großer Krieger zu fürchten hätte. Wir müssen deine Tochter zum Krankenhaus bringen.«

Takaho nickte, sichtlich um Fassung ringend. Sein Gesicht nahm wieder einen stoischen Ausdruck an, doch sein Blick huschte ständig hin und her, um die Wunder dieser fremden Welt aufzunehmen. Er lenkte das Kanu ans Ufer, dann half er Nathan, die Trage mit der bewusstlosen Tama an Land zu schaffen.

Tama stöhnte, ihre Augenlider flatterten, dann sah man

das Weiße. Während der Fahrt war sie merklich blasser geworden.

»Wir müssen uns beeilen.«

Gemeinsam schleppten sie das Mädchen durchs Hafenviertel, was die erstaunten Blicke der Einheimischen und die blendenden Blitze der Touristenkameras auf sie lenkte. Takaho war zwar »zivilisiert« gekleidet, aufgrund des Stirnbandes, des Federschmucks am Ohr und des runden Haarschnitts jedoch als Stammesindianer zu erkennen.

Das kleine Hospital lag zum Glück gleich hinter dem Hafenviertel. Zu erkennen war es lediglich am abblätternden Roten Kreuz über der Schwelle, doch Nathan war schon einmal bei dem aus Manaus stammenden Arzt gewesen. Nicht lange, und sie hatten die Straßen hinter sich gelassen und bugsierten die Trage durch den Eingang. Im Krankenhaus roch es nach Ammoniak und Desinfektionsmittel, doch gottlob gab es eine Klimaanlage. Die kühle Luft fühlte sich im Gesicht an wie ein feuchtes Handtuch.

Nate ging zum Schwesternzimmer und brachte eilig sein Anliegen vor. Die pummelige Schwester runzelte verständnislos die Stirn, dann merkte Nathan auf einmal, dass er Yanomami gesprochen hatte. Sogleich wechselte er ins Portugiesische. »Das Mädchen wurde von einer Anakonda angegriffen. Ein paar Rippen sind gebrochen, doch ich glaube, die inneren Verletzungen sind gefährlicher.«

»Kommen Sie mit.« Die Krankenschwester deutete zu einer Schwingtür, während sie Takaho misstrauisch beäugte.

»Das ist ihr Vater.«

Die Schwester nickte. »Dr. Rodriguez macht gerade einen Hausbesuch, aber ich kann ihn herrufen.«

»Tun Sie das«, sagte Nathan.

»Vielleicht kann ich Ihnen behilflich sein«, sagte hinter ihm jemand.

Nathan wandte sich um.

Eine hoch gewachsene, schlanke Frau mit langem kastanienroten Haar erhob sich von einem der Klappstühle im Wartezimmer. Zuvor war sie von einem Stapel Holzkisten mit Rotkreuzzeichen verdeckt gewesen. Sie näherte sich ihnen mit ruhiger Selbstsicherheit und musterte sie aufmerksam.

Nathan straffte sich.

»Ich bin Kelly O'Brien«, sagte sie in fließendem Portugiesisch, doch Nate hörte einen ganz schwachen Boston-Akzent heraus. Sie zückte einen Ausweis, der mit dem wohl bekannten Äskulapstab bedruckt war. »Ich bin amerikanische Ärztin.«

»Dr. O'Brien«, sagte er auf Englisch, »wir könnten Ihre Hilfe gut gebrauchen. Das Mädchen wurde –«

Die auf der Trage liegende Tama krümmte auf einmal den Rücken. Ihre Fersen trommelten auf die Palmwedel, dann schüttelte sie sich am ganzen Leib.

»Sie hat Krämpfe!«, sagte die Frau. »Bringen Sie sie auf die Station!«

Die pummelige Krankenschwester ging voran und hielt ihnen die Tür auf.

Kelly O'Brien eilte neben dem Mädchen her, als die beiden Männer zu einem der vier Betten in der kleinen Krankenstation herumschwenkten. Die hoch gewachsene Ärztin schnappte sich ein Paar Untersuchungshandschuhe und sagte im Befehlston: »Ich brauche zehn Milligramm Diazepam!«

Die Schwester nickte und eilte zu einem Medikamentenschrank. Kurz darauf drückte sie Kelly eine Spritze mit bernsteinfarbener Flüssigkeit in die behandschuhte Hand. Die Ärztin hatte bereits eine Aderpresse aus Gummi vorbereitet. »Halten Sie sie fest«, wies sie Nate und Takaho an.

Inzwischen waren eine weitere Schwester und ein großer Krankenpfleger dazugekommen; die Notfallroutine lief an.

»Bereiten Sie eine Infusion und einen Beutel mit Ringer-Laktat-Lösung vor«, sagte Kelly scharf. Sie tastete am dünnen Arm des Mädchens nach einer geeigneten Ader. Mit geübter Hand stach sie die Kanüle ein und injizierte langsam das Medikament.

»Das ist Valium«, erklärte sie. »Das sollte den Krampf so lange lösen, bis wir herausgefunden haben, was mit ihr nicht stimmt.«

Die Wirkung setzte augenblicklich ein. Tamas Krämpfe flauten ab. Sie hörte auf, um sich zu schlagen, und sank entspannt aufs Bett. Nur die Augenlider und die Mundwinkel zuckten noch. Kelly untersuchte mit einem Lämpchen die Pupillen.

Der Krankenpfleger schob Nate beiseite, machte sich an Tamas anderem Arm zu schaffen und bereitete einen Katheter vor.

Nate blickte dem Mann über die Schulter und sah die Angst in Takahos Augen.

»Was ist denn passiert?«, erkundigte sich die Ärztin, während sie das Mädchen untersuchte.

Nathan schilderte ihr den Angriff der Schlange. »Seitdem war sie nur zeitweise bei Bewusstsein. Der Dorfschamane hat es geschafft, sie vorübergehend wieder aufzuwecken.«

»Sie hat zwei gebrochene Rippen und Hämatome, aber den Anfall beziehungsweise die Krämpfe kann ich mir nicht erklären. Hatte sie auf dem Herweg auch schon Krämpfe?«

»Nein.«

»Gibt es Epilepsie in der Familie?«

Nate wandte sich an Takaho und wiederholte die Frage auf Yanomami.

Takaho nickte. *»Ah-de-me-nah gunti.«*

Nate runzelte die Stirn.

»Was hat er gesagt?«, fragte Kelly.

»*Ah-de-me-nah* bedeutet Zitteraal. *Gunti* heißt Krankheit.«

»Zitteraalkrankheit?«

Nate nickte. »Das hat er gesagt. Aber das ergibt keinen Sinn. Wer von einem Zitteraal angegriffen wird, bekommt meistens Krämpfe, aber das ist eine unmittelbare Reaktion. Und Tama war seit dem Angriff der Schlange nicht mehr im Wasser. Vielleicht ist Zitteraalkrankheit die Yanomami-Bezeichnung für Epilepsie.«

»Wurde sie deswegen behandelt? Hat sie Medikamente bekommen?«

Nate übersetzte Takahos Antwort. »Der Dorfschamane hat sie einmal wöchentlich mit Hanfrauch behandelt.«

Kelly seufzte. »Also hat sie keine Medikamente bekommen. Kein Wunder, dass der Stress des drohenden Ertrinkens einen so schweren Anfall ausgelöst hat. Was halten Sie davon, mit dem Vater im Wartezimmer Platz zu nehmen? Ich werde versuchen, den Anfall mit stärkeren Medikamenten zu beenden.«

Nate blickte zum Bett. Tama rührte sich nicht. »Glauben Sie wirklich, sie hat das nötig?«

Kelly blickte ihm in die Augen. »Allerdings.« Sie machte ihn auf die hartnäckigen Gesichtszuckungen aufmerksam. »Sie befindet sich in einem epileptischen Zustand, sozusagen im Dauerkrampf. Die meisten Patienten, die einen derart langen Anfall erleiden, wirken wie betäubt und unkoordiniert. Zwischendurch kommt es immer wieder zu stärkeren Ausbrüchen. Wenn wir nichts unternehmen, wird sie sterben.«

Nate schaute das kleine Mädchen an. »Wollen Sie damit sagen, sie hat die ganze Zeit über Krämpfe?«

»Ihrer Schilderung nach zu schließen, ja.«

»Aber der Dorfschamane hat sie vorübergehend aus der Erstarrung aufgeweckt.«

»Das zu glauben fällt mir schwer.« Kelly wandte sich wieder dem Mädchen zu. »Um diesen Zyklus zu durchbrechen, fehlt es ihm an den erforderlichen Medikamenten.«

Nate fiel ein, dass das Mädchen aus einem Kürbisgefäß getrunken hatte. »Doch, die hat er. Sie sollten Stammesschamanen nicht mit Medizinmännern verwechseln. Ich beschäftige mich schon jahrelang mit ihnen. Und in Anbetracht der Mittel, die ihnen zur Verfügung stehen, sind sie ausgesprochen tüchtig.«

»Auf jeden Fall haben wir hier wirksamere Medikamente. Richtige Medizin.« Sie wies erneut mit dem Kinn auf Takaho. »Wie wär's, wenn Sie den Vater ins Wartezimmer bringen würden?« Kelly wandte sich an den Pfleger und die Schwestern, ohne ihn weiter zu beachten.

Nate gehorchte widerstrebend. Schon seit Jahrhunderten blickten die Vertreter der westlichen Medizin voller Verachtung auf die Errungenschaften des Schamanismus herab. Nate geleitete Takaho unter gutem Zureden ins Wartezimmer. Er sagte ihm, er solle sich hinsetzen und warten, dann wandte er sich zur Tür.

Zornig trat er in die Hitze des Amazonas hinaus. Ob die amerikanische Ärztin ihm nun glaubte oder nicht, er hatte mit angesehen, wie der Schamane das Mädchen aufgeweckt hatte. Wenn es jemanden gab, der eine Erklärung für Tamas geheimnisvolle Krankheit hatte, so wusste er, wo dieser Mann zu finden war.

Im Laufschritt eilte er durch die Nachmittagshitze auf den südlichen Stadtrand zu. Etwa zehn Straßenecken weiter bog er um die Einfassung eines brasilianischen Armeelagers. Der normalerweise verschlafene Stützpunkt summte vor Geschäftigkeit. Auf dem Fußballplatz bemerkte Nate vier Helikopter mit dem Abzeichen der Vereinigten Staaten. Einheimische säumten den Zaun, zeigten auf die fremden Militärmaschinen und unterhielten sich aufgeregt.

Ohne sich aufzuhalten, eilte Nate zu einem Betongebäude inmitten verfallener Holzhütten. Auf der Fassade prangte der Schriftzug FUNAI. Dies war die örtliche Niederlassung der brasilianischen Indianerstiftung, zuständig für die medizinische Versorgung, die Erziehung und die rechtliche Vertretung der Eingeborenenstämme, der Baniwa und Yanomami. In dem kleinen Haus waren Büros und eine Obdachlosenherberge für Indianer untergebracht, die in die Stadt kamen, um am Reichtum des weißen Mannes teilzuhaben.

Die FUNAI verfügte über einen eigenen medizinischen Berater, der ein alter Freund der Familie war und seinem Vater viel über den Amazonasdschungel beigebracht hatte.

Nate durchquerte das Vorzimmer, eilte durch einen Flur und eine Treppe hoch. Er hoffte, dass er seinen Freund im Büro antreffen würde. Als er sich der offenen Tür näherte, vernahm er die Klänge von Mozarts fünftem Violinkonzert.

Gott sei Dank!

Er klopfte an den Türrahmen. »Professor Kouwe?«

Hinter einem kleinen Schreibtisch blickte ein mokkahäutiger Indianer von einem Stapel Papiere auf. Er war Mitte fünfzig, hatte schulterlanges, an den Schläfen bereits ergrautes schwarzes Haar und trug eine Lesebrille mit Metallfassung. Als er Nate erkannte, nahm er die Brille ab und lächelte breit.

»Nathan!« Resh Kouwe erhob sich, trat um den Schreibtisch herum und begrüßte Nate mit einer Umarmung, die es mit dem Würgegriff einer Anakonda aufnehmen konnte. Trotz seiner kleinen Gestalt war der Mann stark wie ein Ochse. Ehemals Schamane des Tiríos-Stammes aus dem Süden Venezuelas, hatte Kouwe vor dreißig Jahren Nates Vater kennen gelernt und mit ihm Freundschaft geschlossen. Kouwe hatte den Dschungel mit Hilfe seines Vaters schließlich hinter sich gelassen und in Oxford einen Abschluss sowohl in Linguistik als auch in Paläanthropologie gemacht. Außerdem war er einer der bedeutendsten Experten für einheimische Pflanzen. »Mein Junge, ich kann's einfach nicht glauben! Hat Manny Kontakt mit dir aufgenommen?«

Nathan löste sich stirnrunzend aus der Umarmung. »Nein, wovon reden Sie?«

»Er sucht nach dir. Vor einer Stunde hat er bei mir vorbeigeschaut und mich gefragt, ob ich wüsste, in welchem Dorf du gerade deine Forschungen betreibst.«

»Warum denn das?« Nathan legte die Stirn in Falten.

»Das hat er nicht gesagt, aber er war in Begleitung von so einem hohen Tier von Tellux.«

Nathan verdrehte die Augen. Tellux Pharmaceuticals war der multinationale Konzern, der seine Untersuchungen der Schamanenpraktiken finanzierte.

Kouwe bemerkte seine Verdrossenheit. »Du hast den Pakt mit dem Teufel aus freien Stücken geschlossen.«

»Als ob ich nach dem Tod meines Vaters eine andere Wahl gehabt hätte.«

Kouwe runzelte die Stirn. »Du hättest nicht so rasch aufgeben dürfen. Du warst immer schon –«

»Hören Sie«, fiel Nathan ihm ins Wort. An diese dunkle Periode seines Lebens wollte er nicht erinnert werden. Er musste die Suppe auslöffeln, die er sich eingebrockt hatte. »Ich habe momentan ein ganz anderes Problem als Tellux.« Er berichtete rasch von Tama und ihrer Krankheit. »Ich habe Bedenken hinsichtlich der Behandlung. Ich habe mir gedacht, Sie könnten vielleicht mal mit der Ärztin reden.«

Kouwe nahm einen Angelkasten aus dem Regal. »Dumme Sache, wirklich dumm«, sagte er und wandte sich zur Tür.

Nathan folgte ihm die Treppe hinunter und auf die Straße. Er musste sich beeilen, um mit dem Älteren Schritt zu halten. Kurz darauf betraten sie das Krankenhaus.

Als er Nathan erblickte, sprang Takaho auf. »Ich hab jemanden mitgebracht, der deiner Tochter vielleicht helfen kann.«

Kouwe hielt sich nicht lange auf, sondern drängte sogleich in die angrenzende Krankenstation. Nathan eilte ihm nach.

Im Zimmer herrschte Chaos. Das Gesicht der schlanken amerikanischen Ärztin glänzte vor Schweiß. Sie hatte sich über Tama gebeugt, die erneut einen heftigen Anfall hatte. Die Krankenschwestern eilten umher, um ihre Anweisungen auszuführen.

Kelly warf einen Blick auf den verkrampften Körper des Mädchens. »Wir verlieren sie«, sagte sie mit ängstlich geweiteten Augen.

»Vielleicht kann ich Ihnen helfen«, sagte Kouwe. »Welche Medikamente hat sie bekommen?«

Kelly spulte die Liste herunter und streifte sich feuchte Haarsträhnen aus der Stirn.

Kouwe klappte den Angelkasten auf und nahm einen kleinen Beutel aus einem der zahlreichen Fächer. »Ich brauche einen Trinkhalm.«

Eine Schwester gehorchte ihm ebenso bereitwillig wie zuvor Dr. O'Brien. Nathan schloss daraus, dass dies nicht der erste Krankenhausbesuch von Professor Kouwe war. Niemand kannte sich besser mit Eingeborenenkrankheiten und ihrer Behandlung aus als er.

»Was machen Sie da?«, fragte Kelly, ganz rot im Gesicht. Das kastanienrote Haar hatte sie sich zu einem Pferdeschwanz zurückgebunden.

»Sie sind von falschen Annahmen ausgegangen«, antwortete Kouwe ruhig, während er das Pulver in den Plastikhalm füllte. »Die mit der Zitteraalkrankheit einhergehenden Krämpfe sind anders als bei Epileptikern nicht auf eine Störung des zentralen Nervensystems zurückzuführen. Ursache ist ein angeborenes chemisches Ungleichgewicht in der Rückenmarksflüssigkeit. Die Krankheit kommt nur bei Yanomami-Indianern vor.«

»Eine erbliche metabolische Störung?«

»Ja, wie der Favismus im Mittelmeerraum oder die Kälte-Fett-Krankheit bei den Maronen in Venezuela.«

Kouwe trat ans Krankenbett. »Halt sie fest«, wies er Nathan an.

Der Schamane steckte dem Mädchen den Trinkhalm in ein Nasenloch und pustete das Pulver hinein.

Dr. O'Brien stand dicht hinter ihm. »Sind Sie der Arzt des Krankenhauses? Dr. Rodriguez?«

»Nein, meine Liebe«, antwortete Kouwe und richtete sich wieder auf. »Ich bin der hiesige Medizinmann.«

Kelly musterte ihn mit einer Mischung aus Unglauben und Entsetzen, doch ehe sie reagieren konnte, hörte das Mädchen auf, um sich zu schlagen, und beruhigte sich allmählich.

Kouwe hob Tamas Augenlider an. Ihre Haut bekam bereits wieder Farbe. »Ich habe festgestellt, dass bestimmte Wirkstoffe durch die Nasenschleimhaut ebenso gut aufgenommen werden wie bei intravenöser Verabreichung.«

Kelly schaute verwundert drein. »Es funktioniert.«

Kouwe reichte den Beutel einer der Schwestern. »Wird Dr. Rodriguez bald wiederkommen?«

»Ich habe ihn bereits angerufen, Professor«, antwortete eine Krankenschwester und sah auf ihre Armbanduhr. »Er sollte in zehn Minuten hier sein.«

»Geben Sie dem Mädchen in den nächsten vierundzwanzig Stunden einen halben Halm alle drei Stunden, danach ein Mal täglich. Das dürfte ihren Zustand so weit stabilisieren, dass die übrigen Verletzungen behandelt werden können.«

»Ist gut, Professor.«

Tama schlug blinzelnd die Augen auf. Sie musterte erschreckt die um sie herum versammelten Fremden, dann bemerkte sie Nathan. *»Jako Basho«*, sagte sie mit schwacher Stimme.

»Ja, Bruder Affe ist bei dir«, sagte er auf Yanomami und tätschelte ihr die Hand. »Alles in Ordnung. Dein Papa ist auch hier.«

Eine der Schwestern ging Takaho holen. Als er sah, dass seine Tochter bei Bewusstsein war, fiel er auf die Knie nieder. Er ließ seine stoische Maske fallen und weinte vor Erleichterung.

»Sie wird wieder gesund«, versicherte ihm Nate.

Kouwe nahm den Angelkasten auf und ging hinaus. Nathan und Dr. O'Brien folgten ihm.

»Woraus bestand das Pulver?«, fragte die Ärztin.

»Aus getrockneter *Ku-nah-ne-mah-Liane*.«

»Kletterhanf. Mit dem Rauch dieser Pflanze hat der Dorfschamane das Mädchen wieder aufgeweckt, wie ich schon sagte.«

Kelly errötete. »Ich muss mich bei Ihnen entschuldigen. Ich wollte Sie nicht ... Ich meine, ich konnte mir einfach nicht vorstellen ...«

Kouwe berührte sie am Ellbogen. »Der westliche Ethnozentrismus ist hier draußen weit verbreitet. Das braucht Ihnen nicht peinlich zu sein.« Er zwinkerte ihr zu. »Er ist bloß ein wenig überholt.«

Nate sah keinen Grund, besonders höflich zu sein. »Beim nächsten Mal«, sagte er grob, »hören Sie besser unvoreingenommen zu.«

Sie biss sich auf die Lippen und wandte sich ab.

Sogleich tat es ihm Leid. Die Anspannung des Tages hatte

ihn reizbar werden lassen. Die Ärztin hatte es bloß gut gemeint. Wohl wissend, dass er sie nicht hätte anfahren sollen, setzte er zu einer Entschuldigung an.

Ehe er jedoch etwas sagen konnte, schwang die Tür auf, und ein hoch gewachsener Mann, bekleidet mit Khakihose, Khakihemd und einer lädierten Baseballkappe der Red Sox, trat in die Lobby. Er sah die Ärztin an. »Kelly, wenn du die Vorräte übergeben hast, wirst du gebraucht. Wir haben ein Boot aufgetrieben, das uns flussaufwärts bringen wird.«

»Ist gut«, sagte sie. »Ich bin hier fertig.«

Nathan fielen die Ähnlichkeiten zwischen dem Neuankömmling und der jungen Ärztin auf: Beide hatten Sommersprossen, die gleichen Lachfältchen um die Augen und sogar den gleichen Bostoner Akzent. Vermutlich war er ihr Bruder.

Nathan folgte ihnen auf die Straße. Was er dort sah, veranlasste ihn, einen Schritt zurückzuweichen, sodass er gegen Professor Kouwe prallte.

Auf der Straße waren zehn Soldaten in voller Montur aufgereiht, ausgerüstet mit M-16-Schnellfeuergewehren mit einklappbaren Kolbenmagazinen, Pistolenhalftern und schweren Rucksäcken. Nate kannte die Schulterabzeichen nur allzu gut. Army Ranger. Einer sprach gerade in ein Funkgerät und bedeutete der Gruppe, zum Flussufer zu marschieren. Die beiden Amerikaner schlossen sich ihnen an.

»Warten Sie!«, rief jemand hinter den Rangern.

Die Soldaten teilten sich und in der Lücke tauchte ein bekanntes Gesicht auf: Manny Azevedo. Der untersetzte schwarzhaarige Mann drängte sich zwischen den Soldaten hindurch. Er trug eine zerschlissene Hose und die Hemdtasche hing lose herab. An seiner Hüfte hing der sprichwörtliche Ochsenziemer.

Nathan erwiderte Mannys Lächeln und näherte sich ihm. Sie umarmten sich kurz, klopften sich gegenseitig auf den Rücken. Dann zupfte Nathan an der abgerissenen Hemdtasche. »Wie ich sehe, hast du wieder mit Tor-tor gespielt.«

Manny grinste. »Seit du ihn zum letzten Mal gesehen hast, hat das Vieh zehn Kilo zugelegt.«

Nathan lachte. »Na toll. Als ob er nicht schon groß genug wäre.« Als er bemerkte, dass die Ranger stehen geblieben waren und sie ebenso wie Kelly O'Brien und ihr Bruder neugierig musterten, wies Nathan mit dem Kinn auf die Soldaten und beugte sich dichter an Manny heran. »Und was soll das alles? Wo wollen die hin?«

Manny blickte zum Soldatentrupp. Mittlerweile hatte sich eine große Schar von Neugierigen versammelt, die die Kolonne der steifen Ranger begafften. »Scheint so, als würde die US-Regierung eine Dschungelexpedition finanzieren.«

»Und wozu das? Sind sie hinter Drogenhändlern her?«

Kelly O'Brien hatte sich ihnen mittlerweile genähert.

Manny nickte ihr zu, dann deutete er auf Nathan. »Darf ich Ihnen Dr. Rand vorstellen? Dr. Nathan Rand.«

»Wir hatten bereits das Vergnügen«, meinte Kelly mit einem verlegenen Lächeln. »Allerdings hat er sich mir nicht vorgestellt.«

Nathan spürte, dass zwischen Kelly und Manny etwas Unausgesprochenes im Raum schwebte. »Was geht hier vor?«, fragte er. »Wonach suchen Sie?«

Sie blickte ihm in die Augen. Das Smaragdgrün ihrer Augen war frappierend. »Wir haben nach Ihnen gesucht, Dr. Rand.«

2

Die Besprechung

6. August, 9.15 Uhr
São Gabriel da Cochoeria

Nate trat aus dem FUNAI-Gebäude auf die Straße und wandte sich zum brasilianischen Armeestützpunkt. Begleitet wurde er vom brasilianischen Biologieprofessor Kouwe. Der Professor war soeben aus dem Krankenhaus zurückgekehrt. Zu Nates Erleichterung hatte er berichtet, dass Tama auf dem Wege der Besserung sei.

Geduscht, rasiert und frisch eingekleidet war Nathan Rand ein ganz anderer Mensch als der, der vor wenigen Stunden mit dem Mädchen zusammengetroffen war. Es war, als hätte er sich den Dschungel zusammen mit dem Dreck und dem Schweiß vom Körper gerubbelt. Innerhalb weniger Stunden hatte er sich von einem frisch ernannten Mitglied des Yanomami-Stammes wieder in einen amerikanischen Bürger verwandelt. Es war schon erstaunlich, welch tief greifende Verwandlung eine Deoseife mit irischem Frühlingsduft bewirken konnte. Schnuppernd sog er den Duft ein.

»Nimmt einen ganz schön mit, wenn man so lange im Dschungel war, hab ich Recht?«, sagte Professor Kouwe und zog an seiner Pfeife. »Als ich mein Heimatdorf im venezolanischen Dschungel verließ, brauchte ich lange, um mich an die Reizüberflutung zu gewöhnen – an die Gerüche, den Lärm, das hektische Treiben.«

Nathan ließ den Arm sinken. »Es ist schon eigenartig, wie schnell man sich an das einfachere Leben draußen in der Wildnis gewöhnt. Aber es gibt eine zivilisatorische Errungenschaft, die einen mit allen Unannehmlichkeiten des modernen Lebens versöhnt.«

»Und das wäre?«, fragte Manny.

»Klopapier«, antwortete Nathan.

Kouwe lachte schnaubend. »Was glaubst du wohl, warum ich aus dem Dschungel fortgegangen bin?«

Sie näherten sich dem Tor des hell erleuchteten Stützpunkts. Die Besprechung sollte in zehn Minuten beginnen. Vielleicht würde er dabei mehr erfahren.

Im Gehen blickte Nathan sich zur schlafenden Stadt um und betrachtete diese kleine Bastion der Zivilisation. Der Vollmond spiegelte sich im Fluss, ein wenig verschwommen aufgrund des Abendnebels, der sich in die Stadt hinein ausbreitete. Nur bei Nacht gewinnt der Dschungel die Oberhand über São Gabriel. Nach dem Sonnenuntergang verebbt der Stadtlärm und wird ersetzt vom widerhallenden Lied der Ziegenmelker in den umliegenden Bäumen, das begleitet wird von einem Chor blökender Frösche und dem Gezirpe der Heuschrecken und Grillen. Sogar auf den Straßen löst das Flattern der Fledermäuse und das Sirren der blutgierigen Mücken das Hupen der Autos und den Stimmenlärm der Menschen ab. Nur dann, wenn man an einer offenen Cantina vorbeikommt, aus der das ausgelassene Gelächter der Nachtschwärmer auf die Straße schwappt, macht sich noch der Mensch bemerkbar.

Ansonsten herrscht bei Nacht der Dschungel.

Nathan hielt Schritt mit Manny. »Was kann die US-Regierung bloß von mir wollen?«

Manny schüttelte den Kopf. »Ich bin mir nicht sicher. Aber es hat wohl etwas mit deinen Geldgebern zu tun.«

»Mit Tellux Pharmaceuticals?«

»Genau. Von denen sind mehrere Firmenvertreter eingetroffen. Dem Aussehen nach zu schließen Anwälte.«

Nate runzelte die Stirn. »Tauchen die nicht immer auf, wenn es um Tellux geht?«

»Du hättest ihnen Eco-Tek nicht verkaufen sollen«, sagte Kouwe, ohne die Pfeife aus dem Mund zu nehmen.

Nate seufzte. »Professor ...«

Der Schamane hob beschwichtigend die Hände. »Tut mir Leid. Ich weiß ... ein wunder Punkt.«

Wund traf es nicht ganz. Vor zwölf Jahren gegründet, war Eco-Tek das Geistesprodukt seines Vaters. Die pharmazeutische Nischenfirma war bestrebt gewesen, das Schamanenwissen zur Entdeckung neuer Pflanzenheilmittel zu nutzen. Sein Vater hatte die Weisheit der aussterbenden Medizinmänner des Amazonasbeckens bewahren und sicherstellen wollen, dass die Eingeborenenstämme auch weiterhin von dem Wissen profitierten, das ihr ureigenster Besitz war. Dies war nicht nur ein großer Traum seines Vaters und sein Lebensziel gewesen, sondern bedeutete auch die Erfüllung eines Versprechens, das er Nates Mutter Sarah gegeben hatte. Sie hatte als Ärztin für das Friedenskorps gearbeitet und ihr Leben den Eingeborenen gewidmet und ihre Begeisterung war ansteckend gewesen. Nates Vater hatte versprochen, ihr Werk fortzusetzen, was Jahre später zu Eco-Tek geführt hatte, einer Mischung aus scharf kalkulierten Geschäftsmodellen und uneigennützigem Engagement.

Jetzt aber war das Vermächtnis seiner Eltern verschwunden; Tellux hatte es geschluckt und ausgeschlachtet.

»Sieht so aus, als würden wir eine Eskorte bekommen«, brach Manny das Schweigen.

Am Wachhäuschen standen hinter einem nervös wirkenden brasilianischen Soldaten in steifer Haltung zwei Ranger mit gelbbraunen Baretts.

Nathan musterte besorgt die in den Holstern steckenden Seitenwaffen und fragte sich erneut, worum es bei der Besprechung wohl gehen mochte.

Als sie am Tor anlangten, kontrollierte der brasilianische Wachposten ihre Ausweise. Dann trat einer der beiden Ranger vor. »Wir sollen Sie zum Besprechungsraum bringen. Bitte folgen Sie uns.« Er machte auf dem Absatz kehrt und marschierte los.

Nathan blickte seine Freunde an, dann trat er durchs Tor. Der zweite Ranger bildete die strategische Nachhut. Die Eskorte und die vier Militärhubschrauber auf dem Fußballfeld des Stützpunkts verursachten ihm ein flaues Gefühl im Magen.

Professor Kouwe wirkte von alldem unbeeindruckt. Er schmauchte weiter sein Pfeifchen und schritt lässig hinter der bewaffneten Eskorte her. Auch Manny wirkte eher zerstreut als beunruhigt.

Man geleitete sie an den verrosteten Wellblechhütten vorbei, die als Unterkünfte für die brasilianischen Soldaten dienten, und führte sie zu einem heruntergekommenen Lagerhaus in Fachwerkbauweise, dessen wenige Fenster schwarz bemalt waren.

Der Ranger an der Spitze stieß die verrostete Tür auf. Nathan trat als Erster ein. Er hatte einen düsteren Raum voller Spinnweben erwartet und fand sich nun zu seiner Überraschung in einem großen, von Halogenlampen und Neonröhren hell erleuchteten Lagerhaus wieder. Auf dem Betonboden schlängelten sich Kabel, einige davon so dick wie sein Unterarm. In einem der drei Büros an der Rückwand brummte ein Stromgenerator.

Nathan staunte über die hier versammelte technische Ausrüstung: Computer, Funkanlagen, Fernsehgeräte und Monitore.

Inmitten des geordneten Chaos hatte man einen langen Konferenztisch aufgestellt, bedeckt mit Ausdrucken, Landkarten, Grafiken und sogar Zeitungsstapeln. Im ganzen Raum arbeiteten Männer und Frauen, teils in Uniform, teils in Zivil. Einige brüteten über Unmengen von Schriftstücken, darunter auch Kelly O'Brien.

Was geht hier vor?, dachte Nathan.

»Hier drinnen ist Rauchen leider verboten«, sagte einer der Soldaten zu Professor Kouwe und deutete auf die brennende Pfeife.

»Kein Problem.« Kouwe klopfte die Pfeife vor der Türschwelle aus, worauf der Ranger die noch übrige Glut mit dem Stiefelabsatz austrat. »Danke.«

An der Wand gegenüber öffnete sich eine der Bürotüren und heraus trat der hoch gewachsene, rothaarige Mann, der anscheinend Dr. O'Briens Bruder war. Ihn begleitete ein Mann, den Nate gut genug kannte, um heftige Abneigung für ihn zu empfinden. Er war mit einem marineblauen Anzug bekleidet, dessen Jackett er über dem Arm trug; Nate war sicher, dass das Logo von Tellux darauf zu finden war. Wie gewöhnlich war sein dunkelbraunes Haar eingefettet und ebenso penibel gekämmt wie sein elegant getrimmter Spitzbart. Das Lächeln, mit dem er sich Nathan und dessen beiden Freunden näherte, war nicht minder schmierig.

Sein rothaariger Begleiter jedoch trat mit ausgestreckter Hand und freundlichem Lächeln auf sie zu. »Dr. Rand, ich danke Ihnen, dass Sie gekommen sind. Ich glaube, Dr. Richard Zane kennen Sie bereits.«

»Wir sind uns schon mal begegnet«, erwiderte Nathan kühl, dann schüttelte er dem Rotschopf die Hand. Der Händedruck dieses Mannes konnte Steine zerquetschen.

»Ich bin Frank O'Brien und leite den Einsatz. Meine Schwester kennen Sie ja bereits.« Er nickte zu Kelly hinüber, die vom Tisch aufschaute. Sie hob grüßend die Hand. »Jetzt, da Sie alle da sind, können wir mit der Besprechung beginnen.«

Frank geleitete Nate, Kouwe und Manny zum Tisch,

dann bedeutete er den anderen, ebenfalls Platz zu nehmen.

Ein Mann mit einem harten Gesicht und einer langen weißen Narbe am Hals setzte sich Nathan gegenüber. Neben ihm saß einer der Ranger, aus dessen beiden Silberstreifen hervorging, dass er der Captain der anwesenden Militärs war.

Am Kopfende des Tisches saß Richard Zane, flankiert von Kelly und Frank, der stehen geblieben war. Zur Linken saß eine weitere Angestellte von Tellux, eine kleine Frau asiatischer Abstammung, bekleidet mit einem konservativen blauen Hosenanzug. Ihre Augen funkelten vor wachsamer Intelligenz, der sicherlich nichts entging. Nate fing ihren Blick auf. Sie schenkte ihm die Andeutung eines Lächelns und nickte ihm zu.

Als alle saßen, räusperte sich Frank. »Zunächst einmal möchte ich Sie, Dr. Rand, in der Einsatzzentrale der Operation Amazonas willkommen heißen, einer Gemeinschaftsunternehmung des Umweltzentrums der CIA und des Kommandos der Spezialeinsatzkräfte.« Er nickte dem Captain mit den beiden Silberstreifen zu. »Außerdem werden wir unterstützt von der brasilianischen Regierung und der Forschungsabteilung von Tellux Pharmaceuticals.«

Kelly hob die Hand. Nathans Verwirrung war ihr nicht entgangen. »Dr. Rand, ich bin sicher, Sie haben viele Fragen. Vor allem möchten Sie vermutlich wissen, warum wir Sie als Partner dieser Gemeinschaftsunternehmung ausgewählt haben.«

Nathan nickte.

Kelly erhob sich. »Das Hauptziel der Operation Amazonas besteht darin, das Schicksal der vermissten Expedition ihres Vaters zu ergründen.«

Nate fiel die Kinnlade herunter und ihm verschwamm die Sicht. Plötzlich fühlte er sich, als hätte ihm jemand einen Tiefschlag versetzt. Einen Moment lang stammelte er vor sich hin, dann erst fand er die Stimme wieder. »Aber ..., aber das ist schon über vier Jahre her.«

»Das ist uns bekannt, dennoch –«

»Nein!« Er sprang hoch, der Stuhl kippte um und rutschte über den Betonboden. »Sie sind tot. Alle tot!«

Professor Kouwe legte ihm beschwichtigend die Hand auf den Ellbogen. »Nathan ...«

Er machte sich los. Er erinnerte sich an den Anruf, als wäre es erst gestern gewesen. Er hatte soeben seine Doktorarbeit an der Harvard University abgeschlossen. Gleich mit dem nächsten Flugzeug war er nach Brasilien geflogen und hatte sich der Suche nach dem verschwundenen Forschungsteam angeschlossen. Jetzt kamen die alten Erinnerungen wieder hoch – die lähmende Angst, die Wut, die Ohnmacht. Als die Suche abgebrochen worden war, hatte er sich geweigert aufzugeben. Er brachte es einfach nicht über sich. Er hatte Tellux Pharmaceuticals angefleht, ihm bei der Suche zu helfen. Tellux war bei dieser Unternehmung zusammen mit Eco-Tek Co-Sponsor gewesen. Das Zehnjahresziel: die Eingeborenenbevölkerung zu zählen und mit der systematischen Erfassung ihres medizinischen Wissens zu beginnen, bevor es für immer verloren ging. Tellux aber hatte Nates Hilfeersuchen abgelehnt. Die Firma war zu dem Schluss gekommen, das Team sei entweder von einem feindlichen Indianerstamm getötet worden oder auf einen Stützpunkt von Drogenhändlern gestoßen.

Nate war anderer Ansicht gewesen. Im Laufe des nächsten Jahres hatte er Millionen auf die Suche verwandt und den Busch nach Spuren und Hinweisen auf den Verbleib seines Vaters abgesucht. In diesem finanziellen schwarzen Loch verschwand das Vermögen von Eco-Tek, was die Firma seines Vaters zusätzlich ins Wanken brachte. Eco-Tek hatte an der Wallstreet bereits einen vernichtenden Schlag hinnehmen müssen; nach dem Verschwinden des CEO waren die Aktien rapide gesunken. Schließlich versiegte die Geldquelle. Tellux startete eine feindliche Übernahme. Nate war zu angeschlagen, zu müde, zu verletzt, um sich zu wehren. Eco-Tek mitsamt des Restvermögens, zu dem auch Nathan gehörte, ging in den Besitz des multinationalen Konzerns über.

Dann folgte die schwärzeste Periode seines Lebens, die in einen Nebel aus Alkohol, Drogen und Desillusionierung gehüllt war. Freunden wie Professor Kouwe und Manny Azevedo hatte er es zu verdanken, dass er sich wieder gefangen hatte. In der Folgezeit stellte er fest, dass der Schmerz im Dschungel weniger quälend war. Er überlebte von einem Tag zum anderen. Er ging seinen Weg, so gut er es vermochte, setzte mit ein paar Almosen von Tellux das Werk seines Vaters fort und arbeitete mit den Indianern.

Bis jetzt. »Sie sind tot!«, wiederholte er und stützte sich auf den Tisch. »Nach so langer Zeit ist es aussichtslos, herausfinden zu wollen, was meinem Vater zugestoßen ist.«

Nathan fühlte Kellys durchdringenden smaragdgrünen Blick auf sich ruhen; sie wartete darauf, dass er die Fassung wiedererlangte. Schließlich ergriff sie das Wort. »Kennen Sie Gerald Wallace Clark?«

Nathan wollte ihre Frage bereits verneinen, als er sich auf einmal erinnerte. Clark hatte dem Team seines Vaters angehört. Er leckte sich über die Lippen. »Ja. Ein ehemaliger Soldat. Er leitete das fünf Mann starke bewaffnete Team der Expedition.«

Kelly atmete tief durch. »Vor zwölf Tagen ist Gerald Wallace Clark aus dem Dschungel aufgetaucht.«

Nathan riss die Augen auf.

»Verdammt noch mal«, murmelte neben ihm Manny.

Professor Kouwe hatte den umgekippten Stuhl aufgehoben und geleitete Nate nun wieder an seinen Platz.

Kelly fuhr fort. »Bedauerlicherweise verstarb Clark in einer Missionssiedlung, ehe er berichten konnte, woher er gekommen war. Das Ziel unserer Operation besteht darin, seinen Weg durch den Dschungel zurückzuverfolgen und herauszufinden, was geschehen ist. Wir hoffen, dass Sie als Sohn von Carl Rand uns bei der Suche behilflich sein werden.«

Schweigen senkte sich auf den Tisch.

Frank räusperte sich und fügte hinzu: »Dr. Rand, Sie sind nicht nur Dschungelexperte und kennen die Eingeborenenstämme, Sie kannten auch Ihren Vater und die Angehörigen seines Teams besser als jeder andere. Ihre Kenntnisse könnten sich bei der Suche im tiefen Dschungel als sehr nützlich erweisen.«

Nathan war noch immer zu benommen, um etwas zu erwidern. Für Professor Kouwe galt das nicht. Mit ruhiger Stimme sagte er: »Jetzt begreife ich, weshalb Tellux Pharmaceuticals sich in dieser Angelegenheit engagiert.« Kouwe wies mit dem Kinn auf Richard Zane, der den Professor anlächelte. »Diese Leute lassen sich niemals eine Gelegenheit entgehen, aus einer Tragödie Kapital zu schlagen.«

Zanes Lächeln gefror.

Kouwe wandte sich an Frank und Kelly. »Aber warum interessiert sich die Umweltabteilung der CIA für die Sache? Und aus welchem Grund wurde eine Rangereinheit für die Mission abgestellt?« Er wandte sich an den Militär und hob eine Braue. »Möchten Sie oder der Captain dazu etwas sagen?«

Frank reagierte mit einem Stirnrunzeln auf die scharfsinnige Einschätzung des Professors. Kellys Augen funkelten. Sie übernahm die Antwort.

»Gerald Clark war nicht nur ehemaliger Soldat und Waffenexperte, sondern auch für die CIA tätig. Er sollte herausfinden, auf welchen Wegen das Kokain durch das Amazonasbecken transportiert wird.«

Frank warf Kelly einen Blick zu, als wollte er sagen, sie habe diese Information allzu bereitwillig herausgerückt.

Ohne ihren Bruder zu beachten, fuhr sie fort. »Weitere Informationen erhalten Sie nur dann, wenn Dr. Rand sich unserer Unternehmung anschließt. Ansonsten unterliegen sie der Geheimhaltung.«

Kouwe blickte Nathan warnend an.

Nate holte tief Luft. »Wenn auch nur die geringste Aussicht besteht, herauszufinden, was mit meinem Vater geschehen ist, darf ich mir diese Gelegenheit nicht entgehen lassen.« Er wandte sich an seine beiden Freunde. »Ihr wisst, dass ich keine Wahl habe.«

Manny erhob sich. »Ich komme mit.« Er blickte in die Runde und redete weiter, ehe jemand Einspruch erheben konnte. »Ich habe bereits mit meinen Vorgesetzten in Brasilia gesprochen. Als hiesiger Vertreter der FUNAI bin ich befugt, diese Expedition nach meinem Ermessen zu unterstützen oder ihr Auflagen zu erteilen.«

Frank nickte. »Das wurde uns vor einer Stunde mitgeteilt. Die Entscheidung liegt bei Ihnen. Egal wie sie ausfallen mag, ich habe keine Einwände. Ich habe Ihre Akte gelesen. Als Biologe verfügen Sie über Fachwissen, das sich als nützlich erweisen könnte.«

Als Nächstes erhob sich Professor Kouwe und legte Nate die Hand auf die Schulter. »Dann können Sie wohl auch einen Sprachexperten gebrauchen.«

»Ich weiß Ihr Angebot zu schätzen.« Frank deutete auf die kleine Asiatin. »Dieses Gebiet ist jedoch bereits abgedeckt. Dr. Anna Fong ist Anthropologin und hat sich auf Eingeborenenstämme spezialisiert. Sie spricht ein Dutzend verschiedene Dialekte.«

»Ich möchte Dr. Fong nicht zu nahe treten«, meinte Nathan spöttisch, »aber Professor Kouwe spricht über hundertfünfzig Dialekte. Auf dem Gebiet gibt es keinen besseren Experten.«

Anna ergriff mit leiser, wohlklingender Stimme das Wort. »Dr. Rand hat völlig Recht. Professor Kouwe ist weltbekannt für seine Kenntnis der Eingeborenenstämme des Regenwaldes. Wir können uns glücklich schätzen, wenn er an der Expedition teilnimmt.«

»Und außerdem«, fügte Kelly mit einem respektvollen Kopfnicken in die Richtung des älteren Mannes hinzu, »ist der Professor ein anerkannter Experte für Pflanzenmedizin und Dschungelkrankheiten.«

Kouwe neigte geschmeichelt den Kopf.

Kelly wandte sich an ihren Bruder. »Ich als Expeditionsärztin hätte nichts dagegen, wenn er mitkäme.«

Frank zuckte die Schultern. »Einer mehr schadet nicht.« Er wandte sich Nathan zu. »Sind Sie damit einverstanden?«

Nathan blickte nach rechts und nach links. »Selbstverständlich.«

Frank nickte und hob die Stimme. »Dann sollten wir uns an die Arbeit machen. Es hat uns eine Menge Zeit erspart, dass wir bereits hier in der Stadt Kontakt mit Dr. Rand aufnehmen konnten. Wir haben noch eine Menge zu erledigen, bis wir morgen früh aufbrechen können.« Während die anderen sich zerstreuten, wandte Frank sich an Nathan. »Jetzt werden wir uns bemühen, Ihre Fragen nach Möglichkeit zu beantworten.«

Er und seine Schwester gingen zu einem der Büros.

Nate und seine beiden Freunde folgten ihnen.

Manny warf einen Blick zurück in das vor Geschäftigkeit summende Lagerhaus. »Worauf haben wir uns da bloß eingelassen?«

»Auf etwas Erstaunliches«, antwortete Kelly und hielt die Tür auf. »Treten Sie ein, dann zeige ich es Ihnen.«

Nathan reichte die Fotos von Agent Clark an die anderen weiter. »Und Sie wollen tatsächlich behaupten, der Arm dieses Mannes wäre nachgewachsen?«

Frank trat um den Schreibtisch herum und nahm Platz. »Es hat den Anschein. Die Fingerabdrücke bestätigen diese Annahme. Der Leichnam wurde heute vom Leichenschauhaus in Manaus in die Vereinigten Staaten überführt. Die sterblichen Überreste werden morgen von einer von MEDEA gesponserten privaten Forschungseinrichtung untersucht.«

»MEDEA?«, wiederholte Manny. »Wieso klingelt es da bei mir?«

Kelly, die gerade topographische Wandkarten studierte, antwortete ihm. »MEDEA setzt sich seit ihrer Gründung im Jahr 1992 für den Erhalt des Regenwaldes ein.«

»Was bedeutet MEDEA?«, fragte Nathan und legte die Fotos wieder auf den Schreibtisch.

»1989 gab es eine Kongressanhörung zu der Frage, ob die von der CIA mit Hilfe von Spionagesatelliten gesammelten Informationen für die Erforschung und Überwachung globaler Umweltveränderungen nützlich sein könnten. Daraufhin wurde 1992 MEDEA gegründet. Die CIA fasste über sechzig auf unterschiedlichen Gebieten der Umweltforschung tätige Wissenschaftler zu einer Organisation zusammen, die geheime Daten auf ihre Umweltrelevanz hin durchforsten sollte.«

»Ich verstehe«, sagte Nathan.

Frank ergriff das Wort. »Unsere Mutter, eine Medizinerin, die sich vor allem mit den Umweltrisiken von toxischen Abfällen befasste, hat MEDEA mitgegründet. Sie wurde von meinem Vater eingestellt, der damals stellvertretender

CIA-Direktor war. Sie wird die Autopsie von Agent Clark leiten.«

Manny runzelte die Stirn. »Ihr Vater ist stellvertretender CIA-Direktor?«

»Er *war*«, meinte Frank bitter.

Kelly wandte sich von den Karten ab. »Jetzt leitet er das Umweltzentrum der CIA. Diese Abteilung wurde 1997 von Al Gore auf Betreiben von MEDEA gegründet. Auch Frank arbeitet für diese Abteilung.«

»Und Sie?«, fragte Nathan. »Arbeiten Sie ebenfalls für die CIA?«

Kelly winkte ab.

»Sie ist das jüngste MEDEA-Mitglied«, antwortete Frank nicht ohne Stolz. »Eine ganz besondere Ehre. Deshalb wurden wir beide mit der Leitung der Expedition betraut. Ich vertrete die CIA. Sie vertritt MEDEA.«

»Dann bleibt ja alles in der Familie«, meinte Kouwe mit einem verächtlichen Schnauben.

»Je weniger Leute von der Unternehmung wissen, desto besser«, setzte Frank hinzu.

»Aber welche Rolle spielt Tellux Pharmaceuticals bei alldem?«, fragte Nathan.

Kouwe antwortete vor den O'Briens. »Liegt das nicht auf der Hand? Die Expedition deines Vaters wurde von Eco-Tek und Tellux finanziert, die jetzt verschmolzen sind. Die wissenschaftlichen Erkenntnisse der Expedition gehören ihnen. Sollte das Team eine Substanz mit regenerativer Potenz entdecken, verfügt Tellux über das Verwertungsrecht.«

Nathan sah Kelly an, die den Blick niedergeschlagen hatte.

Frank nickte einfach. »Er hat Recht. Aber selbst bei Tellux kennen nur eine Hand voll Leute das wahre Ziel unserer Mission.«

Nate schüttelte den Kopf. »Großartig, einfach großartig.« Kouwe legte ihm mitfühlend die Hand auf die Schulter.

»Davon mal abgesehen«, sagte Manny, »wie geht es jetzt weiter?«

»Das will ich Ihnen gerne zeigen«, sagte Kelly und wandte sich wieder den Wandkarten zu. Sie deutete auf die mittlere Karte. »Dr. Rand kennt diese Karte bestimmt.«

Tatsächlich kannte er sie ebenso gut wie die Linien auf seiner Handfläche. »Das ist der Weg, den das Forschungsteam meines Vaters vor vier Jahren zurückgelegt hat.«

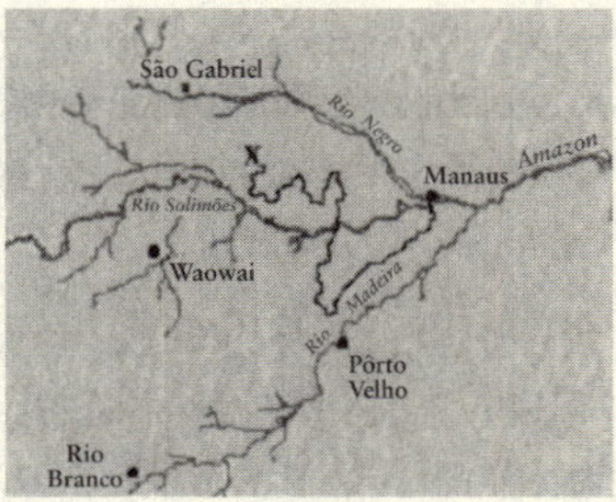

»Richtig«, sagte Kelly und zeichnete mit dem Finger die gestrichelte Linie nach, die von Manaus entlang des Madeira nach Süden führte, bis sie bei Pôrto Velho nach Norden abknickte, mitten hinein ins Amazonasbecken. Von dort aus war die Expedition kreuz und quer umhergestreift, bis sie in die kaum erforschte Region zwischen den südlichen und nördlichen Zuflüssen des Amazonas vorgedrungen war. Ihr Finger hielt an dem kleinen Kreuz am Ende der Linie inne. »Hier brach der Funkkontakt mit dem Team ab. Und hier setzten auch die Suchmannschaften an – die von der brasilianischen Regierung bezahlten und die privat finanzierten.« Sie blickte Nathan viel sagend an. »Was können Sie uns über die Suche berichten?«

Nate trat um den Schreibtisch herum und blickte auf die Karte. Die wohlbekannte Verzweiflung breitete sich in ihm aus. »Es war im Dezember, zum Höhepunkt der Regenzeit«, murmelte er. »Zwei starke Tiefdruckgebiete bewegten sich durch die Region. Dies war einer der Gründe, weshalb zunächst niemand beunruhigt war. Als jedoch eine Woche lang keine Nachricht mehr eingetroffen war und die Stürme sich gelegt hatten, wurde Alarm gegeben. Anfangs machte sich niemand ernsthafte Sorgen. Diese Leute hatten schließlich jahrelang im Dschungel gelebt. Was sollte da schon schief gehen? Als die Suchtrupps sich jedoch vor Ort umsahen, stellte sich heraus, dass es keine Spuren mehr von der Expedition gab. Der Regen und der überflutete Waldboden hatten sie verschluckt. Dieses Gebiet« – Nathan legte den Finger auf das schwarze Kreuz – »stand unter Wasser, als das erste Suchteam eintraf.«

Er wandte sich um. »Eine weitere Woche verstrich, dann noch eine. Nichts. Keine Hinweise, keine Nachrichten ... bis auf den letzten wirren Funkspruch. ›Schickt Hilfe ... halten nicht mehr lange durch. O Gott, sie sind überall!‹« Nate atmete tief durch. Die Erinnerung machte ihm noch immer zu schaffen. »Der Funkspruch war dermaßen verrauscht, dass der Sprecher nicht zu identifizieren war. Vielleicht war es Agent Clark.« Insgeheim aber wusste Nathan, dass es sein Vater gewesen war. Er hatte sich den letzten Funkspruch immer wieder und wieder angehört. Die letzten Worte seines Vaters.

Nathan blickte die auf dem Schreibtisch verstreuten Fotos und Dokumente an. »In den folgenden drei Monaten suchten die Teams das ganze Gebiet ab, aber Unwetter und Überschwemmungen erschwerten ihnen das Vorankommen. Es ließ sich nicht mehr feststellen, in welche Richtung sich das Forschungsteam meines Vaters bewegt hatte, ob nach Osten, Westen, Norden oder Süden.« Er zuckte die

Schultern. »Wir suchten in einem Gebiet, das größer war als der Bundesstaat Texas. Schließlich gaben alle auf.«

»Bloß Sie nicht«, meinte Kelly leise.

Nathan ballte die Fäuste. »Und das hat wirklich viel gebracht. Es kam kein einziger weiterer Kontakt mehr zustande.«

»Bis jetzt«, sagte Kelly. Sie drehte ihn behutsam herum und zeigte auf einen kleinen roten Kreis, den er bislang übersehen hatte. Der Kreis lag etwa zweihundert Meilen südlich von São Gabriel, in der Nähe des Jarur, eines kleinen Nebenflusses des Solimões, des großen südlichen Nebenflusses des Amazonas. »Hier liegt die Mission Wauwai, wo Agent Clark verstorben ist. Dorthin brechen wir morgen auf.«

»Und was dann?«

»Wir folgen Gerald Clarks Spur. Im Unterschied zu früheren Suchtrupps haben wir nämlich einen Vorteil.«

»Und der wäre?«, fragte Manny.

Nathan, der sich neben der Karte an die Wand gelehnt hatte, ergriff das Wort. »Die trockene Jahreszeit nähert sich dem Ende. Seit einem Monat hat es in dieser Gegend keine stärkeren Regenfälle mehr gegeben.« Er blickte über die Schulter. »Daher sollte es uns möglich sein, seinen Weg zurückzuverfolgen.«

»Das ist der Grund, weshalb wir uns so beeilen.« Frank erhob sich. Mit einer Hand stützte er sich an der Wand ab und wies mit dem Kinn auf die Karte. »Wir wollen den Spuren folgen, ehe die Regenzeit beginnt und alle Hinweise fortspült. Außerdem hoffen wir, dass Agent Clark so umsichtig war, Zeichen anzubringen – zum Beispiel in Form von Baummarkierungen oder aufgehäuften Steinen –, die uns zu dem Ort führen könnten, an dem er die vergangenen vier Jahre über festgehalten wurde.«

Frank wandte sich zum Schreibtisch um und schob ein

gefaltetes Blatt Papier in die Mitte. »Zusätzlich nehmen wir Anna Fong mit, damit wir uns mit den Eingeborenen verständigen können; mit Bauern, Indianern, Fallenstellern, mit wem auch immer. Damit wir sie fragen können, ob sie einen Mann mit diesen Tätowierungen gesehen haben.« Er faltete das Papier auseinander und strich es glatt. »Dies sind die Tätowierungen auf Agent Clarks Brust und Bauch. Wir hoffen, auf Menschen zu stoßen, denen ein Mann mit diesen Zeichen aufgefallen ist.«

Professor Kouwe zuckte zusammen.

Seine Reaktion blieb nicht unbemerkt.

»Was haben Sie?«, fragte Nathan.

Kouwe deutete auf das Blatt Papier. Darauf war eine komplizierte Schlangenlinie abgebildet, die spiralförmig von einem stilisierten Handabdruck ausging.

»Das ist schlimm. Sehr schlimm.« Kouwe holte die Pfeife aus der Tasche, dann blickte er Frank fragend an.

Der Rotschopf nickte.

Kouwe zog einen Beutel hervor und stopfte die Pfeife mit Tabak aus der Region, dann zündete er sie mit einem einzigen Streichholz an. Nathan fiel auf, dass seine Finger untypischerweise zitterten.

»Was ist das?«

Kouwe paffte an der Pfeife, dann antwortete er bedächtig: »Das ist das Symbol der Ban-ali. Der Blutjaguare.«

»Sie kennen den Stamm?«, fragte Kelly.

Der Schamane stieß eine Qualmwolke aus und seufzte, dann schüttelte er den Kopf. »Niemand *kennt* diesen Stamm. Davon erzählen flüsternd die Stammesältesten und reichen die Geschichten von Generation zu Generation weiter. Mythen eines Stammes, dessen Angehörige sich mit Jaguaren paaren und sich in Luft auflösen können. Wem sie begegnen, dem bringen sie den Tod. Es heißt, sie wären so alt wie der Wald und sogar der Dschungel unterwerfe sich ihrem Willen.«

»Aber ich habe noch nie von ihnen gehört«, meinte Nathan, »obwohl ich mich schon mit allen möglichen Stämmen des Amazonasgebiets beschäftigt habe.«

»Dr. Fong, die Anthropologin von Tellux, kennt das Zeichen auch nicht«, sagte Frank.

»Das wundert mich nicht. Ganz gleich, wie sehr man sie akzeptiert, werden Außenstehende doch stets als *Pananakiri* angesehen, als Fremde. Niemand würde ihnen gegenüber die Ban-ali erwähnen.«

Nate fühlte sich unwillkürlich gekränkt. »Aber ich –«

»Nein, Nathan. Ich will damit weder deine Arbeit noch deine Fähigkeiten herabsetzen. Aber für viele Stämme haben Namen eine besondere Kraft. Die wenigsten wagen es, den Namen der Ban-ali auszusprechen. Sie fürchten, die Blutjaguare auf sich aufmerksam zu machen.« Kouwe deutete auf die Zeichnung. »Wenn man dieses Symbol mit sich führt, darf man es nur mit Vorsicht zeigen. Es gibt kein mächtigeres Tabu als dieses Zeichen.«

Kelly runzelte die Stirn. »Dann ist es also unwahrscheinlich, dass Agent Clark durch Indianerdörfer gekommen ist.«

»Andernfalls wäre er nicht mehr lebend herausgekommen.«

Kelly und Frank wechselten besorgte Blicke, dann wandte sich die Ärztin an Nathan. »Die Expedition ihres Vaters wollte die Stämme des Amazonasgebiets erfassen. Falls er von diesen mysteriösen Ban-ali gehört haben oder auf Spuren von ihnen gestoßen sein sollte, wollte er vielleicht Kontakt mit ihnen aufnehmen.«

Manny faltete das Papier zusammen. »Vielleicht hat er sie ja gefunden.«

Kouwe fixierte die Tabakglut in seiner Pfeife. »Gebe Gott, dass dem nicht so war.«

Etwas später, als die meisten Einzelheiten geklärt waren, schaute Kelly zu, wie das Trio, eskortiert von einem Ranger, das Lagerhaus verließ. Ihr Bruder Frank berichtete seinen Vorgesetzten, darunter ihrem Vater, bereits per Satellitenverbindung von den bislang erzielten Fortschritten.

Kellys Blick aber wanderte zu Nathan Rand. Sie verübelte ihm noch immer sein Benehmen im Krankenhaus. Allerdings war er nicht mehr der verschwitzte, abgerissene Bursche mit dem fettigen Haar, der das Mädchen auf der Trage angeschleppt hatte. Frisch rasiert und in sauberen Kleidern wirkte er durchaus stattlich: dunkelblondes Haar, gebräunte Haut, stahlblaue Augen. Sogar die Art und Weise, wie er eine Augenbraue hochzog, wenn etwas sein Interesse weckte, war irgendwie anziehend.

»Kelly!«, rief ihr Bruder. »Hier möchte dir jemand guten Tag sagen.«

Seufzend trat Kelly zu ihrem Bruder. Im Raum wurden gerade die letzten Vorbereitungen abgeschlossen und die Ausrüstung noch einmal überprüft. Sie stützte sich mit beiden Händen auf den Tisch und blickte auf den Bildschirm des Laptops. Als sie die beiden wohlvertrauten Gesichter sah, breitete sich ein warmes Lächeln über ihre Züge.

»Mutter, Jessie soll doch nicht so lange aufbleiben.« Sie

sah auf ihre Armbanduhr und rechnete die Zeit im Stillen um. »Bei euch geht es schon auf Mitternacht zu.«

»Es ist sogar schon nach Mitternacht, Liebes.«

Kellys Mutter hätte ihre Schwester sein können. Ihr Haar zeigte das gleiche tiefe Kastanienrot. Allein die etwas tieferen Falten in den Augenwinkeln und die kleine Brille zeugten von ihrem Alter. Mit Kelly und Frank war sie im Alter von zweiundzwanzig schwanger geworden, als sie noch Medizin studierte. Zwillinge bekommen zu haben, reichte der Medizinstudentin und dem jungen Überwachungstechniker der Navy. Es waren keine weiteren Kinder mehr nachgekommen.

Dies hielt Kelly jedoch nicht davon ab, in die Fußstapfen ihrer Mutter zu treten und in ihrem vierten Studienjahr an der Georgetown University schwanger zu werden. Anders als ihre Mutter, die mit dem Vater ihrer Kinder zusammen geblieben war, ließ Kelly sich von Daniel Nickerson scheiden, als sie ihn mit einer Kommilitonin im Bett erwischte. Er war zumindest so anständig gewesen, ihr nicht das Sorgerecht für ihre einjährige Tochter Jessica streitig zu machen.

Jessie, inzwischen sechs Jahre alt, stand neben ihrer Großmutter, gekleidet in ein gelbes Flanellnachthemd mit einer Pocahontas-Figur darauf. An ihren zerzausten roten Haaren war unschwer zu erkennen, dass sie geradewegs aus dem Bett kam. Sie winkte in die Aufnahmekamera. »Hi, Mommy!«

»Hi, meine Süße. Fühlst du dich wohl bei Grandpa und Grandma?«

Jessie nickte heftig. »Heute waren wir bei Chuck E. Cheese's!«

Kellys Lächeln vertiefte sich. »Klingt gut. Ich wär gern mitgekommen.«

»Wir haben dir ein Stück Pizza aufgehoben.«

Kellys Mutter verdrehte im Hintergrund mit der gespielten Verzweiflung aller Großeltern, die mit dem riesigen Nagetiermaskottchen von Chuck E. Cheese's Bekanntschaft gemacht haben, die Augen.

»Hast du schon Löwen gesehen, Mommy?«

Das brachte ihr ein Kichern ein. »Nein, Schatz, hier gibt es keine Löwen. Die leben in Afrika.«

»Und Gorillas?«

»Nein, die gibt's auch nur in Afrika – aber wir haben andere Affen gesehen.«

Jessica machte große Augen. »Kannst du einen für mich fangen und mit nach Hause bringen? Ich hab mir schon immer einen Affen gewünscht.«

»Ich glaube, das würde dem Affen aber gar nicht gefallen. Er hat hier seine eigene Mommy, weißt du.«

Kellys Mutter legte Jessica den Arm um die Schulter. »Und ich glaube, wir sollten deine Mommy jetzt schlafen lassen. Sie muss früh aufstehen, genau wie du.«

Jessica zog eine Schnute.

Kelly beugte sich näher an den Bildschirm. »Ich hab dich lieb, Jessie.«

Jessica winkte in die Kamera. »Bye, Mommy.«

Ihre Mutter lächelte sie an. »Sei vorsichtig, Liebes. Ich wär gern bei dir.«

»Du hast genug Arbeit zu Hause. Ist das ... äh ...« Sie blickte rasch Jessie an. »... das *Paket* eingetroffen?«

Das Gesicht ihrer Mutter nahm einen ernsteren Ausdruck an. »Durch die Zollabfertigung in Miami ging es gegen sechs, hier in Virginia ist es um zehn eingetroffen, wo es gleich ins Instar Institute gebracht wurde. Dein Vater ist noch dort und bereitet alles für die morgige Untersuchung vor.«

Kelly nickte, erleichtert darüber, dass Clarks Leichnam wohlbehalten in den Staaten eingetroffen war.

»Ich muss jetzt Jessie ins Bett bringen, aber morgen Abend berichte ich dir bei der abendlichen Besprechung von den Fortschritten. Pass gut auf dich auf.«

»Keine Sorge. Ich habe ein Spitzenteam von zehn Army Rangern als Bodyguards. Hier ist es weniger gefährlich als auf den Straßen von Washington.«

»Trotzdem solltet ihr beide gut aufeinander aufpassen.«

Kelly blickte zu Frank hinüber, der sich noch mit Richard Zane unterhielt. »Das machen wir.«

Ihre Mutter warf ihr eine Kusshand zu. »Ich hab dich lieb.«

»Ich dich auch, Mom.« Der Bildschirm wurde schwarz.

Kelly klappte den Laptop zu, dann ließ sie sich am Tisch auf einen Stuhl fallen; auf einmal fühlte sie sich erschöpft. Sie blickte die anderen an. Ihre Ausrüstung war bereits verpackt und an Bord des Huey verstaut. Vorübergehend aller Verantwortung ledig, trat ihr wieder die rote, spiralförmige Tätowierung vor Augen, die von einer blauen Hand ausging – das Symbol der Ban-ali, des geheimnisumwitterten Indianerstammes.

Zwei Fragen beschäftigten sie: Gab es einen solchen Stamm, der über mythische Kräfte verfügte? Und falls ja, konnten dann zehn bewaffnete Ranger etwas gegen ihn ausrichten?

3

Die Ärztin und die Hexe

6. August, 11.45 Uhr
Cayenne, Französisch-Guayana

Louis Favre wurde häufig als Halunke und Trunkenbold bezeichnet, doch das sagte ihm nie jemand ins Gesicht. *Niemals.* Der arme Tropf, der das gewagt hatte, saß jetzt auf seinem Hintern in der Gasse hinter dem Hotel Seine, einem großen, heruntergekommenen Kolonialbau, der auf einem Hügel über der Hauptstadt von Französisch-Guayana lag.

Eben noch, in der dunklen Hotelbar, war der Missetäter in aufrechter Haltung gegenüber einem anderen Stammgast handgreiflich geworden, einem über achtzigjährigen Überlebenden der berüchtigten Strafkolonie auf der Teufelsinsel. Louis hatte noch nie mit dem alten Mann gesprochen, doch der Barkeeper hatte ihm seine Geschichte erzählt. Wie so viele Gefangene, die man von Frankreich hierher geschafft hatte, war er zweifach verurteilt worden: Für jedes Jahr, das er in dem Höllenloch zehn Meilen vor der Küste verbrachte, musste er anschließend noch die gleiche Anzahl an Jahren in Französisch-Guayana absitzen. Auf diese Weise sicherte Frankreich seine Präsenz in der Kolonie. Und wie die Regierung gehofft hatte, blieben die meisten dieser bedauernswerten Seelen hier hängen. Was für ein Leben hätten sie in Frankreich nach so langer Zeit auch schon zu erwarten gehabt?

Louis hatte diesen Mann schon häufiger beobachtet; eine verwandte Seele, ein Exilant wie er. Er beobachtete, wie er seinen Bourbon trank, las die Falten in seinem vom Alter gezeichneten, hoffnungslosen Gesicht. Er schätzte diese stillen Momente.

Und als der angetrunkene Engländer gestolpert und gegen den Ellbogen des Alten gestoßen war, sodass jener seinen Drink umstieß, um dann ohne eine Entschuldigung einfach weiterzuschlurfen, hatte Louis Favre sich erhoben und den Mann zur Rede gestellt.

»Verpiss dich, Franzmann!«, hatte der junge Mann gelallt.

Louis verstellte ihm den Ausgang aus der Bar. »Entweder Sie bestellen meinem geschätzten Freund einen neuen Drink oder wir machen die Sache unter uns aus.«

»Zieh Leine, du besoffener Wichser.« Der Mann versuchte, sich an ihm vorbeizudrängen.

Louis seufzte, dann schlug er mit der Faust zu und verpasste dem Mann eine blutige Nase. Er packte ihn am Revers. Die anderen Stammgäste blickten angestrengt in ihre Drinks. Louis zerrte den unhöflichen jungen Mann, der von dem Schlag und dem vielen Alkohol noch ganz benommen war, auf die Gasse hinaus.

Dort machte er sich daran, eine Entschuldigung aus dem Mann herauszuprügeln – doch mit den ausgeschlagenen Zähnen im Mund fiel jenem das Sprechen bereits schwer. Als Louis ihn genug getreten und geschlagen hatte, lag der Fremde in einer Lache aus Pisse und Blut in der Gosse. Louis trat ein letztes Mal mit aller Kraft zu, vernahm das Knacken der Rippen. Mit einem zufriedenen Nicken setzte er den weißen Panamahut auf, den er zuvor auf einer Mülltonne abgelegt hatte, und strich den Leinenanzug glatt. Er besah sich seine Schuhe aus elfenbeinfarbenem Patentleder. Stirnrunzelnd holte er ein blütenweißes Taschentuch hervor und wischte das Blut von den Schuhkappen. Er blickte finster auf den Engländer nieder, setzte zu einem allerletzten Tritt an, besann sich dann jedoch im Hinblick auf seine frisch polierten Schuhe eines Besseren.

Er rückte den Hut zurecht, betrat wieder die Bar und winkte dem Barmann. Er zeigte auf den alten Mann. »Bitte machen Sie meinem Freund einen neuen Drink.«

Der spanische Barkeeper nickte und langte nach der Bourbonflasche.

Louis fing seinen Blick auf und schwenkte mahnend den Zeigefinger.

Der Barmann wurde sich seines Fauxpas bewusst und biss sich schuldbewusst auf die Lippen. Für Louis war das Beste gerade gut genug, auch dann, wenn er Freunden einen Drink spendierte. Der zurechtgewiesene Barmann griff zu einer Flasche alten Glenlivets, das Beste, was das Haus zu bieten hatte.

»Merci.« Jetzt, da alles geregelt war, wandte Louis sich zum Eingang der Hotellobby, wo er beinahe gegen den Concierge gestoßen wäre.

Der kleine Franzose verneigte und entschuldigte sich überschwänglich. »Dr. Favre! Ich habe nach Ihnen gesucht«, sagte er atemlos. »Am Telefon ist jemand aus Übersee.« Er reichte Louis einen gefalteten Zettel. »Er wollte keine Nachricht hinterlassen und meinte, es sei dringend.«

Louis entfaltete den Zettel und las den in säuberlichen Druckbuchstaben geschriebenen Namen: *St. Savin Biochimique Compagnie*. Ein französisches Pharmaunternehmen. Er faltete das Papier wieder zusammen und steckte es in die Brusttasche. »Ich nehme den Anruf entgegen.«

»Wir haben da einen privaten Salon –«

»Ich weiß, wo der ist«, erwiderte Louis. Dort hatte er bereits mehrere geschäftliche Anrufe entgegengenommen.

Gefolgt vom Concierge näherte er sich dem kleinen Raum neben der Rezeption. Er ließ den Mann an der Tür stehen und setzte sich in einen kleinen Polstersessel, der nach Schimmel und einer Mischung aus abgestandenem Eau de Cologne und Schweiß roch. Louis nahm den Hörer ab. »Dr. Louis Favre«, sagte er energisch.

»*Bonjour*, Dr. Favre«, tönte es aus dem Hörer. »Wir würden gern Ihre Dienste in Anspruch nehmen.«

»Da Sie meine Nummer haben, nehme ich an, dass Sie auch meine Preisliste kennen.«

»In der Tat.«

»Und dürfte ich fragen, welche Dienstleistungsklasse Sie wünschen?«

»*Première.*«

Louis krampfte unwillkürlich die Finger um den Hörer. Erste Klasse. Das bedeutete ein Honorar im sechsstelligen Bereich. »Ort?«

»Der brasilianische Regenwald.«

»Und das Ziel?«

Der Mann sprach schnell. Louis hörte zu, ohne sich Notizen zu machen. Jede Zahl und jeden Namen prägte er sich ein, besonders *einen*. Louis kniff die Augen zusammen. Er straffte sich. Der Mann kam zum Ende. »Das US-Team muss aufgespürt werden, und was immer es findet, muss ihm abgenommen werden.«

»Und das andere Team?«

Keine Antwort, bloß Rauschen und Knistern.

»Ich verstehe und bin einverstanden«, sagte Louis. »Die Hälfte des Honorars muss morgen bis Geschäftsschluss auf meinem Konto eingetroffen sein. Des Weiteren sollten Sie alle Informationen über das US-Team und dessen Ausrüstung so bald wie möglich an meine private Faxnummer übermitteln.« Er gab die Nummer durch.

»Ist in einer Stunde erledigt.«

»*Très bon.*«

Es klickte in der Leitung, das Geschäft war besiegelt.

Louis legte den Hörer auf und lehnte sich zurück. Die

Gedanken an das Geld und die zahllosen Dinge, die geregelt werden mussten, um ein eigenes Team aufzustellen, traten einstweilen in den Hintergrund. In diesem Moment leuchtete ein Name wie brennendes Magnesium vor seinem geistigen Auge. Sein neuer Arbeitgeber hatte ihn ganz beiläufig erwähnt, ohne sich seiner Bedeutung bewusst zu sein. Andernfalls hätte St. Savin vermutlich erheblich weniger geboten. Louis hätte den Job sogar für eine Flasche billigen Fusel angenommen. Er flüsterte den Namen, ließ ihn sich auf der Zunge zergehen.

»Carl Rand.«

Vor sieben Jahren hatte Louis Favre als Biologe für die Base Biologique Nationale de Recherches gearbeitet, die bedeutendste französische Wissenschaftsstiftung. Spezialisiert auf die Ökosysteme des Regenwaldes, war Louis in der ganzen Welt tätig gewesen: in Australien, Borneo, Madagaskar, im Kongo. Seit fünfzehn Jahren aber war sein Hauptforschungsgebiet der Regenwald des Amazonas. Er hatte die ganze Region bereist und sich dabei einen internationalen Ruf erworben.

Das galt jedenfalls so lange, bis er dem verfluchten Dr. Carl Rand begegnete.

Dem amerikanischen Pharmazieunternehmer waren Louis' Forschungsmethoden suspekt geworden, nachdem er zufällig an der Befragung eines eingeborenen Schamanen teilgenommen hatte. Dr. Rand war der Ansicht gewesen, es sei keine akzeptable Art der Informationsbeschaffung, dem verschlossenen Indianer einen Finger nach dem anderen abzuschneiden. Nicht einmal durch eine hohe Geldsumme hatte sich der pingelige Amerikaner vom Gegenteil überzeugen lassen. Die im Dorf gefundenen, unter Naturschutz stehenden schwarzen Kaimane und die Jaguarfelle waren natürlich auch nicht hilfreich gewesen. Dr. Rand hatte kein Verständnis dafür gehabt, dass es lediglich eine Frage des gewählten Lebensstils war, wenn man sein Einkommen mit Schwarzmarkterlösen aufbesserte.

Bedauerlicherweise war Carl mit seinen brasilianischen Soldaten in der Übermacht gewesen. Louis wurde festgenommen und von der brasilianischen Armee inhaftiert. Zum Glück hatte er gute Beziehungen in Frankreich und besaß genug Geld, um ein paar korrupte brasilianische Beamten schmieren zu können, die ihm nur ein bisschen auf die Finger klopften und ihn dann laufen ließen.

Die symbolische Ohrfeige aber wog schwerer. Der Vorfall hatte seinem Namen irreparablen Schaden zugefügt. Er war gezwungen, mit leeren Taschen aus Brasilien nach Französisch-Guayana zu flüchten. Um einen Einfall nie verlegen, hatte er mittels seiner guten Kontakte zum Schwarzmarkt eine Söldnertruppe aufgestellt. In den vergangenen fünf Jahren hatte diese Gruppe Drogenlieferungen aus Kolumbien beschützt, verschiedene seltene und vom Aussterben bedrohte Tierarten für Privatsammler gejagt, einen lästigen brasilianischen Regierungsbeamten eliminiert, der eine Konzession zur Goldförderung blockierte, und sogar ein kleines Bauerndorf ausgelöscht, dessen Bewohner sich gegen eine Holzverwertungsgesellschaft zur Wehr setzten. Gute Geschäfte lagen auf der Straße.

Und jetzt das neueste Angebot: Er sollte ein Team des US-Militärs aufspüren, das nach Carl Rands vermisster Expedition suchen wollte, und ihm abnehmen, was immer es entdeckte. Und dies alles, um einer Substanz mit regenerativen Fähigkeiten habhaft zu werden, der Rands Gruppe angeblich auf der Spur war.

Dieser Auftrag war in keiner Weise ungewöhnlich. In den vergangenen Jahren war die Jagd auf neue Wirkstoffe aus dem Regenwald immer verbissener geworden – eine Multimilliardenindustrie. Die Suche nach dem »grünen Gold«, der neuen Wunderdroge, hatte im Amazonasgebiet zu einem neuen Goldrausch geführt. In den unwegsamen Tiefen des Waldes, wo Millionen von Dollar auf die Subsistenzwirtschaft der mausearmen Bauern und Indianer traf, waren Verrat und Gräuel an der Tagesordnung. Hier gab es keine Zeugen. Alljährlich fielen im Dschungel tausende Menschen Krankheiten, Angriffen von wilden Tieren oder ihren Verletzungen zum Opfer. Was machten da schon ein paar mehr Tote aus – ein Biologe, ein Ethnobotaniker, ein Wirkstoffforscher?

Das war geschenktes Geld.

Und Louis Favre war entschlossen, am Spiel teilzunehmen, im Auftrag eines französischen Pharmazieunternehmens. Lächelnd erhob er sich. Als er vor vier Jahren von Carl Rands Verschwinden erfuhr, hatte er frohlockt. An dem Abend hatte er sich betrunken und auf das Missgeschick des Mannes angestoßen. Jetzt würde er den letzten Nagel in den Sarg dieses Mistkerls schlagen, indem er ihm seine Entdeckung raubte und noch mehr Leichen auf sein Grab häufte.

Louis öffnete die Tür des Salons und trat hinaus.

»Ich hoffe, das Gespräch verlief zu Ihrer Zufriedenheit, Dr. Favre!«, rief ihm der hinter dem Tresen stehende Concierge höflich zu.

»Durchaus, Claude«, erwiderte Favre mit einem Kopfnicken. »Ausgesprochen zufriedenstellend.« Louis ging zum kleinen Hotelaufzug, ein antiker Käfig aus Schmiedeeisen und Holz, der mit Mühe und Not zwei Personen fasste. Er drückte den Knopf zur sechsten Etage, wo seine Suite lag. Er brannte darauf, die Neuigkeit weiterzugeben.

Der Aufzug stieg klirrend, ächzend und seufzend in die Höhe. Oben angekommen, eilte Louis über den schmalen Flur zum nächsten Zimmer. Wie eine Hand voll andere Gäste, die dauerhaft im Hotel Seine wohnten, hatte Louis eine Suite gemietet. Sie umfasste zwei Schlafzimmer, eine beengte Küche, ein geräumiges Wohnzimmer, dessen Türen auf einen Balkon mit schmiedeeisernem Geländer hinausgingen, und sogar ein kleines Arbeitszimmer mit Bücherregalen. Die Suite war nicht besonders luxuriös, entsprach aber seinen Bedürfnissen. Das Dienstpersonal war diskret und an die Exzentrizitäten der Gäste gewöhnt.

Louis schloss auf und trat ein. Zwei Dinge fielen ihm auf Anhieb auf. Zunächst ein vertrauter, erregender Geruch. Er stammte von einem Topf auf dem kleinen Gasofen, in dem Ayahuasca-Blätter vor sich hin köchelten. Daraus wurde ein starker halluzinogener Tee gewonnen, das so genannte *Natem*.

Als zweites bemerkte er das Winseln des Faxgeräts, das aus dem Arbeitszimmer drang. Seine neuen Arbeitgeber hielten ihre Zusagen jedenfalls ein.

»Tshui!«, rief er.

Er erwartete keine Antwort, doch es war Sitte beim Stamm der Shuar, sich beim Betreten einer Behausung mit Namen zu melden. Er bemerkte, dass die Schlafzimmertür angelehnt war.

Lächelnd ging er ins Arbeitszimmer und beobachtete, wie ein weiteres Blatt Papier aus dem Gerät ausgestoßen wurde und auf den wachsenden Stapel fiel. Die Einzelheiten der geplanten Unternehmung. »Tshui, ich habe wundervolle Neuigkeiten.«

Louis nahm den obersten Ausdruck vom Faxstapel und warf einen Blick darauf. Es handelte sich um eine Liste der Teilnehmer der US-Expedition.

10.45 Uhr MITTEILUNG der Basisstation Alpha

Op. AMAZONAS: Zivile Expeditionsteilnehmer

(1) Kelly O'Brien, Dr. med. – MEDEA

(2) Francis O'Brien – Umweltabteilung, CIA

(3) Olin Pasternak – Direktorium für Wissenschaft und Technologie, CIA
(4) Richard Zane, Dr. phil. – Forschungsleiter bei Tellux
(5) Anna Fong, Dr. phil. – Angestellte bei Tellux Pharmaceutical

Op. AMAZONAS milit. Unterstützung: 75. Einheit der Army Ranger
Captain: Craig Waxman
Staff Sergeant: Alberto Kostos
Corporals: Brian Conger, James DeMartini, Rodney Graves, Thomas Graves, Dennis Jorgensen, Samad Yamir

Op. AMAZONAS: vor Ort rekrutierte Teilnehmer
(1) Manuel Azevedo – FUNAI, brasilianischer Staatsangehöriger
(2) Resh Kouwe, Dr. phil. – FUNAI, Vertreter der Eingeborenenvölker
(3) Nathan Rand, Dr. phil. – Ethnobotaniker, US-Bürger

Den letzten Namen auf der Liste hätte Louis beinahe übersehen. Er krallte die Finger um den Ausdruck. *Nathan Rand*, der Sohn Carl Rands. Ja, das machte Sinn. Wenn nach seinem Vater gesucht wurde, wollte der Junge natürlich dabei sein. Er schloss die Augen, schwelgte in der günstigen Wendung des Schicksals. Die Götter des finsteren Dschungels waren ihm offenbar gnädig gesonnen. Die Rache, der der Vater entgangen war, würde den Sohn treffen. Das hatte etwas Biblisches.

Wie er so dastand, vernahm er aus dem angrenzenden Raum, dem großen Schlafzimmer, ein leises Rascheln. Er ließ das Fax auf den Stapel gleiten. Mit den Einzelheiten und der Ausarbeitung eines Plans konnte er sich später befassen. Im Moment wollte er einfach bloß sein Glück genießen.

»Tshui!«, rief er erneut und ging zur Schlafzimmertür.

Er zog sie auf und stellte fest, dass das Zimmer von Kerzen und einem Duftlämpchen erhellt war. Seine Geliebte lag nackt auf dem breiten Himmelbett. Das weiße Moskitonetz war zurückgeschlagen. Die kleine Shuar-Frau ruhte auf den Kissen, die auf dem elfenbeinfarbenen Laken aufgehäuft waren. Ihre bronzefarbene Haut schimmerte im Kerzenschein. Das lange schwarze Haar war um sie ausgebreitet und ihre Augen waren schwerlidrig von Leidenschaft und Natem-Tee. Zwei Tassen standen auf dem kleinen Nachttisch, die eine leer, die andere voll.

Wie gewöhnlich stockte Louis auch diesmal wieder beim Anblick seiner Geliebten der Atem. Er hatte die Schönheit vor drei Jahren in Ecuador kennen gelernt. Damals war sie die Frau eines Shuar-Häuptlings gewesen, bis die Untreue dieses Narren sie irgendwann erbost hatte. Sie tötete ihn mit seiner eigenen Machete. Obwohl solche Dinge – sowohl die Untreue als auch der Mord – bei den brutalen Shuar häufiger vorkamen, wurde Tshui aus dem Stamm ausgestoßen und nackt in den Dschungel geschickt. Niemand, nicht einmal die Verwandten des Häuptlings, hätten es gewagt, Hand an sie zu legen. Sie war in der ganzen Gegend bekannt als eine der wenigen Schamaninnen, die *Wawek* praktizierten, die schwarze Hexenkunst. Ihre Fertigkeiten im Mischen von Giften, im Ersinnen von Folterqualen und der kaum mehr bekannten Kunst des Kopfschrumpfens waren gleichermaßen geachtet und gefürchtet. Beim Verlassen des Dorfes hatte sie ein einziges Schmuckstück bei sich getragen: den Schrumpfkopf ihres Ehemanns, der an einer Schnur zwischen ihren Brüsten hing.

So hatte Louis die Frau gefunden, ein wildes, wunderschönes Geschöpf des Dschungels. Obwohl Louis in Frankreich verheiratet war, hatte er sie zu sich genommen. Sie war einverstanden gewesen, zumal er mit seinen Söldnern jeden einzelnen Mann, jede Frau und jedes Kind des Dorfes getötet hatte, um ihre Rachegelüste zu befriedigen.

Seit jenen Tagen waren sie unzertrennlich. Tshui, die geschickt war bei Verhören und sich im Dschungel hervorragend auskannte, begleitete ihn bei seinen Expeditionen. Jedes Mal brachte sie Trophäen mit.

In den Regalen, die alle vier Zimmerwände säumten, lagen dreiundvierzig *Tsantza*, jeder einzelne Kopf nicht größer als ein verschrumpelter Apfel – Augen und Lippen waren zugenäht, das Haar hing über den Rand des Regals herab wie Bartflechte von einem Baum. Sie verstand sich erstaunlich gut auf das Anfertigen von Schrumpfköpfen. Einmal hatte er der Prozedur von Anfang bis Ende beigewohnt.

Das eine Mal hatte ihm gereicht.

Mit chirurgischem Geschick zog sie die Haut in einem Stück vom Schädel des Opfers ab; bisweilen lebte es dann noch und schrie. Darin war sie wirklich eine Künstlerin. Nachdem sie die Haut mitsamt dem Haar gekocht und über heißer Asche getrocknet hatte, verschloss sie mit einer Knochennadel Mund und Augen, dann füllte sie das Innere mit heißen Kieseln und Sand. Während die ledrige Haut schrumpfte, formte sie sie mit den Fingern. Tshui besaß die unheimliche Gabe, dem Schrumpfkopf eine erstaunliche Ähnlichkeit mit dem ursprünglichen Gesicht des Opfers zu verleihen.

Louis betrachtete ihr neuestes Kunstwerk. Es stand auf dem Nachttisch an der anderen Bettseite. Es handelte sich um einen brasilianischen Offizier, der einen Kokainhändler erpresst hatte. Angefangen vom getrimmten Schnäuzer bis zu dem geraden Pony war die Arbeit erstaunlich lebensecht. Die Angestellten des Hotel Seine glaubten, er sei Anthropologe und sammele diese Exemplare für ein Museum.

Falls jemand etwas ahnte, so behielt er seinen Verdacht für sich.

»*Ma chérie*«, sagte er, als er endlich wieder Worte fand. »Ich habe wundervolle Neuigkeiten.«

Sie wälzte sich zu ihm herum, streckte die Hände nach ihm aus. Sie gab einen leisen, auffordernden Laut von sich. Tshui sprach nur selten. Hin und wieder ein Wort. Ansonsten war sie wie eine Raubkatze, ganz Augen, Bewegung und leises Schnurren.

Louis vermochte nicht zu widerstehen. Er warf den Hut ab und zog das Jackett aus. Bald darauf war auch er nackt. Sein Körper war hager, muskulös und von Narben übersät. Er trank das *Natem*, das sie ihm hingestellt hatte, während Tshui mit dem Finger träge über eine Narbe streichelte, die sich von seinem Bauch bis zur Innenseite des Oberschenkels zog. Ein Schauder lief ihm über den Rücken.

Als die Alkaloide zu wirken begannen und seine Sinne schärften, legte er sich auf seine Frau. Sie öffnete sich ihm, und er versank dankbar in ihrer Wärme. Sie küsste ihn hingebungsvoll, während sie ihm mit ihren scharfen Fingernägeln über den Rücken kratzte.

Bald darauf tanzten Farben und Lichter vor seinen Augen. Der Raum schwankte leicht. Einen Moment lang meinte er, die aufgereihten Schrumpfköpfe schauten ihrem Liebesspiel zu und beobachteten mit ihren toten Augen, wie er in die Frau hineinstieß. Das Publikum erregte ihn noch mehr. Er nagelte Tshui auf dem Bett fest, krümmte den Rücken und stieß immer wieder und wieder in sie hinein, während sich in seiner Brust ein Schrei aufbaute.

Ringsum blickten Gesichter auf ihn nieder, beobachteten ihn mit blinden Augen.

Ehe die Lust und der köstliche Schmerz ihn überwältigten, hatte Louis noch einen letzten Gedanken. Eine Trophäe fehlte noch in diesen Regalen, ein Memento mori vom Sohn des Mannes, der ihn ruiniert hatte: *der Kopf von Nathan Rand*.

Zweiter Akt

UNTER DEM BLÄTTERDACH

Immergrün

FAMILIE: *Apocynaceae*

GATTUNG: *Vinca*

ARTEN: *minor, major*

VOLKSNAMEN: *Immergrün, Cezayirmeneksei, Dauergrün, Sinngrün, Wintergrün*

GENUTZTE TEILE: *die ganze Pflanze*

EIGENSCHAFTEN/VERWENDUNG: *Adstringens, Analgetikum, antibakteriell, antimikrobisch, blutdrucksenkend, blutreinigend, Diuretikum, Emmenagogum, entzündungshemmend, fiebersenkend, Hämostatikum, Herztonikum, Karminativum, Lactogogum, Lebermittel, Magenmittel, Sedativum, Sialagogum, Spasmolytikum, Tonikum, Wundmittel*

4

Wauwai

7. August, 8.12 Uhr
Unterwegs über dem Amazonas-Dschungel

Nathan blickte aus dem Hubschrauberfenster. Trotz der geräuschdämpfenden Kopfhörer war der Rotorenlärm ohrenbetäubend und isolierte jeden Passagier in seinem eigenen Geräuschkokon.

Unter ihnen erstreckte sich in alle Richtungen ein unermessliches grünes Meer. Aus diesem Blickwinkel betrachtet hatte es den Anschein, als bedecke der Wald die ganze Welt. Durchbrochen wurde die Eintönigkeit nur durch vereinzelte Baumriesen, deren Krone die ihrer Kameraden überragte, mächtige Waldhünen, die Harpyen und Tukanen als Ruheplätze dienten. Hin und wieder sah man auch dunkle Flüsse durchs Laub hindurchschimmern, die sich träge durch den Urwald wanden.

Ansonsten war der Dschungel gewaltig, undurchdringlich, endlos.

Nathan lehnte die Stirn ans Fensterglas. War sein Vater irgendwo dort unten? Und wenn nicht, wo waren zumindest die Antworten zu finden?

Tief in seinem Innern verspürte Nathan den bittersauren Keim der Angst. Würde er mit den gewonnenen Erkenntnissen fertig werden? In den vier Jahren der Ungewissheit hatte Nate eines gelernt: Die Zeit heilte zwar tatsächlich alle Wunden, ließ aber hässliche Narben zurück.

Nach dem Verschwinden seines Vaters hatte Nate sich vor der Welt versteckt, zunächst am Boden einer Flasche

Jack Daniel's, dann in der Umarmung stärkerer Drogen. Nach seiner Rückkehr in die Staaten hatten die Therapeuten von *Verlustängsten, Vertrauenskonflikten* und *klinischer Depression* gesprochen. Nate aber empfand seinen Zustand als größte Sinnkrise seines Lebens.

Erst als er in den Dschungel zurückkehrte, fand er so etwas wie Frieden. Und jetzt das ...

War er bereit, wieder an die alten Wunden zu rühren? Sich dem Schmerz zu stellen?

Im Kopfhörer ertönte ein scharfes Knacken, dann durchdrang die Stimme des Piloten den Rotorenlärm. »Wir sind noch zwanzig Kilometer von Wauwai entfernt. Am Horizont ist aber schon Rauch zu sehen.«

Nathan spähte aus dem Fenster, konnte jedoch bloß nach unten und zur Seite sehen. Wauwai würde dem Suchtrupp als zweites Basislager dienen. Von hier aus würde man die Vorräte anliefern und den Vormarsch durch den Dschungel überwachen. Vor zwei Stunden waren die drei Hueys zusammen mit dem schlanken, schwarzen Comanche von São Gabriel aus gestartet, an Bord die Grundausrüstung, Geräte, Waffen und Personal. Später sollten die Hueys eine Versorgungsbrücke zwischen Wauwai und São Gabriel unterhalten, zusätzliche Vorräte, Männer und Treibstoff heranschaffen. Der langstreckentaugliche Comanche sollte in Wauwai bleiben, ein für den Notfall reservierter schwarzer Vogel. Mit seiner Bewaffnung würde er der Suchmannschaft notfalls aus der Luft Rückendeckung geben.

So sah der Plan aus.

»Der Rauch scheint von unserem Ziel zu kommen«, fuhr der Pilot fort. »Das Dorf brennt.«

Nathan wich vom Fenster zurück. *Das Dorf brennt?* Er blickte sich in der Kabine um. Außer den beiden O'Briens flogen noch Professor Kouwe, Richard Zane und Anna Fong bei ihnen mit. Der siebte Passagier war der Mann mit dem harten Gesicht, der Nathan bei der Besprechung am Konferenztisch gegenübergesessen hatte, der mit der hässlichen Narbe am Hals. Man hatte ihn als Olin Pasternak vorgestellt; er war CIA-Agent und arbeitete für die Abteilung Wissenschaft und Technologie. Nate bemerkte, dass der Mann ihn mit seinen eisblauen Augen anstarrte. Sein Gesicht war eine undurchdringliche Maske.

Frank hob ein Mikrofon an die Lippen. »Können wir trotzdem landen?«

»Aus dieser Entfernung lässt sich das nicht sagen, Sir«, antwortete der Pilot. »Captain Waxman fliegt voraus, um sich ein Bild von der Lage zu machen.«

Nathan beobachtete, wie einer der Helikopter aus der Formation ausscherte und vorausflog, während die anderen langsamer wurden. Sie schwenkten herum, und nun sah Nathan eine Rauchwolke, die am Horizont aus der grünen Laubdecke aufstieg. Sie stieg hoch in den blauen Himmel. Die anderen Passagiere rückten näher und spähten ebenfalls aus den Backbordfenstern.

Kelly O'Brien lehnte sich an seine Schulter, den Blick auf die Qualmwolke gerichtet. Ihre Lippen bewegten sich, doch wegen des Lärms und der Kopfhörer verstand er sie nicht. Sie lehnte sich zurück und bemerkte, dass er sie anstarrte.

Sie wandte den Blick ab und errötete leicht.

Der Pilot meldete sich über Funk. »Leute, der Captain hat uns sein Okay gegeben. Der Landeplatz liegt auf der Wind abgewandten Seite. Bitte bereiten Sie sich auf die Landung vor.«

Die Passagiere schnallten sich an. Kurz darauf hatten die Hubschrauber das Dorf erreicht. Die Piloten achteten darauf, dass sie den Qualm nicht auf den Landeplatz wirbelten. Während die Helikopter sich zur Landung ausrichteten, bemerkte Nathan eine Kette von Menschen, die Eimer vom Fluss heranreichten.

Als sie tiefer gingen, wurde eine mit Schindeln verkleidete Kirche mit einem weiß getünchten Turm sichtbar. Der Brandherd lag auf der anderen Seite, und auf dem Kirchendach stand jemand und benässte die Schindeln.

Dann setzten die Hubschrauberkufen mit einem leichten Ruck auf und Frank gab das Zeichen zum Aussteigen.

Als Nathan den Kopfhörer abnahm, brach der ungedämpfte Motorenlärm über ihn herein. Er schnallte sich los und stieg aus. Außerhalb der Reichweite des Rotors angelangt, richtete er sich auf und blickte sich um. Der letzte Huey setzte soeben auf der anderen Seite des Landefelds auf. Die frisch umgegrabene Erde deutete darauf hin, dass es sich um den Dorfgarten handelte.

Die Ranger waren bereits tätig geworden. Eine Hand voll Männer luden Ausrüstung und Vorräte aus, während die anderen um die Kirche herumtrabten, um bei der Bekämpfung des Feuers zu helfen.

Allmählich versiegte der Rotorenlärm und man vernahm wieder Stimmen: gebrüllte Befehle, Rufe von der anderen Seite der Kirche, das Geplapper der Kisten schleppenden Soldaten.

Kelly tauchte mit Frank im Schlepptau an Nathans Seite auf. »Wir sollten den Padre suchen, der Agent Clark gefunden hat. Wir befragen ihn und dann brechen wir auf.«

Frank nickte, dann wandten sich die beiden zum Hintereingang der Kirche.

Jemand klopfte Nate auf die Schulter. Es war Professor Kouwe. »Lassen Sie uns den Leuten helfen«, meinte der Ältere und zeigte in den Qualm.

Nathan folgte dem Professor über die Felder und um die Kirche herum. Auf der anderen Seite herrschte Chaos: Menschen rannten mit Eimern und Schaufeln umher, überall wogte Qualm, Flammen loderten.

»Mein Gott«, sagte Nate.

Zwischen der Kirche und dem Fluss lag ein Dorf von etwa einhundert kleinen Hütten. Drei Viertel davon brannten.

Sie eilten weiter und verstärkten die Wasserbrigade. Um sie herum waren braunhäutige Indianer, weiße Missionare und uniformierte Ranger. Nach etwa einer Stunde sahen sie alle gleich aus und hatten sich in rußverschmierte Retter verwandelt, die vom Qualm husteten und würgten.

Nathan schleppte Wassereimer, erstickte Flammen und konzentrierte sich darauf, eine Feuerschneise rund um den Brandherd zu sichern. Sie mussten die Flammen in Schach halten. Innerhalb der Brandzone verzehrte das Feuer die palmgedeckten Hütten, verwandelte Häuser in Fackeln, die in Sekundenschnelle abbrannten. Doch jetzt, mit den zusätzlichen Helfern, gelang es ihnen, das Feuer endlich einzudämmen. Als alle Hütten innerhalb der Feuerzone zerstört waren, fehlte es dem Feuer an Nahrung. Nur noch an einigen Stellen sah man kokelnde Glut inmitten des rußgeschwärzten Szenarios.

In der Hektik hatte Nate den Professor aus den Augen verloren. Jetzt sah er ihn neben einem hoch gewachsenen, breitschultrigen Brasilianer stehen. Der Mann war den Tränen nahe. Er murmelte etwas auf Portugiesisch, das sich anhörte wie ein Gebet. Nate vermutete, dass dies einer der Missionare war.

»Tut mir Leid«, sagte Nate auf Portugiesisch und riss sich das Tuch ab, mit dem er Nase und Mund geschützt hatte. »Gab es Tote?«

»Fünf. Ausnahmslos Kinder.« Die Stimme des Mannes brach. »Viele haben jedoch eine Rauchvergiftung erlitten.«

»Was ist passiert?«

Der Missionar wischte sich mit dem Taschentuch den Ruß aus dem Gesicht. »Es war meine Schuld. Ich hätte es besser wissen müssen.« Er blickte sich zur Kirche um.

Abgesehen vom Ruß schien sie unversehrt. Er bedeckte seine Augen; seine Schultern bebten. Es dauerte eine Weile, bis er weitersprechen konnte. »Es war meine Entscheidung, den Leichnam des Mannes nach Manaus zu schicken.«

Auf einmal wurde Nathan bewusst, wen er da vor sich hatte. »Padre Batista?« Dies war der Missionsleiter, der auch Gerald Clark gefunden hatte.

Der hoch gewachsene Brasilianer nickte. »Möge Gott mir verzeihen.«

Nate führte Garcia Luiz Batista von den schwarzen Ruinen des Dorfes fort zu den unberührten grünen Feldern. Er stellte sich vor und geleitete den Mann zur Kirche. Als er an einem verschwitzten, rußgeschwärzten Ranger vorbeikam, bat er ihn, die O'Briens in die Kirche zu schicken.

Mit einem knappen Kopfnicken ging der Ranger davon.

Nate geleitete den Padre die Holztreppe hinauf und durch die Doppeltür. Im Innern der Kirche war es dunkel und kühl. Lackierte Holzbänke säumten den Gang, der zum Altar und dem großen Kruzifix aus Mahagoni führte. Im Raum hielten sich nur wenige Menschen auf. Ein paar Indianer lagen erschöpft auf dem Boden und den Bänken. Nate führte den Missionar bis ganz nach vorn und ließ ihn auf der ersten Bank Platz nehmen.

Der Mann ließ sich auf die Holzbank fallen, den Blick aufs Kruzifix gerichtet. »Es ist alles meine Schuld.« Er senkte den Kopf und hob die gefalteten Hände.

Nathan schwieg und ließ dem Mann einen Moment Zeit zur Besinnung. Die Kirchentür schwang auf und Frank und Kelly traten ein. Professor Kouwe war bei ihnen. Alle drei waren von Kopf bis Fuß mit Asche bedeckt. Nathan winkte sie zu sich.

Als sie zu ihnen traten, hob Padre Batista den Kopf. Nathan übernahm die Vorstellungen. Anschließend setzte er sich neben den Padre. »Erzählen Sie mir, was passiert ist. Wie kam es zu dem Feuer?«

Garcia blickte die anderen an, dann seufzte er schwer und senkte den Blick auf seine Füße. »Das habe ich meiner eigenen Kurzsichtigkeit zuzuschreiben.«

Kelly nahm an seiner anderen Seite Platz. »Was meinen Sie damit?«, fragte sie leise.

Nach einer Weile fuhr der Padre fort. »An dem Abend, als der arme Mann aus dem Wald auftauchte, machte mir ein Schamane der Yanomami Vorwürfe, weil ich den Fremden in der Mission aufgenommen hatte. Er sagte, der Leichnam des Mannes müsse verbrannt werden.« Der Padre blickte Nathan an. »Wie hätte ich das tun sollen? Er hatte doch bestimmt eine Familie. Vielleicht war er sogar Christ.«

Nate tätschelte ihm die Hand. »Sicher.«

»Aber ich hätte den Aberglauben der Indianer nicht so leichtfertig abtun sollen. Ich hatte zu großes Vertrauen in ihre Bekehrung zum Christentum. Sie sind sogar getauft.« Der Padre schüttelte den Kopf.

Nate nickte. »Es war nicht Ihre Schuld. Manche Überzeugungen sind zu tief verwurzelt, um sie mit einer Taufe wegwaschen zu können.«

Padra Batista sackte noch weiter in sich zusammen. »Anfangs lief alles gut. Der Schamane war zwar noch erbost über meine Entscheidung, den Leichnam nicht zu verbrennen, fand sich aber schließlich damit ab, dass er aus dem Dorf verschwunden war. Das schien ihn zu besänftigen.«

»Und was geschah dann?«, fragte Kelly.

»Eine Woche später erkrankten zwei Kinder aus dem Dorf an Fieber. Das war nichts Neues. Solche Erkrankungen kommen hier häufig vor. Der Schamane aber meinte, das Fieber sei auf den Fluch des Toten zurückzuführen.«

Nate nickte. Dergleichen hatte auch er schon erlebt. Bei

den meisten Indianerstämmen wurden Symptome aller Art nicht ausschließlich als Folge einer Verletzung oder Erkrankung betrachtet, sondern häufig auf den Fluch des Schamanen eines Nachbardorfes zurückgeführt. Derlei Anschuldigungen konnten zu handgreiflichen Auseinandersetzungen führen.

»Ich konnte ihn einfach nicht davon abbringen. In den folgenden Tagen erkrankten drei weitere Kinder, eines davon aus dem *Shabano* der Yanomami. Im Dorf herrschte eine angespannte Atmosphäre. Ganze Familien packten vor lauter Angst ihre Sachen und flohen. Nachts hörte man Getrommel und Gesang.« Garcia schloss die Augen. »Über Funk forderte ich Hilfe an. Als vier Tage später von Junta ein Arzt eintraf, wollten die Indianer ihre Kinder jedoch nicht untersuchen lassen. Der Yanomami-Schamane hatte die Oberhand gewonnen. Ich flehte sie an, sich helfen zu lassen, doch sie weigerten sich. Stattdessen überließen sie die Kleinen der Obhut des Hexendoktors.«

Nathan zuckte bei der Erwähnung des Wortes zusammen. Er blickte Professor Kouwe an, der Nate mit einem angedeuteten Kopfschütteln bedeutete, er solle schweigen.

Der Padre fuhr fort: »Gestern Abend starb dann eines der Kinder. Im Dorf brach lautes Wehklagen aus. Um sein Versagen zu bemänteln, erklärte der Schamane, das Dorf sei verflucht. Er forderte alle zum Fortgehen auf. Ich versuchte nach Kräften, die Panik zu dämpfen, aber die Dorfbewohner hörten nur noch auf den Schamanen. Kurz vor dem Morgengrauen legte er mit mehreren Yanomami Feuer an ihr eigenes Rundhaus und floh dann in den Dschungel.« Garcia weinte nun unverhohlen. »Dieses ... dieses Monstrum hat die kranken Kinder im Haus gelassen. Sie sind bei lebendigem Leib verbrannt.«

Der Padre schlug die Hände vors Gesicht. »Da nur noch wenige im Dorf waren, breiteten sich die Flammen rasend schnell aus. Wären Sie nicht gekommen und hätten mitgeholfen, hätten wir alles verloren. Die Kirche und die Tiere.«

Nathan legte dem Mann die Hand auf die Schulter. »Verzweifeln Sie nicht. Wir helfen Ihnen beim Wiederaufbau.« Er blickte fragend Kellys Bruder an.

Frank räusperte sich. »Selbstverständlich. Wir werden ein Kontingent Ranger und Wissenschaftler hier zurücklassen, wenn wir in den Dschungel aufbrechen. Ich gehe davon aus, dass sie als Gäste gern bereit sind, mit den Helikoptern Material einzufliegen und beim Wiederaufbau des Dorfes mit anzupacken.«

Der Padre fasste daraufhin wieder ein wenig Mut. »Gott segne Sie.« Er wischte sich die Augen und schnäuzte sich.

»Wir werden tun, was in unserer Macht steht«, versicherte ihm Kelly. »Aber auch für uns ist Zeit kostbar, Padre. Wir wollen die Spuren des Toten zurückverfolgen, ehe sie noch mehr verwischt werden.«

»Gewiss, gewiss ...«, meinte Garcia erschöpft und erhob sich. »Ich werde Ihnen berichten, was ich weiß.«

Die Unterhaltung währte nur kurz. Der Padre führte sie am Altar vorbei in die Gemeinschaftsräume der Kirche. Den Speisesaal hatte man in eine provisorische Krankenstation für die von Rauchvergiftung Betroffenen umgewandelt, doch anscheinend war keiner von ihnen ernstlich verletzt. Garcia schilderte ihnen, wie er ein paar Indianer dazu überredet hatte, die Spur des Toten zurückzuverfolgen, für den Fall, dass er noch Begleiter bei sich gehabt hatte. Die Fährte führte zu einem der Nebenflüsse des Jarurá. Ein Boot wurde nicht gefunden, doch führten die Spuren offenbar am Ufer des Nebenflusses entlang und verschwanden in westlicher Richtung in den abgelegensten Gebieten des Regenwaldes. Weiter hatten sich die indianischen Spurenleser nicht vorgewagt.

Kelly lehnte sich an ein Fenster, das auf den Garten hinter

der Kirche hinausging. »Könnte uns jemand den Nebenfluss zeigen?«

Garcia nickte. Er hatte sich mittlerweile das Gesicht gewaschen und wirkte schon wesentlich gefasster. Seine Stimme und seine Haltung hatten wieder an Festigkeit gewonnen; offenbar hatte er den ersten Schock überwunden. »Henaowe, mein Assistent, wird Sie hinbringen.« Er zeigte auf einen kleinen Indianer.

Nathan bemerkte überrascht, dass es sich um einen Yanomami handelte.

»Er ist der einzige Yanomami, der hier geblieben ist«, meinte Garcia seufzend. »Die Liebe zu Jesus Christus, unserem Herrn, hat also wenigstens einen von ihnen erlöst.«

Der Padre winkte seinen Gehilfen näher und unterhielt sich mit ihm auf Yanomami. Nathan staunte, wie gut der Priester die Sprache beherrschte.

Henaowe nickte zustimmend, doch Nathan sah die Angst in seinen Augen. Taufe hin oder her, der Mann wurde noch immer von abergläubischen Vorstellungen beherrscht.

Die Gruppe ging wieder nach draußen, wo sich die feuchte Hitze wie eine nasse Wolldecke auf sie legte. Sie schlugen einen Bogen um die gelandeten Hubschrauber und stellten fest, dass die Ranger in der Zwischenzeit nicht untätig gewesen waren. Auf dem Boden waren schwer bepackte Rucksäcke aufgereiht. Hinter jedem Rucksack stand ein Ranger.

Captain Waxman inspizierte seine Männer und die Ausrüstung. Als er die Neuankömmlinge bemerkte, straffte er sich. »Wir sind bereit zum Aufbruch und warten bloß auf Ihr Zeichen.« Waxman war in den Vierzigern und ein Soldat, wie er im Buche stand: versteinertes Gesicht, breite Schultern, die Einsatzuniform scharf gebügelt. Sogar das Haar hatte er sich abrasiert.

»Wir sind jetzt fertig«, sagte Frank. »Wir haben jemanden, der uns zur Fährte bringen wird.« Er wies mit dem Kinn auf den kleinen Indianer.

Der Captain nickte, dann wandte er sich schneidig um. »Gepäck aufnehmen!«, befahl er seinen Männern.

Kelly führte die Gruppe zu einer weiteren Reihe von Rucksäcken, die jeweils etwa halb so groß waren wie die der Ranger. Hier warteten die übrigen Expeditionsteilnehmer. Anna Fong war in eine Unterhaltung mit Richard Zane vertieft. Beide trugen Khakisachen, und auf ihren Schultern prangte das aufgestickte Logo von Tellux. Neben ihnen stand Olin Pasternak, der einen sauberen, aber offenbar schon häufig benutzten grauen Overall mit schwarzen Stiefeln trug. Er bückte sich und hob den größten Rucksack auf. Nate wusste, dass darin das Satellitentelefon verstaut war. Als er den Rucksack schulterte, achtete er jedoch nicht auf das empfindliche Gerät, sondern auf den letzten Expeditionsteilnehmer ... vielmehr *die* Teilnehmer.

Nate lächelte. Seit ihrem Aufbruch von São Gabriel hatte er Manny nicht mehr gesehen. Der brasilianische Biologe war mit einem der anderen Hueys mitgeflogen. Der Grund dafür lag auf der Hand. Manny winkte Nate zu, in der einen Hand eine Peitsche, in der anderen eine lederne Leine.

»Na, wie hat sich Tor-tor auf dem Flug benommen?«, fragte Nathan.

Manny tätschelte dem Hundert-Kilo-Jaguar mit der Peitsche die Flanke. »Brav wie ein Kätzchen. Es geht halt nichts über die Wunder der modernen Chemie.«

Die Raubkatze schwankte noch ein wenig von den Nachwirkungen des Beruhigungsmittels. Sie streckte sich und schnupperte an Nates Hosenbein. Tor-tor erkannte den Geruch offenbar wieder, denn er versetzte ihm einen Stups mit der Nase.

»Der Bursche hatte schon immer einen Narren an dir gefressen«, meinte Manny kichernd.

Nate ließ sich auf ein Knie nieder und streichelte dem Jaguar die Backen, kraulte ihn unter dem Kinn. Dies brachte ihm ein Schnurren ein. »Mein Gott, er ist ein ganzes Stück gewachsen, seit ich ihn zum letzten Mal gesehen habe.«

Olin Pasternak musterte das Tier finster, dann knurrte er etwas und wandte sich ab, von der Verstärkung ihres Teams offenbar unbeeindruckt.

Nathan richtete sich auf. Es war nicht leicht gewesen, Tor-tors Teilnahme durchzusetzen, doch Manny hatte darauf bestanden. Tor-tor stand kurz vor der Geschlechtsreife und musste dringend Dschungelerfahrung sammeln. Die Unternehmung würde der Raubkatze gut bekommen. Außerdem war sie gut abgerichtet und würde ihnen von Nutzen sein – als Beschützer und bei der Spurensuche.

Nathan hatte sich dafür eingesetzt, den Jaguar mitzunehmen. Wollten sie unterwegs fremde Indianer zur Zusammenarbeit bewegen, würde Tor-tor ihnen dies erleichtern. Der Jaguar wurde von allen Indianern verehrt. Tor-tors Anwesenheit würde das Team in ihrer Achtung steigen lassen.

Anna Fong hatte eingewilligt.

Franks und Captain Waxmans Widerstand war erlahmt, und schließlich wurde Tor-tor die Teilnahme an der Expedition gestattet.

Kelly beäugte die Raubkatze aus sicherem Abstand. »Wir sollten allmählich aufbrechen.«

Nathan nickte und schulterte seinen kleinen Rucksack. Darin war nur das Nötigste verstaut: Hängematte, Moskitonetz, ein paar Trockenrationen, Wäsche zum Wechseln, Machete, Wasserflasche und Filterpumpe. Damit würde er es notfalls monatelang im Dschungel aushalten. Inmitten der Fülle des Regenwaldes – angefangen von den zahlreichen Früchten und Beeren bis zu den essbaren Wurzeln und Pflanzen, dem Wild und den Fischen – gab es keinen Grund, zusätzliche Nahrung mitzunehmen.

Doch es gab noch einen weiteren wichtigen Ausrüstungsgegenstand. Nathan schulterte sein kurzläufiges Gewehr. Obwohl das Team von den bewaffneten Rangern beschützt wurde, wollte Nate auf eine eigene Waffe nicht verzichten.

»Brechen wir auf«, sagte Kelly erneut. »Wir haben durch die Feuerbekämpfung bereits den Vormittag verloren.« Als die schlanke Frau ihren Rucksack schulterte, starrte Nate unwillkürlich auf ihre langen Beine. Er zwang sich, den Blick zu heben. Ihr Rucksack war mit einem großen roten Kreuz markiert, denn darin war die medizinische Ausrüstung verstaut.

Frank schritt die Reihe der zivilen Expeditionsteilnehmer ab und vergewisserte sich, dass alle bereit waren. Vor Nate blieb er stehen, zog eine ausgewaschene Baseballkappe aus einer Gesäßtasche und setzte sie auf.

Nate erkannte sie wieder; Frank hatte sie bereits bei ihrer ersten Begegnung im Krankenhaus von São Gabriel getragen. »Ein Fan?«, fragte er und zeigte auf das Logo der Boston Red Sox.

»Und ein Glücksbringer«, setzte Frank hinzu, dann wandte er sich an das ganze Team. »Los geht's!«

Angeführt von einem kleinen Indianer mit ängstlich geweiteten Augen stapfte die achtzehnköpfige Gruppe im Gänsemarsch in den Dschungel.

Kelly war noch nie im Dschungel gewesen. Zur Vorbereitung auf die Expedition hatte sie Bücher und Artikel gelesen, doch der erste Eindruck entsprach keineswegs ihren Erwartungen.

Während sie hinter den vier Rangern an der Spitze herstapfte, blickte sie sich verwundert um. Anders als in alten Filmen war der Regenwald des Amazonas am Boden kein Gewirr von Schlingpflanzen und wuchernder Vegetation. Vielmehr ähnelte er eher einer grünen Kathedrale. Ein dichtes Dach ineinander verwobener Äste wölbte sich über ihren Köpfen, schluckte das meiste Sonnenlicht und hüllte alles in ein grünliches Zwielicht. Kelly hatte gelesen, dass weniger als zehn Prozent des Sonnenlichts den Dschungelboden erreichten. Deshalb war das unterste Stockwerk des Waldes, durch das sie wanderten, erstaunlicherweise fast frei von Vegetation. Der Dschungel war hier eine Welt des Schattens und der Verwesung, das Reich der Insekten, Pilze und Wurzeln.

Die Abwesenheit grüner Pflanzen bedeutete jedoch nicht, dass sie durch den pfadlosen Urwald auch leicht vorankamen. Überall lagen verrottete Baumstämme und Äste herum, bedeckt mit gelbem Schimmel und weißen Pilzen. Ein rutschiger Mulch aus verwesenden schwarzen Blättern erschwerte das Vorankommen, und darunter schlängelten sich die Wurzeln, die die gigantischen Bäume in der dünnen Erdschicht verankerten und das Risiko, sich den Knöchel zu verstauchen, noch weiter erhöhten.

Obwohl es auf dieser Ebene nur wenige Pflanzen gab, waren sie doch gleichwohl vorhanden. Der Waldboden war mit ausladenden Farnen, dornigen Ananasgewächsen, anmutigen Orchideen und schlanken Palmen geschmückt, und die seilartigen Lianen waren allgegenwärtig.

Ein lautes Klatschen veranlasste sie, sich umzudrehen.

Ihr Bruder rieb sich den Hals. »Verdammte Fliegen.«

Kelly holte eine Plastikflasche mit Insektenmittel aus der Tasche und reichte sie Frank. »Nimm das hier.«

Er rieb sich die unbedeckten Stellen ein.

Nathan trat neben sie. Er hatte einen australischen Buschhut aufgesetzt und wirkte wie eine Mischung aus Indiana Jones und Crocodile Dundee. Seine blauen Augen funkelten im Halbdunkel belustigt. »Das ist reine Zeitverschwendung«, meinte er zu Frank. »Was Sie da auftragen, wird in Minutenschnelle abgeschwitzt.«

Kelly konnte ihm da nicht widersprechen. Nach lediglich fünfzehnminütigem Marsch war sie bereits nass geschwitzt. Die Luftfeuchtigkeit musste unter dem Blätterdach bei hundert Prozent liegen. »Was schlagen Sie stattdessen vor?«

Nathan zuckte die Schultern und lächelte schief. »Man findet sich damit ab. Man ignoriert die Mücken. Diese Schlacht kann man nicht gewinnen. Hier heißt es fressen oder gefressen werden, und manchmal zahlt man halt den Preis.«

»Mit dem eigenem Blut?«, fragte Frank.

»Sie sollten sich nicht beklagen. Damit kommen Sie noch billig davon. Hier gibt es weit gefährlichere Insekten, und damit meine ich nicht bloß die großen, nach Vögeln jagenden Spinnen oder die fußlangen schwarzen Skorpione. Die kleinen sind am schlimmsten. Haben Sie schon mal vom Mordkäfer gehört?«

»Nein, ich glaube nicht«, sagte Frank.

Auch Kelly schüttelte den Kopf.

»Also, der hat die lästige Angewohnheit, zu beißen und gleichzeitig den Darm zu entleeren. Wenn das Opfer sich kratzt, bringt es den Kot, der den Einzeller *Tripanozoma crusii* enthält, mit dem Blutkreislauf in Kontakt. Dann stirbt man binnen einer Frist von einem bis zu zwanzig Jahren an einer Hirn- oder Herzkrankheit.«

Frank erblasste und hörte auf, sich am Hals zu kratzen.

»Dann gibt es noch die Schwarzen Fliegen, die in den Augäpfeln Eier ablegen. Daraus entwickeln sich Maden, die eine Krankheit zur Folge haben, die als Flussblindheit bezeichnet wird. Und Sandfliegen, die Leishmaniasis übertragen können, eine Lepraerkrankung.«

Kelly reagierte mit einem Stirnrunzeln auf den Versuch des Botanikers, ihren Bruder zu verunsichern. »Mit den übertragbaren Krankheiten, die es hier gibt, kenne ich mich ganz gut aus. Gelbfieber, Denguefieber, Malaria, Cholera,

Typhus.« Sie rückte ihren Rucksack zurecht. »Ich bin auf das Schlimmste vorbereitet.«

»Auch auf Candirus?«

Sie runzelte die Stirn. »Was ist das für eine Krankheit?«

»Das ist keine Krankheit. Das ist ein kleiner Fisch, der bisweilen auch Zahnputzerfisch genannt wird. Er ist sehr dünn, etwa fünf Zentimeter lang und lebt als Parasit in den Kiemen größerer Fische. Er hat die unangenehme Angewohnheit, in die Harnröhre von Männern einzudringen und sich dort festzusetzen.«

»Sich festzusetzen?«, wiederholte Frank schaudernd.

»Er spreizt die Kiemengräten und blockiert auf diese Weise den Harnabfluss, was innerhalb vierundzwanzig Stunden zum Tode führt.«

»Und wie wird man ihn wieder los?«

Kelly hatte von dem kleinen Fisch und seinen Angewohnheiten tatsächlich schon gelesen. Sie wandte sich an ihren Bruder und sagte in sachlichem Ton: »Das einzige Gegenmittel besteht darin, dem Opfer den Penis abzuschneiden und den Fisch aus der Harnröhre herauszuziehen.«

Frank zuckte zusammen und fasste sich an den Schritt. »Den Penis abschneiden?«

Nate zuckte die Schultern. »Willkommen im Dschungel.«

Kelly blickte ihn finster an, wohl wissend, dass er ihnen bloß einen Schrecken einjagen wollte. Seinem Grinsen war zu entnehmen, dass er es nicht böse meinte.

»Und dann wären da noch die Schlangen ...«, fuhr Nate fort.

»Ich glaube, das reicht«, sagte hinter ihnen Professor Kouwe, womit er den Geschwistern weitere Erläuterungen Dr. Rands ersparte. Er schloss zu ihnen auf. »Man sollte zwar Respekt vor dem Dschungel haben, wie Nathan soeben so beredt ausgeführt hat, doch er beherbergt nicht nur

Gefahren, sondern auch viel Schönheit. Er macht nicht bloß krank, sondern vermag auch zu heilen.«

»Und deshalb sind wir hier«, mischte sich eine neue Stimme ein.

Kelly wandte den Kopf. Dr. Richard Zane hatte gesprochen. Sie sah, dass Anna Fong und Olin Pasternak in eine Unterhaltung vertieft waren. Und hinter ihnen schritt Manuel Azevedo mit seinem Jaguar neben den Rangern her, die die Nachhut bildeten.

Als sie den Kopf wieder nach vorn wandte, hatte sich Nates Grinsen verflüchtigt. Aufgrund der Wortmeldung des Tellux-Vertreters hatte sich seine Miene verhärtet. »Was wissen Sie schon vom Dschungel?«, sagte Nate. »Sie haben Ihr Büro in Chicago seit über vier Jahren nicht verlassen ..., seit dem Verschwinden meines Vaters nicht mehr, wenn ich mich recht erinnere.«

Richard Zane streichelte seinen kleinen, akkurat getrimmten Spitzbart und wahrte die Fassung, doch Kelly entging nicht das Funkeln in seinen Augen. »Ich weiß, was Sie von mir halten, Dr. Rand. Das war einer der Gründe, weshalb ich mich freiwillig für diese Expedition gemeldet habe. Sie wissen doch, dass ich mit Ihrem Vater –«

Nathan trat einen Schritt auf den Mann zu, eine Hand zur Faust geballt. »Sagen Sie es nicht!«, fauchte er. »Sagen Sie nicht, Sie wären ein *Freund* meines Vaters gewesen! Ich habe Sie angefleht, die Suche fortzusetzen, nachdem die Regierung die Nachforschungen eingestellt hatte. Und Sie haben sich geweigert. Ich habe das Memo gelesen, das Sie aus Brasilien in die Vereinigten Staaten geschickt haben: ›Ich sehe keinen Sinn darin, die finanziellen Mittel von Tellux für eine sinnlose Suche nach Dr. Carl Rand zu verwenden. Unser Geld ist in neuen Projekten besser angelegt.‹ Erinnern Sie sich an Ihre eigenen Worte, mit denen Sie meinen Vater aufgegeben haben? Hätten Sie weiterhin Druck auf die Firmenleitung ausgeübt –«

»Dann wäre das Ergebnis das gleiche gewesen«, erwiderte Zane mit zusammengebissenen Zähnen. »Sie waren schon immer naiv. Die Entscheidung stand bereits vor meinem Bericht fest.«

»Blödsinn«, widersprach Nathan.

»Nach dem Verschwinden der Expedition bekam es Tellux mit über dreihundert Anwälten zu tun. Mit den Anwälten der betroffenen Familien, der Versicherungsgesellschaften, der brasilianischen Regierung, der NSF. Tellux wurde von allen Seiten unter Beschuss genommen. Das war einer der Gründe, weshalb wir uns das Vermögen von Eco-Tek einverleiben mussten. Auf diese Weise konnten wir uns vor anderen räuberischen Pharmafirmen schützen. Die kreisten wie die Haie um unseren finanziell ausblutenden Leichnam. Eine hoffnungslos erscheinende Suche konnten wir nicht länger finanzieren. Wir waren damit beschäftigt, um unser eigenes Überleben zu kämpfen.«

Nathan funkelte ihn weiterhin an.

»Die Entscheidung stand bereits fest.«

»Sie müssen schon entschuldigen, wenn ich wegen Tellux keine Tränen vergieße.«

»Hätten wir die Schlacht verloren, hätten tausende Familien ihre Jobs verloren. Schwere Entscheidungen standen an, und ich bin nicht bereit, mich deswegen zu entschuldigen.«

Nate und Zane fixierten einander.

Professor Kouwe versuchte zu vermitteln. »Einstweilen sollten wir die Vergangenheit ruhen lassen. Wenn wir Erfolg haben wollen, müssen wir alle an einem Strang ziehen. Ich schlage einen Waffenstillstand vor.«

Nach kurzem Zögern streckte Zane die Hand aus.

Nathan schlug sie aus und wandte sich ab. »Gehen wir weiter.«

Zane ließ die Hand kopfschüttelnd sinken. Er blickte den Professor an. »Danke für den Versuch.«

Kouwe blickte auf Nates Rücken, der sich allmählich entfernte. »Lassen Sie ihm Zeit. Er will es sich zwar nicht anmerken lassen, aber das Ganze macht ihm noch immer zu schaffen.«

Auch Kelly blickte Nathan nach. Sein Gang war steif, die Schultern hatte er zurückgenommen. Sie versuchte sich vorzustellen, wie es wäre, wenn sie erst ihre Mutter und dann ihren Vater verlöre, doch es gelang ihr nicht. Sie war sich nicht sicher, ob sie es schaffen würde, sich aus diesem tiefen Brunnen des Schmerzes wieder zu befreien. Zumal wenn sie auf sich allein gestellt wäre.

Auf einmal war sie froh, dass sie einen Bruder hatte.

Von vorne wurde laut gerufen. Es war einer der Ranger. »Wir haben den Fluss erreicht!«

Während sie parallel zum Flussufer weitermarschierten, blieb Nathan ein Stück weit hinter den anderen zurück. Zu seiner Rechten schimmerte das Wasser durch die dichte Ufervegetation des braunen Nebenflusses des Amazonas. Sie folgten dem Fluss jetzt schon seit fast vier Stunden. Nathan schätzte, dass sie bislang etwa zwölf Meilen zurückgelegt hatten. Sie kamen nur langsam voran, denn einer der Ranger, ein Corporal namens Nolan Warczak, ein erfahrener Spurenleser, folgte der Fährte.

Ein indianischer Führer hätte ein schnelleres Tempo vorgelegt. Als sie den Nebenarm erreichten, hatte sich der kleine Yanomami aus Wauwai jedoch geweigert weiterzugehen. Er hatte auf die deutlich erkennbaren Fußabdrücke im Lehm gezeigt, die entlang des Wasserlaufs tiefer in den Urwald hineinführten.

»Ihr geht weiter«, hatte er in holprigem Portugiesisch gemurmelt. »Ich bleibe hier bei Padre Batista.«

Und so waren sie ohne ihn weitermarschiert, entschlossen, bis zum Anbruch der Dunkelheit eine möglichst weite Strecke zurückzulegen. Corporal Warczak war jedoch ein vorsichtiger Spurenleser, der nur im Schneckentempo vorankam. Deshalb hatte Nathan viel Zeit, die Auseinandersetzung mit Richard Zane Revue passieren zu lassen. So lange hatte er gebraucht, um sich zu beruhigen und sich Zanes Äußerungen durch den Kopf gehen zu lassen. Vielleicht war er ja verbohrt gewesen und hatte nicht alle Aspekte in Betracht gezogen.

Zu seiner Linken kündete das Knacken von Zweigen von Mannys Annäherung. Manny hatte mit Tor-tor etwas Abstand zum Rest der Gruppe gewahrt. Die Ranger wurden unruhig, wenn die große Raubkatze in der Nähe war, und fingerten nervös an ihren M-16-Gewehren herum. Corporal Dennis Jorgensen war der einzige Militär, der sich für den Jaguar interessierte. Er begleitete Manny im Moment und stellte ihm Fragen zum Jaguar.

»Und wie viel frisst er am Tag?« Der hoch gewachsene Corporal nahm den Schlapphut ab und wischte sich den Schweiß von der Stirn. Er hatte erstaunlich helles Haar, blassblaue Augen und war offenbar nordischer Abstammung.

Manny tätschelte der Raubkatze den Rücken. »Etwa fünf Kilo Fleisch, aber das nur, weil er bei mir ein ziemlich ruhiges Leben hat. In der Wildnis würde er das Doppelte brauchen.«

»Und wie wollen Sie ihn hier draußen füttern?«

Manny nickte Nathan zu, als der sich ihnen anschloss. »Er muss halt jagen. Deshalb habe ich ihn ja mitgenommen.«

»Und wenn er nichts fängt?«

Manny blickte sich zu den ihnen nachfolgenden Soldaten um. »Dann gibt es noch andere Beute.«

Jorgensen erbleichte ein wenig, dann, als er merkte, dass Manny ihn bloß aufzog, knuffte er ihn mit dem Ellbogen. »Sehr komisch.« Er schloss sich wieder den Männern seiner Einheit an.

Manny wandte sich an Nate. »Und, wie geht's dir? Hab von der Auseinandersetzung mit Zane gehört.«

»Alles in Ordnung«, antwortete Nathan mit einem gedehnten Seufzer. Tor-tor stupste mit der Schnauze sein Bein an und Nate kraulte den Jaguar hinter dem Ohr. »Ich komm mir bloß verdammt blöd vor.«

»Dazu hast du keinen Grund. Ich vertraue dem Burschen so weit, wie es dauern würde, bis Tor-tor ihn am Wickel hat. Und das wär nicht weit, das kannst du mir glauben.« Er zeigte nach vorn. »Ist dir aufgefallen, wie der Dandy rumläuft? Ob der schon jemals im richtigen Dschungel war?«

Nate lächelte; sein Freund hatte ihn aufgemuntert.

»Aber diese Dr. Fong. Die sieht verdammt gut aus in ihrem Outfit.« Manny blickte ihn mit erhobenen Brauen an. »Die würd ich nicht aus meiner Hängematte schmeißen, bloß weil sie Krümel macht. Und Kelly O'Brien –«

Manny brach ab, denn an der Kolonnenspitze tat sich was. Stimmen erhoben sich, dann hielt die Gruppe an und versammelte sich an einer Flussbiegung. Manny und Nate eilten nach vorn.

Anna Fong und Professor Kouwe hatten sich über einen Einbaum gebeugt, den jemand ans Ufer gezogen und mit Palmwedeln abgedeckt hatte.

»Die Spur endet hier«, sagte Kelly.

Nathan schaute sie an. Das schweißüberströmte Gesicht der Ärztin glühte geradezu. Das Haar hatte sie sich mit einem zusammengerollten grünen Taschentuch zurückgebunden.

Professor Kouwe hielt einen Palmwedel in der Hand.

»Die stammen von einer Mwapu-Palme.« Er zupfte am ausgefaserten Ende des Stengels. »Nicht abgehauen, sondern abgerissen.«

Kelly nickte. »Agent Clark hatte kein Messer dabei, als er gefunden wurde.«

Professor Kouwe fuhr mit dem Finger über die verdorrten gelben Spitzen der Blattspreiten. »Ich schätze, dass der Wedel vor etwa zwei Wochen von der lebenden Pflanze abgerissen wurde.«

Frank beugte sich vor. »Etwa zu dem Zeitpunkt, als Gerald Clark das Dorf erreichte.«

»Richtig.«

Kellys Stimme schwang sich aufgeregt in die Höhe. »Dann ist er mit diesem Boot hergekommen.«

Nathan schaute auf den kleinen Fluss hinaus. Beide Ufer waren dicht bewachsen, mit Schlingpflanzen, Palmen, Büschen, Moosen, Würgepflanzen und Farnen. Der braune Fluss durchmaß etwa zehn Meter und floss träge dahin. In Ufernähe sah man das schlammige, mit Steinen übersäte Flussbett, jedoch nur ein paar Schritte weit.

Im Wasser konnte alles Mögliche lauern: Schlangen, Kaimane, Piranhas. Sogar Welse, die bisweilen so groß wurden, dass sie Schwimmern die Füße abbeißen konnten.

Captain Waxman schob sich nach vorn. »Wie geht es nun weiter? Wir können Boote herbringen lassen, aber was dann?«

Anna Fong hob die Hand. »Diese Frage kann ich vielleicht beantworten.« Sie schob weitere Palmwedel beiseite und streifte mit ihrer kleinen Hand über die Innenseite des Kanus. »Nach der Art und Weise, wie der Einbaum behauen wurde, und den rot bemalten Rändern zu schließen stammt er von einem Stamm der Yanomami. Das sind die Einzigen, die ihre Einbäume auf diese Weise anfertigen.«

Nate kniete nieder und fuhr seinerseits mit der Hand über die Innenseite des Kanus. »Sie hat Recht. Gerald Clark hat das Kanu entweder geschenkt bekommen oder gestohlen. Wenn wir flussaufwärts fahren, können wir die Yanomami fragen, ob sie einen Weißen gesehen haben oder ob einer ihrer Einbäume fehlt.« Er wandte sich an Frank und Kelly. »Und dann nehmen wir seine Spur wieder auf.«

Frank nickte und wandte sich Captain Waxman zu. »Sie haben von Booten gesprochen.«

Waxman nickte knapp. »Ich gebe unsere Position durch, dann bringen uns die Hueys Boote. Bis dahin wird es dunkel werden, deshalb können wir auch gleich das Nachtlager aufschlagen.«

Alle machten sich daran, in kurzer Entfernung vom Fluss ein Lager zu errichten. Ein Feuer wurde angezündet. Kouwe suchte im Wald ein paar Schweinspflaumen und Sawarinüsse, während Manny, nachdem er Tor-tor zum Jagen in den Dschungel geschickt hatte, mit Hilfe eines angespitzten Astes und eines kleinen Netzes ein paar Dschungelforellen fing.

Nach einer knappen Stunde tauchten die lärmenden Helikopter auf. Vögel und Affen begannen zu kreischen und zu kollern und flüchteten durchs Blätterdach. Drei große Kisten wurden ins Wasser herabgelassen und mit Seilen ans Ufer gezogen. Darin waren drei selbst aufblasende Schlauchboote mit kleinen Außenbordmotoren verstaut, die von den Rangern als »Gummi-Raider« bezeichnet wurden. Als die Sonne unterging, waren die schwarzen Boote an Uferbäumen vertäut, bereit zum Aufbruch.

Während die Ranger mit den Booten zugange waren, hatte Nathan seine Hängematte befestigt und hüllte sie nun sorgfältig in ein Moskitonetz. Als er bemerkte, dass Kelly Mühe hatte mit ihrem Netz, ging er ihr zur Hand.

»Man sollte darauf achten, dass das Netz nirgendwo die

Hängematte berührt, sonst wird man von den Blutsaugern durchs Gewebe hindurch gestochen.«

»Ich komme schon zurecht«, sagte sie mit ärgerlich gefurchter Stirn.

»Warten Sie, ich zeig's Ihnen.« Mit ein paar kleinen Steinen und Ästen befestigte er das Netz so, dass es einen luftigen Baldachin um ihre Schlafstatt bildete.

Auch Frank hatte mit seinem Moskitonetz zu kämpfen. »Ich kapiere nicht, weshalb wir keine Schlafsäcke benutzen sollen. Beim Campen bin ich immer gut damit zurecht gekommen.«

»Hier sind wir im Dschungel«, erwiderte Nate. »Wer am Boden schläft, stellt am Morgen fest, dass er sein Bett mit allen möglichen garstigen Kreaturen teilt. Mit Schlangen, Eidechsen, Skorpionen, Spinnen. Aber wenn Sie's unbedingt ausprobieren wollen, nur zu.«

Frank hantierte grummelnd weiter mit dem Netz. »Na schön, dann schlafe ich halt in der verdammten Hängematte. Aber wieso ist das Netz so wichtig? Die Moskitos haben uns den ganzen Tag lang zugesetzt.«

»Nachts ist es noch tausendmal schlimmer. Und wenn die Mücken einen nicht aussaugen, dann bestimmt die Vampirfledermäuse.«

»Vampirfledermäuse?«, wiederholte Kelly.

»Die gibt es hier überall. Nachts muss man sogar dann aufpassen, wenn man nur kurz austreten geht. Die fallen über jeden Warmblüter her.«

Kellys Augen weiteten sich angstvoll.

»Sie sind doch gegen Tollwut geimpft, oder?«, fragte er.

Sie nickte langsam.

»Gut.«

Sie musterte die Schlafstatt, die er ihr hergerichtet hatte, dann wandte sie sich zu ihm um, als er sich gerade dicht neben ihr aufrichtete. »Danke.«

Abermals staunte Nathan über ihre Augen, deren Smaragdgrün mit etwas Gold gesprenkelt war. »Keine Ursache.« Er drehte sich zum Feuer um und sah, dass die anderen sich bereits zum Abendessen versammelten. »Mal sehen, was es zu futtern gibt.«

Hitzig waren nicht nur die Flammen des Lagerfeuers. Manny und Richard Zane waren in ein Streitgespräch verwickelt.

»Wie können Sie nur gegen Auflagen für die Holzindustrie sein?«, sagte Manny, während er das Fischfilet in der Pfanne wendete. »Die kommerzielle Holzfällerei leistet weltweit den größten Beitrag zur Zerstörung des Regenwaldes. Hier im Amazonasbecken geht jede *Sekunde* ein Acre verloren.«

Richard Zane saß auf einem umgestürzten Baumstamm; er hatte die Khakijacke ausgezogen und die Hemdsärmel hochgekrempelt, als wollte er sich prügeln. »Diese Statistiken wurden von den Umweltschützern manipuliert. Sie basieren auf wissenschaftlich anfechtbaren Untersuchungen und sollen Angst machen statt informieren. Satellitenfotos beweisen, dass noch über neunzig Prozent des brasilianischen Regenwaldes intakt sind.«

Manny war kurz davor, zu explodieren. »Selbst wenn die Rodungsrate übertrieben sein sollte, wie Sie behaupten, sind die Verluste doch nicht mehr rückgängig zu machen. Täglich gehen hundert Pflanzen- und Tierarten unwiederbringlich verloren.«

»Das behaupten Sie«, erwiderte Richard Zane gelassen. »Die Vorstellung, dass gerodeter Regenwald nicht mehr nachwächst, ist überholt. Nach achtjähriger kommerzieller Nutzung des indonesischen Regenwaldes übertraf die Erholungsrate der einheimischen Pflanzen und Tiere die Erwartungen bei weitem. Und hier gilt das Gleiche. 1982 haben Grubenarbeiter im Westen Brasiliens ein großes Gebiet gerodet. Fünfzehn Jahre später stellten Wissenschaftler fest, dass der nachgewachsene Urwald vom umliegenden Dschungel praktisch nicht zu unterscheiden war. Dies deutet darauf hin, dass eine nachhaltige Nutzung möglich ist und dass Mensch und Natur hier koexistieren können.«

Nate mischte sich in die Diskussion ein. *Wie kann dieses Arschloch nur der Zerstörung des Regenwaldes das Wort reden?* »Und was ist mit den Bauern, die Wald niederbrennen, um Acker- und Weideland zu gewinnen? Ich nehme an, das unterstützen Sie ebenfalls.«

»Selbstverständlich«, sagte Zane. »In den Wäldern im Westen Amerikas betrachten wir es als gesund, wenn der ausgewachsene Wald hin und wieder abbrennt. Das tut ihm nur gut. Warum sollte es hier anders sein? Wenn dominante Spezies durch Holzfällen oder Brandrodung eliminiert werden, entsteht Platz für die so genannten ›unterdrückten Spezies‹, die kleineren Büsche und Pflanzen. Und vor allem diese Pflanzen haben den größten medizinischen Nutzen. Warum sollte man da ein bisschen Brandrodung und Holzgewinnung verbieten? Das ist gut für alle Beteiligten.«

Kelly brach das verblüffte Schweigen. »Sie lassen dabei aber die globalen Folgen außer Acht. Zum Beispiel den Treibhauseffekt. Ist der Regenwald nicht die sprichwörtliche ›grüne Lunge‹ des Planeten, der Hauptsauerstofflieferant?«

»›Sprichwörtlich‹ ist das Schlüsselwort«, meinte Zane säuerlich. »Die neuesten Messergebnisse der Wettersatelliten belegen, dass die Regenwälder keinen nennenswerten Beitrag zur Sauerstoffversorgung liefern. Das sind geschlossene Systeme. Zwar produziert das Laubwerk tatsächlich eine Menge Sauerstoff, aber der wird von den Verwesungsvorgängen am Boden vollständig aufgezehrt, was unter dem Strich Null ergibt. Überschüssiger Sauerstoff entsteht allein in den Gebieten mit sekundärem Waldbewuchs, wo junge Bäume wachsen. Eine kontrollierte Entwaldung ist der Atmosphäre daher sogar zuträglich.«

Nathan schwankte zwischen ungläubigem Staunen und Verärgerung. »Und was ist mit den Bewohnern des Regenwaldes? In den vergangenen fünfhundert Jahren ist die Zahl der Indianer von über zehn Millionen auf unter zweihunderttausend geschrumpft. Ich nehme an, sie heißen auch das gut.«

Richard Zane schüttelte den Kopf. »Keineswegs. Das ist eine wahre Tragödie. Wenn ein Medizinmann stirbt, ohne seine Erfahrung weitergegeben zu haben, entsteht der Welt ein unwiederbringlicher Verlust. Das ist einer der Gründe, warum ich mich dafür eingesetzt habe, Ihre Forschungen bei den Eingeborenenstämmem finanziell zu unterstützen. Diese Arbeit ist von unschätzbarem Wert.«

Nathan kniff misstrauisch die Augen zusammen. »Aber der Regenwald und seine Bewohner stehen in enger Wechselwirkung. Selbst wenn Sie mit Ihren Aussagen Recht haben sollten, werden durch die Entwaldung einige Arten gleichwohl ausgerottet. Das können Sie nicht abstreiten.«

»Klar, aber die Zahlen, die die Umweltbewegung nennt, sind übertrieben.«

»Auch eine einzige Art kann von großer Bedeutung sein. Zum Beispiel das Madagaskar-Immergrün.«

Zane lief rot an. »Also, das ist nun wirklich eine seltene Ausnahme. Das können Sie kaum verallgemeinern.«

»Das Madagaskar-Immergrün?«, fragte Kelly verwirrt.

»Ja, daraus werden zwei hochwirksame Krebsmittel gewonnen – Vinblastin und Vinchristin.«

Kelly hob bestätigend die Brauen. »Sie werden zur Behandlung der Hodgkin-Krankheit, von Lymphomen und zahlreichen Krebserkrankungen bei Kindern eingesetzt.«

Nate nickte. »Diese Medikamente retten alljährlich tausenden Kindern das Leben. Die Pflanze, aus der dieses lebensrettende Medikament gewonnen wird, ist in Madagaskar jedoch ausgestorben. Und wenn man die Eigenschaften des rosa blühenden Immergrüns nun nicht rechtzeitig entschlüsselt hätte? Wie viele Kinder wären dann gestorben?«

»Wie ich schon sagte, das Immergrün ist eine seltene Ausnahme.«

»Woher wollen Sie das wissen? Ihr ganzes Gerede über Statistiken und Satellitenfotos läuft auf ein einziges Faktum hinaus. Jede einzelne Pflanze ist ein potenzielles Heilmittel. Jede Art ist unersetzlich. Wer weiß schon, wie viele Wirkstoffe durch unkontrollierte Rodung übersehen werden? Was seltene Pflanzen bei der Bekämpfung von Aids und Diabetes oder bei der Behandlung der zahlreichen Krebsarten bewirken könnten, die die Menschheit plagen?«

»Vielleicht könnte man irgendwann sogar Gliedmaßen regenerieren«, setzte Kelly mit Nachdruck hinzu.

Richard Zane blickte stirnrunzelnd in die Flammen. »Wer weiß das schon.«

»Genau darauf wollte ich hinaus«, meine Nate abschließend.

Frank näherte sich den Flammen, scheinbar unbeeindruckt von der vorausgegangenen hitzigen Debatte. »Der Fisch verbrennt«, sagte der hoch gewachsene Mann und zeigte auf den schwarzen Qualm, der von der vergessenen Bratpfanne aufstieg.

Manny nahm die Pfanne kichernd vom Feuer. »Gedankt sei Gott für den praktischen Mr. O'Brien, sonst müssten wir heute Abend Trockenrationen zu uns nehmen.«

Frank stupste Kelly an. »Olin hat das Satellitentelefon jeden Moment ans Notebook angeschlossen.« Er sah auf seine Armbanduhr. »In einer Stunde müssten wir Verbindung in die Staaten haben.«

»Gut.« Kelly blickte zu Olin Pasternak hinüber, der mit

der kompakten Satellitenschüssel und der Computerausrüstung zugange war. »Vielleicht liegen ja schon die Ergebnisse der Autopsie von Gerald Clarks Leichnam vor. Irgendetwas, das uns weiterhelfen könnte.«

Nate hörte aufmerksam zu. Vielleicht lag es daran, dass er in die Flammen blickte, doch er hatte das eigentümliche Gefühl, dass sie vielleicht auf den Schamanen hätten hören und den Leichnam verbrennen sollen. Niemand kannte sich im Dschungel besser aus als die Indianer. *Na boesi, ingi sabe ala sani.* Im Dschungel weiß der Indianer alles.

Während die Sonne unterging, blickte er in den sich verfinsternden Dschungel.

Hier, wo der Dschungel mit einem Chor widerhallender Rufe und einsamer Schreie erwachte, gewann der Mythos des Regenwaldes Gestalt. In den Tiefen des Dschungels musste man mit allem rechnen.

Sogar mit dem Fluch der Ban-ali.

5

Stammzellenforschung

7. August, 17.32 Uhr
Instar Institute, Langley, Virginia

Lauren O'Brien hatte sich tief über das Mikroskop gebeugt, als der Anruf aus der Leichenhalle eintraf. »Mist«, sagte sie, verärgert über die Störung. Sie richtete sich auf, schob die Lesebrille, die sie sich in die Haare gesteckt hatte, auf die Nase und schaltete die Freisprechfunktion des Telefons ein.

»Hier ist die Histologie«, sagte sie.

»Dr. O'Brien, ich glaube, Sie sollten herkommen und sich das ansehen.« Sie kannte den Anrufer; es war Stanley Hibbert, der forensische Pathologe von der Johns Hopkins University, der für MEDEA arbeitete. Man hatte ihn gebeten, der Autopsie von Gerald Clark beizuwohnen.

»Ich bin mit einer Gewebeprobe beschäftigt. Ich habe gerade damit angefangen.«

»Und, hatte ich Recht mit den oralen Läsionen?«

Lauren seufzte. »Ihre Beurteilung war zutreffend. Ein squamöses Zellkarzinom. Aufgrund des hohen Grads der Mitose und des Differenzierungsmangels würde ich auf höchste Bösartigkeit schließen. Einer der schlimmsten Fälle, die mir je untergekommen sind.«

»Dann wurde dem Opfer die Zunge also nicht *herausgeschnitten*. Der Krebs hat sie *weggefressen*.«

Lauren unterdrückte einen unprofessionellen Schauder. Die Mundhöhle des Toten war voller Tumore gewesen, die Zunge nurmehr ein blutiger Stumpf, von Karzinomen zerfressen. Aber das war längst noch nicht alles. Bei der Autopsie hatte man überall in seinem Leichnam Krebsgeschwüre in unterschiedlichen Stadien gefunden. Befallen waren unter anderem Lunge, Nieren, Leber, Milz und Bauchspeicheldrüse. Lauren blickte auf den Stapel von Gewebeschnitten, die das histologische Labor angefertigt hatte. Jede Probe enthielt Teile unterschiedlicher Tumore oder Knochenmarksflüssigkeit.

»Können Sie sagen, wann der Mundkrebs ausgebrochen ist?«, fragte der Pathologe.

»Die Frage ist schwer zu beantworten, aber ich schätze, der Ausbruch der Krankheit liegt sechs bis acht Wochen zurück.«

Aus dem Lautsprecher drang ein anerkennendes Pfeifen. »Ein verdammt schneller Verlauf!«

»Ich weiß. Und die anderen Proben, die ich mir bislang angeschaut habe, zeigen einen ähnlich hohen Grad an Bösartigkeit. Ich finde keinen einzigen Tumor, der älter als drei Monate ist.« Sie berührte den vor ihr liegenden Stapel. »Andererseits muss ich mir noch einige Proben anschauen.«

»Wie sieht es bei den Teratomen aus?«

»Genauso. Alle ein bis drei Monate alt. Aber –«

»Mein Gott«, fiel Dr. Hibbert ihr ins Wort, »das ergibt keinen Sinn. So viele Tumore habe ich noch nie bei einer einzigen Person gefunden. Erst recht nicht so viele Teratome.«

Lauren konnte seine Bestürzung gut nachvollziehen. Teratome waren zystische Tumore der embryonalen Stammzellen, jener Keimzellen, die zu Körpergewebe auswachsen konnten; zu Muskeln, Haar, Knochen. Geschwülste dieser Zellen wurden zumeist in bestimmten Organen gefunden, zum Beispiel in der Thymusdrüse oder in den Hoden. Bei Gerald Clark waren sie jedoch im ganzen Körper verteilt gewesen – und auch das war noch nicht alles.

»Stanley, das sind keine einfachen Teratome. Das sind Teratokarzinome.«

»Was? Trifft das auf alle zu?«

Sie nickte, dann wurde ihr bewusst, dass sie ja telefonierte. »Auf jede einzelne Geschwulst.« Teratokarzinome waren die bösartige Form des Teratoms, ein heftig wuchernder Krebs, der eine Mischung aus Muskeln, Haar, Zähnen, Knochen und Nerven hervorbrachte. »Ich habe solche Gewebeproben noch nie gesehen. Manche der Geschwülste ähnelten unvollständigen Lebern, Hodengewebe oder sogar Nervenknoten.«

»Das könnte eine Erklärung sein für unsere Entdeckung«, sagte Stanley.

»Was meinen Sie damit?«

»Wie ich anfangs schon sagte, Sie sollten herkommen und es sich anschauen.«

»Ist gut«, erwiderte sie seufzend. »Bin gleich da.«

Lauren unterbrach die Verbindung und stieß sich vom Mikroskopiertisch ab. Sie streckte sich, denn nachdem sie sich zwei Stunden lang über die Proben gebeugt hatte, fühlte sie sich ganz verspannt. Sie überlegte, ob sie ihren Mann anrufen sollte, doch der hatte vermutlich im CIA-Hauptquartier zu tun. Außerdem würde sie sich in einer Stunde mit ihm austauschen können, wenn die Konferenzschaltung mit Frank und Kelly stand.

Sie streifte den Laborkittel über, wandte sich zur Tür und stieg zur Leichenhalle des Instituts hinunter. Dabei wurde sie von leichter Beklommenheit erfasst. Obwohl sie zehn Jahre lang als Notärztin gearbeitet hatte, machten Autopsien sie noch immer nervös. Die saubere Histologieabteilung zog sie den Knochensägen, den Edelstahltischen und den Hängewaagen vor. Heute aber hatte sie keine Wahl.

Als sie sich über den langen Gang der Schwingtür näherte, lenkte sie sich damit ab, dass sie über den geheimnisvollen Fall nachdachte. Gerald Clark war vier Jahre lang vermisst gewesen und dann auf einmal mit einem nachgewachsenen Arm aus dem Dschungel aufgetaucht, was man wohl als Wunderheilung bezeichnen musste. Ansonsten war sein Körper von Tumoren verwüstet gewesen, infolge einer Krebserkrankung, die erst drei Monate zuvor ausgebrochen war. Was aber hatte die plötzliche Krebserkrankung ausgelöst? Was war die Ursache des gehäuften Auftretens von Teratokarzinomen? Und wo zum Teufel hatte Gerald Clark die vier Jahre über gesteckt?

Sie schüttelte den Kopf. Für Antworten war es noch zu früh. Doch sie hatte Vertrauen in die moderne Wissenschaft. Ihre eigenen Untersuchungen und die von ihren Kindern geleistete Feldarbeit würden das Rätsel lösen.

Lauren betrat die Umkleidekabine, streifte sich blaue Papierschützer über die Schuhe, dann schmierte sie sich etwas Wick VapoRup unter die Nase und legte die Operationsmaske an. Als sie fertig war, trat sie ins Labor.

Darin sah es aus wie in einem Horrorfilm. Gerald Clarks Leichnam war aufgeschlitzt wie ein Frosch im Biologieunterricht. Die eine Hälfte des Inhalts seiner Körperhöhlen war in orangefarbenen Beuteln für Sondermüll verstaut, der Rest lag auf stählernen Waagen. An der anderen Seite des Raums wurden Gewebeproben in Formaldehyd und flüssigem Stickstoff eingelegt. Das Endergebnis dieser Prozesse würde Lauren schließlich in Form von säuberlich beschrifteten und eingefärbten Mikroschnitten vorgelegt werden, so wie sie es gern hatte.

Einige der stärkeren Gerüche überdeckten den Mentholgeruch der Salbe: Desinfektionsmittel, Blut, der Gestank der Eingeweide und Verwesungsgase. Sie bemühte sich, durch den Mund zu atmen.

Männer und Frauen mit blutigen Schürzen arbeiteten im Labor, unempfänglich für das Grauen. Alles ging ganz nüchtern vonstatten, ein makaberer Tanz von Profis.

Ein hoch gewachsener, äußerst hagerer Mann hob grüßend den Arm und winkte sie zu sich. Lauren nickte und zwängte sich an einer Frau vorbei, die gerade Gerald Clarks Leber von einer Hängewaage nahm und in einen Abfallbeutel steckte.

»Was haben Sie herausgefunden, Stanley?«, fragte Lauren, als sie sich dem Arbeitstisch näherte.

Dr. Hibbert deutete auf den Tisch, seine Stimme durch die OP-Maske gedämpft. »Ich wollte Ihnen das zeigen, bevor wir es herausschneiden.«

Sie standen am Kopfende des geneigten Tisches, auf dem Gerald Clarks Leichnam lag. Gallenflüssigkeit, Blut und andere Körperflüssigkeiten tropften am Fußende in einen Eimer. Gerald Clarks Kopf war aufgesägt, sodass man das bloßgelegte Gehirn sah.

»Schauen Sie«, sagte Stanley und beugte sich auf das purpurfarbene Gehirn hinunter.

Mit einer Pinzette zog der Pathologe behutsam die Hirnhaut zurück, als öffnete er einen Vorhang. Nun sah man die Faltungen der Großhirnrinde, durchzogen von dunklen Adern.

»Als wir die Hirnschale öffneten, haben wir das hier entdeckt.«

Dr. Hibbert teilte die beiden Gehirnhälften. In der dazwischen liegenden Höhlung befand sich eine walnussgroße Masse. Sie schien auf dem Corpus callosum zu ruhen, einem weißlichen Kanal von Nerven und Blutgefäßen, welche die beiden Hälften miteinander verbanden.

Stanley sah Lauren an. »Das ist ein weiteres Teratom ... oder vielleicht auch ein Teratokarzinom, wenn es den anderen gleicht. Aber schauen Sie hier. So etwas habe ich noch nicht gesehen.« Er berührte den Klumpen mit der Pinzette.

»Mein Gott!« Lauren wich unwillkürlich zurück, als der Tumor vor der Pinzettenspitze zurückzuckte. »Es ... es bewegt sich!«

»Erstaunlich, nicht wahr? Deshalb wollte ich, dass Sie es sich ansehen. Ich habe von dieser Eigenschaft einiger Teratome bereits gelesen. Sie besitzen die Fähigkeit, auf externe Reize zu reagieren. Es gab sogar den Fall eines stark differenzierten Teratoms, das über genügend Muskelmasse verfügte, um wie ein Herz zu schlagen.«

Lauren fand endlich ihre Stimme wieder. »Aber Gerald Clark ist seit zwei Wochen tot.«

Stanley zuckte die Schultern. »Ich vermute, dass diese Geschwulst über zahlreiche Nervenzellen verfügt. Ein großer Teil davon ist offenbar noch so lebensfähig, dass sie auf Stimuli schwach reagieren. Ich nehme an, dass diese Fähigkeit in dem Maße, wie die Nerven Flüssigkeit verlieren und die winzigen Muskeln ihren Kalciumvorrat aufbrauchen, zum Erliegen kommen wird.«

Lauren atmete ein paarmal tief durch, um ihre Gedanken zu sammeln. »Andererseits muss die Gewebemasse hoch organisiert sein, um einen solchen Reflex zu entwickeln.«

»Hoch organisiert, in der Tat. Ich werde sie herauslösen und schnellstmöglich Mikroschnitte anfertigen lassen.« Stanley richtete sich auf. »Aber ich dachte mir, dass Sie das zuvor gern mit eigenen Augen sehen würden.«

Lauren nickte. Ihr Blick wanderte vom Gehirntumor zum Arm des Toten. »Da kommt mir eine Idee«, murmelte sie.

»Was meinen Sie?«

Lauren vergegenwärtigte sich, wie der Tumor gezuckt hatte. »Die große Zahl der Teratome und der hohe Differenzierungsgrad dieses speziellen Tumors könnten mit dem Mechanismus in Verbindung stehen, der bewirkt hat, dass Clarks Arm nachgewachsen ist.«

Der Pathologe kniff die Augen zusammen. »Ich kann Ihnen nicht folgen.«

Lauren wandte sich ihm zu, froh darüber, etwas anderes vor sich zu sehen als diesen verwüsteten Körper. »Natürlich ist das bloße Spekulation – aber könnte es sich bei dem Arm nicht um ein voll ausgewachsenes Teratom handeln?«

Stanley hob die Brauen. »Sie meinen, um eine Form von kontrolliertem Krebswachstum? Um einen lebenden, funktionsfähigen Tumor?«

»Warum nicht? Schließlich haben wir uns alle auf ganz ähnliche Weise entwickelt. Ausgehend von einer einzigen befruchteten Zelle hat sich unser Körper durch rasche Zellteilung gebildet, die durchaus Ähnlichkeiten mit Krebs aufweist. Bloß haben sich diese Zellen zu den entsprechenden Geweben differenziert. Ich meine, ist das nicht das Ziel der Stammzellenforschung? Kontrolliertes Wachstum zu ermöglichen? Herauszufinden, was die eine Zelle zur Knochenzelle, die Nachbarzelle zur Muskelzelle und die nächste zur Nervenzelle werden lässt?« Lauren blickte auf Gerald Clarks Leichnam nieder, nicht mehr voller Grauen, sondern staunend. »Vielleicht sind wir ja der Lösung dieses Problems ganz nahe ...«

»Und wenn wir dem Mechanismus auf die Spur kommen ...«

»Würde dies das Ende der Krebserkrankungen bedeuten und die ganze Medizin revolutionieren.«

Stanley schüttelte den Kopf und wandte sich wieder seiner blutigen Arbeit zu. »Dann können wir bloß hoffen, dass Ihr Sohn und Ihre Tochter mit ihrer Suche erfolgreich sind.«

Lauren nickte und wandte sich zum Gehen. Sie sah auf

die Uhr. Es wurde allmählich Zeit für die Konferenzschaltung. Lauren blickte sich ein letztes Mal zu Gerald Wallace Clarks sterblichen Überresten um. »Irgendetwas ist dort im Dschungel«, murmelte sie vor sich hin. »Aber was?«

7. August, 18.32 Uhr
Amazonas-Dschungel

Kelly stand etwas abseits von den anderen und versuchte die Neuigkeiten zu verdauen, die ihre Mutter ihnen mitgeteilt hatte. Sie blickte in den Dschungel hinaus, wo die Heuschrecken und Flussfrösche ihr Ständchen darbrachten. Der Feuerschein drang nur ein paar Meter weit in die schattigen Tiefen des Waldes ein. Dahinter verbarg der Dschungel seine Geheimnisse.

In der Nähe war eine Gruppe von Rangern damit beschäftigt, die Bewegungsmelder zu installieren. Die im Umkreis des Lagers aufgestellten Lasersensoren sollten die Annäherung größerer Raubtiere melden.

Kelly blickte zum dunklen Wald hinter den Rangern.

Was war Agent Clark dort draußen zugestoßen?

Als sie angesprochen wurde, schreckte sie zusammen. »Schauerliche Neuigkeiten, fürwahr.«

Kelly schaute sich um und erblickte Professor Kouwe. Wie lange stand er schon hinter ihr? Der Schamane hatte es offenbar nicht verlernt, sich geräuschlos über den Dschungelboden zu bewegen. »J-ja«, stammelte sie. »Ausgesprochen verstörend.«

Kouwe holte seine Pfeife hervor, stopfte sie und zündete sie voller Behagen an. Aromatischer Tabakduft hüllte sie ein. »Was halten Sie von der Theorie Ihrer Mutter, die Krebsgeschwülste und der nachgewachsene Arm könnten miteinander in Beziehung stehen?«

»Die Hypothese ist reizvoll ... und vielleicht gar nicht so abwegig.«

»Wie das?«

Kelly rieb sich den Nasenrücken und sammelte ihre Gedanken. »Bevor ich von den Staaten losflog, habe ich zur Vorbereitung eine Literaturrecherche zum Thema Regeneration gemacht.«

»Hmm ..., sehr klug. Im Dschungel können Vorbereitung und Wissen über Leben und Tod entscheiden.«

Kelly nickte und fuhr fort, froh darüber, ihre Gedanken jemandem mitteilen zu können. »Bei der Recherche stieß ich auf einen interessanten Artikel in den *Proceedings of the National Academy of Sciences*. 1999 zog ein Forschungsteam in Philadelphia eine Gruppe Mäuse mit geschädigtem Immunsystem groß. An den Mäusen wollten sie Multiple Sklerose und Aids studieren. Als sie mit der Arbeit an den immungeschädigten Tieren begannen, trat jedoch ein merkwürdiges und unerwartetes Phänomen auf.«

Kouwe hob eine Braue. »Worum handelte es sich?«

»Die Forscher hatten den Mäusen Löcher in die Ohren gestanzt, eine gebräuchliche Methode zur Markierung von Versuchstieren. Nun stellten sie fest, dass die Löcher erstaunlich schnell zuheilten, ohne Narben zu hinterlassen. Die Ohren hatten Knorpelgewebe, Haut, Blutgefäße und sogar Nerven nachgebildet.« Kelly legte eine Kunstpause ein, dann fuhr sie fort. »Im Anschluss an diese Entdeckung stellte Dr. Ellen Heber-Katz, die Leiterin der Forschungsgruppe, ein paar Experimente an. Sie amputierte einigen Mäusen die Schwänze, die daraufhin nachwuchsen. Sie durchtrennte Sehnerven, die anschließend wieder heilten. Nach der Entfernung eines Teils der Wirbelsäule wuchs auch dieses in weniger als einem Monat nach. Eine solch phänomenale Regeneration war bei Säugetieren bislang unbekannt gewesen.«

Kouwe nahm die Pfeife aus dem Mund, seine Augen hatten sich staunend geweitet. »Und was war die Ursache?«

Kelly schüttelte den Kopf. »Der einzige Unterschied zwischen diesen und gewöhnlichen Mäusen war das defekte Immunsystem.«

»Und was bedeutet das?«

Kelly verkniff sich ein Grinsen. Allmählich erwärmte sie sich für das Thema, zumal sie einen so aufmerksamen Zuhörer hatte. »Aus Untersuchungen von Tieren mit der erwiesenen Fähigkeit, Gliedmaßen zu regenerieren – dazu gehören Welse, Amphibien und Reptilien –, wissen wir, dass sie allenfalls über ein rudimentär ausgebildetes Immunsystem verfügen. Daher hat Dr. Heber-Katz die Hypothese aufgestellt, die Säugetiere hätten vor langer Zeit ein Tauschgeschäft gemacht. Um uns vor Krebs zu schützen, haben wir auf die Fähigkeit zur Regeneration von Gliedmaßen verzichtet. Unser kompliziertes Immunsystem ist nämlich vor allem darauf ausgerichtet, unerwünschte Zellwucherungen zu verhindern. Das ist natürlich ausgesprochen sinnvoll, aber gleichzeitig blockiert ein solches Immunsystem eben auch die Versuche des Körpers, ein beschädigtes oder verlorenes Glied zu regenerieren. Es verhält sich zu den noch undifferenzierten Zellen, die entstehen, wenn ein neuer Arm wächst, wie zu Krebszellen und eliminiert sie.«

»Dann ist die Komplexität unseres Immunsystems also gleichzeitig ein Segen und ein Fluch.«

Kelly kniff vor Konzentration die Augen zusammen. »Es sei denn, man könnte das Immunsystem gefahrlos ausschalten. Wie diese Mäuse.«

»Oder wie Gerald Clark?« Kouwe musterte sie aufmerksam. »Sie glauben also, sein Immunsystem sei lahmgelegt worden, sodass er den Arm regenerieren konnte, was allerdings zur Folge hatte, dass sich in seinem Körper der Krebs ausbreitete.«

»Schon möglich. Aber es war sicherlich nicht ganz so einfach. Was ist das für ein Mechanismus? Warum ist der Krebs so plötzlich ausgebrochen?« Sie schüttelte den Kopf. »Und noch wichtiger: Wodurch wurde die Veränderung ausgelöst?«

Kouwe nickte zum finsteren Dschungel hinüber. »Falls ein solcher Auslöser existiert, ist er hier zu finden. Gegenwärtig werden drei Viertel aller gebräuchlichen Krebsmittel aus Pflanzen des Regenwaldes gewonnen. Warum sollte eine Pflanze nicht auch das Gegenteil bewirken – nämlich Krebs *auslösen*?«

»Ein Karzinogen?«

»Ja, aber eins mit erwünschten Nebenwirkungen ... wie zum Beispiel die Regeneration.«

»Das klingt fantastisch, doch in Anbetracht von Agent Clarks Verfassung scheint alles möglich. In den nächsten Tagen werden die Forscher von MEDEA auf meine Bitte hin Gerald Clarks Immunsystem untersuchen und die Tumore genauer unter die Lupe nehmen. Vielleicht fällt ihnen ja etwas auf.«

Kouwe stieß eine Qualmwolke aus. »Wie immer die Antwort lauten mag, sie wird nicht im Labor gefunden werden. Da bin ich mir sicher.«

»Aber wo dann?«

Statt zu antworten deutete Kouwe mit dem glimmenden Pfeifenkopf einfach auf den finsteren Wald.

Stunden später, etwas tiefer im Wald, hockte eine nackte Gestalt reglos in der Dunkelheit, knapp außerhalb der Reichweite des Feuerscheins. Ihr schlanker Körper war mit einer Mischung aus Asche und Meh-nu-Frucht bemalt, in einem komplizierten blau-schwarzen Muster, das sie in einen lebendigen Schatten verwandelte.

Schon seit Anbruch der Dunkelheit beobachtete der

Mann die Eindringlinge. Der Dschungel hatte ihn Geduld gelehrt. Alle *Teshari-rin*, alle Fährtensucher, wussten, dass der Erfolg weniger auf dem gründete, was man tat, als vielmehr auf der Stille zwischen den einzelnen Schritten.

Der Mann behielt seinen Beobachtungsposten die ganze Nacht bei, ein dunkler Wächter am Rande des Lagers. Er beobachtete die großen Menschen, die den Gestank der Fremdheit ausdünsteten, während sie sich umherbewegten. Sie unterhielten sich in einer unbekannten Sprache und trugen seltsame Kleidung.

Indem er beobachtete, lernte er den Gegner kennen.

Irgendwann kroch eine Grille über die Hand, die er auf den Boden gestützt hatte. Mit einem Auge beobachtete er das Lager, mit dem anderen das kleine Insekt, das die Hinterbeine aneinander rieb und sein Grillenlied erklingen ließ.

Es würde bald dämmern.

Er wagte es nicht, noch länger zu warten. Er hatte in Erfahrung gebracht, was er wissen wollte. Er richtete sich so geschmeidig auf, dass die Grille auf dem Handrücken sitzen blieb und ihr letztes Lied für diese Nacht beendete. Er hob die Hand an die Lippen und pustete das verdutzte Insekt von seinem Thron.

Mit einem letzten Blick zum Lager floh er in den Dschungel. Er hatte gelernt, sich über die Waldwege zu bewegen, ohne ein einziges Blatt zu bewegen. Niemand würde merken, dass er hier gewesen war.

Der Fährtensucher war sich seiner Pflicht bewusst.

Wer nicht zu den Auserwählten gehörte, hatte den Tod verdient.

6

Der Amazonas-Faktor

11. August, 15.12 Uhr
Amazonas-Dschungel

Den Zeigefinger am Abzug des Gewehrs, zielte Nate auf den fast sechs Meter langen Kaiman. Es war ein riesiger *Melanosuchus niger*, ein schwarzer Kaiman, der König der Riesenkrokodile des Amazonas. Er lag am morastigen Ufer und sonnte sich in der Nachmittagshitze. Die schwarzen Schuppen des Panzers schimmerten stumpf. Das Maul war leicht geöffnet. Scharfe gelbe Zähne, länger als Nates Hand, säumten die Mundhöhle. Die wulstigen Augen waren schwarz, kalt und grausam, die Augen eines prähistorischen Monsters. Es war nicht zu erkennen, ob das reglose große Tier die sich nähernden Boote bemerkt hatte.

»Wird er uns angreifen?«, flüsterte hinter ihm Kelly.

Nate zuckte die Schultern, ohne den Kopf zu wenden. »Die sind unberechenbar. Aber wenn wir ihn in Ruhe lassen, sollte er uns eigentlich nichts tun.«

Nate hockte im Bug des mittleren Schlauchboots. Er teilte sich das Boot mit den beiden O'Briens, Richard Zane und Anna Fong. Corporal Okamoto bediente den kleinen Außenborder am Heck. Der untersetzte Corporal asiatischer Abstammung hatte die Angewohnheit, dauernd tonlos vor sich hin zu pfeifen, was nach viertägiger Fahrt ziemlich nervtötend war. Der riesige Kaiman am Ufer hatte ihn jedoch vorübergehend verstummen lassen.

Dicht am gegenüberliegenden Ufer entlang tuckerte das

Führungsboot an dem Tier vorbei. An der Steuerbordseite zielten mehrere M-16 auf den schwarzen Kaiman.

In jedem Boot waren sechs Passagiere untergebracht. Im Führungsboot waren drei Soldaten und die übrigen Zivilisten: Professor Kouwe, Olin Pasternak und Manny, der mit seinem zahmen Jaguar mitten im Boot saß. Tor-tor fuhr nicht zum ersten Mal Boot, und die Fahrt machte ihm anscheinend Spaß. Er schlug träge mit dem Schwanz, die Ohren hatte er aufgestellt, die Augen zumeist halb geschlossen.

Im letzten Boot saßen die übrigen sechs Ranger, darunter auch Captain Waxman, der Kommandant.

»Die sollten das verdammte Vieh einfach abknallen«, meinte Frank.

Nate sah ihn an. »Das ist eine bedrohte Tierart. Im vergangenen Jahrhundert standen die Kaimane kurz vor dem Aussterben. Erst in letzter Zeit haben sie sich wieder vermehrt.«

»Warum nur macht mich das nicht froh?«, murmelte Frank mit Blick aufs Flusswasser. Er zog die Baseballkappe in die Stirn, als wollte er sich dahinter verstecken.

»Die Kaimane töten alljährlich hunderte Menschen«, murmelte Zane, an der Seite des Schlauchboots hockend. »Sie bringen Boote zum Kentern und greifen alles an, was sich bewegt. Ich habe mal von einem schwarzen Kaiman gelesen, in dessen Bauch zwei Außenborder gefunden wurden, die er als Ganzes verschluckt hatte. Ich bin ganz Mr. O'Briens Meinung. Ein paar gezielte Schüsse ...«

Mittlerweile hatte das Führungsboot den Kaiman passiert, und nun schob sich Nates Boot mit summendem Motor in der trägen Strömung an dem Kaiman vorbei.

»Wundervoll«, sagte Nate. Er beobachtete das Tier aus nicht einmal zehn Metern Abstand. Es war gewaltig, ein Wesen aus einer anderen Zeit. »Er ist wunderschön.«

»Ein Bulle, nicht wahr?«, sagte Anna Fong mit staunend geweiteten Augen.

»Den Graten und der Form der Nüstern nach zu schließen, ja.«

»Psst!«, machte Frank.

»Er bewegt sich!«, rief Kelly und rutschte zur anderen Bootsseite hinüber. Richard Zane folgte ihrem Beispiel.

Der gepanzerte Kopf schwenkte langsam herum, folgte dem Boot.

»Er wacht auf«, meinte Frank.

»Er hat gar nicht geschlafen«, widersprach ihm Nate, als sie unbehelligt vorbeiglitten. »Er ist bloß ebenso neugierig wie wir.«

»Ich bin kein bisschen neugierig«, sagte Frank, froh darüber, das Monster endlich passiert zu haben. »Meinetwegen kann er meinen behaarten –«

Plötzlich schoss der große Kaiman blitzschnell über den Uferschlamm hinweg und verschwand im braunen Wasser. Das dritte Boot war gleichauf mit ihm. Die Soldaten feuerten ein paar Schüsse ab. Die Geschwindigkeit und die plötzliche Bewegung des Krokodils hatten sie jedoch überrascht. Als die Kugeln in den Ufermorast einschlugen, war es bereits verschwunden.

»Aufhören!«, rief Nate. »Er flüchtet bloß!« Wenn er kein Nest zu beschützen hatte, neigte ein Kaiman dazu, vor allem Unbekannten zu fliehen – es sei denn, er wurde gereizt ... oder bedroht.

Einer der Ranger, ein hoch gewachsener farbiger Corporal namens Rodney Graves, richtete sich im Boot in gebückter Haltung auf und musterte mit vorgehaltener Waffe das Wasser. »Ich seh ihn nicht –«

Es geschah blitzschnell. Das Bootsende wurde einen knappen Meter angehoben. Nate sah kurz den dicken, geschuppten Schwanz. Der stehende Soldat stürzte kopfüber ins Wasser. Die anderen hielten sich an den Handgriffen fest. Das Boot klatschte wieder ins Wasser.

Der Corporal tauchte aus dem Wasser auf, von der Strömung bereits zehn Meter von den Booten abgetrieben. Den Hut hatte er verloren, hielt aber noch die Waffe in der Hand. Er begann, aufs nächste Boot zuzuschwimmen.

Hinter ihm tauchte wie ein aufsteigendes U-Boot der Kopf des Kaimans aus dem Wasser, die Augen zwei Periskope.

Die Ranger brachten ihre Gewehre in Anschlag. Ehe jedoch der erste Schuss abgefeuert wurde, tauchte der Kaiman wieder ab.

Nate sah im Geiste vor sich, wie das riesige Tier mit peitschendem Schwanz in der schlammigen Tiefe auf den Soldaten zuhielt, magisch angezogen von dessen zappelnden Beinen. »Verdammt«, murmelte er, dann brüllte er aus vollem Halse: »Corporal Graves! *Nicht bewegen!* Machen Sie keine Schwimmbewegungen mit den Beinen!«

Der Soldat hörte ihn nicht. Mittlerweile schrien alle auf den Mann ein, er solle sich beeilen. In seiner Panik paddelte er um so heftiger mit den Beinen. Captain Waxman wendete das Boot und hielt auf den Schwimmer zu.

»Hören Sie auf zu schwimmen!«, brüllte Nate. Schließlich warf Nate – eher aus Frustration darüber, nicht gehört zu werden, denn aus Tapferkeit – das Gewehr beiseite und sprang in den Fluss. Mit offenen Augen glitt er durchs Wasser. In der schlammigen Tiefe konnte er jedoch nicht weit sehen. Er vollführte einen kräftigen Schwimmzug mit Armen und Beinen, dann ließ er sich vom eigenen Schwung und der Strömung weitertragen. Im Wasser hörte er deutlich den Motor des hinteren Bootes, das links an ihm vorbeizog.

Er tauchte auf. Rodney Graves befand sich lediglich einen Meter zu seiner Rechten. »Corporal Graves! Hören Sie auf, mit den Beinen zu treten! Sie müssen sich tot stellen.«

Nate achtete darauf, sich nicht zu bewegen. Er trieb auf dem Rücken.

Der Soldat wandte sich ihm zu, die Augen von Panik geweitet. »Verdammte ... Scheiße!«, schrie er, nach Atem ringend. Er schlug weiter um sich und trat mit den Beinen. Das Boot war nurmehr drei Meter entfernt. Es streckten sich bereits Hände aus, um ihn an Bord zu ziehen.

Nate nahm in der Nähe eine Bewegung wahr, eine plötzliche Gegenströmung. Sie schob sich zwischen ihn und den Corporal. Etwas Großes, Schnelles.

O nein ...

»Graves!«, brüllte er ein letztes Mal.

Einer der Ranger – Nate erkannte den Bruder des Schwimmers, Thomas Graves – beugte sich weit aus dem Schlauchboot heraus. Zwei seiner Kameraden hielten ihn am Gürtel fest. Tom reckte beide Arme vor, alle Muskeln angespannt, sein Gesicht eine Grimasse der Angst.

Rodney trat mit den Beinen und streckte die Finger aus.

Tom bekam seine Hand zu fassen. »Hab ihn!«, schrie er. Seine Armmuskeln spannten sich an wie Drahtseile.

Die beiden Soldaten zogen Tom nach hinten, während er Rodney mit sich zog. Mit dem freien Arm packte er die nasse Feldjacke seines Bruders, dann fiel er nach hinten und riss seinen Bruder über den Rand des Schlauchboots mit.

Rodney flog aus dem Wasser hoch und landete bäuchlings auf dem Schlauchboot. Er lachte erleichtert auf. »Das verfluchte Krokodil!«

Er wollte gerade die Füße aus dem Wasser ziehen, als ein riesiges aufgerissenes Maul aus dem Wasser schoss und beide Beine bis zu den Oberschenkeln packte. Die mächtigen Kiefer schlossen sich um die Beute, dann versanken sie wieder im Fluss. Gegen die tonnenschwere Panzerechse war Gegenwehr ausgeschlossen.

Rodney verschwand unter Wasser, während sein letzter

Schrei noch über dem Fluss verklang. Die knienden Soldaten zielten ins Wasser, doch keiner schoss. Eine blindlings abgefeuerte Salve hätte womöglich ihren Kameraden anstatt des Kaimans getroffen. Ihren Mienen war zu entnehmen, dass sie die Wahrheit kannten. Corporal Rodney Graves war verloren. Sie alle hatten gesehen, wie groß das Tier war, hatten mitbekommen, wie sich das Maul um Graves geschlossen hatte.

Nate wusste, dass sie Recht hatten.

Der Kaiman würde seine Beute unter Wasser festhalten, bis sie ertrunken war. Dann würde er sie entweder fressen oder den Leichnam unter Wasser zwischen den Mangrovenwurzeln deponieren, bis er verrottet und leichter zu zerreißen war.

Für den Mann gab es keine Rettung mehr.

Nate trieb weiterhin reglos im Wasser. Der Kaiman würde sich wahrscheinlich mit seiner Beute zufrieden geben, doch wo einer war, konnten auch mehrere sein, zumal das Blut von der Strömung verteilt wurde. Er wollte kein Risiko eingehen. Er wälzte sich auf den Rücken und ließ sich treiben, bis man ihn aus dem Wasser zog.

Er blickte in das entsetzte Gesicht von Tom Graves. Der Corporal starrte auf die Hände, als würfe er ihnen vor, dass sie nicht kräftig genug gewesen waren, seinen Bruder festzuhalten.

»Tut mir Leid«, sagte Nate leise.

Als der Mann den Kopf hob, sah Nate zu seiner Bestürzung *Wut* in seinen Augen, Wut darüber, dass Nate überlebt hatte, während sein Bruder gestorben war. Tom wandte sich bedrückt ab.

Ein anderer Soldat war weniger zurückhaltend. »Was zum Teufel sollte das?« Captain Waxmans Gesicht war purpurrot vor Zorn. »Was war das für ein verfluchter Selbstmörderstunt? Wollten Sie sich ebenfalls umbringen?«

Nate streifte sich das nasse Haar aus der Stirn. »Ich wollte ihm bloß helfen«, murmelte er.

Das Feuer in Captain Waxmans Stimme erlosch; übrig blieb glimmende Glut. »Wir haben den Auftrag, *Sie* zu schützen. Und nicht umgekehrt.«

Mittlerweile war Nates Boot gleichauf mit dem der Ranger. Er kletterte hinüber und nahm wieder seinen ursprünglichen Platz ein.

Als er saß, gab Captain Waxman das Zeichen, die Fahrt fortzusetzen. Das Motorengebrumm wurde lauter.

Nathan hörte, wie Tom Graves protestierte. »Captain ... der Leichnam meines Bruders ...«

»Er ist tot, Corporal. Den finden wir nicht mehr.«

Die drei Boote fuhren weiter. Nate fing Kouwes Blick auf. Der Professor schüttelte betrübt den Kopf. Im Dschungel boten weder eine gründliche militärische Ausbildung noch ein Arsenal von Waffen vollständigen Schutz. Wen der Dschungel haben wollte, den nahm er sich. Das nannte man den Amazonasfaktor. Wer sich in die grüne Hölle begab, war ihr auf Gedeih und Verderb ausgeliefert.

Nate spürte eine Berührung am Knie. Er wandte sich Kelly zu. Sie seufzte, starr geradeaus blickend, dann sagte sie: »Das war leichtsinnig von Ihnen. Aber« – sie sah ihn an – »ich bin froh, dass Sie es versucht haben.«

So kurz nach der unvermuteten Tragödie brachte Nate bloß ein Kopfnicken zustande, doch ihre Worte wärmten die kalte Leere in seinem Innern. Sie nahm die Hand von seinem Knie.

Die restliche Wegstrecke legten sie schweigend zurück. Auch Corporal Okamoto, der den Außenborder bediente, hatte sein Pfeifen eingestellt. Sie fuhren weiter, bis die Sonne sich dem Horizont näherte, als wollten sie eine möglichst weite Strecke zwischen sich und den Tod von Rodney Graves bringen.

Als das Lager aufgeschlagen wurde, berichteten sie dem Stützpunkt in Wauwai von dem Unglücksfall. Die düstere Stimmung überschattete auch das Abendessen, als sie Fisch, Reis und einige Dschungelwurzeln verzehrten, die Professor Kouwe im Umkreis des Lagers gesammelt hatte.

Das einzige Gesprächsthema waren die süßen Yamswurzeln. Nathan hatte sich danach erkundigt. »So viele auf einem Haufen, das erscheint mir ungewöhnlich.« Der Professor war von seiner Suche mit einem bis zum Rand mit wilden Yamswurzeln gefüllten Rucksack aus Palmblättern zurückgekehrt.

Kouwe nickte zum Urwald hinüber. »Ich vermute, das war ein alter Indianergarten. Ich hab da auch ein paar Avokadobäume und Ananasgewächse gesehen.«

Kelly richtete sich mit halb erhobener Gabel auf. »Ein Indianergarten?«

In den vergangenen vier Tagen waren sie keiner Menschenseele begegnet. Wenn Gerald Clark das Kanu von einem Yanomami-Dorf hatte, so hatten sie von diesem noch keine Spur entdeckt.

»Die Indianer sind schon lange weg«, sagte Kouwe, worauf das hoffnungsvolle Leuchten in Kellys Augen wieder erlosch. »Solche Orte gibt es am Amazonas viele. Die Indianer, zumal die Yanomami, sind Nomaden. Sie pflanzen einen Garten an, bleiben ein, zwei Jahre, dann ziehen sie weiter. Ich fürchte, der Garten hat nichts zu bedeuten.«

»Aber zumindest ist es besser als nichts«, sagte Kelly, der es schwer fiel, von diesem Hoffnungsschimmer zu lassen. »Ein Zeichen, dass hier noch andere Menschen sind.«

»Außerdem schmecken die Yams verdammt gut«, setzte Frank mit vollem Mund hinzu. »Den Reis bin ich allmählich über.«

Manny grinste und fuhr mit den Fingern durchs Fell des

Jaguars. Tor-tor hatte einen großen Wels verspeist und es sich am Lagerfeuer bequem gemacht.

Die Ranger hatten ganz in der Nähe ein zweites Lagerfeuer angezündet. Bei Sonnenuntergang hatten sie eine kurze Andacht für ihren gefallenen Kameraden abgehalten. Die Stimmung war ganz anders als an den vorausgegangenen Abenden, als sie unter lautem Gelächter Zoten gerissen hatten, ehe sie sich in die Hängematten legten oder Posten bezogen.

»Wir sollten uns jetzt schlafen legen«, meinte Kelly schließlich und erhob sich. »Morgen liegt wieder ein langer Tag vor uns.«

Teils unter zustimmendem Gemurmel, teils mit leisem Gemurre zerstreuten sich die Expeditionsteilnehmer und kletterten in ihre Hängematten. Als Nate von der Latrine zurückkam, schmauchte Professor Kouwe bei seiner Hängematte ein Pfeifchen.

»Professor«, sagte Nate, der spürte, dass Kouwe sich unter vier Augen mit ihm unterhalten wollte.

»Lass uns ein paar Schritte umhergehen, bevor die Ranger die Bewegungsmelder einschalten.« Der Schamane ging ein paar Schritte in den Wald.

Nate folgte ihm. »Was gibt's?«

Kouwe ging einfach weiter, bis sie von der Dunkelheit des Waldes umgeben waren. Die beiden Lagerfeuer schimmerten grünlich durchs Laub.

»Warum haben Sie mich hierher geführt?«

Kouwe knipste eine kleine Taschenlampe an.

Nate blickte sich um. Vor ihnen war der Dschungel bis auf ein paar Bäume gerodet. Auf der Lichtung standen kleine Brotfruchtpalmen, Orangen- und Feigenbäume. Der Waldboden war von einem ungewöhnlich dichten Teppich aus Büschen und kleinen Pflanzen bedeckt. Nate wurde bewusst, dass er den Indianergarten vor sich hatte. Er bemerkte sogar zwei an der Spitze verkohlte Bambusstangen, die inmitten der Pflanzen im Boden steckten. Diese Fackeln wurden für gewöhnlich mit Tok-tok-Pulver gefüllt und dienten in der Erntezeit der Abwehr von Insekten. Hier waren ohne Zweifel einmal Indianer zugange gewesen.

Nate hatte solche Gärten schon auf früheren Reisen ins Amazonasgebiet gesehen, doch jetzt im Dunkeln hatte er ein eigenartiges Gefühl. Er meinte beinahe, die Blicke von Indianern auf sich zu spüren.

»Wir werden verfolgt«, sagte Kouwe.

Nate zuckte zusammen. »Wie kommen Sie darauf?«

Kouwe geleitete Nate weiter in den Garten hinein. Mit der Taschenlampe deutete er auf einen Passionsfruchtbaum und zog einen der tiefer hängenden Zweige herunter. »Die Früchte wurden abgepflückt.« Kouwe wandte sich um. »Ich würde sagen, etwa zu der Zeit, als wir die Boote an Land gezogen und gesichert haben. Einige Bruchstellen sind noch feucht vom ausgetretenen Saft.«

»Und das ist Ihnen aufgefallen?«

»Ich habe damit gerechnet«, sagte Kouwe. »Als ich gestern und vorgestern Obst für unterwegs gesammelt habe, sind mir an einigen Stellen, an denen ich am Vorabend entlanggegangen war, Spuren aufgefallen. Geknickte Zweige, ein halb leer gepflückter Schweinspflaumenbaum.«

»Das könnten auch Dschungeltiere gewesen sein.«

Kouwe nickte. »Das habe ich auch erst gedacht. Deshalb habe ich auch nichts gesagt. Ich konnte weder Fußspuren noch sonst irgendwelche eindeutigen Beweise entdecken. Jetzt aber glaube ich, dass das alles kein Zufall sein kann. Jemand verfolgt uns.«

»Wer?«

»Wahrscheinlich Indianer. Die sind hier zu Hause. Sie verstehen es, jemandem unbemerkt zu folgen.«

»Die Yanomami.«

»Durchaus möglich«, sagte Kouwe.

Nate hörte die Skepsis aus seinem Tonfall heraus. »Wer sollte es sonst sein?«

Kouwe kniff die Augen zusammen. »Ich weiß es nicht. Aber ich glaube, wir sollten vorsichtiger sein. Ein guter Fährtensucher würde keine solchen Spuren hinterlassen. Für einen Indianer ist das beinahe zu unachtsam.«

»Aber Sie sind selbst Indianer. Einem Weißen wären die Spuren bestimmt nicht aufgefallen, nicht einmal den Rangern.«

»Mag sein.« Kouwe schien noch immer nicht überzeugt.

»Wir sollten Captain Waxman informieren.«

»Deshalb habe ich dich beiseite genommen. Sollen wir das wirklich tun?«

»Was meinen Sie damit?«

»Falls wir tatsächlich von Indianern verfolgt werden, sollten wir die Lage nicht dadurch verschärfen, dass die Ranger den Busch durchkämmen. Die Indianer oder wer auch immer sonst hier herumlungert, würde einfach verschwinden. Wenn wir Kontakt mit ihnen aufnehmen wollen, sollten wir sie auf uns zukommen lassen. Ihnen Gelegenheit geben, sich an unsere Fremdheit zu gewöhnen. Ihnen den ersten Schritt überlassen.«

Nates erster Impuls war, sich gegen eine solche Vorsicht auszusprechen. Nach so vielen Jahren drängte es ihn, eine Erklärung für das Verschwinden seines Vaters zu finden. Geduldig zu sein, fiel ihm schwer. Bald würde die Regenzeit beginnen. Der Regen würde alle Spuren Gerald Clarks und damit auch sämtliche Hoffnungen mit sich fortspülen.

Andererseits hatte ihm der Angriff des schwarzen Kaimans wieder in Erinnerung gerufen, dass der Amazonas hier König war. Man musste sich seinem Rhythmus anpassen. Wer sich dagegen auflehnte, forderte die Niederlage heraus. Der beste Weg zum Überleben war, sich mit der Strömung treiben zu lassen.

»Ich glaube, wir sollten noch ein paar Tage warten«, fuhr Kouwe fort. »Erstens, um herauszufinden, ob ich mit meiner Vermutung Recht habe. Vielleicht waren es wirklich bloß irgendwelche Tiere. Aber falls ich Recht habe, würde ich den Indianern gern Gelegenheit geben, von sich aus Kontakt mit uns aufzunehmen, anstatt dass wir sie mit vorgehaltener Waffe aufschrecken. Dann würden wir nämlich nichts von ihnen erfahren.«

Nate stimmte ihm schließlich zu, jedoch mit einer Einschränkung. »Wir warten noch zwei Tage. Dann weihen wir noch jemanden ein.«

Kouwe nickte und schaltete die Taschenlampe aus. »Wir sollten uns allmählich schlafen legen.«

Sie gingen zurück zu den beiden rot glimmenden Lagerfeuern. Nate dachte über die Äußerungen des Schamanen nach. Er sah wieder vor sich, wie Kouwe die Augen zusammengekniffen hatte, als er fragte, ob dies Indianer wären. *Wer sollte es sonst sein?*

Im Lager angekommen, stellte er fest, dass die meisten sich bereits schlafen gelegt hatten. Am Rand des Lagers patrouillierten zwei Soldaten. Kouwe wünschte ihm eine gute Nacht und begab sich zu seiner von einem Moskitonetz umhüllten Hängematte. Als Nate die Stiefel wegkickte, vernahm er aus Frank O'Briens Hängematte ein gedämpftes Stöhnen. Nach der Tragödie dieses Tages war er bestimmt nicht der Einzige, der von Albträumen geplagt wurde.

Nate kletterte in die Hängematte und legte den Arm über die Augen, um nicht vom Feuerschein geblendet zu werden. Ob es einem behagte oder nicht, gegen den Amazonas konnte man nicht ankämpfen. Er hatte seinen eigenen Rhythmus, seine eigenen Begierden. Man konnte bloß hoffen, dass man nicht als nächstes Opfer auserkoren war. Mit diesen Überlegungen beschäftigt, brauchte Nate lange zum Einschlafen. Sein letzter Gedanke: Wer würde der Nächste sein?

Corporal Jim DeMartini entwickelte allmählich einen Hass auf den Dschungel. Nach vier Tagen Flussfahrt war ihm der ganze verdammte Urwald zuwider: die ewige Schwüle, die Stechfliegen, die Mücken, das ständige Lärmen der Affen und Vögel. Obendrein wuchs überall der Schimmel – auf den Kleidern, den Hängematten, den Rucksäcken. Seine Ausrüstung stank bereits wie durchschwitzte Trainingssocken, die einen Monat lang im Spind gelegen hatten. Und das schon nach vier Tagen.

Für den Patrouillendienst eingeteilt, stand er nahe der Latrine im Wald und lehnte sich an einen Baum, das M-16 bequem in der Armbeuge. Jorgensen, sein Partner, war gerade auf der Latrine. DeMartini hörte, wie er pfeifend den Reißverschluss seiner Hose öffnete.

»Prima Zeitpunkt zum Scheißen«, grummelte DeMartini.

Jorgensen hatte ihn gehört. »Das kommt vom verdammten Wasser ...«

»Beeil dich aber.« DeMartini klopfte eine Zigarette aus der Packung, in Gedanken bei seinem getöteten Kameraden Rodney Graves. DeMartini war im Führungsboot bei den Zivilisten gewesen, hatte aber dennoch deutlich gesehen, wie der riesige Kaiman aus dem Wasser getaucht war und Graves aus dem anderen Boot gerissen hatte. Unwillkürlich schauderte er. Er war kein Neuling. Er hatte schon des Öfteren Männer sterben sehen: an Schussverletzungen, bei Hubschrauberabstürzen, im Wasser. Doch das war nichts gewesen im Vergleich zu seinem heutigen Erlebnis – einer Szene wie aus einem Albtraum.

Er blickte sich über die Schulter um, Jorgensen im Stillen

verfluchend. *Weshalb braucht der Kerl so lange?* Er nahm einen tiefen Zug. *Holt sich bestimmt einen runter.* Verdenken konnte er's ihm nicht. Das lenkte einen von den beiden Frauen ab. Als das Lager aufgeschlagen war, hatte er die asiatische Wissenschaftlerin dabei beobachtet, wie sie die Khakijacke ausgezogen hatte. Ihre dünne Bluse war schweißnass gewesen und hatte aufreizend an den kleinen Brüsten geklebt.

Er schob diese Gedanken beiseite, stieß den Zigarettenqualm aus und richtete sich gerader auf. Die einzige Lichtquelle war die mit Klebeband am Lauf seines Gewehrs befestigte Taschenlampe. Er zielte damit auf den nahen Fluss.

Tiefer im Wald, jenseits der Bewegungsmelder, blinkten winzige Lichter. Glühwürmchen. Er war im Süden Kaliforniens aufgewachsen, dort gab es keine solchen Insekten. Daher faszinierte ihn das Geblinke um so mehr. Die Lichtpünktchen lenkten ihn ab, während es ringsum überall im Laub raschelte. Größere Zweige knackten wie die Gelenke alter Männer. Es war, als sei der Dschungel ein lebendiges Wesen, das ihn verschlucken wollte.

DeMartini schwenkte die Taschenlampe umher. Er glaubte an die Zweiergruppen – und das umso mehr in diesem verfluchten, stockfinsteren Dschungel. Bei den Rangern gab es ein Sprichwort: *Die Zweiergruppen dienen dem Überleben – dann hat der Gegner immer noch ein anderes Ziel.*

Ein wenig besorgt um seinen Partner rief er zur Latrine hinüber: »Beeil dich, Jorgensen!«

»Jetzt lass mir doch mal'n bisschen Zeit«, erwiderte sein Partner gereizt aus ein paar Metern Entfernung.

Als DeMartini sich wieder umwandte, stach ihn etwas am Nacken. Er schlug das Insekt tot, zerquetschte es unter der Handfläche. Dann verspürte er ein noch stärkeres Stechen am Hals, unmittelbar unter dem Kiefer. Als er die

Fliege oder Mücke zerquetschen wollte, berührte er etwas, das in seinem Hals steckte. Erschreckt riss er die Hand zurück.

»Verflucht noch mal!«, zischte er und trat einen Schritt zurück. »Verdammte Blutsauger!«

Jorgensen lachte. »Wenigstens hast du keinen nackten Arsch!«

Während er angewidert in die Finsternis blickte, zog DeMartini den Jackenkragen höher, damit er den blutrünstigen Insekten weniger Angriffsfläche bot. Als er sich umdrehte, bemerkte er im Strahl der Taschenlampe etwas Helles im Matsch zu seinen Füßen. Er bückte sich und hob es auf. Es war ein Pfeil, an dessen Schaft ein paar Federn befestigt waren. Die Spitze war feucht von Blut – von seinem Blut.

Scheiße!

Er ging in die Hocke und wollte einen Warnschrei ausstoßen, brachte aber bloß ein leises Gurgeln hervor. Er bemühte sich, tief durchzuatmen, konnte aber anscheinend die Brust nicht mehr bewegen. Seine Gliedmaßen waren bleischwer. Kraftlos kippte er zur Seite.

Vergiftet ... gelähmt, wurde ihm klar.

In der Hand hatte er noch so viel Kraft, dass er damit wie eine Spinne über den Gewehrkolben krabbeln konnte, auf den Auslöser zu. Wenn es ihm gelang, das M-16 abzufeuern ... Jorgensen zu warnen ...

Dann spürte er, dass jemand über ihm stand und ihm zuschaute. Er konnte den Kopf nicht wenden, doch irgendein Instinkt sandte Warnsignale durch seinen Körper.

In Panik mobilisierte er seine letzten Kräfte, wortlos flehend. Schließlich hatte er mit dem Finger den Abzugsbügel erreicht. Am liebsten hätte er einen Seufzer der Erleichterung ausgestoßen, doch nicht einmal das ging mehr. Während sich sein Gesichtsfeld an den Rändern allmählich schwarz färbte, konzentrierte er sich ganz auf diesen einen Finger – und drückte den Abzug durch.

Nichts geschah.

Ihm wurde bewusst, dass das Gewehr noch gesichert war. Eine Träne rollte ihm über die Wange, wie er da so im Morast lag. Am ganzen Leib gelähmt, konnte er nicht einmal mehr die Augenlider bewegen.

Schließlich trat der Beobachter über seinen reglosen Körper hinweg. Im Schein der Taschenlampe bot sich ihm ein unglaublicher Anblick.

Es war eine Frau ... eine nackte Frau, ein schlankes, wunderschönes Geschöpf mit langen, glatten Beinen, sanften Kurven, vollen Hüften und festen, runden Brüsten. Während er erstickte, hielt er sich an ihren großen, dunklen Augen fest, die voller Geheimnis waren, voller Gier. Als sie sich über ihn beugte, fiel ihr schwarzes Haar über sein erschlafftes Gesicht.

Einen Moment lang fühlte es sich an, als flöße sie ihm ihren Atem ein. Er spürte, wie ihn etwas Warmes, Rauchiges durchströmte.

Dann verschluckte ihn die Dunkelheit.

Kelly schreckte aus dem Schlaf hoch. Ringsum wurde laut gerufen. Sie setzte sich zu schnell auf, dabei kippte sie aus der Hängematte und fiel auf die Knie. »Mist!« Sie schaute sich um.

Jemand hatte frisches Holz auf die Lagerfeuer geworfen. Die Flammen loderten hoch empor, verbreiteten Rauch und rötliches Licht. In der Ferne schwankten Taschenlampen durch den Wald. Rufe und Befehle schallten von allen Seiten her.

Kelly richtete sich auf und tastete sich durchs verhedderte Moskitonetz hindurch. In der Nähe erblickte sie Nate und Manny. Beide Männer waren barfuß, bekleidet mit Boxershorts und T-Shirts. Der große Jaguar saß zwischen ihnen. »Was geht hier vor?«, rief sie, als sie sich endlich aus dem Netz befreit hatte.

Die anderen Zivilisten versammelten sich allmählich, die meisten nur notdürftig bekleidet und mehr oder weniger verwirrt. Kelly bemerkte, dass alle grünen Leinwandhängematten der Ranger leer waren. Ein Corporal stand zwischen den beiden Lagerfeuern, das Gewehr im Anschlag.

Nate beantwortete ihre Frage, während er sich bückte, um sich die Stiefel zu schnüren. »Einer der Wachsoldaten wird vermisst. Wir bleiben hier, bis die anderen das Gelände gesichert haben.«

»Vermisst? Wer?«

»Corporal DeMartini.«

Kelly erinnerte sich an den Mann: glattes schwarzes Haar, breite Nase, skeptisch blinzelnde Augen. »Was ist passiert?«

Nate schüttelte den Kopf. »Das wissen wir noch nicht. Er ist einfach verschwunden.«

Vom Fluss ertönte ein lauter Schrei. Die meisten schwankenden Taschenlampen näherten sich der Stelle.

Professor Kouwe schloss sich ihnen an. Kelly bemerkte, dass die beiden Männer heimlich Blicke wechselten. Als wüssten sie etwas, das die anderen nicht wussten.

Auf einmal tauchte Frank an der anderen Seite des Lagers auf. Die Taschenlampe in der Hand eilte er ihnen entgegen. Als er sie erreichte, atmete er schwer, die Sommersprossen hoben sich deutlich von seinem aschfahlen Gesicht ab. »Wir haben die Waffe des Vermissten gefunden.« Sein Blick wanderte zwischen Nate, Manny und Kouwe hin und her. »Sie kennen sich im Dschungel besser aus als jeder andere. Wir würden gern Ihre Meinung hören. Captain Waxman bittet Sie, sich die Fundstelle einmal anzusehen.«

Die Zivilisten traten auf Frank zu, bereit, ihm zu folgen.

Er hob die Hand. »Bloß Sie drei.«

Kelly drängte sich vor. »Falls der Mann verletzt wurde, kann ich vielleicht etwas für ihn tun.«

Frank zögerte kurz, dann nickte er.

Als Richard Zane Einwände erheben wollte, schüttelte Frank den Kopf. »Wir möchten verhindern, dass die Spuren unnötig zertrampelt werden.«

Als das geregelt war, eilten sie an den Lagerfeuern vorbei zum Fluss. Der Jaguar tappte lautlos neben seinem Herrn her. Sie zwängten sich durch die dichte Ufervegetation. Dies war der wahre mythische Dschungel: ein Gewirr aus Schlingpflanzen, Büschen und Bäumen. Im Gänsemarsch drangen sie ins Dickicht ein und näherten sich dem Schein der Taschenlampen.

Kelly ging hinter Nate. Zum ersten Mal bemerkte sie, wie breit seine Schultern waren – und wie sicher er sich im Wald bewegte. Für seine Größe wich er den Lianen und Büschen mit erstaunlicher Behendigkeit aus. Sie folgte ihm dicht auf den Fersen und bemühte sich, seine Bewegungen nachzuahmen, geriet aber immer wieder ins Stolpern.

Plötzlich rutschte sie aus und verlor das Gleichgewicht. Sie kippte zur Seite und streckte die Hände vor, um den Sturz zu dämpfen, doch Nate fing sie auf. »Vorsicht.«

»D-danke.« Errötend wollte sie sich an einer Schlingpflanze festhalten, doch ehe sie sie packen konnte, riss Nate ihre Hand weg. Sie streifte die Pflanze bloß mit den Fingerspitzen.

»Was machen Sie denn – *autsch*!« Ihre Fingerspitzen brannten. Als sie damit an ihrer Bluse rieb, wurde das Brennen noch schlimmer. Es fühlte sich an, als hätten ihre Finger Feuer gefangen.

»Halten Sie still«, sagte Professor Kouwe. »Durchs Reiben verteilen Sie das Gift nur noch mehr.« Er riss von einem schlanken Baum eine Hand voll Blätter ab. Er zerquetschte sie, ergriff Kellys Handgelenk und verteilte die ölige Masse auf Fingern und Hand.

Das Brennen hörte augenblicklich auf. Kelly blickte die zerquetschten Blätter verwundert an.

»*Ku-run-yeh*«, sagte hinter ihr Nate. »Aus der Familie der Veilchen. Ein hoch wirksames Analgetikum.«

Kouwe massierte weiter ihre Finger, bis der Schmerz aufhörte.

Im Schein der Taschenlampe ihres Bruders sah sie die Blasen, die sich an ihren Fingerspitzen gebildet hatten.

»Alles in Ordnung?«, fragte Frank.

Sie nickte verlegen.

»Nimm *Ku-run-yeh* und es tut nicht mehr weh«, meinte Kouwe und drückte ihr väterlich den Arm.

Nate half ihr auf die Beine. Er deutete auf die Schlingpflanze. »Die nennt man Feuerliane. Und das nicht ohne Grund.« Die Liane hing von einem Baum herab und bildete am Fuß des Stamms ein Schlingengewirr. Hätte Nate sie nicht aufgefangen, wäre Kelly mitten hineingefallen. »Die Liane sondert zur Abwehr von Insekten ein starkes Reizmittel ab.«

»Ein Fall von chemischer Kriegsführung«, setzte Kouwe hinzu.

»Genau.« Nate bedeutete Frank mit einem Kopfnicken weiterzugehen, dann schwenkte er den Arm. »Der tobt hier unablässig. Deshalb findet man im Dschungel ja auch so viele gute Wirkstoffe. Die Raffinesse und die Bandbreite der in diesem Krieg eingesetzten chemischen Substanzen übertrifft alles, was unsere Wissenschaftler im Labor herstellen können.«

Kelly war nicht besonders scharf darauf, die chemische Kriegsführung am eigenen Leib zu erfahren.

Nach wenigen Metern hatten sie die Ranger erreicht, die einen Halbkreis gebildet hatten. Zwei Männer standen etwas weiter weg, mit angelegten Waffen und Nachtsichtgeräten.

Corporal Jorgensen hatte vor dem Captain der Einheit Haltung angenommen. »Wie ich schon sagte, ich war auf der Latrine. DeMartini hielt an einem Baum in der Nähe Wache.«

»Und das hier?« Captain Waxman hielt dem Mann einen Zigarettenstummel unter die Nase.

»Okay, ich hab gehört, wie er sich eine anzündete, aber ich hatte nicht den Eindruck, dass er weggegangen wäre. Als ich die Hose wieder anhatte und mich umdrehte, war er verschwunden. Er hat nichts davon gesagt, dass er zum Fluss wollte.«

»Und das alles wegen einer verdammten Zigarette«, knurrte Captain Waxman, dann winkte er ab. »Wegtreten, Corporal.«

»Ja, Sir.«

Captain Waxman atmete tief durch, dann kam er mit zorniger Miene zu ihnen herüber. »Ich möchte Ihre Meinung hören«, sagte er mit Blick auf Nate, Kouwe und Manny. Er richtete die Taschenlampe auf eine Stelle, wo das Dschungelgras zertrampelt war. »Hier haben wir DeMartinis Waffe und den Zigarettenstummel gefunden. Corporal Warczak hat bereits nach Fußspuren gesucht. Es gibt keine. Bloß diesen Streifen niedergetrampelten und zerquetschten Grases, der zum Fluss führt.«

Kelly sah, dass die Spur tatsächlich bis ans Wasser führte. Die hohen grünen Halme am Ufer waren auseinandergedrückt und niedergetreten.

»Das würde ich mir gerne genauer ansehen«, sagte Professor Kouwe.

Captain Waxman nickte und reichte Kouwe die Taschenlampe.

Nate und Kouwe traten vor. Manny folgte ihnen, der

zahme Jaguar aber rührte sich nicht von der Stelle, sondern beschnüffelte knurrend das Gras.

Die Hand am Peitschengriff, versuchte Manny die Raubkatze dazu zu bewegen, ihm zu folgen. »Komm schon, Tor-tor.« Der Jaguar aber gehorchte nicht, sondern wich sogar einen Schritt zurück.

Kouwe blickte sich zu ihnen um. Er war in die Hocke gegangen und untersuchte etwas im Gras. Er schnüffelte an seinen Fingern.

»Was ist das?«, fragte Nate.

»Kaimanexkremente.« Kouwe wischte die Hand am Gras ab, dann wies er mit dem Kinn auf den knurrenden Jaguar. »Ich glaube, Tor-tor ist der gleichen Ansicht.«

»Wie meinen Sie das?«, fragte Kelly.

Manny ergriff das Wort. »Raubkatzen können vom Geruch der Exkremente oder des Urins auf die Größe eines Tieres schließen. Im Westen der Staaten wird Elefantenurin zur Abschreckung von Rotluchsen und Pumas verkauft. Markiert man damit eine Stelle, halten sie sich davon fern, da ihnen der Geruch des großen Tieres Angst macht.«

Kouwe drang durchs Gras zum Ufer vor. Behutsam zupfte er ein paar geknickte Halme weg, dann winkte er Captain Waxman zu sich. Kelly folgte ihm.

Kouwe leuchtete aufs morastige Ufer. Die Klauenabdrücke waren deutlich erkennbar. »Ein Kaiman.«

Sein Tonfall klang eigentümlich erleichtert. Nate und der Professor wechselten abermals verstohlene Blicke.

Kouwe richtete sich auf. »Kaimane jagen häufig am Ufer, wo sie Tapire und Wildschweine fangen, die zum Trinken kommen. Der Corporal ist dem Fluss offenbar zu nahe gekommen und wurde geschnappt.«

»Könnte das derselbe Kaiman gewesen sein, der auch Corporal Graves angegriffen hat?«, fragte Waxman.

Kouwe zuckte die Schultern. »Schwarze Kaimane sind

ziemlich intelligent. Es könnte durchaus sein, dass er dem Motorenlärm gefolgt ist und hier auf der Lauer gelegen hat, nachdem er gemerkt hat, dass unsere Boote eine Nahrungsquelle darstellen.«

»Zur Hölle mit dem Vieh!« Waxman spuckte aus und ballte eine Hand zur Faust. »Zwei Mann an einem einzigen Tag.«

Staff Sergeant Kostos trat vor. Der hoch gewachsene, dunkelhäutige Ranger schaute verkniffen drein. »Sir, ich könnte Verstärkung anfordern. Die Hueys könnten bis morgen früh mit zwei weiteren Männern hier sein.«

»Tun Sie das!«, fauchte Waxman. »Ab sofort schieben immer zwei Patrouillen Wache. Zwei Mann pro Patrouille! Ich möchte nicht, dass irgendjemand – gleich ob Zivilist oder Soldat – allein in den Dschungel geht. Unter keinen Umständen! Und ich möchte, dass auch am Ufer Bewegungsmelder installiert werden, nicht bloß an der Waldseite.«

»Jawohl, Sir.«

Captain Waxman wandte sich den Zivilisten zu. In seinen Worten lag keine Wärme, bloß kalte Abweisung. »Ich danke Ihnen für Ihre Unterstützung.«

Die kleine Gruppe machte sich auf den Rückweg. Kelly fühlte sich dumpf und leer. Schon wieder ein Mann tot ... und so plötzlich. Sie beäugte misstrauisch die Feuerliane. Hier tobte nicht bloß ein chemischer Krieg, sondern auch ein grausamer Kampf ums Überleben, bei dem die Schwachen den Stärkeren unterlagen.

Kelly war froh, als sie das Lager mit den lodernden Feuern erreicht hatten – Wärme und Licht. Von den Flammen ging ein gewisser Trost aus, denn sie verscheuchten vorübergehend die Dunkelheit des Waldes.

Die anderen Expeditionsteilnehmer blickten ihr entgegen. Anna Fong stand bei Richard Zane. Franks Mitarbeiter Olin Pasternak wärmte sich am Lagerfeuer die Hände.

Manny setzte die anderen rasch ins Bild. Anna schlug sich die Hand vor den Mund und wandte sich ab. Richard schüttelte den Kopf. Olin blieb äußerlich ungerührt und blickte weiter in die Flammen.

Kelly nahm die unterschiedlichen Reaktionen kaum wahr, sondern konzentrierte sich ganz auf Nate und Kouwe. Die beiden hatten sich zu Nates Hängematte begeben. Kelly beobachtete sie aus den Augenwinkeln. Die beiden Männer unterhielten sich nicht, doch sie bemerkte Kouwes forschenden Blick. Eine unausgesprochene Frage.

Nate antwortete mit einem angedeuteten Kopfschütteln.

Nachdem sie sich wortlos verständigt hatten, holte Kouwe seine Pfeife hervor und ging ein paar Schritte weiter, da er offenbar einen Moment allein sein wollte.

Als Kelly sich abwandte, um den Älteren nicht zu stören, bemerkte sie, dass Nates Blick auf ihr ruhte.

Sie sah wieder ins Feuer. Sie fühlte sich töricht und seltsam verängstigt. Sie schluckte und biss sich auf die Unterlippe, dachte daran, wie Nate sie mit seinen starken Armen aufgefangen hatte. Sie spürte, dass Nate sie weiterhin musterte. Sein Blick ruhte auf ihrer Haut wie Sonnenschein. Warm und prickelnd.

Allmählich verflüchtigte sich das Gefühl.

Was verbarg er vor ihr?

7
Datensammlung

12. August, 6.20 Uhr
Langley, Virginia

Lauren O'Brien würde zu spät zur Arbeit kommen. »Jessie!«, rief sie und legte eine Orange zu dem Erdnussbutter-Marmelade-Sandwich ins Lunchpaket. »Schatz, du musst runterkommen ... *sofort.*« Die Autofahrt zum Kindergarten dauerte zwanzig Minuten und anschließend musste sie sich noch durch den Morgenverkehr nach Langley kämpfen.

Sie sah auf die Uhr und verdrehte die Augen. »Marshall!«

»Wir kommen«, antwortete eine strenge Stimme.

Lauren beugte sich um die Ecke. Ihr Mann führte ihre Enkelin gerade die Treppe hinunter. Jessie war angekleidet, bloß die Socken passten nicht zueinander. *Macht nichts*, dachte sie. Sie hatte vergessen gehabt, wie es war, ein Kind im Haus zu haben. Der ganze Tagesablauf geriet durcheinander.

»Ich bringe sie in den Kindergarten«, sagte Marshall, als er am Fuß der Treppe angelangt war. »Ich habe erst um neun eine Besprechung.«

»Nein, ich kann das machen.«

»Lauren ...« Er küsste sie flüchtig auf den Nacken. »Lass dir doch helfen.«

Sie ging wieder in die Küche und klappte die Lunchbox zu. »Du solltest machen, dass du ins Büro kommst.« Sie versuchte sich ihre Anspannung nicht anmerken zu lassen, doch Marshall ließ sich nicht täuschen.

»Jessie, hol doch mal deinen Pullover.«

»Ist gut, Grandpa.« Das Mädchen rannte zur Haustür.

Marshall drehte sich wieder zu Lauren. »Frank und Kelly geht es gut. Sollte sich bei ihnen etwas tun, würden wir es unverzüglich erfahren.«

Lauren nickte, wandte ihm jedoch den Rücken zu. Sie wollte nicht, dass Marshall merkte, dass sie kurz davor stand, in Tränen auszubrechen. Gestern Abend hatten sie erfahren, dass ein Ranger von einem Krokodil angegriffen worden war. Mitten in der Nacht hatte das Telefon erneut geklingelt. Marshalls Tonfall hatte sie entnommen, dass die Nachrichten besonders schlimm waren. Ein Anruf zu dieser späten Stunde konnte nur eines bedeuten – Frank oder Kelly war etwas Schreckliches zugestoßen. Dessen war sie sich sicher. Als Marshall auflegte und ihr von dem zweiten toten Soldaten berichtete, hatte sie vor selbstsüchtiger Erleichterung geweint. Tief in ihrem Innern aber war der Keim der Angst gepflanzt. *Zwei Tote ... wie viele würden es noch werden?* Den Rest der Nacht hatte sie schlaflos dagelegen.

»In diesem Moment werden zwei weitere Ranger mit dem Hubschrauber zum Lager gebracht. Für ihren Schutz ist gesorgt.«

Lauren nickte schniefend. Sie war unvernünftig. Erst gestern Abend hatte sie sich mit den beiden Zwillingen unterhalten. Die Tragödie hatte sie merklich erschüttert, doch sie waren entschlossen, die Suche fortzusetzen.

»Die beiden sind zäh«, sagte Marshall. »Erfinderisch und umsichtig. Sie werden kein unnötiges Risiko eingehen.«

Mit dem Rücken zu ihrem Mann murmelte sie: »Unnötiges Risiko? Sie sind dort draußen, oder? Das ist riskant genug.«

Marshall legte ihr sanft die Hände auf die Schultern. Er

streifte ihr das Haar aus dem Nacken und küsste sie zärtlich. »Es wird schon alles gut gehen«, flüsterte er ihr ins Ohr.

Mit fünfundfünfzig war Marshall eine imposante Erscheinung. Seine schwarzen Haare färbten sich an den Schläfen allmählich silbergrau. Er hatte ein kräftiges Kinn, das durch die vollen Lippen gemildert wurde. Seine haselnussbraunen, bläulich schimmernden Augen fingen ihren Blick auf und hielten ihn fest.

»Kelly und Frank geht es gut«, sagte er eindringlich. »Sprich es mir nach.«

Sie senkte den Kopf, er aber hob mit der Fingerspitze ihr Kinn an.

»Sag es ... bitte. Tu's für mich. Ich möchte es aus deinem Mund hören.«

Sie bemerkte den gequälten Ausdruck in seinen Augen. »Kelly und Frank ... geht es gut.« Es war irgendwie beruhigend, es auszusprechen, auch wenn ihre Stimme gedämpft klang.

»So ist es. Schließlich haben wir sie großgezogen, nicht wahr?« Er lächelte sie an, der Schmerz in seinen Augen verflüchtigte sich.

»Ja, das haben wir.« Sie legte die Arme um ihren Mann und drückte ihn an sich.

Nach einer Weile küsste Marshall sie auf die Stirn. »Und jetzt bringe ich Jessie in den Kindergarten.«

Sie erhob keine Einwände. Nachdem sie ihr Enkelkind an der Tür fest umarmt hatte, ließ sie sich zu ihrem BMW geleiten. Die fünfundvierzigminütige Fahrt zum Instar Institute legte sie wie in Trance zurück. Sie war erleichtert, als sie dort ankam. Sie nahm die Aktentasche und trat durch die mit Nummernschlössern gesicherten Türen ins Hauptgebäude. Nach einer solchen Nacht tat es ihr gut, wieder beschäftigt zu sein und sich von ihren Sorgen ablenken zu können.

Sie ging zu ihrem Büro, grüßte auf dem Flur die vertrauten Gesichter. Heute sollte der abschließende Immunologiebericht vorgelegt werden, und sie war gespannt darauf, Kellys Theorie hinsichtlich der Veränderung von Gerald Clarks Immunstatus zu überprüfen. Vorläufige Ergebnisse und häppchenweise vorgelegte Informationen waren da nicht sonderlich hilfreich. Wegen der zahlreichen Krebsgeschwüre war eine Einschätzung schwierig.

An der Tür ihres Büros stand ein Fremder.

»Guten Morgen, Dr. O'Brien«, sagte der Mann und reichte ihr die Hand. Er war höchstens fünfundzwanzig, schlank, mit rasiertem Schädel, bekleidet mit einem blauen Overall.

Als Leiterin des MEDEA-Projekts kannte Lauren alle Mitarbeiter; dieser Mann war ihr jedoch unbekannt. »Ja?«

»Ich bin Hank Alvisio.«

Bei ihr klingelte eine Glocke. Lauren schüttelte ihm die Hand und zermarterte sich gleichzeitig das Hirn.

»Epidemiologe«, sagte er, als er ihre Verwirrung bemerkte.

Lauren nickte. »Natürlich, verzeihen Sie, Dr. Alvisio.« Der junge Mann war ein Epidemiologe von der Stanford University. Persönlich war sie ihm noch nie begegnet. Sein Forschungsgebiet war die Übertragung von Krankheiten. »Was kann ich für Sie tun?«

Er hob eine Aktenmappe hoch. »Ich möchte Sie bitten, sich das einmal anzusehen.«

Sie sah auf die Uhr. »In zehn Minuten habe ich eine Besprechung in der Immunologie.«

»Ein Grund mehr, weshalb Sie sich das ansehen sollten.«

Sie entriegelte die Tür mit der Magnetstreifenkarte und bedeutete Alvisio einzutreten. Sie knipste das Licht an, trat hinter den Schreibtisch und forderte Dr. Alvisio auf, ihr gegenüber Platz zu nehmen. »Was haben Sie da?«

»Etwas, woran ich arbeite.« Er blätterte in der Mappe.

»Ich bin auf ein paar beunruhigende Daten gestoßen, die ich gern mit Ihnen durchgehen würde.«

»Was für Daten?«

Er blickte auf. »Ich habe in brasilianischen Krankenakten nach Fällen gesucht, die Ähnlichkeiten mit Gerald Clarks Erkrankung aufweisen.«

»Nach anderen Leuten, die verlorene Gliedmaßen regeneriert haben?«

Er grinste schüchtern. »Das nicht. Aber ich habe mich bemüht, die Krebserkrankungen im brasilianischen Regenwald unter besonderer Berücksichtigung des Gebietes, in dem Gerald Clark zu Tode kam, epidemiologisch auszuwerten. Ich dachte mir, wir könnten anhand der Rate der Krebserkrankungen vielleicht den Reiseweg des Mannes rekonstruieren.«

Lauren straffte sich. Das war ein interessanter, sogar genialer Ansatz. Kein Wunder, dass Dr. Alvisio eingestellt worden war. Falls es ihm gelang, eine Häufung ähnlicher Krebserkrankungen festzustellen, würde dies die Suche vielleicht eingrenzen, was wiederum dazu beitragen könnte, Kellys und Franks Aufenthalt im Dschungel zu verkürzen. »Und was haben Sie herausgefunden?«

»Nicht das, was ich erwartet hatte«, antwortete er mit einem besorgten Ausdruck in den Augen. »Ich habe jedes städtische Krankenhaus, jede medizinische Einrichtung und jede Dschungelklinik in dem Gebiet kontaktiert. Sie haben mir Daten zu den letzten zehn Jahren geschickt. Die Computerauswertung ist gerade erst fertig geworden.«

»Und sind Ihnen hinsichtlich der Krebserkrankungen in diesem Gebiet irgendwelche Trends aufgefallen?«

Er schüttelte den Kopf. »Nichts, was mit Gerald Clarks Fall vergleichbar wäre. Es scheint sich um einen Einzelfall zu handeln.«

Lauren verbarg ihre Enttäuschung, konnte jedoch nicht

verhindern, dass sich ein Anflug von Gereiztheit in ihren Tonfall mischte. »Was haben Sie dann herausgefunden?«

Er reichte Lauren ein Blatt Papier. Sie setzte die Lesebrille auf.

Es war eine Karte des brasilianischen Nordwestens. Flüsse schlängelten sich durch das Gebiet, alle in eine Richtung strebend – zum Amazonas. Städte und kleine Siedlungen waren zu erkennen, die meisten an Kanälen und Wasserläufen verteilt. Die schwarzweiße Karte war mit kleinen roten Kreuzen versehen.

Der junge Wissenschaftler tippte mit der Kugelschreiberspitze auf ein paar Markierungen. »Das sind die medizinischen Einrichtungen, die Daten geliefert haben. Während ich damit beschäftigt war, rief mich ein Krankenhausarzt aus Barcellos an.« Er deutete auf eine Stadt am Amazonas, etwa zweihundert Meilen stromaufwärts von Manaus gelegen. »Dort gab es ein Problem mit einer Virenerkrankung von Kindern und älteren Menschen. Offenbar eine Form von hämorrhagischem Fieber. Erhöhte Temperatur, Gelbsucht, Erbrechen, Geschwüre in der Mundhöhle. Bislang sind mehr als ein Dutzend Kinder der Krankheit zum Opfer gefallen. Der Arzt aus Barcellos meinte, so etwas hätte er noch nicht erlebt, und bat mich um Hilfe. Die sagte ich ihm zu.«

Lauren runzelte leicht genervt die Stirn. Der Epidemiologe sollte ausschließlich an dem Projekt arbeiten. Trotzdem schwieg sie und ließ ihn fortfahren.

»Da ich in der Region bereits über ein dichtes Netz von Kontakten verfügte, erkundigte ich mich nach weiteren Meldungen zu dieser Krankheit.« Dr. Alvisio reichte ihr ein weiteres Blatt. Darauf war die gleiche Karte abgebildet; Flüsse und rote Kreuze. Einige dieser Kreuze waren allerdings mit blauen Kreisen markiert, daneben befanden sich Datumsangaben. »Das sind die Orte, von denen ähnliche Fälle gemeldet wurden.«

Laurens Augen weiteten sich. Es waren so viele. Ähnliche Fälle hatte es an mindestens einem Dutzend weiterer Einrichtungen gegeben.

»Erkennen Sie den Trend?«, fragte Dr. Alvisio.

Lauren schüttelte den Kopf.

Der Epidemiologe zeigte auf ein Kreuz mit einem blauen Kreis. »Ich habe die Fälle datiert. Das ist der erste.« Er schaute hoch und tippte auf die Stelle. »Das ist die Mission Wauwai.«

»Wo Gerald Clark gefunden wurde?«

Der Arzt nickte.

Jetzt erinnerte sie sich an den ersten Expeditionsbericht. Die Mission Wauwai war von abergläubischen Indianern in Brand gesteckt worden. Nachdem mehrere Kinder von einer geheimnisvollen Krankheit befallen worden waren, hatten sie es mit der Angst bekommen.

»Ich habe mich bei den örtlichen Behörden erkundigt«, sagte Dr. Alvisio. Er fuhr mit dem Kuli die Linie der blau eingekreisten Kreuze entlang. »Das kleine Dampfboot, das Clarks Leichnam an Bord hatte, hat an jedem dieser Häfen gehalten.« Der Epidemiologe fuhr an der Linie der Küstenstädte entlang. »Wo der Leichnam vorbeikam, dort brach die Krankheit aus.«

»Mein Gott«, murmelte Lauren. »Sie glauben, der Leichnam hat einen Krankheitserreger beherbergt.«

»Zu Anfang ja. Das war eine von mehreren Möglichkeiten. Die Krankheit könnte sich, ausgehend von Wauwai, auf unterschiedlichen Übertragungswegen ausgebreitet haben. Die Flüsse sind in dieser Gegend die einzigen Transportwege, daher hätte sich *jede* ansteckende Krankheit nach dem gleichen Muster ausgebreitet. Das Muster allein war noch kein schlüssiger Beweis dafür, dass der Leichnam der Ansteckungsherd war.«

Lauren stieß einen Seufzer der Erleichterung aus. »Der

Leichnam kann es nicht gewesen sein. Bevor er von Brasilien hergeflogen wurde, hat meine Tochter die Untersuchung der sterblichen Überreste geleitet. Sie wurden auf zahlreiche Krankheitserreger untersucht: auf Cholera, Gelbfieber, Denguefieber, Malaria, Typhus, Tuberkulose. Wir waren ausgesprochen gründlich. Wir haben nach jedem bekannten Erreger gesucht. Der Leichnam war nicht infektiös.«

»Ich fürchte, da haben Sie sich getäuscht«, erwiderte Dr. Alvisio leise.

»Wie kommen Sie darauf?«

»Das wurde mir heute Morgen gefaxt.« Er nahm ein letztes Blatt aus der Mappe. Es handelte sich um einen Bericht der Seuchenbehörde in Miami. »Clarks Leichnam wurde vom Flughafenzoll in Augenschein genommen. Mittlerweile wurden drei Erkrankungen von Kindern gemeldet. In jeder dieser Familien gibt es eine Person, die am Flughafen arbeitet.«

Lauren sank in den Schreibtischstuhl zurück, als ihr das ganze Ausmaß der Gefahr bewusst wurde. »Dann ist die Krankheit hier. Wir haben sie hergebracht. Wollten Sie mir das sagen?« Sie blickte Dr. Alvisio an.

Er nickte.

»Wie ansteckend ist sie? Wie virulent?«

Alvisio senkte die Stimme zu einem Flüstern. »Das lässt sich gegenwärtig nicht mit Sicherheit sagen.«

Lauren wusste, dass der Mann trotz seiner Jugend auf seinem Gebiet führend war, sonst wäre er nicht hier. »Wie lautet Ihre vorläufige Einschätzung? Sie haben doch bereits Schlüsse gezogen, nicht wahr?«

Er schluckte. »Den vorläufig berechneten Ansteckungsraten und der vermuteten Inkubationszeit nach zu schließen, ist der Erreger hundertmal so ansteckend wie eine Erkältung ... und ebenso virulent wie das Ebola-Virus.«

Lauren wurde kreidebleich. »Und die Sterblichkeitsrate?«

Dr. Alvisio schlug den Blick nieder und schüttelte betrübt den Kopf.

»Hank?«, fragte sie mit rauer, belegter Stimme.

Er schaute zu ihr hoch. »Bislang gab es keine Überlebenden.«

12. August, 6.22 Uhr
Amazonas-Dschungel

Louis Favre stand am Rand des Lagers und schwelgte im Anblick des Flusses bei Sonnenaufgang. Es war ein Moment der Stille nach einer langen Nacht. Den Corporal zu kidnappen, hatte stundenlange Vorbereitung erfordert, doch wie gewöhnlich hatte sein Team die Aufgabe problemlos bewältigt.

Nach vier Tagen war das Beschatten allmählich zur Routine geworden. Nachts eilten Läufer dem Team der Ranger voraus und bezogen in hohen Bäumen, die das Blätterdach überragten, gut versteckte Beobachtungspositionen. Mit dem Söldnerteam hielten sie über Funk Kontakt. Tagsüber folgte Louis den Rangern mit einer Karawane von Kanus in zehn Kilometern Abstand. Erst wenn es dunkel wurde, rückten sie näher heran.

Louis wandte sich vom Fluss ab und ging tiefer in den Wald hinein. Das Lager war tief im Wald versteckt, weshalb man es erst bemerkte, wenn man dicht davor stand. Er blickte sich um, während das Vierzigmannteam das Lager abbrach. Es war ein bunt zusammengewürfelter Haufen: bronzehäutige Indianer von verschiedenen Stämmen, schlanke, schwarzhäutige Maronen aus Surinam, dunkelhäutige Kolumbianer, die ansonsten im Drogenhandel tätig waren. Ungeachtet aller Unterschiede hatten die Männer eines gemeinsam: Sie waren harte Burschen, geprägt vom Dschungel und von dessen blutigem Überlebenskampf.

Neben den Hängematten lagen säuberlich aufgereiht in Segeltuch gehüllte Flinten und Gewehre. Die Bewaffnung war ebenso vielfältig wie die Zusammensetzung der Gruppe: deutsche MP5 von Heckler&Koch, tschechische Skorpions, Minimaschinengewehre von Ingram, Uzis aus israelischer Fertigung und ein paar veraltete britische Gewehre von Sten. Jeder Mann hatte seine Lieblingswaffe. Louis' Waffe der Wahl war die kompakte Mini-Uzi. Sie besaß die gleiche Feuerkraft wie ihr größerer Bruder, maß aber lediglich fünfunddreißig Zentimeter. Louis mochte ihr kompaktes Design; sie war klein, aber mordsgefährlich, genau wie er.

Einige Männer waren damit beschäftigt, ihre Macheten zu schärfen. Die Schleifgeräusche mischten sich mit dem Gezwitscher der erwachenden Vögel und dem Gebell der Affen. Wenn es Mann gegen Mann ging, war eine scharfe Klinge nützlicher als ein Gewehr.

Während er das Lager musterte, näherte sich ihm sein Stellvertreter, ein hoch gewachsener Marone namens Jacques. Mit dreizehn war Jacques aus seinem Dorf verstoßen worden, nachdem er ein Mädchen eines Nachbardorfes vergewaltigt hatte. Eine Narbe zeugte noch vom damaligen Ausflug in den Urwald. Eine Seite der Nase hatte er bei einem Piranha-Angriff verloren. Er neigte respektvoll den Kopf. »Doktor.«

»Ja, Jacques.«

»Frau Tshui lässt ausrichten, sie sei jetzt bereit.«

Louis seufzte. *Endlich*. Der Gefangene war ein besonders schwieriger Fall gewesen.

Louis langte in die Tasche, zog die Hundemarke hervor und klimperte damit. Er ging zu dem etwas abseits gelegenen Zelt am Rand des Lagers hinüber. Normalerweise teilten sich Louis und Tshui das tarnfarbene Zelt, doch heute

Nacht war es anders gewesen. Tshui hatte sich ihrem neuen Gast allein gewidmet.

»Tshui, meine Liebe«, sagte Louis, »ist unser Besucher bereit, mich zu empfangen?« Er öffnete die Zeltklappe und trat gebückt hindurch.

Im Innern des Zeltes war es unerträglich heiß. In der Ecke brannte ein kleines Kohlebecken. Seine Geliebte kniete nackt neben einem kleinen Kocher und zündete gerade ein Bündel getrockneter Blätter an. Aromatischer Rauch kräuselte sich in Spiralen empor. Sie erhob sich. Ihre mokkafarbene Haut war von einer glänzenden Schweißschicht bedeckt.

Louis verschlang sie mit den Augen. Am liebsten hätte er sie auf der Stelle genommen, doch er hielt sich zurück. Heute Morgen hatten sie einen Gast.

Er wandte sich dem Mann zu, der splitternackt auf dem Boden lag. Sein einziges Kleidungsstück war ein Ballknebel. Louis wandte den Blick von dem blutigen Körper ab.

Die Hundemarke des Mannes noch immer in der Hand, nahm Louis auf einem Klappstuhl Platz. Er las den Namen von der Hundemarke ab. »Corporal James DeMartini«, sagte er in ungelenkem Englisch, dann schaute er hoch. »Ich habe aus verlässlicher Quelle erfahren, dass Sie bereit sind zu kooperieren.«

Der Mann stöhnte, Tränen strömten ihm aus den Augen.

»Heißt das ja?«

Der Ranger, ein geschlagener, gequälter Hund, nickte und zuckte vor Schmerzen zusammen. Louis musterte den Mann. *Was tut mehr weh?*, überlegte er. *Die Folter oder der Moment, da man gebrochen wird?*

Seufzend nahm er dem Mann den Knebel ab. Louis brauchte Informationen. Im Laufe der Jahre hatte er gelernt, dass häufig Kleinigkeiten über Erfolg oder Misserfolg einer Mission entschieden. Er verfügte bereits über zahlreiche Informationen über das gegnerische Team – einen Teil hatte St. Savin geliefert, der Rest stammte aus einer unmittelbareren Quelle.

Trotzdem war Louis noch nicht zufrieden.

Den jungen Corporal hatte er entführt, weil die anderen Informationsquellen bedauerlich wenig Einzelheiten zu Feuerkraft, Codewörtern und Einsatzplänen der Army Ranger erbracht hatten. Außerdem gab es bei solchen Einsätzen stets geheime militärische Ziele, Befehle, die ausschließlich für die Ohren der Militärs bestimmt waren. Nicht zuletzt hatte Louis die Entführung als Herausforderung betrachtet, als einen kleinen Test für ihre Einsatzbereitschaft.

Die Operation war reibungslos vonstatten gegangen. Ein kleines, mit Nachtsichtgeräten ausgerüstetes Team hatte sich über den Fluss ans Lager angeschlichen. Als sich die Gelegenheit bot, hatten sie einen der Ranger mit einem von Tshui präparierten Kurarepfeil vergiftet. Anschließend hatten sie die Spuren verwischt und mit Kaimandung eine falsche Fährte gelegt. Seine Geliebte hatte den Gefangenen mit Mund-zu-Mund-Beatmung am Leben erhalten, bis sie die Vergiftung im Lager mit einem speziellen Gegenmittel wieder rückgängig machte.

Tshuis wahre Talente aber hatten sich im Laufe der langen Nacht gezeigt. Ihre Folterkünste waren unübertroffen; sie marterte das Opfer mit einem hypnotischen Wechsel von Schmerz und Lust, bis sein Wille schließlich gebrochen war.

»Bitte töten Sie mich«, flehte der Mann mit krächzender Stimme; von seinen Lippen tropfte Blut.

»Bald, *mon ami* ..., zunächst aber ein paar Fragen.« Louis lehnte sich zurück, während Tshui um den Corporal herumging und das qualmende Blätterbündel schwenkte. Er bemerkte, dass der gebrochene Soldat vor der Frau zurückzuckte und jede ihrer Bewegungen mit ängstlich geweiteten Augen verfolgte.

Louis fand dies in höchstem Maße erregend, doch er ließ

sich nicht ablenken. »Zunächst möchte ich ein paar Zahlen wissen.« In den folgenden Minuten erfuhr er sämtliche Codes und Zeitpläne der Armeeeinheit. Er brauchte sie nicht zu notieren, sondern prägte sich die Frequenzen und Zahlen alle ein. Dies würde ihnen die Überwachung des gegnerischen Funkverkehrs sehr erleichtern. Alsdann machte er sich über die Bewaffnung der Ranger kundig: Anzahl und Art der Waffen, Ausbildungsstand, Schwächen, Transportkapazitäten.

Der Mann war ausgesprochen redselig. Er plapperte in einem fort und gab mehr Informationen preis, als von ihm verlangt wurden: »... Staff Sergeant Kostos hat in seinem Rucksack Whiskey versteckt ... zwei Flaschen ... und in Captain Waxmans Boot ist eine Kiste mit einer Abschussvorrichtung für kleine Napalmbomben ... und Corporal Conger hat ein Penthouse-Heft –«

Louis richtete sich auf. »Einen Moment, Monsieur. Gehen wir einen Schritt zurück. Napalmbomben?«

»Minibomben ... genau ein Dutzend Stück ...«

»Wozu das?«

Der Corporal schaute verwirrt drein.

»James«, sagte Louis Favre mahnend.

»Ich ..., ich weiß es nicht. Ich nehme an, für den Fall, dass wir ein Stück Dschungel freimachen wollen. Falls wir auf ein Hindernis stoßen sollten.«

»Wie groß wäre das Gelände, das die Bomben freimachen könnten?«

»Ich ...« Der Mann unterdrückte ein Schluchzen. »Ich bin mir nicht sicher ... vielleicht ein Morgen ... Ich weiß es nicht.«

Louis stützte die Ellbogen auf die Knie. »Sagen Sie mir auch die Wahrheit, James?« Er winkte Tshui, die, der Unterhaltung überdrüssig, im Schneidersitz dasaß und weitere Werkzeuge vor sich ausbreitete.

Auf sein Zeichen hin kroch sie wie eine Dschungelkatze auf den nackten Soldaten zu.

»Nein!«, heulte der Corporal. »Nein, mehr weiß ich nicht.«

Louis lehnte sich wieder zurück. »Soll ich Ihnen wirklich glauben?«

»Bitte ...«

»Ich denke, ich glaube Ihnen.« Er stand auf und wandte sich an seine Geliebte. »Wir sind hier fertig, *ma chérie*. Er gehört dir.«

»Nein!«, stöhnte der Mann.

»Trödle nicht herum«, sagte er zu Tshui. »Die Sonne ist aufgegangen, und wir müssen bald aufbrechen.«

Sie lächelte; ihr Blick war verschleiert von geheimen Lüsten. Als er zum Eingang trat, sah er, wie sie sich bückte und Knochennadel und Faden aus den ausgebreiteten Werkzeugen auswählte. Tshui hatte sich eine neue Methode ausgedacht, um ihre Opfer für die Schrumpfprozedur zu präparieren. Jetzt nähte sie ihnen bei lebendigem Leib die Augenlider zu. Vermutlich, um ihr Wesen zu bewahren. Die Schamanen der Shuar maßen den Augen besondere Bedeutung zu, da sie glaubten, dies seien die Pforten des Geistes.

Hinter ihm ertönte ein durchdringender Schrei.

»Tshui, vergiss den Knebel nicht«, sagte Louis vorwurfsvoll. Unwillkürlich blickte er sich um.

Tshui hockte über dem Gesicht von Corporal James, umfasste seinen Kopf mit den Schenkeln und drückte ihn damit nieder, während sie sich mit Nadel und Faden zu schaffen machte. Louis hob überrascht die Brauen. Offenbar probierte sie etwas Neues aus.

»Pardon, ma chérie«, sagte er und trat gebückt aus dem Zelt. Seine Ermahnung war unnötig gewesen. Den Knebel konnte sie sich wirklich sparen.

Tshui nähte dem Corporal bereits die Lippen zu.

Dritter Akt

Das Überleben des Stärkeren

Paranuss

Familie: *Lecythidaceae*

Gattung: *Bertholletia*

Art: *Excelsa*

Volksnamen: *Amazonenmandel, brasilianische Kastanie, Brasilnuss, Castanheiro do Para, Castana-de-Para, Castana-de-Brazil, Juvianuss, Paranuss, Tucanuss*

Genutzte Teile: *Nuss, Samenöl*

Eigenschaften/Verwendung: *Antioxidans, hautbesänftigend, Insektenabwehr, Nahrungsmittel*

8

Das Dorf

13. August, Mittag
Amazonas-Dschungel

Mit gerunzelter Stirn fing Nate das Seil auf und befestigte es an der Mangrove. »Vorsichtig!«, warnte er seine Bootskameraden. »Der Untergrund ist sumpfig. Passen Sie auf, wohin Sie treten.« Er half Kelly, über den Wulst des Schlauchboots auf einen festeren Uferstreifen zu klettern. Er selbst war bis zu den Knien eingesunken und völlig durchnässt.

Er hob das Gesicht in den Nieselregen, der aus dem bewölkten Himmel herabfiel. Nachts hatte es gestürmt, und der Platzregen war anschließend in ein stetiges Nieseln übergegangen, das seit Stunden anhielt. Das Vorankommen war bislang mühsam gewesen. Abwechselnd hatten sie mit einer Handpumpe das Bilgewasser aus dem Boot gepumpt. Nate war froh gewesen, als Captain Waxman endlich eine Rast verkündet hatte.

Nachdem er den Insassen beim Aussteigen geholfen hatte, kletterte Nate am morastigen Ufer ein Stück höher. Ringsum weinte der Dschungel, ein ständiges Tröpfeln und Strömen.

Professor Kouwe ließ sich davon nicht stören. Mit einem eilig aus Palmblättern gefertigten Rucksack stapfte er in Begleitung des durchnässten Corporal Jorgensen bereits auf der Suche nach Essbarem in den Dschungel hinein. Dem säuerlichen Gesichtsausdruck des Soldaten nach zu schließen, hatte der groß gewachsene Schwede wenig Interesse an einem Dschungeltreck. Captain Waxman aber bestand darauf, dass niemand, auch nicht der erfahrene Kouwe, allein in den Dschungel ging.

Die Stimmung war gedrückt. Die Nachricht, dass von Gerald Clarks Leichnam möglicherweise eine Ansteckungsgefahr ausging, hatte sie gestern erreicht. In Miami und rund um die Institute, an denen die Leiche untersucht wurde, hatte man Quarantänezonen eingerichtet. Zusätzlich hatte man die brasilianische Regierung informiert, die entlang des Amazonas Quarantänestationen einrichtete. Bislang galten nur Kinder, ältere Menschen und solche mit geschwächtem Immunsystem als gefährdet. Gesunde Erwachsene waren gegen den Erreger anscheinend immun. Vieles war jedoch noch unbekannt: der Erreger, die Übertragungswege, die Behandlung. In den Staaten galt am Instar Institute, wo diese Fragen untersucht wurden, Sicherheitsstufe vier.

Nate blickte Frank und Kelly an. Frank hatte den Arm um seine Schwester gelegt. Sie war noch immer blass. Ihre ganze Familie mitsamt ihrer Tochter sowie die Familien der anderen Wissenschaftler und Angestellten waren im Institut unter Quarantäne gestellt worden. Bislang zeigte keiner irgendwelche Krankheitssymptome, doch die Besorgnis stand Kelly ins Gesicht geschrieben.

Nate wandte sich taktvoll ab und ging weiter.

Der einzige Lichtblick war, dass es in den vergangenen achtundvierzig Stunden keine weiteren Verluste gegeben hatte. Seit dem Verschwinden von Corporal DeMartini vor zwei Tagen waren alle wachsam und nahmen sich Nates und Kouwes Warnungen vor den Gefahren des Dschungels zu Herzen. Bevor sie ausstiegen oder badeten, hielten sie an den flachen Stellen Ausschau nach im Schlamm verborgenen Stachelrochen und Zitteraalen. Kouwe erklärte ihnen, wie man sich vor Skorpionen und Schlangen schützte. Am

Morgen zog niemand mehr seine Stiefel an, ohne sie zuvor gründlich ausgeschüttelt zu haben.

Nate ging am Rand des Lagers entlang und hielt Ausschau nach möglichen Gefahren; nach Feuerlianen, Ameisennestern, verborgenen Schlangen. So sah jetzt ihre Routine aus.

In der Nähe des Lagers sammelten die beiden neuen Mitglieder ihres Teams, die Ersatzleute für die Opfer des Kaimans, gerade Brennholz. Beide waren erst kürzlich zu den Rangern gestoßen: Eddie Jones, ein Panzerspezialist mit einem ausgeprägten Bronx-Akzent, und, eine Überraschung, Maria Carrera, eine der ersten weiblichen Ranger. Die Spezialeinsatzkräfte hatten erst vor einem halben Jahr begonnen, Bewerbungen von Frauen entgegenzunehmen, nachdem der Kongress einen Zusatz zu Abschnitt 10 des Militärgesetzes verabschiedet hatte. Die weiblichen Rekruten waren jedoch noch von Kampfhandlungen ausgeschlossen und wurden lediglich bei Missionen wie dieser eingesetzt.

Am Morgen nach dem nächtlichen Angriff des Kaimans hatte man die beiden Soldaten vom Stützpunkt in Wauwai eingeflogen und aus einem Huey abgeseilt. Anschließend hatte man noch Kanister mit Treibstoff und weitere Vorräte herabgelassen.

Dies war die letzte Lieferung. Von jetzt an würde das Team außerhalb der Reichweite der Hueys operieren und musste daher auf Luftunterstützung verzichten. Bislang hatten sie vierhundert Meilen zurückgelegt. Jetzt konnte sie nur noch der schwarze Comanche erreichen. Auf den schlanken Kampfhubschrauber würden sie jedoch nur im Notfall zurückgreifen, etwa wenn ein Verletzter abtransportiert werden musste oder falls ein Luftangriff vonnöten war. Ansonsten waren sie ganz auf sich allein gestellt.

Als Nate seinen Rundgang beendet hatte, ging er zum

Lager zurück. Corporal Conger beugte sich gerade über ein Reisigbündel. Mit einem Streichholz versuchte er, das darunter aufgehäufte Laub anzuzünden. Das vom Hüttendach herabtropfende Wasser löschte jedoch die Flamme. »Verdammt!«, fluchte der junge Texaner und schleuderte das Streichholz angewidert weg. »Alles ist scheißnass. Ich sollte vielleicht eine Magnesiumfackel anbrechen und das Feuer damit anzünden.«

»Heben Sie sich die besser für Wichtigeres auf«, wies Captain Waxman ihn an. »Notfalls gibt es halt kaltes Essen.«

Manny stöhnte. Er war durchnässt bis auf die Haut. Nur Tor-tor wirkte noch deprimierter als er. Der Jaguar stapfte bedrückt hinter seinem Herrn her, das Fell tropfnass, mit hängenden Ohren. Nichts sah jämmerlicher aus als eine nasse Katze, selbst dann, wenn sie hundert Kilo wog.

»Vielleicht kann ich Ihnen helfen«, sagte Nate und zog damit einige Blicke auf sich.

»Ich kenne einen alten Indianertrick.«

Er ging wieder in den Wald und suchte nach einem speziellen Baum, der ihm bei seinem Rundgang aufgefallen war. Manny und Captain Waxman folgten ihm. Kurz darauf hatte er den kleinen Baum mit der charakteristischen rauen, grauen Rinde gefunden. Er zog die Machete aus der Scheide und ritzte die Rinde. Ein dickes, braunrotes Harz sickerte heraus. Er berührte den Saft und hielt Waxman den Finger unter die Nase.

Der Captain schnupperte daran. »Riecht wie Terpentin.«

Nate klopfte gegen den Baumstamm. »Das ist ein Kopalbaum, abgeleitet vom aztekischen Wort für Harz, *copalli*. Bäume dieser Familie findet man überall in den Regenwäldern Mittel- und Südamerikas. Er wird für verschiedene Zwecke verwendet: zur Wundheilung, zur Behandlung von Diarrhöe und zur Linderung von Erkältungssymptomen. Sogar in der modernen Zahnheilkunde.«

»In der Zahnheilkunde?«, fragte Manny.

Nate reckte den klebrigen Finger. »Wenn Sie schon mal eine Füllung bekommen haben, dann haben Sie auch das Zeug im Mund.«

»Und was haben wir davon?«, fragte Waxman.

Nate kniete sich hin und wühlte am Fuß des Baums im Laub. »Kopal ist reich an Kohlenwasserstoffen. Kürzlich wurde es sogar auf seine Eignung als Treibstoff untersucht. Mit Kopal läuft der Motor runder und effizienter als mit Benzin.« Nate hatte das Gesuchte gefunden. »Den Indianern ist diese Eigenschaft allerdings schon seit einer Ewigkeit bekannt.«

Nate richtete sich auf, in der Hand einen faustgroßen gehärteten Harzklumpen. »Könnte ich ein Streichholz haben?«

Captain Waxman nahm eins aus einer wasserdichten Schachtel.

Nate strich das Streichholz an der Rinde an und hielt die Flamme an eine Ecke des Harzklumpens. Der entzündete sich mit blassblauer Flamme. Sie gingen zurück zum Lager. »Die indianischen Jäger verwenden das Harz seit Jahrhunderten dazu, bei Regen Lagerfeuer anzuzünden. Es brennt stundenlang und vermag selbst feuchtes Holz zu entzünden.«

Auch andere Teammitglieder wurden auf die Flamme aufmerksam. Kelly trat zu ihnen, als Nate den Harzklumpen zwischen Laub und Zweige bettete. Kurz darauf fingen Zunder und Holz Feuer. Flammen loderten empor.

»Gut gemacht«, sagte Frank und wärmte sich sogleich die Hände.

Nate bemerkte, dass Kelly ihn mit dem Anflug eines Lächelns um die Lippen ansah. Es war ihr erstes Lächeln seit vierundzwanzig Stunden.

Nate räusperte sich. »Mir brauchen Sie nicht zu danken«, murmelte er. »Bedanken Sie sich bei den Indianern.«

»Dazu könnten wir bald Gelegenheit haben«, meinte hinter ihnen Kouwe.

Alle drehten sich um.

Der Professor und Corporal Jorgensen näherten sich ihnen.

»Wir haben ein Dorf entdeckt«, verkündete Jorgensen aufgeregt. Er zeigte in die Richtung, in der sie nach Essbarem gesucht hatten. »Bloß eine Viertelmeile flussaufwärts. Es ist verlassen.«

»Zumindest scheint es so«, bemerkte Kouwe mit einem viel sagenden Blick auf Nate.

Nate machte große Augen. *Waren das die Indianer, die sich auf ihre Spur gesetzt hatten?* In ihm keimte Hoffnung auf. Er hatte schon befürchtet, der Regen könnte Gerald Clarks Spuren verwischen. Das gegenwärtige Unwetter war erst ein Vorbote der Regenzeit. Die Zeit wurde allmählich knapp. *Aber jetzt ...*

»Wir sollten uns dort gleich mal umschauen«, sagte Captain Waxman. »Zunächst aber möchte ich, dass das Dorf von drei Rangern untersucht wird.«

Kouwe hob den Arm. »Es wäre besser, wenn wir uns den Indianern weniger aggressiv nähern würden. Mittlerweile wissen sie, dass wir hier sind. Ich glaube, das ist auch der Grund, weshalb das Dorf verlassen ist.«

Captain Waxman setzte zu einer Entgegnung an, doch Frank kam ihm zuvor. »Was schlagen Sie vor?«

Kouwe wies mit dem Kinn auf Nate. »Lassen Sie uns beide vorausgehen – und zwar allein.«

»Auf keinen Fall!«, platzte Waxman heraus. »Ich lasse Sie nicht schutzlos gehen.«

Frank nahm die Baseballkappe ab und wischte sich über die Stirn. »Ich finde, wir sollten auf den Professor hören.

Wenn wir mit schwer bewaffneten Soldaten ins Dorf einfallen, würden es die Indianer bloß mit der Angst bekommen. Wir sind auf ihre Unterstützung angewiesen. Allerdings teile ich Captain Waxmans Bedenken.«

»Dann nehmen wir halt einen Ranger mit«, sagte Nate. »Aber er lässt das Gewehr geschultert. Die Indianer leben zwar abgelegen, aber Gewehre kennen sie vermutlich.«

»Ich würde gern mitkommen«, sagte Anna Fong. Das lange schwarze Haar klebte der Anthropologin an Gesicht und Schultern. »In Begleitung einer Frau würde die Gruppe weniger bedrohlich wirken. Wer Indianerdörfer überfällt, hat keine Frauen dabei.«

Nate nickte. »Dr. Fong hat Recht.«

Captain Waxman schaute finster drein; offenbar konnte er sich mit der Vorstellung, Zivilisten den Vortritt zu lassen, nicht recht anfreunden.

»Dann sollte ich wohl zu ihrem Schutz mitgehen.« Alle richteten ihre Blicke auf Private Carrera. Sie war eine Schönheit, eine dunkelhäutige Latina mit kurz geschorenem schwarzen Haar. Sie wandte sich Captain Waxman zu. »Sir, wenn Frauen als weniger bedrohlich angesehen werden, wäre ich am besten für die Mission geeignet.«

Widerstrebend erklärte sich Waxman einverstanden. »In Ordnung. Einstweilen verlasse ich mich auf Professor Kouwes Einschätzung. Die übrigen Soldaten werden sich allerdings in hundert Metern Entfernung in Bereitschaft halten. Außerdem halten wir Funkkontakt.«

Frank blickte Nate und Kouwe fragend an.

Die beiden Männer nickten.

Frank räusperte sich. »Also, dann los.«

Kelly beobachtete, wie sich das Lager in verschiedene Fraktionen aufspaltete. Nate, Kouwe, Anna Fong und Private Carrera legten bereits mit dem Schlauchboot ab, während

Captain Waxman drei Männer aussuchte und mit ihnen in ein zweites Schlauchboot stieg. Sie beabsichtigten, hundert Meter hinter dem ersten Boot herzupaddeln, um im Notfall rasch eingreifen zu können. Drei weitere Ranger sollten sich dem Dorf unter Corporal Jorgensens Kommando auf dem Landweg nähern. Auch sie sollten hundert Meter vom Dorf entfernt Position beziehen. Zu Tarnzwecken bemalten sie sich die Gesichter.

Manny hatte versucht, sich dieser Gruppe anzuschließen, bekam von Captain Waxman jedoch eine Abfuhr. »Die übrigen Zivilisten bleiben hier.«

Als das geregelt war, konnte Kelly den anderen bloß nachschauen. Zwei Ranger – die beiden Nachrücker Private Eddie Jones und Corporal Tom Graves – blieben zur Bewachung des Lagers zurück. Als die anderen weg waren, hörte Kelly, wie Jones sich Graves gegenüber beklagte: »Womit haben wir das verdient, dass wir auf die blöden Schafe aufpassen müssen?«

Kelly gesellte sich zu Frank. Als nomineller Expeditionsleiter hätte ihr Bruder das Recht gehabt, sich einer der beiden Erkundungsgruppen anzuschließen, hatte es jedoch vorgezogen, im Lager zu bleiben – nicht aus Angst, das wusste sie, sondern aus Sorge um seine Zwillingsschwester.

»Olin hat die Satellitenverbindung hergestellt«, sagte Frank und legte den Arm um seine Schwester. »Wenn du bereit bist, können wir jetzt mit Amerika sprechen.«

Sie nickte. Olin saß nicht weit vom Feuer unter einer Persenning, vor sich einen Laptop und eine Satellitenschüssel. Er tippte eifrig, das Gesicht vor Konzentration ganz zerknautscht. Richard Zane sah ihm dabei über die Schulter.

Schließlich nickte Olin ihnen zu. »Alles bereit«, sagte er. Kelly bemerkte seinen schwachen russischen Akzent. Wenn man nicht darauf achtete, war er leicht zu überhören. Olin hatte vor dem Sturz des kommunistischen Regimes der

KGB-Abteilung für Computerüberwachung angehört. Wenige Monate vor dem Fall der Berliner Mauer war er in die Staaten desertiert. Aufgrund seiner Ausbildung und seiner Kenntnis der russischen Rechnersysteme hatte er eine von geringer Geheimhaltungsstufe betroffene Anstellung bei der Abteilung für Wissenschaft und Technik der CIA bekommen.

Frank geleitete Kelly zu einem Klappstuhl mit einem Laptop davor. Seit sie von der Ansteckungsgefahr wussten, bestand Kelly darauf, zweimal täglich Verbindung mit den Staaten aufzunehmen. Sie gab vor, beide Seiten auf dem Laufenden halten zu wollen, in Wirklichkeit aber ging es ihr darum, zu erfahren, ob mit ihrer Familie noch alles in Ordnung war. Mit ihrer Mutter, ihrem Vater, ihrer Tochter. Alle drei befanden sich unmittelbar am Ort des Geschehens.

Kelly nahm auf dem Klappstuhl Platz und beobachtete aus den Augenwinkeln den beiseite tretenden Olin. In der Gegenwart dieses Mannes fühlte sie sich stets unwohl. Vielleicht weil er dem KGB angehört hatte und ihr Vater bei der CIA gewesen war. Vielleicht lag es aber auch an dem Narbenwulst, der sich vom Ohr bis zum Hals zog. Olin hatte erklärt, er sei bloß ein Computerfreak gewesen, der für den KGB gearbeitet habe. Aber woher hatte er dann die Narbe?

Olin zeigte auf den Bildschirm. »In dreißig Sekunden sollte die Verbindung stehen.«

Kelly beobachtete, wie der kleine Timer auf dem Monitor die Sekunden herunterzählte. Als er bei Null angekommen war, erschien das Gesicht ihres Vaters auf dem Bildschirm. Er hatte die Krawatte gelockert und trug kein Jackett.

»Du siehst aus wie eine nasse Ratte«, waren seine ersten Worte.

Kelly fasste sich lächelnd ans nasse Haar. »Die Regenzeit hat begonnen.«

»Das sehe ich.« Ihr Vater erwiderte ihr Grinsen. »Wie läuft's bei euch?«

Frank beugte sich in den Erfassungsbereich der kleinen Kamera vor. Er berichtete kurz von ihrer Entdeckung.

Kelly lauschte derweil auf das Brummen von Nates Außenborder. Das Wasser und das überhängende Laubwerk hatten eine eigentümliche Akustik zur Folge. Es hörte sich an, als ob das Boot ganz in der Nähe wäre, dann brach das Geräusch auf einmal ab. Offenbar hatte es das Dorf erreicht.

»Pass gut auf deine Schwester auf, Frank«, sagte ihr Vater abschließend.

»Wird gemacht, Sir.«

Jetzt war Kelly an der Reihe. »Wie geht es Mutter und Jessie?«, fragte sie, die Hände auf dem Schoß zu Fäusten geballt.

Ihr Vater lächelte beruhigend. »Beide strotzen vor Gesundheit. Wie wir alle. Das ganze Institut. Bislang wurden in dem Bereich keine Krankheitsfälle gemeldet. Die Ansteckungsmöglichkeiten wurden unterbunden, und der Westflügel des Instituts wurde in ein Notlager für die Familien umgewandelt. Da so viele MEDEA-Angehörige hier sind, haben wir rund um die Uhr ärztliche Versorgung.«

»Wie kommt Jessie damit klar?«

»Sie ist sechs Jahre alt«, meinte er achselzuckend. »Anfangs war sie ein bisschen verängstigt, weil sie sich entwurzelt fühlte. Mittlerweile hat sie jede Menge Spaß mit den Kindern der anderen Beschäftigten. Aber warum fragst du sie nicht selbst?«

Kelly straffte sich ein wenig, als ihre Tochter ins Bild kam und ihr mit ihrem kleinen Händchen zuwinkte. »Hi, Mommy!«

Tränen traten Kelly in die Augen. »Hi, Schatz. Geht's dir gut?«

Ihre Tochter nickte heftig und kletterte ihrem Großvater auf den Schoß. »Heute gab's Schokoladekuchen, und ich bin auf einem Pony geritten!«

Ihr Vater lachte leise auf und sprach über ihren Kopf hinweg. »Innerhalb der Quarantänezone liegt eine kleine Farm. Heute haben sie ein Pony hergebracht und die Kinder reiten lassen.«

»Das klingt lustig, Schatz. Ich wünschte, ich wär bei dir.«

Jessie rutschte ungeduldig auf dem Schoß ihres Großvaters herum. »Weißt du was? Morgen kommt ein Clown und macht Tiere aus Luftballons.«

»Dr. Emory von der Histopathologie«, flüsterte Kellys Vater. »Er versteht seine Sache wirklich gut.«

»Ich werd ihn bitten, mir einen Affen zu machen«, sagte Jessie.

»Das ist toll.« Kelly beugte sich vor, verschlang das Bild ihres Vaters und ihrer Tochter mit den Augen.

Nachdem sie sich noch eine Weile über Ponys und Clowns unterhalten hatten, stellte Jessies Großvater sie wieder auf den Boden. »Es wird allmählich Zeit, dass Ms. Gramercy dich in deine Klasse zurückbringt.«

Jessie zog eine Schnute, gehorchte jedoch.

»Bye, Schatz!«, rief Kelly. »Ich hab dich lieb!«

Jessie winkte mit dem ganzen Arm. »Bye, Mommy! Bye, Onkel Frank!«

Kelly hätte am liebsten den Monitor gestreichelt.

Als Jessie verschwunden war, verdüsterte sich die Miene von Kellys Vater. »Nicht alle Neuigkeiten sind so angenehm.«

»Was gibt's denn?«, fragte Kelly.

»Das ist der Grund, weshalb deine Mutter nicht hier ist. Während hier alles unter Kontrolle zu sein scheint, breitet sich die Epidemie in Florida aus. Im Laufe der Nacht wurden aus Krankenhäusern in Miami sechs neue Fälle gemeldet sowie ein weiteres Dutzend aus der näheren Umgebung. Die Quarantänezone wird ausgeweitet, aber wir befürchten, dass wir das Gebiet nicht mehr rechtzeitig sichern können. Deine Mutter überwacht mit anderen zusammen die eintreffenden Meldungen.«

»Mein Gott!«, sagte Kelly.

»In den letzten zwölf Stunden ist die Zahl der Erkrankungen auf zweiundzwanzig angestiegen. Bislang gab es zwölf Tote. Die besten Epidemiologen des Landes gehen davon aus, dass sich die Zahlen alle zwölf Stunden verdoppeln werden. Am Lauf des Amazonas gibt es bereits über fünfhundert Tote.«

Als Kelly eine Überschlagsrechnung anstellte, erbleichte sie. Frank krallte die Finger in ihre Schulter. In wenigen Tagen würden in Amerika Zehntausende erkrankt sein.

»Der Präsident hat soeben in Florida die Nationalgarde mobilisiert. Offiziell handelt es sich um eine virulente südamerikanische Grippe. Die Details werden unter Verschluss gehalten.«

Kelly lehnte sich zurück, als könnte sie auf diese Weise Distanz zu dem Grauen schaffen. »Wurde schon eine Behandlungsmethode gefunden?«

»Bis jetzt noch nicht. Antibiotika und Antivirenmittel sind anscheinend wirkungslos. Wir können lediglich die Symptome behandeln – mit Transfusionen, Fieber senkenden Mitteln und Analgetika. Solange wir nicht wissen, womit wir es zu tun haben, kämpfen wir auf verlorenem Posten.« Ihr Vater beugte sich dichter an die Kamera. »Deshalb ist euer Beitrag von entscheidender Bedeutung. Wenn ihr herausfinden könnt, was mit Agent Clark geschehen ist, findet ihr vielleicht auch einen Hinweis auf den Krankheitserreger.«

Kelly nickte.

Frank ergriff das Wort, seine Stimme ein raues Flüstern. »Wir werden unser Bestes tun.«

»Dann will ich euch nicht länger aufhalten.« Ihr Vater verabschiedete sich und unterbrach die Verbindung.

Kelly blickte ihren Bruder an. Flankiert wurde er von Manny und Richard Zane.

»Was haben wir getan?«, fragte Manny. »Vielleicht hätten wir auf den Schamanen von Wauwai hören und Clarks Leichnam verbrennen sollen.«

Zane schüttelte den Kopf und murmelte: »Das hätte auch nichts geändert. Irgendwann wäre die Krankheit aus dem Dschungel ausgebrochen. Ebenso wie Aids.«

»Was wollen Sie damit sagen?«, fragte Kelly und drehte sich um.

»Aids brach nach dem Bau einer Schnellstraße im afrikanischen Dschungel aus. Wir stören diese uralten Ökosysteme, ohne zu wissen, was wir dabei anrichten.«

Kelly stand auf. »Dann liegt es an uns, eine Lösung zu finden. Vielleicht hat der Dschungel ja tatsächlich Aids hervorgebracht, aber er bietet auch die wirksamsten Mittel zur Behandlung der Krankheit. Und wenn diese neue Krankheit ebenfalls aus dem Dschungel stammt, wieso sollten wir dann hier nicht auch ein Heilmittel entdecken?«

»Dazu müssen wir es erst einmal finden«, meinte Zane.

Mannys Jaguar begann auf einmal zu knurren. Die Raubkatze drehte sich um, duckte sich und legte die Ohren an, den Blick in den Dschungel gerichtet.

»Was hat er?«, fragte Zane und wich einen Schritt zurück.

Manny betrachtete das Blättergewirr aus zusammengekniffenen Augen, während Tor-tor weiterhin knurrte. »Er hat etwas gewittert ... da ist irgendwas.«

Nate näherte sich über den schmalen Pfad dem kleinen Indianerdorf, das aus einem einzelnen großen, in der Mitte nach oben hin offenen Rundhaus bestand. Keines der üblichen Geräusche drang aus dem *Shabano* hervor. Keine streitenden *Huyas*, keine Frauen, die nach mehr Paradiesfeigen verlangten, kein Kinderlachen. Es herrschte eine unheimliche, beunruhigende Stille.

»Das Dorf ist eindeutig von Yanomami erbaut worden«, meinte Nathan leise zu Kouwe und Anna Fong. »Aber es ist klein. Hat wahrscheinlich nicht mehr als dreißig Bewohner.«

Hinter ihnen marschierte Private Carrera, das M-16 mit beiden Händen haltend, die Mündung auf den Boden gerichtet.

Anna musterte das *Shabano* mit großen Augen.

Als sie durch die niedrige Öffnung ins eigentliche Dorf treten wollte, hielt Nate sie zurück. »Waren sie schon mal bei den Yanomami?«

Anna schüttelte den Kopf.

Nate legte die Hände trichterförmig an den Mund. *»Klock, klock, klock!«*, rief er. In leiserem Ton erklärte er Anna: »Ob verlassen oder bewohnt, wenn man ein Yanomami-Dorf betritt, sollte man sich anmelden, sonst läuft man Gefahr, einen Pfeil in den Rücken zu bekommen. Die schießen gern, bevor sie Fragen stellen.«

»Hab nichts dagegen einzuwenden«, murmelte hinter ihnen Carrera.

Sie warteten eine volle Minute, dann meldete sich Kouwe zu Wort. »Niemand da.« Er schwenkte den Arm. »Keine Kanus am Fluss, keine Netze oder sonstige Ausrüstung zum Fischen. Keine *Yebis*, die Alarm schlagen würden.«

»*Yebis?*«, wiederholte die Soldatin.

»Der grauflüglige Trompetervogel«, erklärte Nate. »Eigentlich ein hässliches Huhn. Die Indianer verwenden sie als gefiederte Wachhunde. Wenn sich ein Fremder nähert, veranstalten sie einen Höllenlärm.«

Carrera nickte. »Also keine Hühner, keine Indianer.« Sie drehte sich langsam im Kreis, musterte den umliegenden Urwald. »Lassen Sie mich vorangehen.«

Sie hob die Waffe an, hielt nahe des niedrigen Eingangs inne. Dann bückte sie sich und streckte den Kopf hindurch. Nach einer Weile trat sie durch den von Bambusstäben eingefassten Eingang, drückte sich an die Wand aus Bananenblättern und rief den anderen zu: »Alles sauber. Aber halten Sie sich dicht bei mir.«

Carrera rückte in die Mitte des Rundhauses vor. Die Waffe hielt sie schussbereit, zielte mit der Mündung jedoch auf den Boden, wie Nate es ihr geraten hatte. Bei den Yanomami galt ein angelegter und auf einen Stammesgenossen gezielter Pfeil als Kriegserklärung. Da Nate nicht wusste, wie gut sich die Indianer mit modernen Waffen auskannten, wollte er Missverständnissen vorbeugen.

Nate, Kouwe und Anna betraten gemeinsam das *Shabano*.

Die einzelnen Wohneinheiten waren voneinander durch Vorhänge aus Tabakblättern abgetrennt, an denen Flaschenkürbisse und Körbe aufgehängt waren. Geflochtene Hängematten waren an den Dachbalken befestigt. In der Mitte lagen zwei umgekippte Steinschüsseln neben einem Mahlstein. Maniokmehl war auf den Boden verschüttet.

Als plötzlich ein bunter Papagei von einem Stapel brauner Bananen aufflog, schreckten alle zusammen.

»Das gefällt mir nicht«, sagte Kouwe.

Nate nickte zustimmend.

»Warum nicht?«, fragte Carrera.

»Wenn die Yanomami an einen anderen Ort ziehen, verbrennen sie das alte *Shabano* oder nehmen zumindest sämtliche nützlichen Gegenstände mit. Schauen Sie sich nur mal die Körbe, die Hängematten und die Federsammlung an. Das haben sie bestimmt nicht freiwillig zurückgelassen.«

»Was mag sie veranlasst haben, so überstürzt aufzubrechen?«, fragte Anna.

Kouwe schüttelte bedächtig den Kopf. »Irgendetwas muss sie in Panik versetzt haben.«

»Wir vielleicht?« Anna blickte sich um. »Glauben Sie, sie wussten, dass wir kommen?«

»Wenn sie hier gewesen wären, hätten sie unsere Annäherung sicherlich bemerkt. Sie passen immer gut auf. Aber ich glaube nicht, dass wir für die plötzliche Räumung des *Shabano* verantwortlich sind.«

»Wie kommen Sie darauf?«, fragte Nate.

Kouwe schritt an den Wohnungen entlang. »Sämtliche Feuerstellen sind kalt.« Mit dem Fuß stieß er den Bananenstapel an, an dem der Papagei gefressen hatte. »Die sind schon verdorben. Die Yanomami hätten sie nicht verkommen lassen.«

Das sah Nate ein. »Dann glauben Sie also, das Dorf wurde schon vor einer ganzen Weile aufgegeben.«

»Vor etwa einer Woche, würde ich schätzen.«

»Wo sind sie wohl hingegangen?«, fragte Anna.

Kouwe drehte sich langsam im Kreis. »Das ist schwer zu sagen, aber es gibt noch ein bemerkenswertes Detail.«

Nate musterte stirnrunzelnd die Behausungen. Dann dämmerte es auch ihm. »Sämtliche Waffen sind verschwunden.« Unter den zurückgelassenen Gerätschaften war kein einziger Pfeil, kein Bogen, kein Stock und keine Machete zu finden.

»Was immer sie vertrieben haben mag«, meinte Kouwe, »es hat ihnen einen Mordsschreck eingejagt.«

Private Carrera trat zu ihnen. »Wenn Sie Recht haben und das Dorf ist schon längere Zeit verlassen, dann sollte ich jetzt meine Einheit herrufen.«

Kouwe nickte.

Sie entfernte sich ein Stück weit und sprach halblaut ins Funkgerät.

Kouwe winkte Nate beiseite. Anna untersuchte derweil eine der Behausungen und wühlte in den zurückgelassenen Gerätschaften.

»Die Leute, die uns verfolgt haben«, flüsterte Kouwe, »das waren keine Yanomami.«

»Wer dann?«

»Eine andere Gruppe ... Ich bin mir nicht mal sicher, ob es überhaupt Indianer waren. Ich glaube, es ist an der Zeit, Frank und Captain Waxman einzuweihen.«

»Glauben Sie, dieselben Leute, die die Indianer aufgeschreckt haben, sind jetzt hinter uns her?«

»Ich bin mir nicht sicher, aber wenn die Yanomami sogar ihr Dorf räumen, dann sollten wir ebenfalls auf der Hut sein.«

Mittlerweile hatte der Nieselregen aufgehört. Die Wolkenbänke rissen auf und die Strahlen der Nachmittagssonne drangen durch den Dunst.

In der Ferne ertönte Motorengeräusch. Captain Waxman kam mit seinen Rangern nach.

»Meinen Sie wirklich, wir sollten es ihnen sagen?«

Ehe Kouwe antworten konnte, gesellte sich Anna zu ihnen. Sie zeigte nach Süden. »Schauen Sie sich nur mal die vielen Vögel an!«

Nate blickte in die Richtung, in die sie zeigte. Jetzt, da der Regen aufgehört hatte, stiegen zahlreiche Vögel aus dem Blätterdach auf, um ihre Flügel zu trocknen und wieder nach Nahrung zu suchen. In einer halben Meile Entfernung aber stieg ein ganzer Schwarm dunkler Vögel auf, wie ein dunkler Nebel. Es waren Tausende.

Mein Gott. Nate näherte sich Private Carrera. »Geben Sie mir bitte mal Ihr Fernglas.«

Auch die Rangerin hatte den Blick auf den seltsamen Tanz schwarzer Vögel gerichtet. Sie zog ein kompaktes Fernglas aus der Feldjacke und reichte es Nate. Mit angehaltenem Atem spähte er hindurch. Es dauerte eine Weile, bis er die Vögel scharf gestellt hatte. Dann sah er, dass es große und kleine Vögel waren. Doch alle hatten eine Gemeinsamkeit.

»Geier«, sagte Nate und senkte das Fernglas.

Kouwe trat näher. »So viele ...«

»Truthahngeier, Gelbköpfe, sogar Königsgeier.«

»Das sollten wir uns mal genauer anschauen.« In seinen Augen spiegelte sich ihrer aller Besorgnis wider. Die verschwundenen Indianer ... die Geier ... Das war ein schlechtes Zeichen.

»Erst wenn die Soldaten hier sind«, meinte Private Carrera.

Das Motorengebrumm kam näher, dann brach es auf einmal ab. Kurz darauf betraten Captain Waxman und weitere drei Ranger das *Shabano*. Private Carrera setzte sie eilig ins Bild.

»Ich habe die übrigen Ranger im Lager zurückgelassen«, sagte Captain Waxman. »Sie werden alle Zivilisten dort sammeln. In der Zwischenzeit erkunden wir die Umgebung.« Er wählte drei Ranger aus: Private Carrera, Corporal Conger und Staff Sergeant Kostos.

»Ich würde gern mitkommen«, sagte Nate. »Keiner kennt sich im Dschungel so gut aus wie ich.«

Nach kurzem Zögern seufzte Captain Waxman. »Meinetwegen.« Den anderen winkte er ab. »Halten Sie Funkkontakt.«

Als sie aufbrachen, hörte Nate, wie Kouwe sich an Waxman wandte. »Captain, es gibt da etwas, das Sie wissen sollten ...«

Nate trat gebückt durch den Eingang des *Shabano*, froh

darüber, bei der Unterredung nicht zugegen zu sein. Captain Waxman würde nicht erfreut sein, wenn er erfuhr, dass er und Kouwe ihn nicht über die nächtlichen Beobachter informiert hatten. Nate war heilfroh, die Erklärungen dem wortgewandten Professor überlassen zu können.

Im Wald übernahmen die beiden Soldaten, Conger und Kostos, die Führung, während Private Carrera die Nachhut bildete.

Sie eilten im Laufschritt durch den feuchten Wald, wobei sie aufpassen mussten, nicht im Morast und auf der dichten nassen Laubschicht auszurutschen. Ein kleiner Bach, der dem Fluss zustrebte, verlief in dieselbe Richtung. Am Ufer führte ein Pfad entlang, auf dem sie besser vorankamen.

Nate bemerkte Fußspuren. Alte Fußspuren, nahezu verwischt vom Regen. *Fußabdrücke.* Er machte Private Carrera darauf aufmerksam. »Die Indianer müssen hier geflohen sein.«

Der Erkundungstrupp folgte weiter dem Bachlauf. Trotz des scharfen Tempos hielt Nate mit den Rangern an der Spitze Schritt. Im Wald herrschte eine ungewöhnliche, nahezu unheimliche Stille. Auf einmal bedauerte Nate, seine Waffe im Lager zurückgelassen zu haben.

Er war so damit beschäftigt, auf verborgene Gefahren zu achten, dass er es beinahe übersehen hätte. Mit einem erstickten Ausruf hielt er unvermittelt an.

Private Carrera wäre um ein Haar gegen ihn geprallt. »Verdammt. Sagen Sie doch rechtzeitig Bescheid.«

Die beiden anderen Ranger hatten nicht bemerkt, dass sie angehalten hatten, und gingen weiter.

»Müssen Sie mal verschnaufen?«, fragte Carrera mit spielerischem Vorwurf in der Stimme.

»Nein«, erwiderte Nate schwer atmend. »Schauen Sie.«

An einem Zweig war ein durchnässter gelber Stofffetzen

aufgespießt. Er war klein, etwa halb so groß wie eine Spielkarte, und in etwa quadratisch. Nathan riss ihn ab.

»Was ist das?« Carrera blickte ihm über die Schulter. »Stammt das von den Indianern?«

»Unwahrscheinlich.« Er betastete das Material. »Ich glaube, das ist Polyester. Ein synthetisches Gewebe.« Er untersuchte den Zweig, an dem der Fetzen befestigt gewesen war. Er war abgeschnitten worden, nicht abgeknickt. Als er das Ende untersuchte, bemerkte er in der Rinde seltsame Zeichen. »Was ist denn das?«

Er wischte das Regenwasser ab. »Mein Gott ...«

»Was ist denn?«

Nathan trat beiseite. In den Baumstamm war eine Nachricht eingeritzt.

Private Carrera stieß einen leisen Pfiff aus und beugte sich vor. »Das G und das C da unten ...«

»Gerald Clark«, beendete Nate an ihrer Stelle den Satz. »Er hat das signiert. Der Pfeil gibt wohl die Richtung an, aus der er gekommen ist ... oder zumindest die Richtung zum nächsten Zeichen.«

Carrera sah auf den Kompass, den sie am Arm trug. »Südwesten. Der Pfeil zeigt in die richtige Richtung.«

»Aber was bedeuten die Zahlen? Siebzehn und fünf.«

Die Rangerin legte die Stirn in Falten. »Vielleicht ein Datum, in militärischer Schreibweise. Erst der Tag, dann der Monat.«

»Dann hieße das also siebzehnter Mai? Das war vor fast drei Monaten.« Nate wandte sich zu ihr um, doch Carrera bedeutete ihm mit erhobener Hand, still zu sein. Mit der anderen Hand rückte sie ihren Ohrhörer zurecht.

Sie sprach ins Funkgerät. »Verstanden. Wir sind schon unterwegs.«

Nate hob fragend die Brauen.

»Conger und Kostos«, sagte sie. »Sie haben Leichen entdeckt.«

Nates Magen krampfte sich zusammen.

»Kommen Sie«, sagte Carrera steif. »Die beiden wollen wissen, was Sie davon halten.«

Nate nickte und ging weiter. Private Carrera berichtete dem Captain währenddessen von ihrer Entdeckung.

Nate wurde bewusst, dass er noch immer den gelben Stofffetzen in der Hand hielt. Gerald Clark war barfuß aus dem Dschungel aufgetaucht, mit einer Hose als einzigem Kleidungsstück. Hatte er vielleicht sein Hemd in Fetzen gerissen, um den Weg zu markieren? Wie bei einer Schnitzeljagd?

Nate rieb den Fetzen zwischen den Fingern. Nach vier Jahren war dies der erste handfeste Hinweis darauf, dass zumindest einige aus dem Team seines Vater überlebt haben könnten. Bislang hatte Nate keine Hoffnung mehr gehabt, dass sein Vater am Leben sein könnte. Er hatte sich sogar geweigert, diese Möglichkeit auch nur in Betracht zu ziehen. Nicht nach so langer Zeit, nachdem er sich mit dem Tod seines Vaters bereits abgefunden hatte. Seinen Vater ein zweites Mal zu verlieren, würde er nicht ertragen. Nate starrte den Stofffetzen noch einen Moment an, dann steckte er ihn in die Tasche.

Als er weiterging, fragte er sich, ob hier noch mehr solche Zeichen angebracht waren. Eines stand jedenfalls fest: Er würde die Suche so lange fortsetzen, bis er die Wahrheit ans Licht gebracht hatte.

Hinter ihm fluchte Carrera.

Nathan blickte sich um. Carrera hatte Mund und Nase bedeckt. Jetzt erst bemerkte Nate den Geruch. Verwesungsgestank.

»Hier drüben!«, rief jemand. Es war Staff Sergeant Kostos. Der ältere der beiden Ranger hatte zehn Meter weiter angehalten. Mit seinem Tarnanzug verschmolz er beinahe mit der gesprenkelten Umgebung.

Nate ging zu ihm und schreckte vor dem grauenhaften Anblick zurück.

»Allmächtiger«, keuchte hinter ihm Carrera.

Corporal Conger, der junge Texaner, stand ein Stück weiter inmitten der Opfer des Gemetzels, ein Taschentuch vors Gesicht gepresst. Mit dem M-16 wehrte er Geier ab, die ihn wie Schmeißfliegen umschwärmten.

Überall lagen Leichen: auf dem Pfad, im Wald, einige zur Hälfte im Wasser. Männer, Frauen, Kinder. Offenbar sämtliche Bewohner des Dorfes, doch das ließ sich nicht mit Sicherheit sagen. Die Gesichter waren weggefressen, die Gliedmaßen bis auf die Knochen abgenagt, die Eingeweide aus den Bäuchen herausgerissen. Die Aasfresser hatten gründliche Arbeit geleistet und den Rest den Fliegen, anderen Insekten sowie den Würmern überlassen. Lediglich aus der Körpergröße ging hervor, dass es sich um Yanomami handelte, die verschwundenen Dorfbewohner.

Nathan schloss die Augen. Er dachte an die Indianer, mit denen er in der Vergangenheit gearbeitet hatte: an die kleine Tama, den großmütigen Takaho. Plötzlich rannte er ein Stück beiseite und beugte sich über den Fluss. Er würgte, erbrach sich ins dahinströmende Wasser, das angeschwollen war vom Regen. In dieser Haltung verharrte er, die Hände auf die Knie gestützt und schwer atmend.

Hinter ihm blaffte Kostos: »Wir haben nicht den ganzen

Tag Zeit, Rand. Was, glauben Sie, ist hier passiert? Wurden sie von einem anderen Stamm überfallen?«

Nate konnte sich nicht bewegen, denn auf seinen Magen war kein Verlass.

Private Carrera legte ihm mitfühlend die Hand auf die Schulter. »Je mehr wir uns beeilen«, meinte sie leise, »desto eher kommen wir hier weg.«

Nathan nickte, atmete noch einmal tief durch und kletterte wieder zum Ort des Gemetzels hoch. Er musterte das Gelände aus einigen Schritten Abstand, dann ging er näher heran.

»Was meinen Sie?«, fragte Carrera.

Nate schluckte Magensaft. »Sie sind bei Nacht geflüchtet.«

»Wie kommen Sie darauf?«, fragte Kostos.

Nate blickte den Sergeant an, dann stieß er mit dem Fuß einen Stock an, der neben einer der Leichen lag. »Eine Fackel. Am Ende verkohlt. Die Dorfbewohner sind bei Nacht geflüchtet.« Er ließ den Blick über die Leichen schweifen, nahm das Muster des Gemetzels in sich auf. »Als der Angriff erfolgte, versuchten die Männer, die Frauen und Kinder zu schützen. Die Frauen bildeten die zweite Verteidigungslinie. Sie versuchten, mit den Kindern wegzulaufen.« Nate zeigte auf einen weiblichen Leichnam etwas weiter im Wald. In den Armen der Frau lag ein totes Kind. Er wandte sich ab.

»Der Angriff erfolgte vom anderen Flussufer aus«, fuhr Nate fort. Mit zitternder Hand zeigte er auf die am Ufer aufgehäuften männlichen Leichen. »Sie wurden überrascht. Sie konnten sich nicht mehr wirkungsvoll verteidigen.«

»Es interessiert mich nicht, in welcher Reihenfolge sie umgebracht wurden«, sagte Kostos. »Wer zum Teufel war das?«

»Ich weiß es nicht«, antwortete Nate. »Die Leichen weisen keine Pfeil- oder Speerverletzungen auf. Andererseits könnten die Angreifer die Waffen anschließend auch aufgesammelt haben – vielleicht weil sie sie noch gebrauchen konnten und um keine Spuren zu hinterlassen. Es lässt sich nicht mehr erkennen, welche Verletzungen von Waffen stammen und welche auf die Aasfresser zurückgehen.«

»Dann haben Sie also keinen blassen Schimmer.« Kostos drehte sich kopfschüttelnd um. Aus einigen Metern Abstand sprach er ins Funkgerät.

Nate wischte sich schaudernd über die schweißnasse Stirn. Was zum Teufel war hier vorgefallen?

Schließlich trat Kostos vor und hob die Stimme. »Neue Anweisungen. Wir sollen einen Leichnam bergen, damit Dr. O'Brien ihn untersuchen kann – einen, der noch einigermaßen gut erhalten ist. Irgendwelche Freiwilligen?«

Als sich niemand meldete, lachte der Sergeant höhnisch auf. »Okay«, sagte Kostos. »Hab ich mir gedacht.« Er zeigte auf Private Carrera. »Wie wär's, wenn Sie unseren sensiblen Doktor zum Lager zurückbegleiten würden? Das hier ist ein Job für *Männer*.«

»Jawohl, Sir.« Carrera winkte Nate zu sich, dann gingen sie gemeinsam zum Dorf zurück. Als sie außer Hörweite waren, grummelte Carrera: »Was für ein Arschloch ...«

Nate nickte, war jedoch eher froh, den Ort des Massakers hinter sich lassen zu können. Was Sergeant Kostos von ihm dachte, war ihm egal. Doch er hatte Verständnis für Carreras Zorn. Nate konnte sich gut vorstellen, welche Sticheleien sie von der Männertruppe erdulden musste.

Den Rest des Weges legten sie schweigend zurück. Als sie sich dem *Shabano* näherten, vernahmen sie Stimmen. Nathan wurde schneller. Es tat gut, wieder unter Lebenden zu sein. Hoffentlich hatte jemand daran gedacht, ein Feuer zu machen.

Nathan näherte sich Private Eddie Jones, der am Eingang Wache stand. Am Bach waren zwei weitere Ranger postiert.

Als er und Carrera den Eingang des Rundhauses erreichten, platzte Eddie Jones umgehend mit den Neuigkeiten heraus. »Hey, ihr werdet nicht glauben, was wir soeben im Dschungel gefangen haben.«

»Was denn?«, fragte Carrera.

Jones deutete mit dem Daumen zum Eingang. »Seht selbst.«

Im Innern des *Shabano* hatte sich eine kleine Gruppe um den Innenhof versammelt. Manny stand mit Tor-tor etwas abseits. Als er Nate sah, hob er den Arm, lächelte jedoch nicht.

Offenbar war ein Streit im Gange.

»Das ist mein Gefangener!«, dröhnte Captain Waxman. Drei Ranger standen bei ihm und zielten mit ihren Waffen auf eine Person, die hinter den Zivilisten verborgen war.

»Nehmen Sie ihm wenigstens die Handfesseln ab«, sagte Kelly. »Er ist ja noch an den Füßen gefesselt. Das ist doch bloß ein alter Mann.«

»So werden Sie nichts aus ihm herausbekommen«, setzte Kouwe hinzu.

»Er wird meine Fragen beantworten, darauf können Sie sich verlassen«, meinte Waxman drohend.

Frank trat vor Waxman hin. »Ich bin immer noch der Leiter der Expedition, Captain. Und ich werde nicht zulassen, dass ein Gefangener misshandelt wird.«

Nate hatte die Gruppe mittlerweile erreicht. Anna Fong blickte ihm ängstlich entgegen.

Richard Zane stand etwas abseits und grinste selbstgefällig. Er nickte Nathan zu. »Wir haben ihn im Dschungel aufgegriffen. Mannys Raubkatze hat bei der Jagd mitgeholfen. Sie hätten sein Geschrei hören sollen, als der Jaguar ihn gegen den Baum gedrückt hat.«

Als Zane beiseite trat, sah Nate den Gefangenen. Der kleine Indianer lag am Boden, an Händen und Füßen mit dicken Plastikriemen gefesselt. Am schulterlangen weißen Haar war er als Ältester zu erkennen. Er murmelte halblaut vor sich hin. Sein Blick huschte zwischen den auf ihn zielenden Waffen und dem unruhig auf- und abschnürenden Tortor hin und her.

Nate hörte ihm zu. *Yanomami.* Er trat näher. Der Mann sprach ein Schamanengebet, das der Abwehr des Bösen dienen sollte. Offenbar war er Schamane. *Stammte er aus diesem Dorf? Hatte er das Gemetzel überlebt?*

Auf einmal fasste er Nate in den Blick, sog witternd die Luft ein. »An dir haftet der Tod«, sagte er auf Yanomami. »Du weißt Bescheid. Du hast es gesehen.«

Offenbar roch er den Verwesungsgestank, der an Nates Haut und Kleidern haftete. Nathan kniete sich hin und sprach den Mann auf Yanomami an. »*Haya.* Großvater. Wer bist du? Stammst du aus diesem Dorf?«

Der Gefangene schüttelte mit finsterer Miene den Kopf. »Das Dorf ist gezeichnet von den *Shawari.* Den bösen Geistern. Ich wollte mich den Ban-ali ausliefern. Doch ich kam zu spät.«

Die Umstehenden hörten auf zu streiten und lauschten dem Wortwechsel. Hinter ihm flüsterte Kelly: »Bislang hat er mit niemandem ein Wort gesprochen, nicht einmal mit Professor Kouwe.«

»Warum wolltest du die Blutjaguare, die Ban-ali, aufsuchen?«

»Um mein Dorf zu retten. Wir haben ihre Warnungen in den Wind geschlagen. Wir haben den Leichnam des *Nabe,* des weißen Mannes, der als Sklave der Ban-ali gekennzeichnet war, nicht verbrannt. Jetzt werden alle unsere Kinder dem bösen Zauber zum Opfer fallen.«

Auf einmal dämmerte es Nate. Der von den Ban-ali gekennzeichnete Mann war Gerald Clark gewesen. Dann bedeutete das also ... »Du stammst aus Wauwai.«

Der Alte nickte und spuckte aus. »Verflucht sei der Name. Verflucht sei der Tag, an dem wir das Dorf des *Nabe* betreten haben.«

Nate begriff, dass er den Schamanen vor sich hatte, der die kranken Kinder der Mission hatte heilen wollen und dann das Dorf in Brand gesteckt hatte, um die anderen Kinder zu schützen. Offenbar war es ihm nicht gelungen. Die Krankheit breitete sich bei den Kindern der Yanomami weiter aus.

»Warum bist du hergekommen? Wie hast du den Weg gefunden?«

»Ich bin der Spur des *Nabe* bis zu seinem Kanu gefolgt. Ich sah, dass es bemalt war. Da wusste ich, dass er aus diesem Dorf kam, und ich kenne die Pfade in dieser Gegend. Ich wollte nach den Ban-ali suchen. Mich ihnen ausliefern. Sie bitten, ihren Fluch zurückzunehmen.«

Nate lehnte sich zurück. Der von Schuldgefühlen gepeinigte Schamane hatte sich opfern wollen.

»Doch ich kam zu spät. Eine einzige Frau hatte überlebt.« Er blickte in die Richtung des Gemetzels. »Ich gab ihr zu trinken, und sie berichtete mir, was geschehen war.«

Nate straffte sich.

»Was sagt er?«, fragte Captain Waxman.

Nate winkte ab. »Was ist passiert?«

»Der weiße Mann wurde vor drei Monaten von Jägern entdeckt. Er war krank und bis auf die Knochen abgemagert. Sie sahen seine Tätowierungen. Sie nahmen ihm alle seine Habseligkeiten ab und sperrten ihn tief im Wald in einen Käfig. Die Blutjaguare sollten ihn holen. Die Jäger gaben ihm zu essen und zu trinken, denn sie wagten nicht, sich an jemandem zu vergreifen, der den Ban-ali gehörte.

Der *Nabe* aber wurde immer kränker. Nach einem Monat erkrankte der Sohn eines Jägers.«

Nate nickte. Die ansteckende Krankheit hatte sich ausgebreitet.

»Der Schamane des Dorfes erklärte, sie seien von einem Fluch befallen, und verlangte, den *Nabe* zu töten. Sein Leichnam sollte verbrannt werden, um die Ban-ali zu besänftigen. Als die Jäger jedoch eines Morgens zum Käfig kamen, war der Mann verschwunden. Später entdeckten sie, dass eines ihrer Kanus fehlte. Doch da war es bereits zu spät.«

Der Indianer senkte die Stimme. »Nach einigen Tagen starb der Sohn des Jägers, dann wurden andere Kinder krank. Vor einer Woche entdeckte eine Frau, die im Wald Bananen gesammelt hatte, an der Außenwand des *Shabano* ein Zeichen. Niemand konnte sagen, wie es dorthin gekommen war.« Der Indianer wies mit dem Kinn zur Südwestseite des Rundhauses. »Es ist noch immer da. Das Zeichen der Ban-ali.«

Nate berichtete den anderen, was ihm der Schamane erzählt hatte. Die Zuhörer machten große Augen. Anschließend ließ Captain Waxman Jorgensen an der Außenwand nachsehen.

Während sie auf seine Rückkehr warteten, bewog Nate Captain Waxman, dem Gefangenen die Handfesseln abzunehmen. Waxman stimmte zu, da der Mann offenbar kooperierte. Der Schamane saß nun auf dem Boden und trank gierig aus einer Feldflasche.

Kelly kniete sich neben Nathan. »Aus medizinischer Sicht klingt seine Geschichte plausibel. Als der Stamm Clark im Dschungel gefangen hielt, stellten sie ihn sozusagen unter Quarantäne. Als seine Krankheit jedoch voranschritt, wurde die Ansteckungsgefahr entweder größer ... oder der Jäger, dessen Sohn gestorben ist, hatte sich irgendwie angesteckt. Jedenfalls griff die Krankheit aufs Dorf über.«

»Und der Stamm geriet in Panik.«

Jorgensen trat geduckt durch den Eingang, mit grimmiger Miene. »Der alte Bursche hat Recht. Da hat jemand was auf die Wand gemalt. Ähnelt Agent Clarks Tätowierung.« Er rümpfte angewidert die Nase. »Die Zeichnung stinkt allerdings, als hätte man Schweinekot oder so was als Farbe benutzt. Eher noch schlimmer.«

Frank drehte sich stirnrunzelnd zu Nate um. »Versuchen Sie, noch mehr von dem Schamanen zu erfahren.«

Nate nickte und wandte sich an den Indianer. »Als die Zeichnung entdeckt worden war, was geschah dann?«

Der Schamane hob den Kopf. »Der Stamm floh noch in der selben Nacht, ... aber ... er wurde angegriffen.«

»Von wem?«

Der Indianer runzelte die Stirn. »Die Frau, mit der ich gesprochen habe, war tödlich verletzt. Sie schweifte immer wieder ab. Etwas aus dem Fluss wollte sie fressen. Sie flohen, doch es folgte ihnen durch den Bach und holte sie ein.«

»Wer war das? Wer hat sie eingeholt? Die Ban-ali?«

Der Schamane trank glucksend aus der Flasche. »Nein, das war es nicht.«

»Was dann?«

Der Schamane blickte Nate in die Augen, zum Zeichen, dass er die Wahrheit sagte. »Der Dschungel. Sie meinte, der Dschungel habe sie angegriffen.«

Nathan runzelte die Stirn.

Der Schamane zuckte die Schultern. »Mehr weiß ich nicht. Die verfluchte Frau ist gestorben, ihr Geist gesellte sich zu ihrem Stamm. Am nächsten Tag, das heißt heute, höre ich, wie ihr über den Fluss kommt. Ich komme her, um zu sehen, wer ihr seid.« Er blickte Mannys Jaguar an.

»Aber ich werde entdeckt. Der Tod haftet an mir, genau wie an dir.«

Nathan hockte sich auf die Fersen. Er blickte Manny an. Der Biologe hatte Tor-tor angeleint, doch die Raubkatze war nervös und schritt mit gesträubten Nackenhaaren unruhig auf und ab. Offenbar hatte sie Angst.

Kouwe hatte seine Übersetzung beendet. »Das ist alles, was er weiß.«

Waxman bedeutete Jorgensen, dem Schamanen auch die Fußfesseln abzunehmen.

»Was halten Sie von der Geschichte?«, fragte Kelly, die noch immer neben Nate kniete.

»Ich weiß nicht«, murmelte er, die Leichen auf dem Urwaldpfad vor Augen. Er hatte den Eindruck gehabt, sie seien vom anderen Flussufer aus angegriffen worden, aber wenn die Frau sich nicht getäuscht hatte, war die Gefahr unmittelbar aus dem Wasser gekommen.

Kouwe trat zu ihnen. »Die Geschichte passt zu den Mythen, die über die Ban-ali in Umlauf sind. Man sagt, sie vermöchten es, den Dschungel ihrem Willen zu unterwerfen.«

»Aber was könnte da aus dem Fluss gekommen sein?«

Kouwe schüttelte den Kopf. »Da habe ich keine Ahnung.«

Eine Bewegung am Eingang des *Shabano* lenkte sie ab. Staff Sergeant Kostos drängte sich mit einer Schlepptrage hindurch. Darauf lag ein Toter. Einer der massakrierten Indianer.

Der Schamane stieß einen schrillen Schrei aus und wich mit ängstlich geweiteten Augen zurück. »Bringt den Verfluchten nicht hierher! Damit ruft ihr die Ban-ali herbei!«

Jorgensen versuchte, den Mann festzuhalten, doch der Indianer war trotz seines Alters erstaunlich kräftig. Er machte sich von dem Ranger los, rannte zu einer der Behausungen und kletterte über eine Hängematte auf die Dacheinfassung des *Shabano*.

Einer der Ranger legte das Gewehr an.

»Nicht schießen!«, rief Nathan.

»Nehmen Sie das Gewehr runter, Corporal«, befahl Waxman.

Der Schamane hielt auf dem Dach inne und drehte sich zu ihnen um. »Die Toten gehören den Ban-ali! Sie werden sich holen kommen, was ihnen gehört!« Daraufhin sprang der Indianer vom Dach und verschwand im Dschungel.

»Holt ihn zurück«, befahl Waxman zweien der Ranger.

»Das ist zwecklos«, meinte Kouwe. »Ganz gleich, wie verängstigt er sein mag, er wird im Dschungel untertauchen.«

Wie der Professor vorausgesagt hatte, wurde der Schamane der Yanomami nicht mehr gefunden. Kelly zog sich in einen Winkel des *Shabano* zurück und versuchte herauszufinden, wie der Indianer umgekommen war. Nate führte Captain Waxman und Frank zu dem Baum mit Clarks eingeritzter Botschaft.

»Das Zeichen muss er angebracht haben, kurz bevor er gefangen genommen wurde«, sagte Frank. »Schrecklich. Er war so nahe an der Zivilisation, und dann wurde er eingesperrt.« Frank schüttelte den Kopf. »Fast drei Monate lang.«

Als sie zum *Shabano* zurückkamen, bereitete sich der Rest des Teams bereits auf die Nacht vor: Lagerfeuer wurden angezündet, Wachen eingeteilt, Essen zubereitet. Sie hatten vor, den Fluss morgen hinter sich zu lassen und Gerald Clarks Spur über Land weiterzuverfolgen.

Während die Sonne unterging und eine Fischmahlzeit mit Reis zubereitet wurde, beendete Kelly schließlich die Obduktion. Mit einem gedehnten Seufzer der Erschöpfung setzte sie sich auf einen Klappstuhl und blickte in die Flammen, während sie Bericht erstattete. »Es sieht so aus, als sei der Mann vergiftet worden. Ich habe Hinweise auf Krämpfe entdeckt. Die Zunge war durchgebissen, Wirbelsäule und Gliedmaßen waren gekrümmt.«

»Womit wurde er vergiftet?«, fragte Frank.

»Um diese Frage zu beantworten, müsste ich ihn im Labor untersuchen. Ich kann nicht mal sagen, auf welche Weise das Gift zugeführt wurde. Vielleicht mit einem vergifteten Speer oder einem Pfeil. Der Leichnam war von den Aasfressern zu stark entstellt.«

Nate beobachtete den Sonnenuntergang und lauschte den Gesprächen. Er dachte an die Worte des entflohenen Schamanen – *Sie werden sich holen kommen, was ihnen gehört!* –, an das Massaker am Fluss und die Krankheit, die sich im Dschungel und in den Staaten ausbreitete. Dabei konnte er sich des Gefühls nicht erwehren, dass für sie alle die Zeit knapp wurde.

9

Nächtlicher Angriff

14. August, 0.18 Uhr
Amazonas-Dschungel

Kelly erwachte aus einem Albtraum und richtete sich in der Hängematte kerzengerade auf. An Einzelheiten des Traums konnte sie sich nicht mehr erinnern. Sie wusste bloß noch, dass Leichen darin vorgekommen waren und dass man sie gejagt hatte. Sie sah auf das Leuchtzifferblatt ihrer Armbanduhr. Es war kurz nach Mitternacht.

Die meisten anderen im *Shabano* schliefen. Am Lagerfeuer stand ein Ranger; sein Partner bewachte den Eingang. Kelly wusste, dass zwei weitere Soldaten um das Rundhaus patrouillierten. Die anderen lagen in ihren Hängematten und erholten sich von dem langen, schrecklichen Tag.

Kein Wunder, dass sie Albträume hatte: das Massaker, der entstellte Leichnam, die ständige Anspannung. Dies alles wurde überschattet von der Angst um ihre Familie in Virginia. Ihr Unbewusstes hatte mehr als genug Stoff, um die REM-Phasen zu füllen.

Die letzten Neuigkeiten aus Amerika waren auch nicht aufmunternder gewesen als der Mittagsbericht. In den Staaten waren weitere zwölf Erkrankungen und drei Todesfälle gemeldet worden – zwei Kinder und eine ältere Frau aus Palm Beach. Im Amazonasbecken breitete sich die Krankheit derweil mit der Geschwindigkeit eines Buschfeuers aus. Die Menschen verbarrikadierten sich in ihren Häusern oder flüchteten aus den Städten. Auf den Straßen von Manaus wurden Leichen verbrannt.

Im Forschungsteam des Instar Institute waren bislang noch keine Erkrankungen aufgetreten. Doch es war noch zu früh, um Entwarnung zu geben. Die neuesten Daten, hauptsächlich gewonnen anhand der Erkrankungen am Amazonas, wo die Krankheit sich bereits stärker ausgebreitet hatte, deuteten darauf hin, dass die Inkubationszeit lediglich drei bis sieben Tage betrug. Der Verlauf war abhängig vom Gesundheitszustand des Opfers. Schlecht ernährte Kinder, die womöglich noch zusätzlich von Darmparasiten geschwächt waren, erkrankten leichter.

Was den Erreger anging, so schloss die Seuchenbehörde ein Bakterium mittlerweile aus; die Untersuchungen auf Viren dauerten noch an. Bislang war der Auslöser noch nicht identifiziert.

So übel dies alles war, gab es doch noch schlimmere Neuigkeiten. Ihre Mutter hatte bei der Übertragung ganz blass ausgesehen. »Wir wissen jetzt, dass die Ansteckung durch die Luft erfolgt. Körperkontakt ist nicht erforderlich.« Kelly wusste, was das bedeutete. Krankheitserreger mit diesem Übertragungsweg waren am schwersten einzudämmen. Und bei der hohen Todesrate ...

»Es gibt bloß eine einzige Hoffnung«, hatte ihre Mutter abschließend gesagt. »Wir benötigen ein Heilmittel.«

Kelly setzte die Feldflasche an die Lippen und trank in tiefen, bedächtigen Zügen. Sie wusste, dass sie so schnell nicht wieder einschlafen würde. Behutsam kletterte sie aus der Hängematte.

Der Wachposten am Feuer wandte sich zu ihr um. Da sie noch die Sachen von gestern anhatte – ein graues T-Shirt und eine braune Hose –, brauchte sie bloß in die Stiefel zu schlüpfen. Sie zeigte zum Eingang, denn sie wollte sich ein wenig die Beine vertreten, ohne den Schlaf der anderen zu stören.

Der Ranger nickte.

Kelly tappte zum Eingang des *Shabano*. Sie trat gebückt

hindurch und erblickte Private Carrera, die vor dem Rundhaus Wache hielt.

»Ich muss mal ein bisschen frische Luft schnappen«, flüsterte Kelly.

Die Rangerin nickte und zeigte mit der Waffe zum Fluss. »Da sind Sie nicht die Einzige.«

Kelly bemerkte eine Gestalt, die ein paar Meter vom Weg entfernt am Flussufer stand. Der Silhouette nach zu schließen war es Nathan Rand. Abgesehen von den beiden Rangern, die ein Stück weiter flussaufwärts standen und anhand ihrer Taschenlampen leicht auszumachen waren, war er allein.

»Halten Sie sich vom Wasser fern«, meinte Private Carrera warnend. »Wir haben nicht genug Bewegungsmelder, um das ganze Ufer zu sichern.«

»Mach ich.« Kelly erinnerte sich nur allzu gut, wie es Corporal DeMartini ergangen war.

Als sie den Pfad entlangging, lauschte sie auf das Gezirpe der Heuschrecken, das begleitet wurde vom leisen Quaken zahlloser Frösche. Es war ein friedliches Geräusch. In der Ferne tanzten Glühwürmchen im Geäst und beschrieben anmutig Kreise über dem Fluss.

Der einsame Betrachter hörte Kellys Schritte. Nathan drehte sich um. Er hatte eine Zigarette zwischen den Lippen; die Glut leuchtete rot.

»Ich wusste gar nicht, dass Sie rauchen«, sagte Kelly, stellte sich neben ihn und blickte von der Uferböschung aus auf den Fluss.

»Tu ich auch nicht«, erwiderte er grinsend und stieß eine Rauchwolke aus. »Jedenfalls nicht oft. Die hab ich von Corporal Conger geschnorrt.« Er zeigte zu den beiden Wachposten hinüber. »Hab seit vier, fünf Monaten keine mehr angerührt, aber ... ich weiß auch nicht ..., ich glaube, ich hab einen Vorwand gebraucht, um hierher zu kommen.«

»Ich verstehe, was Sie meinen. Ich bin hergekommen, um etwas frische Luft zu schnappen.« Sie streckte die Hand aus.

Er reichte ihr die Zigarette.

Sie nahm einen tiefen Zug und stieß den Rauch aus. Ihre Anspannung ließ nach. »Es geht doch nichts über frische Luft.« Sie reichte ihm die Zigarette zurück.

Er nahm einen letzten Zug, dann ließ er den Stummel fallen und trat die Glut aus. »Irgendwann bringen sie einen um.«

Schweigend schauten sie auf den still vorbeifließenden Fluss hinaus. Zwei Fledermäuse glitten auf der Jagd nach Fischen übers Wasser, in der Ferne rief gedehnt und klagend ein Vogel.

»Es wird ihr schon nichts passieren«, sagte Nate so leise, dass sie ihn kaum verstand.

Kelly blickte ihn an. »Was?«

»Jessie, Ihrer Tochter ... Es wird schon alles gut gehen.«

Kelly war einen Moment sprachlos.

»Tut mir Leid«, murmelte Nate. »Ich wollte Ihnen nicht zu nahe treten.«

Sie berührte ihn am Ellbogen. »Nein, ich bin Ihnen dankbar ... wirklich. Ich hätte bloß nicht gedacht, dass man mir meine Sorgen ansieht.«

»Sie mögen eine prima Ärztin sein, aber vor allem sind Sie eine Mutter.«

Kelly schwieg einen Moment, dann sagte sie leise: »Das ist noch nicht alles. Jess ist mein einziges Kind. Das einzige, das ich jemals haben werde.«

»Wie meinen Sie das?«

Kelly wusste nicht genau, weshalb sie Nate davon erzählte; sie wusste bloß, dass es ihr gut tat, ihre Ängste offen auszusprechen. »Bei Jessies Geburt gab es Komplikationen ... Man musste einen Noteingriff vornehmen.« Sie sah Nate an, dann wandte sie den Blick wieder ab. »Jetzt kann ich keine Kinder mehr bekommen.«

»Das tut mir Leid.«

Sie lächelte müde. »Das ist schon lange her. Ich hab mich damit abgefunden. Aber jetzt, da Jessie in Gefahr ist ...«

Nate ließ sich seufzend auf einem umgestürzten Baumstamm nieder. »Das verstehe ich gut. Sie sind hier im Dschungel und machen sich Sorgen um einen geliebten Menschen, müssen aber weitermachen und stark sein.«

Kelly nahm an seiner Seite Platz. »Genau wie Sie, als Ihr Vater vermisst wurde.«

Nate blickte auf den Fluss hinaus und antwortete mit belegter Stimme. »Aber es geht nicht bloß um Sorge und Angst. Es geht auch um Schuldgefühle.«

Sie wusste genau, was er meinte. Was stapfte sie hier durch den Dschungel, jetzt, da Jessie in Gefahr war? Eigentlich hätte sie mit dem nächsten Flugzeug nach Hause fliegen sollen.

Sie schwiegen, doch die Stille war zu schmerzvoll, deshalb stellte Kelly eine Frage, die sie seit ihrer ersten Begegnung mit Nate beschäftigte. »Weshalb sind Sie hier?«

»Wie meinen Sie das?«

»Der Amazonas hat ihnen die Eltern genommen. Weshalb sind Sie zurückgekehrt? Ist das nicht zu schmerzvoll?«

Nate rieb die Hände aneinander und sah schweigend zu Boden.

»Tut mir Leid. Das geht mich nichts an.«

»Nein«, sagte er rasch und blickte sie kurz an. »Ich ... ich habe bloß bedauert, dass ich die Zigarette ausgetreten habe. Jetzt könnte ich eine gebrauchen.«

Sie lächelte. »Wir können gerne das Thema wechseln.«

»Nein, das ist schon okay. Sie haben mich bloß überrascht. Aber Ihre Frage ist schwer zu beantworten, und die richtigen Worte zu finden, ist noch schwerer.« Nate lehnte sich zurück. »Als ich meinen Vater verloren hatte, als ich aufhörte, nach ihm zu suchen, habe ich dem Dschungel tatsächlich den Rücken gekehrt und mir geschworen, nie mehr hierher zurückzukehren. Aber der Schmerz verfolgte mich bis in die Staaten. Ich versuchte, ihn in Alkohol zu ertränken und mit Drogen zu betäuben, aber das hat alles nichts genutzt. Vor einem Jahr saß ich dann auf einmal wieder im Flugzeug nach Südamerika. Ich kann nicht sagen, warum. Ich fuhr zum Flughafen, kaufte am Schalter von Varig ein Ticket, und ehe ich mich's versah, landete ich in Manaus.«

Nathan stockte. Er atmete schwer, von Gefühlen überwältigt. Kelly legte ihm behutsam die Hand aufs nackte Knie. Er legte seine Hand auf ihre.

»Als ich wieder im Dschungel war, stellte ich fest, dass der Schmerz hier erträglicher war, weniger verzehrend.«

»Wie das?«

»Ich weiß es nicht. Meine Eltern sind hier nicht bloß umgekommen, sie haben hier *gelebt*. Das hier war ihre eigentliche Heimat.« Nate schüttelte den Kopf. »Das können Sie bestimmt nicht verstehen.«

»Ich glaube doch. Hier fühlen Sie sich ihnen am nächsten.«

Sie spürte, wie Nate sich versteifte. Das Schweigen währte diesmal lange.

»Nate?«

Seine Stimme klang rau. »Ich konnte es bislang nicht in Worte fassen. Aber Sie haben Recht. Hier im Dschungel sind sie mir nahe. Die Erinnerungen sind hier am stärksten. Meine Mutter, die mir gezeigt hat, wie man Maniokwurzeln zu Mehl vermahlt ... Mein Vater, der mir beigebracht hat, die Bäume anhand der Blätter zu benennen ...« Seine Augen leuchteten. »Das hier ist meine Heimat.«

In seinem Gesicht mischten sich Freude und Trauer. Unwillkürlich lehnte sie sich an ihn, angezogen von der Tiefe seiner Empfindung. »Nate ...«

Ein leises Plätschern ließ sie beide zusammenzucken. Wenige Meter vom Ufer entfernt schoss eine kleine Fontäne aus dem Wasser. Etwas Großes glitt vorbei und verschwand.

»Was war das?«, fragte Kelly, die sich halb erhoben hatte.

Nate legte ihr den Arm um die Schultern und zog sie wieder herunter auf den Baumstamm. »Davor braucht man keine Angst zu haben. Das war bloß ein *Boto,* ein Süßwasserdelfin. Davon gibt's hier viele, aber sie sind scheu. Meistens trifft man sie in abgelegenen Gebieten an, wo sie in kleinen Schwärmen leben.«

Wie zum Beweis seiner Worte stiegen auf einmal zwei weitere Fontänen empor. Kelly war diesmal vorbereitet und machte kleine Rückenflossen aus, die das Wasser durchteilten und gleich wieder untertauchten.

»Die sind schnell«, murmelte sie.

»Wahrscheinlich jagen sie gerade.«

Während sie es sich wieder bequem machten, schoss ein ganzer Schwarm Delfine vorbei. Unheimliche Klick- und Pfeifgeräusche waren zu vernehmen. Nate hatte dergleichen noch nie erlebt. Der Fluss war voller Delfine, die mit der Strömung dahinschossen.

Nate erhob sich stirnrunzelnd.

»Was haben Sie?«, fragte Kelly.

»Ich weiß nicht.« Ein einzelner Delfin schoss durchs flache Wasser. Er prallte gegen das schlammige Ufer, wäre beinahe aufs Trockene geraten. Dann beförderte er sich mit der Schwanzflosse wieder ins tiefere Wasser. »Etwas hat sie in Panik versetzt.«

Auch Kelly stand nun auf. »Was kann das gewesen sein?«

Nate schüttelte den Kopf. »Ein derartiges Verhalten habe ich noch nie beobachtet.« Er blickte zu den beiden patrouillierenden Rangern hinüber. Auch sie beobachteten die Parade der Delfine. »Ich brauche mehr Licht.«

Nate eilte am Ufer entlang auf die Soldaten zu. Kelly folgte ihm aufgeregt. Die Ranger standen an einem kleinen Bach, der in den Fluss mündete.

»Corporal Conger, würden Sie mir mal Ihre Taschenlampe borgen?«, fragte Nate.

»Das sind doch bloß Delfine«, erwiderte der andere Soldat. Es war Staff Sergeant Kostos. Der dunkelhäutige Mann blickte sie finster an. »Von denen haben wir auf Nachtwache schon viele gesehen. Aber da haben Sie ja gemütlich in der Hängematte geschlafen.«

Der jüngere Ranger war hilfsbereiter. »Hier, Dr. Rand«, sagte Corporal Conger und reichte ihm die Taschenlampe.

Nathan bedankte sich halblaut. Er kletterte die Uferböschung hinunter und leuchtete stromaufwärts. Noch immer schwammen Delfine vorbei, jedoch nicht mehr so viele wie zuvor. Nate stellte den Lichtstrahl breiter und richtete ihn auf den Fluss.

»Verdammt«, sagte Nate.

Fast schon außerhalb der Reichweite der Taschenlampe brodelte schäumend und gurgelnd die Wasseroberfläche, wie bei einer Stromschnelle. Bloß dass diese Stromschnelle flussabwärts wanderte und sich ihnen näherte.

»Was ist denn das?«, fragte Kelly.

Ein zweiter Delfin rammte das Ufer und landete klatschend im Morast, konnte sich aber nicht so rasch wieder befreien wie der erste. Er wälzte sich am Ufer und stieß dabei ein hochfrequentes Quieken aus. Nate schwenkte die Taschenlampe herum. Kelly sog scharf die Luft ein und wich ein paar Schritte zurück.

Das Schwanzende des Delfins fehlte. Der Bauch war aufgerissen. Die Eingeweide hingen heraus. Die Strömung riss das bedauernswerte Geschöpf zurück in den Fluss.

Nathan richtete die Taschenlampe wieder flussaufwärts. Das brodelnde Wasser war erheblich näher gekommen.

»Was'n das?«, fragte Corporal Conger in breitem Texanisch. »Was geht da vor?«

Ein Stück weiter flussaufwärts zerriss das Qieken eines Schweins die Nacht. Vögel flogen auf. Affen erwachten und brüllten verwirrt.

»Was geht da vor?«, wiederholte der Texaner.

»Ich brauche mal Ihre Nachtsichtbrille«, sagte Nate.

Kelly stand hinter seiner Schulter. »Was ist das?«

Nate riss dem Ranger die Brille aus der Hand. »Ich habe auch früher schon Flüsse auf diese Weise brodeln sehen – aber so stark noch nie.«

»Was ist der Grund?«, fragte Kelly.

Nate setzte die Brille auf. »Piranhas«, sagte er. »Piranhas im Blutrausch.«

Die Nachtsichtbrille machte die Nacht zum Tag und färbte gleichzeitig alles einheitlich grün. Nate schwenkte den Kopf, bis er die brodelnde Stelle im Blick hatte. Er erhöhte die Vergrößerung. Inmitten des aufgewühlten Wassers machte er große Flossen aus – Delfine, die von den Raubfischen mit messerscharfen Zähnen zerrissen wurden –, und hin und wieder blitzten auch die gefährlichen Räuber, die sich an ihrer Beute weideten, silbrig auf.

»Na und, was soll's?«, meinte Kostos angewidert. »Sollen die Viecher meinetwegen die Delfine zerfleischen. Uns können sie ja wohl kaum gefährlich werden.«

Der Sergeant hatte Recht, doch Nate musste an die massakrierten Indianer denken ... und an ihre Angst vor dem Fluss. War das die Gefahr? Wimmelte er hier so sehr von Piranhas, dass die Indianer sich nicht trauten, den Fluss nachts zu befahren? Waren sie deshalb zu Fuß geflüchtet? Aber dass die Piranhas über Delfine herfielen ..., das ergab keinen Sinn. Von einem solchen Gemetzel hatte Nate noch nie gehört.

Am Rande des Gesichtsfelds nahm er eine Bewegung wahr. Am Ufer machte er einen Kadaver aus. Anscheinend handelte es sich um ein Pekari, eine Art Wildschwein. War dies das Schwein, das gerade eben geschrien hatte? Mehrere kleinere Tiere hüpften um den Kadaver herum. Sie ähnelten übergroßen Ochsenfröschen, bloß dass es so aussah, als verbissen sie sich in dem toten Schwein und zerrten es aufs Wasser zu.

»Was zum Teufel ...« murmelte Nate.

»Was gibt's?«, fragte Kelly. »Was sehen Sie?«

Nate zoomte das Bild noch ein bisschen näher heran. Weitere ochsenfroschähnliche Wesen hüpften aus dem Wasser und fielen über den Kadaver her. Einige schnellten sich über das Ufer hinweg und verschwanden im Laubwerk. Plötzlich kam ein großes Capybara aus dem Dschungel hervor und rannte am Ufer entlang. Dann stolperte es auf einmal über die eigenen Beine. Es schüttelte sich, als hätte es Krämpfe. Aus dem Fluss hüpften immer mehr Wesen herbei und fielen über das neue Opfer her.

Auf einmal begriff Nathan, was er da mitansah. Das Gleiche mussten die Indianer aus dem Dorf beobachtet haben. *Der Dschungel stieg aus dem Fluss und fiel über sie her.* Das Capybara am Ufer regte sich nicht mehr. Hatte Kelly nicht gemeint, der von ihr untersuchte Leichnam hätte Anzeichen von Krämpfen gezeigt?

Er riss die Brille herunter. Die weiß schäumende Wasserfront war nurmehr dreißig Meter entfernt. »Alle müssen weg vom Fluss! Weg vom Ufer!«

Sergeant Kostos lachte höhnisch auf. »Was zum Teufel reden Sie denn da?«

Corporal Conger nahm von Nate die Brille entgegen. »Vielleicht sollten wir doch besser auf Dr. Rand hören –«

Etwas prallte mit einem feuchten Klatschen gegen den Helm des Corporals. »Allmächtiger.«

Nathan leuchtete mit der Taschenlampe. Im Ufermorast hockte benommen ein merkwürdiges Wesen. Es ähnelte einer monströsen Kaulquappe, jedoch in dem Stadium, da sich die kräftigen Hinterbeine bereits entwickelt hatten.

Ehe jemand reagieren konnte, sprang das Tier erneut hoch und verbiss sich in Congers Schenkel. Der Corporal streifte es mit dem Gewehrkolben ab und trat schwankend ein paar Schritte zurück. »Das verfluchte Vieh hat Zähne.«

Kostos trat mit dem Stiefelabsatz auf das Tier und zerquetschte es, sodass die Eingeweide hervorquollen. »Jetzt nicht mehr.«

Gemeinsam brachten sie sich in Sicherheit. Conger humpelte und betastete sein Hosenbein. Im Stoff war ein Loch, und als er die Hand hob, hatte er Blut an den Fingern. »Hat praktisch einen Fleischfetzen aus mir rausgerissen«, meinte der Corporal und lachte nervös auf.

Kurz darauf hatten sie den Eingang des *Shabano* erreicht.

»Was ist los?«, erkundigte sich Private Carrera.

Nate deutete zum Fluss. »Was immer die Indianer angegriffen hat, es ist auf dem Weg hierher. Wir müssen hier weg.«

»Einstweilen bleiben Sie auf Posten«, befahl Kostos Carrera. »Conger, Sie lassen Ihr Bein versorgen, während ich Captain Waxman Meldung mache.«

»Meine Arzttasche ist drinnen«, sagte Kelly.

Conger lehnte sich an eine Bambusstange. »Sarge, ich fühl mich gar nicht gut.«

Alle Blicke wandten sich ihm zu.

»Alles ist irgendwie verschwommen.«

Kelly stützte ihn. Aus seinen Mundwinkeln floss Speichel. Dann fiel sein Kopf zurück, und er verkrampfte sich am ganzen Leib.

Sergeant Costos fing ihn auf. »Conger!«

»Schaffen Sie ihn rein!«, fauchte Kelly und trat gebückt durch den Eingang.

Der Ranger hatte Mühe, den Verletzten durch den Eingang zu bugsieren, denn Conger schlug um sich. Private Carrera schulterte das Gewehr und bückte sich, um zu helfen. »Bleiben Sie auf Posten, Soldat!«, bellte Kostos, dann wandte er sich an Nate. »Fassen Sie ihn schon bei den gottverdammten Beinen!«

Nate klemmte sich die Knöchel unter die Arme. Es war, als versuchte er das Ende eines Stromkabels festzuhalten, denn der Mann zappelte und verkrampfte sich in einem fort. »Los!«

Gemeinsam schleppten sie den Soldaten durch den schmalen Eingang.

Leute kamen herbeigerannt, aufgeweckt vom Stimmenlärm.

»Was ist passiert?«, fragte Zane.

»Aus dem Weg!«, knurrte Kostos und rannte den Mann um.

»Dort drüben hin!«, rief Kelly. Sie hatte die Tasche bereits geöffnet und hielt eine Spritze in der Hand. »Legen Sie ihn hin und halten Sie ihn fest.«

Als Conger am Boden lag, wurde Nate beiseite geschoben. Zwei Ranger nahmen seinen Platz ein und drückten die Beine des Soldaten auf den Boden.

Kostos kniete sich auf die Schultern des Corporals und hielt ihn fest. Bloß seinen Kopf hämmerte er noch in einem fort auf den Boden, als wollte er sich bewusstlos schlagen. Er hatte Schaum vor dem Mund, der blutig war, weil er sich die Unterlippe halb durchgebissen hatte. »Herrgott noch mal! Conger!«

Kelly schlitzte mit einem Rasiermesser den rechten Hemdsärmel auf, dann rammte sie ihm die Nadel in den

Arm. Sie injizierte den Inhalt der Spritze, dann hockte sie sich auf die Fersen und wartete ab, seine verkrampften Finger in der Hand. »Na los ... mach schon ...«

Auf einmal entspannte sich Congers verkrampfter Körper.

»Gott sei Dank«, seufzte Kostos.

Kelly zeigte sich weniger angetan. »Verdammter Mist!« Sie beugte sich vor, griff am Hals den Puls ab, dann stieß sie die Soldaten weg und begann mit der Reanimation. »Jemand sollte Mund-zu-Mund-Beatmung machen.«

Die Ranger waren zu überrascht, um gleich zu reagieren.

Nathan stieß Kostos beiseite, wischte das Blut von Congers Mund und atmete im gleichen Rhythmus, wie Kelly auf den Brustkasten drückte. Nate konzentrierte sich ganz auf das, was er tat. Das besorgte Geplapper der anderen nahm er kaum wahr.

»Irgend so ein verdammter Frosch oder Fisch«, erklärte Kostos. »Das Vieh kam aus dem Wasser gesprungen und hat Conger ins Bein gebissen.«

»Eine Vergiftung!«, keuchte Kelly. »Das Tier muss giftig gewesen sein.«

»Von einem solchen Tier habe ich noch nie gehört«, sagte Kouwe.

Nathan hätte ihm gern beigepflichtet, war aber zu sehr damit beschäftigt, den sterbenden Soldaten zu beatmen.

»Es waren Tausende«, fuhr Kostos fort. »Haben alles zerfleischt, was ihnen in den Weg kam.«

»Was sollen wir jetzt tun?«, fragte Zane.

Captain Waxman übertönte alle anderen. »Vor allem dürfen wir jetzt nicht in Panik verfallen. Corporal Graves und Private Jones ... schließen Sie sich Carrera an und sichern Sie das Gelände.«

»Warten Sie!«, stieß Nate zwischen zwei Atemzügen hervor.

Waxman drehte sich um. »Was?«

Nate sprach stoßweise, während er sich bemühte, Conger zu beatmen. »Wir sind zu nahe am Fluss. Der fließt unmittelbar am *Shabano* vorbei.«

»Und?«

»Sie werden sich aus dem Fluss auf uns stürzen ..., wie sie es mit den Indianern gemacht haben.« Nate war vom Hyperventilieren bereits schwindlig. Er atmete in Congers Mund aus, dann hob er wieder den Kopf. »Wir müssen von hier verschwinden. Bis es Tag wird, müssen wir uns von allen Wasserläufen fern halten. Bei Nacht ...« Er senkte wieder den Kopf.

»Was reden Sie da?«

Professor Kouwe sprang ihm bei. »Die Indianer wurden nachts angegriffen. Und jetzt diese Attacke. Nathan glaubt, dass die Tiere nachtaktiv sind. Wenn es uns gelingt, ihnen bis Sonnenaufgang aus dem Weg zu gehen, sollte uns nichts passieren.«

»Aber hier haben wir Deckung, hier ist es sicher. Das sind doch bloß Fische oder Frösche oder was auch immer.«

Nate vergegenwärtigte sich das grünstichige Bild, das er durch die Infrarotbrille gesehen hatte: die aus dem Fluss hervorspringenden Wesen, die klatschend am Ufer landeten. »Wir sind hier nicht sicher!«, keuchte er. Er senkte abermals den Kopf, doch da legte sich eine Hand auf seine Schulter.

»Es hat keinen Sinn«, sagte Kelly und zog ihn hoch. »Er ist tot.« Sie wandte sich den anderen zu. »Es tut mir Leid. Das Gift hat sich zu schnell ausgebreitet. Und ohne ein Gegengift ...« Sie schüttelte betrübt den Kopf.

Nate starrte den reglosen Leichnam des jungen Texaners an. »Verdammt noch mal ...« Er richtete sich auf. »Wir müssen von hier verschwinden. Wir müssen weg vom Fluss. Ich weiß nicht, wie weit sich die Tiere von Wasserläufen entfernen können, aber das eine, das ich deutlicher gesehen habe, hatte Kiemen. Wahrscheinlich halten sie es an Land nicht lange aus.«

»Was schlagen Sie vor?«, fragte Frank.

»Wir ziehen uns auf höheres Gelände zurück. Weichen dem Fluss und dem Bach aus. Die Indianer wollten sich vermutlich vom Fluss fern halten, aber die Tiere sind ihnen im Bach gefolgt und haben sie dann angegriffen.«

»Wenn man Sie so hört, könnte man meinen, die Viecher wären intelligent.«

»Nein, das kann ich mir nicht vorstellen.« Nate dachte daran, wie die Delfine vor ihnen geflüchtet waren, während die größeren Flussfische unbehelligt geblieben waren. Er sah wieder vor sich, wie das Schwein und das Capybara angegriffen worden waren. In seinem Geist formte sich eine Hypothese. »Vielleicht jagen sie ja ausschließlich warmblütige Tiere. Ich weiß auch nicht ..., aber vielleicht orten sie ja die Körperwärme von Säugetieren und suchen im Wasser und am Ufer nach Beute.«

Frank wandte sich Waxman zu. »Ich finde, wir sollten auf Dr. Rand hören.«

»Ich auch«, sagte Kelly und richtete sich auf. Sie zeigte auf Corporal Conger. »Wenn ein einziger Biss zum Tod führen kann, dürfen wir kein Risiko eingehen.«

Waxman wandte sich an Frank. »Sie sind der Expeditionsleiter, aber wenn es um die Sicherheit geht, ist mein Wort Gesetz.«

Private Carrera streckte den Kopf durch den Eingang des Rundhauses. »Hier draußen geht irgendwas vor. Im Fluss brodelt es nur so. Eins der Schlauchboote ist gerade kaputt gegangen.«

Ringsumher ertönten auf einmal Affengebrüll und Vogelgeschrei.

»Es wird allmählich eng für uns«, sagte Nate mit Nachdruck. »Wenn sie uns in die Zange nehmen und uns den

Rückzug auf höheres Gelände abschneiden, gibt es womöglich noch mehr Tote. Einige von uns könnten sterben, genau wie Conger ... und wie die Indianer.«

Nate wurde Unterstützung von unerwarteter Seite zuteil. »Der Doktor hat Recht«, sagte Sergeant Kostos. »Ich habe die Biester gesehen. Die lassen sich durch nichts aufhalten.« Er schwenkte den Arm. »Jedenfalls nicht durch diese durchlässige Wand. Wir sitzen hier auf dem Präsentierteller, Sir.«

Nach kurzem Zögern nickte Waxman. »Packen Sie die Ausrüstung ein.«

»Was ist mit den Bewegungsmeldern?«, wollte Kostos wissen.

»Die lassen wir zurück. Im Moment möchte ich nicht, dass jemand da draußen rumläuft.«

Kostos nickte und wandte sich ab.

Kurz darauf schulterten alle die Rucksäcke. Zwei Ranger schaufelten ein flaches Grab für Corporal Conger.

Carrera stand geduckt im Eingang. Sie hatte die Nachtsichtbrille aufgesetzt und blickte zum Fluss und zum Dschungel hinüber. »Am Fluss ist es inzwischen ruhig, dafür raschelt es im Gebüsch.«

Im Wald herrschte wieder Ruhe.

Nate ging zum Eingang und ließ sich neben Carrera auf ein Knie nieder. Er war marschbereit, die kurzläufige Schrotflinte hielt er in der Rechten. »Was sehen Sie?«

Carrera verstellte die Brille. »Nichts. Der Bewuchs ist hier einfach zu dicht.«

Nate lehnte sich aus der Tür. Ein Zweig knackte. Dann brach ein kleiner Waldhirsch, ein geflecktes einjähriges Kitz, aus dem Dschungel hervor und rannte an Nate und der Rangerin vorbei. Beide duckten sich unwillkürlich, bis ihnen klar wurde, dass keine Gefahr drohte.

Der Hirsch verharrte mit aufgestellten Ohren am Rand des Rundhauses.

»Husch!«, machte die Rangerin und schwenkte drohend das M-16.

Auf einmal fiel etwas aus einem Baum herab und landete auf dem Rücken des jungen Hirsches, der gequält aufschrie.

»Zurück!«, rief Nate.

Während sich Carrera durch den Eingang wälzte, gab Nate ihr mit der Flinte Deckung. Ein weiteres Tier hüpfte auf den Hirsch zu. Ein drittes tauchte aus dem Unterholz auf. Der Hirsch taumelte ein paar Schritte weiter, dann fiel er mit zuckenden Beinen auf die Seite.

Am Bach gab ein Bewegungsmelder Alarm.

»Sie sind hier«, murmelte Nathan.

Carrera hatte die Nachtsichtbrille abgenommen und schaltete nun die Taschenlampe ein. Der helle Strahl beleuchtete den Pfad, der zum Fluss führte. Bis in den angrenzenden Dschungel drang die Helligkeit nicht vor. »Ich kann nichts erkennen ...«

Nur wenige Meter entfernt landete etwas klatschend auf dem Pfad.

Das Wesen schien nur aus Beinen zu bestehen und zog einen langen, mit einer Finne versehenen Schwanz hinter sich her. Es hüpfte auf sie zu. Das Maul unter den schwarzen Glubschaugen klappte auf. Im Strahl der Taschenlampe funkelten Zähne. Das Tier wirkte wie eine Kreuzung zwischen Kaulquappe und Piranha.

»Was zum Teufel ist das?«, flüsterte Carrera.

Es hüpfte auf sie zu.

Nate drückte den Abzug durch. Die Schrotladung zerfetzte das Tier, schleuderte es zurück. Das war der Grund, weshalb Nate eine Schrotflinte in den Dschungel mitnahm. Exaktes Zielen war damit unnötig. Die Waffe war bestens geeignet für kleine Ziele wie Giftschlangen, Skorpione, Spinnen – und offenbar auch für giftige Amphibien.

»Zurück«, sagte er und schloss die kleine Tür. Sie bestand lediglich aus verflochtenen Bananenblättern, würde die Wesen aber eine Weile abhalten.

»Das ist der einzige Fluchtweg«, bemerkte Carrera.

Nate zog mit der Linken die Machete aus der Scheide. »Nicht in einem *Shabano.*« Er zeigte mit der Klinge auf die dem Fluss und dem Bach abgewandte Wand. »Hier kommt man überall mühelos nach draußen.«

Frank und Captain Waxman schlossen sich ihm an, als er über den Innenhof schritt. Waxman faltete gerade eine Karte zusammen.

»Sie haben uns bereits erreicht«, sagte Nate. Als er an der gegenüberliegenden Wand ankam, hob er die Machete und hackte auf das Geflecht aus Palm- und Bananenblättern ein. »Wir müssen von hier verschwinden.«

Waxman nickte, dann schwenkte er den Arm und rief: »Wir ziehen ab! Sofort!«

Nate hatte ein Loch freigehackt und entfernte überstehende Blattreste.

Waxman bedeutete Corporal Okamoto, die Führung zu übernehmen. In der Hand hielt er eine ungewöhnliche Waffe. »Ein Flammenwerfer«, erklärte Okamoto. »Notfalls brennen wir uns den Weg durch die Viecher frei.« Als er den Abzug drückte, schoss ein orangeroter Feuerstrahl aus der Mündung, ähnlich einer Schlangenzunge.

»Ausgezeichnet.« Nate klopfte dem Corporal auf die Schulter. Mittlerweile mochte er den Asiaten, der den Motor ihres Schlauchbootes bediente, obwohl ihm sein unmelodisches Pfeifen noch immer auf die Nerven ging.

Okamoto zwinkerte Nate zu, dann kletterte er ohne Zögern durch die Öffnung. Nate bemerkte, dass sich der Corporal einen kleinen Brennstofftank auf den Rücken geschnallt hatte.

Weitere vier Ranger folgten ihm: Warczak, Graves, Jones

und Kostos. Alle hatten ihre M-16 mit Granatwerfern ausgerüstet. Sie verteilten sich zu beiden Seiten des Führungsmanns. Als die Ranger in den Bereich der Bewegungsmelder kamen, schrillte abermals der Alarm.

»Und jetzt die Zivilisten«, befahl Waxman. »Dicht aufschließen. Achten Sie darauf, dass stets ein Ranger zwischen Ihnen und dem Wald ist.«

Richard Zane und Anna Fong kletterten eilig nach draußen. Dann kamen Olin und Manny, gefolgt von Tor-tor. Zuletzt folgten Kelly, Frank und Kouwe.

»Kommen Sie«, sagte Kelly zu Nate.

Er nickte, blickte sich im *Shabano* um. Waxman beaufsichtigte die letzten beiden Ranger, die die Nachhut bilden sollten. Zwei Soldaten standen noch mitten auf dem Hof und beugten sich über irgendein Gerät.

»Bewegung, meine Damen!«, befahl Waxman.

Die Ranger richteten sich auf. Der eine, ein Corporal namens Samad Yamir, reckte den Daumen. Er sprach nur selten, und wenn, dann mit breitem pakistanischen Akzent. Nate wusste nur eines von Yamir: Er war der Sprengstoffexperte des Teams.

Nate beäugte misstrauisch das Gerät auf dem Hof.

Waxman bemerkte, wohin Nate schaute. Er zeigte mit dem Gewehrlauf auf die Öffnung in der Wand. »Warten Sie auf eine persönliche Einladung, Dr. Rand?«

Nate leckte sich die Lippen und folgte Frank und Kelly nach draußen.

Auch diesmal wieder marschierte Carrera hinter ihm. Sie war ebenfalls mit einem Flammenwerfer ausgerüstet und musterte den dunklen Wald mit zusammengekniffenen Augen. Waxman und Yamir verließen das *Shabano* als Letzte.

»Tuchfühlung halten!«, rief Waxman. »Alles, was sich rührt, wird gebraten.«

»Wir marschieren zu einer Erhebung in fünf Kilometern Entfernung«, meinte Carrera an Nates Schulter.

»Woher wissen Sie, dass da eine ist?«

»Topographische Karte«, antwortete sie wenig überzeugt.

Nate blickte sich fragend über die Schulter um.

Carrera senkte die Stimme und nickte zum Fluss hinüber. »Der Wasserlauf war nicht auf der Karte verzeichnet.«

Kelly blickte sich mit gequälter Miene nach ihr um, enthielt sich jedoch einer Bemerkung.

Nate seufzte. Dass die Karte unvollständig war, wunderte ihn nicht. Die Wasserläufe im tiefen Dschungel waren unberechenbar. Die Ufer von Seen und Sümpfen veränderten sich entsprechend der Niederschläge, und der Verlauf der kleineren Flüsse und Bäche war noch ungewisser. Die meisten hatten keinen Namen und waren kartografisch nicht erfasst. Aber immerhin war der Hügel verzeichnet.

»Weitergehen!«, rief hinter ihnen Waxman.

Dicht gedrängt floh das Team in den Dschungel. Nate blickte sich misstrauisch um, lauschte angestrengt auf jedes verdächtige Rascheln. In der Ferne rauschte der Fluss. Er stellte sich vor, wie die Indianer den Pfad entlanggeeilt waren, ohne sich bewusst zu sein, dass im Gebüsch eine tödliche Gefahr lauerte.

Nate stapfte hinter Frank und Kelly her. Corporal Okamotos Taschenlampe erhellte den Weg. Nur wenige Worte wurden gewechselt, als sie die sanfte Böschung hinaufgingen. Alle Augen waren auf den umliegenden Dschungel gerichtet.

Nach etwa zwanzig Minuten Fußmarsch wandte sich Waxman an den Soldaten an seiner Seite. »Leuchten Sie mal, Yamir.«

Nate schaute sich um. Samad Yamir schwenkte herum und blickte nun den Weg zurück, den sie gekommen waren. Er schulterte das M-16 und nahm ein kleines Gerät in die Hand.

»Ein Sender«, erklärte Carrera.

Yamir hob das Gerät hoch und drückte einen Knopf, worauf ein rotes Lämpchen zu blinken begann.

Nate runzelte die Stirn. »Was –?«

Ein gedämpfter Knall war zu vernehmen. Ein Waldstück explodierte in einem Feuerball. Flammen schossen in den Nachthimmel hoch und breiteten sich pilzartig aus.

Nate wich erschocken zurück. Die Zivilisten plapperten überrascht durcheinander. Nate beobachtete, wie die Flammenkugel erstarb und in sich zusammenfiel. Viele Bäume aber brannten weiter. Im rötlichen Flammenschein wurde ein verkohltes Loch im Wald sichtbar. Auf einer Fläche von etwa einem Morgen waren sämtliche Bäume entlaubt und ohne Äste. Das *Shabano* war verschwunden. Sogar die Bewegungsmelder waren verstummt, bei der Explosion verschmort.

Nate war vorübergehend sprachlos, wütend musterte er Waxman.

Der Captain winkte. »Weitergehen.«

Carrera versetzte Nate einen Schubs. »Eine todsichere Methode, alle Brücken hinter sich zu verbrennen.«

»Was war das?«, fragte Kouwe.

»Eine Napalmbombe«, erklärte die Rangerin kurz angebunden. »Neue Dschungelmunition.«

»Warum hat man uns nichts gesagt ... oder uns zumindest vorgewarnt?«, fragte Frank, sich immer wieder umschauend.

Captain Waxman winkte sie im Gehen weiter. »Dafür bin ich verantwortlich. Ich habe den Befehl gegeben. Die Sicherheit steht bei mir an erster Stelle.«

»Das weiß ich zu schätzen, Captain!«, rief Richard Zane, der mit an der Spitze ging. »Ich jedenfalls bin mit Ihrer Vorgehensweise einverstanden. Hoffentlich haben Sie das giftige Viehzeug ausgerottet.«

»Sieht nicht so aus«, meinte Olin, der angestrengt ins Dunkel spähte. Der Russe zeigte zum Fluss, der jetzt nach der Explosion deutlich zu sehen war. Ein Teil des Wasserlaufs brodelte von Tausenden von hüpfenden, sich vorwärtsschnellenden kleinen Tieren. Eine wogende Masse bewegte sich stromaufwärts, wie Lachse unterwegs zum Laichplatz.

»Beeilung!«, rief Waxman. »Wir müssen auf höheres Gelände kommen!«

Die Gruppe beschleunigte das Marschtempo. Sie eilten den Hang hinauf, eher aufs Tempo bedacht als darauf, die Umgebung im Auge zu behalten. Die Tiere versuchten, ihnen rechts den Weg abzuschneiden.

Feuerstöße markierten die Position des Mannes an der Spitze. »Hier ist Wasser!«, rief Okamoto.

Die Gruppe schloss zu ihm auf.

»Mein Gott«, sagte Kelly.

Fünfzig Meter vor ihnen versperrte ihnen ein weiterer Fluss den Weg. Er war lediglich zehn Meter breit, die Wasseroberfläche dunkel und glatt. Dahinter stieg das Gelände weiter zu dem Hügel an, zu dem sie wollten.

»Ist das derselbe Fluss?«, fragte Frank.

Jorgensen, einer der Ranger, tauchte aus dem Wald auf. Die Nachtsichtbrille hielt er in der Hand. »Ich hab mich mal umgeschaut. Das ist ein Zulauf des anderen Flusses. Der hier mündet in den anderen.«

»Scheiße«, fluchte Waxman. »Das ist ja ein verdammtes Wasserlabyrinth.«

»Wir sollten den Wasserlauf durchqueren, solange noch Zeit ist«, meinte Kouwe. »Die Tiere werden bestimmt bald hier sein.«

Waxman blickte beklommen aufs vorbeiströmende Wasser. Er stellte sich neben Okamoto. »Ich brauche Licht.«

Der Ranger feuerte mit dem Flammenwerfer übers Wasser. Was in der dunklen Tiefe verborgen war, ließ sich nicht erkennen.

»Sir, ich wate als Erster hindurch«, erbot sich Okamoto. »Ich teste mal, ob es sicher ist.«

»Seien Sie vorsichtig, mein Sohn.«

»Jawohl, Sir.«

Okamoto holte tief Luft, küsste das Kruzifix, das er an einer Kette um den Hals trug, dann trat er ins Wasser. Er watete hinein, die Waffe an die Brust gedrückt. »Die Strömung ist schwach, aber es ist tief.« Als er in der Mitte angelangt war, reichte ihm das Wasser bis zur Hüfte.

»Mach schon«, murmelte Frank. Er hatte die Faust vor dem Bauch geballt.

Okamoto kletterte am anderen Ufer aufs Trockene. Grinsend drehte er sich um. »Scheint sicher zu sein.«

»Noch«, sagte Kouwe. »Wir sollten uns beeilen.«

»Also los!«, kommandierte Waxman.

In Gruppenformation stapften sie ins Wasser. Frank hielt Kelly bei der Hand. Nate half Anna Fong. »Ich kann nicht gut schwimmen«, sagte Anna, an niemand Bestimmtes gewandt.

Die Ranger folgten ihnen, die Waffen über den Kopf erhoben.

Am anderen Ufer kletterten sie die steile Böschung hinauf. Mit voll gelaufenen Stiefeln kamen sie auf dem vom gestrigen Regen noch aufgeweichten Boden nur mühsam voran. Sie wurden langsamer. Die Gruppe zog sich immer weiter auseinander.

Jorgensen tauchte aus der Dunkelheit auf, die Nachtsichtbrille in der Hand. »Captain«, sagte er, »ich hab mir mal den anderen Fluss angesehen. Das Wasser scheint sich beruhigt zu haben. Von den Viechern ist nichts mehr zu sehen.«

»Sie sind da«, sagte Nate. »Sie sind bloß nicht mehr im Blutrausch.«

»Vielleicht sind sie ja jetzt, da sich das Feuer gelegt hat, wieder in den Hauptkanal zurückgeschwommen«, meinte Jorgensen hoffnungsvoll.

Waxman runzelte die Stirn. »Ich glaube, darauf sollten wir uns nicht verlassen –«

Jemand schrie gellend auf. Zu ihrer Linken rutschte ein Mann die morastige Uferböschung hinunter. Es war ein Ranger. Eddie Jones. Er schlug heftig um sich und versuchte, den Sturz zu bremsen. »Scheiße!«, fluchte er. Er versuchte sich an einem Busch festzuhalten, doch die Wurzel löste sich aus der dünnen Erdschicht. Dann prallte er gegen eine Unebenheit und überschlug sich. Seine Waffe flog durch die Luft, und er landete im Fluss.

Zwei Ranger – Warczak und Graves – eilten ihm zu Hilfe.

Er tauchte auf und hustete Wasser aus. »Verdammt noch mal!« Er klammerte sich am Ufer fest. »Scheißdschungel!« Während er sich den Helm richtete, stieß er weitere Verwünschungen aus, anschließend kletterte er ans Ufer.

»Gut gemacht, Jones – ausgezeichnet«, sagte Warczak und leuchtete den klitschnassen Mann von oben bis unten ab. »In der Disziplin Dschungelslalom bekämst du von mir die Bestnote.«

»Du kannst mich mal«, sagte Jones, bückte sich und zupfte klebige Algen vom Hosenbein. »Äh.«

Corporal Graves bemerkte es als Erster; etwas bewegte sich auf dem Rucksack des gestürzten Rangers. »Jones ...«

Der Mann schaute in gebückter Haltung hoch. »Was ist denn?«

Das Tier schnellte vor und heftete sich an die weiche Haut unter Jones' Kinn. Der Ranger zuckte zusammen. »Verdammt noch mal!« Er riss das Wesen von seinem Hals ab. Blut spritzte aus der Wunde. »Ahhhh ...«

Auf einmal brodelte die Wasseroberfläche, dann schnellten ein Dutzend weitere Tiere ans Ufer. Sie fielen über Jones' Beine her. Er kippte mit schmerzverzerrtem Gesicht hintüber und landete mit einem lauten Klatschen im Fluss.

»Jones!« Warczak trat näher.

Ein weiteres Tier sprang aus dem Wasser, landete mit vibrierenden Kiemen vor den Füßen des Corporals im weichen Schlamm. Warczak und Graves wichen zurück.

Jones krümmte sich in Ufernähe. Es sah aus, als ob das Wasser kochte. Er zuckte am ganzen Leib.

»Zurück!«, brüllte Waxman. »Wir ziehen uns auf den Hügel zurück!«

Warczak und Graves nahmen bereits die Beine in die Hand. Immer mehr Tiere sprangen ans Ufer und nahmen die Verfolgung auf.

Die Flüchtenden warfen alle Vorsicht über Bord und rannten den Hang hinauf. Auf einmal rutschte Kelly aus. Ihre nasse Hand entglitt dem Griff ihres Bruders. Sie begann eine Rutschpartie, die nur tödlich enden konnte.

»Kelly!«, schrie Frank.

Nate aber war nur wenige Meter hinter ihr. Er packte sie mit einer Hand an der Hüfte und warf sich auf sie, das Gewehr mit der anderen Hand umklammernd. Manny kam ihnen zu Hilfe und zog sie beide wieder auf die Beine. Tortor schnürte hinter ihnen unruhig auf und ab.

Der Brasilianer bedeutete dem Jaguar, voranzugehen. »Beweg deinen pelzigen Arsch.«

Mittlerweile bildeten sie zu dritt die Nachhut. Frank wartete ein paar Meter weiter oben.

Nur Private Carrera war noch bei ihnen. Hinter ihnen schwenkte sie den dumpf röhrenden Flammenwerfer. »Wir sollten machen, dass wir weiterkommen«, sagte sie gepresst, rückwärts den Hang hochsteigend.

»Danke«, sagte Kelly, an die ganze Gruppe gewandt.

Frank kam ihnen entgegen und reichte seiner Schwester die Hand. »Tu das nie wieder.«

»War keine Absicht.«

Nate hielt ihnen den Rücken frei. Er begegnete Carreras Blick und sah die Angst in ihren Augen. Dieser Moment der Ablenkung reichte aus. Eins der Wesen sprang die Rangerin aus dem Unterholz an. Es war der Feuerwand entkommen.

Carrera kippte hintüber, eine Flammenzunge stieg in den Himmel.

Das Tier klammerte sich an ihrem Gürtel fest, suchte jedoch bereits nach einem fleischigeren Halt.

Ehe jemand reagieren konnte, ertönte ein scharfer Knall. Das Tier wurde weggeschleudert, der in zwei Hälften geteilte Körper flog in hohem Bogen durch die Luft. Als Carrera und Nate den Kopf wandten, sahen sie, wie Manny den Ochsenziemer wieder am Gürtel befestigte.

»Wie lange wollt ihr eigentlich noch Maulaffen feilbieten?«, fragte Manny.

Carrera rappelte sich mit Nates Hilfe auf. Sie kletterten weiter den Hang hoch. Schließlich erreichten sie die Kuppe. Nate hoffte, dass sie auf der Erhebung vor den Amphibien sicher waren.

Die anderen hatten sich bereits auf der Hügelkuppe versammelt.

»Wir dürfen nicht stehen bleiben«, sagte Nate. »Wir sollten einen möglichst großen Abstand zwischen uns und die Viecher bringen.«

»Die Theorie klingt vernünftig«, meinte Kouwe. »Sie in die Praxis umzusetzen, dürfte weit schwieriger sein.« Der Schamane deutete zur anderen Seite des Hügels.

Nathan drehte sich um. Der Fluss glitzerte im Mondschein. Es war derselbe Fluss, dem sie die ganze Zeit ausgewichen waren. Nate drehte sich langsam im Kreis. Sie hatten einen fatalen Fehler begangen.

Der kleine Wasserlauf, den sie eben durchquert hatten, war kein Zulauf eines größeren Flusses, sondern bloß ein *Nebenarm*.

»Wir befinden uns auf einer Insel«, sagte Kelly entsetzt.

Nate blickte flussaufwärts. Dort gabelte sich der Fluss und strömte um den Hügel herum. Auf der anderen Seite vereinigten sich die beiden Arme wieder. Sie befanden sich tatsächlich auf einer Insel, inmitten eines tödlichen Gewässers, an allen Seiten von Wasser eingeschlossen.

Ihm war regelrecht übel. »Wir sitzen in der Falle«, murmelte er.

2.12 Uhr

Westflügel des Instar Institute
Langley, Virginia

Lauren O'Brien saß an einem kleinen Tisch in der Gemeinschaftsküche, vor sich eine Tasse Kaffee. Zu dieser späten Stunde war sie allein. Alle anderen unter Quarantäne gestellten Mitarbeiter von MEDEA schliefen entweder in den Notunterkünften oder arbeiteten in den Labors.

Sogar Marshall hatte sich vor einer Stunde zusammen mit Jessie auf ihr Zimmer zurückgezogen. Am Morgen hatte er mit dem Seuchenzentrum, zwei Kabinettsmitgliedern und dem CIA-Direktor konferiert. Die Besprechung hatte er anschließend anschaulich als »Präventivschlag vor dem politischen Supergau« charakterisiert. So war das eben mit der Regierung. Anstatt das Problem konsequent anzugehen, zeigten alle mit dem Finger auf andere und gingen in Deckung. Marshall beabsichtigte, morgen Bewegung in die Sache zu bringen. Jetzt kam es darauf an, einen vernünftigen Einsatzplan aufzustellen. Bislang wurden die fünfzehn

Quarantänezonen auf fünfzehn verschiedene Weisen gemanagt. Chaos allerorten.

Seufzend blickte Lauren auf die zahllosen vor ihr ausgebreiteten Papiere und Ausdrucke. Ihr Team beschäftigte sich mit einer ganz einfachen Frage. *Welcher Erreger hatte die Krankheit ausgelöst?*

In Laboratorien im ganzen Land wurde getestet und geforscht – angefangen vom Seuchenzentrum in Atlanta bis zum Salk Institute in San Diego. Das Instar Institute aber war das eigentliche Forschungszentrum.

Lauren schob den Bericht eines gewissen Dr. Shelby beiseite, der Nierenzellen von Affen als Nährmedium verwendet hatte. Er war gescheitert. *Reaktion negativ.* Bislang hatten alle Untersuchungsmethoden versagt: aerobische und anaerobische Bakterienkulturen, Nachweise von Pilzsporen, die Elektronenmikroskopie, die In-situ-Hybridisierung, die Polymerase-Kettenreaktion. Bislang waren keinerlei Fortschritte zu verzeichnen. Jede Studie schloss mit den gleichen Floskeln: *negative Reaktion, Nullwachstum, unbestimmte Untersuchungsergebnisse.* Unterschiedlich formulierte Eingeständnisse des Scheiterns.

Auf einmal meldete sich der Pieper, der neben dem mittlerweile kalten Kaffee auf dem Tisch lag, und tanzte über die Kunststoffplatte. Sie packte ihn, bevor er herunterfallen konnte.

»Wer zum Teufel mag das um diese Zeit wohl sein?«, murmelte sie und blickte auf das winzige Display des Pagers. *Large Scale Biological Labs* lautete die Anzeige. Die Einrichtung war ihr unbekannt, doch dem Regionalcode war zu entnehmen, dass sie irgendwo im Norden Kaliforniens lag. Vermutlich wollte sich bloß irgendein Techniker nach ihrer Faxnummer oder dem Übertragungsprotokoll erkundigen. Trotzdem ...

Lauren erhob sich, steckte den Pieper in die Tasche und

trat zum an der Wand angebrachten Telefon. Als sie den Hörer abnahm, hörte sie, wie hinter ihr die Tür geöffnet wurde. Sie wandte den Kopf und erblickte die mit einem Pyjama bekleidete Jessie, die sich schlaftrunken die Augen rieb.

»Grandma ...«

Lauren legte den Hörer auf und näherte sich dem Kind. »Schatz, wieso bist du denn auf? Du solltest im Bett liegen.«

»Du warst weg.«

Lauren kniete vor dem Mädchen nieder. »Was hast du denn? Hast du wieder schlecht geträumt?« In den ersten Nächten hatte Jessie Albträume gehabt, verursacht durch die Quarantäne und die ungewohnte Umgebung. Dann aber hatte sie sich rasch eingewöhnt und mit anderen Kindern angefreundet.

»Ich hab Bauchschmerzen«, sagte Jessie; in ihren Augen funkelten Tränen.

»Ach, Schatz, das kommt davon, dass du abends noch Eis gegessen hast.« Lauren umarmte das Mädchen und drückte es an sich. »Wie wär's, wenn du ein Glas Wasser trinkst, und dann steck ich dich wieder –«

Lauren verstummte, als sie bemerkte, wie erhitzt das Kind war. Sie legte Jessie die Hand auf die Stirn. »Mein Gott«, murmelte sie.

Das Kind hatte hohes Fieber.

2.31 Uhr
Amazonas-Dschungel

Louis stand vor seinem Zelt, als Jacques vom Fluss zurückkam. Sein Lieutenant hatte sich eine nasse Decke unter den Arm geklemmt. Deren Inhalt war nicht größer als eine Wassermelone.

»Doktor«, sagte der Marone steif.

»Jacques, was haben Sie entdeckt?« Louis hatte ihn beauftragt, zusammen mit zwei anderen Männern die Ursache der Explosion zu erforschen, die kurz nach Mitternacht stattgefunden hatte. Kurz zuvor hatten sie sich zur Nachtruhe begeben. Am Abend, bei Sonnenuntergang, hatte Louis von dem *Shabano* und dem Gemetzel an den Dorfbewohnern erfahren. Und Stunden später dann die Explosion ...

Was ging dort vor?

»Sir, das Dorf wurde niedergebrannt ... und auch der umliegende Wald. Wegen der vielen kleinen Brände kamen wir nicht besonders nah heran. Vielleicht morgen früh.«

»Und die andere Gruppe?«

Jacques blickte auf seine Füße nieder. »Verschwunden, Sir. Ich habe ihnen Malachim und Toady nachgeschickt.«

Louis ballte eine Hand zur Faust und verfluchte sein übermäßiges Selbstvertrauen. Nach der erfolgreichen Entführung eines der Soldaten hatte er sich seiner Beute sicher geglaubt. Und jetzt das! Wahrscheinlich waren sie auf einen seiner Fährtensucher aufmerksam geworden. Jetzt, da der Fuchs die Witterung der Jagdhunde aufgenommen hatte, war Louis' Mission erheblich schwieriger geworden. »Die anderen Männer sollen sich sammeln. Wenn die Ranger vor uns weglaufen, dürfen wir den Abstand nicht zu groß werden lassen.«

»Ja, Sir. Aber ich bin mir gar nicht sicher, dass sie vor uns geflohen sind.«

»Wie kommen Sie darauf?«

»Als wir zu dem Feuer gepaddelt sind, wurde aus einem Nebenarm ein Toter angespült.«

»Ein Toter?« Louis fürchtete schon, es könnte sich um seinen Maulwurf handeln, den man getötet und dann als Warnung in den Fluss geworfen hatte.

Jacques schlug die nasse Decke auseinander und ließ den

Inhalt auf den laubbedeckten Urwaldboden fallen. Es handelte sich um einen Männerkopf. »Den haben wir in der Nähe gefunden.«

Louis ließ sich stirnrunzelnd auf die Knie sinken und untersuchte das, was vom Kopf noch übrig war. Das Gesicht war weggefressen, doch dem rasierten Schädel nach zu schließen, handelte es sich um einen Ranger.

»Auch der Rumpf war bis aufs Skelett abgenagt«, sagte Jacques.

Louis schaute hoch. »Was ist passiert?«

»Piranhas, würde ich sagen, den Bisswunden nach zu schließen.«

»Sind Sie sicher?«

»Verdammt sicher.« Jacques betastete seine halbe Nase, was Louis daran erinnerte, dass sein Lieutenant als Junge intime Bekanntschaft mit diesem gefräßigen Raubfisch gemacht hatte.

»War er schon tot, als er gefressen wurde?«

Jacques zuckte die Schultern. »Wenn nicht, tut mir der arme Bursche nachträglich Leid.«

Louis richtete sich auf. Er blickte auf den Fluss hinaus. »Was zum Teufel geht hier vor?«

10

Die Flucht

14. August, 3.12 Uhr
Amazonas-Dschungel

Umringt von den mittlerweile auf sieben Männer und eine Frau zusammengeschrumpften Rangern stand Nate auf der Erhebung inmitten der anderen Zivilisten. *Sozusagen ein Bodyguard für jeden,* dachte Nate.

»Wie wär's, wenn wir uns mit Napalm den Weg freibomben würden?«, schlug Frank vor, der neben Captain Waxman stand. »Wir lassen die Bombe den Hang hinunterrollen und gehen hier in Deckung.«

»Das wäre unser aller Tod. Entweder wir verschmoren, oder wir stecken zwischen dem brennenden Wald und den giftigen Viechern fest.«

Frank blickte seufzend in den dunklen Wald. »Und was ist mit Granaten? Wir könnten eine ganze Salve abschießen und so eine Bresche schlagen.«

Waxman runzelte die Stirn. »Das wäre aufgrund des zu geringen Abstands zu gefährlich, außerdem wäre kein Verlass darauf, dass wir inmitten der Bäume ausreichend viele dieser Monster töten würden. Ich schlage vor, wir versuchen den Hügel zu verteidigen und so lange durchzuhalten, bis es hell wird.«

Frank verschränkte die Arme vor der Brust, wenig angetan von diesem Plan.

Hin und wieder erhellte ein Feuerstoß die Nacht; Corporal Okamoto und Private Carrera hatten an den gegenüberliegenden Hängen Wachposten bezogen. Zwar war es bereits eine halbe Stunde her, dass sie die Tiere zuletzt gesehen hatten, doch sie waren noch da. Im Wald herrschte eine Totenstille; keine Rufe von Affen, kein Vogelgezwitscher. Sogar das Zirpen und Sirren der Insekten klang gedämpft. Außerhalb der Reichweite der Taschenlampen aber war das Rascheln der unsichtbaren Belagerer zu hören, die durchs Unterholz krochen.

Ein Blick durch die Nachtsichtgeräte ergab, dass die Tiere noch immer am Ufer herumhüpften. Als Kiemenatmer mussten sie in regelmäßigen Abständen ins Wasser zurückkehren und Sauerstoff tanken.

Manny kniete in der Nähe auf dem laubbedeckten Boden und arbeitete im Schein der Taschenlampen. Kelly und Kouwe leuchteten ihm. Zuvor hatte der brasilianische Biologe unter Lebensgefahr eines der von einem Feuerstoß des Flammenwerfers getöteten Tiere aufgesammelt. Das Exemplar war zwar teilweise verkohlt, ansonsten aber noch recht gut erhalten. Von der Schwanzspitze bis zu den messerscharfen Zähnen maß es etwa dreißig Zentimeter. Es hatte große, schwarze Glubschaugen, die ihm annähernd 360-Grad-Rundumsicht ermöglichten. Die kräftigen Gliedmaßen endeten in mit Saugnäpfen versehenen und mit Schwimmhäuten verbundenen Zehen, die beinahe so lang waren wie der ganze Körper.

Mit Hilfe eines Skalpells und einer Pinzette, die Kelly ihm gegeben hatte, sezierte Manny das Tier.

»Erstaunlich«, murmelte Manny schließlich.

Nate trat zu ihnen.

»Offenbar eine Art Chimäre. Ein Mischwesen.«

»Inwiefern?«, fragte Kelly.

Manny rückte ein Stück beiseite und deutete mit der Daumenpinzette. »Nathan hatte Recht. Obwohl es keine Schuppen besitzt, atmet es wie ein Wasserlebewesen. Es hat Kiemen, keine Lunge. Die Beine jedoch – beachten Sie die

Bänder! – sind eindeutig amphibisch. Das Streifenmuster ist typisch für den *Phobobates trivittatus,* den gestreiften Pfeilgiftfrosch, den größten und giftigsten Vertreter der Familie der Frösche.«

»Glaubst du, es handelt sich um eine Mutation?«, fragte Nate.

»Das hab ich anfangs auch gedacht. Das Tier ähnelt einer Kaulquappe, deren Wachstum zu einem Zeitpunkt, da die Kiemen noch vorhanden und die Hinterbeine bereits ausgebildet sind, zum Stillstand gekommen ist. Dann aber bekam ich Zweifel. Zunächst mal ist das Tier übermäßig groß. Es wiegt bestimmt fünf Pfund. So schwer wird nicht mal der Pfeilgiftfrosch.«

Manny wälzte das sezierte Tier herum und deutete auf Augen und Zähne. »Außerdem ist der Schädel völlig missgestaltet. Die Hirnschale ist nicht horizontal abgeflacht wie bei einem Frosch, sondern vertikal wie bei einem Fisch. Schädelform, Kiefer und Zähne entsprechen weitgehend einem häufig vorkommenden Raubfisch des Amazonas – dem *Serrasalmus rhombeus.*« Manny schaute hoch. »Dem schwarzen Piranha.«

Kelly richtete sich auf. »Das ist unmöglich.«

»Wenn das Tier nicht vor mir läge, würde ich Ihnen zustimmen.« Auch Manny richtete sich auf. »Ich habe mich mein Leben lang mit den Tieren des Amazonasgebietes befasst und bislang nichts Vergleichbares gesehen. Das ist tatsächlich eine Chimäre. Ein Wesen, das die biologischen Eigenschaften von Frosch und Fisch in sich vereint.«

Nate beäugte das Wesen. »Wie ist das möglich?«

Manny schüttelte den Kopf. »Ich weiß es nicht. Es ist ebenso unvorstellbar, wie dass sich ein fehlender Arm regeneriert. Ich glaube, die Chimäre zeigt, dass wir auf der richtigen Spur sind. Hier draußen gibt es etwas mit hoher mutagener Potenz, und die Expedition deines Vaters ist darauf gestoßen.«

Nate blickte die sezierten Überreste des Wesens an. *Was zum Teufel geht hier vor?*

Private Carrera stieß einen Warnruf aus. Sie bewachte die Nordseite des Hügels. »Sie kommen näher!«

Nate stand auf. Das Rascheln war lauter geworden. Es hörte sich an, als wäre der ganze Wald in Bewegung geraten.

Carrera betätigte den Flammenwerfer. Die Flammenzunge drängte die Dunkelheit zurück. Der Feuerschein wurde von hunderten kleinen Augen reflektiert, die vom Waldboden und von den Bäumen zu ihnen emporlugten. Eines der Tiere sprang von einem Palmwedel in die Feuerzone hinein. Ein automatisches Gewehr knatterte los, und das Tier wurde zu blutigem Mus zerfetzt.

»Alle zurück!«, rief Carrera. »Sie kommen!«

Von Bäumen und aus dem Unterholz hüpften kleine Tiere auf sie zu, ohne sich durch das Feuer und die Kugeln aufhalten zu lassen. Offenbar waren sie entschlossen, die Verteidiger mit ihrer schieren Übermacht zu überrennen.

Nate musste an das Massaker an den Indianern denken. Die Geschichte wiederholte sich. Er riss das Gewehr von der Schulter, zielte und zerfetzte ein Tier, gerade als es von einem Ast auf Carrera hinunterspringen wollte. Eingeweide regneten auf sie herab.

Sie waren gezwungen, die Hügelkuppe aufzugeben und sich über den Südhang zurückzuziehen. Schüsse knallten, Flammen erhellten die Nacht. Taschenlampen tanzten und versetzten alle Schatten in ruckhafte, zuckende Bewegung.

Corporal Okamoto schwenkte den Feuerstrahl des Flammenwerfers über den Südhang. »Der Weg scheint noch frei zu sein!«, rief er.

Nate riskierte einen Blick in die Richtung. Hinter den

Bäumen machte er einen weiteren Flussarm aus, der um die Südflanke des Hügels herumführte.

»Warum gibt es auf dieser Hügelseite keine Tiere?«, fragte Anna, deren Gesicht gerötet war.

Zane antwortete, mit ängstlich geweiteten Augen hinter sich blickend. »Wahrscheinlich haben sie alle Kräfte für den Sturmangriff zusammengezogen.«

Nate blickte zum Fluss hinunter. Der Fluss sah breit und friedlich aus, doch Nate wusste es besser. Er dachte an das große Capybara, das am Ufer von den Raubtieren angegriffen worden war. »Sie treiben uns vor sich her«, murmelte er.

»Was?«, fragte Kelly.

»Das Rudel treibt uns näher ans Wasser.«

Manny hatte ihn gehört. »Ich glaube, Nate hat Recht. Auch wenn sie kurze Strecken an Land zurücklegen können, sind sie doch in erster Linie Wasserbewohner. Sie wollen ihre Beute in Wassernähe zur Strecke bringen.«

Kelly blickte sich zu den Rangern um, die ihnen nach hinten Deckung gaben. »Bleibt uns denn eine andere Wahl?«

Okamoto wurde langsamer, als er sich dem Wasser näherte; offenbar hatte auch er Bedenken. Der Corporal wandte sich zu Captain Waxman um. »Sir, ich gehe als Erster rüber. Wie beim ersten Mal.«

Waxman nickte. »Aber passen Sie auf, Corporal.«

Okamoto schickte sich an, ins Wasser zu waten.

»Nein!«, rief Nate. »Ich bin sicher, das ist eine Falle.«

Okamoto blickte erst Nate, dann den Captain an, der ihn vorwärtswinkte.

»Wir müssen von der Insel runter«, sagte Waxman.

»Warten Sie«, sagte Manny gequält. »Ich ... ich kann Tor-tor an seiner Stelle rüberschicken.«

Mittlerweile hatten sich alle in Wassernähe versammelt.

Waxman starrte den Jaguar an, dann nickte er. »Also gut.«

Manny geleitete den Jaguar zum dunklen Fluss.

Nates Gedanken überschlugen sich. Es war Selbstmord, ins Wasser zu gehen. Das war so sicher wie das Amen in der Kirche. Es musste einen anderen Ausweg geben. Im Geiste spielte er verschiedene Szenarien durch.

Eine Seilbrücke über den Fluss. Aber selbst wenn es ihnen gelingen sollte, ein Seil zu spannen, so verfügten diese Wesen doch über eine enorme Sprungkraft. Sie würden sich auf den Köder am Seil stürzen.

Vielleicht könnten wir sie mit Granaten töten oder betäuben. Doch dafür war der Fluss zu groß. Die durch die Druckwelle getöteten Tiere würden rasch von den flussaufwärts wartenden Exemplaren ersetzt werden. Sie würden sich von der trägen Strömung herantragen lassen und die Gruppe angreifen, wenn sie den Wasserlauf durchwaten wollte. Nein, sie mussten diesen Flussarm vollständig freimachen – aber wie sollten sie das anstellen?

Auf einmal kam ihm eine Idee. Erst vor wenigen Tagen hatte er eine Beobachtung gemacht, die ihnen weiterhelfen konnte.

Manny und Tor-tor waren nur noch wenige Meter vom Fluss entfernt. Okamoto war bei ihnen und betätigte immer wieder den Flammenwerfer.

»Wartet!«, rief Nate. »Ich weiß was Besseres!«

Manny blieb stehen.

»Was schlagen Sie vor?«, fragte Waxman.

»Manny hat gesagt, im Grunde wären das Fische.«

»Und?«

Ohne den finster dreinblickenden Captain weiter zu beachten, wandte Nate sich an Kouwe. »Sie haben doch bestimmt Ayaeya-Pulver in Ihrer Ausrüstung, nicht wahr?«

»Ja, schon, aber –?« Auf einmal weiteten sich die Augen des Professors. »Ausgezeichnet, Nate. Das hätte mir schon eher einfallen können.«

Die weiter oben am Hang postierten Ranger hielten die

Tiere einstweilen noch mit Flammenwerfern und Gewehren in Schach. Okamoto stand am Ufer bereit.

Nate erläuterte rasch seinen Plan. »Die Indianer benutzen Ayaeya-Pulver zum Fischen.« Er vergegenwärtigte sich die Szene, die er beobachtet hatte, als er mit Tama und Takaho nach São Gabriel gepaddelt war: Eine Frau hatte ein schwarzes Pulver in den Fluss gestreut, während die Männer flussabwärts die betäubten Fische mit Speeren und Netzen fingen. »Die Liane enthält hoch wirksames Rotenon, ein Gift, dass die Fische buchstäblich erstickt. Die Wirkung tritt umgehend ein.«

»Was schlagen Sie also vor?«, fragte Waxman.

»Ich kenne mich mit dem Mittel aus. Ich gehe mit dem Beutel ein Stück flussaufwärts und vergifte das Wasser. Wenn das Gift in diese Gabelung gelangt, sollte es sämtliche Lebewesen im Wasser entweder töten oder betäuben.«

Waxman kniff die Augen zusammen. »Und das allein mit diesem Pulver?«

Kouwe, der bereits im Rucksack wühlte, antwortete ihm. »Allerdings. Falls diese Wesen wirklich Kiemenatmer sind.« Der Professor blickte Manny an.

Der Biologe nickte erleichtert. »Da bin ich mir sicher.«

Seufzend bedeutete Waxman Okamoto und Manny, sich vom Fluss zu entfernen. Als sich der Captain zu Nate umwandte, ertönte hinter ihnen eine Explosion. »Sie brechen durch!«, rief Sergeant Kostos.

Waxman zeigte auf Nate. »Machen Sie schon!«

Nate wandte sich um.

Professor Kouwe zog einen großen Lederbeutel aus seinem Rucksack und warf ihn Nate zu. »Sei vorsichtig.«

Nate fing den Beutel mit einer Hand auf und schwenkte mit dem Gewehr in der anderen herum.

»Carrera!«, rief Waxman und zeigte auf Nate. »Geben Sie ihm Deckung.«

»Jawohl, Sir.« Die Rangerin kletterte mit dem Flammenwerfer den Hang hinunter und ließ Okamoto ihren Posten einnehmen.

»Sobald die ersten Fische an die Oberfläche steigen«, sagte Nate, »waten Sie ans andere Ufer. Die Strömung ist zwar schwach, aber ich kann nicht sagen, wie lange es dauert, bis das Gift weggeschwemmt wird.«

»Ich kümmere mich darum«, sagte Kouwe.

Nate musterte die kleine Gruppe. Er begegnete Kellys Blick; die Ärztin hatte die Hand zur Faust geballt und drückte sie sich an den Hals. Er lächelte ihr aufmunternd zu, dann wandte er sich ab.

Zusammen mit Private Carrera rannte er flussaufwärts, wobei er einen Sicherheitsabstand zum Wasser einhielt.

Nate folgte der Soldatin, die ihnen den Weg mit dem Flammenwerfer freimachte. Im Laufschritt brachen sie durchs qualmende Unterholz. Nate blickte sich um. Die Stellung ihrer Kameraden war nurmehr als schwaches grünes Leuchten zu erkennen.

»Die Viecher scheinen zu ahnen, dass wir etwas vorhaben«, keuchte Carrera. Sie zeigte zum Fluss. Mehrere Tiere hüpften aus dem Wasser und machten sich an die Verfolgung.

»Nicht stehen bleiben«, drängte Nate. »Es ist nicht mehr weit.«

Sie eilten weiter, begleitet von leisen Platschern am Ufer und dem Knacken des Unterholzes.

Endlich erreichten sie die Flussgabelung. Der Wasserlauf war hier schmaler, die Strömung stärker; das Wasser ergoss sich schäumend über die Steine. Weitere Tiere sprangen aus der Strömung hervor, ihre nassen Leiber glänzten im Feuerschein.

Nate blieb stehen, und Carrera deckte das Ufer mit Sperrfeuer ein. Einige der Tiere blieben zischend am morastigen

Ufer liegen, andere flohen mit qualmender Haut ins Wasser. »Jetzt oder nie«, sagte Carrera.

Nate schulterte das Gewehr und setzte sich vor die Rangerin, den Beutel mit dem Pulver in der Hand. Eilig löste er die Lederverschnürung.

»Werfen Sie's einfach rein«, meinte die Rangerin.

»Nein, ich möchte, dass es sich gleichmäßig verteilt.« Nate trat noch einen Schritt näher ans Ufer.

»Vorsicht.« Carrera folgte ihm und löste immer wieder Flammenstöße aus, um die Raubtiere abzuschrecken.

Nate war nur noch einen Schritt vom Ufer entfernt.

Carrera kniete nieder und schwenkte den Feuerstrahl über den Fluss, bereit, alles zu verbrennen, was sich an die Oberfläche wagte. »Machen Sie schon!«

Nate nickte, beugte sich übers Wasser vor und streckte den Arm aus, den Beutel in der Hand. Angelockt durch die Bewegung sprang etwas aus dem Wasser hervor. Nate riss den Arm im letzten Moment zurück, sodass das Tier seine messerscharfen Zähne bloß in den Hemdsärmel schlug, an dem es hängen blieb.

Nate schwenkte heftig den Arm, der Stoff zerriss, und das Tier flog in hohem Bogen in den Wald. »Verdammt noch mal!« Ohne noch länger zu zögern streute Nate das Ayaeya-Pulver in weitem Bogen in den Fluss, damit es sich auch gut verteilte.

Carrera war derweil damit beschäftigt, ihnen nach hinten Deckung zu geben. Die Tiere aus dem Fluss kamen immer näher.

Nate schüttelte den letzten Rest Pulver ins Wasser, dann schleuderte er den Beutel in den Fluss. Während er beobachtete, wie der Beutel stromabwärts davontrieb, betete er darum, dass sein Plan gelingen möge. »Fertig«, sagte er und drehte sich um.

Carrera blickte ihn an. Hinter ihr machte Nate mehrere

Tiere aus, die von Ästen heruntersprangen. »Wir haben ein Problem«, sagte die Rangerin.

»Und das wäre?«

Carrera hob den Flammenwerfer und sandte einen Feuerstrahl in den Dschungel. Nach und nach wurde die Flammenzunge immer kürzer, bis sie in der Mündung der Waffe verschwand, wie ein versiegender Wasserstrahl nach Zudrehen des Wasserhahns.

»Kein Brennstoff mehr«, sagte sie.

Frank O'Brien stand neben seiner Schwester und passte auf sie auf. Bisweilen meinte er, ihre Gedanken lesen zu können. Zum Beispiel in diesem Moment. Kelly hielt zusammen mit Kouwe und Manny auf dem Fluss Ausschau nach einem Hinweis, dass Rands Plan funktionierte. Doch er bemerkte, dass sie sich immer wieder zu der Stelle umsah, an der der Ethnobotaniker und die Soldatin verschwunden waren. Außerdem sah er das Funkeln in ihren Augen.

Eine Explosion lenkte ihn ab. Eine weitere Granate. Erdbrocken und Aststücke prasselten durchs Laubwerk herab. Die Gewehre feuerten mittlerweile fast ohne Unterlass. Die Ranger wurden allmählich zu den dicht zusammengedrängten Zivilisten zurückgetrieben. Bald würde ihnen nichts anderes übrig bleiben, als sich zum Fluss zurückzuziehen, zu den Gefahren, die in der dunklen Tiefe lauerten.

Anna Fong stand bei Zane, bewacht von Olin Pasternak, der eine Beretta vom Kaliber 9 mm in der Hand hielt. Die Waffe war schlecht geeignet für kleine, sich schnell bewegende Ziele, aber besser als nichts.

Auf einmal knurrte Mannys Jaguar.

»Sehen Sie!«, rief Kelly.

Frank wandte den Kopf. Seine Schwester leuchtete mit der Taschenlampe auf den Fluss hinaus. Dann sah er es ebenfalls. Kleine, glitzernde Objekte kamen an die Oberfläche und wurden von der Strömung abgetrieben.

»Nate hat es geschafft«, sagte Kelly lächelnd.

Professor Kouwe trat näher ans Ufer. Einer der Piranha-Frösche sprang ihn aus dem Wasser an, landete jedoch im Morast und blieb auf der Seite liegen. Er zuckte ein paar Sekunden lang, dann rührte er sich nicht mehr. Betäubt. Kouwe blickte Frank an. »Wir dürfen uns die Gelegenheit nicht entgehen lassen. Wir müssen sofort rüber.«

Frank drehte sich um und machte ein Stück höher am Hang Captain Waxman aus. Er hob die Stimme, um das Gewehrfeuer zu übertönen. »Captain Waxman! Rands Plan hat funktioniert!« Frank schwenkte den Arm. »Wir können ans andere Ufer! Jetzt gleich!«

Waxman nickte, dann brüllte er: »Einheit Bravo! Zum Fluss zurückziehen!«

Frank legte zwei Finger an den Schirm der Baseballkappe und trat zu Kelly. »Es geht los.«

Manny rannte an ihnen vorbei. »Ich gehe mit Tor-tor vor. Ich habe die Sektion durchgeführt und bin verantwortlich für den Plan.« Ohne eine Antwort abzuwarten, näherte er sich mit dem Jaguar dem Ufer. Er atmete einen Moment tief durch, dann watete er ins Wasser. Dieser Nebenarm war tiefer als der andere. In der Mitte reichte Manny das Wasser bis zur Brust. Tor-tor musste schwimmen.

Kurz darauf kletterte der Biologe ans andere Ufer. Er drehte sich um. »Beeilt euch! Im Moment ist es sicher!«

»Los!«, kommandierte Waxman.

Die Zivilisten wateten in einer Reihe nebeneinander hinüber.

Frank ging an Kellys Seite und hielt sie bei der Hand. Mittlerweile trieben Hunderte der Tiere an der Wasseroberfläche. Sie mussten zwischen den tödlichen Biestern hindurchgehen, sie beiseiteschieben, den scharfen Zähnen ausweichen, die in den erschlafften Mäulern funkelten. Frank hielt den Atem an und hoffte inständig, dass die Betäubung anhalten möge.

Der Panik nahe gelangten sie ans andere Ufer und kletterten hinauf. Ihnen folgten die Ranger; sie stürmten mit ihrer vollen Ausrüstung durch den Fluss, ohne auf die an der Wasseroberfläche treibenden Tiere zu achten. Als sie an Land kletterten, tauchten am anderen Ufer gerade die ersten Piranha-Frösche aus dem Dschungel auf. Zwei von ihnen näherten sich dem Ufer, dann hielten sie mit bebenden Kiemen inne.

Sie wittern die Gefahr, dachte Frank. Wenn sie nicht ersticken wollten, hatten sie jedoch keine Wahl. Wie auf ein geheimes Signal hin stürzten sich die mutierten Piranhas ins Wasser.

»Rückzug!«, befahl Waxman. »Wir können uns nicht darauf verlassen, dass das Wasser noch immer vergiftet ist.«

Sie flohen aufs bewaldete, höher gelegene Gelände. Den Fluss und das Ufer leuchteten sie mit Taschenlampen ab. Nach einigen Minuten war jedoch klar, dass sie nicht mehr verfolgt wurden. Entweder war das Gift noch immer wirksam, oder die Tiere hatten die Verfolgung aufgegeben.

Frank seufzte. »Es ist vorbei.«

Kelly leuchtete ans andere Ufer. »Wo ist eigentlich Private Carrera?«, fragte sie leise, dann wandte sie sich Frank zu. »Wo ist Nate?«

Flussaufwärts hallte eine Explosion durch den Wald.

Kellys Augen weiteten sich. »Sie stecken in Schwierigkeiten.«

Nate hob das Gewehr und knallte ein paar Tiere ab, die ihnen zu nahe gekommen waren. Carrera hatte den Brennstofftank abgenommen und sich darüber gebeugt. »Wie viel haben wir noch?«, fragte Nate besorgt, darum bemüht, alles gleichzeitig im Auge zu behalten.

»Fast leer.«

Nate blickte sich zum Fluss um. Im Schein von Carreras Taschenlampe war zu erkennen, dass das Gift wirkte. Flussabwärts schwammen zahlreiche Tiere auf dem Wasser, wurden von der Strömung aber rasch abgetrieben. Der schmale Wasserlauf in ihrem Rücken war fast frei von toten oder bewusstlosen Tieren, doch dem Frieden war nicht zu trauen. Das Gift war von der starken Strömung gewiss schon weggeschwemmt worden. Sie mussten das flussabwärts treibende Gift am Ufer überholen und an einer Stelle, wo die Strömung schwächer und das Gift noch wirksam war, ans andere Ufer waten – bloß wurde ihnen der Fluchtweg durch ein kleines Heer von Mutanten versperrt, die sich im Wald verschanzt hatten.

»Fertig«, sagte Carrera und richtete sich wieder auf.

Sie verschloss den Deckel des Kanisters, ließ jedoch eine Zündschnur heraushängen. Im Tank war noch ein wenig Brennstoff, nicht genug, um den Flammenwerfer in Gang zu bringen, doch für ihre Zwecke reichte es. Zumindest hoffte er das.

Nate hielt mit angelegtem Gewehr die Stellung. »Glauben Sie wirklich, dass es funktionieren wird?«

»Es muss ganz einfach.«

Ihre Antwort klang weniger überzeugt, als Nate sich erhofft hatte.

»Zeigen Sie noch mal aufs Ziel«, sagte sie.

Er schwenkte das Gewehr herum und wies mit dem Lauf auf den etwa dreißig Meter flussabwärts gelegenen Baum mit grauer Rinde.

»Okay.« Carrera zündete das Ende der Zündschnur mit einem Gasfeuerzeug an. »Halten Sie sich bereit.« Sie holte aus und schleuderte den Kanister mit aller Kraft.

Nate hielt den Atem an. Der Kanister flog sich überschlagend in hohem Bogen durch die Luft – und landete genau am Fuße des Baums.

»Dann hat sich mein jahrelanges Softballspiel also doch ausgezahlt«, murmelte Carrera, anschließend setzte sie lauter hinzu: »In Deckung!«

Beide ließen sich auf den laubbedeckten Boden fallen. Nate hielt das Gewehr weiterhin fest umklammert und zielte damit nach vorn. Und das war sein Glück. Ein Piranha-Frosch kam aus einem Busch hervorgehüpft und landete nur eine Handbreit vor seiner Nase. Nate drehte sich auf die Seite und versetzte dem Tier einen Schlag mit dem Gewehrlauf. Anschließend wälzte er sich auf den Bauch und blickte die Rangerin an. »Uni-Baseball«, murmelte er. »Im letzten Studienjahr.«

»Runter!« Carrera drückte seinen Kopf in den Dreck.

Die Explosion war ohrenbetäubend; schrapnellartige Splitter flogen durchs Blätterdach. Nate hob den Kopf. Carreras Plan hatte funktioniert. Sie hatte den fast leeren Brennstofftank in einen überdimensionalen Molotow-Cocktail verwandelt. Flammen erhellten die Nacht.

Carrera kniete sich hin. »Was ist mit –?«

Die zweite Explosion hörte sich an wie ein Donnerschlag: das Splittern von Holz, begleitet von einem dröhnenden Krachen. Der umliegende Dschungel wurde zerfetzt, im nächsten Moment regnete brennendes Kopalharz herab.

»Mist!«, fluchte Carrera. Ihr Ärmel hatte Feuer gefangen. Sie erstickte die Flammen im feuchten Lehm.

Nate richtete sich auf, froh darüber, dass ihr Plan funktioniert hatte. Der Baum, ihr Ziel, war völlig zerstört, auf dem Stumpf tanzten bläuliche Flammen. Wie von Nate erwartet, hatte der Molotow-Cocktail den kohlenwasserstoffreichen Saft entzündet und den Baum in eine natürliche Bombe verwandelt, die das ganze Flussufer in Brand gesetzt hatte.

»Kommen Sie!«, rief Nate und stürmte mit Carrera los.

Seite an Seite rannten sie parallel zum Fluss durch den brennenden und zerfetzten Wald, bis sie das im Wasser treibende Gift überholt hatten. An der Wasseroberfläche schwammen Piranha-Frösche und Fische.

»Hier entlang!« Nate rannte zum Ufer. Halb schwamm, halb watete er durchs Wasser. Carrera folgte ihm.

Kurz darauf kletterten sie ans andere Ufer.

»Wir haben es geschafft«, meinte die Rangerin lachend.

Nate seufzte. In der Ferne machte er den Schein von Taschenlampen aus. Auch der Gruppe war die Flussüberquerung gelungen. »Dann wollen wir mal sehen, ob wirklich alle unverletzt sind.«

Sie halfen einander hoch und stolperten vom Ufer weg, ihren Kameraden entgegen.

Als sie aus dem Wald auftauchten, wurden sie von lautem Jubel begrüßt. »Prima Leistung, Carrera«, sagte Kostos mit einem aufrichtigen Lächeln.

Nate wurde nicht minder herzlich begrüßt. Kelly schlang die Arme um seinen Hals und drückte ihn an sich. »Sie haben es geschafft«, murmelte sie ihm ins Ohr. »Sie haben es geschafft.«

»Und keine Minute zu früh«, sagte Nate.

Frank klopfte ihm anerkennend auf den Rücken.

»Gut gemacht, Dr. Rand«, sagte Captain Waxman ungerührt, dann machte er sich daran, seine Truppe zu organisieren. Niemand wollte in Flussnähe bleiben, Gift hin oder her.

Bevor Kelly die Arme sinken ließ, hauchte sie Nate einen Kuss auf die Wange. »Danke ... danke, dass Sie uns gerettet haben. Und danke, dass Sie wohlbehalten zurückgekommen sind.«

Dann gab sie den leicht verwirrten Nate frei und wandte sich ab.

Carrera stupste ihn mit dem Ellbogen an und verdrehte die Augen. »Sieht so aus, als hätten Sie sich eine Freundin gemacht.«

10.01 Uhr
Amazonas-Dschungel

Louis stand in Ufernähe inmitten des verwüsteten Geländes. Der beißende Gestank von Napalm hing noch in der Luft. Sein Team lud gerade die Ausrüstung aus den Kanus und schulterte die Rucksäcke. Von hier aus würden sie zu Fuß weitergehen.

Mit Sonnenaufgang waren Wolken aufgezogen, und nun fiel ein stetiger Nieselregen vom Himmel, der die wenigen noch kokelnden Feuer allmählich löschte. Eine Qualmwolke hing über dieser toten Urwaldzone, gespenstisch weiß und dicht.

Seine Geliebte schritt mit bekümmerter Miene umher; offenbar ging ihr nahe, was man dem Wald zugefügt hatte. Sie umkreiste einen in den Boden gerammten Ast, an dem ein Tier aufgespießt war. Es handelte sich um eines der seltsamen Tiere, die die andere Gruppe angegriffen hatten. Louis war diese Art unbekannt. Tshui war ihr anscheinend ebenfalls noch nie begegnet. Sie beäugte das Tier mit schief gelegtem Kopf, wie ein Vogel einen Wurm.

Jacques trat von hinten an Louis heran. »Ein Funkgespräch für Sie ... auf der verschlüsselten Frequenz.«

»Endlich«, meinte er seufzend.

Kurz vor Sonnenaufgang war einer der beiden Kundschafter zurückgekehrt, verängstigt und mit wildem Blick. Er hatte berichtet, sein Partner, ein vierschrötiger Kolumbianer mit dem Spitznamen Toady, sei von einem der Tiere angegriffen worden und auf grauenhafte Weise zu Tode gekommen. Malachim hatte es nur mit Mühe und Not zum Lager geschafft. Bedauerlicherweise waren seine Auskünfte über den Verbleib des anderen Teams bestenfalls bruchstückhaft zu nennen. Anscheinend war die Gruppe der Ranger vor den Tieren durch einen Nebenarm des Flusses geflüchtet und marschierte nun in südwestliche Richtung. Aber wohin wollten sie?

Louis war um eine Antwort nicht verlegen. Er nahm das Funkgerät von Jacques entgegen. Es stellte eine Direktverbindung zu einem kleinen Sender her, der einem Mitglied der gegnerischen Gruppe gehörte, einem Maulwurf, den er unter erheblichen Kosten den Rangern unmittelbar vor die Nase gesetzt hatte.

»Danke, Jacques.« Louis entfernte sich ein paar Schritte von den anderen. Heute Morgen hatte er schon einen Funkspruch entgegengenommen, und zwar von seinem Auftraggeber, der Firma St. Savin Pharmaceuticals in Frankreich. Offenbar breitete sich entlang des Amazonas und in den Vereinigten Staaten eine Krankheit aus, die mit dem Leichnam des Amerikaners in Verbindung stand. Der Einsatz hatte sich erhöht. Louis hatte mit dem Argument, das Risiko sei größer geworden, den Preis in die Höhe getrieben. St. Javin hatte akzeptiert, was ihn nicht wunderte. Ein Heilmittel für diese Krankheit wäre für seine Auftraggeber Milliarden wert. Was zählten da schon ein paar Francs, die man ihm in den Rachen warf?

Louis hob das Funkgerät ans Ohr. »Hier Favre.«

»Dr. Favre.« Die Erleichterung war seinem Gesprächspartner deutlich anzuhören. »Gott sei Dank habe ich Sie endlich erreicht.«

»Ich habe schon auf Ihren Funkspruch gewartet«, sagte Louis mit drohendem Unterton. »Ich habe heute Nacht einen guten Mann verloren, bloß weil wir nicht rechtzeitig vor diesen giftigen Schildkröten gewarnt wurden.«

Sein Gesprächspartner schwieg. Dann sagte er: »Es ..., es tut mir Leid. Bei der ganzen Aufregung hatte ich keine Gelegenheit, einen Funkspruch abzusetzen. Erst jetzt konnte ich mich mal allein in die Büsche schlagen.«

»Na schön. Dann berichten Sie mir vom Grund der *Aufregung.*«

»Es war grauenhaft.« Der Spitzel plapperte drei Minuten lang in einem fort und setzte Louis über die Ereignisse der vergangenen Nacht ins Bild. »Hätte Rand nicht so ein giftiges Pulver ins Wasser gestreut, wären wir bestimmt alle umgekommen.«

Als Rands Name fiel, krampfte Louis die Hand ums Funkgerät. Schon allein bei dem Namen sträubte sich ihm sämtliche Nackenhaare. »Und wo sind Sie jetzt?«

»Wir marschieren nach Südwesten und suchen nach dem nächsten Wegweiser von Gerald Clark.«

»Ausgezeichnet.«

»Aber –«

»Ja, was denn?«

»Ich ... ich will hier weg.«

»*Pardon, mon ami?*«

»Heute Nacht wäre ich um ein Haar getötet worden. Ich habe mir gedacht ... ich weiß auch nicht ..., vielleicht können Sie mich auflesen, wenn ich mich von der Gruppe entferne. Ich wäre bereit, dafür zu bezahlen, wenn Sie mich in die Zivilisation zurückbringen.«

Louis schloss die Augen. Der Maulwurf bekam anscheinend kalte Füße. Er musste dem Tierchen ein wenig Feuer unter dem Hintern machen. »Also, sollten Sie Ihren Posten verlassen, werde ich Sie bestimmt finden.«

»D-danke. Ich werde mich gewiss –«

»Und dann würde ich Ihnen einen langen, schmerzhaften

und erniedrigenden Tod bereiten. Wenn Sie meine Akte kennen, dann wissen Sie, wie *erfinderisch* ich sein kann.«

Sein Gesprächspartner schwieg. Louis stellte sich vor, wie sein kleiner Spion erbleichte und vor Angst zitterte.

»Ich verstehe.«

»Ausgezeichnet. Ich bin froh, dass wir diese Angelegenheit geklärt haben. Jetzt zu einem wichtigeren Punkt. Wie es aussieht, möchten unsere gemeinsamen Wohltäter in Frankreich Ihre Dienste in Anspruch nehmen. Und ich fürchte, Sie werden der Bitte nachkommen müssen.«

»W-was?«

»Aus Sicherheitsgründen und um sich die Eigentumsrechte an möglichen Entdeckungen zu sichern, wünschen sie, dass Sie die Funkverbindung des Teams sabotieren, und zwar so schnell wie möglich und ohne Verdacht zu erregen.«

»Wie soll ich das anstellen? Wie Sie wissen, verfüge ich über einen Computervirus, mit dem ich die Satellitenverbindung des Teams lahm legen kann, aber die Ranger haben ihre eigene Funkausrüstung.«

»Kein *Problème.* Pflanzen Sie das Virus ein und überlassen Sie die Ranger mir.«

»Aber –«

»Vertrauen Sie mir. Wir sind ganz in Ihrer Nähe.«

Abermals herrschte Schweigen im Hörer. Louis lächelte. Seine Zusicherung hatte den Agenten nicht zu beruhigen vermocht.

»Erstatten Sie heute Abend wieder Bericht«, sagte Louis.

Eine Pause. »Ich werd's versuchen.«

»Sie sollen es nicht versuchen – tun Sie's einfach.«

»Jawohl, Doktor Favre.« Die Verbindung wurde unterbrochen.

Louis nahm das Funkgerät vom Ohr und näherte sich Jacques. »Wir sollten allmählich aufbrechen. Das andere Team hat bereits einen ordentlichen Vorsprung.«

»Ja, Sir.« Jacques machte sich daran, seine Männer zu sammeln.

Louis bemerkte, dass Tshui noch immer das aufgespießte Tier musterte. Wenn er sich nicht täuschte, zeigte sich ein Anflug von Angst in ihrem Blick. Ganz sicher aber war sich Louis nicht. Wie sollte er auch? Eine solche Gefühlsregung hatte er bei der Indianerhexe noch nie beobachtet. Er trat zu ihr und schloss sie in die Arme.

Sie zitterte ganz leicht.

»Ganz ruhig, *ma chérie*. Du brauchst keine Angst zu haben.«

Tshui lehnte sich an ihn, doch ihr Blick suchte den Stock. Sie stöhnte leise.

Louis runzelte die Stirn. Vielleicht sollte er auf die unausgesprochene Warnung seiner Geliebten hören. Von jetzt an würden sie größere Vorsicht walten lassen. Das andere Team war von diesen unbekannten Wasserraubtieren um ein Haar vernichtet worden. Ein deutliches Zeichen, dass sie auf dem richtigen Weg waren. *Und wenn nun dort draußen noch ganz andere Gefahren lauerten?*

Während er die Risiken abwog, wurde ihm bewusst, dass ihr Team über einen inhärenten Vorteil verfügte. Ihre Gegner hatten alle Kräfte anspannen müssen, um den Angriff abzuschmettern – gleichzeitig hatten sie Louis' Gruppe den Weg freigemacht. Warum sollte es nicht wieder so kommen? Warum sollte er die anderen Gefahren nicht vom gegnerischen Team aus dem Weg räumen lassen?

»Am Ende werden wir über ihre Leichen hinwegschreiten und den Preis einheimsen«, murmelte Louis. Erfüllt von neuer Zuversicht, küsste er Tshui auf den Scheitel. »Keine Angst, meine Liebe. Wir können nicht verlieren.«

10.09 Uhr
Krankentrakt des Instar Institute
Langley, Virginia

Lauren O'Brien saß neben dem Krankenbett, auf dem Schoß ein Buch. *Grüne Eier und Schinken* von Dr. Seuss, Jessies Lieblingsbuch. Ihre Enkelin schlief, zusammengekrümmt auf der Seite liegend. Bei Tagesanbruch hatte das Fieber endlich nachgelassen. Die Mischung aus entzündungshemmenden und fiebersenkenden Mitteln hatte gewirkt und das Fieber von 39 Grad auf Normaltemperatur gesenkt. Niemand konnte sagen, ob Jessie sich mit dem Dschungelfieber angesteckt hatte – fiebrige Erkrankungen traten bei Kindern häufig auf –, doch sie wollte kein Risiko eingehen.

Die Krankenstation, in der ihre Enkelin schlief, war hermetisch abgeriegelt, um die Ausbreitung von Krankheitserregern zu verhindern. Lauren trug einen einteiligen Wegwerf-Quarantäneanzug, der mit einer automatischen Atemmaske ausgerüstet war. Zunächst hatte sie sich geweigert, den Anzug anzulegen, da sie Jessie nicht noch weiter beunruhigen wollte. Da Schutzanzüge für die Krankenhausangestellten und alle Besucher jedoch Vorschrift waren, hatte sie sich schließlich fügen müssen.

Als Lauren im Schutzanzug ins Krankenzimmer getreten war, hatte Jessie sich tatsächlich erschreckt, doch als sie die durchsichtige Sichtscheibe bemerkte und Lauren besänftigend auf sie einsprach, hatte sie sich wieder beruhigt. Während man Jessie untersuchte, ihr Blut abnahm und Medikamente verabreichte, war Lauren bei ihr. Robust wie alle Kinder, schlief Jessie jetzt tief und fest.

Ein leises Zischen ertönte, als jemand den Raum betrat. Lauren wandte sich, behindert durch den Schutzanzug, schwerfällig um. Hinter der Sichtscheibe machte sie ein vertrautes Gesicht aus. Sie legte das Buch auf den Tisch und erhob sich. »Marshall.«

Ihr Mann schloss sie in die plastikumhüllten Arme. »Ich habe ihre Krankenakte gelesen, bevor ich hergekommen bin«, sagte er; seine Stimme klang ein wenig blechern und fern. »Das Fieber ist runtergegangen.«

»Ja, vor zwei Stunden.«

»Schon irgendwelche Neuigkeiten aus dem Labor?« Lauren hörte die Angst aus seiner Stimme heraus.

»Nein ... Es ist noch zu früh, als dass man sagen könnte, ob sie sich angesteckt hat.« Solange der Erreger unbekannt war, gab es auch keinen Schnelltest. Zur Diagnose wurden drei Symptome herangezogen: Geschwüre im Mund, kleine Blutungen unter der Schleimhaut und eine dramatische Abnahme der weißen Blutkörperchen. Diese charakteristischen Symptome traten jedoch erst sechsunddreißig Stunden nach dem ersten Fieberschub auf. Bis dahin mussten sie warten. Es sei denn ...

Lauren versuchte das Thema zu wechseln. »Was hat die Konferenzschaltung mit dem Seuchenzentrum und den Kabinettsmitgliedern ergeben?«

Marshall schüttelte den Kopf. »Reine Zeitverschwendung. Es wird noch Tage dauern, bis die Winkelzüge aufhören und ernsthafte Maßnahmen ergriffen werden. Die gute Nachricht ist, dass Blaine vom Seuchenzentrum meinen Vorschlag unterstützt, die Grenze von Florida zu schließen. Das wundert mich.«

»Sollte es aber nicht«, meinte Lauren. »Ich halte ihn ständig auf dem Laufenden, auch über die Vorgänge in Brasilien. Die Implikationen sind wirklich erschreckend.«

»Ja, du musst ihn ganz schön wachgerüttelt haben.« Er drückte ihr die Hand. »Danke.«

Lauren seufzte schwer, mit Blick aufs Bett.

»Warum gönnst du dir nicht eine Pause? Ich werde eine

Weile auf Jessie aufpassen. Du solltest ein Nickerchen machen. Du warst die ganze Nacht auf.«

»Ich könnte jetzt eh nicht schlafen.«

Marshall legte ihr den Arm um die Hüfte. »Dann trink wenigstens einen Kaffee und iss etwas. Bald ist es Zeit für die mittägliche Konferenzschaltung mit Kelly und Frank.«

Lauren lehnte sich an ihn. »Was sollen wir Kelly sagen?«

»Die Wahrheit. Jessie hat Fieber, doch es besteht kein Grund zur Panik. Wir wissen noch nicht, ob sie sich angesteckt hat.«

Lauren nickte. Nach kurzem Schweigen geleitete Marshall sie behutsam zur Tür. »Geh.«

Lauren passierte die Schleuse und ging zu ihrem Spind, wo sie den Schutzanzug ablegte und den Kittel überstreifte. Als sie aus der Umkleidekabine trat, wurde sie von der Stationsschwester aufgehalten. Sie folgte ihr zum Schwesternzimmer. »Sind die Laborberichte schon da?«

Eine kleine Krankenschwester asiatischer Abstammung reichte ihr eine Plastikmappe. »Die wurden gerade eben gefaxt.«

Lauren klappte die Mappe auf und blätterte zu der Seite mit den Ergebnissen der Blutuntersuchung vor. Sämtliche Blutwerte waren wie erwartet normal. Dann hielt sie mit dem Finger an der Zeile mit dem Ergebnis der Zählung der weißen Blutkörperchen inne:

WB: 2130 (L) 6 000 – 15 000

Der Wert war niedrig, signifikant niedrig; einer der drei Hinweise auf eine Ansteckung.

Sie bewegte den zitternden Finger bis zu dem Teil des Berichts, der die verschiedenen Untergruppen der weißen Blutkörperchen behandelte. Der Epidemiologe des Teams, Dr. Alvisio, hatte sie gestern Abend auf eine Besonderheit der

Labordaten aufmerksam gemacht, auf die er mit seinem Computermodell gestoßen war: eine ungewöhnliche Häufung einer bestimmten Untergruppe der weißen Blutkörperchen, der so genannten Basophilen, die in einem frühen Krankheitsstadium zu beobachten war, während gleichzeitig die Gesamtzahl der weißen Blutkörperchen abnahm. Zwar war es noch zu früh, eine Schlussfolgerung zu ziehen, doch anscheinend trat diese Besonderheit bei allen Erkrankten auf. Dies mochte ein Weg zur Früherkennung sein.

Lauren las die letzte Zeile.

Basophilenzählung: 12 (H) 0-4

»Mein Gott.« Sie senkte das Diagramm auf den Tisch. Jessies Basophilenwert lag über dem Normalwert. Sogar weit darüber.

Lauren schloss die Augen.

»Ist Ihnen nicht gut, Dr. O'Brien?«

Lauren hatte die Schwester gar nicht gehört. Die grauenhafte Erkenntnis nahm sie vollständig in Anspruch: Jessie war am Dschungelfieber erkrankt.

11.48 Uhr
Amazonas-Dschungel

Kelly folgte den im Gänsemarsch aufgereihten Expeditionsteilnehmern, todmüde, aber fest entschlossen, in Bewegung zu bleiben. Sie waren die ganze Nacht durchmarschiert und hatten nur hin und wieder eine kurze Pause eingelegt. Nach dem Angriff waren sie zwei Stunden am Stück auf den Beinen gewesen und hatten bei Sonnenaufgang eine Weile gerastet, während die Ranger Kontakt mit dem Basislager in Wauwai aufnahmen. Sie hatten beschlossen, zumindest bis Mittag durchzuhalten und dann über Satellit mit den Staaten Kontakt aufzunehmen. Anschließend sollte sich das Team ausruhen, neu gruppieren und das weitere Vorgehen festlegen.

Kelly sah auf die Uhr. Es ging auf Mittag zu. *Gott sei Dank*. Waxman dachte bereits laut über einen geeigneten Lagerplatz nach. »In sicherer Entfernung von irgendwelchen Wasserläufen«, meinte er warnend.

Immer wieder hatten sie Bächen und Tümpeln ausweichen müssen oder waren in aller Eile hindurchgewatet. Weitere Angriffe hatte es nicht gegeben.

Manny hatte eine Erklärung vorgeschlagen. »Vielleicht bewohnen die Tiere ja nur ein fest umgrenztes Territorium. Vielleicht ist das der Grund, weshalb man sie nicht schon eher entdeckt hat.«

»Mir soll's recht sein«, hatte Frank säuerlich bemerkt.

Sie stapften weiter, und der Nieselregen machte allmählich dichtem, feuchtem Nebel Platz. Die Feuchtigkeit machte alles schwerer: Kleidung, Rucksäcke, Stiefel. Trotzdem beklagte sich niemand über die Strapazen. Alle waren begierig, das nächtliche Grauen möglichst rasch hinter sich zu lassen.

Von vorne meldete ein Ranger: »Eine Lichtung!« Es war Corporal Warczak. Als Fährtensucher war es unter anderem seine Aufgabe, auf Zeichen von Gerald Clark zu achten. »Die Stelle scheint mir gut geeignet für ein Lager!«

Kelly seufzte. »Wurde auch Zeit.«

»Sehen Sie sich mal um!«, sagte Waxman. »Vergewissern Sie sich, dass keine Wasserläufe in der Nähe sind.«

»Jawohl, Sir! Kostos erkundet bereits das Gelände.«

Nate, der bloß ein paar Schritt vor Kelly ging, rief nach vorn: »Aber seien Sie vorsichtig. Es könnte sein, dass –«

Vorne schrie jemand gequält auf.

Alle erstarrten, bloß Nate stürmte los. »Verdammt noch mal, wieso hört eigentlich niemand auf mich?«, murmelte er im Laufen. Er blickte sich nach Kelly und Kouwe um und schwenkte den Arm. »Sie müssen uns helfen! Sie beide!«

Kelly schickte sich an, ihm zu folgen. »Was ist denn los?«, fragte sie Kouwe.

Der Professor lockerte bereits die Rucksackriemen. »*Supay chacra,* könnte ich mir vorstellen. Ein Teufelsgarten. Kommen Sie.«

Teufelsgarten? Das klang gar nicht gut.

Captain Waxman befahl den anderen Rangern, bei den Zivilisten zu bleiben. Zusammen mit Frank folgte er Nate.

Kelly eilte nach vorn und sah zwei Soldaten am Boden liegen. Es sah aus, als ob sie miteinander kämpften; der eine wälzte sich am Boden, der andere schlug mit der flachen Hand auf ihn ein.

Nate rannte auf sie zu.

»Befrei mich von den verfluchten Biestern!«, schrie der am Boden liegende Ranger, sich durchs Unterholz wälzend. Es war Sergeant Kostos.

»Ich versuch's ja«, erwiderte Corporal Warczak, unablässig auf ihn einschlagend.

Nate schob den Corporal beiseite. »Aufhören! Sie reizen sie nur noch mehr.« Dem Soldaten am Boden befahl er: »Nicht rühren, Sergeant Kostos!«

Kelly konnte mittlerweile erkennen, dass der Mann mit etwa zweieinhalb Zentimeter langen schwarzen Ameisen bedeckt war. Es mussten Tausende sein.

»Hören Sie auf, sich zu bewegen, dann lassen die Tiere Sie in Ruhe.«

Kostos blickte Nate an, mit tränenden Augen und voller Wut, tat jedoch wie geheißen. Er hörte auf, um sich zu schlagen, lag still da und japste.

Kelly bemerkte die Schwellungen an seinen Armen und in seinem Gesicht. Er sah aus, als hätte man ihn mit einer brennenden Zigarette malträtiert.

»Was ist passiert?«, fragte Captain Waxman.

Nate hielt alle auf Abstand zu Kostos. »Nicht berühren.«

Kostos zitterte. Tränen quollen ihm aus den Augenwinkeln. Offenbar litt er Qualen. Nates Rat erwies sich jedoch als richtig. Die Ameisen hörten auf zu beißen, krabbelten von Kostos' Armen und Beinen herunter und verschwanden im Gebüsch.

»Wo wollen die hin?«, fragte Kelly.

»Zu ihrem Bau«, antwortete Kouwe. »Das sind bloß Soldaten.« Er zeigte an ein paar Bäumen vorbei. Einige Meter weiter öffnete sich eine Dschungellichtung, die so kahl und nackt aussah, als hätte sich hier jemand mit Rechen und Heckenschere zu schaffen gemacht. In der Mitte stand ein mächtiger Baum, ein Urwaldriese, dessen Äste die Freifläche vollständig überdeckten.

»Das ist ein Ameisenbaum«, erklärte der Professor. »Darin lebt die Ameisenkolonie.«

»Im Baum?«

Kouwe nickte. »Das ist eines der vielen Beispiele für eine Symbiose zwischen Pflanzen und Tieren beziehungsweise Insekten. Der Baum hat im Laufe der Evolution hohle Äste und Kanäle entwickelt, die den Ameisen als Behausung dienen und sie sogar mit einem speziellen Zuckersaft ernähren. Die Ameisen wiederum nützen auch dem Baum. Sie düngen ihn nicht nur mit ihren Ausscheidungen, sondern beschützen ihn auch vor anderen Insekten, Vögeln und sonstigem Getier.« Kouwe wies mit dem Kinn zur Lichtung. »Die Ameisen zerstören alles, was in der Nähe des Baums wächst, und entfernen Schling- und Kletterpflanzen von den Ästen. Deshalb bezeichnet man diese Stellen auch als *supaya chacra,* als Teufelsgarten.«

»Eine eigenartige Beziehung.«

»So ist es. Freilich kommt sie beiden Spezies zugute –

dem Baum und den Insekten. Sie sind sogar aufeinander angewiesen.«

Kelly blickte zur Lichtung und staunte darüber, wie eng verwoben die verschiedenen Spezies waren. Erst vor einigen Tagen hatte Nate ihr eine Orchidee gezeigt, deren Blüten geformt waren wie das Geschlechtsorgan einer bestimmten Wespenart. »Um das Insekt anzulocken und zur Bestäubung zu veranlassen.« Andere Pflanzen wiederum sonderten Zuckersaft ab, um Bestäuber auf sich aufmerksam zu machen. Die Früchte eines bestimmten Baums mussten von einem ganz bestimmten Vogel oder Säugetier gefressen werden und dessen Verdauungstrakt passieren, um keimen und Wurzeln schlagen zu können. Im Regenwald war das Leben durch ein kompliziertes evolutionäres Netz miteinander verwoben.

Als Nate neben dem Sergeant niederkniete, wurde sie von ihrem Gedankengang abgelenkt. Die Ameisen hatten sich mittlerweile vom Körper des Soldaten zurückgezogen. »Wie oft habe ich Ihnen eingeschärft, Sie sollen die Augen aufmachen, bevor Sie sich irgendwo anlehnen?«

»Ich hab die Ameisen nicht gesehn«, sagte Kostos gequält und mit zornigem Blick. »Außerdem musste ich mal pinkeln.«

Kelly bemerkte, dass der Hosenstall des Mannes offen war.

Nate schüttelte den Kopf. »Ausgerechnet gegen einen Ameisenbaum?«

Während Kouwe in seinem Rucksack wühlte, erklärte er: »Ameisen reagieren empfindlich auf chemische Reize. Die im Baum beheimatete Kolonie hat den Urin als Angriff interpretiert.«

Kelly packte eine Spritze mit einem Antiallergikum aus, während Kouwe eine Hand voll Blätter aus seinem Rucksack nahm und sie zwischen den Fingern zerrieb. »*Ku-run-yeh?*«, fragte sie.

Der Indianer lächelte sie an. »Ausgezeichnet.« Mit dieser Heilpflanze hatte er die Blasen an ihren Fingern behandelt, als sie die Feuerliane berührt hatte. Ein wirksames Schmerzmittel.

Die beiden Ärzte behandelten ihren Patienten. Während Kelly eine Kombination aus einem Antihistaminikum und einem entzündungshemmenden Steroid injizierte, schmierte Kouwe etwas von dem *Ku-run-yeh-Extrakt* auf den Arm und zeigte Kostos, wie er ihn aufbringen sollte.

Die unmittelbar einsetzende Wirkung spiegelte sich im Gesicht des Sergeants wider. Seufzend nahm er eine Hand voll Blätter entgegen. »Den Rest erledige ich selbst«, sagte er; vor Verlegenheit klang seine Stimme gepresst.

Corporal Warczak half seinem Kameraden auf die Beine.

»Wir sollten die Stelle umgehen«, sagte Nate. »In der Nähe eines Ameisenbaums können wir nicht lagern. Unser Proviant könnte Kundschafter auf uns aufmerksam machen.«

Captain Waxman nickte. »Dann sollten wir jetzt weitermarschieren. Wir haben hier schon genug Zeit vertrödelt.« Der Blick, mit dem er den humpelnden Sergeant bedachte, war nicht sonderlich mitfühlend.

Im Verlauf der nächsten halben Stunde marschierte die Gruppe wieder unter dem Laubdach her, begleitet vom Gebrüll der Kapuziner- und Wollaffen. Manny zeigte auf einen Zwergameisenbär, der auf einem Ast hockte. Erstarrt vor Angst, ähnelte er mit seinen großen Augen und dem seidigen Fell eher einem Stofftier. Gefährlicher, jedoch aufgrund der grün schillernden Schuppen nicht minder künstlich wirkte eine Grubenotter, die sich um einen Palmwedel geschlungen hatte.

Plötzlich wurde an der Kolonnenspitze laut gerufen. »Ich habe etwas entdeckt!« Es war Captain Warczak.

Kelly hoffte, es wäre kein weiterer Ameisenbaum.

»Ich glaube, das stammt von Gerald Clark!«

Die Gruppe schloss zum Corporal auf. Auf einem kleinen Hügel stand ein großer Paranussbaum. Am Stamm hing ein schmaler, durchnässter Stoffstreifen.

Als die anderen herandrängten, winkte Corporal Warczak sie zurück. »Ich habe Stiefelabdrücke entdeckt«, sagte er. »Die sollten wir nicht zertrampeln.«

»Stiefelabdrücke?«, wiederholte Kelly gedämpft, während der Soldat langsam um den Baum herumging und auf der anderen Seite stehen blieb.

»Von hier führt eine Fährte weiter!«, rief er nach hinten.

Captain Waxman und Frank gesellten sich zu ihm.

Kelly runzelte die Stirn. »Ich dachte, Gerald Clark wäre barfuß aus dem Dschungel aufgetaucht.«

»Ist er auch«, sagte Nate, der neben ihr wartete. »Der Yanomami-Schamane, den wir gefangen genommen hatten, meinte, die Dorfindianer hätten Clark sämtliche Habseligkeiten abgenommen. Offenbar auch die Stiefel.«

Kelly nickte.

Richard Zane deutete am Stamm hoch. »Haben wir eine weitere Nachricht entdeckt?«

Sie alle warteten auf das Okay zum Betreten des Geländes. Captain Waxman und Frank kehrten zurück, während Corporal Warczak bei der Fährte hocken blieb.

Die Gruppe wurde herangewinkt. Kelly erreichte den Baumstamm als Erste. In die Rinde waren deutlich erkennbare Zeichen eingeritzt.

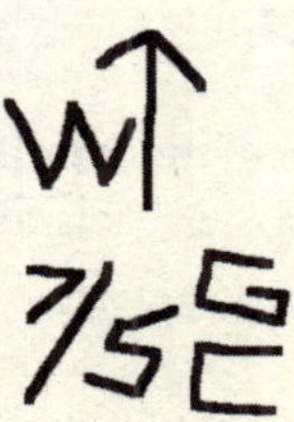

»*G. C.:* Gerald Clark«, sagte Nate. Er zeigte in die Richtung, in die der Pfeil wies. »Zeigt genau nach Westen. Wie auch die Stiefelspuren, die Warczak entdeckt hat. Datiert vom siebten Mai.«

Olin lehnte sich an den Baum. »Siebter Mai? Demnach hätte Clark also zehn Tage gebraucht, um von hier aus zum Dorf zu gelangen. Da war er aber ziemlich langsam.«

»Wahrscheinlich ist er im Gegensatz zu uns nicht der Luftlinie gefolgt«, erwiderte Nate. »Vermutlich hat er viel Zeit darauf verwendet, nach Spuren der Zivilisation Ausschau zu halten, und viele Umwege gemacht.«

»Außerdem war er zu dem Zeitpunkt schon krank«, setzte Kelly hinzu. »Der von meiner Mutter durchgeführten Autopsie zufolge hatte der Krebs damals schon den ganzen Körper befallen. Wahrscheinlich musste er sich häufig ausruhen.«

Anna Fong seufzte schwer. »Wenn er die Zivilisation bloß eher erreicht hätte, dann wüssten wir jetzt, wo er hergekommen ist.«

Olin stieß sich vom Baum ab. »Wo wir gerade von Zivilisation sprechen, ich sollte allmählich die Satellitenverbindung klarmachen. In einer halben Stunde steht die Videokonferenz an.«

»Ich helfe Ihnen«, erbot sich Zane.

Der Rest der Gruppe zerstreute sich. Die einen befestigten Hängematten oder sammelten Holz, die anderen suchten nach essbaren Früchten. Kelly kümmerte sich allein um ihren Ruheplatz und spannte das Moskitonetz wie ein Profi auf.

Frank arbeitete neben ihr. »Kelly ...?« Seinem Tonfall war zu entnehmen, dass er sich auf gefährliches Terrain vorwagte.

»Ja?«

»Ich glaube, du solltest nach Hause fliegen.«

Sie hörte auf, am Netz zu zupfen, und wandte den Kopf. »Was redest du denn da?«

»Ich habe mit Captain Waxman gesprochen. Als er heute Morgen seinen Vorgesetzten von dem Angriff berichtet hat, befahlen sie ihm, entbehrliches Personal zurückzuschicken, sobald ein sicheres Lager eingerichtet ist. Heute Nacht war es zu knapp. Sie wollen keine weiteren Todesfälle riskieren. Außerdem erschweren die Zivilisten den Rangern das Vorankommen.«

»Aber –«

»Olin, Nate und ich werden die Ranger begleiten.«

Kelly drehte sich vollständig zu ihm um. »Ich bin *nicht* entbehrlich, Frank. Ich bin hier die einzige Ärztin und marschiere ebenso gut wie du.«

»Corporal Okamoto ist ausgebildeter Feldarzt.«

»Aber noch lange kein studierter Mediziner.«

»Kelly ...«

»Frank, tu das nicht.«

Er wich ihrem Blick aus. »Die Entscheidung ist bereits gefallen.«

Kelly ging ein Stück um ihn herum, sodass er sie wieder ansehen musste. »*Du* hast dich entschieden. Du leitest den Einsatz.«

Schließlich hob er den Blick. »Okay, es war meine Entscheidung.« Er ließ die Schultern sinken und wandte sich ab. »Ich möchte dein Leben nicht in Gefahr bringen.«

Kelly schäumte und zitterte vor Enttäuschung. Dabei wusste sie, dass sich ihr Bruder die Entscheidung gut überlegt hatte.

»Wir übermitteln ein GPS-Signal und lassen zwei Ranger als Bewachung zurück. Dann wird man euch evakuieren, sobald ein brasilianischer Transporthubschrauber mit der erforderlichen Reichweite zur Verfügung steht. Die anderen – die sechs Ranger und wir drei Zivilisten – marschieren weiter.«

»Wann?«

»Nach einer kurzen Ruhepause. Wir brechen am Nachmittag auf und marschieren bis Sonnenuntergang. Jetzt, wo wir Clarks Spur gefunden haben, kommt eine kleine Gruppe schneller voran.«

Kelly schloss die Augen und seufzte schwer. Der Plan war vernünftig. Und da der Erreger sich im Amazonasgebiet und in den Staaten immer weiter ausbreitete, war Zeit kostbar. Außerdem konnte für den Fall, dass etwas entdeckt wurde, immer noch ein Wissenschaftlerteam eingeflogen werden. »Sieht so aus, als hätte ich keine andere Wahl.«

Frank befestigte schweigend seine Hängematte.

Plötzlich rief Olin, der für die Satellitenverbindung zuständig war: »Wir sind so weit!«

Kelly ging mit Frank zum Laptop hinüber, der von einer wasserdichten Persenning geschützt war.

Olin beugte sich über die Tastatur und tippte rasch etwas ein. »Verdammt noch mal, ich hab Probleme mit der Verbindung.« Er arbeitete weiter. »Diese ganze Feuchtigkeit ... ah, jetzt klappt's!« Er richtete sich auf. »Die Verbindung steht!«

Der Ex-KGB-Agent rückte beiseite. Kelly hockte sich neben Frank. Auf dem Bildschirm formte sich ein Bild, das sich immer wieder in einzelne Pixel auflöste.

»Besser kriege ich's nicht hin«, bemerkte Olin.

Es war ihr Vater. Trotz der Übertragungsstörungen war zu erkennen, dass er nicht sonderlich glücklich war. »Ich habe gehört, was heute Nacht passiert ist«, sagte er zur Einleitung. »Schön, dass ihr beide unverletzt seid.«

Frank nickte. »Uns geht's gut. Wir sind müde, aber unverletzt.«

»Ich habe den Armeebericht gelesen, aber erzählt lieber mal selbst, was passiert ist.«

Frank und Kelly berichteten kurz vom Angriff der Mutanten.

»Eine Chimäre?«, fragte ihr Vater, als sie geendet hatten. Er kniff die Augen zusammen. »Ein Mischwesen mit Frosch- und Fischanteilen?«

»Das glaubt jedenfalls der *Biologe*«, erklärte Kelly mit einem Seitenblick auf Frank, womit sie unterstreichen wollte, dass sogar Manny sich als nützlich erwiesen hatte.

»Dann wäre das geklärt«, sagte ihr Vater, straffte sich und sah Kelly in die Augen. »Vor einer Stunde bekam ich einen Anruf vom Leiter der Spezialeinsatzkräfte in Fort Bragg und wurde vom revidierten Einsatzplan in Kenntnis gesetzt.«

»Was für ein Plan?«, fragte hinter ihnen Zane.

Frank winkte ab.

Ihr Vater fuhr fort: »In Anbetracht der schnellen Ausbreitung dieser verdammten Krankheit stimme ich mit General Korsen vollständig überein. Ein Heilmittel muss gefunden werden, und der Zeitfaktor ist dabei von Ausschlag gebender Bedeutung.«

Kelly wollte gegen ihren Ausschluss protestieren, biss sich aber rechtzeitig auf die Lippen, da sie in ihrem Vater bestimmt keinen Verbündeten finden würde. Er hatte von Anfang an nicht gewollt, dass sein kleines Mädchen in den Regenwald ging.

Frank beugte sich näher an den Bildschirm. »Wie sieht es in den Staaten aus?«

Ihr Vater schüttelte den Kopf. »Dazu soll sich eure Mutter äußern.« Er rückte ein Stück beiseite.

Sie wirkte erschöpft und hatte Ringe unter den Augen. »Die Zahl der Erkrankungen ...« Lauren hustete und räusperte sich. »Die Zahl der Erkrankungen hat sich in den vergangenen zwölf Stunden verdreifacht.«

Kelly erschrak. *So rasch ...*

»Hauptsächlich in Florida, aber mittlerweile sind auch Menschen in Kalifornien, Georgia, Alabama und Missouri betroffen.«

»Wie sieht es in Langley aus?«, fragte Kelly. »Im Institut?«

Ihre Eltern sahen sich an.

»Kelly ...« begann ihr Vater. Er klang ebenso vorsichtig wie kurz zuvor Frank. »Ich möchte nicht, dass du in Panik gerätst.«

Kelly straffte sich noch mehr; das Herz schlug ihr bis zum Hals. Sie sollte nicht in Panik geraten? Als ob der Rat jemals etwas bewirkt hätte. »Was gibt es denn?«

»Jessie ist krank –«

Die folgenden Worte bekam Kelly gar nicht mehr mit. Ihr Gesichtsfeld verdunkelte sich an den Rändern. Seit sie von der Ansteckungsgefahr wusste, hatte sie sich vor diesen Worten gefürchtet. *Jessie ist krank ...*

Ihr Vater hatte bemerkt, dass sie zusammengesackt und bleich geworden war. Frank legte ihr den Arm um die Schultern, drückte sie an sich.

»Kelly«, sagte ihr Vater. »Wir wissen noch nicht, ob sie sich angesteckt hat. Sie hat Fieber und spricht bereits auf die Medikamente an. Eben noch hat sie Eis gegessen und munter mit uns geplaudert.«

Lauren legte ihrem Mann die Hand auf die Schulter und sah ihn an. »Es ist doch nicht das Sumpffieber, was meinst du, Lauren?«

Ihre Mutter lächelte. »Bestimmt nicht.«

Frank seufzte. »Gott sei Dank. Zeigt sonst noch jemand Symptome?«

»Bislang niemand«, versicherte ihnen ihr Vater.

Kelly aber ließ ihre Mutter nicht aus den Augen. Ihr Lächeln wirkte angestrengt und gezwungen. Sie schlug den Blick nieder.

Kelly schloss die Augen. *O mein Gott ...*

»Wir sehen uns bald wieder«, sagte ihr Vater zum Abschluss.

Frank stupste Kelly an.

Sie nickte. »Bis bald ...«

Zane meldete sich zu Wort. »Was hat Ihr Vater damit gemeint, als er sagte, er würde Sie bald wieder sehen? Was soll das mit dem revidierten Plan? Was geht hier vor?«

Frank drückte Kelly noch einmal an sich. »Jessie geht es gut«, flüsterte er. »Du wirst sie sehen, wenn du heimkommst.« Er wandte sich zu Zane um.

Kelly blieb wie erstarrt vor dem Laptop sitzen, während hinter ihr ein heftiger Streit entbrannte. Im Geiste sah sie wieder vor sich, wie sich das Lächeln ihrer Mutter verflüchtigt und sie beschämt den Blick niedergeschlagen hatte. Sie kannte ihre Mutter besser als jeder andere, wahrscheinlich sogar besser als ihr Vater. Ihre Mutter hatte gelogen. Sie hatte die schreckliche Wahrheit hinter den beschwichtigenden Worten nicht verbergen können.

Jessie hatte sich angesteckt. Das glaubte jedenfalls ihre Mutter. Davon war Kelly überzeugt. Und wenn ihre Mutter das glaubte ...

Sie konnte die Tränen nicht mehr zurückhalten. Die beiden aufgeregt diskutierenden Männer achteten nicht auf sie.

Sie schlug die Hand vors Gesicht. *Ach Gott ... nicht das ...*

11

Angriff aus der Luft

14. August, 13.24 Uhr
Amazonas-Dschungel

Nate fand keinen Schlaf. Eigentlich hätte er für die nächste Etappe Kraft schöpfen sollen. In gerade mal einer Stunde würden sie wieder aufbrechen, doch die unbeantworteten Fragen kreisten hartnäckig in seinem Kopf. Er blickte sich im Lager um. Die eine Hälfte der Expeditionsteilnehmer schlief, die andere beriet leise über die bevorstehende Aufteilung.

»Wir sollten ihnen einfach folgen«, schlug Zane vor. »Was können sie schon machen, sollen sie uns etwa erschießen?«

»Wir sollten uns an die Vorgaben halten«, meinte Kouwe ruhig. Nate aber wusste, dass der Professor ebenso wenig erfreut über die Wendung war wie der Vertreter von Tellux.

Nate wandte ihnen den Rücken zu, hatte jedoch Verständnis für ihre Verärgerung. Hätte er zurückbleiben müssen, hätte man ihn schon an Händen und Füßen fesseln müssen, um ihn daran zu hindern, auf eigene Faust weiterzumarschieren.

Jetzt, da er sich auf die Seite gedreht hatte, konnte er Kellys Hängematte sehen. Sie war die Einzige, die keinen Protest erhoben hatte. Die Sorge um ihre Tochter stand bei ihr eindeutig an erster Stelle. Auf einmal wälzte Kelly sich auf die andere Seite und erwiderte seinen Blick. Ihre Augen waren ganz verschwollen.

Nate gab es auf, einschlafen zu wollen, und glitt aus der

Hängematte. Er ging zu Kelly hinüber und kniete sich neben sie. »Jessie wird schon nichts passieren«, murmelte er.

Kelly blickte ihn schweigend an, dann sagte sie mit leiser, gequälter Stimme: »Sie hat sich angesteckt.«

Nate runzelte die Stirn. »Das flüstert Ihnen bloß die Angst ein. Es gibt keinen Beweis dafür –«

»Ich hab's in den Augen meiner Mutter gesehen. Sie konnte noch nie etwas vor mir verbergen. Sie weiß, dass Jessie sich angesteckt hat, und will mich bloß schonen.«

Nate wusste nicht, was er sagen sollte. Er langte unter dem Netz hindurch und legte ihr die Hand auf die Schulter. Eine Weile tröstete er sie schweigend und appellierte an ihre Willensstärke, dann sagte er leise, aber mit großer Eindringlichkeit: »Sollte es wirklich stimmen, dann werde ich dort draußen irgendwo ein Heilmittel finden. Das verspreche ich Ihnen.«

Dies brachte ihm ein müdes Lächeln ein. Ihre Lippen bewegten sich, doch sie brachte keinen Ton heraus. Nate aber hatte sie auch so verstanden. *Danke.* Eine einzelne Träne rollte ihr über die Wange, dann schlug sie die Hände vors Gesicht und wandte sich ab.

Nate richtete sich auf und überließ sie ihrem Kummer. Er bemerkte, dass Frank und Waxman eine Karte auf dem Boden ausgebreitet hatten und sich berieten. Er ging zu ihnen hinüber. Sich nach Kelly umblickend, wiederholte er lautlos sein Versprechen. *Ich werde ein Heilmittel finden.*

Es handelte sich um eine topographische Karte. Captain Waxman fuhr mit dem Finger darüber. »Wenn wir weiter nach Westen vordringen, gelangen wir irgendwann zur peruanischen Grenze. Das Gelände steigt an. Das Gebiet ist zerklüftet, ein Labyrinth aus Felsen und Tälern. Da kann man sich leicht verirren.«

»Wir müssen die Augen aufhalten und nach Gerald Clarks Zeichen Ausschau halten«, sagte Frank, dann blickte er auf, da er Nate bemerkt hatte. »Sie sollten allmählich packen. Wir brechen gleich auf, da wir das Tageslicht nach Möglichkeit ausnutzen wollen.«

Nate nickte. »In fünf Minuten bin ich so weit.«

Frank richtete sich auf. »Dann wollen wir mal.«

Im Laufe der nächsten halben Stunde sammelte sich das Team. Sie beschlossen, die SATCOM-Funkausrüstung der Ranger bei der zurückbleibenden Gruppe zu lassen, die den Rücktransport durch die brasilianische Armee organisieren musste. Die andere Gruppe würde weiterhin über das Satellitentelefon der CIA Kontakt nach außen halten.

Nate schulterte seine Flinte und rückte den Rucksack zurecht. Sie wollten ein zügiges Tempo vorlegen und sich bis Sonnenuntergang mit wenigen kurzen Pausen begnügen.

Auf Waxmans Zeichen hin marschierte die Gruppe, angeführt von Corporal Warczak, in den Wald.

Nate blickte sich um. Von seinen Freunden Kouwe und Manny hatte er sich bereits verabschiedet. Hinter ihnen standen die beiden Ranger, die die Zurückgebliebenen bewachen würden: Corporal Jorgensen und Private Carrera. Die Rangerin hob zum Abschied ihre Waffe. Nate winkte zurück.

Waxman hatte zunächst Corporal Graves zurücklassen wollen, da dieser seinen Bruder Rodney verloren hatte. Graves aber hatte Einspruch erhoben. »Sir, diese Mission hat meinem Bruder und meinen Kameraden das Leben gekostet. Mit Ihrer Erlaubnis wäre ich gern bis zum Ende dabei. Zum Gedenken an meinen Bruder ... an alle meine Brüder.«

Waxman war einverstanden gewesen.

Schweigend drang die Gruppe in den Wald ein. Die Sonne hatte die Wolkendecke endlich durchbrochen, sodass sie sich unter dem feuchten Blätterdach wie in einer Sauna fühlten.

Nate marschierte neben Frank O'Brien. Alle paar Schritte nahm jener die Baseballkappe ab und wischte sich den Schweiß von der Stirn. Nate hatte sich ein Taschentuch um den Kopf gebunden, damit ihm der Schweiß nicht in die Augen lief. Allerdings hinderte dies die vom Salz und vom Schweißgeruch angelockten schwarzen Fliegen und Mücken nicht daran, ihn unablässig zu plagen.

Trotz der Hitze, der hohen Luftfeuchtigkeit und des lästigen Insektengesumms kamen sie gut voran. Nach zwei Stunden schätzte Nate, dass sie inzwischen über sieben Meilen zurückgelegt hatten. Warczak entdeckte am Boden immer neue Stiefelabdrücke, die nach Westen wiesen. Die Spuren waren kaum mehr zu erkennen, da sich aufgrund der gestrigen Regenfälle Wasser darin gesammelt hatte.

Vor ihm marschierte Corporal Okamoto, der sein verdammtes Gepfeife wieder aufgenommen hatte. Nate seufzte. *Waren die Beschwernisse des Dschungels denn nicht schon genug?*

Ständig hielt er Ausschau nach Gefahren; nach Schlangen, Feuerlianen, Ameisenbäumen, nach allem, was ihr Vorankommen verlangsamen konnte. Jeden kleinen Bach durchquerten sie mit äußerster Vorsicht. Piranha-Frösche aber wurden keine mehr gesichtet. Hoch oben im Blätterdach schlich ein dreizehiges Faultier einen Ast entlang, ohne sich von den Eindringlingen stören zu lassen. Als Nate unter ihm vorbeikam, blickte er sich über die Schulter um. Faultiere wirkten bedächtig und umgänglich, doch wenn sie verletzt waren, rissen sie jedem, der ihnen zu nahe kam, den Bauch auf. Ihre Kletterzehen waren messerscharf. Dieses Tier aber setzte seine Baumwanderung unverdrossen fort.

Als Nate den Kopf wieder nach vorn wandte, bemerkte er etwa eine halbe Meile hinter ihnen in einer Baumkrone einen Lichtreflex. Er blieb stehen.

»Was gibt's?«, fragte Frank, als er bemerkte, dass Nate angehalten hatte.

Das helle Flackern verschwand. Er schüttelte den Kopf. Wahrscheinlich bloß ein nasses Blatt, das im Sonnenschein flatterte. »Nichts«, sagte er und bedeutete Frank weiterzugehen. Im Laufe des Nachmittags blickte er sich jedoch immer wieder über die Schulter um. Er konnte sich des Gefühls nicht erwehren, dass sie aus der Höhe beobachtet wurden. Im Laufe des Tages verstärkte sich der Eindruck.

Schließlich sprach er Frank an. »Etwas macht mir Sorge. Nach dem Angriff auf das Dorf haben wir etwas übersehen.«

»Was denn?«

»Erinnern Sie sich noch, dass Kouwe gemeint hat, wir würden verfolgt?«

»Ja, aber er war sich nicht hundertprozentig sicher. Alles, worauf er sich stützte, waren ein paar bei Nacht abgepflückte Früchte und abgeknickte Zweige. Fußspuren oder sonst etwas Konkretes hatte er nicht vorzuweisen.«

Nate blickte sich über die Schulter um. »Nehmen wir mal an, der Professor hatte Recht. Wer könnte uns gefolgt sein? Die Indianer aus dem Dorf können es nicht gewesen sein. Die waren schon tot, bevor wir überhaupt aufgebrochen sind. Also, wer war es dann?«

Frank bemerkte, dass Nate sich umsah. »Sie glauben, wir werden immer noch verfolgt. Haben Sie etwas entdeckt?«

»Nein, eigentlich nicht ..., bloß vor einer ganzen Weile einen seltsamen Lichtreflex in einem Baum. Wahrscheinlich war es nichts.«

Frank nickte. »Trotzdem werde ich Captain Waxman mal Bescheid sagen. Kann nicht schaden, wenn wir hier besonders wachsam sind.« Frank ließ sich zurückfallen, um mit dem Anführer der Ranger zu sprechen, der an Olin Pasternaks Seite marschierte.

Nate blickte sich im schattigen Wald um. Auf einmal war er sich gar nicht mehr so sicher, dass es klug gewesen war, die anderen zurückzulassen.

17.12 Uhr

Manny bürstete Tor-tors Fell. Nicht, dass dies eine nötige Hygienemaßnahme gewesen wäre. Der Jaguar pflegte sich mit seiner rauen Zunge selbst, doch das Bürsten genossen beide, Raubkatze und Mensch. Tor-tor schnurrte leise, als Manny ihm den Bauch bürstete. Manny hätte gern geknurrt, jedoch nicht vor Zufriedenheit.

Es ging ihm gegen den Strich, die anderen zurückzulassen.

Als er ein Rascheln vernahm, schaute Manny hoch. Es war die Anthropologin, Anna Fong. »Darf ich?« Sie zeigte auf den Jaguar.

Manny hob verwundert eine Braue. Er hatte bereits bemerkt, dass die Frau die Raubkatze beäugte, hatte jedoch eher Angst als Interesse dahinter vermutet. »Klar.« Er klopfte neben sich auf den Boden. Sie kniete sich neben ihn, und er reichte ihr die Bürste. »Er mag es besonders, wenn man ihn am Bauch und am Hals bearbeitet.«

Anna nahm die Bürste und beugte sich über die schlanke Katze. Behutsam streckte sie den Arm aus, denn Tor-tor beobachtete sie aufmerksam. Dann strich sie mit der Bürste durchs dichte Fell am Hals. »Er ist wunderschön. Zu Hause in Hongkong habe ich gesehen, wie die Raubkatzen im Zoo in ihren Käfigen auf- und abschnüren. Aber selbst einen aufzuziehen, das muss sehr reizvoll sein.«

Manny mochte ihre leise Stimme und ihre ein wenig gestelzte, förmliche Ausdrucksweise. »Reizvoll, meinen Sie? Er hat mein gesamtes Haushaltsbudget verzehrt, zwei Sofas durchgekaut und ich weiß nicht wie viele Teppiche zerfetzt.«

Sie lächelte. »Trotzdem ... Es hat sich bestimmt gelohnt.«

Manny pflichtete ihr insgeheim bei, schreckte aber davor zurück, es laut auszusprechen. Irgendwie war es unmännlich, einzugestehen, wie sehr er diesen großen Burschen liebte. »Demnächst muss ich ihn freilassen.«

Anscheinend hatte sie mitbekommen, wie sehr ihn dies bedrückte. Anna blickte mitfühlend zu ihm auf. »Ich bin sicher, es war die Mühe trotzdem wert.«

Manny grinste schief. *Das konnte man wohl sagen.*

Anna massierte die Raubkatze weiter mit der Bürste. Manny beobachtete sie. An einer Kopfseite hatte sie sich das seidige Haar hinters Ohr gesteckt. Während sie sich aufs Bürsten konzentrierte, kräuselte sie ein wenig die Nase.

»Alle mal herhören!«, rief jemand.

Sie drehten sich beide um.

Corporal Jorgensen ließ das Funkgerät sinken und schüttelte den Kopf. Er wandte sich an die Allgemeinheit. »Also, Leute. Ich habe eine gute und eine schlechte Nachricht.«

Der Versuch des brasilianischen Soldaten, sich jovial zu geben, wurde mit halblautem Gemurmel aufgenommen.

»Die gute Nachricht ist, dass die brasilianische Armee einen Helikopter aufgetrieben hat, der uns hier rausfliegen soll.«

»Und die schlechte?«, fragte Manny.

Jorgensen runzelte die Stirn. »Er wird erst übermorgen eintreffen. Da sich die Seuche immer weiter ausbreitet, wird jeder Hubschrauber gebraucht. Und unsere Evakuierung steht ziemlich weit unten auf der Liste.«

»Übermorgen?«, wiederholte Manny irritiert und nahm die Bürste von Anna entgegen. »Dann hätten wir das andere Team ebenso gut begleiten können.«

»Captain Waxman hat bloß seine Befehle befolgt«, meinte Jorgensen achselzuckend.

»Und was ist mit dem Comanchen, der in Wauwai stationiert ist?«, fragte Zane, der sich in seiner Hängematte fläzte, aber insgeheim vor Wut schäumte.

Private Carrera, die gerade ihre Waffe reinigte, übernahm die Antwort. »Das ist bloß ein zweisitziger Kampfhubschrauber. Außerdem dient er als Eingreifreserve für den Fall, dass das andere Team Unterstützung braucht.«

Manny schüttelte den Kopf und blickte verstohlen zu Kelly O'Brien hinüber. Sie saß niedergeschlagen in ihrer Hängematte und stierte vor sich hin. Das Warten war für sie am schlimmsten. Jetzt würde es noch zwei Tage länger dauern, bis sie zu ihrer kranken Tochter konnte.

Kouwe, der bei dem großen Paranussbaum stand, ergriff das Wort. Er hatte die Zeichen untersucht, die Clark mit einem Messer in die Rinde geritzt hatte, und nun legte er fragend den Kopf schief. »Riecht außer mir noch jemand den Rauch?«

Manny schnüffelte, doch ihm fiel nichts auf.

Anna kräuselte die Stirn. »Ich rieche etwas ...«

Kouwe trat um den Baumstamm herum und reckte witternd die Nase. Obwohl er seit langem nicht mehr im Regenwald lebte, waren seine Sinne doch nach wie vor geschärft. »Da!«, rief er von der anderen Seite des Baums.

Die anderen folgten ihm. Carrera setzte eilig das M-16 zusammen und erhob sich.

Südlich vom Lager, etwa dreißig Meter im Wald, flackerten im Halbdunkel kleine Flammen über den Boden. Durch eine Lücke im Blätterdach stieg eine dünne Rauchfahne in den Himmel.

»Ich sehe mir das mal an«, erklärte Jorgensen. »Die anderen bleiben bei Carrera.«

»Ich komme mit«, sagte Manny. »Wenn dort jemand ist, wird Tor-tor ihn wittern.«

Jorgensen löste daraufhin die M-9 von seinem Gürtel

und reichte sie Manny. Vorsichtig drangen sie ins Walddunkel ein. Auf ein Zeichen von Manny hin trottete Tor-tor voraus und übernahm die Führung.

Carrera rief die anderen zu sich. »Halten Sie die Augen offen!«

Manny ging neben Corporal Jorgensen her. »Das Feuer brennt am Boden«, flüsterte Manny.

Als sie sich der Stelle näherten, bedeutete ihm der Corporal, leise zu sein.

Alle Sinne angespannt, hielten sie Ausschau nach einer Veränderung im Schattenmuster und lauschten auf das sprichwörtliche Knacken eines Zweiges. Aufgrund des ständigen Vogelgezwitschers und der Paarungsrufe der Affen war das gar nicht so einfach. Langsam näherten sie sich den Flammen.

Tor-tor ging weiter, denn seine angeborene Neugier war geweckt. Wenige Meter vor dem qualmenden Feuer duckte er sich jedoch auf einmal und knurrte. Er blickte in die Flammen und wich langsam zurück.

Die Männer blieben stehen. Jorgensen hob die Hand, eine wortlose Warnung. *Der Jaguar spürt etwas.* Er bedeutete Manny, sich zu ducken und ihm Rückendeckung zu geben. Dann rückte Jorgensen weiter vor. Manny hielt den Atem an, während sich der Corporal lautlos durch den Wald bewegte, auf jeden Schritt achtend und mit angelegter Waffe.

Manny behielt die Umgebung im Auge und spitzte die Ohren. Tor-tor kam zu ihm zurück. Die Nackenhaare waren gesträubt, seine goldenen Augen funkelten. Er sog witternd die Luft ein. Manny dachte daran, wie die Raubkatze auf den Kaimanurin am Flussufer reagiert hatte. *Er wittert etwas ... etwas, das ihm Angst macht.*

Jetzt, da das Adrenalin in seinen Adern kreiste, waren auch Mannys Sinne geschärft. Durch den Jaguar vorgewarnt, nahm Manny nun ebenfalls einen seltsamen Geruch wahr: metallisch, bitter, scharf. Hier brannte nicht bloß Holz.

Manny richtete sich auf und wollte Jorgensen warnen, doch der Soldat hatte die Stelle bereits erreicht. Während er die Flammen musterte, spannte er die Schultern an. Langsam umkreiste er das kokelnde Feuer, das Gewehr nach außen gerichtet. Doch es geschah nichts. Jorgensen wartete ganze zwei Minuten lang ab, dann erst winkte er Manny zu sich.

Manny ließ den Atem entweichen und ging zu ihm. Tortor blieb zurück; er weigerte sich noch immer, sich dem Feuer zu nähern.

»Wer auch immer das angerichtet hat«, meinte Jorgensen und zeigte zum Feuer, »wollte uns Angst einjagen.«

Manny trat näher, bis er den Brandherd deutlich erkennen konnte. Das war kein Holz, was hier brannte, sondern eine dicke, ölige Paste, die man auf den nackten Boden geschmiert hatte. Das Feuer leuchtete hell, gab aber nur wenig Hitze ab. Der aufsteigende Qualm hatte einen widerlichen, moschusartigen Geruch. Doch nicht der Qualm oder der eigenartige Brennstoff verursachte Manny eine Gänsehaut – sondern das Muster.

Im Halbdunkel des Waldes brannte auf dem Dschungelboden ein mittlerweile wohl bekanntes Spiralsymbol – das Zeichen der Ban-ali.

Jorgensen berührte die ölige Substanz mit der Stiefelspitze. »Eine brennbare Paste.« Dann schob er mit dem anderen Fuß Erde über die Stelle und erstickte die Flammen. Er arbeitete sich an den brennenden Linien vor, bis das Feuer mit Mannys Hilfe gelöscht war. Anschließend hob Manny den Kopf und blickte dem in den Abendhimmel aufsteigenden Rauch nach.

»Wir sollten zum Lager zurückgehen.«

Manny nickte. Sie kehrten zu der schattigen Lichtung unter dem Paranussbaum zurück. Jorgensen berichtete von ihrer Entdeckung. »Ich funke die Basis an und erstatte Meldung.« Er näherte sich den unförmigen Funkgerät und nahm den Hörer ab. Nach einer Weile rammte er ihn fluchend wieder auf die Gabel.

»Was gibt's?«, fragte Manny.

»Wir haben den SATCOM-Satelliten um ganze fünf Minuten verpasst.«

»Was bedeutet das?«, fragte Anna.

Jorgensen zeigte erst aufs Funkgerät und dann hoch zum Himmel. »Die militärischen Satelliten-Transponder befinden sich gegenwärtig außer Reichweite.«

»Bis wann?«

»Bis vier Uhr morgen früh.«

»Sollen wir nicht das andere Team anfunken?«, fragte Manny. »Mit unseren Handfunkgeräten?«

»Das habe ich bereits versucht. Die Saber-Geräte haben bloß eine Reichweite von sechs Meilen. Captain Waxman können wir damit nicht mehr erreichen.«

»Dann sind wir also abgeschnitten?«, fragte Anna.

Jorgensen schüttelte den Kopf. »Bis morgen früh.«

»Und was jetzt?« Zane tigerte nervös auf und ab, blickte immer wieder in den Wald. »Wir können hier nicht zwei Tage lang auf den verdammten Helikopter warten.«

»Das sehe ich genauso«, meinte Kouwe mit finsterem Blick. »Die Indianer aus dem Dorf haben an dem Abend, als sie von den Piranha-Fröschen angegriffen worden, das gleiche Zeichen an ihrem *Shabano* entdeckt.«

Private Carrera wandte sich ihm zu. »Was schlagen Sie vor?«

Kouwe runzelte die Stirn. »Ich bin noch unentschlossen.« Der Professor blickte zu der Rauchfahne am Himmel auf. Ein bitterer Geruch lag in der Luft. »Auf jeden Fall hat man uns markiert.«

17.33 Uhr

Noch nie hatte Frank den Sonnenuntergang freudiger begrüßt. Bald würden sie eine Rast einlegen. Da er zu wenig geschlafen hatte, schmerzte ihn nach dem stundenlangen Marsch jeder einzelne Muskel. Er stolperte im Gleichschritt mit dem vorausgehenden Ranger voran, Nate marschierte hinter ihm.

Plötzlich rief jemand an der Spitze: »Boah! Seht euch das mal an!«

Die müden Wanderer wurden schneller. Frank kletterte auf eine kleine Erhebung und sah nun den Anlass der Aufregung. Eine Viertelmeile voraus war der Dschungel überflutet. Der silberne See dehnte sich von der untergehenden Sonne aus nach Westen. Er versperrte ihnen den Weg und erstreckte sich meilenweit in beide Richtungen.

»Das ist ein *Igapo*«, erklärte Nate. »Ein Sumpfwald.«

»Auf der Karte ist er nicht eingezeichnet«, sagte Captain Waxman.

Nate zuckte die Schultern. »Solche Seen gibt es im Amazonasbecken viele. Sie kommen und gehen, je nach Stärke der Regenfälle. Dass dieser hier zum Ende der Trockenzeit noch so viel Wasser hat, deutet allerdings darauf hin, dass es ihn schon eine ganze Weile gibt.« Er zeigte nach vorn. »Man kann gut erkennen, dass der Dschungel hier abbricht, offenbar als Folge der jahrelangen Überschwemmung.«

Auch Frank fiel jetzt auf, dass das Laubdach in der Höhe endete. Hin und wieder erinnerte noch ein großer Baum, der inmitten der abertausend Inseln und Erhebungen aus dem Wasser ragte, an den Dschungel, der hier einmal gestanden hatte. Ansonsten war die Sicht auf den blauen Himmel unverstellt. Nach dem grünen Halbdunkel tat ihnen die plötzliche Helligkeit in den Augen weh.

Vorsichtig marschierte die Gruppe über den lang gestreckten flachen Hang zum Sumpf hinunter. Die Luft schien noch feuchter und drückender zu werden. Dornenbewehrte Ananasgewächse und riesige Orchideen schmückten den Rand des Sumpfes. Der Chorgesang der Frösche und Kröten setzte ein, während die Vögel mit ihrem Gezwitscher ihre amphibischen Nachbarn zu übertönen suchten. Am Rand des Wassers machten Reiher und andere Stelzvögel Jagd auf Fische. Eine Hand voll Enten flüchtete, als sich ihnen die Gruppe geräuschvoll näherte.

Knapp zwanzig Meter vom Ufer entfernt verkündete Captain Waxman einen Halt. »Wir werden das Ufer nach weiteren Zeichen absuchen, zunächst aber sollten wir uns vergewissern, ob man sich dem Wasser gefahrlos nähern kann. Unliebsame Überraschungen möchte ich vermeiden.«

Nate trat vor. »Eigentlich dürfte uns hier keine Gefahr drohen. Manny zufolge waren diese Raubtiere teilweise Piranhas. Und diese Fische mögen keine stehenden Gewässer. Sie ziehen Fließgewässer vor.«

Captain Waxman blickte ihn an. »Bis vor kurzem haben Piranhas ihre Beute auch noch nicht bis an Land verfolgt.«

Nate erbleichte ein wenig, dann nickte er.

Waxman schickte Corporal Yamir ans Ufer vor. »Dann wollen wir doch mal sehen, ob sich hier etwas regt.«

Der Ranger pakistanischer Abstammung hob das M-16 und feuerte aus der daran angebrachten Abschussvorrichtung eine Granate ins flache Wasser. Eine Wasserfontäne schoss hoch in die Luft und schreckte Vögel und Affen auf. Wasser und zerfetzte Seerosenblätter regneten auf den Wald herab.

Sie warteten zehn Minuten, ohne dass etwas geschah. Keine giftigen Raubtiere ergriffen die Flucht oder stürzten sich auf sie.

Sodann befahl Captain Waxman seinen Männern, die

Bäume nach weiteren Markierungen abzusuchen. »Seien Sie vorsichtig. Bleiben Sie vom Ufer weg und halten Sie die Augen offen!«

Die Suche währte nicht lange, da ließ sich wiederum Corporal Warczak, der Spurenleser des Teams, vernehmen. »Gefunden!« Er stand nur zehn Meter zur Rechten, gar nicht weit vom schlammigen Wasser entfernt.

An einer übers Wasser geneigten Palme war mit einem Dorn der mittlerweile schon wohl bekannte Polyesterstreifen befestigt. Die in den Stamm geritzten Zeichen waren fast identisch mit ihrem vorherigen Fund: Clarks Initialen und ein Pfeil, der nach Westen wies, geradewegs in den Sumpf hinein. Bloß das Datum war ein anderes. »Fünfter Mai«, las Olin vor. »Zwei Tage vor der letzten Markierung angebracht.«

Warczak stand ein paar Schritte neben ihm. »Scheint so, als wäre Clark von hier gekommen.«

»Aber der Pfeil zeigt aufs Wasser«, sagte Frank. Er legte die Hand an den Schirm seiner Baseballkappe und blickte übers Wasser. In der Ferne, jenseits des Sumpfes, konnte er das Hochland erkennen, das Captain Waxman ihm auf der topographischen Karte gezeigt hatte: mehrere rote Felswände, durchbrochen von zugewucherten Schluchten und untergliedert von hohen, Urwald gekrönten Tafelbergen.

Corporal Okamoto reichte ihm ein Fernglas. »Versuchen Sie's mal damit.«

»Danke.« Frank hob das Fernglas an die Augen. Auch Nate bot man eins an. Jetzt konnte er die Felswände und Tafelberge viel deutlicher erkennen. Kleine Wasserfälle ergossen sich aufs Sumpfland herab, in der Tiefe hing dichter Nebel, der die Urwaldschluchten verdeckte, die vom Sumpf ins Hochland führten.

»Die Bäche und Wasserfälle speisen den Sumpf und verhindern, dass das Gebiet austrocknet«, sagte Nate.

Frank setzte das Fernglas ab und bemerkte, dass Captain Waxman den Kompass zu Rate zog.

Nate zeigte auf die Palme. »Ich vermute, dass der Pfeil die Richtung zu Clarks nächstem Zeichen weist. Den Sumpf hat er aller Wahrscheinlichkeit nach umgangen.« Nate musterte die gewaltige Wasserfläche. »Dazu muss er Wochen gebraucht haben.«

Frank hörte die Verzweiflung aus Dr. Rands Stimme heraus. Sie würden nicht minder lange brauchen, um den Sumpf zu umgehen.

Captain Waxman schaute vom Kompass hoch und blickte blinzelnd auf den Sumpf hinaus. »Wenn das nächste Zeichen unmittelbar vor uns liegt, nehmen wir den kürzesten Weg.« Er hob den Arm. »Wenn wir rüberfahren, brauchen wir bloß einen Tag.«

»Aber wir haben keine Schlauchboote mehr«, wandte Frank ein.

Waxman musterte ihn herablassend. »Wir sind Army Ranger, keine Pfadfinder.« Er deutete in den Wald. »Hier gibt es jede Menge umgestürzte Bäume, massenweise Bambus, und mit den mitgeführten Seilen und ein paar Lianen sollten wir zwei Flöße zusammenzimmern können. Darin wurden wir ausgebildet – mit den vorhandenen Mitteln zu improvisieren.« Er blickte zum fernen Ufer. »Bis dorthin sind es bloß ein paar Meilen.«

Nate nickte. »Na schön. Dann sparen wir ein paar Tage ein.«

»Also an die Arbeit! Ich möchte bis Sonnenuntergang fertig sein, dann können wir morgen früh ausgeruht aufbrechen.« Waxman bildete mehrere Arbeitsgruppen: Die einen rollten und schleppten Baumstämme ans Ufer, die anderen hackten mit Äxten Bambusstangen oder Lianen ab.

Frank packte mit an, wo er gebraucht wurde, und registrierte staunend, wie rasch sich das Baumaterial am morastigen Ufer sammelte. Bald darauf hatten sie genug Material für eine ganze Flotte von Flößen beisammen. Das Zusammensetzen ging noch rascher vonstatten. Zwei gleich lange Baumstämme wurden nebeneinander gelegt und mit einer widerstandsfähigen Schicht Bambusstangen bedeckt. Mit Seilen und Lianen wurde alles verzurrt. Dann wurde das erste Floß durch den Morast ins flache Wasser geschoben.

Die Ranger jubelten. Nate, der damit beschäftigt war, aus Bambus und verdorrten Palmwedeln Paddel anzufertigen, grinste zustimmend.

Bald darauf war auch das zweite Floß fertig gestellt. Insgesamt hatten sie kaum zwei Stunden gebraucht.

Frank beobachtete, wie das zweite Floß ins Wasser geschoben wurde. Mittlerweile ging die Sonne unter. Der Himmel im Westen leuchtete rot und orange, durchsetzt mit dunklen indigofarbenen Tupfern.

Ringsum wurde das Lager aufgeschlagen. Ein Feuer wurde angezündet, Hängematten wurden gespannt, Essen zubereitet. Frank wollte sich gerade zu den anderen gesellen, als er vor dem leuchtenden Abendhimmel auf einmal einen dunklen Streifen bemerkte. Er legte die Stirn in Falten und kniff die Augen zusammen.

Corporal Okamoto kam gerade mit einem Bündel Reisig an Frank vorbei. »Kann ich mal Ihr Fernglas haben?«, fragte Frank.

»Klar. Nehmen Sie's aus der Feldjacke.« Der Soldat schwenkte das Bündel beiseite.

Frank bedankte sich und nahm das Fernglas aus der Tasche. Okamoto ging weiter, und Frank setzte das Fernglas an die Augen. Es dauerte eine Weile, bis er den dunklen Streifen wieder ausgemacht hatte. *Rauch?* Er stieg vom fernen Hochland auf. Ein Hinweis auf eine Siedlung? Er folgte der gekräuselten schwarzen Linie.

»Was sehen Sie?«, fragte Nate.

»Ich bin mir nicht sicher.« Frank zeigte zum Himmel. »Ich glaube, das ist Rauch. Vielleicht von einem anderen Lager oder einem Dorf.«

Stirnrunzelnd nahm Nate das Fernglas entgegen. »Was immer das ist«, sagte er nach einer Weile, »es kommt auf uns zu.«

Auch ohne Fernglas konnte Frank erkennen, dass Nate Recht hatte. Die Rauchfahne näherte sich ihnen. Frank hob die Hand. »Das kapiere ich nicht. Der Wind weht in die entgegengesetzte Richtung.«

»Stimmt«, meinte Nate. »Das ist kein Rauch. Etwas fliegt auf uns zu.«

»Ich sag mal dem Captain Bescheid.«

Bald darauf hatten alle ihre Ferngläser gezückt und blickten zum Himmel hoch. Das dunkle Band hatte sich mittlerweile in eine dichte schwarze Wolke verwandelt, die unmittelbar auf sie zukam.

»Was ist das?«, murmelte Okamoto. »Vögel? Fledermäuse?«

»Ich glaube nicht«, entgegnete Nate. Das dunkle Gebilde wirkte nach wie vor eher wolkig als materiell; die Ränder wogten und veränderten sich ständig, während es sich ihnen näherte.

»Was zum Teufel ist das?«, murmelte jemand.

Im nächsten Moment fegte die dunkle Wolke in Baumhöhe über das Lager hinweg und verdunkelte den letzten Rest Tageslicht. Ein lautes Schwirren ertönte. Nach der langen Zeit im Dschungel klang das Geräusch vertraut – allerdings war es um ein Vielfaches verstärkt. Franks Körperhärchen vibrierten vom Ultraschallzirpen.

»Heuschrecken«, sagte Nate, sich den Kopf verrenkend. »Millionen von Heuschrecken.«

Während die Wolke vorbeizog rauschten die untersten

Ausläufer durchs Laubwerk. Die Expeditionsteilnehmer duckten sich unwillkürlich, doch die Heuschrecken flogen ohne innezuhalten weiter nach Osten.

Als das Ende der Wolke über sie hinwegschwirrte, senkte Frank das Fernglas. »Was haben die vor? Ziehen sie einfach bloß weiter?«

Nate schüttelte den Kopf. »Nein. Auf dieses Verhalten kann ich mir keinen Reim machen.«

»Jedenfalls sind sie wieder weg«, meinte Captain Waxman, der die Luftvorführung im Geiste bereits abgehakt hatte.

Nate nickte, doch als er nach Osten sah, kniff er auf einmal die Augen zusammen. »Ja, aber wohin wollen sie?«

Frank fing Nates Blick auf. Im Osten befand sich die andere Hälfte ihrer Gruppe. Plötzlich wallte Angst in ihm auf. *Kelly ...*

19.28 Uhr

Als es bereits dämmerte, vernahm Kelly ein seltsames Geräusch, ein durchdringendes Schwirren oder Sirren. Sie trat um den Paranussbaum herum, kniff die Augen zusammen und hielt Ausschau nach dem Ursprung des Geräuschs.

»Hören Sie das auch?«, fragte Kouwe, der auf der anderen Seite um den Baum herumgetreten war.

In der Nähe hielten zwei Ranger mit angelegten Waffen Wache. Am großen Lagerfeuer standen ein paar Leute und warfen trockene Äste und Bambus in die Flammen. Da sie fürchteten, es könnte sich jemand an sie heranschleichen, wollten sie es möglichst hell haben. Neben dem Feuer befand sich ein großer Stapel von Brennmaterial, der die Nacht über reichen würde.

»Das Geräusch – es wird lauter«, murmelte Kelly. »Was ist das?«

Kouwe legte den Kopf schief. »Ich bin mir nicht sicher.«

Mittlerweile waren auch die anderen auf das Geräusch aufmerksam geworden. Es steigerte sich rasch zu einem fiebrigen Sirren. Alle blickten zum Himmel auf.

Kelly deutete auf das rosige Leuchten im Westen. »Seht mal!«

Ein dunkler Schatten breitete sich am Himmel aus, eine schwarze Wolke, die immer größer wurde und sich ihnen näherte.

»Ein Heuschreckenschwarm«, meinte Kouwe verwundert. »Manchmal sammeln sie sich zur Paarungszeit, aber die ist längst vorbei. Außerdem habe ich noch nie einen so großen Schwarm gesehen.«

»Können sie uns gefährlich werden?«, fragte Jorgensen, der ein paar Schritte von ihnen entfernt stand.

»Wohl kaum. Eher sind sie eine Gefahr für Gärten und Dschungelfarmen. Ein großer Heuschreckenschwarm frisst in Minutenschnelle alles kahl, egal ob Blätter, Gemüse oder Obst.«

»Und was ist mit den Menschen?«, fragte Richard Zane.

»Viel anhaben können sie uns nicht. Das sind Pflanzenfresser, bloß wenn sie in Panik sind, beißen sie ein bisschen. Fühlt sich eher wie ein Piekser an.« Kouwe beäugte den Schwarm. »Aber dennoch ...«

»Was ist?«, fragte Kelly.

»Mir gefällt das Zusammentreffen nicht: Erst entdecken wir das Zeichen der Ban-ali, dann taucht auf einmal ein Heuschreckenschwarm auf.«

»Da besteht doch wohl kaum ein Zusammenhang«, meinte Anna.

Manny näherte sich ihnen mit Tor-tor. Die Raubkatze winselte im Chor mit den Heuschrecken und umkreiste unruhig ihren Herrn. »Professor, halten Sie es für möglich, dass die Heuschrecken den Piranha-Fröschen ähneln? Könnte es sich vielleicht um eine neue Bedrohung aus dem Dschungel handeln, einen weiteren Angriff?«

Kouwe blickte den Biologen an. »Erst sind wir auf das Zeichen am Dorf gestoßen, dann kamen die Piranhas. Jetzt dieses Zeichen, und anschließend taucht der Schwarm auf.« Kouwe ging zu seinem Rucksack. »Dieses Zusammentreffen war vielleicht kein Zufall.«

Kelly spürte, dass der Professor Recht hatte.

»Was sollen wir tun?«, fragte Jorgensen. Seine Kameradin, Private Carrera, ließ ihn nicht aus den Augen. Über ihnen tauchte am düsteren Himmel gerade die Vorhut des Schwarms auf, eine einheitliche dunkle Masse.

»Vor allem müssen wir in Deckung gehen ...« Kouwe kniff die Augen zusammen und blickte sich um. »Sie haben uns fast erreicht. Alle in die Hängematten! Schließen Sie das Moskitonetz und halten Sie sich vom Stoff fern.«

Zane wollte protestieren. »Aber –«

»Beeilung!«, fauchte Kouwe. Er wühlte in seinem Rucksack.

»Tun Sie, was er gesagt hat!«, befahl Jorgensen und schulterte seine nutzlose Waffe.

Kelly hatte bereits ihre Hängematte erreicht. Sie duckte sich unter das zeltartig aufgespannte Moskitonetz, froh darüber, dass sie das Lager bereits aufgeschlagen hatten. Sie verschloss die Öffnung und legte einen Stein auf den Gazestoff. Als alles gesichert war, stieg sie in die Hängematte, krümmte sich zusammen und zog den Kopf ein.

Sie blickte sich um. Auch die anderen verkrochen sich unter ihren Moskitonetzen, jedes eine einsame Insel aus hauchdünnem Material. Bloß einer stand noch draußen.

»Professor Kouwe!«, rief Jorgensen. Der Soldat machte Anstalten, sich wieder ins Freie zu begeben.

»Bleiben Sie, wo Sie sind!«, befahl Kouwe, im Rucksack wühlend.

Jorgensen zögerte. »Was machen Sie da?«

»Ich will den Teufel mit dem Beelzebub bekämpfen.«

Auf einmal begann es zu regnen. Dicke Tropfen prasselten aufs Blätterdach. Doch es war kein Wasser, das sich vom Himmel ergoss. Große, schwarze Insekten stürzten durchs dichte Laubwerk zur Erde nieder.

Der Schwarm hatte sie erreicht.

Kelly beobachtete, wie ein Insekt auf ihrem Netz landete. Es war etwa acht Zentimeter lang, der schwarze Rückenschild glänzte im Feuerschein wie Öl. Die Dreifachflügel zuckten, als es sich festzuklammern suchte. Kelly rollte sich noch mehr zusammen. Sie hatte schon viele Heuschrecken und Zikaden gesehen, jedoch noch nichts, was mit diesem Monstrum Ähnlichkeit gehabt hätte. Es hatte keine Augen. Der Kopf wurde beherrscht von den ins Leere schnappenden Mandibeln. Das Tier mochte zwar blind sein, verfügte aber über andere Sinnesorgane. Lange Antennen stießen durch die Maschen im Netz, tasteten umher wie Wünschelruten. Eine weitere Heuschrecke klatschte gegen das Netz und klammerte sich mit den segmentierten schwarzen Beinen fest.

Plötzlich stieß Kouwe einen Schmerzensschrei aus. Der Professor hockte noch immer am Feuer und schlug gerade eine Heuschrecke platt, die auf seinem Arm gelandet war.

»Professor!«, rief Jorgensen.

»Rühren Sie sich nicht von der Stelle!« Kouwe machte sich am Knoten des Lederriemens zu schaffen, der einen kleinen Beutel verschloss. Von seinem Arm tropfte Blut. Trotz des Abstands von fünf Metern konnte Kelly erkennen, dass es eine tiefe Fleischwunde war. Hoffentlich waren die Heuschrecken wenigstens nicht giftig. Kouwe rückte näher ans Feuer, das seine Haut mit rotem Schein übergoss.

Die Hitze und der Rauch schienen den Schwarm jedoch in Schach zu halten.

Ringsum schwirrten und sirrten Heuschrecken umher. Von Sekunde zu Sekunde wurden es mehr.

»Sie beißen sich durchs Netz!«, schrie Zane in Panik.

Kelly konzentrierte sich wieder auf ihre unmittelbare Umgebung. Der erste Angreifer hatte die Antennen eingezogen und nagte tatsächlich am Netz, durchtrennte die Fäden mit seinen messerscharfen Kiefern. Bevor er jedoch eindringen konnte, schlug Kelly mit der flachen Hand gegen den Stoff, sodass das Tier weggeschleudert wurde. Getötet hatte sie es nicht, doch war das Netz auch nicht weiter beschädigt worden. Anschließend wandte sie sich den anderen Insekten zu.

»Klopft einfach gegen das Netz!«, schrie sie den anderen zu. »Verhindert, dass sie sich durchbeißen!«

In der Nähe ertönte ein weiterer Schrei. »Verdammt noch mal!« Es war Manny. Ein klatschendes Geräusch war zu vernehmen, gefolgt von weiterem Gefluche.

Seine Hängematte befand sich hinter Kellys, daher konnte sie nicht erkennen, was bei ihm vorging. »Alles in Ordnung?«

»Eine Heuschrecke ist unter dem Netz durchgekrabbelt! Seien Sie vorsichtig! Die Viecher beißen kräftig zu. Der Speichel enthält offenbar einen Verdauungssaft und brennt höllisch.«

Kelly konnte bloß hoffen, dass die Insekten ungiftig waren. Sie drehte sich um, sah jedoch bloß Tor-tor, der am Zelt seines Herrn entlangstrich. Zahlreiche schwarze Insekten krabbelten über das Fell, sodass es aussah, als ob die Flecken in Bewegung geraten wären. Der Jaguar störte sich nicht an den Plagegeistern, da er durch sein dichtes Fell geschützt war. Als eine Heuschrecke auf seiner Nase landete, streifte er sie einfach mit der Pfote ab.

Mittlerweile waren sie von Heuschrecken eingeschlossen. Das ständige Schwirren sandte Kelly einen kalten Schauder über den Rücken. Der Schwarm wurde immer dichter. Außerhalb des Zelts war nicht mehr viel zu erkennen. Es war, als hätte sich ein wogender schwarzer Nebel auf sie herabgesenkt. Die Heuschrecken bedeckten alles; sie nagten und bissen. Kelly musste ständig Insekten vom Moskitonetz schütteln, doch das war ein aussichtsloses Unterfangen. Die Heuschrecken waren überall.

Der Schweiß troff ihr von der Stirn in die Augen. In Panik schwenkte sie herum und schlug auf die am Netz haftenden Insekten ein. Allmählich verlor sie die Hoffnung. Dann sah sie vor ihrem geistigen Augen auf einmal Jessie im Krankenhausbett, die Arme nach ihrer Mutter ausgestreckt, ihren Namen rufend. »Verdammt noch mal!« Sie wehrte sich heftiger, wollte sich nicht unterkriegen lassen.

Ich werde hier nicht sterben ... nicht so, nicht ohne Jessie wieder gesehen zu haben.

Auf einmal flammte in ihrem Schenkel ein durchdringender Schmerz auf. Mit der flachen Hand zerquetschte sie das Insekt. Eine andere Heuschrecke landete auf ihrem Arm. Kelly schüttelte sie angewidert ab. Eine dritte krabbelte in ihrem Haar.

Während sie sich verzweifelt wehrte, baute sich in ihrer Brust ein Schrei auf. Das Netz war beschädigt. Im ganzen Lager ertönten Schreie. Die Heuschrecken fielen auch über die anderen her.

Sie hatten den Kampf verloren.

Jessie ... stöhnte Kelly und streifte sich eine Heuschrecke vom Hals. *Es tut mir Leid, Schatz.* Auch an Waden und Knöcheln flammte der Schmerz auf. Sie trat sinnlos um sich, weinte vor Schmerzen und Trauer.

Allmählich fiel ihr das Atmen schwer. Sie hustete, schnappte nach Luft. Ihre Augen brannten. Ein scharfer

Geruch stieg ihr in die Nase. Es roch nach Harz, nach brennenden grünen Tannenzweigen. Sie hustete erneut.

Was war das?

Durch den Tränenschleier hindurch beobachtete sie, wie sich der dichte Schwarm zerstreute, als sei er von einer Bö getroffen worden. Die Sicht aufs Lagerfeuer klärte sich. Neben dem Feuer stand Kouwe und schwenkte einen großen Palmwedel über den Flammen, die sehr viel stärker qualmten als eben noch.

»*Tok-tok-Pulver*!«, rief Kouwe ihr zu. Am ganzen Leib hatte er blutende Bisswunden. »Hilft bei Kopfschmerzen, und wenn es verbrannt wird, wehrt es Insekten ab.«

Die sich ans Netz anklammernden Heuschrecken flüchteten vor dem Geruch. Kelly erinnerte sich vage, dass Nate ihr erzählt hatte, die Indianer stellten mit Insektenmittel präparierte Bambusfackeln in ihren Gärten auf, um ihre Ernte zu schützen. Im Stillen dankte sie den Indianern des Regenwaldes für ihren Erfindungsreichtum.

Als die Heuschrecken bis auf wenige Nachzügler verschwunden waren, winkte Kouwe die anderen zu sich heran. »Kommen Sie her!«, rief er. »Schnell!«

Kelly kletterte aus der Hängematte und schlüpfte nach kurzem Zögern unter dem mittlerweile löchrigen Netz hindurch. Geduckt eilte sie zum Feuer. Die anderen folgten ihr.

Der Qualm stank widerlich, hielt aber die Insekten fern. Die Heuschrecken hatten sich nicht zerstreut. Der Schwarm schwirrte als dunkle Wolke um sie herum. Hin und wieder stieß eine auf sie herab, wurde aber vom Qualm vertrieben.

»Woher wussten Sie, dass der Qualm wirken würde?«, fragte Jorgensen.

»Gewusst hab ich's eigentlich nicht. Zumindest war ich mir nicht sicher.« Kouwe war ein wenig außer Atem und schwenkte unablässig den Palmwedel. »Das brennende Ban-ali-Zeichen im Dschungel ... der viele Rauch und der starke Geruch. Mir kam der Gedanke, es könnte sich um ein Signal gehandelt haben.«

»Ein Rauchzeichen?«, meinte Zane.

»Nein, eher eine Duftmarke«, entgegnete Kouwe. »Im Rauch war etwas enthalten, das die Heuschrecken angelockt hat.«

Manny brummte. »Könnte ein Pheromon oder etwas Ähnliches gewesen sein.«

»Gut möglich. Und dann kamen sie her, um alles zu vernichten, was ihnen in die Quere kam.«

»Dann wollen Sie also behaupten, dass wir sterben sollten«, meinte Anna. »Dass die Heuschrecken mit Absicht hergelockt wurden.«

Kouwe nickte. »Das könnte auch für die Piranha-Frösche gegolten haben. Irgendetwas hat sie zu diesem Dorf gelockt, vielleicht auch wieder eine Duftspur, irgendein Mittel, das man ins Wasser gegeben hat, um sie zum *Shabano* zu dirigieren.« Er schüttelte den Kopf. »Ich bin mir nicht sicher, aber es scheint so, als hätten die Ban-ali den Dschungel ein zweites Mal auf uns gehetzt.«

»Was sollen wir jetzt tun?«, fragte Zane. »Wird das Pulver bis Sonnenaufgang reichen?«

»Nein.« Kouwe blickte nach oben zum dunklen Heuschreckenschwarm.

20.05 Uhr

Nate war des Diskutierens überdrüssig. Die Debatte mit Captain Waxman und Frank währte bereits einer Viertelstunde. »Wir müssen umkehren und nachschauen, was dort los ist«, beharrte er. »Zumindest sollten wir jemanden zurückschicken. Bis Sonnenaufgang kann der Betreffende wieder hier sein.«

Waxman seufzte. »Das waren doch bloß Heuschrecken, Dr. Rand. Sie sind vorbeigeflogen, nichts ist passiert. Was veranlasst Sie zu der Annahme, sie könnten der anderen Gruppe gefährlich werden?«

Nate runzelte die Stirn. »Ich kann's nicht beweisen, ich spür's einfach. Ich habe mein ganzes Leben im Dschungel verbracht, und glauben Sie mir, irgendetwas stimmte nicht mit diesem Heuschreckenschwarm.«

Frank hatte ursprünglich auf Nates Seite gestanden, erwärmte sich aber allmählich für die Abwarte-Logik des Rangers. »Ich glaube, wir sollten nach Captain Waxmans Plan verfahren. Wenn der Satellit morgen früh wieder in Reichweite ist, funken wir die andere Gruppe an und vergewissern uns, ob alles okay ist.«

»Außerdem«, fügte Waxman hinzu, »sind wir Ranger nur noch zu sechst, und solange nicht Gefahr in Verzug ist, möchte ich nicht, dass zwei von uns ihr Leben bei einer sinnlosen Mission aufs Spiel setzen.«

»Dann gehe ich allein.« Nate ballte frustriert die Fäuste.

»Das lasse ich nicht zu.« Waxman schüttelte den Kopf. »Sie wollen gegen Windmühlen kämpfen, Dr. Rand. Morgen werden Sie sehen, dass nichts passiert ist.«

Nate überlegte fieberhaft, wie er den Captain umstimmen sollte. »Dann geben Sie mir wenigstens ein Funkgerät. Ich werde versuchen, so nahe an sie heranzukommen, dass wir Funkkontakt aufnehmen können. Wie groß ist die Reichweite Ihrer Handfunkgeräte?«

»Sechs bis sieben Meilen.«

»Und wir haben etwa fünfzehn Meilen zurückgelegt. Das heißt, ich bräuchte bloß acht Meilen zurückzugehen, dann könnte ich die anderen erreichen. Bis Mitternacht wäre ich zurück.«

Waxman runzelte die Stirn.

Frank trat einen Schritt auf Nathan zu. »Der Plan ist gar

nicht so übel, Captain. Eigentlich ein ganz vernünftiger Kompromiss.«

Nate bemerkte den gequälten Ausdruck in Franks Augen. Seine Schwester war dort draußen. Hin und her gerissen zwischen der Sorge um seine Schwester und Waxmans Vorsicht, bemühte er sich als Expeditionsleiter, seine eigenen Belange zurückzunehmen und sich von nüchternen Überlegungen leiten zu lassen.

»Ich bin sicher, den anderen ist *nichts* passiert«, sagte Nate gepresst. »Aber ein wenig Extravorsicht schadet nicht ... zumal in Anbetracht der Vorgänge der letzten Tage.«

Frank nickte.

»Geben Sie mir ein Funkgerät«, drängte Nate.

Waxman atmete zischend aus und gab nach. »Aber Sie gehen nicht allein.«

Nate hätte beinahe aufgeschrien. *Endlich* ...

»Ich gebe Ihnen einen Ranger mit. Zwei meiner Männer will ich nicht in Gefahr bringen.«

»Gut ... einverstanden.« Frank wirkte ganz erschlafft vor Erleichterung. Er blickte Nate dankbar an.

Captain Waxman drehte sich um. »Corporal Warczak! Machen Sie sich bereit zum Abmarsch.«

20.23 Uhr

Manny stand mit den anderen am Feuer, umwabert vom Rauch. Der Qualm, den das Pulver entwickelte, hielt die Heuschrecken in Schach. Um sie herum kreiste schwirrend der Schwarm, ein schwarzer Kokon, in dessen Mitte sie gefangen waren. Manny blickte mit brennenden Augen in die Flammen. Wie lange würde das Tok-tok-Pulver des Professors reichen? Die Rauchentwicklung war bereits schwächer geworden.

»Hier!«, sagte die neben Professor Kouwe am Boden kniende Kelly. Sie reichte ihm vom Stapel mit dem Brennmaterial einen etwa halben Meter Bambusstab, dann arbeitete sie weiter. Der Schamane füllte gerade eine Portion Tok-tok-Pulver in einen Bambusstock.

Manny trat nervös von einem Bein aufs andere. Für seinen Geschmack gründete der Plan des Professors auf zu vielen Annahmen.

Als der letzte Stock präpariert war, richteten sich Kelly und Kouwe auf. Manny blickte sich um. Alle hatte die Rucksäcke geschultert und hielten einen Bambusstab in der Hand.

»Okay«, sagte Jorgensen. »Sind alle bereit?«

Niemand antwortete. In allen Gesichtern spiegelte sich die gleiche panische Angst.

Jorgensen nickte. »Fackeln anzünden.«

Gleichzeitig hielten sie die Enden der Bambusstöcke in die Flammen. Das Pulver und das trockene Holz entzündeten sich. Als sie die Bambusstöcke aus dem Feuer zogen, stieg dichter Rauch von den Fackeln auf.

»Halten Sie die Fackeln dicht am Körper, aber hoch erhoben«, sagte Kouwe und machte es ihnen mit seiner eigenen Fackel vor. »Wir müssen uns beeilen.«

Manny schluckte. Er musterte die schwirrende Wand der Heuschrecken. Bislang war er zweimal gebissen worden, doch die Wunden juckten noch. Tor-tor hielt sich an seiner Seite, rieb sich an seinem Bein. Er spürte die Angst der Gruppe.

»Bleiben Sie dicht zusammen«, zischte Kouwe, als sie sich aus dem Schutz des Feuers hinausbegaben und sich dem wartenden Schwarm näherten.

Sie beabsichtigten, mithilfe der mit Tok-tok-Pulver präparierten Fackeln einen Ausbruch zu wagen, solange die Heuschrecken vom Feuer in Schach gehalten wurden. Im Schutz der Rauchschwaden wollten sie aus dem Gebiet fliehen. Wie Kouwe ihnen zuvor erklärt hatte: »Die Heuschrecken wurden vom Geruch des brennenden Ban-ali-Zeichens angelockt. Wenn wir uns weit genug davon entfernen, können wir sie vielleicht abschütteln.«

Der Plan war riskant, doch ihnen blieb keine andere Wahl. Der Pulvervorrat des Schamanen ging allmählich zur Neige. Mit dem Rest konnte er das Lagerfeuer nur noch ein, zwei Stunden unterhalten. Und die Heuschrecken schienen entschlossen, nicht von der Stelle zu weichen. Also mussten sie die Initiative ergreifen und das Gebiet verlassen.

»Komm, Tor-tor.« Manny folgte Corporal Jorgensen. Dicht zusammengedrängt rückte die Gruppe mit hoch gereckten Fackeln vor. Das Schwirren des Schwarms dröhnte Manny in den Ohren. Er hoffte inständig, dass Kouwe mit seinen Annahmen Recht behalten möge.

Niemand sprach ... niemand wagte auch nur zu atmen. Langsam stapften sie nach Westen, in die Richtung, die das andere Team eingeschlagen hatte. Es war ihre einzige Chance. Manny blickte sich um. Der Trost spendende Feuerschein wurde in dem Maße schwächer, wie sich der Schwarm hinter ihnen schloss.

Mit jedem knirschenden Schritt zerquetschte Manny Heuschrecken, die über den Boden krabbelten.

Schweigend marschierten sie in den Wald hinein. Nach einigen Minuten hatten sie die Insektenwolke noch immer nicht hinter sich gelassen. Sie waren umzingelt. Die Heuschrecken waren überall: Sie schwirrten umher, bedeckten die Baumstämme, krabbelten durchs Unterholz. Und sie wurden zudringlicher.

»Eigentlich sollten wir inzwischen durch sein«, murmelte Kouwe.

»Sieht so aus, als würden sie uns folgen«, sagte Anna.

Kouwe wurde langsamer und kniff die Augen zusammen. »Ich glaube, Sie haben Recht.«

»Was sollen wir tun?«, zischte Zane. »Die Fackeln werden bald ausgehen. Vielleicht sollten wir rennen. Vielleicht könnten wir –«

»Halten Sie den Mund ... lassen Sie mich nachdenken!«, grollte Kouwe. Er musterte den Schwarm und murmelte vor sich hin: »Warum folgen sie uns? Warum bleiben sich nicht an der Stelle, die sie angelockt hat?«

Carrera, die ganz hinten ging, meldete sich zu Wort. Sie hielt die Fackel hoch. »Vielleicht verhalten sie sich ja ähnlich wie die Piranha-Frösche. Einmal angelockt, haben sie unsere Witterung aufgenommen. Und jetzt verfolgen sie uns, bis eine Seite den Kürzeren zieht.«

Manny kam eine Idee. »Wie wär's, wenn wir es den Banali nachtun würden?«

»Wie meinen Sie das?«, fragte Kelly.

»Wir lenken die Viecher mit etwas ab, das interessanter ist als unser Blut.«

»Zum Beispiel?«

»Der Geruch, der die Heuschrecken überhaupt erst angelockt hat.« Vor Aufregung verhaspelte er sich. Vor seinem geistigen Auge sah er das brennende Zeichen der Blutjaguare. »Ich habe mit Corporal Jorgensen die Flammen gelöscht, die das Pheromon freigesetzt haben – aber der Brennstoff ist noch da! Dort im Wald.« Er zeigte in die Richtung.

Jorgensen nickte. »Manny hat Recht. Wenn wir es schaffen, das Zeug wieder anzuzünden ...«

Kouwes Miene hellte sich auf. »Dann würde der Rauch den Schwarm von uns ablenken, und wir könnten wegrennen.«

»Genau«, meinte Manny.

»Probieren wir's«, sagte Zane. »Worauf warten wir noch?«

Jorgensen trat vor. »Da die Fackeln nicht mehr lange brennen werden, ist die Zeit knapp. Es hätte keinen Sinn, wenn wir alle zurückgehen würden.«

»Worauf wollen Sie hinaus?«, fragte Manny.

Jorgensen zeigte nach vorn. »Sie gehen weiter in die Richtung, die die andere Gruppe eingeschlagen hat. Ich kehre um und zünde das Feuer wieder an.«

Manny trat vor. »Ich begleite Sie.«

»Nein. Ich lasse nicht zu, dass ein Zivilist sein Leben riskiert.« Jorgensen entfernte sich von der Gruppe. »Außerdem komme ich allein schneller voran.«

»Aber –«

»Wir verschwenden bloß Zeit und kostbares Pulver!«, fauchte der Corporal. Er wandte sich an Carrera. »Schaffen Sie die Leute von hier weg. Schnellstmöglich. Ich komme nach, sobald das Scheißfeuer brennt.«

»Jawohl, Sir.«

Jorgensen nickte ihnen noch einmal zu, dann machte er kehrt und trabte mit hoch erhobener Fackel zum Lager zurück. Kurz darauf wurde seine Gestalt vom Schwarm verschluckt. Bloß die schwankende Fackel war noch eine Weile zu erkennen, dann verschwand auch sie im wogenden Insektenschwarm.

»Bewegung!«, sagte Carrera.

Die Gruppe marschierte weiter. Manny hoffte inständig, dass der Corporal Erfolg haben würde. Manny blickte noch einmal zum Lager, dann folgte er den anderen.

Jorgensen stürmte durch den Schwarm. Da er nur noch von einer Fackel geschützt wurde, rückten die Heuschrecken immer näher. Mehrmals wurde er von besonders zudringlichen Exemplaren gebissen, doch er rannte unbeirrt weiter. Jeder Ranger hatte ein anspruchsvolles Training in unterschiedlichen Umgebungen absolviert: im Gebirge, im Dschungel, im Sumpf, im Schnee und in der Wüste.

Mit einer gottverdammten Wolke fleischfressender Insekten aber hatte er noch nie zu tun gehabt!

Er schob den Rucksack nach oben, um seine Bewegungsfreiheit zu vergrößern und sich vor den Insekten zu schützen.

Obwohl er eigentlich hätte in Panik sein sollen, war er von einer eigenartigen Hochstimmung erfüllt. Genau deshalb hatte er sich freiwillig zu den Rangern gemeldet: um sich in nervenzerfetzenden Situationen zu bewähren. Wie viele Farmjungen aus Minnesota bekamen dazu schon Gelegenheit?

Mit vorgereckter Fackel stürmte er weiter. »Ihr könnt mich mal!«, brüllte er die Heuschrecken an.

Sich am verlassenen Lagerfeuer orientierend, kämpfte Jorgensen sich durch die umherschwirrenden Insekten vor. Der stinkende Qualm der Fackel hüllte ihn ein. Er rannte um den Paranussbaum herum und näherte sich dem Zeichen der Ban-ali.

Halb blind rannte er zunächst daran vorbei, dann bemerkte er seinen Irrtum und machte kehrt. Neben der Stelle sank er auf die Knie. »Gott sei Dank.«

Jorgensen rammte die Fackel in den weichen Lehmboden, dann beugte er sich vor und wischte die Erde und die umherkrabbelnden Insekten von der harzartigen Substanz. Die Heuschrecken bildeten hier eine dicke Schicht. Als er sie beiseite streifte, wurde er mehrfach gebissen. Jetzt stieg ihm auch der bitterscharfe Geruch des Öls in die Nase. Der Professor hatte Recht gehabt. Das Harz hatte die Viecher angelockt.

Jorgensen beeilte sich, das Zeichen freizulegen. Er hatte keine Ahnung, wie viel von dem schwarzen Öl brennen musste, um den Schwarm anzulocken, doch er wollte kein

Risiko eingehen. Er hatte nicht vor, noch einmal hierher zurückzukehren. Auf allen Vieren, die Hand klebrig vom schwarzen Harz, arbeitete er sich weiter vor. Bald darauf hatte er die Spirale zur Hälfte freigelegt.

Zufrieden richtete er sich auf, holte ein Gasfeuerzeug aus der Tasche und hielt es ans Öl. »Und jetzt ... gibt's Zunder.«

Das Öl fing Feuer, die Flammen rasten an den Windungen des Zeichens entlang. Es entzündete sich so rasch, dass ihm die Flammen sogar die Finger verbrannten.

Jorgensen ließ das Feuerzeug fallen und zog die Hand zurück. »Scheiße!« Das klebrige Öl an seiner Hand hatte sich entzündet. *»Scheiße!«*

Er wälzte sich auf die Seite und grub die Hand in den weichen Boden, um die Flammen zu löschen. Dabei stieß er mit dem Ellbogen gegen die Bambusfackel, die in einen Busch fiel, der sogleich Feuer fing. Jorgensen packte fluchend die Fackel – doch das Unheil war bereits geschehen. Das Pulver im ausgehöhlten Bambusstab hatte sich auf dem Boden und im Busch verteilt und verbrannte zischend. Die Fackel glühte noch an der Spitze, entwickelte aber keinen Rauch mehr.

Jorgensen sprang auf.

Hinter ihm brannte lichterloh das Zeichen der Ban-ali und rief den Schwarm zur Beute.

»Mein Gott!«

Kelly hörte den ersten Schrei, ein Grauen erregender Laut, der alle erstarren ließ.

»Jorgensen ...«, sagte Private Carrera und drehte sich um.

Kelly trat neben die Rangerin.

»Wir können nicht umkehren«, sagte Zane ohne innezuhalten.

Ein weiterer Schrei tönte aus dem Wald und sandte ihnen einen kalten Schauder über den Rücken.

Kelly bemerkte, dass der Heuschreckenschwarm abschwenkte und sich Richtung Lager entfernte. »Sie ziehen ab!«

Professor Kouwe sagte über die Schulter hinweg: »Dem Corporal ist es anscheinend gelungen, das Zeichen anzuzünden.«

Mittlerweile schrie Jorgensen ohne Unterlass, wie ein Tier. Das Gebrüll hatte nichts Menschliches mehr an sich.

»Wir müssen ihm helfen«, sagte Manny.

Carrera schaltete eine Taschenlampe ein. Sie leuchtete zum Lager zurück. In fünfzig Metern Entfernung war der Schwarm so dicht, dass sogar die Bäume von der schwarzen Wolke verschluckt worden waren. »Dazu reicht die Zeit nicht mehr aus«, sagte sie leise und reckte die Bambusfackel. Sie flackerte bereits Besorgnis erregend. »Wir wissen nicht, wie viel Luft uns Jorgensen verschafft hat.«

Manny wandte sich ihr zu. »Wir könnten es wenigstens versuchen. Vielleicht ist er noch zu retten.«

Wie auf ein Stichwort hin brachen die Schreie unvermittelt ab.

Carrera schüttelte den Kopf.

»Sehen Sie!«, rief Anna und zeigte mit dem Arm.

Carrera schwenkte die Taschenlampe herum. »Jorgensen!«

Kelly schlug sich die Hand vor den Mund.

Der Mann war nicht mehr zu erkennen, da er von Kopf bis Fuß mit krabbelnden Insekten bedeckt war. Blindlings fuchtelte er mit den Armen. Er schwankte umher und stolperte im Unterholz, fiel auf die Knie. Währenddessen gab er keinen Laut von sich, bloß die Arme hatte er flehend ausgestreckt.

Manny trat einen Schritt auf ihn zu, doch Carrera hielt ihn zurück.

Der Schwarm zog sich um den knienden Jorgensen zusammen und verschluckte ihn.

»Zu spät«, sagte Carrera. »Und die Zeit wird allmählich knapp.« Wie um ihre Bemerkung zu unterstreichen, flackerte die glühende Asche in ihrer Fackel ein letztes Mal auf und erlosch dann allmählich. »Wir müssen einen möglichst großen Abstand zwischen uns und den Schwarm bringen, solange der abgelenkt ist.«

»Aber –«, setzte Manny an.

Die Rangerin fixierte ihn finster. Ihre Worte waren noch unerbittlicher als ihr Blick. »Jorgensens Opfer soll nicht vergeblich gewesen sein.« Sie zeigte in den Wald hinein. »Bewegung!«

Kelly blickte sich ein letztes Mal um. Der Schwarm blieb hinter ihnen zurück, eine wogende schwarze Wolke. In ihrer Mitte aber befand sich der Mann, der sich geopfert hatte, um sie alle zu retten. Tränen stiegen ihr in die Augen. Ihre Beine waren taub vor Erschöpfung und Verzweiflung, ihr Herz war schwer.

Obwohl sie soeben den Corporal verloren hatten, sah Kelly das Gesicht ihrer Tochter vor sich. Ihre Tochter brauchte sie. Sie stellte sich ihre Tochter im Krankenbett vor, geschüttelt vom Fieber. *Ich werde zu dir zurückkehren, Schatz,* gelobte sie lautlos.

Tief in ihrem Innern bezweifelte sie jedoch, dass sie das Versprechen auch würde einlösen können. Je tiefer sie in den Dschungel eindrangen, desto mehr Menschen starben. *Graves, DeMartini, Conger, Jones ... und jetzt Jorgensen ...*

Sie schüttelte den Kopf, wollte sich die Hoffnung nicht nehmen lassen. Solange sie lebte und einen Fuß vor den anderen setzte, würde sie nach Hause zurückfinden.

Im Laufe der nächsten Stunde kämpften sie sich mühsam

durch den Wald und folgten dem Weg, den die andere Hälfte des Teams am Nachmittag eingeschlagen hatte. Eine Fackel nach der anderen erlosch. Taschenlampen wurden ausgeteilt. Bislang deutete nichts darauf hin, dass der Schwarm die Verfolgung aufgenommen hatte. Vielleicht war es ihnen tatsächlich gelungen, sich vor den blinden Heuschrecken in Sicherheit zu bringen, doch diese Hoffnung wagte niemand laut auszusprechen.

Manny marschierte neben dem Ranger. »Und wenn wir das andere Team verfehlen?«, fragte er leise. »Jorgensen hat die Funkausrüstung bei sich gehabt. Das war unsere einzige Möglichkeit, Kontakt mit der Außenwelt aufzunehmen.«

Daran hatte Kelly nicht gedacht. Ohne Funkgerät waren sie abgeschnitten.

»Wir werden die anderen nicht verfehlen«, erklärte Carrera mit unerschütterlicher Gewissheit.

Niemand erhob Einwände. Niemand wollte ihre Überzeugung in Frage stellen.

Sie marschierten weiter durch den dunklen Dschungel, konzentrierten sich allein auf ihre Schritte. Während die Stunden verstrichen, machte die Anspannung abgrundtiefer Müdigkeit und Angst Platz. Ringsum ertönten Rufe und seltsame Schreie. Alle lauschten auf das Schwirren von Heuschrecken.

Daher schreckten sie alle zusammen, als das kleine Handfunkgerät in Private Carreras Feldjacke auf einmal zu rauschen und zu quäken begann. »Hier spricht ... wenn Sie mich hören können ... Reichweite ...«

Alle wandten sich mit hoffnungsvoll geweiteten Augen der Rangerin zu. Carrera schwenkte das Helmmikrofon vor den Mund. »Hier spricht Private Carrera. Hören Sie mich? *Over.*«

Eine lange Pause, dann ... »Ich kann Sie verstehen, Carrera. Hier spricht Warczak. Wie sieht's bei euch aus?«

Die Rangerin schilderte leidenschaftslos und professionell, wie es ihnen ergangen war. Kelly bemerkte jedoch, dass die Hand, mit der sie das Mikrofon hielt, zitterte. »Wir folgen eurer Fährte«, schloss sie. »Hoffen, in zwei Stunden bei euch zu sein.«

Corporal Warczak antwortete: »Verstanden. Dr. Rand und ich kommen euch entgegen. Ende.«

Die Rangerin schloss die Augen und seufzte vernehmlich. »Alles wird gut«, flüsterte sie, an niemand Bestimmten gewandt.

Während sich die anderen halb laut unterhielten, blickte Kelly in den finsteren Dschungel.

Dein Wort in Gottes Ohr, dachte sie.

Vierter Akt

BLUTJAGUARE

Schachtelhalm

FAMILIE: *Equisetaceae*

GATTUNG: *Equisetum*

ART: *arvense*

GEBRÄUCHLICHER NAME: *Ackerschachtelhalm*

VOLKSNAMEN: *At Quyroughi, Atkuyrugu, Chieh Hsu Ts'Ao, Cola de Caballo, Equiseto Menor, Kilkah Asb, Prele, Sugina, Thanab al Khail, Vara de Oro, Wen Ching*

EIGENSCHAFTEN/VERWENDUNG: *Adstringens, blutstillend, Diuretikum, entzündungshemmend*

12

Die Seeüberquerung

15. August, 8.11 Uhr
Instar Institute
Langley, Virginia

Lauren zog die Magnetstreifenkarte durchs Türschloss und trat ein. Seit gestern war sie nicht mehr in ihrem Büro gewesen. Zwischen den Krankenbesuchen bei Jessie und den Besprechungen mit verschiedenen MEDEA-Beschäftigten hatte sie keine Minute für sich gehabt. Jetzt hatte sie sich nur deshalb Zeit nehmen können, weil es Jessie anscheinend gut ging. Ihre Temperatur war noch immer normal und ihre Stimmung hellte sich von Stunde zu Stunde weiter auf.

Vorsichtig optimistisch hoffte Lauren, dass sie sich mit ihrer Diagnose geirrt hatte. Vielleicht war Jessie ja doch nicht am Dschungelfieber erkrankt. Jetzt war Lauren froh darüber, ihre Befürchtungen für sich behalten zu haben. Andernfalls hätte sie Marshall und Kelly bloß unnötig in Panik versetzt. Lauren hatte vielleicht zu großes Vertrauen in Alvisios Statistikmodell gesetzt. Dem Epidemiologen konnte sie freilich keinen Vorwurf machen. Dr. Alvisio hatte sie gewarnt, dass seine Ergebnisse alles andere als eindeutig seien. Er müsse noch weitere Daten sammeln und sie miteinander in Beziehung setzen.

Andererseits traf dies derzeit noch auf alle Ebenen der Untersuchung zu. Mit jedem Tag, da sich die Krankheit in Kalifornien und den Südstaaten weiter ausbreitete, wurden zahllose Theorien über Krankheitserreger, Therapieansätze, Diagnoseparameter und Quarantänerichtlinien aufgestellt. Instar war zur Denkfabrik der Nation geworden.

Das Institut hatte die Aufgabe, einen Weg durch das Labyrinth wissenschaftlicher Mutmaßungen und spekulativer epidemiologischer Modelle zu bahnen und die Spreu vom Weizen zu trennen. Dies stellte eine große Herausforderung dar, da aus allen Landesteilen Daten hereinkamen. Aber schließlich waren hier auch die klügsten Köpfe versammelt.

Lauren ließ sich auf den Stuhl fallen und schaltete den Rechner ein. Das Signal für neu eingetroffene E-Mails ertönte. Seufzend setzte sie die Lesebrille auf und beugte sich dichter an den Bildschirm heran. *Dreihundertvierzehn Nachrichten.* Und das war bloß ihre private Mailbox. Sie scrollte in der Absenderliste nach unten und überflog die Betreffzeilen nach etwas Wichtigem oder Interessantem.

Posteingang	
Absender	Betreff
jpcdvm@davis.uc.org	Re: Biolog. Ähnlichkeiten bei Affen
trent_magnus@scrlabs.com	Bitte um Standardisierung von Proben
systematica@cdc.gov	Fortschrittsbericht
xreynolds@largebio.com	Large Scale Biological Labs
synergymeds@phdrugs.com	Arzneimittelanfrage
gerard@dadecounty.fl.gov	Quarantäneeinschätzung
hrt@washpost.org	Interviewanfrage

Beim Scrollen fiel ihr ein Name ins Auge. Er kam ihr bekannt vor, obwohl sie ihn nicht gleich unterbringen konnte. Sie richtete den Mauszeiger darauf: *Large Scale Biological Labs.* Sie kräuselte die Nase, dann auf einmal fiel es ihr ein. In der Nacht, als Jessie Fieber bekommen hatte, war sie vom selben Absender angepiept worden, und zwar nach

Mitternacht. Das erkrankte Kind hatte sie jedoch davon abgehalten, den Anruf entgegenzunehmen.

Wahrscheinlich war die Nachricht unwichtig, trotzdem öffnete sie die Mail, denn ihre Neugier war geweckt. Die Nachricht erschien auf dem Bildschirm. *Dr. Xavier Reynolds.* Sie lächelte; der Name war ihr bekannt. Er hatte vor einem Jahr bei ihr promoviert und dann eine Stelle bei einem kalifornischen Labor angenommen. Der junge Mann war einer ihrer besten Studenten gewesen. Lauren hatte versucht, ihn für MEDEA anzuwerben, doch er hatte abgelehnt. Seine Verlobte hatte in Berkely eine Anstellung als außerordentliche Professorin gefunden, und er wollte sich verständlicherweise nicht von ihr trennen.

Während sie die Nachricht las, verflüchtigte sich ihr Lächeln allmählich.

Absender: xreynolds@largebio.com
Datum: 14. Aug. 13:48:28

Empfänger: lauren=_obrien@instar.org
Betreff: Large Scale Biological Labs

Dr. O'Brien,
bitte entschuldigen Sie die Störung. Ich habe heute Nacht versucht, Sie zu erreichen, nehme jedoch an, Sie sind sehr beschäftigt. Deshalb will ich mich kurz fassen.

Wie viele andere Laboratorien im ganzen Land sind auch wir an der Erforschung der ansteckenden Krankheit beteiligt, und ich glaube, wir sind auf etwas Interessantes, wenn nicht gar die Antwort auf die grundlegende Frage gestoßen: *Wodurch wird die Krankheit ausgelöst?* Bevor ich meine Erkenntnisse veröffentliche, möchte ich jedoch Ihre Meinung einholen.

Als Leiter der Proteinforschung hier an den Large Scale Biological Labs versuche ich mit meinen Mitarbeitern, das Proteingenom der Menschheit zu indizieren, vergleichbar dem Human Genome Project, das die DNA untersucht. Daher bestand mein Ansatz darin, die Untersuchung der Krankheit sozusagen von hinten aufzuzäumen. Die meisten Krankheitserreger – Bakterien, Viren, Pilzsporen, Parasiten – lösen nicht von sich aus eine Krankheit aus. Vielmehr führen die von ihnen gebildeten *Proteine* zum Ausbruch der Erkrankung. Deshalb habe ich nach einem Protein gesucht, das allen Patienten gemeinsam ist.

Und ich habe es entdeckt! Angesichts der komplizierten Faltung des Moleküls kam mir eine Idee. Das neue Protein weist eine verblüffende Ähnlichkeit mit dem Protein auf, das die bovine Spongioenzephalopathie auslöst, den so genannten Rinderwahnsinn. *Waren wir somit auf der falschen Spur, als wir nach einem Virenerreger gesucht haben?*

Hat in diesem Zusammenhang schon jemand an ein *Prion* gedacht?
Eine Abbildung des Proteins habe ich beigefügt.

Name: unbekanntes Prion (?)
Substanz: gefaltetes Protein, zweifach w-terminale Alpha-Helix
Modell:

Unters.-Methode: Röntgenstreuung
EC-Nummer 3.4.1.18
Quelle: Patient #24-b12, Anawak-Stamm, unteres Amazonasgebiet
Raumgruppe: P 21 20 21
Elementarzelle:
Dim: a 60,34 b 52,04 c 44,68
Winkel: alpha 90.00 beta 90.00 gamma 90.00
Polymerketten: 156L Reste: 144
Atome: 1286

Hier haben Sie die Puzzleteile. Da ich Ihren Sachverstand sehr schätze, würde ich mich freuen, wenn Sie mir Ihre Gedanken, Ansichten oder Einschätzungen übermitteln würden, bevor ich diese radikale Theorie veröffentliche.

Hochachtungsvoll,
Xavier Reynolds, Dr. phil.

»Ein Prion.« Lauren berührte das abgebildete Molekül. *Sollte es wirklich für die Krankheit verantwortlich sein?*

Sie erwog die Möglichkeit. Die Bezeichnung »Prion« war eine Begriffsverknüpfung aus »Protein« und »Infektion«. Die Bedeutung der Prione für bestimmte Krankheitsverläufe war erst in der letzten Dekade dokumentiert worden und hatte einem Biochemiker aus den Staaten 1997 den Nobelpreis eingebracht. Prione waren in allen Lebewesen anzutreffen, angefangen von Hefezellen bis zum Menschen. Normalerweise waren sie harmlos, doch ihre Molekülstruktur wies einen heimtückischen Doppelcharakter auf, vergleichbar mit Jekyll und Hyde. Die Grundform verhielt sich Zellen gegenüber neutral. Das selbe Protein aber konnte sich zusammenfalten, wodurch ein Monstrum entstand, das den Zellprozessen großen Schaden zufügte. Dieser Effekt war kumulativ. Sobald ein gefaltetes Protein in einen Organismus eingeführt wurde, wandelte es die körpereigenen Proteine um, die wiederum ihre Nachbarn veränderten, was eine Kettenreaktion zur Folge hatte. Schlimmer noch, der Wirtskörper konnte diesen Prozess auf andere Organismen übertragen – ein wahres Ansteckungsphänomen.

Prionenerkrankungen waren bei Tieren und beim Menschen dokumentiert: angefangen von der Schafräude bis zur Creutzfeldt-Jakob-Krankheit beim Menschen. Die bislang bekannteste Prionenerkrankung wurde zwischen zwei Spezies übertragen. Dr. Reynolds hatte sie in seiner Mail erwähnt: die bovine Spongioenzephalopathie beziehungsweise der Rinderwahnsinn.

Diese Krankheiten waren jedoch eher degenerativer Natur, und die Ansteckung erfolgte ausgesprochen langsam. Gleichwohl waren im vorliegenden Fall Prione als Erreger nicht auszuschließen. Sie hatte Forschungsarbeiten zu Prionen und deren Rolle bei genetischen Mutationen und schwer wiegenderen Manifestationen gelesen. Fand hier etwas Ähnliches statt? Und wie stand es mit der Ansteckung durch die Luft? Prione waren kleiner als Viren, und wenn Viren sich durch die Luft ausbreiten konnten, warum dann nicht auch bestimmte Prione?

Lauren starrte auf das auf dem Bildschirm abgebildete Proteinmodell und nahm den Hörer ab. Während sie wählte, lief ihr ein eiskalter Schauer über den Rücken. Sie hoffte, ihr ehemaliger Student irrte sich.

Das Freizeichen ertönte, dann wurde abgenommen. »Dr. Reynolds, Proteinlabor.«

»Xavier?«

»Ja?«

»Hier ist Dr. O'Brien.«

»Dr. O'Brien!« Er begann angeregt zu plaudern, offenbar erfreut über ihren Anruf.

Sie fiel ihm ins Wort. »Xavier, erzählen Sie mir mehr von diesem Protein.« Sie wollte möglichst viel in Erfahrung bringen, je rascher, desto besser. Falls Dr. Reynolds Recht hatte, zählte jede Minute ...

Lauren fixierte das krabbenartige Molekül auf dem Monitor. Eines wusste sie jedenfalls über von Prionen ausgelöste Krankheiten.

Es gab kein Heilmittel.

9.18 Uhr
Amazonas-Dschungel

Nate blickte über Olin Pasternaks Schulter hinweg. Der Funkexperte der CIA, der sich über das Satelliten-Computersystem gebeugt hatte, wurde immer nervöser. Schweiß perlte auf seiner Stirn, teilweise Folge der morgendlichen Schwüle, teilweise Ausdruck seiner Bestürzung.

»Noch immer kein Signal ..., verdammt noch mal!« Olin kaute heftig blinzelnd auf der Unterlippe.

»Probieren Sie es weiter«, sagte Frank drängend.

Nate sah Kelly an, die neben ihrem Bruder stand. Ihre Augen waren von Angst umschattet. Nate hatte sich verschiedene Schilderungen des nächtlichen Angriffs der vom brennenden Ban-ali-Zeichen angelockten Heuschrecken angehört. Das Grauen überstieg die Vorstellungskraft, wurde durch Jorgensens Tod aber nur allzu real.

Nachdem sich die Gruppe im Lager am Rande des Sumpfes wieder vereint hatte, hatten die Ranger Wache gehalten. Die ganze Nacht hindurch patrouillierten Wachen im umliegenden Wald, hielten Ausschau nach Feuern und lauschten auf das Schwirren von Heuschrecken. Doch es geschah nichts. Die Stunden bis Sonnenaufgang verstrichen ohne besondere Vorkommnisse.

Sobald der Kommunikationssatellit in Reichweite war, versuchte Olin, die Staaten zu erreichen, um dem Feldlager in Wauwai Bescheid geben zu lassen. Sie mussten alle Beteiligten dringend über ihre geänderten Pläne informieren. Da sie von Unbekannten verfolgt wurden, hatten sie beschlossen, mit Flößen über den Sumpf überzusetzen. Captain Waxman hoffte, dadurch einen Vorsprung von mehreren Tagen rauszuholen, da ihre Verfolger den Sumpf umgehen müssten. Waxman beabsichtigte, nach dem Übersetzen nach Kanus der Ban-ali Ausschau zu halten und die Gruppe bis zum Eintreffen eines Evakuierungshubschraubers am anderen Ufer rasten zu lassen. Die Zivilisten wollte er durch Ranger aus dem Feldlager ersetzen und anschließend Gerald Clarks Fährte weiterverfolgen.

Es gab nur ein Problem.

»Ich muss das Motherboard ausbauen«, sagte Olin. »Irgendwas ist kaputt gegangen. Vielleicht ist ein Chip beschädigt oder hat sich durch die Erschütterungen der letzten beiden Tage gelockert. Keine Ahnung. Ich bau's aus und seh's mir mal an.«

Waxman war in eine Unterhaltung mit seinem Staff Sergeant vertieft, hatte Olin jedoch gehört. Der Captain trat näher. »Dazu haben wir keine Zeit. Das dritte Floß ist fertig, und das Übersetzen wird bestimmt vier Stunden dauern. Wir müssen aufbrechen.«

Nate blickte zu den vier Rangern hinüber, die soeben das dritte Floß zu Wasser ließen. Das neue Floß war notwendig geworden, da die Gruppe Zuwachs bekommen hatte.

Olin beugte sich mit einem kleinen Schraubenzieher über seinen Computer und die Satellitenantenne. »Aber ich habe keine Verbindung bekommen. Jetzt weiß niemand, wo wir sind.« Mit dem Handrücken wischte er sich den Schweiß von der Stirn. Er war blass geworden.

Zane trat unruhig von einem Bein aufs andere und rieb an einem Wangenpflaster, das einen Heuschreckenbiss verdeckte. »Jemand könnte zurückgehen und Jorgensens Rucksack mit dem Funkgerät holen«, schlug er vor.

Alle redeten durcheinander und tauschten ihre Argumente.

»Wenn wir noch länger warten, verlieren wir einen weiteren Tag.« »Wir riskieren Menschenleben.« »Wir müssen unbedingt unsere Position durchgeben!« »Wer weiß schon, ob das Funkgerät überhaupt noch funktioniert, jetzt, wo die Heuschrecken drüber hergefallen sind. Vielleicht haben sie ja die Drähte durchgebissen und –«

Waxmans dröhnende Stimme machte dem Durcheinander ein Ende. »Es besteht kein Grund zur Panik!« Diese Bemerkung war für die Allgemeinheit gedacht. »Auch ohne Funkkontakt kennt die Feldbasis aufgrund des gestrigen Berichts unsere ungefähre Position. Wenn der brasilianische Evakuierungshubschrauber morgen wie geplant eintrifft, werden wir ihn hören – auch von der anderen Seite des Sumpfes. Dann machen wir mit orangefarbenen Rauchfackeln auf unsere neue Position aufmerksam.«

Nate nickte. Er hatte sich an der Auseinandersetzung nicht beteiligt. Für ihn gab es nur einen Weg – weiter vorwärts.

Waxman zeigte auf Olin. »Packen Sie zusammen. Mit dem Defekt können Sie sich am anderen Ufer befassen.«

Olin nickte resigniert und verstaute den kleinen Schraubenzieher wieder im Werkzeugkasten.

Als das geregelt war, zerstreuten sich die anderen, packten ihre Sachen und bereiteten sich auf die Überfahrt vor.

»Wenigstens brauchen wir nicht zu laufen«, meinte Manny und klopfte Nate im Vorbeigehen auf die Schulter.

Er ging den Jaguar wecken, der nach den nächtlichen Aufregungen friedlich unter einer Palme schlief.

Nate massierte sich den Hals und näherte sich Professor Kouwe. Der Schamane stand Pfeife rauchend am Rand des Sumpfs. Er wirkte ebenso gequält wie Kelly. Seit Nate und Corporal Warczak mit der vor den Heuschrecken flüchtenden Gruppe zusammengetroffen waren, war der Professor ungewöhnlich schweigsam und ernst, was nicht nur auf Jorgensens Tod zurückzuführen war.

Nate stellte sich neben seinen alten Freund und musterte ebenfalls den See.

Nach einer Weile begann Kouwe leise zu sprechen, ohne Nate anzusehen. »Die Ban-ali ... haben Heuschrecken geschickt.« Der Schamane schüttelte den Kopf. »Sie haben mithilfe der Piranha-Frösche die Bewohner des Yanomami-Dorfes ausgelöscht. So etwas habe ich noch nicht erlebt. Man könnte fast glauben, die Blutjaguare seien die wahren Herrscher des Dschungels. Aber wenn der Mythos der Wahrheit entspricht, was kommt dann als Nächstes?« Abermals schüttelte er den Kopf.

»Was bedrückt Sie?«

»Ich bin jetzt seit fast zwanzig Jahren Professor für Indianerforschung. Ich bin im Dschungel aufgewachsen.« Seine Stimme wurde leiser und war erfüllt von Schmerz. »Ich hätte es wissen müssen ... der Corporal ... seine Schreie ...«

Nate legte Kouwe die Hand auf die Schulter. »Professor, Sie haben uns mit dem Tok-tok-Pulver das Leben gerettet.«

»Nicht allen.« Kouwe zog an der Pfeife und stieß den Rauch aus. »Ich hätte daran denken sollen, das Ban-ali-Zeichen vor unserem Aufbruch anzuzünden. Dann wäre der junge Corporal jetzt noch am Leben.«

Nate schlug einen energischen Ton an, um Kouwe von seinen Selbstvorwürfen abzubringen. »Sie gehen zu hart mit sich ins Gericht. Keine noch so umfassenden Studien konnten Sie auf die Ban-ali und deren biologische Angriffe vorbereiten. Etwas Derartiges wurde bislang noch nicht dokumentiert.«

Kouwe nickte, doch Nate spürte, dass der Mann noch immer nicht überzeugt war.

»Wir brechen auf!«, rief Captain Waxman vom Ufer her. »Fünf Mann auf jedes Floß!« Er teilte Ranger und Zivilisten entsprechend ein.

Nate landete zusammen mit Kouwe, Manny und Tor-tor auf einem Floß. Ihnen waren Corporal Okamoto und Private Carrera zugeteilt. Sie mussten bis zum Floß waten. Als Nate hinaufkletterte, fiel ihm auf, wie stabil es gebaut war. Er half Manny dabei, die große Raubkatze aufs schwankende Floß zu schaffen.

Tor-tor gefiel es nicht, dass er nass wurde. Während sich der Jaguar das Sumpfwasser aus dem Fell schüttelte, nahmen die anderen Expeditionsteilnehmer ihre Plätze ein.

Auf dem Nachbarfloß standen Kelly und Frank zusammen mit Captain Waxman und den Corporals Warczak und Yamir. Die letzten fünf Mitfahrer kletterten aufs dritte Floß. Olin reckte den Rucksack mit der Satellitenausrüstung über den Kopf empor. Richard Zane und Anna Fong halfen ihm an Bord, flankiert vom stoischen Tom Graves und dem finster dreinblickenden Sergeant Kostos.

Als alle an Bord waren, stießen sie sich mit Bambusstangen vom Ufer ab und bugsierten die Flöße durchs seichte Wasser. Das Ufer fiel jedoch steil ab. Nach etwa dreißig Metern reichten die Stangen nicht mehr bis zum Grund, und sie mussten zu den Paddeln greifen. Da pro Floß vier Paddel zur Verfügung standen, konnte jeweils einer aussetzen und sich ausruhen. Sie beabsichtigten, zügig und ohne Pause überzusetzen.

Nate hockte an der Steuerbordseite des Floßes, während sich die kleine Flottille langsam vom Ufer entfernte. Das ferne Tosen von Wasserfällen hallte gedämpft und bedrohlich über den Sumpfsee. Nate beschattete die Augen. Das Hochland war noch immer in Nebel gehüllt: eine Mischung aus grünem Dschungel, roten Felswänden und aufgewirbeltem Gischt. Als Ziel hatten sie einen schmalen Einschnitt zwischen zwei hoch aufragenden Tafelbergen ins Auge gefasst, einen nebelverhangenen Eingang ins Hochland. Diese Richtung hatte ihnen Clarks letzte Nachricht gewiesen.

Ihre Anwesenheit blieb nicht unbemerkt. Ein schneeweißer Silberreiher strich dicht über die Wasseroberfläche hinweg an ihnen vorbei. Frösche sprangen mit lautem Platschen von sumpfigen Erhebungen, und Hoatzin-Vögel, die wie eine hässliche Kreuzung aus Truthahn und Pterodactylus aussahen, krächzten laut, als sie an kleinen Inseln vorbeikamen, in deren Palmkronen die Tiere nisteten. Die einzigen Sumpfbewohner, die sich über ihre Anwesenheit zu freuen schienen, waren die Mückenschwärme, die frohlockend über die schwimmende Mahlzeit herfielen.

»Verdammte Plagegeister«, nörgelte Manny, sich auf den Hals klatschend. »Ich bin's Leid, dass sich die Viecher bei mir bedienen.«

Zu allem Überdruss begann Okamoto auch wieder zu pfeifen, tonlos und ohne das geringste Rhythmusgefühl.

Nate seufzte. Die Überfahrt würde beschwerlich werden.

Nach einer Stunde verschwanden die sumpfigen Inseln. In der Mitte des Sumpfes war der Dschungel fast vollständig überflutet. Nur hin und wieder schaute eine zumeist baumlose Erhebung aus der glatten Wasserfläche hervor.

Die sengende Sonne brannte unbarmherzig auf sie herab.

»Das ist ja wie in einer Sauna«, meinte Carrera von der Backbordseite her.

Nate musste ihr beipflichten. Es war drückend schwül, man bekam kaum noch Luft. Als sich Erschöpfung breit machte, wurden sie langsamer. Immer wieder wurden Feldflaschen herumgereicht. Selbst Tor-tor lag hechelnd in der Mitte des Floßes, alle viere von sich gestreckt.

Ihr einziger Trost war, dass sie vorübergehend der Umklammerung des Dschungels entronnen waren. Der weite Horizont vermittelt ein berauschendes Gefühl von Freiheit. Nate blickte sich hin und wieder in der Erwartung um, am Ufer einen drohend die Fäuste schüttelnden Indianer auszumachen. Die Ban-ali ließen sich jedoch nicht blicken. Die Kundschafter des Geheimnis umwitterten Stamms hielten sich versteckt. Vielleicht gelang es ihnen ja, sie abzuschütteln und sich einen kleinen Vorsprung zu verschaffen.

Jemand tippte Nate auf die Schulter. »Ich löse dich ab«, sagte Kouwe und klopfte den Pfeifenkopf ins Wasser aus.

»Es geht schon noch«, meinte Nate.

Kouwe nahm ihm das Paddel ab. »Ich bin noch kein Invalide.«

Nate gab nach und rutschte zum Heck. Von dort aus beobachtete er, wie das Ufer immer weiter zurückwich. Als er zur Feldflasche griff, fiel ihm rechts vom Floß eine Bewegung ins Auge. Einer der schwarzen, felsigen Buckel sank so langsam in die Tiefe, dass sich das Wasser nicht einmal kräuselte.

Was zum Teufel war das?

Auch zur Linken tauchte langsam eine Erhebung unter. Nate richtete sich auf. Er wollte gerade auf das seltsame Phänomen aufmerksam machen, als eine der Felseninseln ein großes Auge öffnete und seinen Blick erwiderte. Nate wusste sogleich Bescheid.

»Verdammter Mist!«

Jetzt sah er auch die dicken Schuppen und Furchen des Krokodilschädels. Es war ein Kaiman! Zwei Urwaldriesen. Jeder der beiden Köpfe maß bestimmt anderthalb Meter von Auge zu Auge. Und wenn schon der Kopf so groß war, dann ...

»Was gibt's?«, fragte Private Carrera.

Nate deutete auf einen der beiden Kaimane, die soeben untertauchten.

»Was ist das?«, fragte die Rangerin, ebenso verwirrt wie eben noch Nate.

»Kaimane«, antwortete Nate mit rauer Stimme. »Riesenkaimane!«

Mittlerweile hatten alle aufgehört zu paddeln. Die anderen Bootsbesatzungen blickten zu ihnen herüber.

Nate hob die Stimme und schwenkte hektisch die Arme. »Verteilen! Wir werden angegriffen!«

»Wovon?«, rief Captain Waxman aus etwa fünfzig Metern Entfernung. »Was haben Sie gesehen?«

Als Antwort glitt etwas Riesiges zwischen Nates Floß und das Nachbarfloß, stieß beide Flöße an und versetzte sie in eine leichte Drehbewegung. Im trüben Wasser waren die beiden Rückengrate zu sehen, als das Tier sich vorbeischlängelte.

Nate wusste über dieses Verhalten Bescheid. Die Könige der Kaimane, die großen schwarzen Alligatoren, waren keine Aasfresser. Sie töten ihre Nahrung lieber selbst. Deshalb war es klug, sich nicht zu bewegen, wenn man ihnen nahe kam. Bisweilen stießen sie potenzielle Beute erst einmal an, um zu sehen, ob sie sich auch bewegte.

Gerade hatte man sie *angestoßen*.

Das dritte, weiter entfernte Floß geriet plötzlich ins Schaukeln und drehte sich. Auch der andere Kaiman begutachtete die fremden Eindringlinge.

Nate warf seinen ursprünglichen Plan über den Haufen. »Nicht bewegen!«, brüllte er. »Nicht paddeln! Dadurch reizen Sie sie nur zum Angriff!«

Waxman verlieh seiner Anweisung weiteren Nachdruck.

»Tut, was er gesagt hat! Waffen anlegen. Granaten scharf machen!«

Manny hockte sich neben Nate und sagte in respektvoll gedämpftem Ton: »Das Vieh muss mindestens dreißig Meter lang sein, dreimal so lang wie der größte bislang entdeckte Kaiman.«

Carrera befestigte gerade den Granatwerfer an ihrem M-16. »Kein Wunder, dass Gerald Clark den See umgangen hat.«

Okamoto hatte sein Gewehr vorbereitet. Er küsste das Kruzifix, das er um den Hals trug, und nickte Professor Kouwe zu. »Ich hoffe, Sie haben noch ein magisches Pulver im Ärmel.«

Der Schamane schüttelte den Kopf, ohne den Kaiman aus den Augen zu lassen. »Ich hoffe, Sie sind alle gute Schützen.«

Okamoto blickte Nate fragend an.

»Wegen des dicken Körperpanzers ist ein Schuss ins Auge die einzige sichere Methode, einen Kaiman zu töten.«

»Nein, es geht auch durch den oberen Gaumen«, setzte Manny hinzu und zeigte an sein Gaumendach. »Aber um die Stelle zu treffen, muss man dem Tier schon sehr nahe sein.«

»Steuerbordseite!«, schrie Carrera und ging mit angelegtem Gewehr in die Hocke.

Ein bedrohlich langer Schatten kräuselte das flache Wasser.

»Schießen Sie nur, wenn Sie sicher sind, dass Sie auch treffen«, zischte Nate und hockte sich neben sie. »Sonst reizen sie ihn bloß. Schießen Sie nur, wenn Sie einen tödlichen Schuss anbringen können.«

Da alle schwiegen, hatte auch Waxman Nates Warnung gehört. »Hören Sie auf Dr. Rand. Zielen Sie sorgfältig – jeder Schuss muss sitzen!«

Die Flöße starrten von Waffen, die aufs Wasser zielten. Nate hielt mit einer Hand seine Schrotflinte umklammert. Alle warteten, während ihnen der Schweiß in die Augen troff und ihnen der Mund austrocknete. Die Kaimane, erkennbar nur an den Wasserkräuselungen, umkreisten unaufhörlich die Flöße.

»Wie lange können die eigentlich die Luft anhalten?«, fragte Carrera.

»Stundenlang«, antwortete Nate.

»Warum greifen sie nicht an?«, meinte Okamoto.

Manny beantwortete die Frage. »Sie wissen nicht, was sie von uns halten sollen und ob wir essbar sind.«

Der Ranger asiatischer Abstammung verzog angewidert das Gesicht. »Hoffen wir, dass sie es nie herausfinden werden.«

Das Warten zog sich hin. Die Schwüle wurde immer drückender.

»Wie wär's, wenn wir eine Granate abfeuern würden?«, schlug Carrera vor. »Um sie von uns abzulenken.«

»Ich weiß nicht, ob das etwas nützen würde. Vielleicht würde sie das bloß so sehr reizen, dass sie nach allem schnappen, was sich bewegt, zum Beispiel nach uns.«

Als Zane auf dem anderen Floß einen Vorschlag machte, bekam auch Nate ihn mit. »Ich finde, wir sollten ein paar Sprengkörper am Jaguar festbinden und ihn ins Wasser werfen. Wenn sich ein Krokodil drüber hermacht, zünden wir die Bombe.«

Nate schauderte bei der Vorstellung. Manny war entsetzt. Die anderen aber schauten eher nachdenklich drein.

»Selbst wenn das klappen sollte, bliebe immer noch sein Partner übrig«, sagte Nate. »Und der würde rasend werden und die Flöße angreifen. Wir können bloß hoffen, dass sie irgendwann das Interesse an uns verlieren und wegschwimmen. Dann können wir weiterpaddeln.«

Waxman wandte sich an Corporal Yamir, den Sprengstoffexperten. »Damit es den Krokodilen nicht langweilig wird, sollten wir etwas zur Unterhaltung vorbereiten. Machen Sie zwei Napalmbomben scharf.«

Der Corporal nickte und beugte sich über seinen Rucksack.

Das Warten ging weiter. Die Minuten dehnten sich.

Dann spürte Nate, wie das Floß unter seinen Knien erbebte: Einer der Kaimane rieb seinen dicken Schwanz an der Unterseite. »Festhalten!«

Auf einmal bockte das Floß. Das Heck wurde hoch emporgeschleudert. Die Insassen klammerten sich wie Spinnen an den Bambusstangen fest. Lose Gegenstände fielen platschend in den See. Dann krachte das Floß wieder aufs Wasser, und alle wurden durchgeschüttelt.

»Alle okay?«, schrie Nate.

Halblaut wurden Rückmeldungen gegeben.

»Ich habe mein Gewehr verloren«, sagte Okamoto mit zornigem Blick.

»Besser das Gewehr als Sie«, meinte Kouwe bedrückt.

Nate hob die Stimme. »Sie werden dreister!«

Okamoto fischte einen Rucksack aus dem Wasser. »Meine Ausrüstung.«

»Corporal!«, rief Nate. »Lassen Sie das!«

Okamoto erstarrte augenblicklich. »Scheiße ...« Er hielt bereits einen Rucksackriemen in der Hand und machte Anstalten, den Rucksack an Bord zu ziehen.

»Lassen Sie den Rucksack«, sagte Nate. »Gehen Sie weg vom Rand.«

Der Corporal ließ den Rucksack ins Wasser fallen und riss den Arm zurück.

Doch er war zu langsam.

Der Monsterkaiman schnellte mit aufgerissenem Maul aus der Tiefe, seine Schuppen vor Wasser triefend, und schoss gut drei Meter hoch aus dem Sumpf hervor, ein Turm von Panzerplatten und unterarmlangen Zähnen. Der brüllende Ranger wurde emporgerissen und in die Luft geschleudert. Als sich die gewaltigen Kiefer schlossen, war das Knacken der Knochen deutlich zu hören. Okamotos Gebrüll verwandelte sich in ein angstvolles und ungläubiges Winseln.

»Feuern!«, befahl Waxman.

Nate war so geschockt, dass er sich nicht bewegen konnte. Carrera feuerte ihr M-16 ab. Der Bauch des riesigen Kaimans wurde von einem Kugelhagel getroffen, doch die gelblichen Bauchschuppen waren so widerstandsfähig wie Kevlar. Obwohl die Schüsse aus nächster Nähe abgefeuert wurden, richteten sie anscheinend kaum Schaden an. Die Augen, die Schwachpunkte des Urweltriesen, befanden sich auf der abgewandten Seite.

Nate riss die Schrotflinte hoch, zielte über Mannys Kopf hinweg und drückte ab. Die Schrotladung ging ins Leere, denn das Tier versank bereits wieder im Wasser. Ein sinnloser Schuss, eine reine Panikreaktion.

Der Kaiman war verschwunden. Okamoto war verschwunden.

Alle waren starr vor Entsetzen.

Nates Floß schaukelte leicht im Kielwasser des Kaimans. Er starrte auf die Stelle, an der der Ranger verschwunden war: Okamoto mit seinem verdammten Gepfeife. Das Wasser färbte sich allmählich rot.

Blut im Wasser ... jetzt wussten die Monster, dass es hier etwas zu holen gab.

Kelly hockte mit ihrem Bruder in der Floßmitte. Captain Waxman und Corporal Warczak knieten beide und hatten die Waffen angelegt. Yamir beendete soeben die Vorbereitung der beiden schwarzen Bomben. Sie waren etwa tellergroß, an der Oberseite war ein elektronischer Funktimer angebracht. Der Sprengstoffexperte richtete sich auf. »Fertig«, sagte er und nickte dem Captain zu.

»Nehmen Sie wieder Ihre Waffe«, sagte Waxman. »Halten Sie sich bereit.«

Yamir hob sein M-16 auf und bezog an der Seite des Floßes Stellung.

Hinter ihnen splitterte Holz. Als Kelly sich umdrehte, sah sie, wie das dritte Floß der Flottille hoch in die Luft geschleudert wurde. Diesmal aber hatten die Insassen weniger Glück. Anna Fong konnte sich nicht festhalten und flog durch die Luft. Die Anthropologin schlug gleichzeitig mit dem Floß auf dem Wasser auf. Zane und Olin sowie Sergeant Kostos und Corporal Graves hatten sich festhalten können.

Anna tauchte hustend und spuckend wieder an die Oberfläche. Sie war nur wenige Meter vom Floß entfernt.

»Nicht bewegen, Anna!«, rief Nate. »Pressen Sie Arme und Beine zusammen und lassen Sie sich auf dem Rücken treiben.«

Sie versuchte, der Anweisung zu folgen, doch der vollgesogene Rucksack zog sie unter Wasser, sodass sie mit den Beinen treten musste. In ihren Augen spiegelte sich helle Panik wider.

Dann lenkte eine Bewegung ihre Aufmerksamkeit wieder auf das attackierte Floß. Sergeant Kostos hielt ihr eine der langen Bambusstangen entgegen, mit denen sie sich vom Ufer abgestoßen hatten.

»Festhalten!«, rief Kostos ihr zu.

Anna tastete nach der Stange, dann hatte sie sie gepackt.

»Ich ziehe Sie jetzt zum Floß.«

»Nicht!«, ächzte sie.

»Anna«, rief Nate, »solange Sie keine abrupten Bewegungen machen, ist das okay. Kostos, ziehen Sie sie langsam auf sich zu. Versuchen Sie, nach Möglichkeit jeden Wellenschlag zu vermeiden.«

Frank legte der zitternden Kelly den Arm um die Schulter.

Der Sergeant zog Anna ganz behutsam aufs Floß zu.

»Gut, sehr gut ...«, murmelte Nate immer wieder, wie ein Mantra.

Dann tauchten hinter Anna auf einmal die Nasenlöcher einer gepanzerten Schnauze auf; die Augen waren noch unter Wasser.

»Nicht schießen!«, schrie Nate. »Nicht reizen!«

Alle hatten die Gewehre angelegt, doch es ergab sich sowieso keine Gelegenheit, einen tödlichen Schuss anzubringen.

Als der Kaiman auftauchte, hatte Kostos aufgehört, den Bambusstock einzuholen. Niemand rührte sich.

Die Frau im Wasser gab ein Stöhnen von sich.

Die Schnauze rückte ganz allmählich näher und hob sich ein wenig aus dem Wasser, als die riesige Schnauze aufklappte.

Kostos war gezwungen, Anna langsam auf sich zuzuziehen, damit sich der Abstand zum Kaiman nicht verringerte.

»Vorsichtig!«, rief Nate.

Das Ganze ähnelte einer makaberen Zeitlupe ... und es sah schlecht aus für Anna.

Die Kaimanschnauze war kaum noch einen halben Meter von der Frau entfernt, die Kiefer hinter ihrem Kopf weit geöffnet. Es war unmöglich, Anna an Bord zu ziehen, ohne dass der Kaiman angriff.

Corporal Graves war offenbar ebenfalls zu dieser Einsicht gelangt. Er rannte übers Floß und schnellte wie ein Weitspringer über Annas Kopf hinweg.

»Graves!«, schrie Kostos.

Der Corporal landete auf der offenen Schnauze des Kaimans, die sich daraufhin schloss und unter Wasser gedrückt wurde.

»Ziehen Sie sie an Bord!«, brüllte Graves, als er vom Kaiman unter Wasser gezogen wurde.

Kostos riss Anna über die Kante, und Olin half mit, sie vollständig an Bord zu ziehen.

Im nächsten Moment schoss das Tier aus dem Wasser; Graves klammerte sich noch immer an seinem breiten Kopf fest. Der Kaiman warf sich umher, versuchte den lästigen Reiter abzuwerfen. Aus der aufgerissenen Schnauze kam ein dumpfes Bellen.

»Zum Teufel mit dir!«, sagte Graves. »Das ist für meinen Bruder!« Er klammerte sich mit den Beinen fest, zog etwas aus der Feldjacke und schleuderte es dem Tier in den Schlund.

Eine Granate.

Der Kaiman schnappte nach dem Ranger, kam jedoch nicht an ihn heran.

»Alle hinlegen!«, brüllte Waxman.

Graves sprang vom Rücken des Kaimans aufs Floß, einen Schrei auf den Lippen. »Wohl bekomm's, du Bastard!«

Die Detonation durchschnitt die Stille des Sumpfes. Der Kopf des Kaimans explodierte, wurde von Schrapnell zerfetzt.

Graves flog unter lautem Triumphgebrüll durch die Luft.

Dann schoss der andere Kaiman aus dem Wasser. Mit weit aufgerissenem Maul schnappte er nach dem Corporal, packte ihn mitten im Flug, so wie ein Hund einen Ball auffängt, dann tauchte er mit seiner Beute wieder unter. Dies alles dauerte nur wenige Sekunden.

Der tote Kaiman tauchte an die Oberfläche, die grau-gelben Bauchschuppen dem Himmel zugewandt.

Der Kadaver wurde von unten angestoßen. Das überlebende Tier umkreiste langsam seinen toten Kameraden.

»Vielleicht zieht er ab«, sagte Frank. »Vielleicht hat ihn das abgeschreckt.«

Kelly wusste es besser. Diese Tiere mussten Jahrhunderte alt sein. Sie waren Partner gewesen, das einzige Paar, das sich dieses Ökosystem teilte.

Das Wasser glättete sich wieder. Stille senkte sich herab.

Alle fixierten das Wasser, hielten den Atem an oder atmeten schnaufend. Die Sonne brannte vom Himmel.

»Wo ist er hin?«, flüsterte Zane, neben seinen aschfahlen Kameraden hockend. Die durchnässte und verängstigte Anna zitterte bloß.

»Vielleicht hat er sich verzogen«, murmelte Frank.

Die drei Flöße trieben steuerlos neben dem toten Monster. Nates Boot befand sich auf der anderen Seite. Kelly begegnete seinem Blick. Er nickte und versuchte ruhige Zuversicht auszustrahlen, wirkte jedoch trotz all seiner Dschungelerfahrung verängstigt. Der Jaguar saß neben seinem Herrn.

Frank verlagerte ein wenig die Beine. »Er ist bestimmt geflohen. Vielleicht –«

Plötzlich spürte Kelly, wie das Wasser unter dem Floß in Bewegung geriet. »Festhalten!«

»Was –?«

Das Floß explodierte unter ihnen – es wurde nicht bloß hochgedrückt, sondern in die Luft katapultiert. Aus der Mitte des Floßes ragte die gepanzerte Schnauze des zornigen Kaimans.

Kelly taumelte. Aus den Augenwinkeln sah sie, wie die anderen inmitten von Bambusstangen und Rucksäcken über Bord gingen. »Frank!« Ihr Bruder fiel auf der anderen Seite des Monsters ins Wasser.

Dann landete auch sie mit einem schmerzhaften Bauchklatscher im See. Die Luft wurde ihr aus den Lungen gepresst. Sie tauchte wieder auf und erinnerte sich an Nates dringende Empfehlung, sich im Wasser möglichst wenig zu bewegen. Als sie aufsah, fiel auf einmal ein Baumstamm auf sie herunter.

Sie versuchte dem tödlichen Zusammenprall auszuweichen, doch der Stamm traf sie seitlich am Kopf. Sie stürzte nach hinten, tauchte unter Wasser und wurde von Dunkelheit verschluckt.

Von der anderen Seite des toten Kaimans aus beobachtete Nate, wie Kelly vom Baumstamm getroffen wurde und versank – ob tot oder bewusstlos, das konnte er nicht erkennen. Um das zerstörte Floß herum trieben Menschen, Rucksäcke und Trümmerteile im Wasser. »Möglichst wenig bewegen!«, rief Nate, während er verzweifelt nach Kelly Ausschau hielt.

Der Kaiman war wieder untergetaucht.

»Kelly!«, schrie Frank.

Seine Schwester tauchte an der anderen Seite des Trümmerfelds an die Oberfläche. Sie lag bäuchlings im Wasser und bewegte sich nicht.

Nate zögerte. *War sie tot?* Dann auf einmal sah er, wie sie kraftlos den Arm bewegte. *Sie lebte!* Aber wie lange noch? In ihrem benommenen Zustand lief sie Gefahr zu ertrinken.

»Verdammt noch mal!« Er überlegte fieberhaft, wie er sie retten sollte. Unmittelbar hinter ihr befand sich eine kleine Erhebung, auf der ein einzelner großer Magrovenbaum wuchs. Der dicke Stamm ragte aus einem Wurzelverhau hervor und verzweigte sich zu einem Gewirr von Ästen und Zweigen, die aufs Wasser herabhingen. Wenn Kelly sich dort in Sicherheit bringen könnte ...

Ein Schrei lenkte ihn ab. Der Kopf des Kaimans tauchte wie ein U-Boot zwischen den Trümmerteilen auf. Ein riesiges Auge musterte die Umgebung. Schüsse wurden abgefeuert, doch die im Wasser treibenden Gegenstände und Menschen gaben dem Tier Deckung. Dann tauchte er langsam wieder unter.

Frank hatte seine Schwester endlich ausgemacht. »Mein Gott ... Kelly!« Er machte Anstalten, zu ihr hinüberzuschwimmen.

»Frank! Nicht bewegen!«, rief Nate. »Ich schwimme zu ihr!« Er legte die Schrotflinte auf den Baumbusplanken ab.

»Was hast du vor?«, fragte Manny.

Statt zu antworten, hechtete Nate über die Lücke zwischen dem Floß und dem toten Kaiman hinweg. Er landete in gebückter Haltung auf dessen Bauch, dann rannte er über die kippelige Unterlage hinweg auf Kelly zu.

Zu seiner Rechten ertönte ein lauter Schrei. Corporal Yamir schlug um sich – dann wurde er auf einmal unter Wasser gerissen und verschwand inmitten einer Blasenspur. Der Kaiman schnappte sich die im Wasser schwimmenden Überlebenden.

Die Zeit wurde allmählich knapp.

Nate stieß sich kraftvoll mit den Beinen ab und sprang vom Bauch des treibenden Kaimans. Er hechtete auf Kelly zu und klatschte ins Wasser. Er wälzte Kelly auf den Rücken. Sie wehrte sich schwach.

»Kelly! Ich bin's, Nate! Nicht bewegen!«

Offenbar hatte sie ihn gehört, denn ihre Bewegungen wurden schwächer.

Nate näherte sich mit kräftigen Beinbewegungen der nahen Erhebung. Er bahnte sich einen Weg durch die auf der Wasseroberfläche treibenden Gegenstände. Dabei berührte er mit der Hand einen schwarzen Teller mit blinkenden roten Lämpchen: eine der Bomben des toten Corporals.

Instinktiv packte Nate die Bombe mit der freien Hand und schwamm weiter.

»Hinter Ihnen!«, rief Sergeant Kostos ihm zu.

Nate blickte sich um.

Gekräuseltes Kielwasser zielte genau in seine Richtung. Erst tauchte die Spitze der Schnauze auf, dann der schwarz geschuppte Kopf des Kaimanbullen. Nate blickte dem Tier unmittelbar in die Augen. Er spürte die Intelligenz hinter diesem Blick. Das war kein dummes Tier. Tot stellen würde hier nicht weiterhelfen.

Er wandte den Kopf wieder nach vorn und schwamm mit der Napalmbombe auf die Sumpfinsel zu. Auf einmal berührte er mit den Füßen den Grund.

Die Panik setzte ungeahnte Kräfte frei. Er klemmte sich Kelly unter den Arm, watete durchs flache Wasser und kletterte am Ufer hoch.

»Er hat Sie fast erreicht!«

Nate drehte sich nicht um, sondern rannte gleich auf das Gewirr der Mangrovenwurzeln zu, stieß Kelly hinein und hechtete ihr hinterher. Die großen Stützwurzeln in der Mitte bildeten eine natürliche Höhlung.

Kelly kam allmählich zu sich. Sie hustete Wasser aus und blickte sich furchtsam um. Nate ließ sich in dem engen Raum auf sie drauffallen.

»Was ...?«

Dann machte sie über seine Schulter hinweg ihren Verfolger aus. Ihre Augen weiteten sich. »O Scheiße!«

Nate wälzte sich herum und sah, wie sich der Kaiman ans Ufer warf. Er prallte mit der Wucht einer Lokomotive auf. Der ganze Baum erbebte. Nate fürchtete, er könnte umstürzen und sie begraben, doch er hielt stand. Der Kaiman fixierte Nate durchs Wurzelwerk hindurch. Im weit aufgerissenen Maul funkelten bedrohlich die Zähne. Er hielt inne und fixierte Nate. Dann wich er zurück und glitt wieder ins Wasser.

»Sie haben mir das Leben gerettet«, sagte Kelly.

In dem engen Wurzelgefängnis berührten sich fast ihre

Nasenspitzen. »Beinahe hätte ich Sie umgebracht. Alles eine Frage der Perspektive.« Nate kniete sich hin. Er packte eine der Wurzeln und zog sich auf die Beine. »Und wir haben den Wald noch nicht hinter uns gelassen.«

Nate musterte das Wasser, hielt Ausschau nach den charakteristischen Kräuselungen. Der Kaiman war noch immer dort draußen und wartete auf sie. Nate holte tief Luft und zwängte sich zwischen den Wurzeln hindurch nach draußen.

»Was haben Sie vor?«

»Da treiben noch andere Menschen im Wasser ... auch ihr Bruder.« Nate steckte sich die Napalmbombe unters Hemd und kletterte die Mangrove hoch. In seinem Kopf nahm allmählich ein Plan Gestalt an. Als er hoch genug war, wählte er einen starken Ast aus und schob sich langsam bis übers Wasser vor. Je weiter er kam, desto stärker bog sich der Ast. Behutsam rückte er noch ein Stück weiter vor.

Schließlich wagte er sich nicht mehr weiter. Er blickte nach unten. Das musste reichen.

Er zog die Bombe hervor und rief zum anderen Floß hinüber: »Kann mir jemand sagen, wie man die Bombe scharf macht?«

Sergeant Kostos antwortete: »Geben Sie die Zeitverzögerung manuell ein! Drücken Sie anschließend den roten Knopf!«

Der im Wasser treibende Waxman meldete sich zu Wort. Nate registrierte mit Bewunderung, wie ruhig sich der Captain verhielt. »Der Explosionsradius beträgt etwa zweihundert Meter. Wenn Sie die Bombe in die falsche Richtung werfen, bringen Sie uns alle um!«

Nate nickte und blickte die Bombe an. An der Oberseite befand sich eine wasserdicht versiegelte kleine Tastatur, ähnlich wie bei einem Taschenrechner. Nate konnte bloß hoffen, dass sie unbeschädigt war. Er stellte den Timer auf fünfzehn Sekunden. Das sollte eigentlich reichen.

Als Nächstes barg er die Bombe an seiner Brust und riss das Messer aus der Scheide. Er biss die Zähne zusammen, bohrte die Klingenspitze in seinen Daumen und erweiterte die Wunde. Es musste ordentlich bluten.

Anschließend hielt er sich an einem anderen Ast fest und richtete sich auf der schwankenden Unterlage auf. Mit der blutigen Hand zog er die Bombe unter dem Hemd hervor und vergewisserte sich, dass er einen sicheren Stand hatte. Er beugte sich übers Wasser vor und streckte den Arm aus, die Bombe in der Hand. Dicke Blutstropfen fielen auf die Granate und ins Wasser, sandten winzige Wellenkreise aus.

So verharrte er, den Daumen auf dem Auslöser. »Komm schon, verdammt noch mal.« In Australien hatte er einmal einen Wildpark besucht und zehn Meter lange Salzwasserkrokodile beobachtet, die darauf trainiert waren, nach frisch geschlachteten Hühnern an einer Stange zu schnappen.

Nates Plan sah ganz ähnlich aus. Bloß dass er selbst das Huhn war.

Er schüttelte ein wenig den Arm, verteilte die Tropfen. »Wo bist du?«, zischte er. Der Arm schlief ihm allmählich ein.

Er beobachtete, wie sich sein Blut auf der Wasseroberfläche sammelte. Ein Kaiman witterte Blut im Wasser aus einer Meile Entfernung. »Komm schon!«

Aus dem Augenwinkel riskierte er einen Blick auf die anderen, die nach wie vor im Trümmerfeld trieben. Da sie nicht wussten, wo der Kaiman war, wagte die Besatzung der beiden verbliebenen Flöße nicht, ihren Kameraden zu Hilfe zu eilen.

Nate hätte beinahe nicht mitbekommen, dass im flachen Wasser etwas Riesiges auf ihn zuschoss.

»Nate!«, rief Kelly.

Er hatte ihn bereits gesehen.

Der Kaiman schnellte aus dem Wasser und sprang ihn mit weit aufgerissenem Maul brüllend an.

Nate drückte den Auslöser der Bombe, dann ließ er das blutige Gerät ins offene Maul hinabfallen. Im selben Moment wurde ihm klar, dass er die Sprungkraft des riesigen Sumpfkaimans bei weitem unterschätzt hatte.

Nate ging auf dem Ast in die Hocke, dann nutzte er den Schwung des zurückfedernden Astes aus und stieß sich mit den Beinen ab. Er brach durchs Laubwerk und packte einen über ihm befindlichen Ast. Bevor das Maul sich schloss, gelang es ihm im letzten Moment, die Füße hochzureißen. Er spürte den Atem des Monsters an seinem Hinterteil. Seiner Beute beraubt, klatschte es inmitten einer Gischtwolke, die beinahe so hoch reichte wie sein Sprung, wieder ins Wasser.

Nate blickte nach unten. Der Ast, auf dem er gehockt hatte, war verschwunden, von den mächtigen Kiefern glatt abgetrennt. Wenn er dort ausgeharrt hätte ...

Der Kaiman glitt wieder ins tiefere Wasser, schwamm diesmal jedoch an der Oberfläche, sodass man sah, wie lang er war. Ein Bulle, mindestens fünfunddreißig Meter lang. Am Ast baumelnd fing Nate den frustrierten Blick des Ungeheuers auf. Es wandte sich nun der leichteren Beute zu und näherte sich langsam den im Wasser treibenden Menschen.

Ehe es die Kehre abschließen konnte, erbebte das Tier auf einmal. Nate hatte ganz vergessen, die Sekunden mitzuzählen.

Der Bauch des Tieres blähte sich mächtig auf. Es riss das Maul auf, um zu brüllen, doch heraus kam bloß ein Flammenstrahl. Der Kaiman hatte sich in einen Feuer speienden Drachen verwandelt. Er rollte auf die Seite und versank im trüben Wasser, dann stieg eine gewaltige Explosionswolke empor, eine Mischung aus Wasser, Flammen und Kaimanteilen.

Nate klammerte sich mit Armen und Beinen an den Ast. In der Wurzelhöhlung schrie Kelly erschreckt auf.

Die Explosion verhallte und brennende Fleischfetzen regneten auf den Sumpf herab. Die Panzerhaut des Kaimanriesen hatte die Wucht der Explosion gedämpft.

Vom Wasser her ertönte Triumphgeschrei.

Nate kletterte zu Kelly hinunter. »Alles okay?«, fragte er.

Sie nickte, betastete eine Schramme am Haaransatz. »Der Kopf tut mir ein bisschen weh, aber ansonsten bin ich unverletzt.« Sie hustete. »Ich hab bestimmt eine Gallone Sumpfwasser geschluckt.«

Er half ihr ans Ufer. Während Kostos vom Floß aus Schwimmer und Rucksäcke einsammelte, glitt Nates Floß, bemannt mit seinen Freunden und Rangerin Carrera, ans Ufer, damit sie nicht zu schwimmen brauchten.

Carrera half Kelly an Bord. Manny packte Nate am Handgelenk und zog ihn auf die Bambusplanken. »Da hast du aber schnell geschaltet, Doc«, meinte Manny grinsend.

»Not macht erfinderisch«, erwiderte Nate mit einem müden Lächeln. »Aber ich werde verdammt froh sein, wenn ich wieder festen Boden unter den Füßen habe.«

»Ob es hier noch mehr Kaimane gibt?«, fragte Kelly, als sie zum anderen Floß hinüberpaddelten.

»Das bezweifle ich«, antwortete Manny mit einem Anflug von Bedauern. »Trotz der Größe dieses Ökosystems kann ich mir nicht vorstellen, dass es hier Nahrung für mehr als zwei dieser riesigen Raubtiere gibt. Trotzdem würde ich empfehlen, die Augen offen zu halten. Auch Riesenbabys können Ärger machen.«

Carrera hielt das Gewehr schussbereit, während die anderen paddelten. »Glauben Sie, die Ban-ali haben uns die

Kaimane auf den Hals gehetzt, so wie die Heuschrecken und die Piranhas?«

Kouwe antwortete: »Nein, aber ich könnte mir vorstellen, dass sie sie gefüttert und gehätschelt haben – sozusagen als Wächter, um unliebsame Eindringlinge abzuschrecken.«

Wächter? Nate blickte ans andere Ufer. Das von Schluchten durchbrochene Hochland war nun in der hellen Nachmittagssonne deutlich zu erkennen. Wasserfälle ergossen sich wie flüssiges Silber von blutfarbenen Felswänden. Die Erhebungen und Täler waren grün bewaldet.

Sollte der Professor mit seiner Vermutung Recht behalten, dann lag vor ihnen das Land der Ban-ali, das Zentrum ihres für jeden Fremden lebensgefährlichen Reichs.

Er blickte zum anderen Floß hinüber, zählte die Köpfe. *Waxman, Kostos, Warczak und Carrera.* Von zwölf Rangern waren nur noch vier übrig – dabei hatten sie das eigentliche Territorium der Ban-ali noch gar nicht erreicht. »Wir werden es niemals schaffen«, murmelte er beim Paddeln vor sich hin.

Carrera hatte ihn gehört. »Keine Sorge. Wir igeln uns so lange ein, bis Verstärkung eingeflogen wird. Und die trifft spätestens morgen ein.«

Nate runzelte die Stirn. *Heute hatten sie drei Männer verloren – drei Elitesoldaten.* Auf einen Tag kam es nicht an. Die immer höher aufragenden Felswände vor Augen, war er auf einmal gar nicht mehr so erpicht darauf, seinen Fuß ausgerechnet an *dieses* Ufer zu setzen. Doch sie hatten keine andere Wahl. In den Staaten breitete sich eine Seuche aus, und ihre kleine Gruppe war der Lösung des Rätsels näher als irgendjemand sonst. Umkehren kam nicht in Frage.

Außerdem hatte sein Vater diesen Weg eingeschlagen und sich derselben biologischen Herausforderung gestellt. Nate konnte jetzt unmöglich aufgeben. Trotz der vielen Toten, der Gefahren und Risiken musste er herausfinden, wie es seinem Vater ergangen war. Seuche hin oder her, er musste weitermachen.

Als sie sich dem Ufer näherten, rief Waxman: »Augen auf! Sobald wir angelegt haben, entfernen wir uns zügig vom Sumpf. Ein Stück weiter im Wald schlagen wir dann unser Lager auf.«

Nate bemerkte, dass der Captain den Sumpf aufmerksam musterte. Offenbar machte sich Waxman noch wegen anderer Raubtiere Sorgen. Nate aber blickte zum Dschungel hinüber. Er spürte, dass die wahre Gefahr – das Volk der Ban-ali – dort verborgen war.

Nate hörte, wie der Captain auf dem anderen Floß Olin Pasternak anschnauzte. »Und Sie machen so schnell wie möglich die Satellitenverbindung klar. In drei Stunden schließt sich das Satellitenfenster, dann bekommen wir die ganze Nacht über keine Verbindung mehr.«

»Ich werde mein Bestes tun«, versicherte ihm Olin.

Waxman nickte. Sein Blick war voller Kummer und Sorge. Trotz seines dröhnend zuversichtlichen Tonfalls war der Anführer der Ranger ebenso nervös wie Nate. Und das war eigentümlich tröstlich. Wer nervös war, achtete auf seine Umgebung, und davon hing vermutlich ihr Überleben ab.

Die beiden Flöße gerieten in flaches Wasser und liefen kurz darauf auf Grund. Die Ranger gingen als Erste an Land, mit angelegten Gewehren. Sie verteilten sich und durchsuchten den umliegenden Wald. Bald darauf schallten die ersten Alles-sauber-Rufe aus dem dunklen Dschungel am Rande des Sumpfes.

Nate wartete auf die Aufforderung zum Verlassen der Flöße. Das Tosen zahlloser Wasserfälle erfüllte die Luft. Hohe Felswände säumten den vor ihnen liegenden schmalen Hohlweg. In dem Einschnitt floss ein breiter Fluss, der sich träge in den Sumpf ergoss.

Auf einmal rief Warczak vom Waldrand her: »Ich hab's gefunden!« Der Corporal beugte sich aus dem Schatten hervor und winkte dem Captain zu. »Ein neues Zeichen von Clark.«

Waxman ruckte mit dem Gewehrlauf nach oben. »Alle an Land!«

Nate zögerte nicht. Er rannte zusammen mit den anderen auf Warczak zu. Dicht am Waldrand prangte am Stamm eines großen Cedrelabaums ein Stück Stoff. Und darunter befand sich eine weitere Ritzzeichnung. Alle starrten sie beklommen an. Ein Pfeil wies in die Schlucht hinein. Die Bedeutung lag auf der Hand.

»Ein Totenkopf«, murmelte Zane.

Vor ihnen wartete der Tod.

15.40 Uhr

»Also, das war richtig unterhaltsam«, sagte Louis zu seinem Lieutenant und setzte das Fernglas ab. »Den Kaiman einfach in die Luft zu sprengen ...« Er schüttelte den Kopf. »Ausgesprochen erfinderisch.«

Früher am Morgen hatte Louis von seinem Maulwurf über Funk vom Plan der Ranger erfahren, so lange in Ufernähe zu kampieren, bis Verstärkung eingeflogen wurde.

Der Verlust dreier weiterer Männer würde Captain Waxman in seinem Vorhaben eher noch bestärken. Die Gruppe wurde von nurmehr vier Rangern beschützt. Die stellten keine Bedrohung dar. Louis' Team konnte den Rest jederzeit erledigen – und er wollte verhindern, dass sich das Kräfteverhältnis wieder verschlechterte.

Er wandte sich an Jacques. »Wir geben ihnen bis Mitternacht Zeit, sich zu erholen, und wenn sie so richtig schön schlummern, wecken wir sie auf und jagen sie in den Wald. Wer weiß schon, welche Gefahren sie noch für uns aus dem Weg räumen?« Louis zeigte zum Sumpf.

»Jawohl, Sir. Ich werde mein Team bei Sonnenuntergang bereithalten. Wir sammeln das Kerosin aus mehreren Laternen.«

»Gut.« Louis kehrte dem Sumpf den Rücken zu. »Sobald sie wegrennen, folgen wir Ihnen mit den Kanus.«

»Ja, Sir, aber ...« Jacques biss sich auf die Unterlippe und blickte auf den Sumpf hinaus.

Louis klopfte seinem Lieutenant auf die Schulter. »Keine Angst. Wenn im Wasser noch weitere Bestien lauern würden, hätten sie die Ranger angegriffen. Ihnen wird schon nichts passieren.« Louis konnte die Besorgnis seines Lieutenants jedoch nachvollziehen. Er selbst hatte schließlich nicht vor, den Sumpf im Taucheranzug mit einem Motorschlitten zu durchqueren, allein durch eine Gummihaut vor den Sumpfbewohnern geschützt. Trotz der Nachtsichtgeräte würde sich die Durchquerung dunkel und unheimlich gestalten.

Jacques aber nickte. Er würde seine Befehle ausführen.

Louis ging zurück zum Lager. Nicht nur der Lieutenant war nervös, auch viele andere zeigten Zeichen von Anspannung. Sie alle hatten im Wald die sterblichen Überreste des Rangers gesehen. Der Soldat war skelletiert gewesen, die Augen fehlten – als sei er bei lebendigem Leib aufgefressen worden. Vereinzelte Heuschrecken waren in der Nähe umhergekrabbelt, der Schwarm aber hatte sich weitgehend zerstreut. Vom Maulwurf vorgewarnt, hatte Louis für alle Fälle mit Tok-tok-Pulver präparierte Fackeln mitgeführt. Tshui hatte glücklicherweise ausreichend trockene Lianen gefunden, um das Pulver zubereiten zu können.

Trotz der vielen Gefahren lief für Louis bislang alles glatt. Er bildete sich nicht ein, dass sie unbemerkt geblieben waren, doch bislang konzentrierten sich die Ban-ali allein auf die Gruppe der Ranger.

Gleichwohl konnte Louis sich nicht darauf verlassen, dass es so bliebe, zumal sie gerade im Begriff waren, das eigentliche Territorium dieses Geheimnis umwitterten Stammes zu betreten. Und er war nicht der Einzige, der sich Gedanken machte. Im Laufe des Tages hatten sich drei Söldner davongestohlen und zu fliehen versucht. Man hatte die Feiglinge natürlich eingefangen, und Tshui hatte ein Exempel an ihnen statuiert.

Louis hatte das Dschungellager erreicht. Tshui, seine Geliebte, kniete vor dem Zelt. Ihr gegenüber waren die drei Deserteure mit gespreizten Gliedmaßen an Bäume gefesselt. Louis wandte den Blick ab. Tshuis Arbeit konnte man ein hohes Maß an Kunstfertigkeit gewiss nicht absprechen, doch sein Magen war nicht unbegrenzt belastbar.

Als sie ihn hörte, sah sie ihm entgegen. Sie wusch ihr Werkzeug gerade in einer Schüssel Wasser.

Louis grinste sie an. Sie richtete sich auf, nichts als Beine und sehnige Muskeln. Er legte den Arm um sie und geleitete sie zum Zelt.

Als Tshui sich durch den Eingang duckte, stieg eine Art Knurren aus ihrer Brust. Ungeduldig zerrte sie ihn in die dunkle Hitze des Zeltes hinein.

Die verdiente Ruhepause würde noch warten müssen.

13

Schatten

15. August, 15.23 Uhr
Instar Institute
Langley, Virginia

Lauren klopfte an Dr. Alvisios Bürotür. Der Epidemiologe hatte sie bereits am Vormittag dringend um ein Gespräch ersucht, doch erst jetzt hatte sie sich freimachen können.

Den Morgen und den Nachmittag über hatte sie mit Dr. Xavier Reynolds und seinem Team von den Large Scale Biological Labs in Vacaville, Kalifornien, eine Videokonferenz abgehalten. Das von ihnen entdeckte Prion war möglicherweise der erste Hinweis auf den Auslöser der Krankheit, die bislang über sechzig Tote gefordert und mehrere hundert Menschen angesteckt hatte. Lauren hatte veranlasst, dass die Untersuchungsergebnisse ihres ehemaligen Studenten von vierzehn weiteren Labors überprüft wurden. Während sie auf die Bestätigung wartete, hatte sie Zeit für eine Unterredung mit dem Epidemiologen.

Die Tür öffnete sich. Der junge Stanford-Doktor sah aus, als habe er seit Wochen nicht mehr geschlafen. Dunkle Bartstoppeln bedeckten seine Wangen und seine Augen waren blutunterlaufen. »Dr. O'Brien. Schön, dass Sie gekommen sind.« Er geleitete sie ins Büro.

Lauren hatte das Büro noch nie betreten, daher staunte sie über die Computerausrüstung, die eine ganze Wand einnahm. Ansonsten war der Raum eher spartanisch eingerichtet: ein mit Papieren übersäter Schreibtisch, ein überquellendes Bücherregal, ein paar Stühle. Die einzige persönliche Note steuerte eine Fahne der Stanford Cardinals bei, die an der gegenüberliegenden Wand hing. Laurens Blick aber wanderte zurück zu den Rechnern. Auf den Monitoren sah man Grafiken und scrollende Zahlen.

»Was gibt es denn Dringendes, Hank?«, fragte sie.

Er zeigte auf die Computer. »Das sollten Sie sich mal ansehen«, knurrte er.

Sie nahm vor einem der Monitore Platz.

»Erinnern Sie sich an meine Ausführungen zur möglicherweise charakteristischen Basophilenhäufung am Krankheitsbeginn? Dass dieser klinische Befund die Diagnose beschleunigen könnte?«

Sie nickte, hatte in der Zwischenzeit jedoch begonnen, an der Theorie zu zweifeln. Jessies Basophilen waren zwischenzeitlich stark angestiegen, dennoch besserte sich ihr Zustand rasch. Es war sogar die Rede davon, sie morgen aus der Krankenstation zu entlassen. Der Anstieg der Basophilen konnte auch eine bloße Folge des Fiebers gewesen sein.

Sie wollte eine Bemerkung machen, doch Dr. Alvisio kam ihr zuvor und tippte etwas in ein Keyboard. »Ich habe volle vierundzwanzig Stunden gebraucht, um Daten aus dem ganzen Land zu sammeln, bezüglich eines charakteristischen Basophilenanstiegs bei Kindern und älteren Menschen, die an Fieber erkrankt sind. Mit diesen neuen Daten wollte ich ein Krankheitsmodell füttern.«

Auf dem Monitor erschien eine gelbe Karte der Vereinigten Staaten; die Grenzen der Bundesstaaten waren schwarz hervorgehoben. Kleine rote Punkte waren auf der Karte verteilt, die meisten in Florida und den Südstaaten. »Hier sind die alten Daten. Die roten Punkte zeigen die bislang bekannten Ansteckungsfälle an.«

Lauren setzte die Lesebrille auf und beugte sich vor.

»Nimmt man jedoch die Basophilenhäufung als Anhaltspunkt für die Zuordnung der Fälle, ergibt sich ein realistischeres Bild des gegenwärtigen Krankheitsstatus in den

Vereinigten Staaten.« Der Epidemiologe drückte eine Taste. Auf einmal war die Karte mit roten Punkten übersät. Florida war fast einheitlich rot, Georgia und Alabama desgleichen. Staaten, die zuvor keine roten Punkte gehabt hatten, waren nun ebenfalls rot gesprenkelt.

Hank wandte sich Kelly zu. »Wie Sie sehen, greift die Krankheit rasend schnell um sich. Viele der Patienten liegen auf ganz normalen Krankenstationen, da sie noch nicht die vom Seuchenzentrum festgelegten Symptome zeigen. Und dort stecken sie andere Menschen an.«

Lauren krampfte sich der Magen zusammen. Selbst wenn Dr. Alvisio sich hinsichtlich der Basophilen irren sollte, hatte sein Argument Gewicht. Die Früherkennung war von ausschlaggebender Bedeutung. In der Zwischenzeit mussten alle Kinder und älteren Menschen mit Fiebererkrankungen unverzüglich unter Quarantäne gestellt werden, auch wenn sie nicht in heißen Gegenden wie Florida oder Georgia lebten. »Ich verstehe, was Sie meinen«, sagte sie. »Wir sollten mit dem Seuchenzentrum Kontakt aufnehmen und veranlassen, dass eine nationale Quarantänepolitik festgelegt wird.«

Hank nickte. »Das ist aber noch nicht alles.« Er drehte sich wieder zum Computer um und machte eine Eingabe. »Auf der Basis der neuen Basophilendaten habe ich ein Extrapolationsmodell laufen lassen. Dies ist die Lage, wie sie in zwei Wochen zu erwarten ist.« Er drückte die ENTER-Taste.

Die Südhälfte des Landes färbte sich rot.

Lauren lehnte sich bestürzt zurück.

»Und das ist die Lage einen Monat später.« Hank drückte ein zweites Mal die ENTER-Taste.

Das rote Flickenmuster verschlang den größten Teil des Landes.

Hank blickte Lauren an. »Wir müssen etwas unternehmen. Jeder Tag zählt.«

Lauren starrte den blutroten Bildschirm an, mit trockenem Mund und geweiteten Augen. Ihr einziger Trost war, dass Dr. Alvisios Annahmen wahrscheinlich allzu pessimistisch waren. Sie bezweifelte, dass die Basophilenhäufung ein Früherkennungszeichen der Krankheit war. Gleichwohl war die Warnung bedeutsam. Es kam in der Tat auf jeden einzelnen Tag an.

Der Pager an ihrer Hüfte vibrierte und erinnerte sie daran, dass der Kampf gegen die Krankheit an vielen Fronten geführt wurde. Sie blickte auf die Anzeige. Es war Marshall. Er hatte die Notrufnummer 911 an seinen Code angehängt. Etwas Dringendes.

»Kann ich mal telefonieren?«, fragte sie.

»Natürlich.«

Sie erhob sich und trat zum Schreibtisch. Hank wandte sich wieder seinen Statistikmodellen zu. Sie wählte die Nummer. Das erste Freizeichen war noch nicht verklungen, da wurde bereits abgehoben.

»Lauren ...«

»Was gibt's denn, Marshall?«

Seine Stimme klang ängstlich. »Es geht um Jessie. Ich bin auf der Krankenstation.«

Laurens Hand krampfte sich um den Hörer. »Was hast du denn? Was ist passiert?«

»Ihre Temperatur steigt wieder an.« Seine Stimme brach. »Das Fieber ist höher als zu Anfang. Außerdem wurden noch drei Kinder eingeliefert. Alle haben Fieber.«

»W-was sagst du da?«, stammelte sie, dabei wusste sie schon Bescheid.

Ihr Mann schwieg.

»Ich komme gleich«, sagte sie schließlich und ließ den Hörer fallen. Sie hob ihn wieder auf und legte ihn auf die Gabel.

Hank wandte sich um. »Dr. O'Brien?«

Lauren brachte kein Wort heraus. *Jessie ... die Basophilenhäufung ... die anderen Kinder.* Großer Gott, die Krankheit hatte sie erreicht!

Lauren starrte auf den Glasmonitor mit der rot gefärbten Karte der Vereinigten Staaten. Die Annahmen des Epidemiologen waren nicht übermäßig pessimistisch. Sie waren zutreffend.

»Stimmt etwas nicht?«, fragte Hank leise.

Lauren schüttelte langsam den Kopf, den Blick auf den Bildschirm gerichtet.

In einem Monat.

17.23 Uhr
Amazonas-Dschungel

Kelly saß vorgebeugt neben ihrem Bruder. Olin Pasternak, der russische Computerexperte, schraubte gerade die Abdeckung des Satellitentelefons fest. Den ganzen Nachmittag über hatte er versucht, eine Verbindung in die Staaten herzustellen.

»Das sollte es eigentlich tun«, murmelte er. »Ich habe es bis aufs Motherboard auseinander genommen und wieder zusammengesetzt. Wenn es jetzt nicht funktioniert, weiß ich auch nicht mehr weiter.«

Frank nickte. »Schießen Sie los.«

Olin überprüfte ein letztes Mal die Verbindungskabel und richtete die Satellitenantenne aus, dann wandte er sich dem Laptop zu. Er schaltete die Solarstromversorgung ein, und nach einer kurzen Pause bootete das Betriebssystem und erwachte summend zum Leben.

»Wir haben Verbindung zum HERMES-Satelliten!«, verkündete Olin und seufzte vor Erleichterung.

Ringsum erscholl lauter Jubel. Bis auf die beiden Ranger,

die am Sumpf Wache hielten, war das ganze Lager um Olin und die Funkausrüstung versammelt.

»Können Sie den Uplink herstellen?«, fragte Waxman.

»Drücken Sie mir die Daumen«, meinte Olin. Er begann zu tippen.

Kelly ertappte sich dabei, dass sie den Atem anhielt. Sie mussten unbedingt jemanden in den Staaten erreichen. Sie benötigten dringend Verstärkung. Vor allem aber ertrug sie nicht länger die Ungewissheit über Jessies Zustand. Sie musste unbedingt zu ihr.

»Los geht's.« Olin gab die letzten Befehle ein. Der übliche Verbindungscountdown begann.

»Na los, komm schon ...«, murmelte Richard Zane, der hinter Kelly stand.

Seine Beschwörung war ihnen allen aus dem Herzen gesprochen.

Der Countdown war abgelaufen. Für eine kleine Ewigkeit gefror das Bild, dann erschienen Kellys Eltern auf dem Bildschirm. Sie wirkten bestürzt und erleichtert zugleich.

»Gott sei Dank!«, sagte ihr Vater. »Wir versuchen schon seit einer Stunde, Sie zu erreichen.«

Olin machte Frank Platz. »Computerprobleme«, sagte Kellys Bruder. »Unter anderem.«

Kelly mischte sich ein. Sie konnte nicht länger warten. »Wie geht es Jessie?«

Die Miene ihrer Mutter beantwortete die Frage. Sie wandte den Blick ab und zögerte kurz. »Ihr ... geht es gut, Schatz.«

Eine Bildstörung trat auf, als hätte sich der Computer in einen Lügendetektor verwandelt. Vor lauter Schnee war kaum mehr etwas zu erkennen. Die Stimme ihrer Mutter war verzerrt und hatte Aussetzer. »Hinweis auf ein Heilmittel ... Prionenerkrankung ... schicken gerade Daten rüber ...«

Kellys Vater ergriff das Wort, während die Störungen stärker wurden. Die beiden hatten anscheinend nichts davon bemerkt. »... Hubschrauber ist unterwegs ... die brasilianische Armee ...«

»Können Sie den Empfang verbessern?«, wandte sich Frank flüsternd an Olin.

Der Russe beugte sich vor und gab ein paar Befehle ein. »Keine Ahnung. Das begreife ich nicht. Eben haben wir eine Datei empfangen. Vielleicht hat das den Empfang gestört.«

Mit jeder Taste, die er drückte, wurde der Empfang schlechter.

Statisches Rauschen und Winseln, unterbrochen von Wortfetzen. »Frank ... wir hören dich nicht mehr ... könnt ihr ... morgen früh ... GPS-Signal ...« Dann brach die Verbindung vollständig ab.

»Verdammter Mist!«, fluchte Olin.

»Fahren Sie die Verbindung wieder hoch«, befahl Waxman.

Olin beugte sich kopfschüttelnd über seine Ausrüstung. »Ich weiß nicht, ob ich's schaffe. Ich habe bereits das Motherboard überprüft und die Software neu gebootet.«

»Was stimmt denn dann nicht?«, fragte Kelly.

»Kann ich nicht mit Sicherheit sagen. Sieht fast so aus, als wär die ganze Satellitenkommunikation durch ein Computervirus beschädigt.«

»Versuchen Sie es weiter«, sagte Waxman. »Sie haben eine halbe Stunde Zeit, dann ist der Satellit außer Reichweite.«

Frank richtete sich auf und wandte sich an die Allgemeinheit. »Obwohl wir nicht senden konnten, scheint es doch so, als wäre ein brasilianischer Hubschrauber zu uns unterwegs. Vielleicht trifft er schon morgen früh ein.«

Olin blickte entgeistert auf den Bildschirm. »Mein Gott.«

Alle Augen wandten sich dem russischen Computerexperten zu. Er tippte auf den Bildschirm, zeigte auf ein paar Zahlen in der rechten oberen Ecke. »Unser GPS-Signal ...«

»Was ist damit?«, fragte Waxman.

Olin wandte den Kopf. »Es stimmt nicht. Das Virus, das das Satellitensystem ruiniert hat, hat anscheinend auch die Verbindung zu den GPS-Satelliten gestört. Wir haben die falschen Positionsdaten in die Staaten gesendet.« Er sah wieder auf den Bildschirm. »Demzufolge befänden wir uns dreißig Meilen südlich unserer gegenwärtigen Position.«

Kelly wurde kreidebleich. »Jetzt wissen sie nicht, wo wir sind.«

»Ich muss das Ding ans Laufen bringen«, meinte Olin. »Zumindest so lange, bis wir die richtige Position übermittelt haben.« Er bootete den Rechner erneut und machte sich an die Arbeit.

Die folgende halbe Stunde über arbeitete Olin wie besessen. In einem fort fluchte er auf Englisch und Russisch. Währenddessen beschäftigten sich die übrigen Expeditionsteilnehmer mit anderen Arbeiten. Niemand nahm sich Zeit für eine Ruhepause. Kelly half Anna bei der Reiszubereitung; der Proviant ging allmählich zur Neige. Währenddessen blickten sie immer wieder zu Olin hinüber und sandten insgeheim Stoßgebete gen Himmel.

Alle Mühe und alle Gebete aber nützten nichts.

Nach einer Weile ging Frank zu Olin hinüber und legte ihm die Hand auf die Schulter. Er hob den anderen Arm, sodass das Hemd von der Uhr zurückrutschte. »Es ist zu spät. Der Satellit ist außer Reichweite.«

Olin sackte niedergeschlagen über seiner Ausrüstung zusammen.

»Morgen probieren wir es wieder«, meinte Frank gezwungen optimistisch. »Sie sollten sich jetzt ausruhen. Dann können Sie morgen mit frischen Kräften weitermachen.«

Nate, Kouwe und Manny kehrten von ihrem Fischzug im Sumpf zurück. Die Beute hatten sie auf ein Seil aufgezogen, das sie über der Schulter trugen. Sie ließen ihre Last neben dem Lagerfeuer zu Boden gleiten. »Ich nehme die Fische aus«, erbot sich Kouwe und setzte sich gewandt im Schneidersitz auf den Boden.

Manny seufzte. »Keine Einwände.«

Nate wischte sich die Hände ab und ging zu Olin hinüber. »Während wir fischen waren, ist mir noch etwas eingefallen. Sie erwähnten eine Datei.«

»Wovon sprechen Sie?«, meinte Olin erschöpft.

»Sie sagten, es sei eine Datei heruntergeladen worden.«

Olin verzog das Gesicht, dann, als es ihm wieder einfiel, nickte er. »*Da*. Hier ist die Datei.«

Kelly und Manny eilten herbei. Kelly erinnerte sich wieder, dass ihre Mutter eine Datei erwähnt hatte, bevor die Verbindung abgebrochen war.

Olin öffnete die Datei.

Kelly hockte sich hin. Auf dem Bildschirm erschien das 3-D-Modell eines vor dem Hintergrund von Daten rotierenden Moleküls. Neugierig beugte sie sich weiter vor. Sie überflog den Bericht. »Von meiner Mutter verfasst«, murmelte sie, froh darüber, sich endlich von ihren eigenen Sorgen ablenken zu können. Das Thema der Arbeit aber war gleichwohl beunruhigend.

»Was ist das?«, fragte Nate.

»Ein möglicher Hinweis auf den Krankheitserreger«, antwortete Kelly.

Manny sah ihr über die Schulter. »Ein Prion.«

»Wie bitte?«

Manny erklärte es Nate, während Kelly weiter im Bericht las. »Interessant«, murmelte sie vor sich hin.

»Was denn?«, fragte Manny.

»Hier steht, das Prion schädige das Erbgut.« Rasch las sie den nächsten Bericht durch.

Manny las über ihre Schulter hinweg mit. Er stieß einen anerkennenden Pfiff aus.

»Was gibt's?«, fragte Nate.

Kelly antwortete aufgeregt: »Das könnte die Lösung sein! Das ist die Forschungsarbeit von Wissenschaftlern der Universität Chicago, veröffentlicht im September 2000 in *Nature*. Aufgrund von Untersuchungen an Hefe halten sie es für möglich, dass Prione der Schlüssel zu genetischen Mutationen sind und sogar eine Rolle bei der Evolution spielen könnten.«

»Tatsächlich? Wie das?«

»Eines der größten Geheimnisse der Evolution ist bislang, wie Lebewesen spontan neue Fertigkeiten entwickeln konnten, die zahlreiche genetische Veränderungen zur Voraussetzung hatten. Solche Veränderungen bezeichnet man als Makro-Evolution. Ein Beispiel dafür ist die Anpassung bestimmter Algenarten an toxische Umgebungen oder die rasche Entwicklung von Resistenzen gegen Antibiotika bei Bakterien. Wie es zu solchen Serien simultaner Mutationen kommt, kann man sich noch nicht erklären. In diesem Artikel wird jedoch eine Erklärung vorgeschlagen. *Prionen.*« Kelly deutete auf den Computerbildschirm. »Die Forscher der Universität Chicago haben gezeigt, dass die Prionen einer bestimmten Hefeart imstande sind, einen Alles-oder-Nichts-Schalter im genetischen Code zu betätigen, der massenweise Mutationen auslöst, was man als evolutionäre Starthilfe bezeichnen könnte. Wissen Sie, was das bedeutet?«

In Mannys Augen dämmerte die Erkenntnis.

»Die Piranha-Wesen, die Heuschrecken ...«, murmelte der Biologe.

»Alles Mutationen. Vielleicht sogar Clarks Arm!«, sagte Kelly. »Eine von Prionen ausgelöste Mutation.«

»Aber was hat das mit der Krankheit zu tun?«, wollte Nate wissen.

Kelly runzelte die Stirn. »Keine Ahnung. Diese Entdeckung ist ein guter Anfang, aber bis zu einer umfassenden Lösung des Problems ist es noch ein weiter Weg.«

Manny zeigte auf den Bildschirm. »Was ist mit der Hypothese, die hier formuliert wird?«

Kelly nickte. Die beiden begannen, den Artikel zu diskutieren, und tauschten angeregt ihre Ansichten aus.

Nate hörte ihnen nicht mehr zu. Er hatte zu dem rotierenden Modell des Prionen-Proteins zurückgescrollt.

Nach einer Weile mischte er sich ein. »Sieht noch jemand außer mir die Ähnlichkeit?«

»Was meinen Sie?«, fragte Kelly.

Nate deutete auf den Bildschirm. »Sehen Sie die beiden spiralförmigen Windungen an den Enden?«

»Die Alpha-Helices?«

»Genau ... und hier in der Mitte die korkenzieherartige Region«, meinte Nate und tippte auf den Bildschirm.

»Und?«, sagte Kelly.

Nate bückte sich, hob einen Stock auf und zeichnete etwas auf den nackten Boden. »In der Mitte korkenzieherartig ... an den Enden in Spiralen auslaufend.« Als er fertig war, schaute er hoch.

Kelly betrachtete verblüfft die Zeichnung.

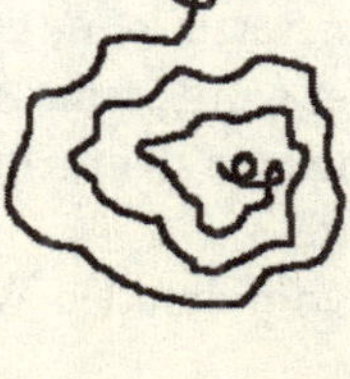

»Das Zeichen der Ban-ali!«, staunte Manny.

Kelly musterte die beiden Bilder: das eine ein High-tech-Computermodell, das andere eine Kritzelzeichnung im nackten Boden. Die Ähnlichkeit war jedoch nicht zu übersehen. *Der Korkenzieher, die Doppelhelix* ... Sogar der Drehsinn der Spirale stimmte überein – um einen Zufall konnte es sich kaum handeln.

Kelly wandte sich Nate und Manny zu. »Du meine Güte«, sagte sie.

Das Zeichen der Ban-ali war ein stilisiertes Modell des fraglichen Prions.

23.32 Uhr

Jacques hatte eine Heidenangst vor dunklem Wasser, die von dem Piranha-Angriff herrührte, der ihn in jungen Jahren entstellt hatte. Ungeachtet seiner tief verwurzelten Ängste glitt er nun durch den Sumpf, allein durch den Tauchanzug vor den im Wasser verborgenen Raubtieren geschützt. Er hatte keine Wahl. Er musste dem Doktor gehorchen. Die Strafe für Ungehorsam war schlimmer als alle Schrecken, die in diesem Gewässer lauern mochten.

Jacques klammerte sich an das motorisierte Brett, dessen fast lautloser Propeller ihn zum anderen Ufer des Sumpfes beförderte. Er war mit einem LAR V UBA von Draeger ausgerüstet, der von Navy Seals bei Einsätzen in seichten Gewässern benutzt wurde. Das geschlossene System der Luftversorgung, das er sich vor die Brust geschnallt hatte anstatt auf den Rücken, setzte keine verräterischen Luftblasen frei. Vervollständigt wurde seine Ausrüstung von einem Nachtsichtgerät, das ihm in dem trüben Gewässer ausreichende Sicht verschaffte.

Gleichwohl war er vom dunklen Wasser eingeschlossen.

Sehen konnte er nur etwa zehn Meter weit. Hin und wieder blickte er mithilfe einer Spiegelvorrichtung über die Wasseroberfläche, um sich zu orientieren.

Seine beiden Teamkameraden folgten ihm mit einer Armlänge Abstand, ebenfalls vom Motorschlitten gezogen.

Jacques orientierte sich ein letztes Mal mit dem kleinen Periskop. Die beiden Bambusflöße, mit denen die Ranger den Sumpf überquert hatten, lagen in dreißig Metern Entfernung unmittelbar vor ihm.

Im Wald sah er den rötlichen Schein des Lagerfeuers. Trotz der späten Stunde patrouillierten Schattengestalten. Er bedeutete seinen beiden Begleitern, zu den Flößen zu schwimmen. Er selbst beabsichtigte, mit dem Periskop die Lage im Auge zu behalten.

Sie schwammen weiter. Die Flöße waren am Ufer festgemacht und lagen in ein Meter tiefem Wasser. Von jetzt an mussten sie sehr vorsichtig sein.

Behutsam näherten sie sich den Flößen. Jacques behielt die Umgebung im Auge, über wie unter Wasser. Am Ziel angelangt, warteten seine Männer, jeder bei seinem Floß. Jacques musterte den Wald. Er vermutete, dass im Dschungel weitere Ranger Wache hielten. Er hielt volle fünf Minuten lang Ausschau, dann gab er den beiden Männern ein Zeichen.

Daraufhin spritzten sie aus kleinen Druckflaschen Kerosin auf die Oberseite der Bambusplanken. Als die Flaschen leer waren, reckten sie den Daumen.

Jacques hatte unablässig den Wald beobachtet. Bislang war niemand auf sie aufmerksam geworden. Er wartete noch eine Minute, dann fasste er sich an den Hals: das verabredete Zeichen.

Die beiden Männer reckten jeweils ein Gasfeuerzeug über Wasser und hielten die kleinen Flammen an den Kerosin getränkten Bambus. Flammen loderten empor und breiteten sich blitzschnell aus.

Die beiden Männer machten sogleich kehrt und rasten auf Jacques zu. Der wendete ebenfalls, stellte den Motor auf höchste Stufe und beschrieb einen Bogen in den Sumpf hinaus, der auf eine einen halben Kilometer vom Lager entfernte Stelle am Ufer zielte.

Jacques blickte hinter sich. Männer tauchten mit angelegten Waffen aus dem Wald auf, beleuchtet von den brennenden Flößen. Sogar unter Wasser waren gedämpfte Rufe und Alarmsirenen zu vernehmen.

Alles hatte reibungslos geklappt. Der Doktor wusste, dass sich ihre Gegner nach dem Angriff der Heuschrecken von einem nächtlichen Feuer in Angst und Schrecken würden versetzen lassen. Sie würden kaum in der Nähe des brennenden Scheiterhaufens bleiben wollen.

Gleichwohl wollten sie keine unnötigen Risiken eingehen. Jacques geleitete seine Männer zurück ans Ufer, wo sie vorsichtig aus dem See stiegen, die Mundstücke ausspuckten und die Schwimmflossen abstreiften. Beim zweiten Teil der Mission ging es darum, dafür zu sorgen, dass die andere Gruppe auch tatsächlich floh.

Als er aus dem Wasser stapfte, seufzte er vor Erleichterung, den finsteren Sumpf endlich hinter sich zu lassen. Er betastete die unversehrte Nasenhälfte, als wollte er sich vergewissern, dass sie noch da war.

Jacques setzte eine Nachtsichtbrille auf und blickte sich zum Sumpf um. Seine Begleiter unterhielten sich halblaut, angeregt vom Abenteuer und dem Erfolg des ersten Auftrags. Jacques achtete nicht auf sie.

Er beobachtete, wie zwei von der Nachtsichtbrille monochrom grün gefärbte Männer – ihrer Haltung nach zu schließen offenbar Ranger – von den brennenden Flößen zurückwichen und in den Wald hineinriefen. Die Gruppe zog sich zurück. Im Wald tauchten neue Lichter auf. *Taschenlampen.* Am Lagerfeuer herrschte reges Treiben. Dann entfernten sich die Taschenlampen vom Feuer, wie eine Reihe von Glühwürmchen. Im Gänsemarsch drangen sie in die Schlucht ein, die ins flache Hochland hineinführte.

Jacques lächelte. Der Plan des Doktors hatte funktioniert.

Noch immer durch die Brille blickend, nahm er das Funkgerät zur Hand. Er drückte die Sendetaste und führte das Funkgerät an die Lippen. »Mission erfolgreich abgeschlossen. Die Hasen rennen weg.«

»Verstanden.« Die Stimme des Doktors. »Die Kanus brechen jetzt auf. Wir treffen uns in zwei Stunden im verlassenen Lager. Over.«

Jacques steckte das Funkgerät wieder ein.

Die Jagd war wieder eröffnet.

Er wandte sich zu seinen Begleitern um und wollte ihnen die gute Nachricht mitteilen – doch da war niemand. Er duckte sich sogleich und flüsterte ihre Namen. »Manuel! Roberto!«

Keine Antwort.

Dunkle Nacht hüllte ihn ein, der Dschungel war noch finsterer. Er setzte die Nachtsichtbrille auf. Der Wald leuchtete jetzt hell, doch aufgrund der dichten Vegetation war nicht viel zu erkennen. Er wich zurück, trat mit den bloßen Füßen ins Wasser.

Jacques blieb stehen, hin und her gerissen zwischen dem Grauen an Land und dem Schrecken unter Wasser.

Durch die Nachtsichtbrille blickend machte er eine Bewegung aus. Für einen Moment sah es so aus, als hätten sich die Schatten zur Gestalt eines Mannes vereinigt, der ihn aus nicht einmal zehn Metern Abstand musterte. Als Jacques blinzelte, verschwand die Gestalt. Dafür war der Dschungel auf einmal in fließender Bewegung begriffen und glitt wie ein Lebewesen auf ihn zu.

Er taumelte rückwärts ins Wasser hinein, tastete nach dem Mundstück des Atemgeräts.

Einer der Schatten löste sich vom Waldrand, eine dunkle Silhouette vor dem morastigen Ufer. *Gewaltig, monströs ...*

Jacques schrie, doch der Regler behinderte ihn, sodass er nur eine Art Gurgeln hervorbrachte. Weitere Schatten glitten aus dem Wald hervor auf ihn zu. Ein altes Stammesgebet der Maronen kam ihm in den Sinn. Er taumelte rückwärts.

Stärker als sein Grauen vor dunklen Gewässern und Piranhas war die Angst, *bei lebendigem Leib gefressen zu werden.*

Er drehte sich um und warf sich ins Wasser.

Die Schatten aber waren schneller.

23.51 Uhr

Im Schein der Taschenlampe, die er mit Klebeband am Lauf der Schrotflinte befestigt hatte, folgte Nate der Gruppe. Hinter ihm kamen nur noch Private Carrera und Corporal Kostos. Alle waren mit Taschenlampen ausgerüstet, die die Dunkelheit in alle Richtungen durchteilten. Sie schritten zügig aus, da sie eine möglichst große Entfernung zwischen sich und die Leute bringen wollten, die ihre Flöße in Brand gesteckt hatten.

Captain Waxman wollte eine geschützte Stelle suchen, an der sie sich besser verteidigen könnten. Eingekeilt zwischen dem Sumpf auf der einen und dem Dschungel auf der anderen Seite, wären sie einem Angriff schutzlos ausgeliefert. Und niemand in der Gruppe glaubte ernsthaft, dass dies der letzte Angriff gewesen war.

Da sie stets vorausplanten, hatten die Ranger bereits eine Rückzugsposition ausfindig gemacht. Corporal Warczak hatte ein Stück weiter in der Schlucht Höhlen in den Felswänden gesichtet. Das war ihr Ziel.

Dort erhofften sie sich Unterschlupf und Schutz vor Angriffen.

Nate folgte den anderen. Carrera marschierte neben ihm. In den Händen hielt sie eine eigenartige Waffe mit schaufelförmiger Mündung. Sie sah aus wie ein an einem Gewehrkolben befestigter Staubsauger. Damit zielte sie in den finsteren Dschungel.

»Was ist das?«, fragte er.

Sie musterte unverwandt die Bäume. »Nach dem Sumpfabenteuer sind wir knapp an M-16.« Sie hob die seltsame Waffe ein wenig an. »Das bezeichnet man als Bailey. Der Prototyp einer Waffe für den Dschungelkampf.« Als sie auf einen Schalter drückte, bohrte sich ein Zielsuchlaser in die Dunkelheit. Carrera blickte sich nach ihrem Vorgesetzten um. »Eine Demonstration?«

Der mit einem M-16 bewaffnete Staff Sergeant Kostos brummte zustimmend. »Feuerwaffe testen!«, knurrte er warnend.

Carrera hob die Waffe und schwenkte sie auf der Suche nach einem geeigneten Ziel umher. Sie richtete den roten Laserstrahl auf den Stamm eines etwa zwanzig Meter entfernten jungen Baums. »Leuchten Sie mal mit der Taschenlampe.«

Nate nickte und schwenkte seine Taschenlampe herum. Alle Augen wandten sich in die Richtung.

Carrera blickte auf ihre Waffe und drückte ab. Man vernahm kein Explosionsgeräusch, bloß ein hochfrequentes Sirren. Etwas Silbriges blitzte auf, dann ertönte ein durchdringendes Knacken. Der Baum kippte um, in der Mitte säuberlich durchtrennt. Nate leuchtete auf den Baum. Tief im Stamm steckte ein silberner Gegenstand.

Carrera wies mit dem Kinn auf das Ziel. »Drei-Inch-

Messerscheiben, ähnlich den japanischen Wurfsternen. Für den Dschungelkampf perfekt geeignet. Stellt man Dauerfeuer ein, kann man die ganze Vegetation im Umkreis niedermähen.«

»Und alles andere, was einem im Weg ist«, setzte Kostos hinzu, worauf er das Zeichen zum Weitermarschieren gab.

Nate beäugte respektvoll die Waffe.

Angeführt von Corporal Warczak und Captain Waxman marschierte die Gruppe weiter durch die dicht bewachsene Schlucht. Sie gingen parallel zu dem kleinen Fluss, hielten aber einen Sicherheitsabstand ein. Nach einer halben Stunde schwenkte Warczak nach Süden zu den roten Felswänden ab.

Bislang deutete nichts darauf hin, dass sie verfolgt wurden, dennoch spitzte Nate unablässig die Ohren und musterte den dunklen Dschungel. Schließlich dünnte das Blätterdach so weit aus, dass er die Sterne und den Mond sehen konnte. Auf einmal standen sie vor einer roten Felswand, gesäumt von losem Schiefer und Felsbrocken.

Oberhalb der Böschung war die Felswand von Höhlen und dunklen Rissen zernarbt.

»Zurückbleiben!«, zischte Captain Waxman, worauf sie im dichten Unterholz am Rande der Böschung verharrten. Warczak bedeutete er vorzurücken.

Der Corporal schaltete seine Taschenlampe aus, setzte die Nachtsichtbrille auf und verschwand in geduckter Haltung und mit angelegter Waffe in der Dunkelheit.

Nate hockte sich hin. Die beiden Ranger nahmen Schusspositionen ein und sicherten nach hinten. Nate hielt seine Schrotflinte schussbereit. Auch die meisten anderen waren bewaffnet. Olin, Frank und sogar Kelly hatten Pistolen, während Manny eine Beretta in der einen und die Peitsche in der anderen Hand hielt. Tor-tor konnte notfalls auf seine körpereigenen Waffen zurückgreifen:

Zähne und Krallen. Nur Professor Kouwe und Anna Fong waren unbewaffnet.

Der Professor kroch zu Nate hinüber. »Das gefällt mir nicht«, sagte er.

»Meinen Sie die Höhlen?«

»Nein, die ganze Situation.«

»Worauf wollen Sie hinaus?«

Kouwe blickte Richtung Sumpf. Die beiden Flöße brannten noch immer. »Das Feuer hat nach Kerosin gerochen.«

»Ja, und? Das könnte Kopal-Öl gewesen sein. Das gibt es hier im Überfluss und riecht ähnlich wie Kerosin.«

Kouwe rieb sich das Kinn. »Ich weiß nicht. Das Feuer, das die Heuschrecken angelockt hat, ging von einem kunstvollen Ban-ali-Zeichen aus. Dieser Überfall war eher plump.«

»Aber wir waren auf der Hut. Die Indianer standen unter Zeitdruck. Wahrscheinlich ging es nicht anders.«

Kouwe sah Nate an. »Das waren keine Indianer.«

»Aber wer dann?«

»Wer immer uns verfolgt.« Kouwe beugte sich näher an Nate heran und flüsterte ihm ins Ohr. »Die Leute, die das Zeichen angezündet haben, haben sich bei Tageslicht an unser Lager angeschlichen. Sie haben keine Spuren hinterlassen, nicht mal ein geknickter Zweig war zu finden. Die waren verdammt geschickt. Ich bezweifle, dass ich das fertig gebracht hätte.«

Das leuchtete Nate ein. »Und die, die uns verfolgt haben, sind plump vorgegangen.«

Kouwe wies mit dem Kinn Richtung Sumpf. »Das zeigt dieses Feuer.«

Nate erinnerte sich an den Lichtreflex, den er gestern Nachmittag in einem Baumwipfel bemerkt hatte. »Was schlagen Sie vor?«

»Wir haben es hier nicht nur mit einer Bedrohung zu

tun«, antwortete Kouwe mit zusammengebissenen Zähnen. »Was immer hier im Dschungel verborgen sein mag – eine Substanz mit regenerativen Eigenschaften, ein Heilmittel für die Seuche –, es wäre Milliarden wert. Bestimmte Leute wären bereit, für dieses Wissen ein Vermögen zu zahlen.«

Nate runzelte die Stirn. »Und Sie glauben, die andere Gruppe hat das Feuer gelegt? Warum?«

»Um uns in Panik zu versetzen, wie es ihnen ja auch gelungen ist. Sie wollten verhindern, dass wir Verstärkung bekommen. Wahrscheinlich dienen wir ihnen als menschlicher Schutzschild gegen die von den Ban-ali aufgestellten Raubtierfallen. Wir sind nichts weiter als Kanonenfutter. Sie werden uns so lange bluten lassen, bis wir entweder aufgerieben sind oder die Ban-ali erreicht haben. Dann werden sie aus der Deckung kommen und den Preis einheimsen.«

Nate musterte den Professor. »Warum haben Sie das nicht schon eher gesagt?«

Kouwe fixierte Nate, bis diesem die Antwort von selbst dämmerte. »Ein Verräter«, flüsterte Nate. »Einer von uns arbeitet mit der Verfolgergruppe zusammen.«

»Ich finde es sehr auffällig, dass unsere Satellitenverbindung gerade in dem Moment zusammenbrach, als wir uns dem Gebiet der Ban-ali näherten. Und obendrein haben wir ein falsches GPS-Signal übermittelt.«

Nate nickte. »Wodurch unsere Verstärkung auf eine falsche Fährte gelockt wurde.«

»So ist es.«

»Wer mag das sein?« Nate musterte die anderen Expeditionsteilnehmer, die im Unterholz hockten.

Kouwe zuckte die Schultern. »Da kommt jeder in Frage. Ganz oben auf der Liste steht wohl der Russe. Er kennt sich mit dem Computer aus. Für ihn wäre es kein Problem, einen Defekt zu simulieren. Andererseits waren auch Zane und Anna Fong in der Nähe des Computers, als Olin weg war. Und die O'Briens stehen mit der CIA in Verbindung, von der man weiß, dass sie gern ein doppeltes Spiel treibt, um ihre Ziele durchzusetzen. Auch die Ranger können wir nicht ausschließen.«

»Sie scherzen.«

»Wo es um viel Geld geht, ist beinahe jeder käuflich, Nate. Und Army Ranger kennen sich mit Funkgeräten gut aus.«

Nate wandte sich wieder Kouwe zu. »Dann können wir also bloß Manny vertrauen.«

»Tatsächlich?«, meinte Kouwe gequält.

»Das ist doch nicht Ihr Ernst. Manny? Aber er ist unser Freund!«

»Und arbeitet für die brasilianische Regierung. Glaub ja nicht, die brasilianische Regierung wäre nicht ebenfalls scharf auf die Entdeckung. Eine solche medizinische Entdeckung wäre für sie ein finanzieller Segen.«

Ein Gefühl auswegloser Bedrohung machte sich in Nate breit. *Hatte der Professor womöglich Recht? Konnten sie wirklich niemandem mehr trauen?*

Ehe er Kouwes Einschätzung in Zweifel ziehen konnte, zerriss ein Schrei die Nacht. Etwas Großes kam angeflogen. Die Leute spritzten auseinander. Nate und Kouwe schreckten zurück.

Das große Objekt landete mitten unter den geduckten Expeditionsteilnehmern. Die Taschenlampen richteten sich auf die Gestalt in ihrer Mitte.

Anna schrie auf.

Von den Lichtspeeren aufgespießt lag vor ihnen Corporal Warczak, bedeckt mit Blut und Innereien. Ein Arm war nach oben gereckt, als ertrinke er in seiner eigenen Blutlache. Er versuchte zu schreien, brachte aber nur ein Krächzen zustande.

Nate starrte den Corporal entgeistert an.

Unterleib und Beine fehlten. Warczaks Körper war mitten entzweigebissen worden.

»Waffen anlegen!«, brüllte Waxman in das lähmende Entsetzen hinein.

Nate ließ sich auf ein Knie nieder und schwenkte die Schrotflinte herum. Kelly und Kouwe versuchten dem verstümmelten Corporal zu helfen, doch Nate wusste, dass sie nichts mehr ausrichten konnten. Der Mann war bereits tot.

Er zielte mit der Waffe. Im dunklen Dschungel wogten Schatten, von den Taschenlampen in unstete Bewegung versetzt. Nate aber wusste, dass dies keine optische Täuschung war. Die Schatten glitten auf die Gruppe zu.

Einer der Ranger schoss eine Signalrakete ab. Sie zischte bogenförmig empor, dann explodierte die Magnesiumladung und tauchte den Dschungel in silbriges Licht und schwarze Schatten. Die plötzliche Helligkeit veranlasste die sich ihnen nähernden Wesen innezuhalten.

Nate blickte in die Augen eines der Monster, das vom Raketenschein erfasst worden war. Es hockte unter einem Felsvorsprung an der Böschung der Felswand, ein gewaltiges Tier, so groß wie ein Bulle, jedoch schlank und geschmeidig. Eine Raubkatze. Sie musterte ihn mit ihren schwarzen Augen, die so kalt waren wie Obsidian. Im Dschungel und auf Felsblöcken lagen weitere Raubkatzen. Ein ganzes Rudel, mindestens zwanzig Tiere.

»Jaguare«, murmelte Manny bestürzt. »Schwarze Jaguare.«

Nate bemerkte, wie ähnlich sie Tor-tor waren, bloß waren sie dreimal so groß und wogen jeweils eine halbe Tonne. Prähistorische Monster.

»Sie haben uns umzingelt«, flüsterte Carrera.

Ihre Bemerkung war ein Echo des letzten Funkspruchs,

den Nates Vater abgesetzt hatte: *Halten nicht mehr lange durch. Ach, Gott, sie sind überall!* Waren diese Ungeheuer sein Schicksal gewesen?

Keiner rührte sich. Nate hielt den Atem an und hoffte, die nachtaktiven Jäger würden sich von der Signalrakete einschüchtern lassen und sich zurückziehen. Als hätte er seine Gedanken gelesen, schoss einer der Ranger eine zweite Leuchtrakete ab, die an einem kleinen Fallschirm zur Erde niedersank.

»Ganz ruhig!«, zischte Waxman.

Die Sekunden verstrichen. Das Rudel rührte sich nicht von der Stelle.

»Sergeant«, sagte Waxman, »auf mein Zeichen hin schlagen Sie uns mit Granaten eine Bresche an der Felswand. Für alle anderen gilt Waffen bereithalten. Auf mein Kommando hin rücken wir zur mittleren Höhle vor.«

Nate blickte zur gähnenden Höhlenöffnung hoch. Wenn sie es bis dorthin schafften, wären sie nur noch aus einer Richtung angreifbar. Die Höhle war gut zu verteidigen. Ihre einzige Hoffnung.

»Carrera, geben Sie uns mit dem Bailey nach hinten –«

Ein lauter Pistolenknall übertönte die Worte des Captains. Am Rand der Gruppe taumelte Zane vom Rückstoß seiner rauchenden Waffe einen Schritt zurück.

Eine der Raubkatzen machte fauchend einen Satz nach vorn. Weitere Jaguare schlossen sich ihr an und sprangen knurrend auf die Gruppe zu.

»Jetzt!«, brüllte Waxmann.

Kostos ließ sich auf ein Knie sinken, zielte mit dem M-16 auf die Felswand und schoss. Carrera schwenkte ihre neue Waffe herum und feuerte aus der Hüfte eine Salve nach hinten ab. Ein funkelnder Bogen silberner Scheiben wurde ausgeschleudert und zerfetzte den Dschungel.

Einer der Jaguare wurde mitten im Sprung getroffen. Mit

aufgeschlitztem Bauch brach er winselnd zusammen und krümmte sich am Boden.

Kostos' Granatensperrfeuer übertönte seine Schreie. Die ohrenbetäubenden Detonationen hallten von der Felswand wider. Felsstaub und Erdklumpen wurden hochgeschleudert.

Überall knallten Schüsse. Frank gab seiner Schwester und dem Professor Deckung, die noch immer neben Corporal Warczaks Leichnam knieten. Manny kniete neben Tor-tor, der mit ängstlich geweiteten Augen und gesträubtem Nackenfell die Umgebung musterte. Zane und Olin standen bei Anna Fong und feuerten blindlings in die Dunkelheit.

Nate zielte mit der Schrotflinte auf die Riesenraubkatze, die auf dem Felsen zur Linken hockte. Trotz der ständigen Detonationen und der von der Felswand herabfallenden Gesteinsbrocken rührte sich das Tier nicht von der Stelle.

Einige Schattengestalten flohen vom bombardierten Hang. Andere lagen reglos da, tot und zerfetzt.

»Los!«, übertönte Waxman den Lärm der Detonationen. »Zur Höhle!«

Die Gruppe stürmte durch Gebüsch und Unterholz zur Geröllhalde am Fuß der steil aufragenden Felswand. Nate zielte unentwegt auf die Raubkatze, den Finger am Abzug. *Wenn sie auch nur mit dem Schwanz zuckt ...*

Waxman winkte sie weiter, Kostos lief an der Spitze. »Klettern Sie hoch, bevor sich die Jaguare neu formieren!« Der Captain ließ sich neben Carrera zu Boden fallen. Hinter ihnen sammelte sich allmählich wieder das Rudel. Einige Tiere humpelten oder schnupperten an einem toten Partner, hielten aber einen respektvollen Abstand bei.

Nate schlich sich an der reglosen Raubkatze vorbei, die ihren Vormarsch bloß mit den Augen verfolgte. Nate vermutete, dass dies der Anführer des Rudels war. Er meinte zu spüren, wie er die Fremden mit kaltem Blick musterte.

Carrera hatte von Automatik- auf Einzelfeuer umgestellt. Sie schoss auf eine einzelne Raubkatze, die ihnen zu nahe gekommen war, verfehlte jedoch ihr Ziel. Die silberne Scheibe rasierte dem Jaguar das Ohr ab und verschwand sirrend im Dschungel. Die verwundete Raubkatze ließ sich auf den Bauch fallen und funkelte sie an.

»Weitergehen!«, rief Waxman.

Mittlerweile war die Höhle in Sicht. Der Zusammenhalt der Gruppe löste sich auf und alle begannen in Panik zu rennen. Kostos hatte die Führung. Er feuerte eine Signalrakete in die Höhle. Ein heller Flammenschweif schoss aus der Mündung seiner Pistole, dann wurde die Dunkelheit von blendender Helligkeit verschluckt.

Die tiefe Höhle wurde bis zur rückwärtigen Felswand ausgeleuchtet.

»Alles sauber!«, brüllte Waxman. »Los, rein!«

Olin, Zane und Anna rannten als Erste in die Höhle. Der Sergeant blieb am Eingang stehen, das Gewehr in der Rechten. Mit der Linken winkte er. »Bewegung, Bewegung ...«

Frank schob Kelly vor sich her, Professor Kouwe rannte neben ihm.

Während die Signalraketen über dem Dschungel allmählich erloschen, nahm Nate mit angelegter Schrotflinte auf der anderen Seite des Eingangs Aufstellung.

Manny und Tor-tor bildeten mit Waxman und Carrera zusammen den Abschluss.

Nate sah, dass sie es schaffen würden.

Da sprang auf einmal ein Jaguar aus dem Schatten hervor und landete auf einem Felsbrocken neben den beiden Rangern. Carrera ging in Schussposition und zielte, doch ehe sie feuern konnte, holte die Raubkatze mit der Tatze aus und rammte dem Captain die Krallen in den Körper.

Waxman wurde umgerissen, flog durch die Luft; die Krallen hatte sich tief in Feldjacke und Brust gegraben. Er brüllte auf, schwenkte die Waffe herum. Er feuerte über seinen Kopf hinweg und traf den Jaguar an der Schulter. Das Tier kippte nach hinten und zog den aufgespießten Captain mit. Um sich schlagend flog er über den Findling hinweg.

Carrera sprang hoch und rannte um den Felsbrocken herum, um dem Captain zu helfen. Nate vernahm das charakteristische Sirren ihrer Waffe. Dann auf einmal tauchte sie wieder auf. Zwei Jaguare waren hinter ihr her. Sie bluteten, in ihrem Körper steckten Silberscheiben. Carrera hantierte mit dem Magazin; offenbar war ihr die Munition ausgegangen.

Nate sprang vom Höhleneingang weg und rannte auf sie zu. Als er sie erreicht hatte, hielt er die Schrotflinte auf Armeslänge von sich weg, die Mündung einen knappen halben Meter vom fauchenden Maul eines der Jaguare entfernt. Er drückte ab, und das aufheulende Tier wurde zurückgeschleudert.

Carrera nahm ihre 9-mm-Pistole aus dem Halfter. Sie feuerte immer wieder auf den anderen Jaguar, dann lud sie nach. Der Jaguar blieb zurück und brach dann zusammen.

Sie stolperten den Hang hinauf.

Plötzlich tauchte hinter dem Findling der Captain auf. Ihm fehlte ein Arm, und er kroch über den Boden. Sein Gesicht war nur noch blutiger Matsch.

»Ich ... ich dachte, er wäre tot«, stammelte Carrera entsetzt und machte einen Schritt auf ihn zu.

Der Captain kam nicht weit, dann schoss eine Pranke vor und grub sich in seinen Oberschenkel. Er wurde in die Dunkelheit zurückgerissen. Er schrie auf, krallte die Finger ins lose Geröll, fand aber keinen Halt.

Ein Schuss knallte. Der Kopf des Captains wurde erst nach hinten geschleudert und flog dann wieder nach vorn, prallte heftig gegen den Felsen. Als Nate den Kopf wandte, sah er Kostos, der in Schusshaltung auf dem Boden kniete und durchs Zielfernrohr seines M-16 blickte. Der Sergeant senkte langsam die Waffe; sein Gesicht war von Schmerz und Schuldgefühlen gezeichnet.

»Alle in die Höhle!«, brüllte er.

Die Gruppe drängte sich noch immer in der Nähe des Eingangs.

Nate und Carrera eilten der Höhlenmündung entgegen.

Frank und Kostos sicherten mit vorgehaltenen Waffen den Eingang. Die beiden Männer hoben sich als dunkle Silhouetten vom Schein der erlöschenden Signalrakete in der Höhle ab. Frank schwenkte den Arm. »Beeilung!«

Nate, der noch ein paar Meter vom Eingang entfernt war, bemerkte auf einmal, wie sich ein dunkler Schatten am Fuße der Felswand entlangbewegte. Links von der Höhlenmündung. »Achtung!«

Dies war der größte der Jaguare, der Anführer, den Nate gleich zu Anfang bemerkt hatte.

Er sprang an der Höhlenmündung vorbei. Frank wurde umgeworfen, flog hoch in die Luft und landete auf dem Rücken. Kostos wurde gegen die Felswand geschleudert. Dann verschwand die Raubkatze wieder in der Dunkelheit.

»Frank!«, schrie Kelly.

Nate rannte mit Carrera zum Höhleneingang. Kostos rappelte sich japsend hoch und hielt sich benommen die Brust.

»Hilfe!«, schrie Kelly.

Frank krümmte sich im Geröll. Kellys Bruder war nicht bloß umgeworfen worden. Beide Beine waren unterhalb der Knie abgetrennt. Blut spritzte auf die Steine. Der riesige Jaguar hatte ihm in Sekundenschnelle mit der Präzision einer Guillotine die Beine abgebissen.

Kouwe ließ sich neben Frank zu Boden fallen. Olin half, den stöhnenden Verletzten in die Höhle zu schleifen. Kelly folgte ihnen und riss Aderpressen aus ihrem Rucksack.

Plastikampullen mit Morphium fielen auf den Boden. Nate hob sie auf.

In der Nähe des Eingangs wurde ein Schuss abgefeuert. Draußen wurde es hell. Eine weitere Leuchtrakete. Nate hielt die Morphiumampullen in der Hand und kam sich nutzlos vor, wie gelähmt.

Kouwe nahm ihm die Ampullen ab. »Geben Sie uns Deckung.« Er wies mit dem Kinn in Richtung Eingang.

Olin und Kelly kümmerten sich um den Verletzten. Tränen strömten Kelly über die Wangen, doch ihre Miene war verkniffen vor Entschlossenheit und Konzentration. Sie wollte ihren Bruder nicht verlieren.

Nate gesellte sich zu Kostos und Carrera, die den Eingang bewachten. Im Schein der Leuchtrakete war zu erkennen, dass der Dschungel noch immer von Schatten wogte. Der mit Felsbrocken übersäte Hang bot den Raubkatzen zusätzliche Deckung.

Manny schloss sich ihnen an; er war mit einer Pistole bewaffnet. Tor-tor schnupperte knurrend an Franks Blut.

»Ich habe mindestens fünfzehn Tiere gezählt«, sagte Carrera, das Gesicht zur Hälfte von der Nachtsichtbrille verdeckt. »Sie wollen einfach nicht verschwinden.«

Kostos fluchte. »Wenn sie uns angreifen, können wir sie unmöglich alle aufhalten. Wir haben nur noch einen Granatwerfer, zwei M-16-Gewehre und ein paar Pistolen.«

»Und die Schrotflinte«, setzte Nate hinzu.

»Ich hab das Bailey neu geladen«, meinte Carrera. »Aber das war das letzte Magazin.«

Manny hockte sich mit vorgehaltener Pistole auf den Boden. »Hinten in der Höhle hat sich allerhand Zeug angesammelt – Äste, Blätter, was weiß ich. Wir könnten im Eingang ein Feuer anzünden.«

»Tun Sie das«, sagte Kostos.

Als Manny sich umdrehte, war ein leises Grollen zu vernehmen. Alle erstarrten. Die Leuchtrakete beleuchtete eine riesige Raubkatze, die auf dem steinigen Hang aufgetaucht war. Alle Waffen zielten auf sie.

Nate erkannte den Anführer wieder.

»Ein Weibchen«, murmelte Manny.

Es musterte sie, forderte sie heraus. Im Dschungel bewegten sich geschmeidige Schattengestalten, muskelbepackt und mit scharfen Krallen bewehrt.

»Was sollen wir tun?«, fragte Carrera.

»Das Miststück checkt uns ab«, knurrte Kostos und senkte den Kopf aufs Visier.

»Nicht schießen!«, zischte Manny. »Wenn Sie jetzt schießen, hetzen Sie das ganze Rudel auf uns.«

»Nate hat Recht«, meinte Manny. »Ihre Blutgier ist erwacht. Der geringste Auslöser genügt und sie drehen durch. Wir sollten zumindest so lange warten, bis das Feuer brennt.«

Die Raubkatze ließ ein durchdringendes Jaulen vernehmen, als ob sie ihn gehört hätte. Sie spannte ihre Muskeln an und schnellte sich ihnen mit verblüffender Schnelligkeit entgegen, eine Präzisionsmaschine.

Die Ranger feuerten, doch der weibliche Jaguar war zu schnell, bewegte sich mit geradezu übernatürlicher Geschwindigkeit. Kugeln nagten am Fels und schlugen Funken, allesamt das Ziel verfehlend, als hätten sie es tatsächlich mit einem Phantom zu tun. Das Bailey stieß sirrend eine einzelne Messerscheibe aus, die von einem Findling abprallte und den Hang hinunterrollte, ohne Schaden anzurichten.

Nate stützte sich auf ein Knie, zielte mit der Schrotflinte. »Na warte, Mieze«, murmelte er vor sich hin. *Wenn sie erst mal nah genug war ...*

Carrera zielte erneut, wurde jedoch angestoßen, ehe sie einen weiteren Schuss abfeuern konnte. Tor-tor stürmte an ihr vorbei und sprang auf den angrenzenden Hang.

»Tor-tor!«, rief Manny.

Der kleinere Jaguar sprang ein paar Meter den Hang hinunter und hielt dann inne, verstellte der Riesenraubkatze den Weg. Fauchend duckte er sich, schlug drohend mit dem Schwanz und spannte sprungbereit die Hinterbeine an. Er fuhr die langen gelben Krallen aus und bleckte seine scharfen Zähne.

Der große schwarze Jaguar stürmte auf ihn zu, als wollte er ihn überrennen, hielt im letzten Moment aber vor Tor-tor an und nahm eine ähnliche Haltung ein wie er. Die beiden Raubkatzen forderten einander fauchend heraus.

Kostos hob die Waffe. »Du bist tot, du Mistvieh.«

Manny hob warnend die Hand. »Warten Sie!«

Die beiden Raubkatzen umkreisten einander mit einem Meter Abstand. Auf einmal wandte ihnen das riesige Weibchen den Rücken zu. Nate konnte erkennen, wie sehr sich die beiden Ranger beherrschen mussten, um nicht zu schießen.

»Was machen die da?«, fragte Carrera.

»Das Weibchen begreift nicht, warum ein anderer Jaguar, zumal ein so kleiner wie Tor-tor, uns beschützt«, antwortete Manny. »Es ist verwirrt.«

Mittlerweile hatten die beiden Tiere aufgehört, einander anzufauchen. Vorsichtig näherten sie sich einander, bis sich ihre Nasen beinahe berührten. Während sie sich lautlos austauschten, umkreisten sie einander weiter. Das Fell glättete sich wieder. Mit leisem Schnaufen sog die große Raubkatze den Geruch des seltsamen kleinen Jaguars ein.

Schließlich endete ihr Tanz und sie nahmen wieder ihre ursprünglichen Positionen ein. Tor-tor hockte zwischen der Höhle und der großen Raubkatze.

Mit einem letzten Knurren beugte sich das riesige Weibchen vor und rieb seine Wange an Tor-tors Kopf. Offenbar war eine Übereinkunft erreicht, ein Waffenstillstand. Dann wirbelte die schwarze Raubkatze herum und verschwand über den Hang.

Tor-tor richtete sich allmählich auf. Seine gelben Augen funkelten. Mit typisch katzenhafter Beiläufigkeit leckte er sich übers Fell und wandte sich zu seinem Herrn um. Er tappte zum Höhleneingang zurück, als habe er sich bloß mal die Beine vertreten.

Carrera senkte die Waffe und rückte die Nachtsichtbrille zurecht. »Sie ziehen sich zurück«, sagte sie verwundert.

Manny tätschelte den Jaguar. »Du dummer Kerl«, murmelte er.

»Was ist da eigentlich passiert?«, fragte Kostos.

»Tor-tor steht kurz vor Erreichen der Geschlechtsreife«, antwortete Manny. »Er ist sozusagen ein Halbwüchsiger. Das Weibchen scheint trotz seiner Größe etwa im gleichen Alter zu sein. Und mit dem vielen Blut ringsum lag Spannung in der Luft, auch sexuelle Spannung. Tor-tors Verhalten war anscheinend nicht bloß drohend gemeint, sondern auch als Werbung.«

Kostos blickte finster drein. »Dann wollen Sie damit also sagen, er wäre scharf auf sie gewesen.«

»Und sie war nicht mal abgeneigt«, meinte Manny und klopfte dem Jaguar stolz auf die Flanke. »Da Tor-tor ihr entgegengetreten ist, hält sie ihn wahrscheinlich für den Anführer des Rudels. Und für einen akzeptablen Geschlechtspartner.«

»Und was nun?«, fragte Carrera. »Sie haben sich zwar zurückgezogen, sind aber immer noch da. Es sieht sogar so aus, als sammelten sie sich in der Schlucht, um uns den Rückweg zum Sumpf abzuschneiden.«

Manny schüttelte den Kopf. »Ich habe keine Ahnung, was sie tun werden. Tor-tor hat uns jedenfalls eine Verschnaufpause verschafft. Ich finde, wir sollten sie nutzen. Das Feuer in Gang bringen und die Augen aufhalten.«

Nate beobachtete, wie sich das Rudel in die Schlucht zurückzog. *Was hatte es vor?*

»Wir haben Gesellschaft«, sagte Carrera plötzlich gepresst. Sie zeigte in die entgegengesetzte Richtung, tiefer in den Cañon hinein.

Nate wandte sich um, sah jedoch bloß dunklen Dschungel und die zerklüftete Felslandschaft am Fuße der Steilwand. »Was haben Sie –«

Auf einmal nahm er eine Bewegung wahr.

Ein Stück weiter die Schlucht hoch trat eine dunkle Gestalt aus dem Dschungel aufs Schiefergeröll hinaus. Es war ein Mensch. Ein Mann. Er war nicht minder schattenhaft als die Raubkatzen, von Kopf bis Fuß schwarz bemalt. Er hob den Arm, dann drehte er sich um und schritt den Cañon entlang, ohne sich zu verstecken. Sie beobachteten ihn verdutzt.

»Das muss ein Ban-ali sein«, sagte Nate.

Die Gestalt blieb stehen und drehte sich abwartend zu ihnen um.

»Ich glaube, er möchte, dass wir ihm folgen«, sagte Manny.

»Solange die Jaguare nicht verschwinden, haben wir keine andere Wahl«, meinte Carrera. »Die haben sich im Dschungel niedergelassen.«

Die ferne Gestalt stand reglos da.

»Was sollen wir tun?«, fragte Carrera.

»Wir folgen ihm«, antwortete Nate. »Deshalb sind wir schließlich hergekommen. Wir wollten die Ban-ali finden. Vielleicht war das Jaguarrudel ihre letzte Prüfung.«

»Oder bloß eine weitere Falle«, meinte Kostos.

»Ich finde, uns bleibt nichts anderes übrig«, sagte Carrera. »Mein Gefühl sagt mir, entweder wir folgen ihm oder das Rudel gibt uns den Rest.«

Nate blickte sich in die Höhle um. Zehn Meter hinter ihnen waren Kelly, Kouwe und die anderen noch immer um Frank versammelt, der nackt war bis auf die Boxershorts. Offenbar hatte er Beruhigungsmittel bekommen. Anna hielt einen Infusionsbeutel hoch. Kelly hatte bereits einen Beinstumpf verbunden und klemmte im anderen Stumpf gerade ein Blutgefäß ab. Kouwe kniete neben ihr und hielt den Verband bereit. Auf dem Höhlenboden waren leere Spritzenverpackungen und kleine Medizinfläschchen verstreut.

»Ich werde mal nachfragen, ob Frank transportfähig ist.«

»Wir lassen niemanden zurück«, sagte Kostos.

Nate nickte erfreut. Er ging zu den anderen. »Wie geht es Frank?«, wandte er sich an Kouwe.

»Er hat eine Menge Blut verloren. Wenn sich sein Zustand stabilisiert hat, will Kelly ihm eine Transfusion geben.«

Nate seufzte. »Es könnte sein, dass wir ihn verlegen müssen.«

»Was?«, sagte Kelly, damit beschäftigt, die Wunde zu vernähen. »Er ist nicht transportfähig!« Panik, Erschöpfung und ungläubiges Staunen ließen ihre Stimme ganz hart klingen.

Nate hockte sich neben Kelly, während Kouwe damit begann, den zweiten Stumpf zu verbinden. Frank stöhnte leise.

Nate schilderte ihnen, was sich am Höhleneingang zugetragen hatte. »Die Ban-ali haben Kontakt mit uns aufgenommen. Vielleicht ist das eine Einladung, in ihr Dorf mitzukommen. Ich vermute, es handelt sich um ein einmaliges Angebot.«

Kouwe nickte. »Offenbar haben wir einen letzten Test bestanden, eine spezielle Herausforderung gemeistert«, schloss sich der Professor Nates erster Einschätzung an.

»Wir haben uns als würdig erwiesen, den nächsten Schritt zu tun.«

»Und was ist mit Frank?«, wandte Kelly ein.

»Ich könnte aus Bambusstöcken und Palmwedeln eine Trage anfertigen«, meinte Kouwe leise und berührte Kellys Hand. »So wie ich die Indianer kenne, wird er sterben, wenn wir uns nicht von der Stelle rühren. Wir alle werden sterben.«

Kellys Gesicht verhärtete, ihr Blick trübte sich. *Erst ihre Tochter, jetzt ihr Bruder.*

Nate hockte sich neben sie und legte ihr den Arm um die Schulter. »Ich werde darauf achten, dass er unbeschadet ankommt. Sind wir erst mal im Dorf, kann Olin das Funkgerät hochfahren.« Nate blickte den Russen an.

Olin nickte heftig. »Ich kann zumindest ein korrektes GPS-Signal senden.«

»Und dann wird man uns helfen. Man wird Ihren Bruder ausfliegen. Er wird es schaffen. Wir alle.«

Kelly lehnte sich an ihn, entspannte sich allmählich. »Versprechen Sie mir das?«, bat sie mit tränenerstickter Stimme.

Er drückte sie fester an sich. »Natürlich verspreche ich das.« Wie er so in das bleiche Gesicht ihres Bruders schaute, während das Blut allmählich durch die frisch angelegten Verbände sickerte, hoffte er inständig, sein Versprechen auch halten zu können.

Kelly regte sich in seiner Umarmung, ihre Stimme wurde energischer. »Dann lassen Sie uns aufbrechen.«

Er half ihr hoch.

Sie machten sich umgehend an die Vorbereitungen. Kostos und Manny sammelten am Waldrand Material für die Trage, während Kelly und Kouwe Franks Zustand weiter stabilisierten. Bald darauf waren sie bereit, sich abermals in den finsteren Dschungel zu begeben.

Am Höhleneingang traf Nate auf Carrera.

»Unser Besucher ist noch da«, sagte sie.

In der Ferne stand nach wie vor die einsame Gestalt.

Kostos hob die Stimme und vergewisserte sich, dass alle bereit waren. »Dicht aufschließen! Augen auf!«

Nate und Carrera trennten sich wieder. Angeführt vom Sergeant trat die Gruppe im Gänsemarsch ins Freie. Manny und Olin schleppten nahe dem Kolonnenende die Trage; den Patienten hatte man zur Sicherheit an den Bambusstangen festgebunden. Die Männer der Gruppe würden sich mit dem Tragen abwechseln.

Als die Trage vorbeikam, schloss Kelly sich ihr an. Hinter ihr reihten sich Nate und Carrera ein.

Unmittelbar hinter dem Eingang stieß Nate mit der Stiefelspitze gegen einen staubigen Gegenstand, den jemand verloren hatte. Nate hob ihn auf und besah ihn sich.

Dies durften sie nicht zurücklassen.

Er schüttelte den Staub ab und ging weiter. Er überholte Manny, wischte den letzten Staubrest vom Schirm der Baseballkappe und setzte sie seinem verdutzten Freund auf.

Als er sich wieder einreihte, ruhte Kellys Blick auf ihm. In ihren Augen funkelten Tränen. Sie rang sich ein schwaches Lächeln ab. Er nahm ihre wortlose Dankesbekundung mit einem Kopfnicken zur Kenntnis.

Nate schloss sich wieder Carrera an. Er musterte den finsteren Dschungel und die einsame Gestalt in der Ferne.

Wohin würde der Pfad sie führen?

14

Die Siedlung

16. August, 4.13 Uhr
Amazonas-Dschungel

Louis trieb im Kanu dahin und wartete auf Nachricht von den Spurenlesern. Bis zum Sonnenaufgang würden noch Stunden vergehen. Am klaren Himmel leuchteten die Sterne, doch der Mond war bereits untergegangen, sodass der Sumpf in tiefe Dunkelheit gehüllt war. Durch die Nachtsichtbrille hielt Louis Ausschau nach seinen Männern.

Nichts.

Er schnitt eine Grimasse. Während er im Kanu wartete, hatte er das Gefühl, sein Plan löse sich in Luft auf. *Was ging hier draußen vor?* Es war ihnen gelungen, das Ranger-Team in die Flucht zu schlagen. Aber was nun?

Um Mitternacht hatte Louis' Team den Sumpf mit den Kanus überquert, die sie vom Fluss über Land hergeschleppt hatten. Als sie sich dem flachen Ufer näherten, waren in der Schlucht, in der Nähe der südlichen Felswände, Leuchtraketen in den Himmel gestiegen. Schüsse waren über den Fluss gehallt. Mit dem Fernglas hatte Louis ein schemenhaftes Feuergefecht mitverfolgt. Allerdings hatte er von seiner Position aus nicht erkennen können, von wem oder wovon die andere Gruppe angegriffen worden war. Es war ihm nicht gelungen, mit Jacques' Erkundungsteam Kontakt aufzunehmen. Sein Lieutenant meldete sich aus unerfindlichen Gründen nicht mehr.

Da er Informationen brauchte, hatte Louis eine kleine Gruppe ans Ufer geschickt, seine besten Spurenleser, ausgestattet mit Nachtsichtbrillen und Infrarotausrüstung. Mit den anderen hatte er in sicherem Abstand vom Ufer in den Kanus gewartet.

Zwei Stunden waren verstrichen, und bislang hatten sich die Spurenleser nicht einmal über Funk gemeldet. Das Kanu teilte er sich mit drei Männern und seiner Geliebten. Sie alle beobachteten mit Ferngläsern das Ufer.

Tshui bemerkte den Mann, der aus dem Dschungel auftauchte, als Erste. Sie hob den Arm und stieß einen leisen Warnlaut aus.

Louis schwenkte das Fernglas herum. Es war der Anführer des Kundschafterteams. Er winkte sie ans Ufer. »Endlich«, murmelte Louis und setzte das Fernglas ab.

Die Kanus fuhren ans morastige Ufer. Louis trat als einer der Ersten an Land. Er bedeutete seinen Männern, sich zu verteilen, dann näherte er sich dem Spurenleser.

Der dunkelhaarige Mann, ein deutscher Söldner namens Brail, nickte ihm zu. Er war gerade knapp einssechzig groß, schwarz gekleidet und hatte sich das Gesicht mit Tarnfarbe bemalt.

»Was haben Sie entdeckt?«, fragte Louis.

Der Mann antwortete ihm mit starkem Akzent. »Jaguare, ein Rudel von etwa fünfzehn Tieren.«

Louis nickte. Überrascht war er nicht. Auf dem Wasser hatten sie seltsame Knurrlaute und Schreie gehört.

»Aber das sind keine gewöhnlichen Jaguare«, fuhr Brail fort. »Sondern wahre Monster. Dreimal so groß wie normal. Da hinten liegt ein totes Tier, das ich Ihnen zeigen könnte.«

»Fahren Sie fort«, schlug Louis das Angebot aus. »Was geschah mit den anderen Männern?«

Brail setzte seinen Bericht fort und schilderte, dass sie sich hätten in Acht nehmen müssen, um nicht entdeckt zu werden. Die anderen drei Männer seines Teams seien innerhalb der Schlucht in Bäumen postiert. »Das Rudel zieht ab, weiter in den Cañon hinein. Anscheinend treibt es die Überlebenden des gegnerischen Teams vor sich her.«

Brail streckte die Hand vor. »Als die Raubkatzen verschwunden waren, haben wir das hier bei einem übel zugerichteten Leichnam gefunden.« Der Spurenleser hielt zwei Silberstreifen an einem Fetzen Khaki hoch. Es war das Abzeichen eines Captains. Des Anführers der Ranger.

»Warum haben die Jaguare die übrigen verschont?«, wollte Louis wissen.

Brail tippte sich an die Nachtsichtbrille. »Ich habe jemanden gesehen, offenbar einen Indianer, der sie tiefer in die Schlucht hineingeführt hat.«

»Ein Ban-ali?«

Der Mann zuckte die Schultern.

Wer sonst sollte das gewesen sein?, überlegte Louis. Er ließ sich die neuen Informationen durch den Kopf gehen. Er durfte der anderen Gruppe keinen allzu großen Vorsprung lassen, zumal sie mittlerweile mit dem geheimnisvollen Stamm Kontakt aufgenommen hatte. Die Trophäe so dicht vor Augen, wollte Louis nicht das Risiko eingehen, sie aus den Augen zu verlieren.

Die überlebenden Jaguare konnten sich jedoch als Hindernis erweisen. Sie waren zwischen seinem und dem gegnerischen Team postiert. Das Rudel musste so unauffällig wie möglich eliminiert werden, ohne dass die eigentlichen Gegner Wind davon bekamen.

Louis musterte den dunklen Wald. Bald würde es zu spät sein, den anderen nachzuschleichen. Sobald er das Dorf entdeckt und sich ein Bild von den Befestigungen gemacht hatte, würde er seinen Plan zu Ende bringen.

»Wo sind die Raubkatzen im Moment?«, fragte Louis. »Ziehen sie sich alle durch den Cañon zurück?«

»Im Moment ja«, brummte Brail. »Sollte sich was ändern, melden sich die Scouts über Funk. Mit den Infrarotferngläsern sind die Viecher gottlob leicht auszumachen. Sie sind groß und warm.«

Louis nickte zufrieden. »Wie steht es mit anderen Gefahren?«

»Wir haben das Gebiet abgesucht, Herr Doktor. Keine Wärmespuren.«

Gut. Dann waren die Ranger zumindest im Moment von Louis' Team abgelenkt. Louis wusste jedoch, dass ihr Vorteil in so großer Nähe zum Dorf der Ban-ali nicht von Dauer wäre. Sie mussten rasch von hier verschwinden. Zunächst aber mussten sie das Jaguar-Rudel beseitigen, wenn sein Plan Erfolg haben sollte.

Als er sich umdrehte, bemerkte er dicht hinter sich Tshui, die ebenso lautlos und gefährlich wie eine Dschungelkatze war. Er streifte mit dem Finger über ihren Wangenknochen. Sie schmiegte sich an seine Hand. Seine Geliebte, die Herrin der Gifte und Tränke.

»Tshui, *ma chérie*, es sieht ganz so aus, als müssten wir wieder einmal auf deine speziellen Fertigkeiten zurückgreifen.«

5.44 Uhr

Nates Schulter schmerzte vom Gewicht der Trage. Sie waren schon seit zwei Stunden unterwegs. Im Osten färbte sich der Himmel bereits rosa.

»Wie weit ist es noch?«, schnaufte Manny, der hinter ihm ging. Damit hatte er bloß ausgesprochen, was alle dachten.

»Keine Ahnung, aber es führt eh kein Weg mehr zurück«, keuchte Nate.

»Es sei denn, Sie wollten sich als Frühstückssnack anbieten«, meinte Private Carrera, die die Nachhut bildete.

Das Jaguarrudel war ihnen die ganze Zeit über gefolgt, die meiste Zeit in der Deckung des Dschungels. Hin und wieder stolzierte ein besonders kühnes Tier über das lockere Schiefergeröll, als Silhouette vor dem schwarzen Fels.

Ihretwegen kam Tor-tor nicht zur Ruhe. Der Jaguar fauchte ständig und strich wachsam um die Trage herum. In seinen gelben Augen lag ein zorniges Funkeln.

Sie hatten keine andere Wahl, als dem Indianer zu folgen. Er hielt einen Abstand von etwa einer Viertelmeile bei und passte sein Tempo dem ihren an.

Alsbald aber machte sich die Erschöpfung bemerkbar. Da sie in den letzten Nächten kaum geschlafen hatten, waren alle todmüde. Sie bewegten sich im Schneckentempo voran und gerieten häufig ins Stolpern. Doch so sehr der Nachtmarsch auch an ihrer aller Nerven zerrte, einer war besonders schlimm dran.

Kelly wich ihrem Bruder nicht von der Seite: Unablässig überwachte sie seine lebenswichtigen Funktionen und wechselte im Gehen die Verbände. Ihr Gesicht wirkte aschfahl im Sternenlicht, ihre Augen verängstigt und erschöpft. Nahm sie gerade keine ärztlichen Aufgaben wahr, hielt sie Franks Hand, in diesem Moment nichts als seine Schwester, die ihre eigene Willenskraft auf ihn zu übertragen suchte.

Der Verwundete befand sich aufgrund des Morphiums und der Beruhigungsmittel zum Glück in einem Dämmerschlaf, stöhnte aber hin und wieder auf. Dann spannte sich Kelly jedes Mal an, und ihr Gesicht verzerrte sich, als spürte sie die Schmerzen am eigenen Leib, was wohl teilweise auch zutraf, wie Nate vermutete. Sie litt unübersehbar ebenso sehr wie ihr Bruder.

»Achtung!«, rief Kostos von der Spitze der Kolonne. »Wir ändern die Richtung.«

Nate spähte nach vorn. Die ganze Nacht über waren sie

über den harten Boden zwischen Dschungel und Felswand gestapft. Jetzt bog ihr Führer in einen der zahlreichen schroffen Einschnitte ab. Der Einschnitt durchzog die ganze Felswand und war etwa doppelt so breit wie eine Garage.

Der Indianer trat in die Mündung des Einschnitts, drehte sich zu ihnen um und blickte sie eine Weile an, dann schritt er ohne ein weiteres Zeichen oder einen Willkommensgruß in die enge Schlucht hinein.

»Ich sehe mir das mal an«, sagte Kostos.

Der Ranger trabte vor, während die anderen langsamer wurden. Am Lauf seines M-16 hatte er eine Taschenlampe befestigt, deren Strahl somit immer auf dem Ziel ruhte. Er rannte zur Wand der Schlucht, atmete tief durch, dann leuchtete er in den Einschnitt. In dieser Haltung verharrte er eine Weile, dann winkte er die anderen mit der Linken zu sich, ohne seinen Posten zu verlassen. »Das ist eine Nebenschlucht! Eine sehr steile.«

Die Gruppe näherte sich dem Ranger.

Nate blickte blinzelnd in die Höhe. Der Einschnitt reichte bis ganz nach oben, sodass man die Sterne sah. Der Weg war recht steil, doch anscheinend hatten die Indianer Stufen in den ansteigenden Boden der Schlucht gehauen.

Professor Kouwe zeigte nach vorn. »Sieht so aus, als läge in der Nähe ein weiterer Cañon oder ein Tal.«

Anna Fong trat neben ihn. »Oder das ist ein Nebenarm des Cañons, eine Abkürzung nach oben.«

In der Ferne stieg der Indianer die Steinstufen empor, scheinbar ohne sich darum zu scheren, ob sie ihm folgten oder nicht. Seine Gleichgültigkeit teilten andere jedoch nicht. Das Jaguarrudel kam knurrend und fauchend näher.

»Ich glaube, wir müssen eine Entscheidung treffen«, sagte Carrera.

Kostos musterte stirnrunzelnd die hohen Wände, von denen die primitive Treppe gesäumt wurde. »Es könnte sich auch um eine Falle, einen Hinterhalt handeln.«

Zane trat einen Schritt in die Schlucht hinein. »Wir sitzen bereits in der Falle, Sergeant. Ich für mein Teil stelle mich lieber einer unbekannten Gefahr als dem, was hinter uns liegt.«

Niemand erhob Einwände. Die Erinnerung an Warczaks und Waxmans blutigen Tod steckte allen noch in den Knochen.

Kostos setzte sich vor Zane. »Gehen wir. Und Augen auf.«

Die Schlucht war so breit, dass Manny und Nate, die die Trage schleppten, nebeneinander hergehen konnten. Auf diese Weise fiel das Treppensteigen ein wenig leichter. Gleichwohl war der Anstieg entmutigend.

Olin näherte sich ihnen. »Möchte einer von Ihnen mal abgelöst werden?«

Manny verzog das Gesicht. »Es geht schon noch.«

Nate pflichtete ihm mit einem Kopfnicken bei.

Und so begann der lange Aufstieg. Nate und Manny fielen rasch zurück. Kelly blieb bei ihnen, unverändert besorgt um ihren Bruder. Carrera bildete die Nachhut.

Nates Knien schmerzten, seine Schenkel brannten und die Schultern waren vor Erschöpfung ganz verspannt. Dennoch hielt er durch. »Es kann nicht mehr weit sein«, sagte er, an niemand Bestimmtes gewandt.

»Ich hoffe nicht«, meinte Kelly.

»Er ist stark«, sagte Manny und wies mit dem Kinn auf Frank.

»Stärke reicht manchmal nicht aus«, entgegnete sie.

»Er wird das durchstehen«, versicherte ihr Nate. »Schließlich hat er die Glückskappe der Red Sox, oder etwa nicht?«

Kelly seufzte. »Er liebt das gute Stück. Wussten Sie schon, dass er als Shortstop bei einem Farmklub gespielt hat? In der Triple A Division.« Sie senkte die Stimme zu einem gepressten Flüstern. »Mein Vater war ja so stolz auf ihn. Das waren wir alle. Es war sogar die Rede davon, dass er Profi werden könnte. Doch dann hatte er einen Skiunfall und verletzte sich am Knie. Damit war seine Karriere beendet.«

Manny brummte überrascht. »Und die Kappe soll ihm *Glück* bringen?«

Kelly streifte lächelnd über den Schirm der Kappe. »Drei Spielzeiten lang hat er ein Spiel gespielt, das er von ganzem Herzen liebte. Trotz des Unfalls war er nicht verbittert. Er hielt sich für den glücklichsten Menschen auf der Welt.«

Nate blickte auf die Kappe und beneidete Frank unwillkürlich um die kurze Zeit, die er im Rampenlicht gestanden hatte. War das Leben für ihn jemals so einfach gewesen? Vielleicht brachte die Kappe ja wirklich Glück. Im Moment konnten sie jedes Quentchen davon brauchen.

Carrera unterbrach ihre Gedankengänge. »Die Jaguare ... Sie folgen uns nicht mehr.«

Nate blickte in die Tiefe. Eine der großen Raubkatzen stand am Fuß der Treppe. Es war die Anführerin des Rudels. Sie schritt auf und ab. Tor-tor blickte mit funkelnden Augen zu ihr hinunter. Das Weibchen fixierte die kleinere Raubkatze eine Weile – dann verschwand es blitzschnell im Dschungel.

»Das Tal ist wohl das Revier des Rudels«, sagte Manny. »Eine weitere Verteidigungslinie.«

»Aber was beschützen sie?«, fragte Carrera.

Vor ihnen ertönte ein Ruf. Es war Sergeant Kostos. Er war zehn Schritte vor dem Ende der Schlucht stehen geblieben und winkte sie zu sich.

Als sich die Gruppe sammelte, hellte sich der Himmel im Osten auf. Hinter dem Treppenschacht öffnete sich ein üppiges Tal mit hoch aufragenden Bäumen. Irgendwo plätscherte ein heller Bach und in der Ferne rauschte ein Wasserfall.

»Das Land der Ban-ali«, sagte Professor Kouwe.

Olin näherte sich Manny und Nate. Er packte die Trage. »Von hier an übernehmen wir.«

Nate wunderte sich, Richard Zane an der Seite des Russen zu sehen. Er erhob jedoch keine Einwände. Sie übergaben die Trage. Nate fühlte sich augenblicklich um hundert Pfund leichter. Er hatte den Eindruck, seine Arme wollten emporsteigen wie heliumgefüllte Luftballons.

Zusammen mit Manny stieg er zu Kostos hoch.

»Der Indianer ist verschwunden«, knurrte der Sergeant.

Nate sah, dass der Ranger Recht hatte. »Aber wir wissen auch so, wohin wir uns wenden müssen.«

»Wir sollten warten, bis die Sonne aufgegangen ist«, meinte Kostos.

Manny runzelte die Stirn. »Die Ban-ali haben uns beobachtet, seit wir den Dschungel betreten haben – bei Tag und bei Nacht. Egal ob die Sonne scheint oder nicht, wir werden keinen Einzigen von ihnen zu Gesicht bekommen, wenn sie es nicht wollen.«

»Außerdem«, sagte Nate, »haben wir einen Verletzten. Je eher wir das Dorf oder die Siedlung erreichen, desto besser seine Chancen. Ich bin fürs Weitergehen.«

Kostos nickte seufzend. »Okay, aber wir bleiben dicht beieinander.«

Der Sergeant straffte sich und ging voran.

Mit jedem Schritt wurde es heller. Der Sonnenaufgang im Amazonasgebiet geht plötzlich vonstatten. Die Sterne wurden vom sich ausbreitenden rosigen Schimmer der Morgendämmerung verschluckt. Der wolkenlose Himmel kündete von einem heißen Tag.

Am Ende der Schlucht verharrte die Gruppe einen Moment. Ein schmaler Pfad führte in den Dschungel hinab.

Was aber würde sie am Ziel erwarten? Im Tal waren keine Anzeichen einer Besiedlung zu erkennen. Kein aufsteigender Holzrauch, kein Stimmengewirr.

Ehe sie sich in Bewegung setzten, suchte Kostos mit dem Fernglas das Tal ab. »Verdammt«, murmelte er.

»Was gibt's denn?«, fragte Zane.

»Dieser Cañon ist bloß ein Seitenarm des Einschnitts, aus dem wir kommen.« Er zeigte nach rechts. »Es hat den Anschein, als wäre dieser Cañon von hohen Felswänden umschlossen.«

Nate setzte sein eigenes Fernglas an und blickte in die Richtung, in die der Sergeant zeigte. Durch den Dschungel konnte er gerade eben einen kleinen Fluss ausmachen, der das Tal durchströmte. Er folgte dem Wasserlauf mit den Augen, bis dieser über einen steilen Abfall verschwand und sich in den tiefer gelegenen Cañon ergoss, den sie in der Nacht durchquert hatten – das Reich der Riesenjaguare.

»Wir sind eingeschlossen«, sagte Kostos.

Nate schwenkte das Fernglas in die entgegengesetzte Richtung. Dort machte er einen weiteren Wasserfall aus. Dieser stürzte von einer gewaltigen Felswand herab. Das ganze Tal war an drei Seiten von Felswänden umschlossen, und an der vierten Seite lag der Treppenschacht, durch den sie es betreten hatten.

Dieses Dschungelgebiet ist vollkommen isoliert, machte Nate sich klar.

»Das gefällt mir nicht«, fuhr der Sergeant fort. »Die Steintreppe ist der einzige Zugang.«

Als Nate das Fernglas absetzte, ging im Osten gerade die Sonne auf und ließ den vor ihnen ausgebreiteten Dschungel grün aufleuchten. Ein Schwarm blau-goldener Keilschwanzsittiche flog von seinem Brutplatz nahe den dunstverhüllten Felswänden auf und segelte an ihnen vorbei. Der Gischt der

Wasserfälle an beiden Talenden funkelte in den ersten Sonnenstrahlen.

»Ein Garten Eden«, meinte Professor Kouwe in ehrfurchtsvoll gedämpftem Ton.

Der Dschungel erwachte, begleitet vom Vogelgezwitscher und dem Geschnatter der Affen. Tellergroße Schmetterlinge flatterten am Waldrand. Ein pelziges Tier huschte in den Dschungel hinein. Trotz der Isolation hatte das Leben den Weg in dieses grüne Tal gefunden.

Was aber mochte hier sonst noch beheimatet sein?

»Was sollen wir tun?«, fragte Anna.

Eine Weile herrschte Schweigen.

Schließlich ergriff Nate das Wort. »Ich glaube, uns bleibt nichts anderes übrig, als weiterzumarschieren.«

Kostos blickte finster drein. »Schauen wir mal, wohin der Weg uns führt. Aber wir sollten dicht zusammenbleiben.«

Vorsichtig stapfte die Gruppe über den kleinen Hang zum Waldrand hinunter. Kostos hatte wieder die Führung übernommen, Nate schritt mit der Schrotflinte in der Hand neben ihm. Dicht gedrängt marschierten sie den Pfad entlang. Als sie in den Wald eindrangen, wurde der Duft der Orchideen und blühenden Kletterpflanzen so stark, dass sie ihn beinahe zu schmecken meinten.

Trotz der angenehmen Düfte herrschte die Anspannung vor. Welche Geheimnisse waren hier verborgen? Welche Gefahren? Jeder Schatten war verdächtig.

Es dauerte eine Viertelstunde, bis Nate etwas Merkwürdiges auffiel. Offenbar hatte die Erschöpfung seine Wahrnehmung beeinträchtigt. Er wurde langsamer und öffnete den Mund.

Manny stieß gegen ihn. »Was hast du?«

Nate legte die Stirn in Falten und entfernte sich ein paar Schritte weit vom Weg.

»Was machen Sie da, Rand?«, fragte Kostos.

»Die Bäume ...« Das Staunen überwog momentan sein Unbehagen.

Die anderen blieben stehen und blickten sich um. »Was ist damit?«, fragte Manny.

Nate drehte sich langsam im Kreis. »Ich bin Botaniker, deshalb kenne ich die meisten Pflanzen.« Er bezeichnete einzelne Pflanzen mit Namen. »Wollbaum, Lorbeer, Feigenbaum, Mahagoni, Rosenholz, verschiedene Palmen. Diese Bäume würde man im Regenwald erwarten. Aber ...« Nate brach ab.

»Was, aber?«, hakte Kostos nach.

Nate näherte sich einem schmalen Baumstamm. Er ragte dreißig Meter in die Höhe und hatte eine Krone aus dichten Palmwedeln. Große gezackte Zapfen hingen an ihrer Unterseite. »Wissen Sie, was das ist?«

»Sieht aus wie eine Palme«, meinte der Sergeant. »Und weiter?«

»Aber es ist keine!« Nate klopfte gegen den Stamm. »Der verdammte Baum ist ein Zykadoid.«

»Ein Zyka-was?«

»Eine Baumart, die seit der Kreidezeit als ausgestorben gilt. Die kenne ich nur von Fossilien her.«

»Sind Sie sicher?«, fragte Anna Fong.

Nate nickte. »Ich habe über Paläobotanik promoviert.« Er näherte sich einer anderen Pflanze, einem doppelt mannshohen farnartigen Busch. Er schüttelte eines der großen Blätter. Jeder Wedel war knapp zwei Meter lang und so breit wie seine ausgestreckten Arme. »Und das ist ein gottverdammter Riesenbärlapp. Gilt seit dem Karbon als ausgestorben. Aber das ist noch nicht alles. Das hier sind alles ausgestorbene Pflanzen. Samenfarne, Bärlapp, podokarpe Koniferen ...« Er zeigte auf die fremdartigen Gewächse. »Und das sind bloß die, die ich zuordnen kann.«

Nate zeigte mit der Schrotflinte auf einen Baum mit einem korkenzieherartig gewundenen Stamm. »Ich habe keine Ahnung, was das ist.« Während die Erschöpfung wie eine alte Haut von ihm abfiel, musterte er die anderen Pflanzen und hob begeistert die Arme. »Wir befinden uns in einem gottverdammten Fossilienmuseum.«

»Wie ist das möglich?«, fragte Zane.

»Dieses Tal ist vollkommen isoliert«, antwortete Kouwe, »die Zeit steht hier still. Hier könnten alle möglichen Arten überlebt haben.«

»Geologisch datiert dieses Gebiet aus dem Paläozän«, setzte Nate aufgeregt hinzu. »Das Amazonasbecken war mal ein Süßwassersee, bis aufgrund tektonischer Verschiebungen ein Zugang zum Meer entstand, was zur Leerung des Sees führte. Hier können wir einen Blick in die ferne Vergangenheit werfen. Erstaunlich!«

Kelly, die bei der Trage verharrt hatte, meldete sich zu Wort. »Alles gut und schön, aber ich möchte Frank an einen sicheren Ort schaffen.«

Ihre Bemerkung holte Nate in die Gegenwart zurück. Er nickte verlegen, voller Gewissensbisse, weil er sich von Franks Notlage hatte ablenken lassen.

Kostos räusperte sich. »Gehen wir weiter.«

Die Gruppe folgte ihm.

Fasziniert vom Wald, blieb Nate ein Stück zurück und musterte das Laubwerk, nicht mehr nach versteckten Gefahren Ausschau haltend, sondern ganz auf den eigentlichen Dschungel konzentriert. Als ausgebildeter Botaniker konnte er über die üppige Flora nur staunen: langstielige Schachtelhalme von der Größe von Orgelpfeifen, Farne, neben denen gewöhnliche Palmen winzig erschienen, gewaltige primitive Koniferen mit Zapfen von der Größe eines VW-Käfers. Die Mischung aus Alt und Neu war einfach atemberaubend; ein gemischtes Ökosystem, wie es noch kein Wissenschaftler vor ihm erblickt hatte.

Professor Kouwe hatte sich ihm angeschlossen. »Was hältst du davon?«

Nate schüttelte den Kopf. »Ich weiß nicht. Man hat auch schon früher prähistorische Gehölze entdeckt. In China wurde in den Achtzigern ein Wald von urzeitlichen Rotholzbäumen entdeckt. In Afrika eine Grotte mit seltenen Farnen. In Australien hat man in einem abgelegenen Regenwald erst kürzlich eine Ansammlung ausgestorben geglaubter prähistorischer Bäume entdeckt.« Nate blickte Kouwe an, um seinen Worten Nachdruck zu verleihen. »Bedenkt man, wie wenig der Amazonas bislang erforscht wurde, sollte man sich eher wundern, warum wir nicht schon eher auf ein solches Gehölz gestoßen sind.«

»Der Dschungel versteht es, seine Geheimnisse zu verbergen«, meinte Kouwe.

Das Blätterdach wurde immer dichter, die Bäume höher. Die Morgensonne verbreitete nur noch ein grünes Dämmerlicht. Es war, als beträten sie ein Schattenreich.

Die Gespräche verstummten allmählich. Mittlerweile konnte auch ein Nichtbotaniker erkennen, dass dieser Dschungel ungewöhnlich war. Die prähistorischen Pflanzen überwogen allmählich die Exemplare der Neuzeit. Die Bäume wurden immer größer, gewaltige Farne ragten ringsum auf, eigentümlich verdrehte Pflanzen wanden sich um die Bäume. Sie kamen an stachligen Ananasgewächsen vorbei, die so groß waren wie ein kleines Landhaus. Die Kletterpflanzen trugen kürbisgroße Blüten, die einen betäubenden Duft verströmten.

Sie wandelten durch ein Gewächshaus von erstaunlichen Ausmaßen.

Auf einmal hielt Kostos an, den Blick auf den Pfad gerichtet, die Waffe schussbereit erhoben. Dann bedeutete er ihnen, sich zu ducken.

Alle gingen in die Hocke. Nate schwenkte die Schrotflinte umher. Dann auf einmal sah auch er, was der Ranger bemerkt hatte.

Nate blickte nach links, nach rechts, sogar nach hinten. Es war wie bei einem dieser computererzeugten Bilder, auf denen man zunächst bloß ein wirres Muster bunter Punkte wahrnimmt, aus denen das 3-D-Bild erst dann hervortritt, wenn man aus einem bestimmten Blickwinkel darauf schielt.

Auf einmal sah Nate den Dschungel in einem neuen Licht.

Hoch oben in den Bäumen hatte man Plattformen auf den dicken Ästen errichtet, darauf standen kleine Hütten. Die aus lebenden Blättern und Kletterpflanzen gewobenen Dächer stellten eine natürliche Tarnung dar. Die Behausungen verschmolzen perfekt mit den Wirtsbäumen.

Als Nate genauer hinsah, stellte er fest, dass die Kletter- und Schlingpflanzen, die sich zwischen den Bäumen spannten und auf den Boden herabhingen, in Wirklichkeit natürliche Brücken und Leitern waren. Eine dieser Leitern befand sich nur wenige Meter zu Nates Rechten. Auf der ganzen Länge trug sie Blüten. Auch die Leiter war lebendig.

Als er sich umschaute, hatte er Mühe zu erkennen, wo das Menschenwerk aufhörte und wo die Natur begann. Der Baum war halb künstlich gestaltet, halb natürlich gewachsene Pflanze. Die Mischung war erstaunlich, die Tarnung perfekt.

Unbemerkt hatten sie das Dorf der Ban-ali bereits betreten.

Vor ihnen zogen sich die Bauten an noch höheren Bäumen empor, mehrstöckige Konstruktionen mit Terrassen und Veranden. Doch auch diese waren mit Rinde, Kletterpflanzen und Blättern so gut getarnt, dass sie kaum auszumachen waren.

Sie blickten sich staunend um, ohne sich zu rühren. Eine

Frage stand allen ins Gesicht geschrieben: *Wo waren die Bewohner der Baumsiedlung?*

Plötzlich knurrte Tor-tor warnend.

Im nächsten Moment sah Nate die Indianer. Sie waren die ganze Zeit schon dagewesen, reglos und schweigend, Teil des lebendigen Schattens. Mit ihren schwarz bemalten Leibern waren sie mit der Dunkelheit zwischen den Bäumen und Büschen verschmolzen.

Einer der Indianer trat aus dem Schatten auf den Weg hinaus. Von ihren Waffen ließ er sich nicht beeindrucken.

Nate war sicher, dass dies der Indianer war, der sie hergeführt hatte. In die schwarzen Haare hatte er sich Blattteile und Blüten geflochten, was die Tarnung vervollständigte. Er war unbewaffnet. Bis auf einen schlichten Lendenschurz war der Indianer nackt. Er musterte die Gruppe mit undurchdringlicher Miene.

Dann wandte er sich wortlos um und schritt den Weg entlang.

»Offenbar sollen wir ihm folgen«, sagte Professor Kouwe und richtete sich auf. Auch die anderen erhoben sich langsam.

Im Schatten des Waldes standen weitere Indianer, lautlose Wächter.

Kostos zögerte.

»Hätten sie uns umbringen wollen«, setzte Professor Kouwe hinzu, »wären wir längst tot.«

Kostos runzelte die Stirn, folgte aber nach einer Weile dem Indianer.

Im Gehen musterte Nate das Dorf und dessen schweigende Bewohner. In den Fenstern der Behausungen machte er hin und wieder auch Gesichter von Kindern und Frauen aus. Er blickte die mit dem Wald verschmolzenen Männer an. *Stammeskrieger oder Kundschafter*, dachte er.

Ihre bemalten Gesichter wiesen den typischen, leicht

asiatisch anmutenden Knochenbau des amerikanischen Indianers auf, ein genetisches Verbindungsglied zu ihren Ahnen, die vor etwa fünfzigtausend Jahren über die Beringstraße von Asien nach Alaska vorgedrungen waren und sich in Amerika niedergelassen hatten. Aber was waren das für Menschen? Woher kamen sie? Wo lagen ihre Wurzeln? Trotz der Gefahr und der lautlosen Bedrohung brannte Nate darauf, mehr über diese Menschen und ihre Geschichte zu erfahren – zumal diese mit der seinen eng verknüpft war.

Er musterte den Wald. War auch sein Vater über diesen Pfad geschritten? Als er diese Möglichkeit in Betracht zog, krampfte sich ihm der Brustkorb zusammen, und alte Emotionen drängten an die Oberfläche. Er war so nahe daran, die Wahrheit über das Verschwinden seines Vaters zu erfahren.

Schon bald stellte sich heraus, dass man sie zu einer sonnigen Lichtung führte.

Nach einer Weile wich der Wald beiderseits des schmalen Pfads zurück. Riesige Farnpalmen und primitive Koniferen säumten die Lichtung. Ein kleiner Fluss mit flachem Ufer schlängelte sich funkelnd und gurgelnd über das sonnenbeschienene Gelände.

Ihr Führer ging weiter, doch die Gruppe verharrte überrascht am Rand der Lichtung.

In deren Mitte erhob sich ein gewaltiger Baum, der praktisch den ganzen verfügbaren Platz einnahm, eine Art, die Nate vollkommen unbekannt war. Er ragte mindestens dreißig Stockwerke hoch in die Luft, der weiße Stamm maß über zehn Meter im Durchmesser. Dicke Wurzelbuckel sprangen wie Knie aus dem dunklen Boden vor. Einige Wurzelstränge überspannten gar den Fluss, ehe sie im Erdreich verschwanden.

Die Äste breiteten sich in deutlich unterschiedenen Terrassen aus, ähnlich wie bei einem großen Rotholzbaum. Doch statt Nadeln hatte dieser Baum breite, handförmige Blätter, deren Unterseite silbrig schimmerte, und Fruchtstände, deren Samenkapseln an Kokosnüsse erinnerten.

Nate war sprachlos. Er wusste nicht einmal, wo er mit der Klassifizierung dieses Exemplars beginnen sollte. Vielleicht handelte es sich ja um die unbekannte Spezies eines primitiven Nacktsamers, doch sicher war er sich nicht. Die Nüsse wiesen eine gewisse Ähnlichkeit zum Ehrenpreis auf, doch der Baum war viel älteren Ursprungs.

Während er den Baumriesen musterte, fiel ihm noch etwas anderes auf. Auch dieser Baum war offenbar bewohnt. Auf den dickeren Ästen drängten sich kleinere Ansammlungen hüttenähnlicher Behausungen, andere schmiegten sich dicht an den Stamm. *Offenbar imitieren sie die Samenkapseln des Baums*, wurde Nate bewusst.

Ihr Führer zwängte sich zwischen zwei knorrigen Wurzeln hindurch und verschwand im Schatten. Als Nate sich der Stelle näherte, bemerkte er am Fuße des Baums einen überwölbten Eingang. Er blickte zu den Hüttenansammlungen empor. Strickleitern aus Kletterpflanzen gab es hier nicht. Wie gelangte man also nach oben? Führte vielleicht im Innern des Stamms eine Wendeltreppe in die Höhe? Nate trat neugierig vor.

Manny packte ihn jedoch beim Arm. »Schau mal.« Der Biologe zeigte zur Seite.

Ganz von dem Baumriesen mit der weißen Rinde in Anspruch genommen, hatte er das gedrungene Blockhaus an der anderen Seite der Lichtung bislang übersehen. Es war kastenförmig, erbaut aus massiven Baumstämmen und mit einem Strohdach versehen. Es wirkte fehl am Platz, denn es stand als einzige Behausung am Boden.

»Sind das Solarzellen auf dem Dach?«, fragte Manny.

Nate hob das Fernglas an die Augen. Auf dem Hüttendach schimmerten zwei schwarze Paneele in der Morgensonne. Nate musterte die Hütte fasziniert. Das Blockhaus war fensterlos, der Eingang lediglich mit einem Vorhang aus Palmblättern verschlossen.

Neben dem Eingang fiel ihm ein vertrauter Gegenstand ins Auge, der im Sonnenschein hell leuchtete. Es handelte sich um einen großen, vom langen Gebrauch ganz glatt gewordenen Stab aus Schlangenholz, an dessen Spitze ein Büschel Hoko-Federn angebracht war.

Plötzlich hatte Nate das Gefühl, der Boden unter seinen Füßen geriete ins Schwanken.

Dies war der Wanderstab seines Vaters.

Nate ließ das Fernglas sinken und taumelte auf die Hütte zu.

»Rand!«, rief Kostos ihm nach.

Nate aber hörte ihn gar nicht. Seine Füße begannen von selbst zu laufen. Die anderen folgten ihm, darum bemüht, die Gruppe zusammenzuhalten. Zane und Olin mühten sich schimpfend mit der Trage ab.

Nate kam vor der Hütte rutschend zum Stehen. Ihm stockte der Atem. Mit trockenem Mund starrte er den Wanderstab an. Ins Holz waren Initialen eingeschnitzt: *C. R.*

Carl Rand.

Tränen stiegen Nate in die Augen. Nach dem Verschwinden der Expedition hatte Nate sich geweigert, an den Tod seines Vaters zu glauben. Um nicht zu verzweifeln und die jahrelange Suche durchstehen zu können, hatte er sich an seine Hoffnung geklammert. Nicht einmal dann, als seine finanziellen Mittel erschöpft waren und er sich eingestehen musste, dass sein Vater tot war, hatte er geweint. Die Trauer hatte sich im Laufe der Zeit zu einer tiefen Depression verdichtet, einer finsteren Grube, die sein Leben in den vergangenen vier Jahren verschlungen hatte.

Jetzt aber, da er endlich einen handfesten Beweis vor Augen hatte, dass sein Vater hier gewesen war, strömten ihm die Tränen über die Wangen.

Nate erwog gar nicht erst die Möglichkeit, dass sein Vater noch am Leben sein könnte. Solche Wunder gab es nur in Romanen. Man sah der Hütte an, dass sie seit langem unbewohnt war. An der Vorderseite hatte der Wind Laub angehäuft, und Fußspuren waren keine zu erkennen.

Nate trat vor und schob den Vorhang beiseite. Im Innern der Hütte war es dunkel. Er nahm die Taschenlampe aus der Tasche seiner Feldjacke und schaltete sie ein. Eine schwanzlose Ratte, ein *Paca*, huschte durch eine Lücke in der gegenüberliegenden Wand. In der dicken Staubschicht zeichneten sich Spuren winziger Füße ab. Rattenkot bedeckte den Boden.

Nate schwenkte die Taschenlampe umher.

An der rückwärtigen Wand waren vier Hängematten an den Deckenbalken befestigt, alle leer und unbenutzt. Davor stand eine kleine Werkbank aus Holz, auf der Laborausrüstung ausgebreitet war, darunter auch ein Laptop.

Nate kannte das kleine Mikroskop und die Probengläser. Die Ausrüstung hatte seinem Vater gehört. Er trat in die Hütte hinein und klappte den Laptop auf. Als sich der Rechner summend einschaltete, schreckte Nate zurück.

»Die Solarzellen«, sagte Manny vom Eingang her. »Anscheinend liefern sie noch immer Strom.«

Nate wischte sich die Spinnweben von den Händen. »Mein Vater war hier«, murmelte er benommen. »Das ist seine Ausrüstung.«

»Der Indianer kommt zurück«, meinte hinter ihm Kouwe. »In Gesellschaft.«

Nate starrte noch einen Moment den Laptop an. Staubteilchen schwebten in der Luft und leuchteten in den Strahlen der Morgensonne, die durch den offenen Eingang fielen. Es roch nach Holzölen und verdorrten Palmwedeln, aber auch nach Asche und Alter. Seit mindestens einem halben Jahr wohnte hier niemand mehr.

Was war aus den Expeditionsteilnehmern geworden?

Nate wischte sich die Tränen aus den Augen und wandte sich zum Eingang um. Der schwarz bemalte Indianer näherte sich der Hütte. Ihn begleitete ein kleinerer Mann. Er war höchstens einszwanzig groß. Abgesehen von einem auffallenden roten Zeichen auf dem Bauch und dem schon vertrauten blauen Handabdruck oberhalb des Nabels war seine glänzende Haut unbemalt.

Nate trat in den Sonnenschein hinaus und gesellte sich zum Rest der Gruppe.

Der Neuankömmling hatte ähnlich wie die Yanomami Federn in den durchbohrten Ohrläppchen stecken. Zusätzlich aber trug er ein Stirnband, in dessen Mitte ein Insekt befestigt war. Der schwarze Panzer schimmerte. Es handelte sich um eine der Fleisch fressenden Heuschrecken, die Corporal Jorgensen getötet hatten.

Professor Kouwe blickte Nate an. Auch sein Freund hatte den seltsamen Kopfschmuck registriert. Dies war ein weiterer Hinweis darauf, dass der nächtliche Angriff tatsächlich von dieser Siedlung ausgegangen war.

Nate hatte das Gefühl, ein Messer bohre sich in seine Eingeweide. Dieser Stamm war für den Tod der Hälfte der Suchmannschaft verantwortlich und hatte die Überlebenden der Expedition seines Vaters vier Jahre lang gefangen gehalten. Zorn und Trauer überwältigten ihn.

Kouwe spürte offenbar Nates Gefühlsaufwallung. »Ganz ruhig bleiben, Nate. Lass uns erst mal abwarten, wie es weitergeht.«

Ihr Führer geleitete den Neuankömmling zur Gruppe, dann trat er ehrerbietig beiseite.

Der kleine Indianer musterte jeden einzelnen Fremden und kniff ein wenig die Augen zusammen, als er Tor-tor ansah. Schließlich zeigte er auf die Trage und reckte dann Olin und Zane den Zeigefinger entgegen. »Mit Verletztem mitkommen«, sagte der Indianer in unbeholfenem Englisch. »Die anderen hier bleiben.«

Nachdem er diese knappen Anweisungen kundgetan hatte, machte der kleine Mann kehrt und ging zurück zum Baumriesen mit der weißen Rinde.

Alle schwiegen verblüfft. Die Überraschung, Englisch zu vernehmen, schlug eine Bresche in Nates Verbitterung.

Olin und Zane machten keine Anstalten, sich in Bewegung zu setzen.

Ihr Führer schwenkte aufgebracht den Arm und bedeutete ihnen, dem kleinen Indianer zu folgen.

»Niemand rührt sich von der Stelle«, sagte Sergeant Kostos. Private Carrera trat neben ihn. Beide hatten ihre Waffen schussbereit erhoben. »Wir teilen uns nicht auf.«

Der Indianer schaute finster drein. Er zeigte auf die sich entfernende kleine Gestalt. »Heiler«, sagte er unbeholfen. »Guter Heiler.«

Auch diesmal wieder verfehlten die englischen Worte ihre Wirkung nicht.

»Offenbar hat er von den Expeditionsteilnehmern Englisch gelernt«, murmelte Anna Fong.

Oder von meinem Vater, dachte Nate.

Kouwe wandte sich Kelly zu. »Ich glaube, wir sollten der Aufforderung nachkommen. Ich kann mir nicht vorstellen, dass sie Frank etwas antun wollen. Für alle Fälle könnte ich mitgehen.«

»Ich lasse meinen Bruder nicht allein«, sagte Kelly und stellte sich neben die Trage.

»Ich gehe auf keinen Fall mit«, erklärte Zane. »Ich bleibe da, wo die Waffen sind.«

»Keine Sorge«, meinte der Professor. »Ich übernehme die Trage. Die Ablösung ist ohnehin überfällig.«

Zane nahm das Angebot bereitwillig an. Anschließend eilte er zum finster dreinblickenden Sergeant Kostos und nahm hinter ihm Aufstellung.

Kelly trat neben Olin. »Ich übernehme das andere Ende.« Als der Russe Einwände erheben wollte, schnitt sie ihm das Wort ab. »Sie bringen das GPS ans Laufen«, meinte sie im Befehlston. »Sie sind der Einzige, der sich mit dem Scheißding auskennt.«

Olin nickte widerwillig und übergab ihr die Bambusstangen der Trage. Das Gewicht ließ sie kurz ins Taumeln geraten.

Nate trat zu ihr. »Ich kann Frank übernehmen«, erbot er sich. »Sie gehen nebenher.«

»Nein«, presste sie energisch hervor. Sie wies mit dem Kinn auf die Hütte. »Finden Sie heraus, was passiert ist.«

Ehe noch jemand Einwände erheben konnte, setzte Kelly sich mit Kouwe, der das hintere Ende der Trage schleppte, in Bewegung.

Der Indianer eilte erleichtert auf den Baumriesen zu.

Von der überdachten Veranda der Hütte aus musterte Nate erneut die Behausungen im Geäst des weißen Baums. Den gleichen Anblick hatte auch sein Vater auf sich wirken lassen. Nate bemühte sich, eine Verbindung zu ihm herzustellen. Er verharrte reglos, bis Kelly und Kouwe im Baumtunnel verschwunden waren.

Während die anderen Expeditionsteilnehmer ihre Rucksäcke absetzten, drehte Nate sich wieder zur leeren Hütte um. Der Bildschirm des Laptops erfüllte den dunklen Raum mit einem gespenstischen fahlen Licht.

Seufzend fragte Nate sich erneut, was mit der Expedition seines Vaters geschehen war.

Mit dem Gewicht ihres Zwillingsbruders kämpfend, trat Kelly durch die dunkle Öffnung in den gewaltigen Baumstamm. Ihre Aufmerksamkeit widmete sich zur Hälfte Frank, zur Hälfte der fremdartigen Umgebung.

Franks Verbände waren mittlerweile blutdurchtränkt. Fliegen umschwärmten ihn und labten sich am Blut. Er brauchte dringend eine Infusion. Im Geiste ging sie die weiteren notwendigen Maßnahmen durch: ein neuer Infusionsschlauch, frische Verbände, weitere Morphium- und Antibiotika-Injektionen. Frank musste so lange durchhalten, bis der Rettungshubschrauber eintraf.

Trotz ihrer Angst um Frank konnte sie jedoch nicht umhin, über den Anblick zu staunen, der sich ihr hinter dem Eingang bot. Sie hatte einen engen Treppenaufgang erwartet. Hinter dem Eingang lag jedoch ein breiter Weg, der sich mit sanfter Steigung zu den Behausungen in der Baumkrone emporschraubte. Die Wände waren glatt poliert und zeigten einen tiefen Honigton. Blaue Handabdrücke schmückten die Wände. Nach etwa zehn Metern kamen sie zu einem schmalen Fenster, ähnlich der Schießscharte einer Burg, durch das heller Sonnenschein einfiel.

Kelly und Kouwe stapften hinter ihrem Führer den Wendelgang hinauf. Der Holzboden war glatt, bot aufgrund seiner Beschaffenheit aber ausreichend Halt. Trotz der mäßigen Steigung begann Kelly bald zu schnaufen. Das Adrenalin und die Angst aber hielten sie in Bewegung: Angst um ihren Bruder, Angst um ihrer aller Leben.

»Der Gang scheint natürlichen Ursprungs zu sein«, murmelte hinter ihr Kouwe. »Die Glattheit der Wände, die Regelmäßigkeit der Spirale. Das ist nicht Menschenwerk, sondern ein Kanal.«

Kelly leckte sich die Lippen, brachte aber kein Wort hervor. Zu müde, zu verängstigt. Die Bemerkung des Professors lenkte ihre Aufmerksamkeit auf den Boden und die

Wände. Jetzt fiel auch ihr auf, dass der Gang keinerlei Axt- und Meißelspuren aufwies. Bloß die grob behauenen Fensteröffnungen waren eindeutig Menschenwerk. Der Unterschied war offensichtlich. Hatte der Stamm den gewundenen Kanal durch Zufall entdeckt und ihn sich zunutze gemacht? Die Hütten, die sie unterwegs gesehen hatte, bewiesen, dass die Ban-ali tüchtige Handwerker waren und es verstanden, Natur und Menschenwerk unter einen Hut zu bringen. Vielleicht traf das auch auf diesen Baum zu.

Plötzlich bemerkte der Professor: »Die Fliegen sind verschwunden.«

Kelly blickte sich über die Schulter um. Der sich von den blutgetränkten Verbänden ihres Bruders nährende Fliegenschwarm war tatsächlich verschwunden.

»Die Insekten sind abgezogen, kurz nachdem wir den Baum betreten haben«, meinte Kouwe. »Offenbar sondert das Holz hochwirksame ätherische Öle ab.«

Auch Kelly war der Moschusduft bereits aufgefallen. Er erinnerte sie vage an getrocknete Eukalyptusblätter, ein medizinischer, angenehmer Geruch, jedoch mit einer dunkleren, erdigen Note.

Sich über die Schulter umblickend, sah Kelly, wie stark die Verbände ihres Bruders mit Blut durchtränkt waren. In Anbetracht des ständigen Blutverlusts würde er nicht mehr lange durchhalten. Irgendetwas musste geschehen. Eiseskälte breitete sich in ihren Adern aus. Trotz ihrer Erschöpfung wurde sie schneller.

Als sie höher kamen, tauchten in der Tunnelwand Öffnungen auf. Kelly bemerkte, dass die Nebengänge entweder in eine der hüttenähnlichen Behausungen oder auf Äste von der Breite einer Garageneinfahrt führten.

Und sie stiegen immer noch höher.

Trotz der Sorge um Frank geriet Kelly allmählich ins

Stolpern. Die Beine wurde ihr schwer, sie atmete keuchend, die Augen brannten vom Schweiß. Am liebsten hätte sie sich einen Moment ausgeruht, wagte es aber nicht, die Trage abzusetzen.

Ihr Führer bemerkte, dass sie immer weiter zurückblieben. Er kehrte um und machte sich ein Bild von der Lage. Er trat neben Kelly.

»Ich helfen.« Er schlug sich mit der Faust an die Brust. »Ich stark.« Er stieß sie beiseite und übernahm die Trageholme.

Sie war zu schwach, um Einwände zu erheben, zu sehr außer Atem, um sich zu bedanken.

Kelly trat beiseite, und die beiden Männer stiegen weiter in die Höhe, schneller als zuvor. Kelly ging neben der Trage her. Frank war ganz blass, sein Atem ging flach. Von der Last befreit, konzentrierte Kelly sich wieder ganz auf ihren Bruder. Sie holte das Stethoskop hervor und horchte ihm die Brust ab. Sein Herz pochte dumpf, in der Lunge rasselte es. Sein Zustand verschlechterte sich rasch, näherte sich dem hypovolämischen Schock. Die Blutungen mussten unbedingt gestillt werden.

Ganz von der Sorge um ihren Bruder in Anspruch genommen, bemerkte sie zunächst nicht, dass sie das Tunnelende erreicht hatten. Der Spiralgang endete unvermittelt vor einer Öffnung ähnlich der am Fuße des Riesenbaums. Dieser Durchgang führte jedoch nicht in den Sonnenschein hinaus, sondern in einen höhlenartigen Raum mit tellerartig gewölbtem Boden.

Kelly riss staunend die Augen auf. Auch dieser Raum wurde durch primitiv behauene schießschartenähnliche Öffnungen erhellt. Er war kreisförmig und maß etwa dreißig Meter im Durchmesser, eine Blase im Holz, die zur Hälfte aus dem eigentlichen Stamm vorsprang.

»Das ist eine riesige Galle«, sagte Kouwe. Als Gallen bezeichnete man die Auswüchse, die bisweilen bei Eichen und anderen Bäumen gefunden und durch Insekten oder Parasiten hervorgerufen wurden.

Kelly fand den Vergleich treffend. Diese Galle aber war nicht von Insekten bewohnt. An Pflöcken in den gebogenen Wänden waren mindestens ein Dutzend gewebte Hängematten aufgehängt. Darin lagen nackte Indianer. Um sie herum waren weitere Ban-ali zugange. Die liegenden Männer und Frauen waren offenbar krank: hier ein bandagierter Fuß, dort ein geschienter Arm oder eine fiebrige Stirn. Kelly beobachtete, wie ein Indianer mit einer länglichen klaffenden Wunde auf der Brust zusammenzuckte, als ein Stammeskollege eine Paste auf die Verletzung auftrug.

Kelly wurde augenblicklich bewusst, was sie da vor sich hatte.

Eine Krankenstation.

Der kleine Indianer, der sie hierher befohlen hatte, stand ein paar Schritte abseits und blickte ihnen ungeduldig entgegen. Er zeigte auf eine Hängematte und sagte schnell etwas in einer fremden Sprache.

Ihr Führer nickte und ging mit der Trage zu der bezeichneten Hängematte.

Professor Kouwe murmelte: »Wenn ich mich nicht irre, ist das ein Yanomami-Dialekt.« Die Überraschung war ihm deutlich anzuhören.

Er erklärte ihr, was das bedeutete. »Von der Sprache der Yanomami sind keine Varianten bekannt. Ihre Sprachmuster und tonalen Strukturen sind einzigartig. Sprachwissenschaftlich betrachtet ein Einzelfall. Dies ist einer der Gründe, weshalb man die Yanomami als ältesten Stamm des Amazonasgebiets betrachtet.« Er musterte staunend die Männer und Frauen im Raum. »Die Ban-ali sind offenbar ein Seitenzweig, ein vergessener Yanomami-Stamm.«

Kelly nickte bloß, zu sehr von der Sorge um Frank in Anspruch genommen, um die Ausführungen des Professors würdigen zu können.

Unter der Aufsicht des kleinwüchsigen Indianers wurde die Trage abgesetzt und Frank in die Hängematte gelegt. Kelly wich nicht von seiner Seite. Frank stöhnte leise, seine Lider flatterten. Offenbar ließ die Wirkung der Beruhigungsmittel nach.

Kelly bückte sich zur Arzttasche, die auf der leeren Trage lag. Ehe sie eine Spritze und die Morphiumflasche auspacken konnte, erteilte der kleine Heiler seinen Helfern in barschem Ton Anweisungen. Ihr Führer und ein anderer Indianer machten sich daran, die Verbände an Franks Beinstummeln mit kleinen Knochenmessern zu lockern.

»Nicht!«, sagte Kelly und richtete sich auf.

Niemand achtete auf sie. Die Indianer machten sich weiter an den Mullstreifen zu schaffen. Die Blutung wurde stärker.

Sie packte den größeren Indianer beim Ellbogen. »Nein! Du weißt ja gar nicht, was du da tust. Warte solange, bis ich die Druckverbände und eine Infusion vorbereitet habe! Er verblutet sonst!«

Der Mann schüttelte ihre Hand ab und blickte sie finster an.

Kouwe mischte sich ein. Er zeigte auf Kelly. »Das ist unsere *Heilerin.*«

Der Indianer blickte verdutzt den Stammesschamanen an.

Der kleine Indianer hockte am Kopf der Hängematte vor der gebogenen Außenwand. Er hielt eine Schüssel in der Hand und sammelte den dicken Saft, der aus einer in die Wand gemeißelten Rinne troff. »Ich Heiler«, sagte er. »Das Ban-ali-Medizin. Soll Blutung stillen. Starke Medizin von *Yagga.*«

Kelly blickte Kouwe an.

Er übersetzte. »*Yagga* ... klingt so ähnlich wie *yakka* ... die Yanomami-Bezeichnung für Mutter.«

Kouwe blickte sich im Raum um. »Offenbar bezeichnen sie den Baum als *Yagga*. Eine Gottheit.«

Der Schamane richtete sich mit der halb vollen Schüssel auf. In die Öffnung der Abflussrinne steckte er einen Pflock, damit kein weiterer Saft austreten konnte. »Starke Medizin«, wiederholte er und trat zur Hängematte. »Das Blut der Yagga wird Blutung des Mannes stillen.« Dies klang wie eine auswendig gelernte Maxime, wie die Übersetzung eines alten Sprichworts.

Er bedeutete dem anderen Indianer, einen der beiden Verbände zu lösen.

Kelly wollte Einwände erheben, doch Kouwe drückte ihren Arm. »Halten Sie Verbandszeug und den Infusionsbeutel bereit«, flüsterte er ihr zu. »Aber erst mal wollen wir abwarten, was der Medizinmann zustande bringt.«

Eingedenk des kleinen Indianermädchens im Krankenhaus von São Gabriel, bei dem die westliche Medizin so wenig hatte ausrichten können, verkniff sie sich eine Entgegnung. Vorerst würde sie den Ban-ali gewähren lassen, wobei sie weniger dem kleinen Schamanen als vielmehr Professor Kouwe vertraute. Sie stellte die Arzttasche auf den Boden und wühlte darin, zog mit geübter Hand Verbandszeug und einen Beutel mit Kochsalzlösung heraus.

Als Kelly das Gesuchte bereitgelegt hatte, wanderte ihr Blick zum Saftkanal in der Wand. *Das Blut der Yagga.* Die angezapfte Ader zeichnete sich im honigfarbenen Holz als dunkles Band ab, das sich von der Abflussrinne bis zum Dach zog. Kelly bemerkte noch weitere Adern, die jeweils zu einer der Hängematten führten.

Mit dem Verbandszeug in der Hand beobachtete sie, wie der blutige Verband ihres Bruders entfernt wurde. In diesem Moment mehr Schwester als Ärztin, wurde Kelly ganz mulmig, als sie den weißen gesplitterten Knochen sah, die zerfetzten Muskeln, das gelatinöse Fleisch. Ein dicker Strom dunklen, teilweise geronnenen Blutes strömte aus der Wunde und tropfte durch das Gewebe der Hängematte.

Auf einmal bekam Kelly keine Luft mehr. Die Geräusche klangen gleichzeitig gedämpft und schärfer. Ihr Gesichtsfeld verengte sich bis auf die bewusstlose Gestalt in der Hängematte. *Das ist nicht Frank*, versuchte ihr eine Stimme einzuflüstern. Ein anderer Teil von ihr aber kannte die Wahrheit. Ihr Bruder würde sterben. Tränen traten ihr in die Augen und ein Stöhnen entrang sich ihrer Kehle.

Kouwe legte ihr den Arm um die Schultern und zog sie tröstend an sich.

»Ach, Gott ... bitte ...«, schluchzte Kelly.

Ohne sich von ihrem Ausbruch aus der Ruhe bringen zu lassen, untersuchte der Schamane der Ban-ali mit konzentrierter Miene den Beinstummel. Dann schöpfte er eine Hand voll dicken Safts von der Farbe von Portwein aus der Schüssel und schmierte ihn auf den Stumpf.

Die Reaktion erfolgte unmittelbar – und sie war heftig. Franks Bein zuckte, als stünde es unter Strom. Trotz seiner Bewusstlosigkeit schrie er auf, ein animalischer Laut.

Kelly löste sich aus der Umarmung des Professors und taumelte auf die Hängematte zu. »Frank!«

Der Schamane blickte sie an. Er murmelte etwas Unverständliches und machte ihr Platz.

Sie fasste ihren Bruder beim Arm. Franks Ausbruch war so kurz wie heftig gewesen. Er war bereits wieder erschlafft. Kelly war sicher, er sei tot. Hemmungslos schluchzend beugte sie sich über ihn.

Sein Brustkorb aber bewegte sich auf und ab, in tiefen, regelmäßigen Atemzügen.

Er lebte.

Erleichtert sank sie auf die Knie nieder. Der nackte Beinstummel befand sich unmittelbar vor ihren Augen. Auf das Schlimmste gefasst musterte sie die Wunde, das Verbandszeug in der Hand.

Doch das brauchte sie nicht mehr.

Dort, wo der Baumsaft das rohe Fleisch berührt hatte, bildete er eine dicke Versiegelung. Staunend berührte sie die eigenartige Substanz. Sie fühlte sich nicht klebrig an, sondern ledrig und zäh, wie ein natürlicher Verband. Sie blickte staunend zum Schamanen auf. Die Blutung war gestillt, die Wunde versiegelt.

»Die Yagga hat ihn für würdig befunden«, erklärte der Schamane. »Er wird gesund werden.«

Benommen richtete Kelly sich auf, während der Schamane das Wunder mit dem anderen Stumpf wiederholte. »Ich kann's einfach nicht glauben«, flüsterte sie schließlich kaum hörbar.

Kouwe umarmte sie erneut. »Ich kenne fünfzehn verschiedene Pflanzen mit blutstillender Wirkung, aber keine davon ist auch nur annähernd so potent.«

Frank verkrampfte sich erneut, als das zweite Bein behandelt wurde.

Schließlich begutachtete der Schamane sein Werk, dann wandte er sich zu ihnen um. »Die Yagga wird ihn von nun an schützen«, erklärte er feierlich.

»Ich danke dir«, sagte Kelly.

Der kleine Indianer blickte sich zu ihrem Bruder um. »Er jetzt ein Ban-ali. Einer der Auserwählten.«

Kelly runzelte die Stirn.

Der Schamane fuhr fort: »Er muss Yagga fortan in jeder Weise dienen, und zwar für alle Zeit.« Mit diesen Worten wandte er sich ab – allerdings nicht ohne in Unheil kündendem Ton eine Bemerkung auf Yanomami zu machen.

Als er gegangen war, blickte Kelly Kouwe fragend an.

Der Professor schüttelte den Kopf. »Ich habe bloß ein einziges Wort verstanden – *ban-yi.*«

»Und was bedeutet das?«

Kouwe sah Frank an. »Sklave.«

15

Medizinische Versorgung

16. August, 11.43 Uhr
Krankenstation des Instar Institute
Langley, Virginia

Lauren war noch nie im Leben so verzweifelt gewesen. Ihre Enkelin ruhte inmitten von Kissen und Laken, ein kleines Wesen, das mit Überwachungsmonitoren und Infusionsbeuteln verkabelt war. Durch den Schutzanzug hindurch hörte Lauren das Piepen und Zischen der verschiedenen Geräte in dem langen, schmalen Raum. Die kleine Jessie war nicht mehr allein. Im Laufe des gestrigen Tages waren fünf weitere Kinder erkrankt.

Und wie viele werden es noch werden? Lauren dachte an das Computermodell des Epidemiologen und die roten Punkte, die sich über die ganzen Vereinigten Staaten ausgebreitet hatten. Mittlerweile wurden auch Krankheitsfälle aus Kanada gemeldet. Sogar in Deutschland waren zwei Kinder erkrankt; sie hatten in Florida Urlaub gemacht.

Allmählich wurde ihr bewusst, dass Dr. Alvisios düstere Vorhersagen womöglich noch zu zaghaft gewesen waren. Erst heute Morgen hatte Lauren von Gerüchten erfahren, wonach in Brasilien auch gesunde Erwachsene erkrankten. Diese Patienten bekamen im Unterschied zu den Kindern kein Fieber, sondern wiesen eine Vielzahl bösartiger Krebsgeschwüre auf, wie sie bei Gerald Clark gefunden worden waren. Lauren hatte bereits einige Wissenschaftler darauf angesetzt.

Im Moment aber hatte sie andere Sorgen.

Sie saß in einem Sessel neben Jessies Bett. Ihre Enkelin schaute ein Kinderprogramm, das auf den Videomonitor übertragen wurde. Doch sie lachte weder noch lächelte sie. Das Mädchen stierte den Monitor an wie ein Automat, mit glasigem Blick, das schweißnasse Haar an die Stirn geklatscht.

Lauren konnte wenig tun, um sie zu trösten. Der Schutzanzug aus Plastik fühlte sich kalt und unpersönlich an. Und so hielt sie neben Jessie Krankenwache, damit das Mädchen ein vertrautes Gesicht sah und merkte, dass sie nicht allein war. Aber sie war nicht Kelly. Jedes Mal, wenn sich die Tür zischend öffnete, blickte Jessie sich um, worauf der Hoffnungsschimmer in ihren Augen gleich wieder erlosch. Jedes Mal war es eine Krankenschwester oder ein Arzt. Und nicht ihre Mutter.

Auch Lauren blickte häufig zur Tür, in der Hoffnung, dass Marshall mit Neuigkeiten von Kelly und Frank auftauchen würde. Der brasilianische Evakuierungshubschrauber war schon vor Stunden vom Feldlager in Wauwai aus gestartet. Mittlerweile müssten die Retter das gestrandete Team bereits erreicht haben. Kelly befand sich bestimmt schon auf dem Rückflug.

Bislang aber war noch keine Nachricht eingetroffen.

Das Warten dehnte sich endlos.

Jessie kratzte am Klebeband, mit dem der Katheter fixiert war.

»Lass das, Schatz«, sagte Lauren und zog die Hand ihrer Enkelin weg.

Jessie sank seufzend in die Kissen ein. »Wo ist Mommy?«, fragte sie zum tausendsten Mal. »Ich will meine Mommy.«

»Sie kommt schon, Schatz. Aber Südamerika ist weit weg. Wie wär's, wenn du ein bisschen schlafen würdest?«

Jessie runzelte die Stirn. »Der Mund tut mir weh.«

Lauren hielt ihr eine Tasse mit Trinkhalm an den Mund. Der Obstsaft enthielt ein Schmerzmittel. »Trink einen Schluck. Dann tut es nicht mehr weh.« An Jessies Mund hatten sich bereits die ersten Fieberblasen gebildet, Geschwüre an den Rändern der Lippenschleimhaut. Dies war ein eindeutiges Krankheitssymptom. Jetzt stand fest, dass Jessie sich angesteckt hatte.

Das Mädchen trank einen Schluck, verzog das Gesicht und lehnte sich wieder zurück. »Das schmeckt komisch. Mommy macht den besser.«

»Ich weiß, Schatz, aber wenn du den Saft trinkst, geht es dir besser.«

»Schmeckt komisch ...«, wiederholte Jessie leise, dann blickte sie wieder auf den Bildschirm.

Lauren schwieg. Eines der anderen Kinder begann zu schluchzen. Die Erkennungsmelodie des Tanzbärs drang gedämpft durch den Schutzanzug.

Wie viele noch?, fragte sich Lauren. *Wie viele würden noch erkranken? Wie viele würden sterben?*

Hinter ihr zischte die Druckversiegelung. Als Lauren sich umwandte, öffnete sich die Tür. Eine massige Gestalt in einem Schutzanzug trat gebückt in den Raum, den Sauerstoffschlauch in der Hand. Als sie sich umdrehte, erkannte Lauren durch die Sichtplatte ihren Mann.

Im Nu war sie auf den Beinen. »Marshall ...«

Er bedeutete ihr sitzen zu bleiben, ging zur Wand und steckte den Sauerstoffschlauch in die Fassung. Dann trat er zu Jessies Bett.

»Grandpa!«, sagte Jessie mit einem schwachen Lächeln. Dem Großvater, der einzigen Vatergestalt in ihrem Leben, galt ihre besondere Zuneigung. Ihre Freude wärmte Lauren das Herz.

»Wie geht's denn meinem Mäuschen?«, sagte er, bückte sich und zauste ihr das Haar.

»Ich gucke gerade Bobo der Bär.«

»Tatsächlich? Ist der komisch?«

Sie nickte heftig.

»Ich werde dir Gesellschaft leisten. Rutsch mal ein Stück.«

Jessie kam der Aufforderung mit Freuden nach. Sie rutschte beiseite, sodass er sich auf die Bettkante setzen konnte. Er legte den Arm um sie. Sie schmiegte sich an ihn und schaute weiter fern.

Lauren fing den Blick ihres Mannes auf.

Er schüttelte andeutungsweise den Kopf.

Lauren runzelte die Stirn. *Was sollte das bedeuten?* Unauffällig schaltete sie die Funkverbindung ein, sodass sie sich leise unterhalten konnten, ohne dass Jessie etwas mitbekam.

»Wie geht's Jessie?«, erkundigte sich Marshall.

Lauren straffte sich und beugte sich vor. »Ihre Temperatur ist auf 37,2 Grad gesunken, aber die Blutwerte verschlechtern sich weiter. Die Zahl der weißen Blutkörperchen nimmt weiter ab, während das Bilirubin ansteigt.«

Marshall schloss deprimiert die Augen. »Phase zwei?«

Laurens Stimme brach. Aufgrund der großen Zahl von Erkrankungen war die Krankheitsentwicklung inzwischen vorhersagbar. Phase zwei bedeutete, dass das leichte Fieber von einem anämischen Zustand mit Blutungen und Übelkeit abgelöst wurde.

»Die dürfte morgen beginnen«, antwortete Lauren. Spätestens übermorgen.«

Sie wusste, wie es weitergehen würde. Bei guter Pflege dauerte Phase II drei bis vier Tage, dann folgte die eintägige Phase III mit Krämpfen und Gehirnblutungen. Eine vierte Phase gab es nicht.

Lauren blickte das kleine Mädchen im Bett an, das sich an seinen Großvater schmiegte. *Nicht mal mehr eine Woche.* Mehr Zeit blieb Jessie nicht. »Was ist mit Kelly? Wurde sie ausgeflogen? Befindet sie sich schon auf dem Rückweg?«

Das Funkgerät schwieg. Lauren sah Marshall an.

Er erwiderte ihren Blick einen Moment, bevor er antwortete. »Die Gruppe wurde nicht gefunden. Der Rettungshubschrauber hat die Gegend abgesucht, in der sie nach dem letzten GPS-Signal sein sollten, hat aber nichts entdeckt.«

Lauren hatte das Gefühl, ein Ziegelstein sei ihr auf den Bauch gefallen. »Wie ist das möglich?«

»Ich weiß es nicht. Wir haben den ganzen Tag über erfolglos versucht, eine Satellitenverbindung herzustellen. Die Probleme, die sie gestern mit der Funkausrüstung hatten, dauern offenbar an.«

»Wird die Suche aus der Luft fortgesetzt?«

Er schüttelte den Kopf. »Der Hubschrauber musste umkehren. Wegen Treibstoffmangels.«

»Marshall ...« Ihre Stimme brach.

Er ergriff ihre Hand. »Sobald er aufgetankt ist, startet er zu einem Nachtflug. Vielleicht können sie ja mittels Infrarot ein Lagerfeuer ausmachen. Morgen werden sich weitere drei Helikopter an der Suche beteiligen, auch der Comanche.« Er drückte fest ihre Hand. »Wir werden sie finden.«

Lauren fühlte sich wie betäubt. *Ihre Kinder ... alle beide ...*

Jessie zeigte auf den Bildschirm, sodass sich der Infusionsschlauch spannte. »Bobo ist lustig!«

13.05 Uhr
Amazonas-Dschungel

Nate kletterte die fünfzehn Meter lange Strickleiter hinunter. Das dreistöckige Gebäude befand sich im Geäst einer Nightcap-Eiche, einer Baumart aus der Kreidezeit. Kurz nachdem Kelly und der Professor Frank weggetragen hatten, waren zwei Ban-ali-Frauen aufgetaucht und hatten sie zum Rand der Lichtung geführt, wo sie zu der Hütte hochzeigten, die man der Gruppe zugeteilt hatte.

Sergeant Kostos hatte sich zunächst gesträubt, bis Private Carrera mit einer scharfsinnigen Bemerkung den Ausschlag gab. »Dort oben können wir uns besser verteidigen. Am Boden sitzen wir auf dem Präsentierteller. Falls die Riesenjaguare nachts herkommen sollten –«

Kostos hatte abgewinkt; weitere Argumente erübrigten sich. »Schon gut, schon gut. Dann schaffen wir also die Ausrüstung rauf und organisieren anschließend die Rundumverteidigung.«

Nate hielt eine solche Vorsichtsmaßnahme für überflüssig. Seit ihrer Ankunft hatten die Indianer sie vom Waldrand und aus Fenstern neugierig gemustert, dabei jedoch auf Abstand gehalten. Von Feindseligkeit war nichts zu spüren. Gleichwohl fiel es Nate schwer, sich diese stillen Menschen als die mörderischen Wilden vorzustellen, die die Hälfte der Gruppe ausgelöscht hatten, indem sie alle möglichen gefährlichen Tiere auf sie hetzten. Andererseits war diese Dualität vielen Eingeborenenstämmen zu eigen; nach außen hin wirkten sie feindselig und gewalttätig, doch wenn sie einen erst einmal akzeptierten, stellte man fest, dass sie friedliche und offene Menschen waren.

Dennoch war dieser Stamm indirekt dafür verantwortlich, dass viele ihrer Kameraden auf grauenhafte Weise ums Leben gekommen waren. In Nates Brust schwelte der

Groll. Und dann waren da noch Clark und vielleicht noch andere Begleiter seines Vaters, die man jahrelang gefangen gehalten hatte. Im Moment hatte Nate Mühe, professionelle Distanz zu wahren. Als Anthropologe hatte er Verständnis für dieses fremdartige Volk, doch dem Sohn wurde die Wahrnehmung von Abscheu und Zorn getrübt.

Trotzdem *halfen* sie Frank. Professor Kouwe war kurz vom weißen Baum zurückgekehrt und hatte ihnen gemeldet, der Stammesschamane und Kelly hätten den Zustand ihres Teamkameraden stabilisiert. Das war endlich mal eine gute Nachricht. Kouwe war nicht lange geblieben. Er hatte Nate eindringlich angesehen. Trotz der gegenwärtigen kooperativen Haltung der Indianer machte Kouwe sich offenbar Sorgen. Als Nate nachfragen wollte, hatte der Professor abgewinkt. »Später«, hatte er gesagt, mehr nicht.

Nate sprang von der letzten Sprosse der Hängeleiter hinunter. Am Fuße des Baums standen zwei Ranger und Manny. Tor-tor war bei seinem Herrn. Die anderen Angehörigen ihrer bereits arg dezimierten Gruppe – Zane, Anna und Olin – waren in der Baumkrone geblieben und befassten sich mit der Funkausrüstung.

Manny nickte ihm grüßend zu, als Nate sich ihm näherte.

»Ich werde hier Wache halten«, meinte Kostos zu Carrera. »Sie erkunden mit Manny zusammen die nähere Umgebung. Machen Sie sich mit den örtlichen Gegebenheiten vertraut.«

Die Rangerin nickte und wandte sich ab.

Manny folgte ihr. »Komm mit, Tor-tor.«

Kostos nickte Nate zu. »Was machen Sie denn hier unten, Rand?«

»Ich versuche mich nützlich zu machen.« Er wies mit dem Kinn zur dreißig Meter entfernten Blockhütte. »Ich will mal sehen, ob ich im Computer meines Vaters nützliche Informationen finde, solange die Sonne noch scheint und die Solarzellen Strom liefern.«

Kostos blickte stirnrunzelnd zur Hütte, nickte aber schließlich. Nate konnte in seinen Augen lesen, wie es in ihm arbeitete. Im Moment konnte jede Information lebenswichtig sein. »Seien Sie vorsichtig«, sagte der Sergeant.

Nate schob die Schrotflinte auf der Schulter hoch. »Wird gemacht.« Er wandte sich ab.

In der Ferne, am Rand der Lichtung, hatte sich eine Hand voll Kinder versammelt. Sie zeigten mit den Fingern herüber und stupsten sich gegenseitig an. Einige von ihnen folgten Manny und Carrera, hielten jedoch einen respektvollen Abstand zu Tor-tor ein. Die Neugier der Jugend. Allmählich nahm der furchtsame Stamm die normale Routine wieder auf. Einige Frauen schleppten Wasser vom Fluss heran, der die Lichtung durchschnitt und um den Riesenbaum in der Mitte herumfloss. Andere Indianer machten sich vor den Baumbehausungen zu schaffen. Auf den Veranden flammten die steinernen Feuerstellen auf; das Essen wurde zubereitet. In einer Hütte saß im Schneidersitz eine alte Frau und spielte auf einer aus Hirschbein geschnitzten Flöte, ein heller, aber angenehmer Klang. Zwei mit Jagdbogen bewaffnete Männer kamen vorbei und nickten Nate kaum merklich zu.

Ihre lässige Art erinnerte Nate daran, dass der Stamm trotz seiner Isoliertheit bereits mit Weißen zusammengelebt hatte. Mit den Überlebenden der Expedition seines Vaters.

Neben dem Hütteneingang fiel ihm abermals der Wanderstock seines Vaters ins Auge. Während er ihn anschaute, wurde die Umgebung mit all ihren Geheimnissen für ihn bedeutungslos. Im Moment beschäftigte ihn eine einzige Frage: *Was ist mit meinem Vater geschehen?*

Mit einem letzten Blick zurück zu ihrer momentanen Baumbehausung hob er den Vorhang an und trat in die

Hütte. Im Innern roch es wie in einer alten Gruft. Der Laptop auf der Arbeitsplatte war noch aufgeklappt, so wie er ihn zurückgelassen hatte.

Als er sich dem Computer näherte, bemerkte er, dass der Bildschirmschoner lief. Kleine Fotos tanzten über den Bildschirm. Seine Augen füllten sich mit Tränen. Auf den Fotos war seine Mutter abgebildet. Ein weiteres Gespenst aus der Vergangenheit. Er betrachtete das lächelnde Gesicht. Auf einem Foto kniete sie neben einem kleinen Indianerjungen. Auf einem anderen hockte ihr ein Kapuzineräffchen auf der Schulter. Dann wieder umarmte sie einen weißen Jungen, der nach Art der Baniwa gekleidet war. Das war Nate. Damals war er sechs gewesen. Er lächelte und hatte dabei das Gefühl, das Herz müsse ihm platzen. Obwohl sein Vater auf keinem dieser Fotos abgebildet war, spürte Nate seine Anwesenheit, als stünde sein Geist direkt neben ihm. Noch nie hatte sich Nate seiner verlorenen Familie so nahe gefühlt.

Nach einer Weile legte er die Hand aufs Mousepad. Der Bildschirmschoner verschwand, an seine Stelle trat eine normale Oberfläche. Kleine Icons waren auf dem Bildschirm verteilt. Nate las die Bezeichnungen. *Pflanzenklassifizierung, Stammesgebräuche, Zellstatistik* ... jede Menge Informationen. Es würde Tage dauern, sie alle durchzusehen. Eine Datei aber fiel ihm besonders ins Auge. Das Icon stellte ein kleines Buch dar. Darunter stand *Journal*.

Nate klickte das Icon an. Die Datei öffnete sich:

Amazonas-Journal – Dr. Carl Rand

Das Tagebuch seines Vaters. Die erste Eintragung datierte vom 24. September. An diesem Tag war die Expedition in den Dschungel aufgebrochen. Als Nate nach unten scrollte, sah er, dass es zu jedem Tag einen Eintrag gab. Bisweilen bestand er aus einem einzigen Satz, aber irgendetwas war immer verzeichnet. Sein Vater war ein gewissenhafter Mensch gewesen. Wie er Nate gegenüber einmal bemerkt hatte: »Ein undokumentiertes Leben ist nicht lebenswert.«

Nate überflog die Einträge auf der Suche nach einem bestimmten Datum. Dann hatte er es gefunden: 16. Dezember. An diesem Tag war der Kontakt zum Team seines Vaters abgebrochen.

16. Dezember

Die Regenfälle dauern an und halten uns im Lager gefangen. Trotzdem war der Tag nicht ganz verloren. Ein Arawak-Indianer, der mit dem Kanu unterwegs war, teilte sich mit uns das Lager und erzählte uns von einem unbekannten Stamm – erschreckende Geschichten. Die Ban-ali, so nannte er sie, was ungefähr so viel wie ›Blutjaguare‹ bedeutet. Ich habe in der Vergangenheit hin und wieder von diesem geheimnisumwobenen Stamm gehört, doch nur wenige Indianer waren bereit, offen darüber zu sprechen.

Unser Besucher war weniger zurückhaltend! Er war sogar recht gesprächig. Das mag natürlich auch an der neuen Machete und den funkelnden Angelhaken gelegen haben, die wir ihm als Gegenleistung für Informationen anboten. Während er diese Reichtümer beäugte, beharrte er darauf, er wisse, wo die Jagdgründe der Ban-ali lägen.

Zunächst noch skeptisch, hörte ich ihm zu. Wenn auch nur die geringste Wahrscheinlichkeit bestand, dass es den Stamm tatsächlich gab, wie hätte ich da nicht nachfragen sollen? Das wäre ein gefundenes Fressen für unsere Expedition. Auf unsere Bitte hin zeichnete der Indianer eine primitive Karte. Die Ban-ali wären demnach nur drei Tagesmärsche von unserer gegenwärtigen Position entfernt.

Wenn das Wetter es zulässt, werden wir also morgen aufbrechen und uns mit eigenen Augen vergewissern, ob unser Freund die Wahrheit gesagt hat. Bestimmt ist alles eine Ente ..., aber wer weiß schon, was sich im Herzen dieses gewaltigen Dschungels verbirgt?

Alles in allem ein höchst interessanter Tag.

Nate las atemlos weiter, während ihm der Schweiß in die Augen troff. Im Laufe der folgenden Stunden las er sämtliche Eintragungen der Datei, Tag um Tag, Jahr um Jahr, öffnete weitere Dateien, betrachtete Diagramme und Digitalfotos. Ganz allmählich nahm das Schicksal der anderen Expedition vor seinen Augen Gestalt an.

Beim Lesen wurde er von einer Art Lähmung erfasst. Die Schrecken der Vergangenheit mischten sich mit denen der Gegenwart. Allmählich dämmerte es ihm. Die eigentliche Bedrohung lag noch vor ihnen.

17.55 Uhr

»Was macht der Bursche da eigentlich?«, rief Manny Private Carrera zu.

»Wo?«

Er zeigte auf einen der Ban-ali, der am Flussufer entlangschritt, einen langen Speer auf der Schulter. Auf der Waffe waren mehrere rohe Fleischbrocken aufgespießt.

»Fütterungszeit?«, meinte die Rangerin achselzuckend.

»Aber für wen?«

Den Nachmittag über hatte er mit Carrera in Begleitung von Tor-tor einen Bogen ums Dorf geschlagen. Die Raubkatze zog viele Blicke auf sich, hielt die neugierigen Indianer aber auch auf Distanz. Unterwegs hatte Carrera sich Notizen gemacht und eine Karte vom Dorf und dessen Umgebung angefertigt. *Erkunden Sie das Gelände*, lautete Mannys Auftrag, *bloß für den Fall, dass die Indianer wieder feindselig werden sollten*.

Im Moment umgingen sie gerade den weißen Riesenbaum und gelangten schließlich auf die andere Seite, wo der Fluss an den gewaltigen gewölbten Wurzeln streifte. Der Fluss hatte das Erdreich anscheinend fortgeschwemmt, wodurch weiteres Wurzelwerk freigelegt worden war. Das Wurzelgewirr schlängelte sich in den Fluss, wand sich darüber hinweg, grub sich unter ihm hindurch.

Der Indianer, auf den Manny aufmerksam geworden war, kletterte geduckt unter den Wurzeln hindurch. Offenbar hatte er ein ganz bestimmtes Ziel.

»Schauen wir uns das mal genauer an«, meinte Manny.

Carrera steckte das kleine Notizbuch in die Tasche und packte ihre Waffe, das Bailey mit der schaufelförmigen Mündung. Sie beäugte stirnrunzelnd den gewaltigen Baum, offenbar wenig erfreut darüber, ihm nahe zu kommen. Dann aber übernahm sie die Führung und näherte sich dem Wurzelgewirr und dem gurgelnden Fluss.

Der Indianer watete zu einem großen, von dicken Wurzeln und Wurzelfasern abgeschirmten Tümpel. Die Wasseroberfläche war spiegelglatt, nur hin und wieder bildete sich ein Strudel.

Als der Indianer bemerkte, dass er beobachtet wurde, nickte er ihnen zu, die universelle Form der Begrüßung, dann fuhr er mit seiner Beschäftigung fort. Manny und Carrera beobachteten ihn aus einigen Metern Abstand. Tor-tor setzte sich auf die Hinterbeine.

Der auf dem Boden hockende Indianer hielt den Speer mit den blutigen Fleischbrocken über den stillen Tümpel.

Manny blinzelte. »Was macht er da?«

Auf einmal schnellten mehrere Tiere aus dem Wasser. Sie ähnelten kleinen, silbrigen Aalen. Mit ihren kleinen Mäulern rissen sie Brocken aus dem Fleisch.

»Die Piranha-Frösche«, bemerkte Carrera.

Manny nickte. Die Ähnlichkeit war nicht zu übersehen. »Aber das sind Junge. Die Hinterbeine sind noch nicht entwickelt. Die befinden sich noch im Kaulquappenstadium. Nichts als Schwanz und Zähne.«

Der Indianer richtete sich auf und schüttelte das Fleisch vom Speer ab. Jeder einzelne blutige Brocken, der ins Wasser klatschte, brachte es zum Brodeln und verwandelte es in blutigen Gischt. Der Indianer schaute eine Weile zu, dann stapfte er zu den beiden Weißen zurück, die ihn verblüfft anstarrten.

Abermals nickte er ihnen im Vorbeigehen zu, beäugte den Jaguar an Mannys Seite mit einer Mischung aus Respekt und Angst.

»Das möchte ich mir genauer ansehen«, sagte Manny.

»Sind sie bescheuert, Mann?« Carrera winkte ihn zurück. »Wir sollten machen, das wir hier wegkommen.«

»Nein, ich möchte kurz noch etwas überprüfen.« Er näherte sich bereits dem Wurzelgewirr.

Carrera folgte ihm brummelnd.

Der Pfad war schmal, deshalb gingen sie hintereinander. Tor-tor bildete den Abschluss; vorsichtig tappte er voran, sein Schwanz zuckte unruhig.

Manny näherte sich dem von Wurzeln eingefassten Tümpel.

»Gehen Sie nicht zu nahe ran«, meinte Carrera warnend.

»Dem Indianer haben sie nichts getan«, erwiderte Manny. »Ich glaube, es ist ungefährlich.«

Gleichwohl wurde er langsamer und verharrte schließlich einen Meter vor dem Rand des Tümpels, eine Hand am Peitschengriff. Der Tümpel im Wurzelschatten war kristallklar – und tief, mindestens drei Meter. Er spähte ins Wasser.

Dicht unter der Oberfläche waren mehrere Schwärme der Tiere zu erkennen. Das Fleisch war verschwunden, doch der Boden war übersät mit bleichen, blank genagten Knochen. »Das ist ein verdammter Brutplatz«, sagte Manny. »Ein Brutplatz für Fische.«

Hin und wieder fielen von den Zweigen, die den Tümpel überspannten, Tropfen ins Wasser, worauf die Tiere neugierig an die Oberfläche geschwommen kamen. Da sie darauf abgerichtet waren, die Wasseroberfläche nach Beute abzusuchen, konnte Manny sie ungehindert betrachten. Alle Größen waren vertreten, angefangen von Winzlingen bis zu größeren Monstern, deren Beine sich bereits entwickelten. Voll entwickelte Beine kamen jedoch keine vor.

»Das sind ausnahmslos Junge«, bemerkte Manny. »Ausgewachsene Tiere wie die, die uns angegriffen haben, sehe ich keine.«

»Wahrscheinlich haben wir sie mit dem Pulver alle vergiftet«, meinte Carrera.

»Kein Wunder, dass es bei dem einen Angriff geblieben ist. Offenbar dauert es eine Weile, bis sie ihre Armee neu formiert haben.«

»Für die Piranhas mag das zutreffen ...« Carreras Stimme klang auf einmal gedämpft und angewidert. »... für andere nicht.«

Manny wandte den Kopf. Die Rangerin zielte mit der Waffe auf den Baum, auf die Stelle, wo die Wurzeln in den Stamm übergingen. Aus der Rinde sprangen dicke, etwa einen Meter durchmessende Gallen vor. Davon gab es Hunderte. Aus den Löchern in der Rinde huschten Insekten hervor. Sie krabbelten umher, kämpften miteinander und paarten sich auf dem Stamm. Einige von ihnen bewegten versuchsweise die Flügel, was ein leises Schwirren zur Folge hatte.

»Die Heuschrecken«, sagte Manny und wich unwillkürlich zurück.

Die Insekten aber, ganz mit ihrem Sozialleben beschäftigt, beachteten sie gar nicht.

Mannys Blick wanderte vom Tümpel zu den Insekten. »Der Baum ...«, murmelte er.

»Was?«

Manny beobachtete, wie ein weiterer Safttropfen ein paar silbrig funkelnde Piranha-Frösche an die Oberfläche lockte. Er schüttelte den Kopf. »Ich bin mir nicht sicher, aber es hat den Anschein, als würde der Baum diese Tiere ernähren.« Seine Gedanken überschlugen sich. Als er verstörende Querverbindungen herstellte, weiteten sich auf einmal seine Augen.

Carrera hatte offenbar bemerkt, dass er blass geworden war. »Was haben Sie?«

»O mein Gott ... Wir müssen machen, dass wir von hier verschwinden!«

18.30 Uhr

Im Innern der Hütte saß Nate zusammengesunken, benommen und erschöpft vor dem Laptop. Er hatte einen Großteil der Notizen seines Vaters gelesen und war sogar einigen Querverweisen auf bestimmte Dateien mit wissenschaftlichem Inhalt nachgegangen. Er scrollte bis zum Ende des geöffneten Eintrags und las die letzten Zeilen.

Heute Nacht werden wir es versuchen. Möge Gott uns alle schützen.

Das Rascheln des Vorhangs am Eingang kündete vom Eintreten eines Besuchers.

»Nate?« Es war Professor Kouwe.

Als Nate auf die Armbanduhr sah, wurde ihm bewusst, wie lange er in den Aufzeichnungen versunken gewesen war. Seine Mundhöhle fühlte sich an wie trockenes Sackleinen. Draußen senkte sich die Sonne bereits auf den westlichen Horizont hinab, während der Nachmittag allmählich in den Abend überging.

»Wie geht's Frank?«, fragte Nate und drehte sich um.

»Was hast du?«, fragte Kouwe zurück, als er sein Gesicht sah.

Nate schüttelte den Kopf. Er war noch nicht bereit, darüber zu sprechen. »Wo ist Kelly?«

»Unterhält sich draußen gerade mit Sergeant Kostos. Wir wollten mal Bericht erstatten und uns vergewissern, ob alles in Ordnung ist. Dann klettern wir gleich wieder hoch. Wie läuft's denn hier unten?«

»Die Indianer halten uns auf Abstand«, meinte Nate und erhob sich. Er trat zum Eingang, blickte zur sinkenden Sonne hinaus. »Wir haben das Baumhaus als Basis hergerichtet. Manny und Private Carrera erkunden die Umgebung.«

Kouwe nickte. »Ich habe eben gesehen, dass sie auf dem Rückweg sind. Wie steht es mit der Verbindung in die Staaten?«

Nate zuckte die Schultern. »Olin meint, das ganze System sei kaputt. Er glaubt aber, er könnte zumindest eine korrekte Positionsbestimmung reinbekommen und ein GPS-Signal übermitteln. Vielleicht noch heute Abend.«

»Das ist eine gute Nachricht«, sagte Kouwe gepresst.

Nate bemerkte, wie angespannt der Professor war. »Was gibt's denn?«

Kouwe runzelte die Stirn. »Ich kann's nicht genau sagen.«

»Vielleicht kann ich Ihnen ja weiterhelfen.« Nate blickte auf den Laptop, dann schaltete er ihn aus. Jetzt, da es dunkelte, würde der Strom ohnehin bald versiegen. Er las die Ladeanzeige ab, dann klemmte er sich den Rechner unter den Arm. »Ich finde, wir sollten mal unseren Kenntnisstand angleichen.«

Kouwe nickte bedrückt. »Deshalb sind Kelly und ich ja runtergekommen. Wir haben auch Neuigkeiten.«

Als Nate sich erhob, war er sicher, dass Kouwes Miene dessen Besorgnis widerspiegelte. »Dann wollen wir mal alle zusammenrufen.«

Sie traten gebückt in den abendlichen Sonnenschein hinaus. Nach der drückenden Schwüle in der Hütte kam ihnen der schwache Wind beinahe zu kühl vor. Nate ging zu Kelly und Sergeant Kostos hinüber. Manny und Carrera hatten sich mittlerweile zu den beiden gesellt.

Einige Schritte entfernt stand einer der Ban-ali. Nach einer Weile erkannte Nate ihn wieder. Es war der Mann, der sie hergeführt hatte. Er hatte sich die Tarnbemalung abgewaschen, sodass man nun seine braune Haut und die scharlachrote Brusttätowierung sah.

Nate nickte Kelly zu. »Hab gehört, Frank geht es besser.«

Sie war blass und wirkte zerstreut. »Im Moment ja.« Sie bemerkte den Laptop, den er sich unter den Arm geklemmt hatte. »Haben Sie etwas über Ihren Vater herausgefunden?«

Nate seufzte. »Ich glaube, das sollten alle hören.«

»Wird sowieso allmählich Zeit, dass wir einen Plan fassen«, meinte Sergeant Kostos. »Nicht mehr lange, und es wird dunkel.«

Kouwe zeigte auf das dreistöckige Gebäude in der hoch aufragenden Eiche. »Lassen Sie uns rübergehen.«

Niemand erhob Einwände. Eilig kletterten sie über die lange Strickleiter in die Baumkrone hinauf. Tor-tor blieb zurück und hielt Wache. Nate blickte sich um. Der Jaguar hatte Gesellschaft bekommen. Der Ban-ali hatte sich am

Fuß der Leiter postiert. Offenbar hatte man ihn der Gruppe zugeteilt.

Oben angekommen kletterte Nate auf die Plattform. Die übrigen Expeditionsteilnehmer hatten sich entweder auf der Plattform versammelt oder standen im Eingang der unteren Etage, die von einem Gemeinschaftsraum eingenommen wurde. In den beiden oberen Etagen gab es mehrere Wohnräume, jeder mit einer eigenen kleinen Plattform oder einer Veranda ausgestattet.

Das Baumhaus war offenbar von einer Familie bewohnt gewesen und speziell für die Neuankömmlinge geräumt worden. Zahlreiche persönliche Habseligkeiten waren zurückgelassen worden: Tongefäße und Holzgerätschaften, Feder- und Blumenschmuck, leere Hängematten, kleine geschnitzte Tierfigürchen. Hier roch es auch nicht muffig wie in der Hütte am Boden, sondern nach Kochgewürzen und Ölen und ganz schwach nach Körperausdünstungen.

Anna Fong näherte sich ihm mit einem Teller mit zerteilten Feigen. »Eine Indianerin hat Essen gebracht. Obst und gekochte Yamswurzeln. Und ein bisschen Dörrfleisch.«

Nate, der auf einmal wieder seinen Durst spürte, nahm eine der saftigen Feigen und biss herzhaft hinein. Saft tropfte ihm vom Kinn. Er wischte sich die Lippen mit dem Handrücken ab und fragte: »Wie kommt Olin mit dem GPS-Signal voran?«

»Er arbeitet noch dran«, meinte Anna mit leiser, furchtsamer Stimme. »Aber dem vielen Gefluche nach zu schließen läuft es gar nicht gut.«

Kostos meldete sich vom Eingang aus zu Wort. »Alle reinkommen!«

Er trat beiseite, und die anderen strömten in den Gemeinschaftsraum. Auf dem Boden standen weitere Teller mit allerlei Essbarem. Auch ein paar Krüge mit einem dunklen, gegoren riechenden Getränk standen dabei.

Professor Kouwe untersuchte den Inhalt, dann wandte er sich überrascht an Nate. »Das ist Cassiri!«

»Was ist das?«, fragte Kostos, während er die Eingangsklappe schloss.

»Cassava-Bier«, erklärte Nate. »Ein alkoholisches Getränk, das bei vielen Eingeborenenstämmen gebräuchlich ist.«

»Bier?«, wiederholte der Sergeant mit leuchtenden Augen. »Tatsächlich?«

Kouwe schöpfte mit der Kelle das Getränk von der Farbe dunklen Bernsteins in einen Becher. Im Krug schwammen Stücke schleimiger Cassava-Wurzel. Der Professor reichte den Becher dem Sergeant.

Der schnupperte daran, rümpfte angeekelt die Nase, nahm aber trotzdem einen tiefen Schluck. »Bäh!« Er schüttelte den Kopf.

»Man muss sich erst daran gewöhnen«, sagte Nate, schöpfte seinerseits einen Becher voll und kostete davon. »Die Frauen kauen Cassava-Wurzeln und spucken sie in einen Krug. Die Speichelenzyme beschleunigen den Fermentationsprozess.«

Kostos schüttete den Rest aus seinem Becher in den Krug zurück. »Budweiser ist mir lieber.«

Nate zuckte die Achseln.

Auch die anderen probierten davon, dann ließen sie sich auf den gewebten Bodenmatten nieder. Alle wirkten erschöpft. Sie hatten dringend Schlaf nötig.

Nate stellte den Laptop auf einen umgedrehten Kochstein.

Als er den Computer aufklappte und einschaltete, blickte ihn Olin gierig an, mit geröteten Augen. »Vielleicht könnte ich ein paar Teile für die Funkanlage ausbauen.« Er rückte näher.

Nate hob abwehrend den Arm. »Der Rechner ist fünf

Jahre alt. Ich bezweifle, dass Sie darin etwas Nützliches finden würden, außerdem ist der auf der Festplatte gespeicherte Inhalt wichtiger als unser Überleben.«

Nach dieser Bemerkung war ihm die Aufmerksamkeit aller sicher. Er musterte die Anwesenden. »Ich weiß jetzt, was mit dem anderen Expeditionsteam geschehen ist. Und wenn wir nicht ebenso enden wollen, sollten wir uns ihr Schicksal eine Lehre sein lassen.«

Kouwe ergriff das Wort. »Was ist passiert?«

Nate holte tief Luft, dann wies er mit dem Kinn auf die geöffnete Datei auf dem Bildschirm. »Es steht alles hier drin. Der Expedition meines Vaters waren Gerüchte über die Ban-ali zu Ohren gekommen, und dann haben sie einen Indianer getroffen, der behauptete, er könne das Forschungsteam zu ihrem Revier führen. Mein Vater konnte der Verlockung, einen unbekannten Stamm zu entdecken, nicht widerstehen und brach mit der ganzen Gruppe auf. Zwei Tage später wurden sie von den gleichen mutierten Spezies angegriffen wie wir.«

Es entstand allgemeines Gemurmel. Manny hob die Hand, als befände er sich in einem Klassenzimmer. »Ich habe die Stelle entdeckt, wo sie die Viecher aufziehen. Jedenfalls die Heuschrecken und die Piranhas.« Er schilderte, was er zusammen mit Private Carrera entdeckt hatte. »Ich habe meine eigene Theorie zu den Tieren.«

Kouwe mischte sich ein. »Bevor wir uns Theorien und Mutmaßungen zuwenden, sollten wir uns erst einmal anhören, was mittlerweile gesichert ist.« Der Professor nickte Nate zu. »Red weiter. Was geschah nach dem Angriff?«

Nate atmete abermals tief durch. Der Bericht fiel ihm nicht leicht. »Von der Gruppe kamen alle um, bis auf Gerald Clark, meinen Vater und die beiden Wissenschaftler. Sie wurden von den Kundschaftern der Ban-ali gefangen genommen. Es gelang meinem Vater, sich mit ihnen zu verständigen, was ihnen das Leben rettete. Den Notizen meines Vaters ist zu entnehmen, dass die Sprache der Ban-ali mit dem Yanomami verwandt ist.«

Kouwe nickte. »Sie weist tatsächlich gewisse Ähnlichkeiten auf. Und in Anbetracht ihrer Isoliertheit kann man gut nachvollziehen, dass es sie erstaunte, auf Weiße zu treffen, die ihre Sprache sprachen. Es wundert mich nicht, dass sie deinen Vater und die Überlebenden der Gruppe verschonten.«

Das hat ihnen wenig genützt, dachte Nate bedrückt, dann fuhr er fort: »Die überlebenden Expeditionsteilnehmer waren alle schwer verwundet, doch hier heilten ihre Verletzungen. Es war wie ein Wunder: Schnittwunden schlossen sich, ohne Narben zu bilden, gebrochene Knochen wuchsen in weniger als einer Woche zusammen, sogar chronische Krankheiten wie die Herzgeräusche eines Expeditionsteilnehmers wurden geheilt. Am erstaunlichsten aber war Gerald Clarks Verwandlung.«

»Sein Arm«, warf Kelly ein und straffte sich.

»Genau. Nach einigen Wochen spaltete sich sein Armstumpf, begann zu bluten und entwickelte eine Art Tumor. Einer der Überlebenden war Arzt. Er und mein Vater untersuchten den Arm. Der Tumor bestand aus undifferenzierten Stammzellen. Sie waren sicher, dass er bösartig war. Sie erwogen sogar, ihn chirurgisch zu entfernen, doch es fehlte ihnen an den notwendigen Geräten. Im Laufe der Wochen wurden allmählich Veränderungen sichtbar. Der Tumor wurde länger und entwickelte an der Außenseite Hautgewebe.«

Kelly machte große Augen. »Der Arm regenerierte sich.«

Nate nickte und wandte sich dem Computer zu. Er scrollte im Journal bis zu dem Tag vor fast drei Jahren. Er las die Eintragung seines Vaters vor. »Heute wurde Dr. Chandler und mir klar, dass es sich bei Clarks Tumor tatsächlich um eine Regeneration handelt, wie sie noch nie beobachtet wurde. Unsere Fluchtpläne haben wir solange auf Eis gelegt, bis die Entwicklung abgeschlossen ist. Diese Wunderheilung ist es wert, ein Risiko einzugehen. Die Banali sind nach wie vor recht entgegenkommend. Wir dürfen uns im Tal frei bewegen und bloß nicht hinaus. Und so lange die Riesenjaguare in der unteren Schlucht umherstreifen, scheint eine Flucht ohnehin unmöglich.«

Nate richtete sich auf und öffnete eine andere Datei. Auf dem Bildschirm erschienen die Skizzen eines Arms und Oberkörpers. »Mein Vater hat die Transformation dokumentiert. Man sieht, wie die undifferenzierten Stammzellen allmählich Knochen, Muskeln, Nerven, Blutgefäße, Haar und Haut ausbilden. Es dauerte acht Monate, dann hatte sich der Arm vollständig regeneriert.«

»Wie ist es dazu gekommen?«, fragte Kelly.

»Meinem Vater zufolge war dafür der Saft des Yagga-Baums verantwortlich.«

»Die Yagga ...«, flüsterte Kelly.

Kouwes Augen weiteten sich. »Kein Wunder, dass die Ban-ali den Baum als Gottheit verehren.«

»Was ist eine Yagga?«, mischte sich erstmals Zane in das Gespräch ein.

Kouwe schilderte, was er zusammen mit Kelly in der Krankenstation im Innern des Baumriesen beobachtet hatte. »Franks Wunden wurden augenblicklich versiegelt.«

»Aber das ist noch nicht alles«, meinte Kelly. Sie rückte näher an den Bildschirm heran. »Den Nachmittag über habe ich sein Blut mit einem Hämatokrit wiederholt auf den Gehalt an roten Blutkörperchen untersucht. Die Konzentration steigt dramatisch an. Es hat den Anschein, als würde das Knochenmark angeregt, neue rote Blutkörperchen zu produzieren, um den Blutverlust auszugleichen, und das in allerkürzester Zeit. Eine solche Reaktion habe ich noch nie beobachtet.«

Nate öffnete eine weitere Datei. »Der Saft enthält bestimmte Wirkstoffe. Der Gruppe meines Vaters ist es gelungen, die Substanz zu destillieren und eine Papierchromatographie anzufertigen. Während Kopalbäume reich an Kohlenwasserstoffen sind, enthält der Saft der Yagga zahlreiche *Proteine*.«

Kelly starrte entgeistert auf den Bildschirm. »Proteine?«

Manny rückte neben sie und blickte ihr über die Schulter. »Soll es sich bei dem Krankheitserreger nicht auch um ein Protein handeln?«

Kelly nickte. »Um ein Prion. Und zwar um eines mit ausgeprägten mutagenen Eigenschaften.« Sie blickte sich zu Manny um. »Sie haben erwähnt, Sie hätten eine Theorie zu den Piranhas und Heuschrecken.«

Manny nickte. »Die stehen ebenfalls mit der Yagga in Verbindung. Die Heuschrecken leben in der Rinde. Ihr Bau ähnelt einem Wespennest. Und die Piranhas – deren Brutstätte befindet sich in einem im Wurzelwerk versteckten Tümpel. Es tropfte sogar Saft hinein. Ich glaube, der Saft löst in einem frühen Entwicklungsstadium Mutationen aus.«

»Mein Vater kommt in seinen Notizen zu einer ähnlichen Schlussfolgerung«, sagte Nate leise. Zu diesem Thema gab es sogar mehrere Dateien. Nate hatte sie noch nicht alle gelesen.

»Und die riesigen Raubkatzen und Kaimane?«, fragte Anna.

»Dabei könnte es sich um etablierte Mutationen handeln«, antwortete Manny. »Die beiden Spezies haben sich im Laufe vieler Generationen zu dieser Größe entwickelt. Ich könnte mir vorstellen, dass sie mittlerweile eigene Nachkommen zeugen, die genetisch stabil genug sind, um nicht auf den Baumsaft angewiesen zu sein.«

»Warum wandern sie dann nicht aus?«, wollte Anna wissen.

»Vielleicht gibt es dafür ja biologische Gründe oder es handelt sich um eine vererbbare geografische Prägung.«

»Das klingt ja beinahe so, als wären Sie der Ansicht, der Baum erzeuge diese Wesen mit Absicht, sozusagen bewusst«, spottete Zane.

Manny zuckte die Schultern. »Wer weiß das schon? Vielleicht handelt es sich weniger um Ausdruck eines bewussten Willens als vielmehr um Evolutionsdruck.«

»Ausgeschlossen.« Zane schüttelte den Kopf.

»Keineswegs. Dieses Phänomen ist durch Beispiele belegt.« Manny wandte sich Nate zu. »Unter anderem durch den Ameisenbaum.«

Nate vergegenwärtigte sich stirnrunzelnd den Ameisenangriff auf Sergeant Kostos. Die Hohlräume im Stamm und in den Ästen dienten den Ameisen als Behausung und versorgten sie mit Zuckersaft. Die Ameisen wiederum verteidigten ihr Zuhause erbittert gegen zudringliche Pflanzen und Tiere. Allmählich dämmerte ihm, worauf Manny hinaus wollte. Die Ähnlichkeit war nicht zu übersehen.

Manny fuhr fort. »Wir haben es hier mit einer Symbiose von Pflanze und Tier zu tun, die sich in einer komplizierten Wechselbeziehung entwickelt haben. Sie sind aufeinander angewiesen.«

Carrera meldete sich von ihrem Posten am Fenster zu Wort. Hinter ihrer Schulter ging bereits die Sonne unter. »Wen kümmert's schon, wie die Viecher entstanden sind? Hilft uns das Wissen, uns gegen sie zu verteidigen, wenn wir das Tal verlassen?«

Nate beantwortete ihre Frage. »Die Tiere lassen sich kontrollieren.«

»Wie?«

Er deutete auf den Bildschirm. »Mein Vater hat Jahre gebraucht, um hinter die Geheimnisse der Ban-ali zu kommen. Der Stamm verfügt anscheinend über bestimmte Pulver, mit denen sich die Tiere anlocken beziehungsweise verscheuchen lassen. Mit den Heuschrecken haben wir das selbst erlebt, aber mit den Piranhas schaffen sie es auch. Mithilfe von Chemikalien, die sie ins Wasser einbringen, locken sie die Piranhas an und machen die ansonsten friedlichen Tiere aggressiv. Mein Vater war der Ansicht, ein hormoneller Wirkstoff stimuliere das Revierverhalten der Piranhas und veranlasse sie, über Eindringlinge herzufallen.«

Manny nickte. »Dann können wir von Glück sagen, dass wir die meisten ausgewachsenen Tiere so schnell getötet haben. Ich könnte mir vorstellen, dass es einige Zeit dauern wird, bis Nachschub herangewachsen ist. Das ist halt einer der Nachteile eines biologischen Abwehrsystems.«

»Vielleicht halten die Ban-ali deshalb mehrere Tierarten«, merkte Carrera scharfsinnig an. »Sozusagen als Eingreifreserve.«

Manny runzelte die Stirn. »Ja, klar. Da hätte ich schon eher drauf kommen können.«

Carrera wandte sich Nate zu. »Dann wären da noch die Raubkatzen und die Riesenkaimane.«

Nate nickte. »Wie wir bereits vermutet haben, sind das Wächter. Sie patrouillieren an den Eingängen zum Territorium der Indianer. Aber selbst die Jaguare werden zahm, wenn man sich mit dem schwarzen Pulver bemalt. Auf diese Weise können die Ban-ali ungehindert kommen und gehen. Ich schätze, die Substanz hat auf die Raubkatzen eine ähnlich abschreckende Wirkung wie Kaimandung.«

Manny stieß einen Pfiff aus. »Dann diente die Körperbemalung unseres Führers also nicht der Tarnung.«

»Wie kommen wir an das Zeug heran?«, fragte Kostos. »Woher stammt es?«

»Vom Yagga-Baum«, antwortete Kouwe. Er hatte dem Wortwechsel reglos gelauscht und war dabei immer blasser geworden.

Nate wunderte sich über die prompte Antwort des Professors. »Das Pulver wird aus der Rinde und den Blattölen der Yagga hergestellt. Aber wie sind Sie darauf gekommen?«

»Alles ist mit diesem prähistorischen Baum verknüpft. Ich glaube, Manny hatte ganz Recht mit seinem Vergleich mit dem Ameisenbaum. Bloß hinsichtlich der *Ameisen* irrt er sich.«

»Wie soll ich das verstehen?«, fragte Manny.

»Die mutierten Tiere sind bloß biologische Werkzeuge, die der Baum den eigentlichen Arbeitern zur Verfügung stellt.« Kouwe blickte in die Runde. »Nämlich den Ban-ali.«

Verblüfftes Schweigen senkte sich herab.

Kouwe fuhr fort. »Die Indianer haben hier die Rolle der Ameisensoldaten übernommen. Die Ban-ali bezeichnen den Baum als *Yagga*, was Mutter bedeutet. Die Mutter schenkt einem das Leben ... sie beschützt einen. Vor zahllosen Generationen, wahrscheinlich um die Zeit herum, als die ersten Menschen nach Südamerika eingewandert sind, hat der Stamm vermutlich die erstaunlichen Heilkräfte des Baumes entdeckt und geriet in dessen Bann. Sie wurden zu Ban-ali – zu Sklaven. Sie nützen sich gegenseitig in einem komplexen Gewebe von Abwehr und Aggression.«

Der Vergleich verursachte Nate körperlichen Abscheu. *Menschliche Ameisen.*

»Das Gehölz ist prähistorischen Ursprungs«, schloss der Professor. »Sein Erbe könnte noch von Pangaea stammen, dem großen Kontinent, der sich später in Afrika und Südamerika aufgespalten hat. In der ganzen Welt gibt es zahlreiche Mythen, die von solchen Bäumen handeln. *Die müt-*

terliche Beschützerin. Vielleicht war diese Begegnung hier ja nicht die erste in der Menschheitsgeschichte.«

Seine Zuhörer bemühten sich, das Gehörte zu verarbeiten. Offenbar hatte nicht einmal Nates Vater die Geschichte der Yagga bis zu Ende gedacht. Es war verstörend.

Sergeant Kostos rückte den Schulterriemen des M-16 zurecht. »Es reicht mir allmählich mit der Geschichtsnachhilfe. Ich dachte, wir wollten einen Alternativplan ausarbeiten. Einen Fluchtweg mit dem Ziel, einen Funkspruch abzusetzen.«

»Der Sergeant hat Recht.« Kouwe wandte sich Nate zu. »Du hast deinen Bericht noch nicht abgeschlossen, Nate. Was geschah mit deinem Vater und den anderen? Wie gelang Gerald Clark die Flucht?«

Nate atmete tief durch und wandte sich dem Computer zu. Er scrollte bis zum letzten Eintrag vor und las ihn laut vor.

»18. April

Wir haben genug Pulver gesammelt, um heute Nacht die Flucht zu wagen. In Anbetracht unserer Erkenntnisse müssen wir versuchen, die Zivilisation zu erreichen. Wir dürfen nicht länger warten. Wir werden uns schwarz bemalen und fliehen, sobald der Mond aufgeht. Illia weiß, wie man die Kundschafter umgehen kann, doch der Rückweg in die Zivilisation wird beschwerlich und nicht ungefährlich werden. Aber wir haben keine andere Wahl ... jetzt, nach der Geburt, nicht mehr. Heute Nacht werden wir es versuchen. Möge Gott uns alle schützen.«

Nate richtete sich auf und drehte sich zu den anderen um. »Sie wollten alle fliehen, nicht bloß Gerald Clark.«

In vielen Gesichtern war das Gleiche zu lesen. *Gerald*

Clark hatte es als Einziger zurück in die Zivilisation geschafft.

»Dann sind sie also alle gemeinsam geflohen«, murmelte Kelly.

Nate nickte. »Sogar eine Ban-ali-Frau war dabei, eine Fährtenleserin mit Namen Illia. Sie hatte sich in Gerald Clark verliebt und ihn geheiratet. Deshalb hat er sie mitgenommen.«

»Was geschah mit ihnen?«, fragte Anna.

Nate schüttelte den Kopf. »Das war der letzte Eintrag. Mehr steht hier nicht.«

Kelly wirkte geknickt. »Dann haben sie es nicht geschafft – bis auf Gerald Clark.«

»Ich könnte Dakii fragen, ob er mehr darüber weiß«, schlug Kouwe vor.

»Dakii?«

Kouwe zeigte nach unten. »Der Indianer, der uns hergeführt hat. Mein bisschen Ban-ali und seine rudimentären Englischkenntnisse reichen vielleicht aus, um herauszufinden, was mit den anderen passiert ist, wie sie umgekommen sind.«

Nate nickte, war sich jedoch nicht sicher, ob er die Einzelheiten überhaupt wissen wollte.

Manny meldete sich zu Wort. »Aber warum sind sie gerade in *dieser* Nacht geflohen? Woher der dringliche Unterton im letzten Eintrag?«

Nate atmete tief durch. »Ich wollte, dass alle das mitbekommen. Mein Vater ist zu beunruhigenden Schlussfolgerungen über die Ban-ali gelangt. Seine Erkenntnisse wollte er unbedingt an die Außenwelt übermitteln.«

»Worum handelt es sich?«, fragte Kouwe.

Nate wusste nicht genau, wie er beginnen sollte. »Erst nachdem er jahrelang mit den Ban-ali zusammengelebt hatte, begann mein Vater, die Fakten zusammenzusetzen.

Ihm war aufgefallen, dass der isolierte Stamm im Vergleich zu den anderen Indianerstämmen des Amazonasbeckens einige bemerkenswerte Errungenschaften aufwies. Sie kennen den Flaschenzug und das Rad. Einige Hütten verfügen sogar über primitive Aufzüge, bei denen große Findlinge als Gegengewicht Verwendung finden. Und noch andere Dinge, die in Anbetracht der Isoliertheit des Stammes durchaus erstaunlich sind. Mein Vater hat viel Zeit auf das Studium der Denkweise der Ban-ali und ihrer Kindererziehung verwandt. Dies alles fand er faszinierend.«

»Und was geschah dann?«, fragte Kelly.

»Gerald Clark verliebte sich in Illia. Sie heirateten im zweiten Jahr seiner Gefangenschaft. Im dritten Jahr wurde Illia schwanger. Im vierten Jahre brachte sie ein Kind zur Welt.« Er musterte die ihm zugewandten Gesichter. »Das Kind war eine Totgeburt und wies zahlreiche Mutationen auf.« Nate rief sich die Formulierung seines Vaters ins Gedächtnis. »›Ein genetisches Monstrum.‹«

Kelly zuckte zusammen.

Nate deutete auf den Laptop. »In den Aufzeichnungen sind weitere Einzelheiten zu finden. Mein Vater und der Arzt der Gruppe gelangten zu einer erschreckenden Schlussfolgerung. Der Baum hat nicht nur bei den niederen Spezies Mutationen ausgelöst. Im Laufe der Jahre hat er auch die Ban-ali verändert, was sich vorteilhaft auf ihre kognitiven Fähigkeiten, ihre Reflexe und ihre Sehkraft ausgewirkt hat. Während sie sich äußerlich gleich blieben, veränderten sie sich inwendig. Mein Vater vermutete, die Ban-ali seien der Menschheit genetisch voraus. Eines der Kriterien dafür, dass wir es mit verschiedenen Arten zu tun haben, besteht darin, dass sie keine Nachkommen miteinander zeugen können.«

»Die Totgeburt ...« Manny war blass geworden.

Nate nickte. »Mein Vater gelangte zu der Überzeugung,

dass die Ban-ali den Homo sapiens hinter sich gelassen haben und bereits eine eigene Spezies bilden.«

»Mein Gott«, flüsterte Kelly.

»Deshalb wollte er auch unbedingt fliehen. Diesem verderblichen Einfluss auf die Menschheit muss ein Ende gemacht werden.«

Eine Minute lang herrschte Schweigen.

Dann flüsterte Anna entsetzt: »Was sollen wir jetzt tun?«

»Wir bringen das verdammte GPS ans Laufen«, sagte Kostos energisch. »Und dann machen wir, dass wir von hier verschwinden.«

»Und in der Zwischenzeit«, setzte Carrera hinzu, »sollten wir so viel wie möglich von diesem Abwehrpulver sammeln, für alle Fälle.«

Kelly räusperte sich und stand auf. »Eine wichtige Sache haben wir vergessen. Die Seuche breitet sich in Nord- und Südamerika aus. Wie sollen wir sie heilen? Was hat Gerald Clark aus diesem Tal mit rausgeschleppt?« Kelly wandte sich Nate zu. »Ist in den Notizen Ihres Vaters irgendwo von einer ansteckenden Krankheit die Rede?«

»Nein, aufgrund der Heilkräfte des Yagga-Baums sind die Menschen hier unglaublich gesund. Allerdings gibt es ein Tabu, wonach es den Auserwählten, den Ban-ali, verboten ist, den Stamm zu verlassen. Den, der fortgeht, und alle, denen er begegnet, trifft demnach ein böser Fluch. Mein Vater hat dies als Mythos abgetan, der die Indianer vom Weggehen abhalten soll.«

»Ein Fluch, der den trifft, der fortgeht, und alle, denen er begegnet«, murmelte Manny. »Das klingt nach Ansteckung.«

Kelly wandte sich abermals an Nate. »Aber wenn das stimmt, woher stammt die Krankheit dann? Warum hat Clark auf einmal die vielen Tumore ausgebildet? Warum hat er andere angesteckt?«

»Ich vermute, das hat etwas mit dem heilkräftigen Saft der Yagga zu tun«, sagte Zane. »Vielleicht verhindert er hier den Ausbruch der Krankheit. Wenn wir aufbrechen, sollten wir unbedingt eine größere Probe davon mitnehmen. Das ist von allergrößter Bedeutung.«

Kelly ging nicht auf Zanes Bemerkung ein, sondern starrte blicklos ins Leere. »Irgendetwas haben wir übersehen ... etwas Wichtiges«, sagte sie leise. Nate bezweifelte, dass die anderen sie gehört hatten.

»Ich werde mal schauen, wie mitteilsam Dakii ist«, meinte Kouwe. »Vielleicht weiß er ja etwas – nicht nur über das Schicksal der anderen Gruppe, sondern auch über die geheimnisvolle Krankheit.«

»Gut. Dann haben wir also einen Plan«, meinte Sergeant Kostos vom Eingang her. Er schwenkte den Arm durch den Raum und wies jedem Einzelnen eine Aufgabe zu. »Olin beschäftigt sich mit dem GPS. Morgen früh werden Kouwe und Anna, unsere Indianerexperten, Aufklärung betreiben und möglichst viele Informationen sammeln. Manny, Carrera und ich versuchen herauszufinden, wo das Abwehrpulver gelagert wird. Zane, Rand und Kelly passen auf Frank auf und halten sich bereit, ihn notfalls umgehend zu evakuieren. Ihnen fällt die Aufgabe zu, eine Probe vom heilkräftigen Baumsaft zu sammeln.«

Die anderen nickten. Auf diese Weise hatten sie wenigstens etwas zu tun und waren von dem biologischen Grauen abgelenkt, das in diesem unberührten Tal verborgen war.

Kouwe stand auf. »Ich fange am besten gleich an. Ich werde mich ein bisschen mit Dakii unterhalten, solange er da unten allein ist.«

»Ich komme mit«, erbot sich Nate.

Kelly trat zu ihnen. »Und ich sehe noch mal nach Frank, bevor es dunkel wird.«

Sie gingen nach draußen. Die Sonne stand dicht über

dem Horizont. Die Dämmerung hatte sich wie eine dunkle Wolke über die Lichtung gewälzt.

Schweigend kletterten sie die Strickleiter hinunter, jeder in seinen eigenen Gedankenkokon eingesponnen.

Nate erreichte den Boden als Erster und half Kouwe und Kelly von der Leiter herunter. Tor-tor kam herbei und stupste Nate auffordernd an. Er streichelte den Jaguar geistesabwesend an der empfindlichen Stelle hinter dem Ohr.

In einigen Metern Abstand stand der Indianer namens Dakii.

Kouwe ging zu ihm hinüber.

Kelly blickte zur Yagga hoch, deren Krone noch immer in Sonnenschein gebadet war. In ihren zusammengekniffenen Augen lag ein argwöhnisches Funkeln.

»Wenn Sie einen Moment warten, komme ich mit«, sagte Nate.

Sie schüttelte den Kopf. »Ich komme schon zurecht. Ich habe ein Funkgerät der Ranger dabei. Sie sollten sich ausruhen.«

»Aber –«

Sie wirkte abgespannt und traurig. »Ich werd nicht lange fortbleiben. Ich möchte bloß ein paar Minuten mit meinem Bruder allein sein.«

Er nickte. Obwohl er fest davon überzeugt war, dass die Ban-ali sie nicht behelligen würden, fiel es ihm schwer, Kelly mit ihrem Kummer allein zu lassen. *Erst ihre Tochter, dann ihr Bruder* ... Der Schmerz stand ihr ins Gesicht geschrieben.

Sie drückte ihm die Hand. »Jedenfalls danke für das Angebot«, flüsterte sie, dann entfernte sie sich über die Lichtung.

Kouwe hatte bereits seine Pfeife angezündet und unterhielt sich mit Dakii. Nate tätschelte Tor-tor die Flanke und ging zu den beiden hinüber.

Kouwe blickte ihm entgegen. »Hast du ein Foto deines Vaters?«

»In der Brieftasche.«

»Würdest du es Dakii mal zeigen? Nachdem er vier Jahre lang mit deinem Vater zusammengelebt hat, müsste er mit Fotos eigentlich vertraut sein.«

Nate holte achselzuckend die lederne Brieftasche hervor. Er klappte das Foto auf, das seinen Vater umringt von Kindern in einem Yanomami-Dorf zeigte.

Kouwe zeigte es Dakii.

Der Indianer wackelte mit dem Kopf und machte große Augen. »Kerl«, sagte er und tippte auf das Foto.

»Carl ... richtig«, meinte Kouwe. »Was ist mit ihm passiert?« Der Professor wiederholte die Frage auf Yanomami.

Dakii verstand ihn nicht. Erst nach einigem Hin und Her begriff er die Frage. Daraufhin nickte Dakii heftig mit dem Kopf, und es folgte ein komplizierter Wortwechsel. Kouwe und Dakii unterhielten sich so rasch in einer Mischung verschiedener Dialekte und Laute, dass Nate ihnen nicht folgen konnte.

Schließlich wandte Kouwe sich wieder an Nate. »Die anderen wurden getötet. Gerald ist den Fährtensuchern entkommen. Offenbar war ihm dabei seine Ausbildung bei den Spezialeinsatzkräften von Nutzen.«

»Und mein Vater?«

Dakii hatte das Wort offenbar verstanden. Er beugte sich über das Foto, dann blickte er zu Nate auf. »Sohn?«, fragte er. »Du Sohn von Mann?«

Nate nickte.

Dakii tätschelte Nate den Arm und lächelte breit. »Gut. Sohn von *Wishwa*.«

Nate blickte Kouwe fragend an.

»*Wishwa* bedeutet Schamane. Offenbar haben sie deinen

Vater mit all seinen modernen Gerätschaften als Schamanen betrachtet.«

»Was ist mit ihm geschehen?«

Kouwe unterhielt sich erneut in einem Mischmasch von Pidgin-Englisch und Yanomami. Nate begann den sprachlichen Knoten allmählich aufzudröseln.

»Kerl …?« Dakii nickte heftig und lächelte stolz. »Mein Bruder *teashari-rin* bringen Kerl zurück zu Yagga. Ist gut.«

»Er hat ihn zurückgebracht?«, fragte Nate.

Kouwe zog dem Mann den Rest der Geschichte aus der Nase. Dakii sprach so schnell, dass Nate ihn nicht verstand. Schließlich aber wandte Kouwe sich Nate zu. Seine Miene hatte sich verdüstert.

»Was hat er gesagt?«

»Wenn ich ihn richtig verstanden habe, wurde dein Vater tatsächlich hierher zurückgebracht – ob tot oder lebendig, ist mir nicht klar geworden. Aufgrund seines Vergehens und seines *Wishwa-Status* wurde ihm dann eine seltene Ehre zuteil.«

»Worin bestand sie?«

»Er wurde der Yagga dargebracht und nährte die Wurzeln.«

»Die Wurzeln?«

»Ich glaube, das bedeutet, dass er als Dünger diente.«

Nate taumelte einen Schritt zurück. Obwohl er gewusst hatte, dass sein Vater tot war, hatte er Mühe, die Wahrheit zu verkraften. Sein Vater hatte versucht, dem verderblichen Wirken des prähistorischen Baums ein Ende zu machen, und dabei sein Leben aufs Spiel gesetzt, bloß um am Ende an den verdammten Baum verfüttert zu werden und ihn zu nähren.

Dakii nickte in einem fort und grinste dabei wie ein Idiot. »Gut, gut. Kerl bei Yagga. *Nashi nar!*«

Nate war zu benommen, um sich zu erkundigen, was der

Ausdruck bedeutete, doch Kouwe übersetzte ihn ungefragt.

»*Nashi nar.* Für immer.«

20.08 Uhr

In der Dunkelheit des Dschungels lag Louis wartend da, die Infrarotbrille auf dem Kopf. Die Sonne war soeben untergegangen, jetzt senkte sich die Nacht aufs Tal herab. Mit seinen Männern war er bereits vor Stunden in Stellung gegangen.

Es würde nicht mehr lange dauern.

Einstweilen aber musste er sich in Geduld üben. *Eile mit Weile*, hatte man ihn gelehrt. Bevor der Angriff stattfinden konnte, musste noch ein Mosaiksteinchen hinzugefügt werden. Und deshalb lag er in der Deckung eines Farns auf dem Bauch, das Gesicht mit schwarzen Streifen bemalt.

Es war ein langer, ereignisreicher Tag gewesen. Am Morgen, eine Stunde nach Sonnenaufgang, hatte sich der Maulwurf gemeldet. *Sein Spion war noch am Leben! Welch ein Glück!* Sein Spitzel hatte ihm mitgeteilt, das Dorf der Banali liege tatsächlich in einem abgeschiedenen Tal, das nur über den Nebencañon der vor ihnen liegenden Schlucht betreten werden könne. Besser hätte es nicht kommen können. Alles, was er wollte, an einem Ort vereint.

Das einzige Hindernis war das verdammte Jaguarrudel gewesen.

Tshui aber hatte sich des Problems angenommen. Im Schutze des Morgengrauens war sie mit einem handverlesenen Team von Spurensuchern, darunter auch der deutsche Söldner Brail, ins Tal eingedrungen und hatte frisch erlegtes, bluttriefendes Fleisch ausgelegt. Tshui hatte zuvor jedes einzelne Stück mit einem hoch wirksamen, geruch-

und geschmacklosen Gift präpariert; es wirkte selbst dann tödlich, wenn man nur daran leckte. Das Rudel, dessen Blutgier durch den Angriff auf die Ranger entfacht worden war, hatte der Verlockung nicht widerstehen können.

Im Laufe des Vormittags fielen die großen Tiere nacheinander in einen seligen Schlummer, aus dem sie nicht mehr erwachen würden. Ein paar Raubkatzen hatten Verdacht geschöpft und nichts gefressen. Ausgerüstet mit Infrarotbrillen hatten Tshui und die Männer die letzten Jaguare mit vergifteten Pfeilen erlegt, die sie aus Luftgewehren abgeschossen hatten.

Dabei war es vollkommen lautlos zugegangen. Als der Weg frei gewesen war, hatte Louis mit seinen Männern an der Mündung der Seitenschlucht Stellung bezogen.

Jetzt war nur noch ein Punkt abzuhaken, doch erst einmal musste er sich gedulden.

Eile mit Weile.

Endlich bemerkte er in der Schlucht eine Bewegung. Durch die Infrarotbrille betrachtet ähnelten die beiden Gestalten brennenden Fackeln. Sie stiegen die primitive Steintreppe herunter. Am Morgen hatte Louis Wachen an der Mündung der Schlucht postiert, die jeden Indianer unschädlich machen sollten, der auf Erkundung auszog. Bislang aber hatte sich noch kein Ban-ali blicken lassen. Wahrscheinlich war der Stamm mit den Fremden im Dorf beschäftigt und verließ sich darauf, dass das Jaguarrudel sie schützen und rechtzeitig auf weitere Eindringlinge aufmerksam machen würde.

Aber nicht mit mir, *mes amis*, dachte Louis. In eurem Tal geht etwas Gefährlicheres um als euer kleines Jaguarrudel.

Die Gestalten stiegen die Schlucht herab. Louis nahm für einen Moment die Infrarotbrille ab. Mit bloßem Auge konnte er die Indianer aufgrund der schwarzen Tarnbemalung nicht ausmachen. Er setzte die Brille wieder auf und lächelte verkniffen. Die beiden Gestalten flammten wieder auf.

Ah, die Wunder der modernen Technik ...

Kurz darauf hatten die beiden Männer die Mündung der Schlucht erreicht. Sie zögerten. Spürten sie, dass etwas nicht stimmte? Hielten sie Ausschau nach den Jaguaren? Louis hielt den Atem an. Nach einer Weile traten sie langsam aus der Schluchtmündung hervor und begannen ihre nächtliche Patrouille.

Endlich.

Eine dritte leuchtende Gestalt trat aus dem Dschungel hervor, stellte sich ihnen in den Weg. Eine schmale Fackel, die heller brannte als die beiden anderen. Louis setzte die Brille ab. Das war Tshui. Nackt. Pechschwarzes Haar ergoss sich wie ein seidiger Wasserfall auf ihre wohlgeformten Hinterbacken. Sie näherte sich den beiden Kundschaftern von der Seite, eine aus dem Schlaf erwachte Dschungelgöttin.

Die beiden mit Tarnfarbe bemalten Indianer waren vor Überraschung wie gelähmt.

Im Gebüsch ertönte eine Art Husten. Einer der beiden Ban-ali fasste sich an den Hals, dann brach er zusammen. Jeder Pfeil war mit ausreichend Gift präpariert, um einen Jaguar von einer halben Tonne Gewicht tot umfallen zu lassen. Der Mann war tot, bevor er auch nur auf dem Felsboden aufschlug.

Der zweite Kundschafter starrte seinen zusammengebrochenen Kameraden einen Moment an, dann rannte er blitzschnell auf die Schlucht zu. Louis' Geliebte aber war noch schneller, denn in ihrem Blut kreisten Stimulantien. Behende tänzelte sie zurück und verstellte ihm den Weg. Er öffnete den Mund und wollte einen Warnschrei ausstoßen, Tshui aber kam ihm zuvor. Sie stieß den Arm nach vorn und schleuderte ihm eine Hand voll Pulver ins Gesicht, in die Augen, in den offenen Mund.

Unwillkürlich schluckte er. Der Schrei blieb ihm in der Kehle stecken, heraus kam nur mehr ein ersticktes Pfeifen. Als die Droge in seinen Blutkreislauf gelangte, fiel er auf die Knie nieder.

Tshui zeigte keine Regung. Sie kniete sich neben ihr zusammenbrechendes Opfer. Dann blickte sie über den reglosen Körper hinweg zu Louis' Versteck, während ein unheimliches Lächeln um ihre Lippen spielte.

Louis richtete sich auf. Dies war der letzte Mosaikstein, der noch gefehlt hatte. Jetzt konnten sie sich über die Abwehrmaßnahmen des Stammes kundig machen. Dem morgigen Angriff stand nichts mehr im Wege.

21.23 Uhr

Kelly saß im Schneidersitz neben der Hängematte ihres Bruders.

In eine dicke Decke gehüllt, saugte Frank kraftlos an einem Schilfrohr, das in einer melonengroßen Nuss steckte.

Die Nüsse wuchsen büschelweise an den Ästen der Yagga. Ihr Inhalt ähnelte Kokosmilch. Kelly hatte davon probiert, bevor sie erlaubte, dass der Indianer in der Krankenstation sie ihrem Bruder gab. Die Milch schmeckte süß und cremig und enthielt offenbar viel Zucker und Fett; ihr Bruder konnte diesen Energieschub gut gebrauchen.

Sie wartete, bis Frank den natürlichen Energy Drink ausgetrunken hatte und ihr mit zitternder Hand die Nuss reichte. Sein Blick war aufgrund des Morphiums noch immer glasig.

»Wie fühlst du dich?«, fragte sie.

»Munter wie ein Reh«, krächzte er. Sein Blick wanderte zu den unter der Decke verborgenen Beinstummeln.

»Was machen die Schmerzen?«

Er legte die Stirn in Falten. »Keine Schmerzen«, meinte er im angestrengten Versuch zu scherzen. »Aber ich könnte schwören, dass mir die Zehen jucken.«

»Phantomschmerzen«, meinte Kelly und nickte. »Die werden dich wahrscheinlich noch monatelang begleiten.«

»Ein Jucken, gegen das Kratzen nicht hilft ..., na großartig.«

Sie blickte lächelnd zu ihm auf. Die Mischung aus Erleichterung, Erschöpfung und Angst in ihrem Herzen spiegelte sich im Gesicht ihres Bruders wider. Wenigstens hatte er wieder etwas Farbe bekommen. So schrecklich die Situation auch war, musste Kelly doch anerkennen, dass der Saft der Yagga eine äußerst heilkräftige Wirkung hatte. Er hatte ihrem Bruder das Leben gerettet. Seine Genesung machte erstaunliche Fortschritte.

Auf einmal musste Frank so herzhaft gähnen, dass er sich fast die Kiefer ausgerenkt hätte.

»Du musst schlafen«, sagte sie und erhob sich. »Wunderheilung hin oder her, dein Körper muss seine Batterien aufladen.« Sie blickte sich um und steckte sich das Hemd in die Hose.

In dem höhlenartigen Raum waren nur zwei Indianer anwesend. Der eine war der Schamane, der sie ungeduldig anfunkelte. Kelly hatte eigentlich bei ihrem Bruder schlafen wollen, doch das hatte ihr der Schamane verboten. In holprigem Englisch hatte er erklärt, zusammen mit seinen Helfern werde er über ihren neuen Bruder wachen. »Die Yagga beschützt ihn«, hatte der Schamane gesagt und keine Widerrede geduldet.

Kelly seufzte. »Ich sollte wohl besser gehen, bevor man mich rausschmeißt.«

Frank gähnte erneut und nickte. Kelly hatte ihn bereits in ihre Pläne eingeweiht und wollte ihn im Morgengrauen wieder besuchen. Er drückte ihr die Hand. »Ich liebe dich, Schwesterherz.«

Sie bückte sich und küsste ihn auf die Wange. »Ich dich auch, Frank.«

»Ich werd schon wieder gesund werden ... und Jessie auch.«

Sie richtete sich auf und hätte beinahe aufgeschluchzt, doch vor Frank durfte sie sich keine Blöße geben. Sonst hätte sie bestimmt nicht mehr aufgehört zu weinen. Den Tag über hatte sie ihren Kummer tief in sich verschlossen gehabt. So hielten es die O'Briens. Irische Seelenstärke im Angesicht der Gefahr. Jetzt war nicht der rechte Zeitpunkt, den Tränen freien Lauf zu lassen.

Sie überprüfte den Sitz der Braunüle, die jetzt mit einem Heparinstopfen verschlossen war. Obwohl er keine intravenöse Flüssigkeitszufuhr mehr benötigte, wollte sie die Braunüle für alle Fälle drinlassen.

Der Schamane musterte sie finster.

Zum Teufel mit dir, dachte sie wütend. *Ich gehe erst dann, wenn ich so weit bin.* Sie hob die Decke von den Stümpfen und untersuchte ein letztes Mal die Wunden. Die Saftversiegelung war noch immer unversehrt. Durch den durchscheinenden Überzug konnte sie erkennen, dass sich über der Wunde wie unter einer schützenden Schorfschicht bereits Granulationsgewebe gebildet hatte. Die Geschwindigkeit des Gewebewachstums war einfach erstaunlich.

Als sie Frank wieder zudeckte, sah sie, dass ihm die Augen bereits zugefallen waren. Leise Schnarchlaute kamen aus seinem offenen Mund. Sie bückte sich ganz behutsam und küsste ihn auf die andere Wange. Abermals musste sie sich ein Schluchzen verkneifen, konnte die Tränen aber nicht mehr zurückhalten. Sie richtete sich auf, wischte sich die Augen trocken und blickte sich ein letztes Mal im Raum um.

Der Schamane hatte die funkelnde Nässe auf ihren Wangen offenbar bemerkt. Seine Ungeduld machte Mitgefühl Platz. Er nickte ihr zu, als wiederholte er wortlos sein Versprechen, über ihren Bruder aufmerksam zu wachen.

Kelly blieb keine andere Wahl; tief durchatmend wandte sie sich zum Ausgang. Der Abstieg wollte gar kein Ende nehmen. Im dunklen Wendelgang war sie mit ihren Gedanken allein. Ihre Sorgen vergrößerten und vervielfachten sich. Ihre Ängste sprangen zwischen ihrer Tochter, ihrem Bruder und der Welt im Allgemeinen hin und her.

Endlich stolperte sie aus dem Baumstamm hervor auf die Lichtung. Es wehte ein lauer Abendwind. Der Mond stand am Himmel, doch die ersten Wolkenfetzen machten sich daran, die Sterne zu verdecken. Im Laufe der Nacht würde es regnen.

Im auffrischenden Wind eilte sie über die weitläufige Lichtung zu ihrer Behausung. Am Fuße des Baums hielt jemand mit einer Taschenlampe Wache – Private Carrera. Die Rangerin leuchtete sie an, dann winkte sie. Neben ihr hatte sich Tor-tor zusammengerollt. Der Jaguar blickte ihr entgegen, sog witternd die Luft ein, dann senkte er wieder den Kopf.

»Wie geht es Frank?«, fragte Carrera.

Kelly war nicht nach Reden zumute, musste auf die Frage der Soldatin aber etwas erwidern. »Es scheint ihm gut zu gehen. Sehr gut sogar.«

»Das freut mich.« Carrera deutete mit dem Daumen zur Strickleiter. »Sie sollten versuchen, möglichst viel Schlaf zu bekommen. Vor uns liegt ein langer Tag.«

Kelly nickte, bezweifelte aber, dass sie würde einschlafen können. Sie machte sich an den Aufstieg.

»Im zweiten Stock haben wir ein Einzelzimmer für Sie reserviert. Es liegt gleich rechts.«

Kelly hatte sie nur undeutlich verstanden. »Gute Nacht«,

murmelte sie und kletterte weiter in die Höhe, ganz mit ihren Sorgen beschäftigt.

Oben angekommen stellte sie fest, dass sich niemand mehr auf der Plattform und im Gemeinschaftsraum aufhielt. Offenbar hatten sich die anderen bereits zurückgezogen, da sie alle in den letzten Tagen zu wenig geschlafen hatten.

Sie legte den Kopf in den Nacken und blickte zu den oberen Stockwerken auf, dann näherte sie sich einer weiteren Strickleiter.

Zweiter Stock, hatte Private Carrera gesagt.

Na großartig ... Das hab ich jetzt davon, dass ich zu spät gekommen bin.

Der zweite Stock lag ein gutes Stück höher als die beiden anderen Etagen. Auf der nächsten Astebene erbaut, handelte es sich eigentlich um eine eigenständige Hütte – ein Gästehaus mit zwei Zimmern.

Mit schmerzenden Beinen kletterte sie die lange Strickleiter hoch. Der Wind nahm zu, je höher sie kam. Er rauschte im Geäst und brachte die Leiter zum Schwanken. Die Böen rochen nach Regen. Der Mond wurde von dunklen Wolken verschluckt. Sie beeilte sich, während das Unwetter aufs Dorf zujagte.

Ein blendend heller Blitz zuckte in der Ferne über den Himmel. Der Donner grollte und dröhnte wie eine Basstrommel. Auf einmal kam es ihr gar nicht mehr so verlockend vor, in einem Riesenbaum zu leben. Zumal im obersten Stockwerk.

Die ersten Regentropfen fielen durchs Laubwerk. Sie zog sich eilig auf die kleine Plattform hoch, richtete sich auf. Der Wind und der Regen nahmen rasch zu. Die Unwetter im Amazonasbecken waren meist nur von kurzer Dauer, bisweilen aber heftig. Dieses hier stellte keine Ausnahme dar. In geduckter Haltung musterte sie die beiden Türen.

Welcher Raum war noch gleich der ihre?

Die Blitze zuckten wütend über den Himmel, es donnerte in einem fort. Auf einmal brach ein Wolkenbruch nieder, und der Wind wehte in heftigen Böen. Die Holzbretter schwankten wie das Deck eines Schiffes auf hoher See.

Ohne sich weiter Gedanken darüber zu machen, dass sie jemanden aufwecken könnte, schob Kelly den erstbesten Vorhang beiseite, taumelte durch den Eingang und suchte Schutz im Innern der Hütte.

Im Raum war es dunkel. Durch die kleinere Hintertür leuchteten Blitze. Die einzige Hängematte war Gott sei Dank unbesetzt. Sie taumelte erleichtert darauf zu.

Plötzlich stolperte sie über einen Gegenstand am Boden. Fluchend fiel sie auf die Knie. Sie tastete umher und berührte einen Rucksack.

»Wer ist da?«, fragte jemand von der Hintertür her. Eine dunkle Silhouette schob sich vor die Öffnung.

Kelly, die immer noch am Boden kniete, wurde von Entsetzen gepackt.

Als es erneut blitzte, sah sie auf einmal, wen sie da vor sich hatte. »Nate?«, fragte sie furchtsam und verlegen. »Ich bin's, Kelly.«

Er kam rasch zu ihr und half ihr auf die Beine. »Was machen Sie denn hier?«

Sie streifte sich die nassen Haarsträhnen aus dem Gesicht, das mittlerweile vor Scham glühte. *Er muss mich ja wirklich für saublöd halten.* »Ich ... ich bin ins falsche Zimmer gestolpert. Tut mir Leid.«

»Alles in Ordnung?« Nate hielt sie noch immer bei den Armen; seine Körperwärme sickerte durch ihr nasses Hemd.

»Ja, sicher. Ich komm mir bloß blöd vor.«

»Dafür gibt es keinen Grund. Es ist dunkel.«

Blitze zuckten, und sie stellte fest, dass sein Blick auf ihr ruhte. Wortlos blickten sie einander an.

Schließlich brach Nate das Schweigen. »Wie geht es Frank?«

»Gut«, antwortete sie leise. In einem fort rollten Donnerschläge über sie hinweg, weiteten den Raum und verwandelten sie in Zwerge. Ihre Stimme war nur noch ein Flüstern. »Ich ... ich habe Ihnen noch gar nicht gesagt, wie ... wie Leid mir das mit Ihrem Vater tut.«

»Danke.«

Alter Schmerz schwang in diesem einen geflüsterten Wort mit. Sie trat unwillkürlich einen Schritt auf ihn zu, von ihm angezogen wie eine Motte von der Flamme, wohl wissend, dass es ihr Verderben wäre, jedoch ohne etwas dagegen tun zu können. Die harte Schale ihres Herzens bröckelte. Tränen stiegen ihr in die Augen. Ihre Schultern bebten.

»Schhhh«, machte er, obwohl sie gar nichts gesagt hatte. Er zog sie an sich, schloss sie in die Arme.

Das Beben mündete in ein Schluchzen. All der verborgene Kummer, alle verdrängten Ängste brachen jäh hervor. Ihre Knie gaben nach, doch Nate fing sie auf. Brust an Brust hielt er sie fest.

Während draußen das Unwetter tobte, der Wind die Bäume schüttelte und die Luft erbebte vom Zusammenprall der Titanen, standen sie in der Mitte des Raums. Schließlich blickte sie Nate in die Augen.

Sie streckte die Hand aus und zog seine Lippen an die ihren. Sie schmeckte das Salz ihrer beider Tränen. Zunächst ging es ums Überleben angesichts des überwältigenden Schmerzes, dann erwachte eine unausgesprochene Begierde. Sie spürte, wie sein Herzschlag sich beschleunigte.

Atemlos wich er einen Moment zurück. Ihre Augen leuchteten trotz der Dunkelheit.

»Kelly ...«

»Schhhh«, machte sie, den Laut imitierend, mit dem er sie eben beruhigt hatte. Sie zog ihn wieder an sich.

Einander fest umarmt haltend, legten sie sich auf den Boden. Sie betasteten einander ... öffneten feuchte Kleidungsstücke und streiften sie ab ... verschränkten ihre Gliedmaßen.

Während ringsum das Unwetter tobte, strebte ihre Leidenschaft dem Siedepunkt zu. Die Trauer verflüchtigte sich, verlor sich irgendwo zwischen Schmerz und Lust, uralten Rhythmen und lautlosen Schreien. Als ihnen der Raum zu klein wurde, wälzten sie sich auf die Plattform hinaus.

Blitze durchzuckten die Wolken, Donnerschläge dröhnten. Regenschauer peitschten unter das Vordach, prasselten auf ihre nackte Haut.

Nate saugte an ihrer Brust, ihrem Hals. Während hinter ihren geschlossenen Lidern rot die Blitze leuchteten, stieß sie ihm das Becken entgegen. Seine Lippen suchten gierig die ihren, ihrer beider Atem vereinte sich. Umgeben vom Unwetter, umschlossen von seiner Umarmung, baute sich eine köstliche Spannung in ihr auf, zunächst ganz allmählich, dann immer rascher. Als die Woge der Lust sie durchströmte, schrie sie auf.

Sein Schrei vermischte sich mit ihrem, dröhnte ihr wie Donner in den Ohren.

Lange Zeit verharrten sie reglos, hielten den Moment fest. Nicht achtend der Welt und des Unwetters, ganz erfüllt voneinander.

Fünfter Akt

Die Wurzel

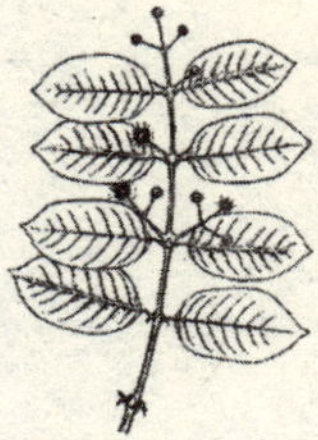

Una de Gato »Katzenkralle«

FAMILIE: *Rubiaceae*

GATTUNG: *Uncaria*

ART: *tomentosa, guianensis*

VOLKSNAMEN: *Katzenkralle, Una de Gato, Paraguayo, Garabato, Garbato Casha, Samento, Toroñ, Tambor Huasca, Aun Huasca, Una de Gavilan, Falkenkralle*

GENUTZTE TEILE: *Rinde, Wurzel, Blätter*

EIGENSCHAFTEN/VERWENDUNG: *antibakteriell, antimutagen, Antioxidans, antiviral, blutdrucksenkend, blutreinigend, das Immunsystem stimulierend, Diuretikum, entzündungshemmend, krebshemmend, Vermifugum, Zytostatikum*

16

VERRAT

17. August, 7.05 Uhr
Amazonas-Dschungel

Als Nate erwachte, hielt er eine nackte Frau in den Armen. Sie hatte die Augen bereits geöffnet. »Guten Morgen«, sagte er.

Kelly schmiegte sich an ihn. Ihre Haut roch noch nach Regen. Sie lächelte. »Es ist schon eine ganze Weile Morgen.«

Er stützte sich auf einen Ellbogen, was in der Hängematte nicht ganz leicht war, und blickte auf sie hinunter. »Warum hast du mich nicht geweckt?«

»Ich hab mir gedacht, es würde dir gut tun, wenigstens eine Stunde durchzuschlafen.« Sie wälzte sich aus der Hängematte und versetzte sie dabei in Schwingung, dann zog sie ihm neckisch die Decke weg und legte sie sich um.

Er wollte nach ihr greifen, sie aber wich ihm aus. »Vor uns liegt ein langer Tag.«

Ächzend stand er auf und nahm die Boxershorts vom Stapel hastig abgelegter Kleidungsstücke am Boden, während Kelly ihre Sachen zusammensuchte. Durch die Hintertür blickte er auf den Dschungel hinaus.

Er und Kelly hatten sich bis in die frühen Morgenstunden unterhalten, über ihre Väter, Brüder, Töchter, die Lebenden und die Toten. Sie hatten zahlreiche Tränen geweint. Anschließend hatten sie sich noch einmal geliebt, diesmal bedächtiger, mit weniger Gier, dafür aber mit umso tieferer Leidenschaft. Erschöpft hatten sie sich schließlich in die

Hängematte gelegt, um vor Anbruch des Tages noch ein paar Stunden zu schlafen.

Nate trat auf die hintere Plattform hinaus und musterte den Wald. Der Morgenhimmel war wolkenlos, das Unwetter längst abgezogen, der Sonnenschein strahlend hell. Jedes Blatt und jeder Halm waren noch mit Regentropfen besetzt, die wie Juwelen funkelten. Doch das war noch nicht alles. »Das solltest du dir mal ansehen!«, rief er in die Hütte hinein.

Kelly, mittlerweile mit Khakihose und halb zugeknöpftem Hemd bekleidet, trat zu ihm auf die Veranda. Auch diesmal wieder verschlug ihm ihre Schönheit den Atem. Ihre Augen weiteten sich, als sie über den Rand der Plattform blickte. »Wie schön ...«

Sie lehnte sich an ihn und er schloss sie unwillkürlich in die Arme.

Angelockt von der Feuchtigkeit flatterten Hunderte von Schmetterlingen im Geäst, saßen auf Zweigen und Blättern. Die handtellergroßen Flügel waren leuchtend blau und kristallgrün gemustert.

»*Morpho* heißt die Art«, sagte Nate. »Aber dieses Muster habe ich noch nie gesehen.«

Kelly beobachtete, wie ein Schmetterling durch einen Sonnenstrahl hindurchflog. Er schien aus sich heraus zu leuchten. »Es sieht aus, als hätte jemand ein Bleiglasfenster zerbrochen und die Scherben wären in die Baumkrone gefallen.«

Er drückte sie an sich, hätte den Augenblick am liebsten festgehalten. Schweigend beobachteten sie minutenlang das Schauspiel, bis von unten gedämpfter Stimmenlärm heraufdrang.

»Ich glaube, wir sollten allmählich mal runtergehen«, meinte Nate schließlich. »Vor uns liegt eine Menge Arbeit.«

Kelly nickte seufzend. Nate konnte ihren Widerwillen nachempfinden. In der relativen Abgeschiedenheit der Baumkrone konnten sie ihre Sorgen und Ängste zumindest für eine Zeitlang vergessen. Auf Dauer entfliehen aber konnten sie ihnen nicht.

Langsam kleideten sie sich fertig an. Als sie bereit zum Aufbruch waren, trat Nate auf die hintere Veranda und ließ die Markise aus Bambus und Palmwedeln herunter, da er den Raum so zurücklassen wollte, wie sie ihn vorgefunden hatten.

Kelly trat zu ihm und betrachtete die Scharniere am oberen Rand der Tür. »Lässt man sie herab, verschließt sie den Eingang – klappt man sie hoch, spendet sie Schatten auf der Veranda. Raffiniert.«

Nate nickte. Gestern hatte er ebenfalls über die Konstruktion gestaunt. »Etwas Ähnliches habe ich hier im Dschungel noch nicht gesehen. Wie mein Vater geschrieben hat: ein Beleg für die Überlegenheit dieses Stammes. Hier gibt es alle möglichen technischen Errungenschaften, wie zum Beispiel die primitiven Baumaufzüge.«

»Ein Aufzug wäre mir im Moment sehr recht«, meinte Kelly und streckte ihren steifen Rücken. »Aber zu denken gibt es mir doch«, fuhr sie fort. »Ich meine, was die Yagga mit diesen Menschen anstellt.«

Nate brummte zustimmend, dann packte er seine Sachen in den Rucksack. Hier draußen gab es so vieles, worüber man sich wundern konnte. Er blickte sich ein letztes Mal im Raum um, dann trat er zu Kelly nach draußen.

Als Kelly ihr Bündel schulterte, küsste Nate sie sehr innig. Ein Moment der Überraschung ... dann erwiderte sie den Kuss nicht minder leidenschaftlich. Sie hatten nicht darüber gesprochen, wie es mit ihnen weitergehen sollte. Sie wussten beide, dass ein großer Teil ihrer nächtlichen Leidenschaft auf ihre wunden Herzen zurückzuführen war.

Doch es war immerhin ein Anfang. Nate war gespannt, wohin das führen würde. Und wenn er den Kuss richtig deutete, galt dies auch für Kelly.

Wortlos lösten sie sich voneinander und kletterten die Strickleiter zu den tiefer gelegenen Wohnebenen hinunter.

Kochdüfte stiegen Nate in die Nase. Als er die unterste Sprosse erreicht hatte, sprang er auf den Boden. Nachdem er Kelly heruntergeholfen hatte, gingen sie durch den Gemeinschaftsraum zur großen Plattform an der Vorderseite. Sein knurrender Magen erinnerte ihn daran, wie hungrig er war.

Anna und Kouwe schlossen an der steinernen Feuerstelle gerade die Frühstücksvorbereitungen ab. Nate bemerkte einen Laib Cassava-Brot und ein hohes Steingefäß mit frischem Wasser.

Anna drehte sich um. Nate traute seinen Augen kaum: In der Hand hielt sie eine Servierplatte mit gebratenem Speck. Sie reckte ihm die Köstlichkeit entgegen. »Vom Wildschwein«, erklärte sie. »Heute Morgen haben uns das zwei Stammesfrauen gebracht.«

Nate lief das Wasser im Munde zusammen. Es gab auch noch Obst, irgendwelche Eier und sogar eine Art Kuchen.

»Kein Wunder, dass Ihr Vater so lange hier geblieben ist«, sagte Private Carrera, den Mund voller Speck und Brot.

Nicht einmal die Erwähnung seines Vaters konnte Nate den Appetit verderben. Er bediente sich.

Während er kräftig zulangte, bemerkte Nate, dass zwei aus ihrer Gruppe fehlten. »Wo stecken eigentlich Zane und Olin?«

»Die sind mit dem Funkgerät beschäftigt«, antwortete Kostos. »Olin hat das GPS heute Morgen zum Laufen gebracht.«

Nate hätte sich beinahe verschluckt. »Er hat es tatsächlich geschafft!«

Kostos nickte, dann zuckte er die Schultern. »Er hat es neu kalibriert, aber wer weiß schon, ob jemand das Signal auffängt.«

Nate musste diese Neuigkeit erst einmal verarbeiten. Sein Blick wanderte zu Kelly. Wenn das Funksignal mit den richtigen Koordinaten aufgefangen wurde, würden sie noch heute evakuiert werden. Auch in ihrem Blick zeigte sich ein Hoffnungsschimmer.

»Aber da wir keine Bestätigung hereinbekommen«, fuhr Kostos fort, »könnte es auch sein, dass wir ins Leere senden. Und solange mir keine Bestätigung vorliegt, verfolgen wir weiter unseren Alternativplan. Heute besteht unsere Aufgabe darin, zusammen mit Kelly und Zane dafür zu sorgen, dass Frank im Notfall rasch ausgeflogen werden kann.«

»Außerdem müssen wir etwas Baumsaft sammeln«, meinte Kelly.

Kostos nickte, heftig kauend. »Während Olin sich mit dem Funkgerät beschäftigt, teilen wir uns auf und versuchen, möglichst viele Informationen von den Indianern zu sammeln. Vor allem müssen wir rausbekommen, wo das verdammte Abwehrpulver aufbewahrt wird.«

Nate hatte keine Einwände gegen den Plan des Sergeants. GPS hin oder her, am sichersten war es, so vorsichtig und unauffällig wie möglich vorzugehen. Sie beendeten das Frühstück schweigend.

Anschließend kletterten sie zur Lichtung hinunter und ließen Olin bei der Satellitenausrüstung zurück. Manny und die beiden Ranger wandten sich in die eine Richtung, Anna und Kouwe in die andere. Sie hatten verabredet, sich mittags am Baum zu treffen.

Nate und Kelly gingen mit Richard Zane zum Yagga-Baum. Nate rückte die Schrotflinte auf der Schulter zurecht. Der Sergeant hatte darauf bestanden, dass jeder sich zumindest mit einer Pistole bewaffnete. In Kellys Gürtelhalfter steckte eine 9-mm-Pistole. Der stets misstrauische Zane hielt seine Beretta in der Hand und ließ den Blick unablässig umherschweifen.

Zusätzlich waren alle drei Gruppen mit einem Saber-Funkgerät der Ranger ausgerüstet, sodass sie miteinander Kontakt halten konnten. »Alle fünfzehn Minuten will ich eine Rückmeldung haben«, hatte Kostos in strengem Ton erklärt. »Und zwar von jedem.«

So gut vorbereitet, wie es unter den gegebenen Umständen möglich war, brachen sie auf.

Als Nate die Lichtung überquerte, blickte er zu dem riesigen prähistorischen Nacktsamer auf. Die weiße Rinde und die leise raschelnden Blätter glitzerten vom Tau. An den schichtweise angeordneten Ästen hingen riesige Nüsse, Miniaturausgaben der von Menschenhand erbauten Hütten. Nate brannte darauf, mehr über den Riesenbaum zu erfahren.

Als sie die dicken, knorrigen Wurzeln erreichten, geleitete Kelly sie zwischen den natürlichen Säulen hindurch zur Öffnung im Stamm. Nate konnte gut nachvollziehen, weshalb die Eingeborenen ihren Baum als Yagga oder Mutter bezeichneten. Die Symbolik war nicht zu übersehen. Die beiden größten Stützwurzeln erinnerten an gespreizte Beine, die den gewaltigen Geburtskanal des Baumes einrahmten. Hier waren die Ban-ali geboren worden.

»Die Öffnung ist groß genug, um einem Laster Platz zu bieten«, bemerkte Zane, zu der überwölbten Öffnung aufblickend.

Nate konnte einen leichten Schauder nicht unterdrücken, als sie ins schattige Innere des Baumes traten. Der würzige Duft des Baumöls schlug ihnen entgegen. Die Wand war mit Hunderten großer und kleiner blauer Handabdrücke geschmückt. Waren hier sämtliche Stammesmitglieder vertreten? War vielleicht auch der Handabdruck seines Vaters dabei?

»Mir nach«, sagte Kelly und stieg als Erste den Wendelgang hinauf.

Als sie höher kamen, verschwanden die Handabdrücke.

Nate musterte die leeren Wände, dann blickte er sich zum Eingang um. Irgendetwas beunruhigte ihn, doch konnte er nicht sagen, was. Etwas kam ihm ungewöhnlich vor. Er betrachtete die Kanäle im Holz, die Gefäßbündel des Xylems und Phloems, in denen Wasser und Nährstoffe durch den Stamm transportiert wurden. Die Kanäle beschrieben anmutige Bögen an den Wänden. Weiter unten jedoch, dort, wo der Gang unvermittelt endete, waren die Kanäle nicht mehr sanft geschwungen, sondern ungleichmäßig ausgefranst. Ehe er sich über das Phänomen klar werden konnte, waren sie schon eine Umrundung weiter.

»Es ist ein langer Aufstieg«, meinte Kelly und zeigte in die Höhe. »Die Heilkammer befindet sich ganz oben in der Nähe der Baumkrone.«

Nate folgte ihr. Der Tunnel wirkte wie der Gang eines monströsen Insekts. Aufgrund seiner Botanikstudien war er auch mit Baumschädlingen vertraut: mit dem Gebirgstannenkäfer, dem europäischen Borkenkäfer und dem Bohrer. Dieser Gang war jedoch nicht ausgehöhlt worden – dafür hätte er seine Hand ins Feuer gelegt. Er war natürlichen Ursprungs, so wie die Kanäle in Stengeln und Stamm des Ameisenbaums – eine evolutionäre Adaption. Dies warf jedoch gleich wieder eine neue Frage auf. Der Baum war bestimmt schon Jahrhunderte alt gewesen, als die ersten Banali hierher gekommen waren. Warum also hatte der Baum diese hohlen Gänge ausgebildet?

Er musste an Kellys Bemerkung vom Vorabend denken. *Irgendetwas haben wir übersehen ... etwas Wichtiges.*

Sie kamen an mehreren Ausgängen vorbei. Einige führten unmittelbar in eine Hütte, andere auf Äste, auf denen wiederum Hütten standen. Nate zählte im Gehen. Insgesamt gab es mindestens zwanzig Ausgänge.

Zane erstattete über Funk Meldung. Auch die anderen Teams meldeten sich.

Schließlich gelangten sie zum höhlenartigen Raum am Ende des Gangs. Durch schmale Fensterschlitze drang Tageslicht. Trotzdem war es eher finster.

Kelly eilte zu ihrem Bruder.

Der kleine Schamane stand auf der anderen Seite des Raums bei einem anderen Patienten. Bei ihrem Eintreten schaute er hoch. Er war allein. »Guten Morgen«, sagte er in holprigem Englisch.

Nate nickte. Es war eine merkwürdige Vorstellung, dass er die Worte vermutlich von seinem Vater gelernt hatte. Aus den Aufzeichnungen seines Vaters wusste er zudem, dass der Schamane der nominelle Anführer des Stammes war. Die Hierarchie war bei den Ban-ali nicht besonders stark ausgeprägt. Jeder kannte seinen Platz und seine Rolle. Dies aber war der Stammeskönig, der den engsten Kontakt zur Yagga hatte.

Kelly kniete sich neben Frank. Er hatte sich aufgesetzt und saugte gerade mithilfe eines Schilfrohrs die Milch aus einer Nuss.

Schließlich legte er sein flüssiges Frühstück beiseite. »Das Frühstück der Champions«, meinte er gut gelaunt.

Nate fiel auf, dass er nach wie vor die Baseballkappe der Red Sox trug – und sonst nichts. Sein Unterleib und die Beinstümpfe waren unter einer Decke verborgen. Auf der nackten Brust prangte eine Zeichnung.

Eine hellrote Schlange mit einem blauen Handabdruck in der Mitte.

»Ich bin damit aufgewacht«, erklärte Frank, als er Nates

Blick bemerkte. »Offenbar hat man mich in der Nacht tätowiert, als ich von den Drogen ausgeknockt war.«

Das Zeichen der Ban-ali.

Der Schamane näherte sich Nate. »Du ... Sohn von *Wishwa*-Kerl.«

Nate wandte sich ihm zu und nickte. Dakii, ihr Führer, hatte offenbar geplaudert. »Ja, Carl war mein Vater.«

Der Schamanenkönig klopfte ihm auf die Schulter. »Guter Mann.«

Nate wusste nicht, wie er darauf reagieren sollte. Unwillkürlich nickte er, obwohl er die Hand des Schamanen am liebsten abgeschüttelt hätte. *Wenn er ein guter Mann war, warum habt ihr ihn dann ermordet?* Von seiner Arbeit mit anderen Eingeborenenstämmen her wusste er jedoch, dass er niemals eine zufriedenstellende Antwort bekommen würde. Auch ein guter Mann konnte wegen eines Tabubruchs getötet werden – es konnte ihm sogar die Ehre zuteil werden, als Pflanzendünger herhalten zu müssen.

Kelly hatte die Untersuchung beendet. »Die Wunden haben sich vollständig geschlossen. Die Granulationsrate ist bemerkenswert.«

Das Erstaunen stand ihr offenbar ins Gesicht geschrieben. »Yagga ihn heilen«, sagte der Schamane. »Gut wachsen. Wachsen –« Der Schamane suchte vergeblich nach dem treffenden Ausdruck. Schließlich bückte er sich und klatschte sich aufs Bein.

Kelly blickte vom Schamanen zu Frank. »Hältst du das für möglich? Glaubst du wirklich, Franks Beine könnten nachwachsen?«

»Gerald Clarks Arm hat sich auch regeneriert«, antwortete Nate. »Daher wissen wir, dass es möglich ist.«

Kelly hockte sich hin. »Wenn wir die Transformation in einer gut ausgestatteten medizinischen Einrichtung beobachten könnten ...«

Zane ergriff das Wort, in leisem Ton und mit dem Rücken zum Schamanen. »Vergessen Sie nicht unseren Auftrag.«

»Welchen Auftrag?«, fragte Frank.

Kelly erklärte es ihm flüsternd.

Franks Miene hellte sich auf. »Das GPS funktioniert! Dann gibt es Hoffnung.«

Kelly nickte.

Der Schamane hatte unterdessen das Interesse an ihnen verloren und war weitergegangen.

»In der Zwischenzeit«, zischte Zane, »sollen wir eine Saftprobe sammeln.«

»Ich weiß, wie man drankommt«, sagte Kelly und wies mit dem Kinn auf einen tief in die Wand reichenden Kanal. Abgeschirmt von den beiden Männern hob sie die von ihrem Bruder ausgetrunkene Nuss auf und zog das Schilfrohr heraus. Sie ging zur Wand und löste einen kleinen Holzstopfen. Dicker, roter Saft strömte in die Rinne. Sie hielt die Öffnung der Nuss daran und fing den Saft auf. Es war ein langwieriges Unterfangen.

»Lassen Sie mich das übernehmen«, sagte Zane. »Kümmern Sie sich um Ihren Bruder.«

Kelly nickte und trat zu Nate. »Die Trage ist noch da«, meinte sie und zeigte darauf. »Wenn und falls das Signal eintrifft, muss alles schnell gehen.«

»Wir sollten –«

Die erste Explosion überraschte sie alle. Sie erstarrten, während der Donner verhallte. Nate blickte zu den Schlitzen in der Wand hinauf. Ein Gewitter konnte es nicht sein, denn der Himmel war wolkenlos. Dann ertönten weitere Explosionen. Laute Rufe waren zu vernehmen.

Schreie.

»Wir werden angegriffen!«, rief Nate.

Als er sich umdrehte, zielte eine Pistole auf ihn.

»Keine Bewegung«, sagte Zane, der noch immer mit angespannter, furchtsamer Miene an der Wand hockte. In der einen Armbeuge hielt er die mittlerweile randvolle Nuss, in der anderen Hand die 9-mm-Beretta. »Niemand rührt sich von der Stelle.«

»Was tun Sie da –«, setzte Kelly an.

Nate war sogleich alles klar. »Sie!« Er musste an Kouwes Verdacht denken: *Verfolger auf ihrer Fährte, in ihrer Mitte ein Spion.* »Sie verfluchter Scheißkerl. Sie haben uns verkauft!«

Zane richtete sich langsam auf. »Zurück!«, brüllte er, während er unverwandt auf sie zielte.

In die Spannung im Raum platzte der Lärm weiterer Explosionen. Granaten.

Nate zog Kelly weg von Zanes Pistole.

Der von den Explosionen in Panik versetzte Schamane rannte auf einmal auf den Ausgang zu, ohne sich der unmittelbareren Gefahr bewusst zu sein.

»Stehen bleiben!«, rief Zane.

Der Schamane war zu verängstigt, um die Aufforderung zu beachten oder auch nur zu verstehen. Er rannte weiter.

Zane schwenkte die Pistole herum und feuerte. In dem engen Raum war die Detonation ohrenbetäubend. Trotzdem vermochte sie den Aufschrei des Schamanen nicht vollständig zu übertönen.

Nate blickte sich über die Schulter um. Der Schamane lag auf der Seite und hielt sich keuchend den Bauch. Blut quoll zwischen seinen Fingern hindurch.

Nate wandte sich wutentbrannt zu Zane um. »Sie Arschloch. Er hat Sie nicht einmal verstanden.«

Die Pistole zielte auf sie. Zane schlug langsam einen Bogen, ohne die Waffe auch nur einen Moment zu senken. Zu Franks Hängematte behielt er einen Sicherheitsabstand bei, denn er wollte nicht das geringste Risiko eingehen. »Sie sind ein Einfaltspinsel«, sagte der Tellux-Mann. »Genau wie Ihr Vater. Von Geld und Macht verstehen Sie nichts.«

»Für wen arbeiten Sie?«, fauchte Nate.

Zane wandte dem Ausgang mittlerweile den Rücken zu. Der Schamane hatte sich stöhnend zusammengekrümmt. Zane blieb stehen und ruckte mit der Pistole. »Werfen Sie Ihre Waffen durch den Fensterschlitz. Eine nach der anderen.«

Nate rührte sich nicht. Er bebte vor Wut. Zane feuerte. Vor Nates Fußspitze wurden Holzspäne hochgeschleudert.

»Tut, was er sagt!«, zischte Frank.

Kelly gehorchte widerstrebend. Sie nahm die Pistole aus dem Halfter und schleuderte sie aus einem der Fensterschlitze.

Nate zögerte noch immer.

Zane lächelte kühl. »Die nächste Kugel trifft das Herz Ihrer Freundin.«

»Nate ...«, meinte Frank warnend.

Mit zusammengebissenen Zähnen trat Nate zur Wand und überlegte, ob es sich lohnte, auf Zane zu schießen. Die Chancen standen jedoch nicht gut; Kellys Leben wollte er auf keinen Fall in Gefahr bringen. Er nahm die Schrotflinte von der Schulter und warf sie aus einem der Fensterschlitze.

Zane nickte zufrieden und wich rückwärts zum Eingang zurück. »Sie müssen mich entschuldigen, denn ich habe eine Verabredung. Ich schlage vor, dass Sie einstweilen hier bleiben. Das ist gegenwärtig der sicherste Ort im ganzen Tal.«

Mit dieser höhnischen Bemerkung schlüpfte Zane durch den Ausgang und verschwand in der Gangmündung.

8.12 Uhr

Tief im Dschungel rannte Manny neben Private Carrera her. Tor-tor lief mit angelegten Ohren an ihrer Seite. Explosionen krachten, Rauchschwaden hingen zwischen den Bäumen.

Vor ihnen rannte Kostos und schrie ins Funkgerät. »Alle zurück zum Baumhaus! Beeilung!«

»Könnten das unsere Leute sein?«, fragte Manny. »Vielleicht haben sie ja unser GPS-Signal empfangen.«

Carrera blickte sich stirnrunzelnd zu ihm um. »So schnell können sie nicht reagiert haben. Das ist ein Angriff.«

Wie zur Bestätigung kamen auf einmal drei mit AK-47 und Granatwerfern bewaffnete Männer in Tarnanzügen in ihr Blickfeld getrabt.

Kostos zischte eine Warnung und zeigte auf den Boden.

Sie ließen sich auf den Bauch fallen.

Ein Indianer rannte mit angelegtem Speer auf die Gruppe zu. Er wurde vom Feuer der Automatikwaffe nahezu in zwei Hälften zerteilt.

Der vom Gewehrgeknatter in Panik versetzte Tor-tor machte einen Satz nach vorn.

»Tor-tor!«, zischte Manny, erhob sich auf ein Knie und streckte den Arm aus.

Der Jaguar jagte auf die Lichtung hinaus, den Schützen entgegen.

Einer von ihnen rief etwas auf Spanisch und zeigte auf die Raubkatze. Ein anderer Mann hob grinsend das Gewehr und zielte am Lauf entlang.

Manny hob die Pistole. Ehe er feuern konnte, richtete sich vor ihm Kostos mit angelegtem M-16 auf und drückte ab. Drei Schüsse knallten: *Bäng-bäng-bäng*.

Die Köpfe der drei Angreifer explodierten wie Melonen.

Manny starrte die Bescherung entgeistert an.

»Kommen Sie. Wir müssen zurück zum Baum.« Kostos musterte finster den Dschungel. »Warum zum Teufel hört man eigentlich nichts von den anderen?«

8.22 Uhr

Kouwe versteckte sich mit Anna hinter einem buschigen Farn. Dakii, der Fährtensucher, hockte neben ihm. Die vier Söldner waren nur sechs Meter von ihnen entfernt und ahnten nicht, dass sie beobachtet wurden. Kouwe hatte die Aufforderung des Sergeants, sich bei der Nightcap-Eiche zu sammeln, zwar mitbekommen, wagte aber nicht, eine Bestätigung durchzugeben. Die Söldner versperrten ihnen den Weg zum Baumhaus. Es war ausgeschlossen, unbemerkt an ihnen vorbeizukommen.

Dakii war vollkommen reglos, die Anspannung aber war ihm deutlich anzumerken. Mittlerweile hatte er mitangesehen, wie mehr als ein Dutzend seiner Stammesgenossen – Männer, Frauen und Kinder – von dieser Gruppe niedergemäht worden waren.

Tiefer im Wald dröhnten Explosionen. Aus den Baumkronen waren Schreie und das Krachen einstürzender Hütten zu vernehmen. Die Angreifer arbeiteten sich durchs Dorf vor. Die einzige Chance für Kouwes Gruppe bestand darin, in einem abgeschiedenen Winkel des Dschungelplateaus Zuflucht zu finden und darauf zu hoffen, dass sie unbemerkt bleiben würden.

Einer der Soldaten sprach auf Spanisch in ein Funkgerät. »Team Tango in Position. Säuberungszone vierzehn gesichert.«

Etwas streifte an Kouwes Knie. Er blickte sich um. Dakii bedeutete ihm wortlos, er solle sich nicht von der Stelle rühren. Kouwe nickte.

Dakii richtete sich lautlos und behende auf. Kein einziger Zweig knackte. Dakii war ein *Teashari-rin*, einer der Geisterkundschafter des Stammes. Auch ohne Tarnbemalung verschmolz der Indianer mit dem tiefen Schatten. Er rannte von Deckung zu Deckung, ein dunkler Schemen. Es war, als ob die Yagga ihn beschirmte. Dakii schlug einen Bogen um die Gruppe, dann verlor auch Kouwe ihn aus den Augen.

Anna ergriff seine Hand und drückte sie. *Hat er uns eben im Stich gelassen?*, schien sie wortlos zu fragen.

Auch Kouwe stellte sich diese Frage, bis er Dakii wieder sah. Der Indianer hockte auf der anderen Seite des Weges, Kouwe und Anna unmittelbar gegenüber, jedoch vor den vier Fremden verborgen.

Dakii wälzte sich auf dem Lehmboden auf den Rücken und richtete den kleinen Bogen, den er unterwegs gefunden hatte, hoch in die Luft. Dann zielte er wieder auf die Söldner.

Kouwe hatte ihn verstanden. Er bedeutete Anna, sie solle ihre Waffe bereit halten. Sie nickte, blickte in die Höhe, dann senkte sie den Blick wieder.

Kouwe gab Dakii ein Zeichen.

Der Indianer spannte den Bogen und gab den Pfeil frei. Mit einem leisen Schwirren schnellte er von der Sehne und durchteilte das Laubwerk. Die Söldner drehten sich mit angelegten Waffen zu Dakii um.

Kouwe blickte unentwegt in die Höhe. Hoch oben im Geäst befand sich eine aufgegebene Behausung, und dazu gehörte auch eine der kleinen Erfindungen der Ban-ali, ein primitiver Aufzug. Dakiis Pfeil durchtrennte das Seil, an dem das Gegengewicht befestigt war – ein großer Granitbrocken.

Der Felsbrocken krachte unmittelbar auf die Söldner nieder.

Einem wurde der Kopf zerschmettert, da er zu spät nach oben geschaut hatte.

Kouwe und Anna waren bereits auf den Beinen. Aus nächster Nähe schossen sie die Magazine ihrer Pistolen auf die verbliebenen drei Fremden leer, trafen sie in der Brust, an den Armen und im Bauch. Alle drei brachen zusammen. Dakii stürzte ins Freie, in der Hand einen Dolch aus Obsidian. Er rannte zu den Söldnern und schnitt denen, die sich noch rührten, die Kehle durch. Das blutige Werk war rasch vollendet.

Kouwe stützte Anna, die blass geworden war. »Wir müssen zurück zu den anderen.«

9.05 Uhr

Vom Plateau aus hatte Louis freie Sicht auf das isolierte Tal. Vor seiner Brust baumelte ein Fernglas, doch er beachtete es nicht. Im Dschungel stieg von zahllosen Feuern und Signalfackeln Qualm auf. In lediglich einer guten Stunde hatte sein Team das Dorf umzingelt und näherte sich nun allmählich dessen Mittelpunkt, dem Ziel der Unternehmung.

Brail, der nach Jacques' Verschwinden zum Lieutenant aufgerückt war, meldete sich vom Boden aus zu Wort. Der Fährtensucher kniete über einer Landkarte, auf der er gemäß den Meldungen der einzelnen Einheiten kleine Kreuze eintrug. »Das Netz ist geknüpft, Herr Doktor. Jetzt kommt niemand mehr heraus.«

Louis konnte erkennen, dass er bereit war, sein Äußerstes zu geben.

»Und die Ranger? Die Amerikaner?«

»Werden in die Mitte getrieben, wie Sie es angeordnet haben.«

»Ausgezeichnet.« Louis nickte seiner Geliebten zu. Tshui

war nackt und lediglich mit einem kleinen Blasrohr bewaffnet. Zwischen ihren Brüsten ruhte der Schrumpfkopf Corporal DeMartinis, der an der Halskette seiner Hundemarke befestigt war.

»Dann sollten wir uns allmählich an der Party beteiligen.« Er reckte seine beiden kurzläufigen Mini-Uzis. Macht strahlte von ihnen aus. »Es wird höchste Zeit, dass ich Nathan Rands Bekanntschaft mache.«

9.12 Uhr

»Du passt auf deinen Bruder und den Schamanen auf«, sagte Nathan, der spürte, dass die Zeit allmählich knapp wurde. »Ich verfolge Zane.«

»Du bist unbewaffnet.« Kelly kniete neben dem Schamanen. Mit Nathans Hilfe hatten sie den Indianer in eine Hängematte gelegt. Kelly hatte ihm Morphium gespritzt, worauf er aufgehört hatte, um sich zu schlagen. Bauchverletzungen waren besonders schmerzhaft. Da ihr nichts Besseres einfiel, trug sie nun Yagga-Saft auf Ein- und Austrittswunde auf. »Was willst du mit ihm machen, wenn du ihn schnappst?«

In Nathans Bauch brannte ein eben solches Feuer, als sei auch er von einer Kugel getroffen worden. »Erst hat er meinen Vater verraten und jetzt uns.« Vor lauter Wut klang seine Stimme ganz gepresst. Er hatte ein einziges Ziel. *Rache.*

»Was haben Sie vor?«, meldete Frank sich in seiner Hängematte zu Wort.

Nathan schüttelte den Kopf. »Ich muss es versuchen.«

Er wandte sich zum Ausgang. Der ferne Explosionslärm hatte sich gelegt, doch hin und wieder war Gewehrfeuer zu vernehmen. Je sporadischer die Schüsse, desto offensichtlicher wurde, dass die Dorfbevölkerung systematisch ausgelöscht wurde. Nate wusste, dass ihnen das gleiche Schicksal bevorstand, wenn sie nicht etwas unternahmen. Aber was?

Als er den Gang hinunterging, erst vorsichtig, dann immer schneller, Umrundung nach Umrundung, musste er an das Spiralmuster des Ban-ali-Zeichens denken. Bezog sich das Zeichen auf diesen Gang oder stellte es, wie Kelly vermutet hatte, das gefaltete Protein dar, das mutagene Prion? Wenn es den Gang im Innern der Yagga darstellte, was bedeuteten dann die Helices an den Spiralenden? Bezog sich die eine auf die Krankenstation? Aber was stellte dann die andere dar? Und was bedeutete der blaue Handabdruck? Nate musste an die Handabdrücke denken, die unten am Eingang die Wände schmückten. Er schüttelte den Kopf. Was hatte das alles zu bedeuten?

Auf einmal stolperte er über einen toten Indianer, der auf der Treppe lag. Nate stürzte, fing sich mit den Händen ab und rutschte auf den Knien noch ein Stück weiter. Als er zum Stillstand gekommen war, blickte er sich um und bemerkte ein Einschussloch in der Brust des Mannes und ein zweites in dessen Hinterkopf.

Hinter der nächsten Biegung schauten die Beine eines weiteren toten Indianers hervor.

Zane.

Wutschäumend rappelte Nate sich hoch. Zane hatte unbewaffnete Menschen abgeknallt, Heiler und Gehilfen des Schamanen, und sich den Weg zum Tunnelende rücksichtslos freigeschossen. *Dieser verfluchte Feigling.*

Nate rannte weiter und zählte im Laufen die Fensteröffnungen ab. Als er die letzte erreicht hatte, trat er geduckt nach draußen und durchquerte eine kleine, leere Hütte. Er befand sich auf einem mindestens anderthalb Meter breiten Ast. Als Allererstes wollte er sich einen Überblick verschaffen. Rauchschwaden stiegen über der Lichtung in den Himmel.

Einige Indianer flüchteten zur Yagga.

Mittlerweile hatte sich eine bedrohliche Stille auf das Dorf herabgesenkt.

Nate rückte weiter über den Ast vor, konnte die Nightcap-Eiche mit dem Baumhaus aber immer noch nicht gut erkennen. Nicht einmal den Eingang der Yagga konnte er von hier aus sehen. *Verdammt.*

Unten wurde geschossen. Zane! An der anderen Baumseite schrie jemand auf. Der Feigling versteckte sich offenbar in der Tunnelmündung und tötete die Indianer, die sich dem Baum näherten. Nate wusste, dass das hinterhältige Schwein genug Munition hatte, um sie sich eine Weile vom Leib zu halten.

Die in der Nähe befindlichen Indianer brachten sich im Wald in Sicherheit.

Nate musterte die Lichtung. Seine Freunde waren nicht zu sehen.

Während Nate vorsichtig auf dem dicken Ast vorrückte, stieß er mit der Fußspitze an ein zusammengerolltes Seil. Bei genauerem Hinsehen stellte er fest, dass es gar kein Seil, sondern eine aus Lianen geknüpfte Strickleiter war.

»Ein Notausgang«, murmelte er. Plötzlich hatte er eine Idee – vor seinem geistigen Auge nahm ein Plan Gestalt an.

Bevor er die Nerven verlor, schob er die Lianenleiter über den Rand.

Die Strickleiter entfaltete sich mit einem raschelnden Geräusch; das Ende befand sich nur einen knappen Meter über dem Boden. Es war ein langer Abstieg, doch wenn Zane tatsächlich im Eingang lauerte, würde es Nate vielleicht gelingen, sich anzuschleichen.

Mit diesem dürftigen Plan im Hinterkopf machte Nate sich eilig an den Abstieg. In rasendem Tempo kletterte er die Sprossen hinunter. Wenn seine Gruppe und die überlebenden Indianer sich hierher zurückzogen, könnten sie sich vielleicht besser verteidigen. Zunächst aber musste Zane ausgeschaltet werden.

Nate hatte das Ende der Strickleiter erreicht und sprang auf den Boden.

Ringsum ragten hohe Wurzeln auf, und es dauerte einen Moment, bis er sich orientieren konnte. Links hinter ihm lag der Fluss. Das bedeutete, dass er sich in einer Vieruhrposition zum Tunneleingang befand. Er schlich gegen den Uhrzeigersinn um den Baumstamm herum.

Drei Uhr ... zwei Uhr ...

Irgendwo im Wald knatterte ein Maschinengewehr. Eine Granate explodierte. Die Gefechte waren offenbar doch noch nicht überall zum Erliegen gekommen.

Im Schutz des Lärms kroch Nate auf allen vieren am Baumstamm entlang. Schließlich machte er vor sich die hohen Stützwurzeln aus, die den Eingang flankierten. *Ein Uhr.*

Nate lehnte sich an den Stamm. Zane befand sich unmittelbar dahinter ... An ihn heranzukommen aber war gar nicht so leicht. Ein weiterer Pistolenschuss dröhnte in Zanes Bunker. Nate blickte stirnrunzelnd auf seine leeren Hände nieder.

Wie geht es jetzt weiter, du Held?

9.34 Uhr

Zane hatte sich auf ein Knie niedergelassen und zielte mit der Pistole. Da sein Arm allmählich müde wurde, stützte er ihn. Jetzt, da der Sieg so nahe war, wollte er sich keine Blöße geben. Er brauchte nur noch ein wenig durchzuhalten, dann hätte er seine Mission erfüllt.

Er warf einen Blick auf die Nuss mit dem geheimnisvollen Saft. Der Saft war bestimmt Milliarden wert. Obwohl die St. Savin Pharmaceuticals bereits eine beträchtliche

Geldsumme auf sein Schweizer Konto überwiesen hatten, um sich seiner Mitarbeit zu versichern, hatte ihn doch letztlich der versprochene Bonus von einem Viertelprozentanteil am Umsatz zu dem Verrat bewogen. In Anbetracht des Potenzials, das im Saft der Yagga schlummerte, konnte er mit nahezu grenzenlosem Reichtum rechnen.

Zane leckte sich die Lippen. Er hatte seinen Auftrag so gut wie ausgeführt. Vor einigen Tagen hatte er erfolgreich das Computervirus in die Funkanlage eingeschleust. Jetzt brauchte er nur noch das Endspiel zu meistern.

In der Nacht hatte Favre ihn angewiesen, sich eine Probe des Safts anzueignen und sie unter Einsatz seines Lebens zu schützen. »Sollten die verdammten Eingeborenen irgendeine Schweinerei abziehen«, hatte Louis ihn gewarnt, »und zum Beispiel ihren kostbaren Baum in Brand setzen, um das Geheimnis zu wahren, dann wären Sie mit der Probe auf der sicheren Seite.«

Zane hatte natürlich eingewilligt, sich aber insgeheim einen eigenen Ausweichplan zurechtgelegt. Als er sich im Ausgang verschanzte, hatte er eine kleine Probe des Safts in ein Latex-Kondom geschüttet, das Kondom zugebunden und es verschluckt. Dies war seine zusätzliche Absicherung. Sollte man ihn übers Ohr hauen wollen, dann würde St. Savin in die Röhre gucken und die geheimnisvolle Substanz in den Besitz einer Konkurrenzfirma wie zum Beispiel Tellux übergehen.

Aus dem Wald drang gedämpftes Gewehrfeuer. Hin und wieder machte er Mündungsfeuer aus. Favres Männer zogen die Schlinge enger. Es würde nicht mehr lange dauern.

Wie zur Bestätigung explodierte am Rand der Lichtung eine Granate. Ein Baumhaus flog in die Luft, Laubwerk und Äststücke wurden emporgeschleudert. Zane lächelte – dann durchdrang eine Stimme den Explosionslärm. Sie kam ganz aus der Nähe.

»Achtung! Granate!«

Ein Gegenstand flog über seinem Kopf gegen den Stamm, prallte davon ab und traf eine Stützwurzel. *Granate!*, hallte es in seinem Kopf nach.

Mit einem Aufschrei hechtete er vom Eingang weg und rollte sich in den Gang hinein, die Arme schützend um den Kopf gelegt. Die Nerven zum Zerreißen gespannt, wartete er einige Sekunden ab und dann noch ein paar. Er atmete keuchend, durch sein knappes Entkommen aus dem Gleichgewicht gebracht. Die erwartete Explosion blieb jedoch aus. Vorsichtig hob er den Kopf, biss die Zähne zusammen. Noch immer keine Detonation.

Er setzte sich auf, kroch langsam zurück zum Eingang und spähte um die Ecke, wo er im Dreck den kleinen kokosnussförmigen Gegenstand sah. Es war bloß eine unreife Nuss, wie sie haufenweise im Baum hingen! Offenbar war sie von einem Ast abgefallen.

»Verdammt noch mal!« Auf einmal kam er sich töricht vor.

Er richtete sich auf, hob die Waffe und machte Anstalten, wieder am Eingang Posten zu beziehen. *Ich bin einfach zu schreckhaft ...*

Eine schemenhafte Bewegung.

Ein Schlag traf sein Handgelenk. Die Pistole flog in hohem Bogen davon, in seinem Handgelenk flammte ein durchdringender Schmerz auf. Er kippte nach hinten – da wurde sein Arm auf einmal von der nicht einsehbaren Seite des Eingangs her gepackt. Er wurde aus dem Eingang gerissen und nach vorn geschleudert.

Er prallte mit der Schulter auf, rollte sich ab und blickte sich dann um. Er traute seinen Augen kaum. »Rand? Wie kommen Sie denn hierher?«

Im Eingang stand Nathan Rand, in der Hand ein langes, dickes Aststück, das er drohend erhoben hatte.

Zane kroch rückwärts.

»Wie ich das geschafft habe?«, wiederholte Nate. »Ein Trick unserer Indianerfreunde. Die Macht der Imagination.« Rand kickte Zane die unreife Nuss entgegen. »Man muss nur fest genug an etwas glauben, dann glauben es auch andere.«

Zane rappelte sich hoch.

Nate schwang den Ast wie einen Baseballschläger, traf Zane an der Schulter und warf ihn erneut von den Beinen. »Das war für den Schamanen, den Sie wie einen Hund niedergeknallt haben!« Nate holte erneut aus. »Und das ist für –«

Zane blickte über Nates Schulter hinweg. »Kelly! Gott sei Dank!«

Nate wandte sich halb um.

Zane nutzte die Gelegenheit, um aufzuspringen und wegzurennen. Mit drei Schritten hatte er die Wurzel hinter sich gelassen.

Als er hinter sich halblautes Gefluche vernahm, lächelte er.

Was bin ich doch ...

... bescheuert! Mit dem eigenen Trick aufs Kreuz gelegt! Im Tunneleingang war niemand, auch keine Kelly.

Nate sah, wie Zane um die dicken Stützwurzeln herumrannte. »Damit kommst du mir nicht durch, du Bastard!« Mit dem Stock in der Hand nahm er die Verfolgung auf.

Noch immer schäumend vor Wut rannte Nate um die Baumwurzel herum und erblickte Zane, der am Stamm entlang auf ein Wurzelgewirr zulief. Wenn er es erreichte, würde er womöglich entkommen. Nate überlegte, ob er kehrtmachen und die Pistole aufheben sollte, doch dazu war es zu spät. Er wagte nicht, den Mistkerl aus den Augen zu lassen.

Zane duckte sich unter einer überhängenden Wurzel hindurch und wand sich behende durch die Öffnung. Dieser Hurensohn war ganz schön auf Zack. Seine geringe Körpergröße und sein leichterer Körperbau kamen ihm hier zustatten.

Als ihm bewusst wurde, dass es nun Mann gegen Mann ging, warf Nathan den Stock weg und rannte Zane hinterher. Kriechend, kletternd, springend und sich windend kämpften sie sich durch das Wurzellabyrinth hindurch. Der Abstand hatte sich ein wenig vergrößert.

Dann auf einmal traten die Wurzeln auseinander. Sie stolperten auf einen Pfad, der durch das Gewirr hindurchführte. Zane stürmte weiter. Nate folgte ihm fluchend.

Vor ihnen glitzerte Wasser. Den gewundenen Pfad entlangrennend, sah Nate, dass der Weg vor einem breiten Tümpel endete. Eine Sackgasse.

Nate lächelte. *Hab ich dich, Zane!*

Als sie sich dem Tümpel näherten, wurde auch Zane klar, dass er in eine Sackgasse geraten war. Er wurde langsamer – doch anstatt eines entmutigten Stöhnens vernahm Nate höhnisches Gelächter.

Zane sprang zur Seite und warf sich zu Boden.

Nate schloss zu ihm auf.

Zane schwenkte herum, in der Hand eine Waffe. Eine 9-mm-Beretta.

Nate konnte es zunächst gar nicht fassen. Dann sah er seine Schrotflinte, die ein paar Schritte zur Rechten am Schulterriemen von einer kleinen Wurzel hing. Das war die Pistole, die Kelly aus dem Fensterschlitz geworfen hatte!

Nate stöhnte. Die Götter waren ihm nicht gnädig gesonnen. Als er sich der Schrotflinte nähern wollte, schnalzte Zane mit der Zunge.

»Keinen Schritt weiter, oder ich verpasse Ihnen ein drittes Auge!«

9.45 Uhr

Kouwe ließ Anna vorangehen. Das Gewehrfeuer kam immer näher. Dakii hatte die Führung übernommen, mit ausdrucksloser Miene, in Späherhaltung. Mit ruhiger Gelassenheit suchte er sich einen Weg durch seinen Heimatwald und führte sie zurück zur Nightcap-Eiche. Sie mussten sich unbedingt mit den Rangern zusammenschließen und gemeinsam einen Plan fassen.

Kouwe hatte über Funk mit Sergeant Kostos Kontakt aufgenommen und ihn über die Situation informiert. Außerdem hatte er von ihm erfahren, dass Olin, der im Baumhaus zurückgeblieben war, ebenfalls Meldung erstattet hatte. Der Russe hielt sich im Baum versteckt. Von Nates Gruppe lag bislang noch keine Meldung vor. Er konnte bloß hoffen, dass ihnen nichts zugestoßen war.

Endlich wurde es vor Kouwe hell. Sie hatten die Lichtung erreicht! Sie hatten die Freifläche von Süden her im Schutz des Dschungels umgangen. Dem Sergeant zufolge näherten sich die Ranger von Norden her dem Baum.

Dakii wurde langsamer und zeigte in geduckter Haltung nach vorn. Durch eine Lücke im Laubwerk machte Kouwe die kleine Blockhütte auf der Lichtung aus. Jetzt konnte er sich besser orientieren. Er blickte in die Richtung, in die der Indianer zeigte. Bis zur Nightcap-Eiche, ihrem Ziel, waren es noch fünfzig Meter. Doch nicht darauf zeigte Dakii. Hinter der Rieseneiche machte Kouwe Tor-tor aus. Der Jaguar preschte am Rand der Lichtung entlang. Dann bemerkte Kouwe auf einmal die Gestalten, die sich im Waldschatten bewegten.

Die Ranger und Manny! Sie hatten es geschafft!

Dakii setzte sich wieder in Bewegung und eilte ebenfalls am Rand der Lichtung entlang.

Kurz darauf vereinigten sich die beiden Gruppen am Fuße des Baums. Sergeant Kostos klopfte Kouwe anerkennend auf die Schulter. Anna und Manny umarmten sich.

»Irgendwas Neues von Nate?«, fragte Kouwe.

Der Sergeant schüttelte den Kopf, dann deutete er zum Baumhaus. »Ich habe Olin befohlen, die GPS-Ausrüstung einzupacken und zu uns zu stoßen.«

»Warum? Ich dachte, wir sollten uns am Baum treffen.«

»Wir sind nah genug. Es scheint so, als wären wir eingekesselt. Der Baum bietet keinen Schutz.«

Kouwe runzelte die Stirn, konnte die Argumentation des Sergeants jedoch nachvollziehen. Die Angreifer zerstörten systematisch alle Hütten. Hier saßen sie in der Falle. »Wie geht es dann weiter?«

»Wir schleichen uns weg. Bahnen uns möglichst unauffällig einen Weg durch ihre Reihen. Wenn wir sie passiert haben, gehen wir irgendwo in Deckung, wo sie uns nicht finden können.«

Manny trat zu ihnen und sah auf die Uhr. »Der Sergeant hat im Wald eine Napalmbombe deponiert, die in einer Viertelstunde hochgehen wird.«

»Ein Ablenkungsmanöver«, meinte Sergeant Kostos. Er rückte den Rucksack auf den Schultern zurecht. »Davon haben wir noch mehr.«

»Deshalb können wir nicht auf Nate warten«, sagte Manny, als hätte er die Gedanken seines Freundes erraten.

Kouwe blickte zur Yagga. Das Gewehrfeuer wurde schwächer ... und auch die Zeit wurde allmählich knapp. Wenn sie ihre Chance nutzen wollten, mussten sie es jetzt tun. Widerstrebend nickte Kouwe.

Plötzlich bewegte sich die Strickleiter. Er schaute hoch. Olin kam heruntergeklettert, die Funkausrüstung trug er auf dem Rücken.

Kostos schwenkte das M-16. »Also, dann los ...«

Die Druckwelle warf sie alle auf die Knie nieder. Kouwe

drehte sich um und sah, wie das Hüttendach hoch in die Luft segelte. Trümmerteile wurden mit großer Wucht weggeschleudert. Ein Teil eines Baumstamms schoss über ihnen vorbei, ein fliegender Rammbock, der krachend im Dschungel verschwand. Rauchwolken rasten auf sie zu.

Das war keine Granatexplosion gewesen.

Aus dem Qualm tauchte ein Trupp Soldaten mit schussbereiten Waffen auf.

Kouwe fielen zwei Dinge gleichzeitig auf. An der Spitze der Gruppe ging eine nackte Frau, Hand in Hand mit einem hoch gewachsenen, ganz in Weiß gekleideten Gentleman.

Kouwe bemerkte jedoch noch etwas anderes, wovon eine unmittelbarere Bedrohung ausging. Einer der Soldaten ließ sich auf ein Knie nieder und setzte ein langes schwarzes Rohr an die Schulter.

Kouwe hatte genug Hollywoodfilme gesehen, um die Waffe sogleich wieder zu erkennen.

»*Ein Raketenwerfer!*«, rief hinter ihm Carrera. »Alle in Deckung!«

10.03 Uhr

Die erste Detonation ließ Nate und Zane gleichermaßen erstarren. Nate ließ die Waffe seines Gegners nicht aus den Augen. Die Pistole zielte aus wenigen Metern Abstand unmittelbar auf seine Brust. Er wagte nicht, sich zu bewegen. Er hielt den Atem an.

Was ging da draußen vor?

Bei der zweiten Detonation ruckte Zanes Blick in die Richtung der Explosion. Eine bessere Chance würde Nate nicht bekommen. Wenn er nicht irgendetwas unternahm, und sei es noch so idiotisch, war er ein toter Mann.

Nate sprang, jedoch nicht in Zanes Richtung, sondern auf die in der Luft baumelnde Schrotflinte zu. Zane reagierte sofort. Ein scharfer Pistolenknall ertönte, dann spürte Nate auf einmal ein Brennen im Oberschenkel.

Er prallte gegen die Wurzel und packte die Schrotflinte. Den Riemen zu lösen hatte er keine Zeit. Blindlings schwenkte er den Lauf in Zanes Richtung und drückte den Abzug durch. Aufgrund des Rückstoßes flog ihm die Waffe aus der Hand.

Geduckt drehte Nate sich um.

Zane wurde nach hinten geschleudert; sein Bauch war blutig, die Arme hatte er hochgeworfen. Er landete im kleinen Tümpel am Ende des Pfades, laut schreiend klatschte er aufs Wasser – es war erstaunlich tief, selbst hier in Ufernähe.

Zane erfuhr nun am eigenen Leib, was er zuvor dem unbewaffneten Schamanen der Ban-ali zugefügt hatte: Ein Bauchschuss war besonders schmerzhaft.

Nate richtete sich auf und löste die Schrotflinte. Er zielte damit auf den im Wasser zappelnden Mann. Wo die Pistole gelandet war, hatte er nicht mitbekommen, war aber diesmal entschlossen, kein Risiko einzugehen.

Mit angstvoll verzerrter Miene paddelte Zane ans Ufer. Auf einmal ging ein Ruck durch seinen Körper, seine Augen weiteten sich vor Entsetzen. Sein Stöhnen verwandelte sich in lautes Gebrüll. »Nate! Helfen Sie mir!«

Unwillkürlich trat Nate einen Schritt vor.

Zane streckte den Arm zu ihm aus, flehend, verängstigt – dann begann das Wasser auf einmal zu brodeln.

Nate sah zahlreiche silbrige Tiere aufblitzen. *Piranhas*. Er wich zurück. Auf einmal erinnerte er sich wieder: Dies war das Brutbecken, von dem Manny berichtet hatte.

Zane schlug um sich, zuckend, zappelnd, brüllend. Allmählich sank er in den brodelnden Gischt ein. Er verdrehte die Augen, während er sich verzweifelt bemühte, den Kopf über Wasser zu halten. Er schaffte es nicht. Sein Kopf tauchte unter. Bloß ein Arm schaute noch aus dem Tümpel heraus – dann verschwand auch der im aufgewühlten Wasser.

Nate kehrte dem Tümpel den Rücken und ging den Weg zurück. Mitleid hatte er keines mit Zane. Er untersuchte kurz seinen brennenden Oberschenkel. Aus einem Einschussloch in der Hose sickerte ein wenig Blut. Bloß ein Streifschuss, mehr nicht. Er hatte verdammtes Glück gehabt.

Die Schrotflinte in der Hand marschierte er den Weg zurück und hoffte inständig, sein Glück möge anhalten.

10.12 Uhr

Manny bewegte sich unter einem Haufen von Holztrümmern, schob sie mit den Schultern beiseite. Der Qualm machte ihm das Atmen schwer. Vom Explosionsknall der Rakete, die in der Baumkrone detoniert war, klingelten ihm noch die Ohren. Der Kiefer schmerzte, wenn er ihn bewegte. Er kroch ins Freie. Ringsum ertönten Rufe und Schreie. Ausnahmslos Befehle.

»Werfen Sie die Waffen weg!«

»Zeigen Sie uns die leeren Hände!«

»Kommen Sie raus, sonst schieße ich!«

Das musste man ihm nicht zweimal sagen. Manny stöhnte und spuckte Blut. Er blickte sich inmitten des Chaos um. Anna Fong kniete, die Hände um den Kopf gelegt. Offenbar war sie unverletzt. Neben ihr kniete Professor Kouwe; Blut aus einer Kopfwunde lief ihm über die Wange. Auch Dakii war da; er wirkte benommen und verdattert.

Als Manny sich umdrehte, sah er Tor-tors gefleckten Kopf, der aus einem Busch hervorlugte. Er gab dem Jaguar ein Zeichen, er solle sich ruhig verhalten. In der Nähe des Busches schob Private Carrera verstohlen ihr Bailey unter ein Stück Strohdach.

»Sie da!«, fauchte jemand. »Aufstehen!«

Erst als ihm jemand die heiße Mündung eines Gewehrs an die Schläfe drückte, begriff Manny, dass er gemeint war. Er erstarrte.

»Aufstehen!«, wiederholte der Mann mit starkem Akzent; möglicherweise ein Deutscher.

Manny kniete sich hin, dann richtete er sich mühsam auf. Er schwankte, doch der Söldner schien zufrieden.

»Ihre Waffe!«, fauchte er.

Manny blickte sich um, als suche er nach einem Schuh oder einer Socke. Die Pistole lag am Boden. Er trat dagegen. »Hier.«

Unvermittelt tauchte ein zweiter Soldat auf und hob die Waffe auf.

»Zu den anderen!«, sagte der Mann und versetzte ihm einen Stoß.

Als er zu seinen knienden Freunden stolperte, sah Manny Carrera und Kostos, die von zwei weiteren Söldnern eskortiert wurden. Ihre Pistolenhalfter waren leer, ihre Rucksäcke verschwunden. Sie mussten sich alle hinknien, mit den Händen auf dem Kopf. Das linke Auge des Sergeants war zugeschwollen, seine Nase schief und blutig, offenbar gebrochen. Kostos hatte sich wohl heftiger gewehrt als Manny.

Auf einmal stieg in der Tiefe des Waldes ein Feuerball empor. Ein gedämpfter Explosionsknall drang an ihre Ohren, dann begann es nach Napalm zu riechen.

So viel zu Kostos' »Ablenkungsmanöver«. Zu wenig, zu spät.

»Herr Brail, der hier rührt sich nicht!«, rief einer der Söldner in einem Mischmasch aus Deutsch und Spanisch.

Manny blickte zur Nightcap-Eiche. Es war Olin. Er lag reglos am Boden. Ein dicker Holzsplitter hatte seine Schulter durchbohrt. Blut strömte auf sein helles Khakihemd. Manny sah, dass er noch atmete.

Der Mann namens Brail ließ den Blick vom brennenden Wald zum Russen schweifen. »*Hundefleisch*«, sagte der Deutsche. Er hob die Pistole und schoss Olin in den Hinterkopf.

Anna zuckte zusammen und schluchzte auf.

Die beiden Anführer der Angriffstruppe kamen von den Trümmern der Blockhütte herübergeschlendert. Die kleine, nackte Indianerfrau bewegte sich so lässig wie bei einer Gartenparty, wodurch ihre Rundungen noch betont wurden. Zwischen ihren Brüsten ruhte ein Talisman. Zunächst hatte Manny einen Lederbeutel zu erkennen gemeint, dann aber sah er, dass es sich um einen Schrumpfkopf handelte. Das Kopfhaar war kurz geschoren.

Der schlanke Mann an ihrer Seite, bekleidet mit einem weißen Khakianzug und einem flotten Panamahut, bemerkte seinen Blick. Er hob den Schrumpfkopf an, damit alle ihn sehen konnten.

Manny sah die Hundemarke.

»Ich möchte Ihnen Corporal DeMartini vorstellen.« Er lachte leise, als hätte er einen Witz gemacht, einen Partyscherz, und ließ den geschändeten Kopf ihres ehemaligen Teamkameraden wieder auf die Brust der Frau herabfallen.

Sergeant Kostos grummelte etwas, wagte aber nicht, sich zu rühren, da noch immer ein AK-47 auf seinen Nacken zielte.

Louis lächelte die knienden Gefangenen an. »Es freut mich, dass Sie alle wieder versammelt sind.«

Manny bemerkte seinen schwachen französischen Akzent. *Wer war dieser Mann?*

Professor Kouwe beantwortete seine unausgesprochene

Frage. »Louis Favre«, murmelte der Professor mit angewiderter Miene.

Der Franzose wandte sich Kouwe zu. »Das heißt *Doktor* Favre, Professor Kouwe. Wir sollten doch die Regeln des Anstands wahren, dann bringen wir diese unangenehme Angelegenheit rasch zu Ende.«

Kouwe funkelte ihn schweigend an.

Manny kannte den Namen des Mannes. Der Biologe war aufgrund von Schwarzmarkthandel und Vergehen gegen die brasilianischen Ureinwohner abgeschoben worden. Der Professor und Nates Vater hatten üble Erfahrungen mit diesem Mann gemacht.

»Jetzt, da wir die Köpfe gezählt haben, scheint es so, als würden ein paar fehlen«, sagte Favre. »Wo sind die restlichen Mitglieder Ihrer kleinen Truppe?«

Niemand antwortete.

»Ich bitte Sie. Lassen Sie uns freundschaftlich bleiben. Es ist so ein schöner Tag.« Favre marschierte an den Gefangenen auf und ab. »Sie wollen doch bestimmt nicht, dass wir zu härteren Mitteln greifen, nicht wahr? Ich habe Ihnen eine simple Frage gestellt.«

Noch immer sagte keiner ein Wort. Alle starrten ins Leere.

Favre schüttelte bekümmert den Kopf. »Dann also nicht.« Er wandte sich an die Frau. »Tshui, *ma chérie*, such dir einen aus.« Er rieb sich affektiert die Hände, als wäre die Angelegenheit damit erledigt.

Die nackte Frau näherte sich ihnen, zögerte vor Private Carrera einen Moment mit schief gelegtem Kopf, dann sprang sie auf einmal zwei Schritte beiseite und kniete vor Anna nieder.

Anna zuckte zurück, konnte sich aufgrund der vorgehaltenen Waffe jedoch nicht bewegen.

»Mein Schatz hat ein gutes Auge für Schönheit.«

Mit einer blitzschnellen, schlangenhaften Bewegung zog die Indianerin ein langes, schmales Messer aus einer in ihrem langen Haar verborgenen Scheide hervor. Manny hatte solche ins Haar von Kriegern eingeflochtene Messerscheiden erst ein einziges Mal gesehen: bei den Shuar, den Kopfjägern aus Ecuador.

Die Spitze des weißen Knochenmessers bohrte sich in die zarte Haut unter Annas Kinn. Die Asiatin zitterte. Blut tropfte auf die weiße Klinge. Anna schnappte nach Luft.

Es reicht, dachte Manny und reagierte instinktiv. Er ließ die Rechte auf den Peitschenknauf an seiner Hüfte sinken. Auch er hatte in den Jahren, da er eine Wildkatze zähmen musste, schnelle Reflexe entwickelt. Mit geübtem Griff riss er die Peitsche hoch.

Die Spitze des Lederriemens traf das Knochenmesser, schleuderte es in die Luft und verletzte die Shuar-Frau unterhalb des Auges.

Fauchend wälzte sie sich auf die Seite. Wie von Zauberhand tauchte in ihrer Hand ein zweites Messer auf. Diese Raubkatze hatte offenbar viele Krallen.

»Lassen Sie Anna in Ruhe!«, rief Manny. »Ich werde Ihnen sagen, wo die anderen sind!« Plötzlich traf ihn von hinten ein Schlag, sodass er mit dem Gesicht im Laub am Boden landete. Jemand kickte die Peitsche weg und trat ihm auf die Hand, wobei ihm ein Finger gebrochen wurde.

»Ziehen Sie ihn hoch!«, knurrte Favre, der die Fassade affektierter Manieriertheit plötzlich fallen gelassen hatte.

Manny wurde am Haar hochgerissen. Er drückte sich die verletzte Hand an die Brust.

Favre wischte der Indianerin das Blut von der Wange. Dann wandte er sich zu Manny um und leckte sich das Blut von der Fingerspitze.

»War das nötig?«, fragte er und langte hinter sich. Einer

der Söldner drückte ihm ein kurzläufiges Gewehr hinein. Anscheinend eine Mini-Uzi.

Jemand zerrte Manny an den Haaren.

»Lassen Sie ihn los, Brail«, befahl Favre.

Als die Hand zurückgezogen wurde, wäre Manny beinahe wieder nach vorn gesackt.

»Wo sind sie?«, fragte Louis.

Manny verbiss sich den Schmerz. »Im Baum ... da waren sie zuletzt ... über Funk haben sie sich nicht gemeldet.«

Favre nickte. »Das habe ich mitbekommen.« Er holte ein Funkgerät aus der Tasche. »Corporal DeMartini war so freundlich, mir sein Saber zu borgen und mir die Frequenzen mitzuteilen.«

Manny runzelte die Stirn. »Aber wenn Sie Bescheid wussten ... warum ...?« Er blickte zu Anna hinüber.

Favre stieß ein gedehntes, gelangweiltes Seufzen aus. »Bloß um sicherzugehen, dass Sie mit offenen Karten spielen. Der Kontakt mit unserem Agenten ist offenbar abgebrochen. Und so etwas weckt mein Misstrauen.«

»Ein Agent?«, fragte Manny.

»Der Spion«, meldete Kouwe sich zu Wort. »Richard Zane.«

»So ist es.« Favre wandte sich zum Baum um und hob das Funkgerät an den Mund. »Nate, wenn Sie mich hören, bleiben Sie, wo Sie sind. Wir kommen zu Ihnen.«

Keine Antwort.

Manny hoffte, dass es Nate gelungen war, zusammen mit Kelly zu fliehen. Im Grunde seines Herzens aber wusste er, dass Kelly ihren Bruder niemals im Stich lassen würde. Sie waren bestimmt noch in dem prähistorischen Baum.

Der Franzose musterte den weißen Riesen mit zusammengekniffenen Augen. Nach einer Weile drehte er sich wieder zu Manny um. »Somit obliegt es mir, den Angriff auf meine Geliebte zu ahnden.«

Die kurzläufige Uzi ruckte nach oben.

»Das war nicht die feine Art, Monsieur Azevedo.«

Favre drückte den Abzug durch. Das Maschinengewehr spuckte eine Salve aus.

Manny zuckte zusammen, wurde jedoch nicht getroffen.

Hinter ihm stöhnte jemand auf. Sein Bewacher brach zusammen, den Oberkörper von Einschusslöchern übersät. Japsend wie ein Fisch lag er am Boden. Blut strömte aus Nase und Mund.

Favre senkte die Waffe. Manny starrte den Franzosen an. Favre hob eine Braue. »Ihnen gebe ich keine Schuld. Brail hätte besser aufpassen müssen. Er hätte ihnen niemals die verdammte Peitsche lassen dürfen. Das war nachlässig, schlechte Arbeit.« Louis schüttelte den Kopf. »Zwei Lieutenants an zwei Tagen.«

Er wandte sich ab und schwenkte die Waffe. »Nehmen Sie die Gefangenen mit.« Er schritt der Yagga entgegen. »Ich bin es leid, Carls Sohnemann hinterherzujagen. Wir wollen doch mal sehen, ob wir den scheuen Burschen nicht aus der Deckung locken können.«

11.09 Uhr

Nate versteckte sich im Schatten der Stützwurzeln der Yagga. Rauchwolken standen über der Lichtung. Aus der Richtung der Eiche hatte er sporadisches Gewehrfeuer und gedämpfte Schreie vernommen. *Was ging dort vor?*

Sehen konnte er allein die zerstörte Blockhütte seines Vaters. Angst und Verzweiflung hüllten ihn ein wie ein Totenhemd. Dann tauchten wie Gespenster aus einem Grab auf einmal schemenhafte Gestalten aus dem Qualm auf.

Er glitt tiefer in den Schatten hinein, schwenkte die Schrotflinte in die Richtung der sich nähernden Gruppe.

Mit jedem Schritt traten die Erscheinungen deutlicher hervor. Manny und Kouwe gingen an der Spitze, Anna hatten sie zwischen sich genommen. Kostos und Carrera nahmen einen Schritt weiter hinten die Flanken ein. Auch Dakii war bei ihnen.

Alle waren blutig, hielten die Hände auf dem Rücken und stolperten, von Schattengestalten angetrieben. Dann waren auch diese deutlicher zu erkennen: mehrere Männer, teils uniformiert, teils in Khakikleidung. Sie alle zielten mit ihren Waffen auf seine Freunde.

Nate peilte am Lauf der Schrotflinte entlang. Gegen eine solche Übermacht konnte er mit der Waffe nichts ausrichten. Er musste sich etwas anderes einfallen lassen. Vorerst aber blieb ihm nichts anderes übrig, als sich zu verstecken.

Die Bewacher befahlen seinen Kameraden anzuhalten.

Ein weiß gekleideter Mann hob ein kleines Megaphon an die Lippen. »Nathan Rand!«, rief er in die Krone der Yagga hinauf. »Zeigen Sie sich! Kommen Sie freiwillig heraus, sonst müssen Ihre Freunde für Ihr Zaudern bezahlen. Ich gebe Ihnen zwei Minuten.«

Seine Kameraden und der Indianer mussten sich hinknien.

Nate glitt noch tiefer ins Wurzelgewirr hinein. Der Mann war offenbar der Anführer der Söldner, dem Akzent nach zu schließen ein Franzose. Er sah auf die Uhr, dann blickte er wieder in die Baumkrone hoch, tappte ungeduldig mit dem Fuß. Offenbar glaubte der Mann aufgrund der letzten Meldung seines toten Spions noch immer, Nate halte sich in den oberen Regionen des Baumes auf.

Nate fühlte sich hin und her gerissen. Sich zeigen oder fliehen? Sollte er sich im Wald in Sicherheit bringen? Sich von hinten an die Söldner anschleichen? Im Geiste schüttelte er den Kopf. Er war kein Guerillakämpfer.

»Noch dreißig Sekunden, Nathan!«, dröhnte die durchs Megaphon verstärkte Stimme.

Aus der Höhe antwortete eine leise Stimme: »Nate ist nicht hier oben! Er ist weg!«

Kelly!

Der Franzose senkte das Megaphon. »Eine Lüge«, murmelte er.

Kouwe meldete sich zu Wort. »Dr. Favre ..., wenn Sie mir eine Bemerkung gestatten würden.«

Nate krampfte die Finger um die Flinte. Er hatte den Namen auf Anhieb wieder erkannt. Sein Vater hatte ihm von den Grausamkeiten eines gewissen Louis Favre berichtet. Er war das Schreckgespenst des Amazonas, ein Ungeheuer, das von seinem Vater aus der Gegend vertrieben worden war. Und jetzt war es auf einmal wieder aufgetaucht.

»Was gibt's denn, Professor?«, fragte Favre irritiert.

»Das war Kelly O'Brien. Sie hält bei ihrem verletzten Bruder Wache. Wenn sie sagt, Nate ist nicht dort oben, dann stimmt es auch.«

Favre blickte stirnrunzelnd auf die Uhr. »Wir werden sehen.« Er hob erneut das Megaphon. »Noch zehn Sekunden!« Er streckte die Hand aus und man legte ihm eine tückische Waffe hinein: eine geschwungene Machete, so lang wie eine Sense. Trotz des Qualms in der Luft funkelte sie hell – offenbar war sie frisch geschärft.

Favre beugte sich vor und setzte die gebogene Klinge unter Anna Fongs Kinn an, dann hob er wieder das Megaphon an die Lippen. »Die Zeit ist abgelaufen, Nathan! Ich war so großzügig, Ihnen zwei Minuten Zeit zu gewähren. Von jetzt an kostet jede Minute einem Ihrer Freunde das Leben. Kommen Sie her, dann bleibt ihnen dieses Schicksal erspart! Das gelobe ich als Gentleman und Franzose.« Favre zählte die letzten Sekunden ab. »*Fünf ... vier ...*«

Nathan zermarterte sich den Kopf nach einem Plan, irgendeiner Idee. Er wusste, dass auf Louis Favres Wort kein Verlass war.

»*Drei ... zwei ...*«

Es blieben ihm nur noch Sekunden, um sich eine Alternative zur Aufgabe auszudenken.

»*Eins ...*«

Es fiel ihm keine ein.

»Das war's.«

Nathan richtete sich auf. Die Schrotflinte über den Kopf erhoben trat er aus der Deckung. »Sie haben gewonnen!«, rief er.

Favre richtete sich vor der knienden Anna auf und hob eine Braue. »Oh, *mon petit homme*, da haben Sie mich aber erschreckt! Was haben Sie denn da die ganze Zeit gemacht?«

Tränen strömten Anna übers angstverzerrte Gesicht.

Nate warf die Schrotflinte weg. »Sie haben gewonnen«, wiederholte er. Söldner umringten ihn.

Favre lächelte. »Ich gewinne immer.« Sein amüsiertes Lächeln verzerrte sich fratzenhaft.

Ehe jemand reagieren konnte, drehte Favre sich in der Hüfte, holte mit aller Kraft aus und schwenkte wieder zurück.

Blut spritzte empor.

Der Kopf seines Opfers war säuberlich abgetrennt worden.

»Manny!«, rief Nate und sank erst auf die Knie, dann fiel er auf die Hände.

Der Leichnam seines Freundes kippte nach hinten.

Anna schrie auf und sank ohnmächtig gegen Kouwe.

Favre, der Nate den Rücken zuwandte, musterte die entsetzten und angewiderten Gesichter der anderen Gefangenen. »Haben Sie wirklich geglaubt, ich würde zulassen, dass Monsieur Azevedo meine Geliebte ungestraft schlägt? *Mon Dieu!* Wo bleibt da Ihre Ritterlichkeit?«

Nate bemerkte, wie sich die hinter den knienden Gefangenen stehende Indianerin an eine Wunde an der Wange fasste.

Favre wandte sich wieder zu Nate um. Sein weißer Anzug hatte nun eine hellrote Schärpe. Der Unmensch tippte auf seine Armbanduhr, dann schwenkte er mahnend den Zeigefinger. »Übrigens, Nathan, die Zeit war schon abgelaufen. Sie haben zu spät reagiert, alles, was recht ist.«

Nathan ließ den Kopf auf den Erdboden hängen. »Manny ...«

Irgendwo in der Ferne durchschnitt ein Raubtierschrei den Morgen und hallte schauerlich im Tal wider.

17
Das Heilmittel

17. August, 16.16 Uhr
Amazonas-Dschungel

Louis überwachte die letzten Vorbereitungen im Tal. Die schmutzige Feldjacke trug er über dem Arm, die Hemdsärmel hatte er hochgekrempelt. Es war ein ausgesprochen heißer Tag – doch es würde noch heißer werden, sehr viel heißer. Mit einem grimmigen, zufriedenen Lächeln musterte er die Ruinen des Dorfs.

Ein kolumbianischer Soldat namens Mask nahm Haltung an, als Louis sich ihm näherte. Der Bursche war über einsachtzig groß und hoch gefährlich. In seiner Zeit als Bodyguard des Chefs eines Drogenkartells hatte er eine Ladung Säure ins Gesicht abbekommen. An einer Seite war die Haut vollständig vernarbt. Anschließend hatte ihn sein undankbarer Arbeitgeber gefeuert, da seine abstoßende Erscheinung ihn daran erinnerte, wie nahe er dem Tod gekommen war. Louis hingegen respektierte seine unerschütterliche Loyalität. Er war ein hervorragender Ersatz für Brail.

»Mask«, sagte Louis, den militärischen Gruß erwidernd, »wie lange wird es noch dauern, bis alle Sprengladungen im Tal verteilt sind?«

»Eine halbe Stunde«, antwortete der neue Lieutenant schneidig.

Louis nickte und sah auf seine Armbanduhr. Die Zeit wurde knapp, doch bislang lagen sie noch im Zeitplan. Hätte der Russe nicht das verdammte GPS ans Laufen bekommen und ein Signal übermittelt, hätte er mehr Zeit gehabt, seinen Sieg auszukosten.

Seufzend musterte Louis die Lichtung. Insgesamt knieten achtzehn Gefangene am Boden, die Hände auf dem Rücken; die Handfesseln waren mit den überkreuzten Knöcheln verbunden. Eine Seilschlinge lief durch die Fesseln und umschloss ihren Hals. Eine Würgefessel, die keinerlei Bewegungsspielraum ließ. Einige Gefangene schnappten bereits nach Luft. Die anderen schwitzten und bluteten in der sengenden Sonne.

Louis wurde sich bewusst, dass Mask noch immer vor ihm stand. »Und das Tal wurde abgesucht?«, fragte er. »Es gibt keine Ban-ali mehr?«

»Keine lebenden, Sir.«

Das Dorf hatte über hundert Bewohner gehabt. Jetzt waren sie ein ausgelöschter Stamm unter vielen.

»Was ist mit dem Tal? Wurde es ganz gründlich abgesucht?«

»Ja, Sir. Der einzige Weg auf dieses Plateau oder von ihm hinunter führt durch die Schlucht.«

»Ausgezeichnet«, sagte Louis. Dies hatte ihm bereits der Kundschafter der Ban-ali berichtet, den sie in der Nacht gefoltert hatten, doch er wollte ganz sicher gehen. »Machen Sie noch einen Rundgang. Ich möchte, dass Sie spätestens um fünf Uhr wieder hier sind.«

Mask nickte und machte schneidig kehrt. Eilig näherte er sich dem Riesenbaum in der Mitte der Lichtung.

Louis sah ihm nach. Soeben wurden zwei kleine Stahlfässer aus dem Eingang des Baumes hervorgerollt. Als das Tal gesichert war, hatten mit Äxten und Ahlen ausgerüstete Männer Drainagen gelegt und große Mengen des kostbaren Safts abgezapft. Louis beobachtete eine weitere Gruppe, die am Fuße des riesigen Yagga-Baums tätig war. Er kniff die Augen zusammen.

Alles lief mit der Präzision eines Uhrwerks ab. Nachlässigkeit hätte Louis auch nicht geduldet.

Zufrieden ging er zurück zu den Gefangenen, den Überlebenden des Ranger-Teams, die in der sengenden Sonne schmorten. Sie waren ein Stück weit abgesondert von den überlebenden Indianern.

Louis musterte seinen Fang, etwas enttäuscht darüber, dass ihre Gegenwehr so schwach gewesen war. Die beiden Ranger funkelten ihn zornig an. Die kleine asiatische Anthropologin war inzwischen wesentlich ruhiger geworden; ihre Lippen bewegten sich in lautlosem Gebet. Offenbar hatte sie sich in ihr Schicksal ergeben. Kouwe zeigte keine Regung. Louis blieb vor dem letzten Gefangenen in der Reihe stehen.

Nathan Rands Blick war ebenso hart wie der der Ranger, doch es lag noch mehr darin. Der Ausdruck eiskalter Entschlossenheit.

Louis hatte Mühe, dem Mann in die Augen zu schauen, wollte den Blick aber auch nicht abwenden. Nathans Ähnlichkeit mit seinem Vater war nicht zu übersehen: Er hatte das gleiche sandfarbene Haar, die gleichen Wangenknochen, die gleiche Nasenform. Doch er war nicht *Carl* Rand. Erstaunlicherweise verspürte Louis deswegen Enttäuschung. Die Genugtuung, die er daraus zog, dass Carls Sohn vor ihm kniete, war schal.

Unwillkürlich empfand er sogar einen gewissen Respekt vor dem jungen Mann. Im Verlauf der Expedition hatte Nathan Einfallsreichtum und Unerschrockenheit bewiesen und sogar Louis' Spion getötet. Und jetzt, am Ende, hatte er seine Loyalität unter Beweis gestellt, seine Bereitschaft, sein Leben für sein Team zu opfern. Bewundernswerte Eigenschaften, auch wenn sie Louis' Charakter vollkommen zuwiderliefen.

Und er hatte diese Augen, so hart wie polierter Stein. Offenbar hatte er abgrundtiefen Kummer durchlebt und irgendwie überlebt. Louis dachte an seinen alten Freund in dem Hotel in Französisch-Guayana, den Überlebenden der Teufelsinsel. Louis stellte sich vor, wie er seinen Bourbon pur schlürfte. Dieser Bursche hatte auch solche Augen. Das waren nicht die Augen von Carl Rand. Nathan war ein anderer Mensch.

»Was haben Sie mit uns vor?«, fragte Nate. Es war keine Bitte, bloß eine einfache Frage.

Louis holte ein Taschentuch hervor und wischte sich den Schweiß von der Stirn. »Ich habe mein Wort als Gentleman gegeben, dass ich weder Sie noch Ihre Freunde töten werde. Und ich werde mein Wort halten.«

Nate kniff die Augen zusammen.

»Ich überlasse es dem US-Militär, Sie zu töten«, sagte er betrübt; seine Gefühlsanwandlung war erstaunlicherweise ungeheuchelt.

»Was soll das heißen?«, fragte Nate misstrauisch.

Louis schüttelte den Kopf und trat zwei Schritte beiseite, bis er vor Sergeant Kostos stand. »Ich glaube, diese Frage sollte Ihnen Ihr Kamerad beantworten.«

»Ich habe keine Ahnung, wovon Sie reden«, sagte Kostos finster.

Louis bückte sich und blickte dem Sergeant in das Gesicht.

»Ach ... wollen Sie wirklich behaupten, Captain Waxman habe seinem Staff Sergeant nicht vertraut?«

Kostos wandte den Blick ab.

»Was redet der denn da?«, wandte sich Nate an den Sergeant. »Für Geheimniskrämerei ist es zu spät, Kostos. Wenn Sie irgendetwas wissen ...«

Schließlich antwortete der Sergeant verlegen. »Die Napalm-Minibomben. Wir hatten Befehl, die Wundersubstanz zu finden. Sobald wir eine Probe eingesammelt hätten, sollten wir deren Ursprung vernichten, und zwar vollständig.«

Louis richtete sich auf und genoss das Entsetzen der Gefangenen. Selbst die Rangerin wirkte überrascht. Offenbar weihte das Militär nur wenige Auserwählte in seine Geheimnisse ein.

Louis deutete zu der kleinen Gruppe hinüber, die sich um den Riesenbaum versammelt hatte. Die neun verbliebenen Minibomben der Ranger wirkten vor dem Hintergrund der weißen Rinde wie flache, schwarze Augen, die zu ihnen herüberschauten. »Dank der US-Regierung verfügen wir über genügend Feuerkraft, um noch größere Monster als diesen Baum auszulöschen.«

Kostos ließ den Kopf hängen; dazu hatte er auch allen Grund.

»Sie sehen also«, fuhr Louis fort, »unsere Missionen unterscheiden sich gar nicht so sehr. Bloß hinsichtlich des Nutznießers – entweder das amerikanische Militär oder die französische Pharmafirma. Was die Frage aufwirft, wer mit dem Wissen mehr Gutes bewirken würde.« Er zuckte die Schultern. »Wer weiß das schon? Aber umgekehrt können wir auch fragen, wer wohl größeres Übel damit anrichten würde?« Louis musterte den Sergeant. »Und ich glaube, die Antwort kennen wir alle.«

Angespannte Stille senkte sich auf die Gruppe.

Schließlich ergriff Nate das Wort. »Was ist mit Kelly und Frank?«

Ah, die fehlenden Mitglieder der Gruppe ... Es erstaunte Louis nicht, dass Nate sich nach ihnen erkundigte. »Machen Sie sich deretwegen keine Sorgen. Sie werden mich begleiten«, erklärte Louis. »Ich habe mit meinen Finanziers gesprochen. Monsieur O'Brien ist das ideale Versuchskaninchen, um den Regenerationsvorgang zu erforschen. Die Wissenschaftler von St. Savin können es gar nicht mehr erwarten, ihn in die Hände zu bekommen und zu untersuchen.«

»Und Kelly?«

»Mademoiselle O'Brien wird mich begleiten, um zu gewährleisten, dass ihr Bruder kooperiert.«

Nathan erblasste.

Louis hatte bemerkt, dass Nates Blick im Laufe der Unterhaltung wiederholt zum Baum geschwenkt war. Er deutete auf den Urwaldriesen. »Die Timer sind auf drei Stunden eingestellt. Auf zwanzig Uhr, um genau zu sein«, sagte Louis. Er wusste, dass alle Anwesenden bereits die Explosion einer *einzelnen* Napalmbombe miterlebt hatten. Die neunfache Anzahl schlug sich als pure Hoffnungslosigkeit in ihren Gesichtern nieder.

Louis fuhr fort: »Wir haben noch weitere Brandbomben im Cañon und in der Nebenschlucht hinterlegt, die hochgehen werden, sobald wir das Gebiet geräumt haben. Wir durften nicht das Risiko eingehen, dass Sie von einem Indianer befreit werden, den wir übersehen haben. Doch ich fürchte, egal ob gefesselt oder nicht, es gibt keinen Ausweg mehr für Sie. Das ganze Tal wird von einem mächtigen Feuersturm verschluckt werden – der alle Überbleibsel des Wundersafts vernichten und die Helikopter anlocken wird, die bereits hierher unterwegs sein dürften. Im Schutze der Feuersbrunst werden wir ungestört flüchten können.«

Das Eingeständnis der Niederlage stand ihnen ins Gesicht geschrieben.

Louis lächelte. »Wie Sie sehen, ist für alle Eventualitäten Vorsorge getroffen.«

Louis' Lieutenant näherte sich mit energischen Schritten und blieb neben ihm stehen. Der Kolumbianer ignorierte die Gefangenen, als handelte es sich um Schafe.

»Ja, Mask?«

»Alles vorbereitet. Auf Ihren Befehl hin können wir mit der Evakuierung beginnen.«

»Dann fangen Sie an.« Louis blickte sich noch einmal zu den am Boden knienden Männern und Frauen um. »Ich bedaure, aber die Pflicht ruft. Ich verabschiede mich mit einem herzlichen Adieu.«

Als er sich abwandte, machte Louis sich voller Genugtuung klar, dass es einzig und allein Carl Rand gewesen war, der seinen stolzen Sohn in diese ausweglose Lage gebracht hatte. *Und so tritt er in die Fußstapfen seines Vaters ...*

Hoffentlich schaute der alte Mann von der Hölle aus zu.

16.55 Uhr

Niedergeschmettert von den Neuigkeiten kniete Nate bei den anderen. Benommen beobachtete er, wie sich die Söldner zum Abzug bereit machten.

»Favre setzt voll und ganz auf den Saft der Yagga«, bemerkte Kouwe über die Schulter hinweg.

Nate wandte den Kopf, soweit die Schlinge um seinen Hals dies zuließ. »Was spielt das jetzt noch für eine Rolle?«

»Er geht davon aus, dass der Saft nicht nur Verletzungen heilt, sondern auch gegen die ansteckende Krankheit hilft, doch dafür gibt es keinerlei Beweis.«

Nate zuckte die Schultern. »Was schlagen Sie vor?«

»Es ihm zu sagen«, antwortete Kouwe.

»Wir sollen ihm helfen? Warum?«

»Ich will ihm nicht helfen. Es geht um die vielen Menschen dort draußen, die an der Seuche erkrankt sind. Das Heilmittel ist hier zu finden. Das spüre ich. Und er wird es vernichten und damit jede Hoffnung vereiteln, dem Fluch der Ban-ali ein Ende zu machen. Wir müssen wenigstens versuchen, ihn zu warnen.«

Nate runzelte die Stirn. Er konnte Kouwes Überlegung zwar nachvollziehen, doch sein Herz sträubte sich dagegen.

»Er wird ohnehin nicht auf Sie hören«, sagte Nate und suchte nach einem Kompromiss zwischen Herz und Verstand, einer Rechtfertigung dafür, weiterhin zu schweigen. »Favre geht strikt nach Zeitplan vor. Ihm bleiben noch höchstens sechs bis acht Stunden, dann kommt es zu einer militärischen Intervention. In der Zeit kann er bloß an sich raffen, so viel er kann, und anschließend wegrennen.«

»Wir müssen versuchen, ihn umzustimmen«, beharrte Kouwe.

Von der Yagga tönte Stimmenlärm herüber. Beide Männer blickten in den Eingang hinein. Zwei Söldner mit einer Trage traten ins Freie. Auf der provisorischen Trage war Frank festgeschnallt. Er war verschnürt wie ein Spanferkel.

Dann folgte Kelly, der man die Hände auf dem Rücken gebunden hatte. Sie stolperte neben Favre und dessen nackter Geliebten her. Den Abschluss bildeten weitere bewaffnete Söldner.

»Sie wissen nicht, was Sie da tun!«, war Kelly zu vernehmen. »Bis jetzt ist überhaupt nicht sicher, ob der Saft überhaupt etwas zu heilen vermag!«

Offenbar führte sie die gleiche Auseinandersetzung wie eben Kouwe und Nate.

Louis zuckte die Schultern. »Bis darüber Klarheit herrscht, hat St. Savin mich bereits bezahlt. Sie werden sich um die Beine Ihres Bruders kümmern – oder um das, was von ihnen übrig ist – und die zugesagten Millionen auf mein Konto schaufeln.«

»Und was ist mit den kranken Menschen? Mit den Kindern, den Alten?«

»Was geht mich das an? Meine Großeltern sind bereits tot. Und Kinder habe ich keine.«

Kelly setzte zu einer empörten Entgegnung an, dann fiel

ihr Blick auf ihre Freunde. Verwirrung spiegelte sich in ihrem Gesicht wider.

»Was geht hier vor?«, fragte sie.

»Ach, Ihre Freunde – die bleiben hier.«

Kelly bemerkte die am Baumstamm befestigten Sprengkörper, dann blickte sie zu Nate hinüber. »Sie ... Sie können sie doch nicht einfach hier lassen.«

»Doch, das kann ich«, sagte Louis. »Das kann ich.«

Kelly hielt stolpernd an und sagte mit tränenerstickter Stimme: »Dann lassen Sie mich wenigstens von ihnen Abschied nehmen.«

Louis seufzte theatralisch. »Einverstanden. Aber fassen Sie sich kurz.« Er packte Kelly beim Oberarm und führte sie, begleitet von seiner Geliebten und vier bewaffneten Söldnern, zu den Gefangenen hinüber.

Louis schob sie vor die knienden Gefangenen hin.

Nate tat es im Herzen weh, sie zu sehen. Es wäre ihm leichter gefallen, wenn sie einfach an ihnen vorbeigegangen wäre.

Tränen strömten ihr über die Wangen. Kelly ging von einem zum anderen und sagte, wie Leid es ihr täte – als wäre alles ihre Schuld. Nate hörte kaum hin, sondern verschlang sie mit den Augen, denn er wusste, er würde sie nie wieder sehen. Sie bückte sich und legte ihre Wange an Professor Kouwes Gesicht, dann trat sie vor Nate hin, der am Ende der Reihe kniete.

Sie blickte auf ihn herab, dann sank sie auf die Knie. »Nate ...«

»Schhhh«, machte er und lächelte traurig; der Laut erinnerte sie an ihre gemeinsam verbrachte Nacht. »Schhhh.«

»Ich habe gehört, was mit Manny passiert es«, schluchzte sie. »Es tut mir ja so Leid.«

Nate schloss die Augen und senkte den Kopf. »Wenn sich

eine Gelegenheit ergibt«, flüsterte er, »dann bring das Franzosenschwein um.«

Sie lehnte sich an ihn, schmiegte den Kopf an seine Wange. »Versprochen«, hauchte sie ihm ins Ohr, als wäre dies ein Geheimnis unter Liebenden.

Ohne sich darum zu scheren, ob ihnen jemand zuschaute, drehte er das Gesicht herum, sodass sich ihre Lippen berührten. Er küsste sie ein letztes Mal. Sie erwiderte den Kuss, atmete ihm in den Mund.

Dann riss Favre sie auf die Beine. Seine Finger gruben sich in ihren Arm. »Mir scheint, Ihre Beziehung beschränkt sich nicht bloß aufs Berufliche«, meinte er höhnisch.

Favre riss Kelly herum und küsste sie brutal auf den Mund. Sie schrie erschrocken auf. Louis ließ sie los, stieß sie der Indianerin entgegen. Blut tropfte von seinen Lippen.

Kelly hatte ihn gebissen.

Er wischte sich das Kinn ab. »Keine Bange, Nathan. Ich werde gut auf sie aufpassen.« Er blickte wieder Kelly und seine Geliebte an. »Tshui und ich werden uns bemühen, ihr den Aufenthalt bei uns so angenehm wie möglich zu gestalten. Nicht wahr, Tshui?«

Die Indianerin beugte sich der Gefangenen entgegen, betastete eine Strähne von Kellys kastanienrotem Haar und schnupperte daran.

»Wie Sie sehen, Nathan, ist Tshui durchaus nicht abgeneigt.«

Nathan hätte sich am liebsten auf ihn gestürzt, doch die Fesseln hielten ihn zurück. »Sie Schwein!«, zischte er. Sein Atem ging keuchend, da ihm die Schlinge den Hals zuschnürte.

»Beruhigen Sie sich, mein Junge.« Louis trat zurück und legte Kelly den Arm um die Schultern. »Sie ist in guten Händen.«

Tränen strömten ihr über die Wangen. Nate bekam

kaum noch Luft. Nach wie vor kämpfte er gegen die Fesseln an. Er musste sowieso sterben. Was machte es schon für einen Unterschied, ob er erstickte oder verbrannte?

Louis sah betrübt auf ihn nieder, dann zog er Kelly weg. Dabei murmelte er vor sich hin: »Schade, dass sein Leben so tragisch verlaufen musste ..., dabei ist er so ein netter Junge.«

Am Rande von Nates eingedunkeltem Gesichtsfeld tanzten Sterne.

»Hör auf damit, Nate«, flüsterte Kouwe.

»Warum denn?«, keuchte er.

»Wo Leben ist, da ist auch Hoffnung.«

Nate erschlaffte, weniger, weil er der Bemerkung des Professors irgendeine Bedeutung beimaß, sondern eher vor Erschöpfung. Ganz allmählich beruhigte sich sein Atem wieder. Er blickte den sich entfernenden Söldnern nach, hatte jedoch nur Augen für Kelly. Einmal schaute sie sich um, dann hatte sie den Rand des Dschungels erreicht. Kurz darauf war sie verschwunden.

Anna sprach ein halblautes Gebet, die anderen schwiegen. Einige der gefesselten Indianer stimmten einen Klagegesang an, andere weinten. So saßen sie da, während die Sonne dem westlichen Horizont entgegensank. Mit jedem Atemzug und jedem Schluchzer rückte der Tod näher.

»Warum haben sie uns nicht einfach erschossen?«, murmelte Sergeant Kostos.

»Das ist nicht Favres Stil«, antwortete Professor Kouwe. »Wir sollen unsere Todesangst bis zur Neige auskosten. Eine langwierige Folter. Das erregt den Schweinehund.«

Nate schloss resigniert die Augen.

Eine Stunde später ertönte im Süden eine gewaltige Explosion. Nate schlug die Augen auf. Eine dicke Rauch- und Staubsäule stieg in den Himmel.

»Sie haben die Schlucht gesprengt«, sagte Carrera, die am anderen Ende der Reihe kniete.

Nate wandte den Kopf ab. Die Explosion hallte sekundenlang nach, dann erstarb das Grollen. Jetzt warteten sie auf die letzte Explosion, die sie töten und das Tal in ein Flammenmeer verwandeln würde.

Als sich abermals Stille herabsenkte, vernahm Nate vom Waldrand her auf einmal ein vertrautes Grollen. Das Grollen eines Jaguars.

Kouwe blickte Nate an.

»Tor-tor?«, sagte Nate mit einem Anflug von Hoffnung.

Vom Waldrand her trat ein Jaguar auf die Lichtung. Doch das war nicht der gefleckte zahme Begleiter ihres ermordeten Freundes.

Der riesige schwarze Jaguar schlich vorsichtig ins Freie, die Lefzen in einem bösartigen Knurren gebleckt.

17.35 Uhr

Kelly schritt neben Franks Trage her. Die beiden Männer, die sie schleppten, stapften unermüdlich wie Roboter durch den unteren Cañon. Kelly, die keine andere Last trug als ihr schweres Herz, stolperte immer wieder über Wurzeln und Äste.

Favre gab ein flottes Tempo vor. Er wollte den Sumpfsee erreichen und im Wald untertauchen, bevor der obere Cañon durch die Bomben zerstört wurde.

»Anschließend wird es hier von Militärs wimmeln wie von Fliegen auf einem Scheißhaufen«, hatte Favre gemeint. »Bis dahin müssen wir uns in Sicherheit gebracht haben.«

Kelly hatte auch ein paar Bemerkungen der Söldner aufgeschnappt, die sich in einer Mischung aus Portugiesisch und Spanisch unterhielten. Demnach hatte Favre über Funk Motorboote angefordert, die einen Tagesmarsch entfernt auf sie warten sollten. Sobald sie die Boote erreicht hätten, wären sie in Sicherheit.

Zunächst aber kam es darauf an, den Treffpunkt unbehelligt zu erreichen – deshalb mussten sie sich beeilen. Favre würde mit Nachzüglern kurzen Prozess machen, und das galt auch für Kelly. Er hatte Mannys Peitsche an sich genommen und ließ sie, wenn er die Kolonne abschritt, wie ein Sklaventreiber hin und wieder knallen. Kelly hatte sie bereits schmerzhaft zu spüren bekommen, als sie sich bei der Explosion in der Schlucht auf die Knie hatte fallen lassen. Sie war so niedergeschlagen gewesen, dass sie sich nicht mehr rühren konnte. Dann auf einmal war in ihrer Schulter ein brennender Schmerz aufgeflammt. Die Peitsche hatte das Hemd durchtrennt. Von da an achtete sie darauf, nicht mehr zurückzubleiben.

»Kelly ...«, sagte Frank.

Sie beugte sich zu ihm hinunter.

»Wir kommen hier raus«, sagte er schleppend. Ungeachtet seines Protests hatte sie ihm Demerol gespritzt, ehe man ihn aus der Krankenstation im Yagga-Baum abtransportiert hatte. Sie wollte nicht, dass er unnötig litt. »Wir werden es schaffen.«

Kelly nickte. Am liebsten hätte sie seine Hand gehalten, doch das ließen die Fesseln nicht zu. Außerdem war Frank unter der Decke an der Trage festgebunden.

Frank bemühte sich weiter, sie zu trösten. »Nate ... und die anderen ... werden sich bestimmt befreien ... sich retten ...« Seine letzten Worte versickerten im Morphiumnebel.

Kelly blickte sich um. Das Laubdach verdeckte den größten Teil des Himmels, dennoch machte sie eine Rauchwolke aus, die das obere Tal vom unteren trennte. Von den Brandbomben, die im urtümlichen Urwald ausgelegt waren, hatte sie ihrem Bruder nichts erzählt. Von ihren Teamkameraden hatten sie keine Hilfe zu erwarten.

Kelly fixierte im Gehen Favres Hinterkopf.

Ihre einzige Hoffnung bestand darin, *Rache* zu nehmen.

Sie war fest entschlossen, das Versprechen zu halten, das sie Nate gegeben hatte.

Sie würde Louis Favre töten ... oder bei dem Versuch sterben.

17.58 Uhr

Nate beobachtete, wie der riesige Jaguar auf die Lichtung tappte. Er war allein. Nate sah, dass es sich um die Anführerin des Rudels handelte, das listige Weibchen. Offenbar hatte sie Louis' Massenvergiftung überlebt und war instinktiv in das Tal zurückgekehrt, in dem sie zur Welt gekommen war.

Sergeant Kostos stöhnte leise. »Das wird ja immer schöner.«

Das gewaltige Tier beäugte die gefesselten Gefangenen, eine leichte Beute. Ohne das Abwehrpulver waren sogar die Ban-ali gefährdet. Die schwarze Raubkatzengöttin, von der Yagga zu ihrem Schutz erschaffen, war nur noch ein Raubtier.

Das Tier näherte sich ihnen geduckt, mit peitschendem Schwanz.

Auf einmal blitzte über der muskulösen Schulter der Raubkatze etwas rötlich auf. Tor-tor sprang aus dem Dschungel hervor. Ohne irgendwelche Anzeichen von Angst preschte er an der großen Raubkatze vorbei und rannte zu Nate und den anderen.

Nate wurde vom stürmischen Jaguar umgeworfen. Jetzt, da sein Herr tot war, freute sich Tor-tor offenbar, wieder bei ihnen zu sein, und suchte Trost und Zuspruch.

Nate bekam kaum mehr Luft, da sich die Schlinge um seinen Hals zusammengezogen hatte. »B-braver Junge, Tor-tor.«

Die große schwarze Raubkatze beobachtete aus einiger Entfernung die seltsame Szene.

Tor-tor schmiegte sich an Nate an, wollte gestreichelt werden, um das Gefühl zu bekommen, alles sei wieder in Ordnung. Diesem Wunsch konnte der gefesselte Nate nicht nachkommen – doch er hatte eine Idee.

Er wälzte sich herum, was ihm einen weiteren Nasenstüber einbrachte, und streckte dem Jaguar die Handfesseln entgegen. Tor-tor schnupperte an den Stricken. »Beiß sie durch«, forderte Nate ihn auf und schüttelte die gefesselten Hände. »Dann streichle ich dich auch, du großer, pelziger Tolpatsch.«

Tor-tor leckte an Nates Hand, dann stupste er ihn gegen die Schulter.

Nate stöhnte frustriert. Er blickte sich über die Schulter um. Die große schwarze Raubkatze kam herbeigetappt und stieß Tor-tor knurrend beiseite.

Nate erstarrte.

Das Monster schnupperte an der Hand, die Tor-tor beleckt hatte, dann fixierte sie Nate mit ihren schwarzen Augen. Offenbar konnte sie seine Angst riechen.

Nate musste daran denken, wie sie Frank im Sprung die Beine abgebissen hatte.

Der Jaguar senkte den Kopf auf Nates Arme und Beine. Ein tiefes Grollen stiegt aus seiner Kehle. Nate verspürte einen heftigen Ruck, dann wurde er hochgehoben und hing in der Schlinge. Einen Moment lang fragte er sich, ob er ersticken müsste, bevor ihn das Monster verschlingen würde.

Stattdessen fiel Nate unvermittelt wieder auf den Boden. Er krümmte sich zusammen, dann bemerkte er, dass seine Arme frei waren. Er nutzte die Gelegenheit, wälze sich herum und streckte die Beine. Er setzte sich auf und blickte auf die durchtrennten Stricke nieder, die von seinen Handgelenken baumelten. Die Raubkatze hatte ihn befreit.

Nate riss sich die Schlinge vom Hals.

Der große schwarze Jaguar beobachtete ihn. Tor-tor schmiegte sich an die Flanke der Riesenraubkatze, ein klarer Beweis von Zuneigung, dann näherte er sich Nate.

Nate warf die Schlinge beiseite. Seine Knöchel waren noch gefesselt, doch ehe er sie löste, musste er sich bedanken.

Tor-tor drängte sich an ihn, schmiegte seinen pelzigen Kopf an Nates Brust.

Er kraulte ihn an den empfindlichen Stellen hinter den Ohren, was ihm ein zufriedenes Schnurren einbrachte. »Braver Junge ... gut gemacht.«

Die Raubkatze maunzte klagend.

Nate zog Tor-tors Kopf hoch und blickte in die goldfarbenen Augen. »Ich habe Manny auch lieb gehabt«, flüsterte Nate.

Tor-tor beschnupperte liebevoll sein Gesicht.

Beruhigende Laute ausstoßend, ließ Nate alles geduldig über sich ergehen. Als Tor-tor schließlich von ihm abließ, konnte Nate endlich die Fußfesseln lösen.

Der schwarze Riesenjaguar hatte sich ein Stück abseits auf die Hinterbeine gesetzt. Nach Mannys Tod war Tor-tor offenbar dem Weibchen begegnet und hatte es unmittelbar hierher geleitet. Es sah so aus, als hätte sich zwischen den beiden jungen Raubkatzen eine Beziehung entwickelt. Vielleicht hatte der gemeinsame Kummer dazu beigetragen, die Bande zu vertiefen: Tor-tor trauerte um seinen Herrn, das Weibchen um sein Rudel.

Nate richtete sich auf und befreite Kouwe. Dann wandten sie sich den anderen zu. Nate löste Dakiis Fesseln. Der indianische Kundschafter trug die Hauptverantwortung am Überfall der Piranhas und der Heuschrecken. Nate aber verspürte keinen Groll mehr gegen ihn. Der Indianer hatte lediglich versucht, sein Volk zu schützen – und damit hatte er Recht getan, wie sich herausgestellt hatte. Nate zog Dakii auf die Beine und blickte zu den qualmenden Ruinen des Dorfes hinüber. Wer waren die wahren Dschungelmonster?

Dakii schloss Nate fest in die Arme.

»Zum Bedanken ist es noch zu früh«, sagte Nate. Auch die anderen Indianer wurden befreit, doch Nate war bereits ganz auf den Baum konzentriert, an dessen Stamm neun Napalmbomben befestigt waren.

Sergeant Kostos trat zu ihm und massierte sich die Handgelenke. »Ich werde mal schauen, ob ich die Sprengladungen entschärfen kann. Carrera sucht gerade nach der Waffe, die sie versteckt hat.«

Nate nickte. In der Nähe versammelten sich die befreiten Ban-ali um die beiden Jaguare. Die Raubkatzen ruhten im Schatten, scheinbar ohne sich vom Publikum stören zu lassen. Nate fiel jedoch auf, dass das größere Weibchen die Umgebung aus zusammengekniffenen Augen beobachtete. Diese Raubkatze war unvermindert wachsam.

Anna und Kouwe gesellten sich zu ihm. »Wir sind frei, aber wie geht es jetzt weiter?«, fragte der Professor.

Nate schüttelte den Kopf.

Anna verschränkte die Arme vor der Brust.

»Was haben Sie?«, fragte Nate, als er ihre sorgenvoll gefurchte Stirn bemerkte.

»Richard Zane. Sollten wir jemals aus diesem Schlamassel herauskommen, kündige ich bei Tellux.«

Nate musste unwillkürlich lächeln. »Dann sind wir schon zwei.«

Nach einer Weile kam der finster dreinblickende Sergeant Kostos zu ihnen zurück. »Die Bomben sind fest verdrahtet und entsprechend präpariert. Ich kann sie weder entschärfen noch entfernen.«

»Wir können also nichts tun?«, fragte Kouwe.

Der Ranger schüttelte den Kopf. »Ich muss zugeben, das Team dieses französischen Bastards versteht sein Handwerk. Die haben verdammt gute Arbeit geleistet.«

»Wie viel Zeit bleibt uns noch?«, fragte Anna.

»Knapp zwei Stunden. Die digitalen Timer sind auf zwanzig Uhr programmiert.«

Nate blickte stirnrunzelnd zum Baum. »Dann müssen wir entweder einen Ausgang aus dem Tal finden oder irgendwo Unterschlupf suchen.«

»Das können Sie vergessen«, meinte Kostos. »Wir müssen möglichst weit weg sein, wenn die Knallbonbons hochgehen. Auch ohne zusätzliche Brandbomben reichen die neun Napalmbomben aus, um das ganze Plateau zu rösten.«

Nate nahm ihn beim Wort. »Wo ist Dakii? Vielleicht kennt er ja einen zweiten Ausgang.«

Kouwe zeigte zum Eingang der Yagga. »Er schaut gerade nach dem Schamanen.«

Nate nickte; jetzt erinnerte er sich wieder, dass der Schamane von Zane in den Bauch geschossen worden war. »Dann wollen wir mal hören, ob Dakii etwas weiß, das uns weiterhelfen könnte.«

Kouwe und Anna folgten ihm.

Sergeant Kostos winkte sie weiter. »Ich sehe mir noch mal die Bomben an. Vielleicht fällt mir ja noch etwas ein.«

Im Innern des Baumes fiel Nate abermals der süßliche Moschusduft auf. Sie folgten den blauen Handabdrücken an der Tunnelwand.

Kouwe ging neben Nate. »Ich weiß, dass alle in erster Linie an Flucht denken, aber wie steht es mit der ansteckenden Krankheit?«

»Wenn es einen Ausgang gibt«, sagte Nate, »sammeln wir in der Zeit, die uns noch bleibt, möglichst viele verschiedene Pflanzen. Mehr können wir nicht tun. Vielleicht erwischen wir dabei ja die Richtige.«

Kouwe, unzufrieden mit Nates Antwort, schaute skeptisch drein, hatte aber auch keinen besseren Vorschlag. Selbst wenn sie ein Heilmittel entdeckten, würde niemand etwas davon haben, wenn sie nicht überlebten.

Auf einmal vernahmen sie von oben das Geräusch sich nähernder Schritte. Nate blickte Kouwe an. Da kam jemand herunter.

Dakii tauchte um die Biegung auf, außer Atem und mit geweiteten Augen. Offenbar hatte er sich erschreckt, im Baum jemandem zu begegnen. Er plapperte in seiner Sprache. Nicht einmal Kouwe konnte ihm folgen.

»Sprich langsamer«, forderte Nate ihn auf.

Dakii packte Nate beim Arm. »Sohn von *Wishwa,* du mitkommen.« Er zog Nate nach oben.

»Wie geht es dem Schamanen?«

Dakii ruckte mit dem Kopf. »Er lebt. Aber krank ... sehr viel krank.«

»Bring uns zu ihm«, sagte Nate.

Der Indianer zeigte sich erleichtert. Gemeinsam eilten sie nach oben. Kurz darauf betraten sie die Krankenstation.

Der Schamane lag in einer der Hängematten. Er lebte zwar, sah aber nicht besonders gut aus. Seine Haut hatte sich gelblich verfärbt und glänzte von Fieberschweiß. *Sehr viel krank, in der Tat.*

Als sie sich ihm näherten, setzte sich der Mann auf, obwohl ihm dies sichtlich enorme Schmerzen bereitete. Der Schamane gab Dakii ein Zeichen und trug ihm etwas auf, dann blickte er Nate an. Seine Augen waren glasig, aber immerhin war er bei vollem Bewusstsein.

Nate bemerkte, dass unter der Hängematte Stricke lagen.

Offenbar hatte Favre sogar den Schwerverletzten fesseln lassen.

Der Schamane zeigte auf Nate. »Du *Wishwa* ... wie dein Vater.«

Nate setzte zu einer Entgegnung an. Ein Schamane war er gewiss nicht. Kouwe aber kam ihm zuvor. »Sag ja«, drängte ihn der Professor.

Nate nickte langsam, im Vertrauen auf Kouwes Instinkt.

Der schmerzgequälte Schamane zeigte sich von seiner Reaktion erleichtert. »Gut«, sagte er.

Dakii kam zu ihnen zurück, in der Hand einen Lederbeutel und zwei fußlange Schilfrohrstücke. Beides reichte er dem Stammesführer, doch der Schamane war zu schwach. Er machte Dakii ein Zeichen.

Dakii hob den Beutel gehorsam hoch.

»Getrockneter Jaguarhoden«, sagte Kouwe, auf den Beutel deutend.

»In Paris der letzte Schrei«, murmelte Nate.

Dakii öffnete den Beutel. Darin befand sich ein rosarotes Pulver. Der liegende Schamane gab von der Hängematte aus Anweisungen.

Kouwe übersetzte, obwohl Nate das eine oder andere Wort mitbekam. »Er bezeichnet das Pulver als *ali ne Yagga*.«

Nate hatte ihn verstanden. »Blut der Mutter.«

Kouwe blickte Nate an, als Dakii etwas von dem Pulver in die beiden Schilfrohre stopfte. »Weißt du, was jetzt passiert?«, fragte er.

Nate konnt es sich denken. »Das erinnert mich an die Epena-Droge der Yanomami.« Im Laufe der Jahre hatte er mit zahlreichen Yanomami-Stämmen zu tun gehabt und war mehrfach eingeladen worden, an Epena-Zeremonien teilzunehmen. Epena bedeutete so viel wie »Samen der Sonne« und war eine halluzinogene Droge, mit deren Hilfe die Schamanen der Yanomami sich Eintritt in die Geisterwelt verschafften. Es war eine starke Droge, die die *Hekura,* die kleinen Menschen des Waldes, veranlasste, den Schamanen zu unterweisen. Als Nate sie probiert hatte, hatte er vor allem heftige Kopfschmerzen bekommen und Farbwirbel gesehen. Außerdem hatte ihm Art und Weise der Aufnahme nicht sonderlich zugesagt. Das Pulver wurde in die Nase geblasen.

Dakii reichte ein Schilfrohr Nate und das andere dem Schamanen. Der Stammesführer der Ban-ali bedeutete Nate, neben der Hängematte niederzuknien.

Nate gehorchte.

»Der Schamane weiß, dass er sterben wird«, warnte Kouwe ihn vor. »Hierbei geht es um mehr als ein gewöhnliches Ritual. Ich glaube, er möchte die Verantwortung für den Stamm, das Dorf und den Baum an dich weiterreichen.«

»Das kann ich nicht annehmen«, sagte Nate, sich nach Kouwe umblickend.

»Du musst. Wenn du Schamane bist, hat der Stamm keine Geheimnisse mehr vor dir. Verstehst du, was das bedeutet?«

Nate atmete tief durch und nickte. »Das Heilmittel.«

»Genau.«

Nate trat vor und kniete neben der Hängematte nieder.

Der Schamane zeigte Nate, was er tun sollte, doch das kannte er bereits vom Ritual der Yanomami her. Der kleine Mann steckte sich das Ende des Rohrs in die Nase. Dann bedeutete er Nate, den Mund ans andere Ende zu legen. Nate sollte ihm die Droge in die Nase pusten. Er selbst wiederum steckte sich das zweite Rohr in die Nase. Der Schamane führte das andere Ende an seinen Mund. Auf diese Weise konnten sie sich die Droge gleichzeitig in die Nebenhöhlen blasen.

Der Schamane hob den Arm. Beide holten tief Luft.

Achtung, fertig ...

Der Indianer senkte den Arm.

Nate atmete heftig durch das Schilfrohr aus und wappnete sich gleichzeitig gegen die Attacke auf seine Nebenhöhlen. Noch ehe er mit Pusten fertig war, traf ihn die Wirkung der Droge wie ein Schlag.

Nate kippte nach hinten. Eine glühend heiße Flamme versengte seinen Schädel, gefolgt von einer blendend hellen Explosion. Er hatte das Gefühl, die Schädelplatte sei ihm weggesprengt worden. Während sich alles um ihn drehte, schnappte er nach Luft. Das Schwindelgefühl wurde übermächtig. In seinem Geist tat sich eine Grube auf. Er fiel hinein. Sich hilflos überschlagend stürzte er in eine Dunkelheit, die gleichzeitig hell zu sein schien.

In der Ferne rief jemand seinen Namen, doch er konnte nicht antworten.

In der Geisterwelt stürzte er durch etwas Festes hindurch. Die Dunkelheit zersplitterte wie Glas. Tiefschwarze Scherben taumelten davon und verschwanden. Übrig blieb eine schattenhafte Form, die Ähnlichkeit mit einem stilisierten Baum hatte.

Offenbar stand der Baum auf einem dunklen Hügel.

Nate schwebte davor. Nach und nach traten weitere Einzelheiten hervor. Der Baum wurde plastisch, entwickelte kleine nachtschwarze Blätter und lagenförmig angeordnete Äste, an denen Nüssen hingen.

Die Yagga.

Vom Rand des Hügels marschierten kleine Gestalten herbei, näherten sich im Gänsemarsch dem Baum.

Die *Hekura,* dachte Nate benommen.

Wie der Baum entwickelten auch die Gestalten immer mehr Einzelheiten, bis Nate auf einmal seinen Irrtum bemerkte. Das waren keine kleinen Menschen, sondern alle möglichen Tiere – Affen, Faultiere, Ratten, Krokodile, Jaguare und auch einige, die Nate nicht kannte. Zwischen die als dunkle Silhouetten erkennbaren Tiere hatten sich Männer und Frauen gemischt, doch Nate wusste, dass dies keine *Hekura* waren. Sie alle marschierten zum Baum – und verschwanden darin. Die Schattengestalten verschmolzen mit dem dunklen Baumstamm.

Wohin waren sie verschwunden? Sollte er ihnen folgen?

Dann tauchten die Gestalten auf der anderen Seite des Baums wieder auf. Inzwischen aber hatten sie sich verwandelt. Sie waren keine Schatten mehr, sondern strahlten ein helles Licht aus. Die leuchtende Gruppe umringte den Baum. Mensch und Tier. Gemeinsam beschützten sie die Mutter.

Nate, der in der Nähe schwebte, spürte, wie der Zeitablauf sich beschleunigte. Die Männer und Frauen näherten sich hin und wieder dem Baum, wobei sich ihr Leuchten abschwächte. Sie aßen die Früchte des Baums, leuchteten abermals auf und nahmen anschließend wieder ihren Platz im Kreis der Yagga-Jünger ein. Dieses Ritual wiederholte sich immer wieder von neuem.

Wie bei einem oft gespielten Video verblasste das Bild allmählich – es wiederholte sich noch immer, wurde aber immer verschwommener –, bis nur noch Dunkelheit übrig blieb.

»Nate?«, rief eine Stimme.

Wer war das? Nate blickte sich nach dem Rufer um, doch wohin er auch schaute, überall herrschte tiefe Dunkelheit.

»Nate, hörst du mich?«

Ja, aber wo bist du?

»Drück mir die Hand, wenn du mich hörst.«

Nate schwebte in der Dunkelheit auf die Stimme zu.

»Gut gemacht, Nate. Und jetzt mach die Augen auf.«

Er versuchte zu gehorchen.

»Verkrampf dich nicht ... mach einfach die Augen auf.«

Abermals zersplitterte die Dunkelheit und eine strahlende Helligkeit blendete ihn. Er schnappte nach Luft, saugte die Luft in tiefen Zügen ein. Ihm brummte der Schädel. Durch einen Tränenschleier hindurch sah er das Gesicht seines Freundes, der ihm den Kopf stützte.

»Nate?«

Er hustete und nickte.

»Wie fühlst du dich?«

»Was meinen Sie wohl, wie ich mich fühle?« Nate erhob sich schwankend.

»Was hast du erlebt?«, fragte Kouwe. »Du hast ständig vor dich hin gemurmelt.«

»Und gesabbert«, setzte die neben ihm kniende Anna hinzu.

Nate wischte sich den Mund ab. »Übermäßige Speichelproduktion ... ein halluzinogenes Alkaloid.«

»Was hast du gesehen?«, fragte Kouwe.

Nate schüttelte den Kopf. Ein Fehler. Der Kopfschmerz flammte um so heftiger auf. »Wie lange war ich weggetreten?«

»Etwa zehn Minuten«, antwortete der Professor.

»Zehn Minuten?« Er hatte den Eindruck, es seien Stunden, wenn nicht gar Tage gewesen.

»Was ist passiert?«

»Ich glaube, mir wurde gezeigt, wie die Krankheit zu heilen ist«, sagte Nate.

Kouwes Augen weiteten sich. »Was?«

Nate schilderte, was er erlebt hatte. »Der Traum hat klar gezeigt, dass die Nüsse des Baums für das Wohlergehen des Stammes unerlässlich sind. Die Tiere sind nicht darauf angewiesen, bloß die Menschen.«

Kouwe nickte, kniff die Augen zusammen und versuchte, das Gehörte zu verarbeiten. »Also ist das Heilmittel in den

Nüssen enthalten.« Der Professor überlegte einen Moment, dann sagte er bedächtig: »Aufgrund der Aufzeichnungen deines Vaters wissen wir, dass der Baumsaft mutagene Proteine enthält – Prionen mit der Eigenschaft, das Erbgut der Lebewesen, die damit in Berührung kommen, weiterzuentwickeln, damit sie den Baum um so besser beschützen können. Allerdings hat das Ganze auch eine Kehrseite. Der Baum will verhindern, dass seine Kinder ihn verlassen, deshalb hat er eine Sicherung eingebaut. Die Tiere verfügen vermutlich über einen Instinkt, der sie an das Territorium bindet und nach Bedarf manipuliert werden kann, wie zum Beispiel durch die verschiedenen Pulver, die bei den Heuschrecken und Piranhas Verwendung finden. Die Menschen hingegen, die über einen unabhängigen Intellekt verfügen, müssen auf andere Weise an den Baum gefesselt werden. Sie müssen regelmäßig die Früchte essen, um die mutagenen Prionen in Schach zu halten. Die Milch der Nüsse enthält offenbar eine Art Antiprion, das den Ausbruch der Krankheit verhindert.«

»Dann sind die Ban-ali also nicht freiwillig hier geblieben, sondern waren Sklaven«, meinte Anna bedrückt.

Kouwe massierte sich die Schläfen. »*Ban-yi.* Sklave. Das war keine Übertreibung. Wer einmal die Prionen in sich aufgenommen hat, kann nicht mehr weg, sonst muss er sterben. Ohne die in den Nüssen enthaltenen Substanzen geht das Prion in die virulente Form über und greift das Immunsystem an, was tödliches Fieber und schwere Krebserkrankungen zur Folge hat.«

»Jeckyl und Hyde«, murmelte Nate.

Kouwe und Anna sahen ihn an.

»Kelly hat sich ganz ähnlich über die Prionen geäußert«, erläuterte Nate. »Im Grunde sind sie harmlos, können aber auch eine andere Form annehmen und werden dann virulent, wie beim Rinderwahnsinn.«

Kouwe nickte. »Die Milch der Nüsse stabilisiert das Prion in seiner Grundform ... sobald man aber keine Milch mehr aufnimmt, greift es an, tötet den Träger und steckt alle an, die in seine Nähe kommen. Auch dies nützt wiederum dem Baum. Offenbar ist er bestrebt, sein Geheimnis zu wahren. Flieht jemand, erkranken alle, mit denen er in Kontakt kommt, und sterben schließlich, sodass er eine Spur des Todes hinter sich herzieht.«

»Sodass niemand das Geheimnis weiterverbreiten kann«, sagte Nate.

»Genau.«

Nate hatte sich so weit erholt, dass er es wagen konnte, sich aufzurichten. Kouwe half ihm auf die Beine. »Die bedeutsamere Frage aber ist, warum ich das alles halluziniert habe. Hat mein durch die Droge entfesseltes Unterbewusstes die Lösung ausgearbeitet? Oder hat sie mir der Schamane mitgeteilt ... etwa mittels drogeninduzierter Telepathie?«

Kouwes Miene verdüsterte sich. »Nein«, widersprach er entschieden und deutete zur Hängematte. »Der Schamane hatte nichts damit zu tun.«

Der Indianer in der Hängematte blickte starr an die Decke. Aus beiden Nasenlöchern rann Blut. Er atmete nicht mehr. Dakii kniete mit gesenktem Kopf neben seinem Häuptling.

»Er war auf der Stelle tot. Offenbar ein Gehirnschlag.« Kouwe blickte wieder Nate an. »Was du erlebt hast, stammte nicht vom Schamanen.«

Nate hatte Mühe, klar zu denken. Sein Gehirn war zu groß für seinen Schädel. »Dann war es wohl mein Unbewusstes«, sagte er. »Schon als ich die Nüsse zum ersten Mal sah, fiel mir auf, dass sie den Früchten der *Uncaria tomentosa* ähneln. Besser bekannt unter dem Namen Katzenkralle. Die Indianer setzen sie gegen Viren, Bakterien und bisweilen auch Krebserkrankungen ein. Vielleicht hat die

Droge dazu beigetragen, dass mein Unbewusstes die richtige Schlussfolgerung gezogen hat.«

»Da könntest du Recht haben«, meinte Kouwe.

Nate entging die Skepsis des Professors nicht. »Was sollte es sonst gewesen sein?«

Kouwe runzelte die Stirn. »Während du bewusstlos warst, habe ich mich mit Dakii unterhalten. Das *Ali-ne-Yagga-Pulver* wird aus der Wurzel gewonnen. Die Wurzelfasern werden getrocknet und zerrieben.«

»Und weiter?«

»Vielleicht stammte dein Traum ja doch nicht von deinem Unbewussten. Vielleicht handelte es sich ja um eine aufgezeichnete Botschaft des Baums. Sozusagen um eine Gebrauchsanleitung: *Iss die Früchte des Baums, und du bleibst gesund*. Ein ganz simple Botschaft.«

»Das kann doch unmöglich Ihr Ernst sein.«

»In Anbetracht der Gegebenheiten in diesem Tal – mutierte Tierarten, nachgewachsene Gliedmaßen, Menschensklaven im Dienste einer Pflanze – würde ich das nicht ausschließen wollen.«

Nate schüttelte den Kopf.

Anna runzelte die Stirn. »Der Professor könnte Recht haben. Ich habe keine Ahnung, wie der Baum es anstellt, auf die DNA so vieler verschiedener Lebewesen spezifisch zugeschnittene Prionen zu produzieren. Das allein ist schon ein Wunder. Wie hat er es gelernt? Woher stammt das genetische Material, von dem er es gelernt hat?«

Kouwe schwenkte den Arm. »Die Wurzeln des Baums reichen bis ins Paläozän zurück, als es an Land ausschließlich Pflanzen gab. Seine Vorfahren haben erlebt, wie sich die ersten Landtiere entwickelten, doch anstatt mit ihnen zu konkurrieren, haben sie die neuen Spezies in ihren Lebenszyklus integriert, so wie der Ameisenbaum es heute noch mit den Ameisen tut.«

Der Professor spann seine Theorien weiter, doch Nate hörte nicht mehr zu. Er war noch mit Annas letzter Frage beschäftigt. *Woher stammt das genetische Material, von dem er es gelernt hat?* Das war eine gute Frage und sie bereitete ihm Kopfzerbrechen. Wie hatte die Yagga gelernt, diese Vielfalt an artenspezifischen Prionen zu produzieren?

Nate vergegenwärtigte sich seinen Traum: Die Tiere und Menschen waren im Baum verschwunden. Wo hatten sie gesteckt? War das vielleicht nicht nur symbolisch gemeint gewesen? Waren sie *irgendwo* gewesen? Nates Blick wanderte zu Dakii, der vor der Hängematte kniete. Vielleicht war es ein weiterer intuitiver Gedankensprung oder auf die Nachwirkungen der Droge zurückzuführen, jedenfalls ahnte Nate auf einmal, wohin sie gegangen sein könnten.

Ali ne rah. Das Blut der Yagga. Von der Wurzel des Baums.

Nate fasste Dakii in den Blick. Er erinnerte sich daran, wie der Indianer freudigen Herzens vom Tod seines Vaters berichtet hatte. *Er nährte die Wurzeln.*

Nate trat einen Schritt auf den Indianer zu.

Kouwe hielt inne. »Nate ...?«

»Das Puzzle ist noch unvollständig.« Nate wies mit dem Kinn auf Dakii. »Und ich weiß, wer es vervollständigen kann.«

Er stellte sich neben den Indianer. Dakii blickte mit tränenüberströmtem Gesicht zu ihm auf. Der Tod des Häuptlings hatte ihn schwer getroffen. Er richtete sich mühsam auf.

»*Wishwa*«, sagte er und neigte den Kopf, womit er anerkannte, dass die Macht nun auf Nate übergegangen war.

»Es tut mir Leid, dass der Häuptling tot ist«, sagte Nate, »aber wir müssen uns unterhalten.« Kouwe trat zu ihnen, um zu dolmetschen, doch mittlerweile verstand Nate es ganz gut, sich mit Yanomami-Brocken verständlich zu machen.

Dakii zeigte auf die Hängematte und wischte sich die Augen trocken. »Sein Name Dakoo.« Er legte dem Toten die flache Hand auf die Brust. »Er mein Vater.«

Nate biss sich auf die Lippen. Eigentlich hätte er es sich denken können. Jetzt fielen ihm auch die Ähnlichkeiten ins Auge. Nate legte Dakii die Hand auf die Schulter. Er wusste, wie es sich anfühlte, den Vater zu verlieren. »Das tut mir aufrichtig Leid«, wiederholte er, diesmal mit noch größerem Mitgefühl.

Dakii nickte. »Ich dir danken.«

»Dein Vater war ein bemerkenswerter Mann. Wir alle werden um ihn trauern, doch im Moment befinden wir uns in ernster Gefahr. Wir brauchen deine Hilfe.«

Dakii neigte den Kopf. »Du *Wishwa*. Du sagen ... ich machen.«

»Du musst mich zu der Stelle führen, wo die Wurzeln des Baums genährt werden.«

Dakiis Kopf ruckte nach oben und sein Gesichtsausdruck spiegelte Angst und Sorge wider.

»Sachte«, flüsterte Kouwe Nate warnend zu. »Du bewegst dich offenbar auf heiligem Boden.«

Nate wischte den Einwand des Professors beiseite und legte die flache Hand auf seine Brust. »Ich bin jetzt der *Wishwa*. Ich muss die Wurzel sehen.«

Der Indianer neigte den Kopf. »Ich dir zeigen.« Er warf noch einen Blick auf seinen toten Vater in der Hängematte, dann wandte er sich zum Ausgang.

Sie stiegen wieder den Wendelgang hinunter. Anna und Kouwe unterhielten sich halblaut und überließen Nate seinen Gedanken. Abermals musste er an die Ähnlichkeit zwischen dem Symbol der Ban-ali und dem Wendelgang denken. Steckte da vielleicht noch mehr dahinter? Stellte das

Symbol die ursprüngliche Form des mutagenen Prions dar, wie Kelly vorgeschlagen hatte? Gab es wirklich eine Art Kommunikation zwischen Pflanze und Mensch? Ein gemeinsames Gedächtnis? Nach seiner Drogenerfahrung war er sich nicht mehr so sicher, dass man diese Möglichkeit ausschließen konnte. Vielleicht bezog sich das Zeichen ja auf beides. Auf das eigentliche Wesen der Yagga.

Nate und die anderen stiegen weiter in die Tiefe.

»Jemand kommen«, sagte Dakii und wurde langsamer.

Dann hörte auch Nate das Geräusch von Schritten. Jemand trabte oder rannte ihnen entgegen.

Auf einmal tauchte hinter der Biegung eine vertraute Gestalt auf.

»Sergeant Carrera«, sagte Kouwe.

Sie nickte; ihr Atem hatte sich vom steilen Aufstieg nur unwesentlich beschleunigt. Nate bemerkte, dass sie wieder bewaffnet war. »Ich soll Sie holen. Mich erkundigen, ob Sie einen zweiten Ausgang gefunden haben. Sergeant Kostos hat es nicht geschafft, die Sprengladungen zu entschärfen.«

Nate wurde bewusst, dass er in der ganzen Hektik die allerwichtigste Frage zu stellen vergessen hatte. Gab es noch einen anderen Ausgang aus dem Tal?

»Dakii«, sagte Nate. »Wir müssen wissen, ob es vielleicht einen Geheimpfad zum unteren Tal gibt. Kennst du einen?« Die Verständigung klappte nur mit heftigem Gestikulieren und Kouwes Unterstützung.

Während Kouwe übersetzte, blickte Carrera Nate fragend an. »Sie haben noch nicht mit dem Mann gesprochen? Was haben Sie denn die ganze Zeit über gemacht?«

»Drogen ausprobiert«, antwortete Nate zerstreut, ganz von der Unterhaltung mit dem Indianer in Anspruch genommen.

Schließlich hatte Dakii sie verstanden. »Weggehen? Warum? Hier bleiben.« Er zeigte auf seine Füße.

»Das geht nicht«, meinte Nate erschöpft.

»Er versteht das mit den Bomben nicht«, sagte Anna. »Er begreift nicht, dass das Tal zerstört werden wird. Das übersteigt sein Vorstellungsvermögen.«

»Wir müssen es ihm begreiflich machen«, sagte Nate. Er wandte sich Carrera zu. »In der Zwischenzeit müssen Sie mit dem Sergeant so viele Nüsse wie möglich sammeln und in den Rücksäcken verstauen.«

»Nüsse?«

»Das erkläre ich Ihnen später. Bitte tun Sie, was ich Ihnen gesagt habe.«

Sie nickte und wandte sich ab. »Aber vergesst nicht, Leute ... tick-tack, tick-tack.« Carrera blickte die anderen viel sagend an, dann verschwand sie im Gang.

Nate wandte sich wieder Dakii zu. *Wie sollte er dem Mann erklären, dass seine ganze Heimat ausgelöscht werden würde?* Das war keine leichte Aufgabe. Er seufzte. »Gehen wir zur Wurzel.«

Nate und Kouwe nahmen den Indianer in die Mitte und schilderten ihm behutsam die drohende Gefahr. Dakiis Verwirrung machte nach und nach Entsetzen Platz. Er stolperte, als spürte er das Wissen als körperliche Last.

Mittlerweile hatten sie den von blauen Handabdrücken eingerahmten Tunnelausgang erreicht. Die Lichtung hatte eine dunkle Honigfarbe angenommen, denn bis zum Sonnenuntergang war es nicht mehr lange hin. Die Zeit wurde allmählich knapp.

»Gibt es noch einen anderen Ausgang?«, fragte Nate noch einmal.

Dakii zeigte zu der Stelle, wo der Tunnel vor einer konkav gewölbten Wand mit blauen Handabdrücken endete. »Durch die Wurzel. Wir gehen durch die Wurzel.«

»Ja, ich möchte die Wurzel sehen, aber gibt es noch einen anderen Ausgang?«

Dakii blickte ihn verständnislos an. »Durch die Wurzel«, wiederholte er.

Nate nickte; jetzt endlich hatte er ihn verstanden. Ihre beiden Missionen waren eins geworden. »Zeig sie uns.«

Dakii ging zur Wand, blickte nach oben und berührte einen der Handabdrücke nahe der Innenwand. Die ganze Wand schwenkte auf einer Achse herum und gab einen weiteren Tunnelabschnitt frei, der sich in die Tiefe schraubte.

Nate erinnerte sich, dass die Baumkanäle an dieser Stelle nicht genau zusammengepasst hatten. Eine Geheimtür. Die Lösung hatte die ganze Zeit über unmittelbar vor seinen Augen gelegen. Selbst die Handabdrücke an den Wänden ähnelten denen des Ban-ali-Symbols, die die Doppelhelix beschützten, die für die Wurzel stand.

Anna holte eine Taschenlampe hervor. Nate klopfte auf seine Feldjacke, stellte jedoch fest, dass die Tasche leer war. Offenbar hatte er seine Taschenlampe verloren. Anna reichte ihm ihre und bedeutete ihm voranzugehen.

Nate näherte sich dem Eingang. Der Moschusduft des Baums schlug ihm entgegen, feucht und dumpfig, wie aus einer Gruft. Nate wappnete sich und trat durch die Öffnung.

18

Die letzte Stunde

19.01 Uhr
Amazonas-Dschungel

Als Louis' Gruppe rastete, sah er auf die Uhr. In einer Stunde würde die Explosion das obere Tal in einen tosenden Feuersturm verwandeln. Er konzentrierte sich auf den vor ihnen ausgebreiteten Sumpfsee. Die untergehende Sonne verwandelte das Wasser in mattes Silber.

Sie kamen gut voran. Wenn sie den Sumpf im Süden umgingen, dort, wo dichter Dschungel lag und es zahlreiche Wasserläufe gab, würden sie den Rangern mühelos entwischen. Daran hatte er nicht den geringsten Zweifel.

Er seufzte zufrieden, jedoch nicht ohne einen Anflug von Enttäuschung. Von jetzt an gab es keine Probleme mehr. Nach einer erfolgreichen Mission fühlte er sich immer so. Wohl so etwas Ähnliches wie postkoitale Depression. Er würde erheblich reicher sein, wenn er nach Französisch-Guayana zurückkehrte, doch Geld vermochte die Aufregungen der letzten Tage nicht aufzuwiegen.

»*C'est la vie*«, sagte er. *Die nächste Mission kommt bestimmt.*

Als hinter ihm Stimmenlärm ertönte, drehte er sich um.

Kelly wurde von zwei Männern auf die Knie niedergedrückt. Ein dritter Mann wälzte sich ein paar Meter entfernt fluchend am Boden und presste sich die Hände zwischen die Beine.

Louis ging hinüber, doch Mask war bereits herbeigeeilt.

»Was ist hier los?«, fragte Louis.

Mask zeigte auf den Mann am Boden. »Pedro hat ihr unters Hemd gelangt, und da hat sie ihm das Knie in den Unterleib gerammt.«

Louis lächelte anerkennend, die Hand auf den Ochsenziemer an seiner Hüfte gelegt.

Er schlenderte zur knienden Kelly hinüber. Einer der Männer hatte ihr in die Haare gegriffen und den Kopf zurückgebogen, sodass der lange Hals entblößt war. Auf die verbalen Zudringlichkeiten der beiden Männer reagierte sie mit einem Fauchen.

»Lasst sie aufstehen«, sagte Louis.

Die Männer wagten nicht, sich zu widersetzen. Kelly wurde hochgerissen.

Louis nahm den Hut ab. »Ich entschuldige mich für die Grobheit meiner Männer. Es wird nicht wieder vorkommen, das verspreche ich Ihnen.«

Weitere Männer kamen hinzu.

Kelly schäumte. »Beim nächsten Mal trete ich dem Schwein die Eier in den Bauch.«

»Na schön.« Louis winkte seine Männer fort. »Aber für die Bestrafung bin ich zuständig.« Er tippte auf den Ochsenziemer. Er hatte die Frau bereits einmal geschlagen, um ihr eine Lektion zu erteilen. Jetzt war eine weitere Lektion fällig.

Er drehte sich um und holte mit der Peitsche aus, spaltete das Zwielicht mit einem lauten Knall.

Pedro schrie auf und fasste sich ans linke Auge. Blut quoll zwischen seinen Fingern hervor.

Louis wandte sich an die anderen Männer. »Niemand vergreift sich an den Gefangenen. Ist das klar?«

Zustimmendes Gemurmel und eifriges Kopfnicken.

Louis steckte die Peitsche wieder in die Gürtelschlaufe. »Kümmert euch um Pedros Auge.«

Als er sich wieder umdrehte, stand Tshui bei Kelly, die Hand zur Wange der Frau erhoben.

Er bemerkte, wie sie sich eine Strähne von Kellys kastanienrotem Haar um den Finger wickelte.

Ah, dachte Louis, *das rote Haar. Eine einzigartige Trophäe für Tshuis Sammlung.*

19.05 Uhr

Im Schein der Taschenlampe sah Nate, dass der Gang hinter der mit Handabdrücken verzierten Tür dem Haupttunnel ähnelte, bloß zeigte die Oberfläche eine gröbere Maserung. Feuchter, schwerer Moschusgeruch hüllte ihn ein.

Zusammen mit Dakii bildete er die Spitze, hinter ihnen kamen Anna und Kouwe. Der Gang verengte sich rasch, schraubte sich in immer engeren Windungen in die Tiefe, sodass die Gruppe immer mehr zusammenrückte.

»Wir befinden uns anscheinend innerhalb der Pfahlwurzel«, murmelte Nate.

»Und es geht noch tiefer hinab«, bemerkte Kouwe.

Nate nickte. Nach einigen weiteren Windungen trat der Tunnel aus der holzigen Wurzel hinaus. Der Boden bestand jetzt aus Fels, vermischt mit Lehmflecken. Der Gang führte noch immer steil in die Tiefe. Mittlerweile lief er parallel neben dem Wurzelsystem her.

Dakii zeigte voraus und ging weiter.

Nate zögerte. An den Wänden wuchsen fremdartige, schwach leuchtende Flechten. Der Moschusduft war überwältigend, vermischt mit dumpfigem Erdgeruch. Dakii ging weiter.

Nate blickte Kouwe an, der daraufhin die Achseln zuckte. Dieses bisschen Ermutigung reichte ihm schon aus.

Nach einigen Schritten teilte sich der Wurzelast an der Decke und es zweigten weitere Gänge ab. Ganz leicht vibrierende Haarwurzeln hingen auf sie herab. Sie schwankten leicht, wie in einer Luftströmung, dabei regte sich kein Lüftchen.

Als der Gang niedriger wurde, streifte Nate mit dem Kopf an der Decke. Die Haarwurzeln wanden sich in sein Haar, hielten es fest und zerrten daran. Nate machte sich mit einem leisen Aufschrei los.

»Was hast du?«, fragte Kouwe.

»Die Wurzeln haben nach mir gegriffen.«

Kouwe berührte die Wurzeln mit der Hand. Die feinen Fäden wickelten sich um seine Finger und versuchten sie festzuhalten. Angewidert riss er die Hand zurück.

Nate kannte zahlreiche Pflanzen des Amazonasgebiets, die auf äußere Reize reagierten: Blätter rollten sich bei Berührung ein, Samenkapseln explodierten, wenn man daran streifte, Blüten schlossen sich. Diese Reaktion aber kam ihm irgendwie bedrohlich vor.

Nate schwenkte die Taschenlampe durch den Gang. Dakii wartete in einigen Metern Abstand. Nate drängte die anderen, zu ihm aufzuschließen. Als er Dakii erreicht hatte, musterte Nate die immer zudringlicher werdenden Wurzeln, die sich in alle Richtungen immer weiter verzweigten und unterteilten. Einige abzweigende Gänge endeten in Sackgassen voller Wurzelgewirr und wogenden Haaren. Die kleinen Kammern erinnerten Nate an die Stickstoffknollen, die in den Wurzelballen zahlreicher Pflanzen als Düngespeicher dienten.

Dakii stand vor einem solchen Alkoven. Nate leuchtete mit der Taschenlampe hinein. Etwas hatte sich im Wurzelgewirr und den wogenden Haaren verfangen. Nate beugte sich vor. Einige Haare streckten sich nach ihm aus, bebend wie winzige Antennen.

Er wich zurück.

Tief im Wurzelgewirr steckte eine Fruchtfledermaus fest,

eingesponnen wie eine Fliege in einem Spinnennetz. Nate richtete sich angewidert auf.

Kouwe beugte sich vor und schnitt eine Grimasse. »Saugt der Baum die Fledermaus aus?«

Hinter ihnen meldete sich Anna zu Wort. »Das glaube ich nicht. Schauen Sie sich das mal an.«

Beide Männer drehten sich um. Anna kniete vor einer größeren Kammer, die jedoch ebenfalls vom Wurzelgewirr eingenommen wurde. Sie zeigte hinein.

Nate schwenkte die Taschenlampe herum. In der Kammer befand sich eine große braune Raubkatze.

»Ein Puma«, sagte Kouwe an Nates Schulter.

»Passen Sie auf«, meinte Anna.

Sie hatten keine Ahnung, was sie erwartete. Auf einmal bewegte sich das große Tier und tat einen Atemzug. Die Lungenflügel dehnten sich aus und sanken mit einem Seufzen wieder zusammen. Die Bewegung wirkte jedoch unnatürlich, irgendwie mechanisch.

Anna wandte den Kopf. »Der Puma lebt.«

»Das begreife ich nicht«, sagte Nate.

Anna streckte die Hand aus. »Könnte ich mal die Taschenlampe haben?«

Nate reichte sie ihr. Die Anthropologin betrat nacheinander mehrere angrenzende Gänge und blickte eilig in einige Kammern hinein. Die Bandbreite der hier versammelten Tiere war erstaunlich: Ozelot, Tukan, Marmoset, Tamarin und Ameisenbär waren vertreten, auch ein paar Schlangen und Eidechsen und seltsamerweise eine Dschungelforelle. Und alle Tiere atmeten oder zeigten andere Lebenszeichen. Sogar der Fisch bewegte die Kiemen.

»Von jeder Art ist ein Exemplar vertreten«, sagte Anna mit Blick in das Labyrinth der Gänge. »Und alle leben. Als würden sie künstlich am Leben erhalten.«

»Worauf wollen Sie hinaus?«

Anna drehte sich um. »Wir befinden uns hier in einem biologischen Lagerhaus. In einer Bibliothek für genetischen Code. Ich vermute, dies ist das Zentrum der Prionenproduktion.«

Nate drehte sich langsam im Kreis. Die Schlussfolgerungen waren einfach überwältigend. Der Baum lagerte die Tiere hier unten und lernte von ihnen, Prionen zu produzieren, welche die Spezies veränderten und sie an ihn banden. Das Ganze war ein lebendes, atmendes Genlabor.

Kouwe packte Nate bei der Schulter. »Dein Vater.«

Nate blickte ihn verwirrt an. »Was ist mit meinem –?« Dann traf ihn die Erkenntnis wie ein Hammerschlag auf die Stirn. Er rang nach Luft. Sein Vater war an die Wurzel verfüttert worden. *Aber nicht als Dünger,* machte Nate sich bestürzt klar, *sondern um diesem perversen Labor als Probe zu dienen.*

»Mit seiner weißen Haut und seinem seltsamen Gebaren war dein Vater einzigartig«, meinte Kouwe leise. »Die Banali beziehungsweise die Yagga wollten auf sein genetisches Erbe gewiss nicht verzichten.«

Nate wandte sich Dakii zu. Vor Bestürzung konnte er kaum sprechen. »Mein ... mein Vater. Weißt du, wo er ist?«

Dakii nickte und hob beide Arme. »Er bei Wurzel.«

»Ja, aber wo?« Nate zeigte in die nächste Kammer, in der sich ein eingesponnenes schwarzes Faultier befand. »In welchem Raum?«

Dakii blickte sich stirnrunzelnd im Labyrinth der Gänge um.

Nate hielt den Atem an. Es musste hier Hunderte von Gängen und zahllose Alkoven geben. Die Zeit reichte nicht aus, sie alle zu durchsuchen, denn die Zeit lief unerbittlich ab. Aber wie konnte er von hier fortgehen im Wissen, dass sich sein Vater hier befand?

Auf einmal schritt Dakii zielstrebig in einen Gang hinein und bedeutete ihnen, ihm zu folgen.

Sie eilten ihm nach, immer tiefer und tiefer in das unterirdische Labyrinth hinein. Nate konnte kaum noch atmen, nicht wegen des Übelkeit erregenden Geruchs, sondern aufgrund seiner wachsenden Erregung. Die ganze Zeit über hatte er keinerlei Hoffnung mehr gehabt, sein Vater könnte noch am Leben sein. Aber jetzt ... Er schwankte zwischen Hoffnung und Verzweiflung, der Panik nahe. *Was würde er finden?*

An einer Kreuzung blieb Dakii stehen, dann betrat er den linken Gang. Nach zwei Schritten schüttelte er den Kopf, machte wieder kehrt und wählte die rechte Abzweigung.

Ein Schrei baute sich in Nates Brust auf.

Dakiii murmelte im Gehen halblaut vor sich hin. Schließlich blieb er neben einer großen Kammer stehen und hob den Arm. »Vater.«

Nate riss Anna die Taschenlampe aus der Hand. Er sank auf die Knie nieder und leuchtete in die Kammer hinein, ohne sich an den Wurzelhaaren zu stören, die sich um sein Handgelenk wickelten.

Im Wurzelgewirr machte er eine schattenhafte Gestalt aus. Nate schwenkte die Taschenlampe. Wie ein Embryo zusammengekrümmt lag auf dem weichen Lehmboden ein hagerer, nackter Weißer. Ein dichter Bart bedeckte sein Gesicht, sein Haar war mit Wurzeln verwoben. Nate fasste das bärtige Gesicht in den Blick. Er war sich nicht ganz sicher, ob er tatsächlich seinen Vater vor sich hatte.

Plötzlich atmete der Mann mechanisch ein und wieder aus, sodass sich die Wurzelhärchen vor den Lippen bewegten. Er war noch am Leben!

Nate drehte sich um. »Ich muss ihn hier rausschaffen.«

»Ist das Ihr Vater?«, fragte Anna.

»Ich ... ich bin mir nicht sicher.« Nate zeigte auf das Knochenmesser, das in Kouwes Gürtel steckte. Der Professor reichte es ihm.

Nate richtete sich auf und hackte auf das Wurzelgewirr ein.

Dakii schrie auf und versuchte ihn aufzuhalten, doch Kouwe verstellte ihm den Weg. »Dakii, nicht! Lass Nate machen.«

Nate kämpfte sich durch die äußeren Wurzelstränge hindurch. Sie erinnerten an die Schale einer Nuss. Unter dieser Schicht befand sich ein feineres Gewebe aus Wurzeln und feinen Haaren.

Als er durch war, sah Nate, dass die Wurzeln den Körper des Mannes wie weiches Erdreich durchdrangen. Auf diese Weise hielt die Yagga die verschiedenen Spezies am Leben, stabilisierte den Kreislauf und führte ihm Nährstoffe zu.

Nate zögerte. Würde er dem Mann schaden, ihn womöglich töten, wenn er die Wurzelfortsätze durchtrennte? Wenn dies tatsächlich eine Art Lebenserhaltungssystem war, musste dessen Ablösung dann nicht zum Tode führen?

Nate schüttelte den Kopf und durchtrennte die Wurzeln. Er musste das Risiko eingehen. Sich selbst überlassen würde der Mann einen grausamen Tod sterben.

Als der Körper von den Wurzelhaaren befreit war, warf Nate das Messer beiseite, packte den Mann bei den Schultern und zog ihn auf den Gang. Die letzten noch anhaftenden Wurzeln lösten sich, gaben ihre Beute frei.

Nate sank neben dem Mann zu Boden. Die nackte Gestalt schnappte hustend nach Luft. Aus dem Körper schlängelten sich zahlreiche Wurzeln und dünne Haare hervor, fielen von ihm ab wie Blutegel. Aus den Öffnungen, in denen größere Wurzeln gestreckt hatten, floss Blut. Auf einmal verkrampfte sich der Mann, krümmte den Rücken, warf den Kopf zurück.

Nate barg ihn hilflos in seinen Armen. Die Krämpfe

währten eine volle Minute. Auch Kouwe packte den Mann, um zu verhindern, dass er sich verletzte.

Als der Mann regelmäßig zu atmen begann, entspannte Nate sich ein wenig. Dann flatterten die Lider, und der Mann schaute zu ihm auf. Nate kannte diese Augen. Sie unterschieden sich nicht von seinen eigenen.

»Nate?«, sagte der Mann mit rauer, ausgedörrter Stimme.

Nate warf sich auf ihn. »Dad!«

Zu erschüttert, um zu sprechen, half er seinem Vater, der federleicht war, nichts als Haut und Knochen, eine sitzende Haltung einzunehmen. Der Baum hatte ihn zwar ernährt, aber nur notdürftig.

Kouwe beugte sich vor. »Carl, wie geht es dir?«

Nates Vater musterte blinzelnd den Professor, dann spiegelte sich Erkennen in seinen Zügen wider. »Kouwe? Mein Gott, was geht hier vor?«

»Das ist eine lange Geschichte, alter Freund.« Er half Nate, dessen Vater aufzurichten. Der geschwächte Carl Rand musste sich bei Nate und Kouwe aufstützen. »Im Moment versuchen wir gerade, von diesem beschissenen Ort zu flüchten.«

Nate betrachtete seinen Vater mit tränenüberströmtem Gesicht. »Dad ...«

»Ich weiß, mein Sohn«, sagte er heiser und hustete erneut.

Sie hatten keine Zeit, ihr Wiedersehen auszukosten, dennoch wollte Nate den Moment nicht verstreichen lassen, ohne die Worte auszusprechen, die er beim Aufbruch seines Vaters in den Dschungel zurückgehalten hatte. »Ich liebe dich, Dad.«

Der Griff um seine Schulter wurde fester, ein liebevoller, vertrauter Druck. So vertraut.

»Wir sollten jetzt die anderen holen«, sagte Anna. »Und machen, dass wir verschwinden.«

»Nate, wie wär's, wenn du hier bei deinem Vater bleiben würdest?«, schlug Kouwe vor. »Erhol dich. Wir sammeln euch dann beide auf.«

Dakii schüttelte den Kopf. »Nein. Wir nicht kommen diesen Weg zurück.« Er schwenkte den Arm. »Anderen Weg nehmen.«

Nate runzelte die Stirn. »Ich finde, wir sollten zusammenbleiben.«

»Ich schaff das schon«, meinte Carl mit rauer Stimme. Er blickte sich zu den Kammern um. »Außerdem habe ich hier schon viel zu viel Zeit verbracht.«

Kouwe nickte.

Als das geregelt war, stiegen sie wieder nach oben. Kouwe schilderte kurz die Lage. Nates Vater hörte schweigend zu und stützte sich immer schwerer auf sie. Die einzige Bemerkung, die er unterwegs machte, galt Louis Favre. »Dieses gottverdammte Schwein.«

Nate lächelte, denn in dieser Bemerkung zeigte sich Carls altes Temperament.

Als sie wieder im Freien angelangt waren, stellten sie fest, dass die Ranger in der Zwischenzeit nicht untätig gewesen waren. Sie hatten die Ban-ali versammelt. Alle waren bewaffnet und mit Nüssen beladen.

Nate und sein Vater blieben im Eingang stehen, während Kouwe kurz schilderte, weshalb ihre Gruppe Zuwachs bekommen hatte. »Dakii meint, es gibt einen unterirdischen Fluchtweg.«

»Dann sollten wir uns beeilen«, sagte Sergeant Kostos. »Uns bleiben nicht mal mehr dreißig Minuten, und wenn die Bomben hochgehen, sollten wir möglichst weit weg sein.«

Carrera trat zu ihnen; das Gewehr hatte sie geschultert. »Bei uns ist alles bereit zum Aufbruch. Wir haben mehrere Dutzend Nüsse und vier Kanister mit Baumsaft.«

»Dann wollen wir mal unseren Arsch in Bewegung setzen«, meinte Kostos.

19.32 Uhr

Während sie durch die Wurzelgänge schritten, hielt sich Kouwe an Dakiis Seite und blickte sich hin und wieder nach den im Gänsemarsch aufgereihten Indianern und Amerikanern um. Als er sah, dass Sergeant Kostos Nate half, dessen Vater zu stützen, bedauerte er, dass die Zeit nicht mehr ausgereicht hatte, eine Trage anzufertigen, doch im Moment zählte jede Minute.

Sergeant Kostos glaubte zwar, dass sie hier unter der Erde vor dem Feuersturm der Napalmbomben sicher wären, fürchtete jedoch, das Labyrinth könnte einstürzen. »Das Erdreich ist von Wurzeln durchzogen und aufgelockert. Bei der Explosion könnte uns die Decke auf den Kopf fallen, oder die Eingänge werden verschüttet. Wir müssen die Tunnel hinter uns gelassen haben, wenn die Bomben hochgehen.«

Deshalb beeilten sie sich. Nicht nur aus Angst um ihr eigenes Überleben, sondern um das der ganzen Welt. Der Inhalt ihrer Rucksäcke entschied über das Schicksal von Tausenden Menschen, wenn nicht gar Millionen – die Nüsse der Yagga, die die Wirkung des virulenten Prions neutralisierten. Das Heilmittel für die ansteckende Krankheit.

Sie mussten verhindern, dass sie in der Falle saßen.

Kouwe blickte sich wiederholt über die Schulter um. Die dunklen Tunnel, die schwach leuchtenden Flechten, die unheimlichen Kammern mit den darin gefangenen Tieren ..., dies alles machte ihn nervös. Mittlerweile waren sie weit ins Tunnelsystem eingedrungen, und Wände und Decke waren mit einem Gewirr von Wurzeln bedeckt, die sich überschnitten, teilten, miteinander verwoben. Die allgegenwärtigen Wurzelhaare streckten sich vibrierend nach ihnen aus. Die Wände ähnelten dem Pelz eines Lebewesens und waren in ständiger wogender Bewegung begriffen.

Auch die anderen wirkten besorgt, sogar die Indianer. Die Kolonne der Männer und Frauen verschwand hinter einer Biegung. Private Carrera bildete die Nachhut. Sie blickte sich immer wieder wachsam um – Tor-tor und der schwarze Riesenjaguar folgten ihr. Es hatte einiger Überredungskunst bedurft, die beiden Raubkatzen zum Betreten des Tunnelsystems zu bewegen, doch schließlich war es Nate gelungen, Tor-tor hineinzulocken. »Mannys Jaguar überlasse ich nicht dem sicheren Tod«, hatte Nate gemeint. »Ich bin es meinem Freund schuldig, ihn zu retten.«

Schließlich war auch das große Jaguarweibchen Tor-tor gefolgt.

Für den Fall, dass die große Raubkatze unterwegs Lust auf eine Stärkung bekommen sollte, hielt Carrera die Waffe im Anschlag.

Dakii blieb an einer Kreuzung stehen. Sergeant Kostos grummelte, doch sie wagten nicht, das Tempo anzuziehen. Hier unten konnte man sich allzu leicht verirren. Sie waren auf Dakiis Orientierungsvermögen angewiesen.

Der Indianer entschied sich für einen Gang und schritt voran. Der Tunnel senkte sich steil in die Tiefe. Kouwe blickte zur niedrigen Decke. Mittlerweile waren sie bestimmt hundert Meter unter der Erde ... und es ging immer noch tiefer hinab. Eigenartigerweise aber war die Luft hier weniger dumpfig, sondern beinahe frisch.

Nach einer Weile wurde der Tunnel wieder eben, beschrieb eine scharfe Biegung und mündete in eine große Höhle. Die Tunnelöffnung befand sich auf halber Höhe der Höhlenwand. Ein schmaler Pfad führte an der Wand entlang, ein Felssaum hoch über dem schüsselartig gewölbten Boden. Dakii trat auf den Pfad hinaus.

Kouwe folgte ihm staunend. Die Höhle durchmaß etwa eine halbe Meile. In der Mitte ragte eine gewaltige Wurzel, so dick wie ein großer Rotholzbaum, aus dem Dach und verschwand wie eine gewaltige Säule im Boden.

»Das ist wieder die Pfahlwurzel der Yagga«, meinte Nate, als er sich den beiden Männern anschloss. »Anscheinend haben wir einen Bogen geschlagen.«

Von der Hauptwurzel ausgehend breiteten sich Tausende von Nebenwurzeln wie die Äste eines Baums in alle Richtungen, weiteren Tunnelgängen entgegen.

»Das Tunnelsystem muss viele Meilen umfassen«, sagte Kouwe. Er musterte die Pfahlwurzel. Der oberirdische Stamm machte offenbar nur einen Bruchteil der gesamten Baummasse aus. »Könnt ihr euch vorstellen, wie viele Spezies hier gefangen sind? Es ist, als stünde die Zeit hier still.«

»Der Baum sammelt anscheinend schon seit Jahrhunderten alle möglichen Tierarten«, murmelte Nates Vater.

»Vielleicht auch schon länger«, meinte Kouwe. »Vielleicht schon seit der Zeit, als das Land entstanden ist.«

»Also seit dem Paläozän«, flüsterte Nate ehrfurchtsvoll. »Wenn das stimmt, was ist dann in diesem gigantischen biologischen Archiv alles verborgen?«

»Und welche Arten sind gar noch am Leben?«

Kouwe zuckte zusammen. Das war eine erstaunliche, aber auch erschreckende Vorstellung. Er bedeutete Dakii weiterzugehen. Der Anblick war zu schrecklich, um ihn länger zu ertragen, außerdem wurde für sie und die Menschen der Außenwelt die Zeit allmählich knapp.

Der Pfad führte in Serpentinen in die Tiefe. Dakii geleitete sie zu einer weiteren Tunnelmündung, die wiederum ins Labyrinth der Gänge führte. Auch nachdem sie die Höhle hinter sich gelassen hatten, verweilte Kouwe in Gedanken noch bei dem Mysterium. Unwillkürlich wurde er langsamer, bis er neben Nate und Carl herging. Auch Sergeant Kostos hatte sich ihnen angeschlossen.

»Als ich Anthropologie studierte«, sagte Kouwe, »habe ich mich intensiv mit Baummythen beschäftigt. Die mütterliche Beschützerin. Wächterin und Hort der Weisheit. Dabei stellt sich mir die Frage, ob sich die Wege der Menschheit und dieses Baums schon einmal gekreuzt haben.«

»Worauf wollen Sie hinaus?«, fragte Nate.

»Dieser Baum war doch wohl nicht der einzige seiner Art. Es muss in der Vergangenheit noch andere gegeben haben. Vielleicht sind diese Mythen ja eine kollektive Erinnerung von Menschen, die früher einmal der Yagga begegnet sind.«

Als er Nates Skepsis bemerkte, fuhr er fort: »Nimm zum Beispiel mal den Baum der Erkenntnis aus dem Garten Eden. Ein Baum, dessen Früchte das gesamte vorhandene Wissen verkörpern, die aber den, der davon isst, mit einem Fluch beladen. Man könnte eine Parallele zur Yagga ziehen. Als ich Carl in dem Wurzelgewirr sah, musste ich an eine andere biblische Geschichte denken. Im dreizehnten Jahrhundert hatte ein Mönch nach ausgiebigem Fasten eine Vision. Ihm erschien Gott, der ihm schilderte, wie Seth, der Sohn des Adam, in den Garten Eden zurückkehrte. Dort erblickte der junge Mann den Baum der Erkenntnis, der sich in der Zwischenzeit weiß gefärbt hatte. Mit den Wurzeln umfing er Kain, und einige davon waren in seinen Körper eingedrungen.«

Nate runzelte die Stirn.

»Die Parallele liegt auf der Hand«, schloss Kouwe.

Nate schwieg eine Weile, er musste diesen Gedanken erst verarbeiten. Schließlich sagte er: »Da könnte etwas dran sein. Der Tunnel im Stamm der Yagga wurde nicht von Menschen angelegt, sondern ist natürlichen Ursprungs.

Der Baum hat die Gänge im Laufe seines Wachstums ausgebildet. Aber wie konnte er das tun, wenn er noch nie auf Menschen getroffen war und keine Gelegenheit gehabt hatte, diese Merkmale zu entwickeln?«

»So wie sich der Ameisenbaum an seine sechsbeinigen Soldaten angepasst hat«, setzte Kouwe hinzu.

Nates Vater ließ sich vernehmen. »Und die Evolution der Ban-ali, ihre genetische Fortentwicklung«, krächzte Carl. »Hat sich dergleichen auch schon früher ereignet? Hat der Baum womöglich eine entscheidende Rolle bei der Evolution des Menschen gespielt? Hat er deshalb Eingang in unsere Mythen gefunden?«

Kouwe legte die Stirn in Falten. So weit hatte er noch nicht gedacht. Er blickte sich zum Rest der Kolonne um, die von der großen Raubkatze gefolgt wurde. Wenn die Yagga imstande war, die Intelligenz des Jaguars zu steigern, hatte sie dann das Gleiche in der fernen Vergangenheit auch mit dem Menschen getan? Hatten die Menschen ihren Intellekt einem Vorfahren dieses Baums zu verdanken? Ein verstörender Gedanke.

Schweigen senkte sich herab.

Kouwe vergegenwärtigte sich die Geschichte des Tals. Die Yagga war hier gewachsen, hatte jahrhundertelang in ihrem ausgehöhlten Wurzelsystem alle möglichen Spezies gesammelt: Sie hatte die Tiere mit ihrem Moschusduft angelockt, ihnen Unterschlupf gewährt, sie dann eingefangen und in den Kammern verwahrt. Schließlich hatte der Mensch das Tal betreten – ein umherwandernder Stamm der Yanomami – und die Tunnel und die heilsame Wirkung des Baumsafts entdeckt. Auch die Indianer waren mit der gleichen Unabänderlichkeit gefangen worden wie die Tiere und hatten sich allmählich in die Ban-ali verwandelt, die menschlichen Sklaven der Yagga. Seitdem hatten die Banali für den Baum anscheinend weitere Spezies eingefangen und sie der Wurzel dargebracht, um die biologische Datenbank des Baums zu erweitern.

Wo hätte dies alles hingeführt, wenn nichts dazwischengekommen wäre? Zu einer neuen menschlichen Spezies, wie Carl nach der Totgeburt von Gerald Clarks Kind gefürchtet hatte? Oder zu etwas noch Schlimmerem – zu Mischwesen wie den Piranhas und den Heuschrecken?

Kouwe musterte die gewundenen Gänge aus zusammengekniffenen Augen, auf einmal froh darüber, dass dies alles verbrennen würde.

Dakii ließ sich von der Kolonnenspitze vernehmen. Der Indianer zeigte auf einen Nebengang. Ein schwaches Leuchten war darin zu erkennen, und man hörte ein dumpfes Tosen.

»Der Ausgang«, sagte Kouwe.

19.49 Uhr

Nate, der seinen Vater stützte, beeilte sich nach Kräften.

Sergeant Kostos ging auf der anderen Seite, fluchte unablässig halblaut vor sich hin und zählte die Minuten bis zur Bombenexplosion.

Es würde knapp werden.

Die Gruppe eilte auf die vom Mond erhellte Öffnung zu. Das Tosen wurde lauter und schwoll zu einem ohrenbetäubenden Grollen an. Als hinter einer Biegung der Tunnelausgang sichtbar wurde, erblickten sie die Ursache des Geräuschs.

Ein Wasserfall ergoss sich am Eingang vorbei, glitzernd im Mondschein und Sternenlicht.

»Der Tunnel mündet offenbar in der Felswand, die hinunter zum unteren Tal führt«, meinte Kouwe.

Sie folgten Dakii bis zum feuchten Tunnelausgang. Unmittelbar vor ihnen stürzte der Wasserschwall in die Tiefe. Der Indianer zeigte nach unten. *Stufen.* Zwischen Wasserfall und Felswand führte eine steile, nasse, in den Fels gehauene Treppe in engen Serpentinen ins untere Tal.

»Mir nach!«, rief der Sergeant. »Beeilen Sie sich, aber wenn ich rufe, legen Sie sich hin und halten sich fest.«

Dakii blieb mit Sergeant Kostos zurück, um seinen Stammesgefährten den Weg zu weisen.

Kouwe half Nate, dessen Vater zu stützen. Sie stiegen so rasch sie konnten die Stufen hinunter, hin und her gerissen zwischen Eile und Vorsicht. Die anderen folgten ihnen.

Nate sah, wie Kostos Carrera zur Treppe winkte, dann machte er sich als Letzter an den Abstieg.

Hinter ihm tauchten die beiden Raubkatzen aus der Tunnelmündung auf. Die Jaguare stürmten auf die Treppe hinaus, froh darüber, die engen Gänge endlich hinter sich gelassen zu haben. Nate beneidete sie um ihre Krallen.

»Noch eine Minute«, sagte Kouwe, unter Carls Gewicht schwankend.

Sie beeilten sich. Der Grund der Schlucht lag gute vier Stockwerke unter ihnen. Ein Sturz in die Tiefe wäre tödlich gewesen.

Auf einmal durchschnitt ein Warnruf das Tosen des Wassers. »Runter! Kopf einziehen!«

Nate half seinem Vater, sich hinzulegen, dann ließ auch er sich fallen. Mittlerweile hatten sich alle flach auf die Stufen gelegt. Er senkte den Kopf und betete.

Es war, als wäre das Ende der Welt angebrochen. Der Explosionslärm war eher schwach – vergleichbar etwa dem dramatischen Höhepunkt eines Feuerwerks am Unabhängigkeitstag –, die Wirkung allerdings war beträchtlich.

Über der Felswand breitete sich eine Feuerwand über eine Entfernung von einer halben Meile aus und schoss dreimal so hoch in den Himmel. Die Druckwelle fegte über sie hinweg und wirbelte Flammenzungen vorbei. Hätte der Wasserfall sie nicht geschützt, wären sie auf der Treppe bei lebendigem Leib verbrannt. Allerdings hatte er auch seine Nachteile. Aufgrund der Druckwelle wurden sie ausgiebig mit Wasser übergossen. Dennoch hielten alle sich fest.

Kurz darauf wurden brennende Trümmer über den Rand der Schlucht geschwemmt. Die Wasserströmung riss sie mit sich fort. Dennoch war es beängstigend mit anzusehen, wie ganze Bäume, die entwurzelt in den Fluss gekippt waren, brennend in die Tiefe stürzten.

Als der Hitzeschwall allmählich abflaute, schrie Kostos: »Weitergehen, aber achten Sie auf herabfallende Trümmer!«

Nate richtete sich in die Hocke auf. Alle erhoben sich benommen.

Sie hatten es geschafft!

Er ergriff die Hand seines Vaters. »Komm, Dad. Lass uns von hier verschwinden.«

Auf einmal spürte er, wie der Boden grollend erbebte. Instinktiv wusste er, dass Gefahr drohte. *Verdammter Mist ...*

Er warf sich auf seinen Vater, einen Schrei auf den Lippen. »Runter! Alle wieder hinlegen!«

Die zweite Explosion war ohrenbetäubend. Nate schrie auf. Die Druckwelle war so stark, dass er meinte, die Felswand würde über ihnen einstürzen.

Aus der Tunnelmündung schoss eine Flamme in den Wasserfall hinaus. Dampfwolken hüllten sie ein.

Nate blickte nach oben und beobachtete, wie eine zweite und dann eine dritte Feuerwalze aus dem Tunnel schoss. Auch aus Rissen in der Felswand leckten Flammen hervor wie zahllose Feuerzungen. Sie zeigten ein gespenstisches Blau.

Und währenddessen bebte unablässig der Boden.

Nate schützte seinen Vater mit seinem Körper.

Felsbrocken und loses Erdreich fielen auf sie herab. Entwurzelte Bäume schossen wie flammende Raketengeschosse durch die Luft und krachten ins untere Tal.

Dann nahm auch das ein Ende.

Niemand rührte sich, während kleinere Felsbrocken an ihnen vorbeistürzten. Der Wasserfall bot ihnen wieder Schutz, hielt die meisten Trümmer fern oder bremste sie so weit ab, dass sie keine tödliche Gefahr mehr darstellten.

Nach einigen Minuten hob Nate abermals den Kopf und besah sich den Schaden.

Kouwe lag eine Stufe unterhalb seines Vaters. Der Professor wirkte benommen, als stünde er unter Schock. Er erwiderte Nates Blick, kreidebleich im Gesicht. »Anna ..., als du gerufen hast ... Ich war zu langsam ... die Explosion ..., ich hab sie nicht rechtzeitig festgehalten.«

Nate schloss die Augen. »O mein Gott.«

Überall ertönte Wehgeschrei. Anna war nicht als Einzige in den Tod gestürzt. Nate richtete sich auf die Knie auf. Sein Vater wälzte sich hustend auf die Seite, aschfahl im Gesicht.

Nach einer Weile schleppten sich die Überlebenden blessiert, blutig und unter Schock weiter die Treppe hinunter. Außer Anna hatten noch drei Ban-ali auf der Treppe den Tod gefunden.

»Wieso gab es eigentlich mehrere Explosionen?«, fragte Sergeant Kostos.

Nate vergegenwärtigte sich die seltsame blaue Flamme. Er bat um einen der Behälter mit Yagga-Saft. Er goss einen traubengroßen Tropfen heraus und zündete ihn mit Carreras Feuerzeug an. Eine große blaue Flamme züngelte vom Saftklumpen empor. »Der Saft verhält sich wie Kopal«, sagte Nate. »Leicht entflammbar. Der ganze Baum hat Feuer gespuckt wie ein Goldregen bei einem Feuerwerk. Wahrscheinlich auch die Wurzeln, der Stärke der Erschütterungen nach zu schließen.«

Tiefe, traurige Stille senkte sich über die dezimierte Gruppe herab.

Nach einer Weile sagte Carrera: »Was nun?«

»Dieser Dreckskerl muss dafür bezahlen«, antwortete Nate erbost. »Für Manny, für Olin, für Anna, für die Banali.«

»Sie haben Gewehre«, gab Sergeant Kostos zu bedenken. »Wir haben bloß ein Bailey. Außerdem sind sie uns zahlenmäßig zweifach überlegen.«

»Zum Teufel damit«, erwiderte Nate mit kalter Stimme. »Wir haben ein As im Ärmel, das alles andere aussticht.«

»Und das wäre?«, fragte Kostos.

»Sie halten uns für tot.«

19

Angriff um Mitternacht

23.48 Uhr
Amazonas-Dschungel

Kellys Augen brannten. Da man ihr die Hände auf den Rücken gebunden hatte, konnte sie die Tränen nicht abwischen. Sie war unter einem Dach aus Palmblättern, das den leichten Regen abhielt, an einen Pfahl gefesselt. Nach Sonnenuntergang waren Wolken aufgezogen, was ihren Kidnappern nur recht gewesen war. »Je dunkler, desto besser«, hatte Favre frohlockt. Sie waren zügig vorangekommen und befanden sich nun südlich des Sumpfes inmitten dichten Dschungels.

Doch trotz der Dunkelheit und der Entfernung leuchtete der Himmel im Norden feuerrot, als ginge dort die Sonne auf. Die Explosionen, die die Nacht erhellten, waren spektakulär gewesen; ein Feuerball war hoch in den Himmel geschossen, gefolgt von herabprasselnden brennenden Trümmerteilen.

Dieser Anblick hatte ihre letzte Hoffnung verbrannt. Die anderen waren tot.

Favre hatte anschließend ein scharfes Tempo angeschlagen, da er davon ausging, dass die Nachglut des Feuers Regierungshubschrauber anlocken würde. Bislang aber hatte sich keiner blicken lassen. Kein Geknatter war zu vernehmen gewesen. Favre suchte unablässig den Himmel ab. *Nichts.*

Vielleicht war Olins Signal ja gar nicht empfangen worden oder die Hubschrauber waren noch unterwegs.

Jedenfalls wollte Favre kein Risiko eingehen. Keine Taschenlampen, bloß Nachtsichtgeräte. Kelly bekam natürlich keins. Ihre Schienbeine waren aufgeschürft und zerschrammt von den ständigen Fehltritten und Stürzen im finsteren Dschungel. Die Bewacher hatten sich über ihr Gestolpere amüsiert. Da sie sich nicht abstützen konnte, schlug sie sich jedes Mal die Schienbeine auf. Ihre Beine schmerzten. Das Blut lockte Moskitos und Mücken an, die sie umschwirrten und auf den offenen Wunden umherkrabbelten. Sie konnte sie nicht einmal mehr verscheuchen.

Besser wurde es erst, als es zu regnen begann. Auch die Ruhepause tat ihr gut – eine volle Stunde. Kelly blickte zum leuchtenden Nordhimmel und hoffte, dass ihre Freunde wenigstens nicht hatten leiden müssen.

Die Söldner indessen feierten ihren Sieg. Schnapsflaschen wurden herumgereicht. Trinksprüche wurden ausgebracht, und Aufschneider verkündeten unter jovialem Geflüster, wie sie das Geld verwenden würden – vor allem offenbar für Huren. Favre ging von einem zum anderen und achtete darauf, dass die Feier nicht außer Kontrolle geriet. Schließlich waren sie noch einige Meilen vom Treffpunkt entfernt, an dem die Motorboote auf sie warteten.

Deshalb hatte Kelly im Moment einigermaßen Ruhe. Frank lag unter einem weiteren provisorischen Blätterdach in der Mitte des Lagers. Lediglich ein Wachposten leistete ihr Gesellschaft: Favres entstellter Lieutenant, der Mask genannt wurde. Er unterhielt sich mit einem anderen Söldner und nahm gerade einen Schluck aus dessen Flasche.

Eine Gestalt näherte sich durch den Nieselregen: Favres Indianergeliebte Tshui. Der Regen schien ihr nichts auszumachen; sie war immer noch nackt, trug aber wenigstens nicht mehr Corporal DeMartinis Kopf um den Hals.

Wahrscheinlich würde er schimmeln, wenn er nass wird, dachte Kelly bedrückt.

Masks Kamerad trollte sich, als er der Frau ansichtig wurde. Diese Wirkung hatte sie auf die meisten Söldner. Offenkundig hatten sie Angst vor ihr. Sogar Mask trat unter dem Blätterdach hervor und stellte sich unter einer Palme unter.

Die Indianerin kniete sich neben Kelly. In der Hand hielt sie einen Rucksack. Sie stellte ihn auf den Boden, kramte schweigend darin, zog ein kleines Tongefäß hervor und öffnete den Deckel.

Darin befand sich eine wachsartige Salbe. Die Hexe tupfte sich etwas davon auf den Finger, dann streckte sie die Hand nach Kelly aus.

Kelly zuckte zurück.

Die Indianerin packte sie beim Handgelenk. Ihr Griff war kräftig wie ein Schraubstock. Sie schmierte Kelly die Salbe auf die aufgeschürften Knie. Das Brennen hörte augenblicklich auf. Kelly hörte auf, sich zu wehren, und ließ sich von der Frau behandeln.

»Danke«, sagte Kelly, obwohl sie sich nicht sicher war, ob die Indianerin ihr helfen oder lediglich sicherstellen wollte, dass sie weitermarschieren konnte. Auf jeden Fall fühlte sie sich wieder besser.

Die Indianerin langte erneut in den Rucksack und holte ein zusammengerolltes Stück Leinen heraus. Sorgfältig breitete sie es auf dem nassen Boden aus. In kleinen Taschen steckten Werkzeuge aus rostfreiem Stahl und gelbem Knochen. Tshui wählte aus einer Kollektion von fünf Messern ein langes, sichelförmiges aus. Mit dem Messer in der Hand beugte sie sich Kelly entgegen.

Kelly zuckte erneut zurück, die Frau aber packte ihr Haar am Nacken und hielt sie fest, zog ihren Kopf nach hinten. Die Indianerin war erstaunlich kräftig.

»Was hast du vor?«

Tshui sprach nie. Sie setzte die geschwungene Messerklinge an Kellys Stirn an, unmittelbar unterhalb des Haaransatzes. Dann steckte sie das Messer wieder weg, zog ein anderes hervor und hielt es Kelly an die Stirn.

Kelly wurde von Entsetzen übermannt. *Sie nimmt an mir Maß!* Tshui wählte die Instrumente aus, die am besten geeignet waren, ihr die Haut vom Schädel abzuziehen. Die Indianerin nahm weiter an ihr Maß, betastete verschiedene scharfe Werkzeuge und hielt sie an Kinn, Wange und Nase an.

Dann legte sie die passenden Instrumente neben ihrem Knie auf dem Boden aus. Die Reihe wurde immer länger: lange Messer, spitze Stifte, korkenzieherartige Gerätschaften aus Knochen.

Ein Räuspern außerhalb des Unterstands zog die Aufmerksamkeit der beiden Frauen auf sich.

Tshui ließ Kellys Kopf los. Jetzt konnte sie sich winden und austreten, um den Abstand zur Hexe zu vergrößern. Mit den Füßen brachte sie die aufgereihten Folterwerkzeuge durcheinander.

Vor dem Eingang stand Favre. »Wie ich sehe, hat Tshui Sie ein wenig unterhalten, Mademoiselle O'Brien.«

Er trat in den Unterstand. »Ich habe versucht, von Ihrem Bruder ein paar Informationen über die CIA zu erhalten. Informationen, die uns bei der Flucht nützlich sein und sich auch bei zukünftigen Missionen als hilfreich erweisen könnten. St. Savin hätte bestimmt nichts dagegen, wenn ich Ihrem Patienten diese wertvollen Informationen entlocken würde. Allerdings darf ich nicht zulassen, dass Frank zu Schaden kommt. Das wäre meinen Wohltätern gar nicht recht. Schließlich bezahlen sie mich dafür, dass ich ihnen ein *gesundes* Versuchskaninchen überbringe.«

Favre ging neben Kelly in die Hocke. »Für Sie, meine Liebe, gilt das nicht. Ich fürchte, ich werde Ihrem Bruder Tshuis Kunstfertigkeit demonstrieren müssen. Zurückhaltung ist da fehl am Platz. Lassen Sie Frank ruhig Ihre Schreie hören – bitte halten Sie sich nicht zurück. Wenn

Tshui ihm anschließend Ihr Ohr überreicht, wird er meine Fragen sicherlich bereitwillig beantworten.«

Favre deutete eine Verbeugung an und trat in den nächtlichen Regen hinaus.

Kelly gefror das Blut in den Adern. Ihr blieb nicht mehr viel Zeit. Sie umklammerte das kleine Messer. Sie hatte es gerade eben vom Boden aufgeklaubt. Jetzt machte sie sich daran, ihre Handfesseln durchzuschneiden.

Tshui wühlte derweil im Rucksack und holte Verbandszeug heraus – um nach der Ohramputation Kellys Kopfwunde zu verbinden. Sie würden sie zweifellos so lange foltern, bis ihr Bruder sämtliche Informationen preisgegeben hatte, über die er verfügte. Anschließend würde man sie wegwerfen wie überflüssigen Ballast.

So weit wollte Kelly es nicht kommen lassen. Ein rascher Tod war besser, als gefoltert zu werden. Und wenn sie Favre glauben konnte, hatte Frank nichts zu befürchten – zumindest so lange nicht, bis er an die Wissenschaftler von St. Savin übergeben wurde.

Kelly säbelte eifrig an ihren Fesseln und bemühte sich, mit heftigem Gezappele und lautem Stöhnen, das nur teilweise vorgetäuscht war, von ihrem Befreiungsversuch abzulenken.

Tshui wandte sich zu ihr um, in der Hand ein Messer mit Widerhaken.

Die Fesseln banden Kelly immer noch die Hände.

Die Hexe beugte sich vor und packte wieder ihre Haare, riss ihren Kopf zurück. Dann hob sie das Messer.

Kelly machte sich weiterhin mit tränenüberströmtem Gesicht an ihren Fesseln zu schaffen.

Ein Grauen erregender Schrei durchschnitt die Nacht, ein katzenhaftes, angriffslustiges Winseln.

Tshui hielt inne, das Messer dicht vor Kellys Ohr. Die Hexe blickte mit schief gelegtem Kopf in den dunklen Wald.

Diese Gelegenheit durfte Kelly sich nicht entgehen lassen. Sie spannte die Schultern an und sprengte die letzten Fasern des Stricks, der sie fesselte.

Als Tshui sich wieder zu ihr umdrehte, schwenkte Kelly das Messer herum und rammte es der Hexe in die Schulter. Tshui schrie auf und kippte überrascht nach hinten.

Mit zum Zerreißen gespannten Nerven sprang Kelly auf und rannte in den Wald hinein. Sie lief so schnell sie konnte, prallte jedoch gegen eine Gestalt, die plötzlich hinter einem Baum hervortrat.

Sie wurde gepackt und blickte in das höhnisch grinsende Gesicht von Mask. In ihrer Panik hatte sie den Wachposten ganz vergessen. Sie wehrte sich, doch sie hatte keine Waffe mehr. Der Mann riss sie herum, hob sie hoch, einen Arm um ihren Hals gelegt. Während sie verzweifelt austrat, schleppte er sie auf die Lichtung. Tshui kniete am Boden und verband die verletzte Schulter mit dem Leinen, das eigentlich für Kelly gedacht gewesen war. Dabei durchbohrte sie Kelly mit ihrem finsteren Blick.

Kelly hörte auf, sich zu wehren.

Dann geschah auf einmal etwas Seltsames – Mask zuckte zusammen und ließ sie los. Kelly fiel auf die Knie. Während der kräftige Wachposten zusammenbrach, drehte sie sich um.

Tief in seinem Schädel steckte ein funkelnder Gegenstand.

Eine silbrig glänzende Scheibe.

Kelly erkannte sie auf Anhieb. Sie blickte in den Wald, während überall im Lager laute Rufe ertönten. Männer brachen zusammen oder sanken einfach um. In Hals oder Brust steckten gefiederte Pfeile. Mehrere der Getroffenen verkrampften sich. *Gift.*

Kelly starrte den erschlafften Lieutenant an ... und die Silberscheibe.

Hoffnung wallte in ihr auf.

Allmächtiger, die anderen waren noch am Leben!

Als Kelly sich umwandte, war Tshui verschwunden. Die Indianerin war ins Lager geflüchtet, zu Favre, zu Frank, der hilflos auf der Trage lag. Mittlerweile herrschte überall Chaos. Schüsse knallten, Befehle wurden gebrüllt, doch bislang zeigte sich kein einziger Angreifer.

Es war, als würden sie von Gespenstern attackiert.

Immer mehr Männer brachen zusammen.

Kelly nahm dem toten Mask die Pistole ab. Sie durfte sich nicht darauf verlassen, dass die anderen ihrem Bruder rechtzeitig zu Hilfe kamen. Sie lief mitten ins Lager hinein.

Nate sah, wie Kelly mit einer Pistole in der Hand losrannte. *Sie will ihrem Bruder beistehen,* wurde ihm klar. Sie durften nicht länger warten. Er gab Private Carrera ein Zeichen. Ein scharfer Pfiff ertönte, dann war das Trillern der Indianer zu vernehmen, die rings ums Lager Aufstellung genommen hatten. Bei diesem Geräusch gefror einem das Blut in den Adern.

Nate war bereits auf den Beinen.

Alle hatten sich schwarz bemalt.

Gemeinsam stürmten sie ins Dschungellager, bewaffnet mit Pfeil und Bogen, mit Blasrohren und Knochenmessern. Wer sich mit modernen Waffen auskannte, schnappte sich eine von einem der Toten.

Auf der linken Seite eröffnete Kostos mit seinem AK-47 das Feuer. Zur Rechten stellte Carrera ihr Bailey auf Dauerfeuer und mähte einen nach dem anderen um. Sie schoss das Magazin leer und warf die Waffe weg, dann hob sie ein herumliegendes M-16 auf, das vermutlich einem der Ranger gehört hatte.

Nate entwand der Hand eines Toten eine Pistole und lief ins Lager hinein. Die Söldner waren noch immer in heller

Aufregung, begannen aber gerade, sich zurückzuziehen und eine Abwehrlinie zu bilden. Nate stürmte durch die feuchte Dunkelheit, um hinter die feindlichen Linien zu gelangen, bevor diese sich formiert hatten.

Im Laufen bemerkte er einen verängstigten, offenbar unbewaffneten Mann, der sich in einem Busch versteckte. Als er Nates Pistole sah, ließ er sich auf die Knie fallen und legte die Hände über den Kopf.

Nate rannte an ihm vorbei. Er hatte nur ein Ziel: Er musste Kelly und ihren Bruder finden, bevor ihnen etwas zustieß.

Auf der anderen Seite des Lagers rannte Kouwe neben Dakii her, flankiert von weiteren Indianern. Er hielt kurz inne, um die Machete eines Toten aufzuheben und sie Dakii zuzuwerfen. Er selbst bewaffnete sich mit einem Gewehr.

Sie liefen weiter. Die Söldner hatte sich zur Mitte des Lagers zurückgezogen.

Kouwe wurde auf einmal langsamer, gewarnt von einer Art Prickeln. Als er sich umdrehte, erblickte er eine Indianerin, die sich hinter einem Busch zu verstecken suchte. Auch sie war am ganzen Körper schwarz bemalt.

Kouwe, der bei den Amazonasstämmen aufgewachsen war, ließ sich nicht so leicht täuschen. Trotz der Tarnbemalung fiel ihm auf, dass sie eine Shuar war.

Er hob das Gewehr und zielte damit auf die Frau. »Keine Bewegung, Hexe!« Favres Geliebte wollte sich an ihnen vorbeistehlen und sich im Wald in Sicherheit bringen. Das durfte er nicht zulassen. Er dachte an Corporal DeMartini.

Die Frau erstarrte, drehte sich langsam zu ihm um. Dakii war ebenfalls stehen geblieben, doch Kouwe winkte ihn weiter. Es blieb noch genug zu tun.

Dakii schloss sich seinen Stammesgenossen an.

Kouwe war nun allein mit der Frau, umgeben von Toten.

Vorsichtig näherte er sich ihr. Eigentlich hätte er sie auf der Stelle erschießen sollen – die Hexe war bestimmt ebenso gefährlich wie schön. Davor aber schreckte er zurück.

»Auf die Knie!«, befahl er auf Spanisch. »Hände hoch!«

Sie gehorchte, kniete mit einer fließenden Bewegung nieder, langsam und geschmeidig wie eine Schlange. Schwerlidrig blickte sie zu ihm auf. Feindselig, verführerisch ...

Als sie ihn angriff, reagierte Kouwe einen Moment zu spät. Er drückte den Abzug durch, doch der Hahn klickte bloß. Das Magazin war leer.

Die Frau warf sich auf ihn, in beiden Händen Messer, die mit Sicherheit mit Gift präpariert waren.

Kelly starrte die beiden Mini-Uzis an, die Favre in Händen hielt. Mit dem einen zielte er auf den Kopf ihres Bruders, mit dem anderen auf ihre Brust. »Lassen Sie die Pistole fallen, Mademoiselle. Sonst müssen Sie beide sterben!«

»Lauf weg, Kelly!«, formte Frank lautlos mit den Lippen.

Favre hockte unter dem Palmdach und benutzte ihren Bruder als Deckung.

Sie hatte keine Wahl. Sie durfte ihren Bruder nicht mit diesem Wahnsinnigen allein lassen. Sie senkte die Pistole und warf sie beiseite.

Favre trat zu ihr. Er ließ eine der Uzis fallen und drückte Kelly die andere in den Rücken. »Wir verschwinden von hier«, zischte er sie an. Er hob einen Rucksack auf. »Für einen Notfall wie diesen habe ich eine Probe des Baumsafts abgezweigt.«

Er schulterte den Rucksack, dann packte er Kellys Hemd.

»*Lassen Sie sie los!*«, rief jemand hinter ihm.

Beide drehten sich um. Favre suchte hinter Kellys Rücken Deckung.

Vor ihnen stand Nate, bekleidet nur mit seinen Boxershorts, am ganzen Leib schwarz bemalt.

»Sie haben sich wohl an den Indianern ein Beispiel genommen, nicht wahr, Monsieur Rand?«

Nate zielte mit der Pistole auf ihn. »Jeder Fluchtversuch ist zwecklos. Lassen Sie die Waffe fallen, dann geschieht Ihnen nichts.«

Kelly schaute Nate an. Sein Blick war unerbittlich.

Ringsum wurde geschossen. Laute Rufe und Schreie waren zu vernehmen.

»Sie wollen mich am Leben lassen?«, höhnte Favre. »Wie das? Soll ich vielleicht im Gefängnis versauern? Diesem Vorschlag kann ich nichts abgewinnen. Meine Freiheit ist mir lieber.«

Als der Schuss ertönte, krampfte Kelly sich zusammen – eher vor Schreck als vor Schmerz. Sie sah, wie Nate an der Hüfte getroffen nach hinten geschleudert wurde und ihm die Waffe aus der Hand flog. Dann sank auch sie auf die Knie, und allmählich überwog der Schmerz den Schock. Sie blickte an sich hinunter. Aus dem qualmenden Einschussloch in ihrem Hemd sickerte Blut.

Favre hatte sie mitten durch den Bauch geschossen und dabei auch Nate getroffen.

Die unfassbare Brutalität der Tat entsetzte sie mehr als die Tatsache, dass sie verwundet war, mehr als das Blut.

Kelly blickte Nate an. Für einen kurzen Moment trafen sich ihre Blicke. Beide hatte keine Kraft mehr für Worte. Dann brach sie zusammen, und Dunkelheit verschluckte die Welt.

Kouwe wehrte das erste Messer mit dem Gewehr ab, doch die Hexe war schnell. Als sie ihn ansprang, kippte er unter der Wucht des Aufpralls nach hinten.

Er prallte hart auf dem Boden auf und schlug sich den

Kopf an, schaffte es aber, ihr anderes Handgelenk zu packen. Das zweite Messer stieß nach seinem Gesicht. Er versuchte, sie abzuschütteln, sie aber hielt ihn mit den Beinen umschlungen wie eine leidenschaftliche Geliebte.

Mit der freien Hand zerkratzte sie ihm die Wange, tastete nach seinen Augen. Er bog das Gesicht weg. Das Messer senkte sich auf seinen Hals und sie drückte mit aller Macht zu. Sie war jung und kräftig.

Kouwe aber kannte die Shuar. Er kannte ihr geheimes Waffenarsenal: Sie hatten es ins Haar geflochten, trugen es versteckt unter Lendenschurzen und offen als Schmuck. Außerdem wusste er, dass die weiblichen Krieger des Stammes als Schutz vor Vergewaltigung eine künstliche Scheide trugen – wenn sich die Shuar-Stämme bekriegten, kam es häufig zu derlei Übergriffen.

Als Tshui sich rittlings auf ihn hockte, langte ihr Kouwe mit der freien Hand zwischen die Beine und ertastete die dort verborgene kleine Erhebung, auf die sich ihre Körperwärme übertragen hatte. Er zog die Klinge aus der verborgenen Lederscheide hervor.

Als sie seinen intimen Diebstahl bemerkte, stieß sie einen Schrei aus und bleckte die Zähne.

Sie versuchte sich wegzuwälzen, doch Kouwe hielt noch immer ihr Handgelenk gepackt. Während sie herumschwenkte, folgte er ihrer Bewegung, sie weiterhin fest umklammernd, und nutzte ihren Schwung, um sich aufzurichten.

Sie standen sich geduckt gegenüber.

Ihre Blicke trafen sich. Er sah die Angst in ihren Augen. »Gnade«, flüsterte sie. »Bitte.«

Kouwe dachte an die vielen Opfer, die sie vergeblich angefleht hatten – doch er war kein Unmensch. »Die Gnade sei dir gewährt.«

Sie entspannte sich ein wenig.

Er nutzte den Moment, um sie an sich zu reißen und ihr das Messer bis zum Heft zwischen die Brüste zu rammen.

Sie schnappte überrascht nach Luft.

»Die Gnade eines raschen Todes!«, zischte er sie an.

Das Gift wirkte augenblicklich. Sie verkrampfte und versteifte sich, als hätte sie einen Stromschlag erlitten. Während ein erstickter Schrei von ihren Lippen kam, stieß er sie von sich. Sie war tot, ehe sie auf dem Boden aufprallte.

Kouwe wandte sich ab und warf das vergiftete Messer weg. »Und das ist mehr, als du verdient hast.«

Das Gewehrfeuer flaute immer weiter ab, bis nur noch vereinzelte Schüsse zu vernehmen waren. Bevor die Verteidigung vollständig zusammenbrach, musste Louis sich mit seinem Schatz in Sicherheit gebracht haben.

Er hob die zweite Uzi vom Boden auf und beobachtete, wie Nate sich mühsam, mit schmerzvoll verzerrtem Gesicht auf die Ellbogen aufstützte.

Louis salutierte vor ihm, wandte sich ab – und erstarrte mitten in der Bewegung.

In ein paar Metern Entfernung sah er etwas, was eigentlich unmöglich war. An einem Baum lehnte eine blasse, ausgemergelte Gestalt. »Louis ...«

Er taumelte erschreckt zurück. Ein *Gespenst* ...

»Dad, lauf weg!«, rief Nate in gequältem Ton.

Ein Schauder lief Louis über den Rücken, dann fasste er sich wieder. Natürlich war das kein Gespenst. *Carl Rand lebte! Wie war das möglich? Welch glücklichem Zufall hatte er das zu verdanken?*

Er zielte mit der Uzi auf die Gestalt.

Der geschwächte Mann hob den Arm und zeigte nach links.

Louis schwenkte den Blick herum.

Unter einem Busch stand geduckt ein Jaguar mit golden

geflecktem Fell. Im nächsten Moment setzte die Raubkatze zum Sprung an.

Louis schwenkte die Waffe herum und feuerte, schleuderte Erde und Laub empor, während er die auf ihn zufliegende Raubkatze beschoss.

Auf einmal traf ihn unversehens etwas von der anderen Seite. Er wurde mehrere Meter weit geschleudert und landete mit dem Gesicht im Morast. Die Luft wurde ihm aus den Lungen gepresst, er schnaubte und spuckte Dreck. Ein gewaltiges Gewicht drückte ihn nieder.

Wer ... was ...? Er drehte den Kopf herum.

Ein schwarzes Raubtiergesicht funkelte ihn an. Krallen hatten sich schmerzhaft in seinen Rücken gebohrt.

Allmächtiger!

Der erste Jaguar näherte sich ihm drohend. Louis versuchte, den Arm zu heben und die Uzi in Anschlag zu bringen. Ehe er jedoch feuern konnte, flammte ein gewaltiger Schmerz in seinem Arm auf. Zähne gruben sich bis auf den Knochen ins Fleisch, dann ruckten sie zurück und rissen den Arm, untermalt vom Knacken der Knochen, an der Schulter ab.

Louis schrie auf.

»*Bon appetit*«, murmelte Nate.

Dann wandte er den Blick ab. Er hatte einmal einen Dokumentarfilm über zwei Killerwale gesehen, die mit einer Robbe spielten, bevor sie sie fraßen: Sie schleuderten sie umher, fingen sie wieder auf, rissen Fleischfetzen heraus und schleuderten sie abermals empor. Grausam und herzlos. So unerbittlich wie die Natur. Das Gleiche geschah auch hier. Die beiden Jaguare fanden ein katzenhaftes Vergnügen daran, Louis Favre zu töten, ihn nicht bloß zu fressen, sondern Rache an ihm zu nehmen.

Nate wandte sich den drängenderen Problemen zu. Indem er sich mit den Händen voranzog und mit dem unverletzten Bein abstieß, kroch er zu Kelly hinüber. In seiner Hüfte wütete der Schmerz. Ihm verschwamm die Sicht. Doch er musste sie erreichen.

Kelly lag in einer Blutlache schlaff auf dem Boden.

Schließlich sackte er neben ihr zusammen. »Kelly …«

Als sie seine Stimme hörte, regte sie sich.

Er rückte noch ein Stück näher an sie heran, schmiegte sich an sie.

»Wir haben … es geschafft … nicht wahr?«, flüsterte sie. »Wir haben … das Heilmittel?«

»Wir werden es der ganzen Welt zur Verfügung stellen … und auch Jessie.«

Sein Vater kam hinzu und kniete neben ihnen nieder. »Hilfe ist unterwegs. Haltet durch … ihr beide.«

Nate wunderte sich, Private Carrera hinter seinem Vater stehen zu sehen. »Sergeant Kostos hat das Funkgerät der Söldner entdeckt«, sagte sie. »Die Hubschrauber sind vor einer halben Stunde gestartet.«

Nate nickte und drückte Kelly an sich. Sie hatte die Augen geschlossen. Auch ihm wurde schwarz vor Augen. Wie aus weiter Ferne hörte er Frank rufen: »Kelly! Ist mit Kelly alles in Ordnung?«

20

Acht Monate später

16.45 Uhr
Langley, Virginia

Nate klopfte an die Haustür der O'Briens. Frank sollte heute aus dem Krankenhaus entlassen werden. Nate hatte sich ein Geschenk unter den Arm geklemmt. Eine neue Kappe der Boston Red Sox, signiert von der ganzen Mannschaft. Er wartete auf der Schwelle und musterte den gepflegten Rasen.

Dunkle Wolken sammelten sich im Süden, Vorboten eines Unwetters.

Nate klopfte erneut. Vergangene Woche hatte er Frank im Instar Institute besucht. Seine neuen Beine waren noch blass und schwach gewesen, doch mit den Krücken war er schon ganz gut zurechtgekommen. »Die Physiotherapie ist die Hölle«, hatte Frank geklagt. »Außerdem diene ich diesen Vampiren mit den weißen Kitteln als verdammtes Nadelkissen.«

Nate hatte gelächelt. In den vergangenen Monaten hatten die Forscher und Ärzte die Regeneration sorgfältig überwacht. Lauren, Franks Mutter, hatte gemeint, bislang sei der Mechanismus der Prionen induzierten Regeneration noch völlig ungeklärt. Allerdings wisse man inzwischen, dass die Prionen, die bei Kindern und älteren Menschen, deren Immunsystem noch nicht ganz ausgebildet beziehungsweise geschwächt sei, Blutungen und Fieber auslösten, auf gesunde Erwachsene eine gegenteilige Wirkung hätten. Bei ihnen veränderten die Prionen offenbar vorübergehend das Immunsystem, was die für eine Regeneration und rasche Heilung erforderliche starke Zellvermehrung ermögliche.

Diese erstaunliche Wirkung wurde auch bei Frank beobachtet, allerdings ohne dass er dadurch gefährdet worden wäre. Damit der Prozess nicht außer Kontrolle geriet und sich keine gefährlichen Zellwucherungen entwickelten wie bei Gerald Clark, verabreichte man ihm verdünnte Nussmilch. Und jetzt, da die Regeneration abgeschlossen war, erhielt er größere Dosen der Milch, um die Prionen aus seinem Körper zu entfernen und sein Immunsystem wieder in den Normalzustand zu versetzen. Doch obwohl Frank den Wissenschaftlern als Versuchskaninchen diente, lag die Wirkungsweise der Prionen noch immer weitgehend im Dunkeln.

»Wir sind noch weit davon entfernt, die Fragen beantworten und die heilsamen Wirkungen des Baums nachahmen zu können«, hatte Lauren betrübt erklärt. »Wenn die Geschichte des Baums tatsächlich bis ins Paläozän zurückreicht, dann ist er uns um hundert Millionen Jahre voraus. Eines Tages werden wir seine Wirkungsweise verstehen, doch bis dahin ist es noch lange hin. So sehr wir uns unserer wissenschaftlichen Errungenschaften auch brüsten mögen, sind wir doch bloß Kinder, die bei einem hoch komplizierten biologischen Experiment mitspielen.«

»Kinder, die sich um ein Haar das Dach über dem Kopf angezündet hätten«, hatte Nate bemerkt.

Zum Glück hatten sich die Nüsse tatsächlich als Heilmittel für die ansteckende Krankheit erwiesen. Das in den Nüssen enthaltene »Antiprion«, eine Art Alkaloid, ließ sich leicht synthetisieren und in großen Mengen herstellen. Das Heilmittel wurde im Zuge einer multinationalen Kraftanstrengung in Amerika und der ganzen Welt verteilt. Wie sich herausstellte, reichte eine einmonatige Alkaloid-Behandlung aus, um die Krankheit zu besiegen und das ansteckende Prion vollständig aus dem Körper zu entfernen. Diese simple Tatsache war den Ban-ali unbekannt gewesen, deshalb waren sie über viele Generationen hinweg versklavt gewesen. Zum Glück hatte sich die industriell gefertigte Nussmilch als hoch wirksames Heilmittel erwiesen. Die Seuche war besiegt.

Das Prion hingegen widersetzte sich jedem Versuch, es zu kultivieren oder zu replizieren. Die Proben des prionenreichen Safts wurden in die höchste Gefahrenstufe eingeordnet und nur einigen wenigen ausgewählten Labors zur Verfügung gestellt. Der Ursprung des Safts, das Tal der Ban-ali, war vollständig zerstört. Von der gewaltigen Yagga waren nur mehr Asche und verschüttete Skelette übrig geblieben.

Und damit kann ich gut leben, dachte Nate, während er auf der Schwelle wartete und zur untergehenden Sonne und dem sich zusammenbrauenden Unwetter hinübersah.

In Südamerika halfen Kouwe und Dakii dem einen Dutzend überlebenden Ban-ali bei der Eingewöhnung in ihre neue Umgebung. Sie waren die reichsten Indianer des ganzen Amazonasgebiets. Nates Vater hatte St. Savin Pharmaceuticals erfolgreich für die Zerstörung der Heimat des Stammes und die Ermordung der Ban-ali haftbar gemacht. Louis Favre hatte genug Unterlagen hinterlassen, die seine Verbindung zu dem französischen Pharmaunternehmen belegten. Die Berufungsverfahren würden sich wahrscheinlich noch jahrelang hinziehen, doch die Firma war bereits pleite. Außerdem würde sich der gesamte Vorstand vor Gericht verantworten müssen.

Währenddessen half Nates Vater, der in Südamerika geblieben war, den Ban-ali bei der Neuansiedlung. Nate wollte sich ihm in einigen Wochen anschließen, doch er würde nicht der Einzige sein, den es nach Süden zog. Zahlreiche Genetiker wollten den Stamm studieren und die Veränderungen an ihrem Erbgut untersuchen, einerseits um den Vorgang zu verstehen, aber auch, um die von der Yagga bewirkten Veränderungen, die zu einer neuen Spezies geführt hatten, möglicherweise wieder rückgängig zu machen. Nate vermutete, dass es viele Jahre dauern würde, bis sich die ersten Antworten einstellten.

Seinem Vater standen zwei der Ranger zur Seite, nämlich Kostos und Carrera, die vor kurzem befördert und mit Orden ausgezeichnet worden waren. Die beiden Soldaten hatte auch schon die Bergung der Leichen überwacht. Eine schwierige, quälende Arbeit.

Nate seufzte. So viele Tote ..., allerdings hatten sie mit ihrem Blut dazu beigetragen, dass viele Menschenleben gerettet worden waren. Trotzdem war es ein hoher Preis gewesen.

Das Geräusch sich nähernder Schritte unterbrach Nates Gedankengang. Die Tür öffnete sich.

Nate setzte ein strahlendes Lächeln auf. »Wieso hast du so lange gebraucht? Ich warte schon geschlagene fünf Minuten.«

Kelly musterte ihn stirnrunzelnd, eine Hand ins Kreuz gedrückt. »Schlepp du mal einen solchen Bauch mit dir herum.«

Nate legte seiner Verlobten die Hand auf den angeschwollenen Bauch. In zwei Wochen würde ihr Kind geboren werden. Als man Kellys Bauchverletzung behandelte, hatte man festgestellt, dass sie schwanger war. Kelly hatte sich offenbar mit den Prionen angesteckt, als sie in Manaus Gerald Clarks Leichnam untersuchte hatte. Im Laufe der zweiwöchigen Urwaldexpedition hatten die Prionen unbemerkt die Spätfolgen der Fehlgeburt behoben und Kelly von ihrer Unfruchtbarkeit geheilt. Dies wurde gerade noch rechtzeitig entdeckt. Wären die Prionen noch ein paar Wochen länger unbemerkt geblieben, hätten sich gefährliche

Krebsgeschwüre gebildet, so aber verabreichte man ihr wie ihrem Bruder die Nussmilch, sodass die Prionen eliminiert wurden, bevor sie Schaden anrichten konnten.

Infolge der glücklichen Heilung wurde Nate und Kelly ein Kind beschert. Als sie sich am Vorabend von Louis' Angriff auf dem Baum geliebt hatten, hatten sie ein Kind gezeugt – Jessies Bruder.

Sie hatten bereits einen Namen für ihn ausgewählt: *Manny.*

Nate beugte sich vor und küsste seine Verlobte.

In der Ferne grollte der Donner.

»Die anderen warten schon«, murmelte Kelly.

»Lass sie warten«, flüsterte er, ohne von ihr abzulassen.

Dicke Tropfen fielen vom Himmel, ploppten aufs Pflaster und aufs Dach. Abermals donnerte es, und der Sprühregen schwoll zu einem Wolkenbruch an.

»Aber sollten wir nicht besser –«

Nate zog sie an sich, drückte seine Lippen auf ihren Mund. »Schhhh.«

Epilog

Tief im Regenwald des Amazonas geht die Natur ihre eigenen Wege, unbeobachtet und ungestört.

Der gefleckte Jaguar stupst zärtlich seine Jungen an, die im Bau miauen und fiepen. Seine Gefährtin mit dem schwarzen Fell ist schon lange unterwegs. Plötzlich hebt er witternd den Kopf. Ein Hauch von Moschus. Er schnürt unruhig auf und ab.

Eine Silhouette löst sich aus dem Schatten des Dschungels und nähert sich ihm. Er faucht seine größere Gefährtin an. Sie reiben sich aneinander. An ihr haftet der böse Geruch. *Flammen, Rauch, Schreie*. Er erschauert, sträubt das Nackenfell. Er knurrt.

Seine Gefährtin tappt zur anderen Seite der Lichtung und gräbt im weichen Lehmboden ein tiefes Loch. Sie setzt eine Samenknolle darin ab, dann scharrt sie mit den Hinterpfoten Erde darüber.

Anschließend geht sie zu ihren Jungen zurück – einige sind schwarz, andere gefleckt. Die Jungen betteln um Milch, wimmeln durcheinander.

Sie reibt sich erneut an ihrem Gefährten, dann wendet sie dem frisch gegrabenen Loch den Rücken zu. Die ausgebrachte Saat hat sie bereits vergessen. Die geht sie nichts mehr an. Es ist Zeit, weiterzuziehen. Sie sammelt ihren Wurf um sich und ihren Gefährten, dann dringen sie weiter in die unwegsamen Tiefen des Waldes ein.

Hinter ihr trocknet feuchter Lehm in der Sonne.

Unbeobachtet und ungestört.

Vergessen.